本書出版得到國家古籍整理出版專項經費資助

文選音義校釋

李華斌　校釋

中華書局

圖書在版編目（CIP）數據

文選音義校釋/李華斌校釋. —北京：中華書局, 2020.10
（音義文獻叢刊）
ISBN 978-7-101-14790-2

Ⅰ.文⋯　Ⅱ.李⋯　Ⅲ.《文選》-訓詁-研究　Ⅳ.I206.2

中國版本圖書館 CIP 數據核字（2020）第 184757 號

書　　名	文選音義校釋
校 釋 者	李華斌
叢 書 名	音義文獻叢刊
出版發行	中華書局
	（北京市豐臺區太平橋西里 38 號　100073）
	http://www.zhbc.com.cn
	E-mail：zhbc@ zhbc.com.cn
印　　刷	北京瑞古冠中印刷廠
版　　次	2020 年 10 月北京第 1 版
	2020 年 10 月北京第 1 次印刷
規　　格	開本/710×1000 毫米　1/16
	印張 32¼　插頁 2　字數 520 千字
印　　數	1-1500 册
國際書號	ISBN 978-7-101-14790-2
定　　價	136.00 元

目　録

序 言

自摯虞《文章流别集》到隋，總集共"一百七部，二千二百一十三卷"（《隋書·經籍四》），但至今仍廣爲傳誦的僅有蕭統《昭明文選》①，它被宋朝以後的書目列於總集之首。對《文選》的研究，自蕭該《文選音義》始，注本疊出，版刻不絕，並漸次形成以注釋、校勘、評點等爲核心的"文選學"，由隋至今，高潮迭起，流裔不絕。

一、版本與研究狀況

《文選》被視爲珍秘之書，藏書家百方羅致，以求庋藏。藏書家所藏之本大多爲它的各種注本，這些注本的變遷反映了歷代學者對它的注釋、校勘等流變情況，所以它的版本與研究狀況密切相關。

（一）版本狀況

《文選》版本大致説來有四種系統，即李善注本、五臣注本、六臣（或家）注本和唐鈔集注本，以下具體分析四種系統的版本狀況：

1. 李善注本

李善注《文選》的成書時間是 658 年，《上文選注表》署顯慶三年九月十七日。藏於秘府的時間是 661 年，《唐會要》卷三六載："（顯慶）六年正月

---

① 《文選》成書時間有繆鉞的"昭明二十六歲（526 年）之後"説，何融的"普通三年至六年（522～525）"之説，清水凱夫的"普通七年至中大通三年（526～531）"之説，曹道衡的"大通二年至中大通元年（528～529）"之説，穆克宏的"普通七年十一月（526）"之説，俞紹初的"實際編輯階段是普通四年至大通三年（523～529）"之説，傅剛的"始於普通三年以後至普通六年（522～525）之間，完成則在大通元年末至中大通元年（527～529）底之間"之説，王立群的"普通三年至普通七年十一月（522～526）之間"之説，力之的"普通五年至普通七年十一月（524～526）"之説等。

二十七日,右内率府録事參軍崇賢館直學士李善上注《文選》六十卷,藏於秘府。”撰書地點是揚州白塔寺,日僧圓仁《入唐求法巡行禮記》:“揚州有四十餘寺……法進僧都本住白塔。臣善者,在此白塔寺撰《文選注》矣。”

李善注鈔本有“初注、覆注、三注、四注、絶筆”本。李匡文《資暇集》:“代傳數本李氏《文選》,有初注成者,覆注者,有三注、四注者,當時旋被傳寫之。其絶筆之本皆釋音、訓義,注解甚多。”還有李邕的“補益”本。《新唐書·李邕傳》:“邕少知名。始善注《文選》,釋事而忘意。書成以問邕,邕不敢對,善詰之,邕意欲有所更,善曰:‘試爲我補益之。’邕附事見義,善以其不可奪,故兩書並行。”①

現存的善注鈔本有永隆本《西京賦》(伯 2528),存 353 行,卷末有“永隆年(681)二月十九日弘濟寺寫”,上距李善上《文選注》表 23 年,下距李善卒年(689)尚有 8 年,是李善在世的存本,彌足珍貴;善注鈔本還有東方朔《荅客難》、楊雄《解嘲》(伯 2527),共 120 行,蔣斧懷疑是唐高宗的内庫本。

北宋,李善注已有刻本。據《宋會要輯稿·崇儒三》、王應麟《玉海》卷五四、程俱《麟臺故事》卷二載,對李善《文選注》等的校勘從景德四年八月至大中祥符二年十二月(1007 ～ 1009),共兩年四個月,覆校又約一年左右。景德四年曾卜詔刊刻,後因宮城起火,書版燒毁。天聖年間,國子監又重雕。奎章閣本的序言“李善本,天聖三年五月校勘了畢、天聖七年十一月□日雕造了畢”可證。現存北宋刊善注《文選》殘卷,分藏臺北故宮博物院、中國國家圖書館,臺灣“存卷一至卷六,卷八至卷十一,卷十六。四册”(張月雲《宋刊〈文選〉李善單注本考》,《中外學者文選學論集》第 767 頁);國圖存卷十五至卷十九、三〇至三一、三六至三八、四六至四七、四九至五八、六〇,共二十三卷,其中卷十五、十六、十七殘。

南宋,有淳熙八年(1181)尤袤在池陽郡齋(今江西貴池)的刻本。至於尤刻本的來歷,爭議較大。斯波六郎(第 27 頁)認爲“尤本似依原係據六臣注本而摘出其中的李善注,決非據李善單注本”。程毅中、白化文《略談李善注〈文

---

① 此事争議較大。《四庫全書總目》:“上距顯慶三年凡八十九年,是時邕尚未生,安得有助善注書之事?” 黄侃在古鈔無注三十卷本《文選》卷一《西京賦》發現有兩處“臣君曰”,於是題跋:“崇賢書在,北海解亡,此編原校引書,獨有‘臣君’之説,是則子避父諱,其爲北海之作,焯爾無疑。陸善經見之,此卷子引之。”

選〉的尤刻本》(《李善文選學研究》第 161 ～ 169 頁)、傅剛(第 160 ～ 167 頁)
等認爲單李善注本不可能出自六臣本;張月雲(第 797 ～ 806 頁)認爲是"取
自贛州本",又"兼采各本"。

　　元代,有張伯顔刊本。張伯顔,延祐七年(1320)爲奉政大夫、池州路同知,
在任中據尤刻本刊行《文選注》,也稱延祐本。斯波六郎(第 35 頁):"今以此本
與胡刻本對校,兩本行款相同,字體相似,字句亦大多相合,然決非完全相同。"

　　明代,有嘉靖間汪諒刻本、朱純臣刊本,都是覆刻張氏本;成化間有唐藩
刊本、晉藩養德書院刊本;萬曆間有鄧原岳刊本等。

　　清代,有嘉慶間胡克家重刻宋淳熙刊本,及懷德堂重雕、素位堂重刊、錢
士諡重校、文盛堂重雕、光霽堂重雕汲古閣本等,都是據尤刻本翻刻。

　　2. 五臣注本

　　吕延濟、劉良、張銑、吕向、李周翰注《文選》的成書時間是 718 年,吕延祚
《進集注文選表》署開元六年九月十七日。注書的原因在於"往有李善,時謂
宿儒,推而傳之,成六十卷。忽發章句,是徵載籍述作之由,何嘗措翰? 使復精
覈注引,則陷於末學;質訪指趣,則歸然舊文。祇謂攪心,胡爲析理"(見明州
本第 18 頁)。

　　五臣注鈔本有三條家本。它爲今所見僅存的五臣注古鈔本,原日本三條
公爵家藏,現藏天理圖書館。昭和十二年(1937)東方文化學院影印,列《東
方文化叢書》第九;昭和五十五年(1980)年天理圖書館影印,列《善本叢書漢
籍之部》第二卷,由八木書店出版,書前有花房英樹的解説,稱它爲日本平安
期(8 世紀末至 12 世紀)鈔本。傅剛(第 149 頁)推測它的底本可能是唐寫本,
徐華(第 58 ～ 59 頁)認爲它鈔寫的年代當早於奎章閣本成書的時間。

　　五代蜀孟時期,五臣注已有刻本。據《宋史·毋守素傳》、王明清《揮麈
録》、胡克家《重刻宋淳熙本文選·序》,《文選》毋昭裔已鏤板於蜀。五代末至
北宋初,五臣注有兩浙本、平昌孟氏本。兩浙本的記載見沈嚴《五臣本後序》
(奎章閣本第 1461 頁)。天聖四年(1026),孟氏本流布,它"訪精當之本,命博
洽之士極加考覈"(《五臣本後序》),刊正蜀、浙本的訛誤,應爲五臣注本的第
一個善本。惜蜀、浙、孟氏本今已不存。

　　南宋,五臣注本有陳八郎本和杭州本。陳八郎本三十卷,完帙,書前的木
記署"建陽崇化書坊陳八郎宅善本",藏臺灣圖書館,爲現存唯一宋刊五臣注

全本,從書前的另一木記(内有"江琪"二字)看,它刊刻於紹興辛巳(1161)。杭州本殘,僅兩卷,卷二九存北京大學圖書館,卷三〇存國家圖書館,卷三〇末行有"錢塘鮑洵書字",底頁有"杭州猫兒橋河東岸開箋紙馬鋪鍾家印行"木記,傅剛(第172頁)認爲"杭州本《文選》應是南宋初期刊成"。

宋以後,五臣注式微,國内很少再有刊刻,流傳日漸稀少。而朝鮮李氏王朝多次刻印五臣注本,如韓國啓明大學藏鑄字本三十卷,成均館大學藏鑄字本第二卷,高麗大學藏鑄字本第二九、三〇卷。今能見到的是正德四年(1509)本,日本東京大學東洋文化研究所藏,三十卷,完帙,趙蕾(第23～32頁)認爲"正德本源自孟氏本"。

3.六臣(家)本

李善和五臣注的合刻本有兩個系統,即六家本和六臣本。六家本是五臣注在李善注的前面,六臣本是李善注在五臣注的前面。六家本出現的時間早於六臣本。

宋刊六家本有秀州本、裴氏本和明州本。資料顯示,最早的六家合刻本是北宋元祐九年(1094)二月秀州(今浙江嘉興)州學本,今奎章閣本是秀州本的翻印本。秀州本所用的五臣注底本是孟氏本,李善注底本是天聖年間國子監本,"凡改正舛錯脱剩約二萬餘處"(《五臣本後序》,奎章閣本第1462頁)。廣都裴氏本的刻印時間略晚於秀州本。朱彝尊《宋本六家注文選跋》:"六家注《文選》六十卷,宋崇寧五年(1106)鏤板,至政和元年(1111)畢工,墨光如漆,紙堅緻,全書完好。序尾識云:見在廣都縣北門裴宅印賣,蓋宋時蜀箋若是也。"明州本是在紹興二十八年(1158)十月趙善繼知明州(今浙江寧波)的時候,命人校正修版的刊本,國家圖書館藏有二殘本,臺北故宮博物院、日本足利學校遺跡圖書館藏有完帙本。

宋刊六臣本有贛州本和建州本,都是南宋刻印的,晚於六家本。贛州本刻於乾道(1165～1173)、淳熙(1174～1189)年間。建州本藏於涵芬樓,多次影印(商務印書館1919年、中華書局2012年)出版,張元濟《涵芬樓燼餘書録》認爲它刻印的時間在慶元(1195～1200)以後(王立群,第180頁)。

秀州本是合刻本的祖本,傅剛(第176頁)認爲"後來六家本(裴氏本、明州本)、六臣本(贛州本、建州本)都從秀州州學本出"。宋以後的合刻本基本都是影宋刻或校本,六家本如明袁褧刻本、明丁覲重刊本,六臣本如明重刻陳仁子刊本、清《四庫全書》本、民國《四部叢刊》本等都是如此。

4. 唐鈔集注本

唐鈔集注本屬一百二十卷《文選注》系統,存二十八卷,其中十三卷完帙,十五卷殘損。集注的順序分別是李善注、公孫羅《文選鈔》、公孫羅《文選音決》(下簡稱《音決》)、五臣注、陸善經注,間或後附編者的案語。它的版本有京都帝國大學文學部影印舊鈔本、嘉草軒叢書本、《羅雪堂先生全集》本、上海古籍出版社影印本。澀江全善、森立之(第 244 頁)疑是"皇國紀傳儒流所編著",即日本古代史官所編。屈守元(第 144 頁)認爲它是六臣注本系列,確定它出於南宋坊刻六臣注本一類本子之後。但大多數學者認爲它是唐寫本。首先,邱榮鍚在京都大學文學部影印舊鈔集注本第六八卷發現"□州田氏藏書之印"和"博古堂"印記,從□上部的"艹"和下右的"刂",可辨認爲"荆"。荆州田偉是北宋著名的藏書家,可證絕非南宋的鈔本。其次,邱榮鍚從避諱、白文的異體字等證"當爲我國唐寫之本"(《中外學者文選學論集》第 827～848 頁)。汪大燮從書法認定爲初唐人手筆,"筆意頗近鍾太傅洵,爲初唐人手筆,良可寶也"(《唐鈔文選集注彙存》第 3 册第 884 頁)。《唐鈔文選集注彙存·前言》從避諱字、俗體字推斷此書定當編成於唐玄宗之後。

(二)研究狀況

唐代,文選學大興。《舊唐書·曹憲傳》:"初,江淮間爲《文選》學者,本之於憲,又有許淹、李善、公孫羅復相繼以《文選》教授,由是其學大興於代。"大興的背景是辭章之學通行,朝廷以詩賦取士,《文選》成爲學習詩文的主要範本,如敦煌《秋胡變文》載,秋胡外出遊學攻讀明經科,"服得十袟文書"内有《文選》;杜甫詩有"續兒誦《文選》"及"熟精《文選》理"等。即使到宋代,民間仍有"《文選》爛,秀才半"(陸游《老學庵筆記》)的諺謠。

就《文選》注釋的接受情況而言,利於習文、便於科試的五臣注比李善注更受歡迎。吕延祚《進集注文選表》中對李注有刻意打壓之嫌,唐玄宗的口敕"惟只引事,不説意義"應是客觀的評價①。《資暇集》中説,李注"過爲迂繁,徒自騁學,且不解文義",致使當時的士子"相尚習五臣"。即使李匡文爲李善注辯誣,溢美"李氏絶筆之本,懸諸日月",但總的説來,在崇尚簡約實用的學風

---

① 唐玄宗的口敕附在《進集注文選表》後,見明州本第 19 頁。

裏,“釋事忘意”的李善注不被一般知識階層接受。

宋代是文選學的轉型時期,由注釋走向編纂、刊刻、考據等。李善注適合精英知識階層的需要,五臣注滿足一般知識階層的需要,不同的需求導致二者妥協,合併本最終出現。六家本的出現(如秀州本)早於六臣本(如贛州本),表明五臣注的地位前期較高,李善注的地位後期抬升。李注被精英階層偏愛和鼓吹。蘇軾《書謝瞻詩》:“李善注《文選》,本末詳備,極可喜。所謂五臣者,真俚儒之荒陋者也。”南宋以後,雜考漸行,李注的影響也漸上升。

金元二代,文選學衰落,《文選》的刊刻僅有茶陵陳仁子的六臣本和張伯顏的善注本等。

明代文學的復古運動使文選學再度盛行,《文選》辭藻的類纂、删注本的重編、評點的流派迭出等是其特色。選藻、删注、評點主要爲滿足一般知識階層應付科舉考試的需要。從注本變遷看,明代的删注本保留的大多是五臣注,少部分得以保存的李善注也被簡化、俗化,學術性大受削弱,反映精英文化向大衆文化的過渡。

清代是文選學的鼎盛時期,李善被奉爲不祧之祖。李注的廣徵博引和追本溯源與清代“樸學”的學風吻合,清儒研究《文選》的汴釋基本以李注爲對象,極力褒揚李注,例如《四庫全書簡明目録》稱“《文選》爲文章淵藪,善注又考證之資糧”,胡紹煐在《文選箋證·序》中説:“李時古書尚多,自經殘缺,而吉光片羽,藉存什一。不特文人資爲淵藪,抑亦後儒考證得失之林也。”

近幾十年來,學界對李善注的研究更爲深入,對五臣注的評價趨於客觀,文選學也在不斷開拓新的研究領域,如編纂、分類、音系等。

二、音注的體例

《文選》音注體例有兩種:先釋義,後注音;僅注音。由於李善注采用了徵引式的訓詁方法,他的音注體例比五臣注複雜。以下從四方面分析李善注和五臣注的音注體例:

(一)反切

1. 被注字下雙行細體兩個小字

小字後無“反”或“切”字。這種體例僅出現在正文中,注文無。例如:

(1)潛�於臘洞出,没滑骨瀎蔑潏決。匩,山傍穴也,言水洞出此穴……(張衡《南都賦》,胡刻本第70頁)

(2)其木則檉勑貞松楔更黠㮨音即,櫻音萬柏杻女九橿音疆。(《南都賦》,陳八郎本第二卷第16頁)

這與《文選音》(斯8521)、《文選音》(伯2833)[①]、唐寫本《説文·木部》殘卷(見《問學集》第726～727插頁)、宋刻十行本《爾雅音釋》等的音注體例同。

2. 某某反

正文和注文的被注字頭下都有,其中《文選序》全用"反"字。例如:

(3)相與齊乎陽靈之宮。善曰:韓康伯《周易注》曰:洗心曰齊。齊,側皆反。祭天之所,故曰陽靈。(楊雄《甘泉賦》,胡刻本第114頁)

(4)其水蟲則有蠳龜鳴蛇,潛龍伏螭丑知反。(《南都賦》,陳八郎本第二卷第16頁)

類似體例有《原本玉篇殘卷》、五代以前的《切韻》系韻書、唐鈔集注本《文選》、慧琳《一切經音義》、徐鍇《説文解字繫傳》等。此音注體例是北宋以前的通用體例。

3. 某某切

正文和注文的被注字頭下都有。例如:

(5)摣狒猬,批窳狻。𩲃,獸身人面,身有毛,被髮迅走,食人。猬,其毛如刺。窳,窫窳也,類貙虎,亦食人。狻,狻猊也,一曰師子。摣、批皆謂戟撮之。善曰:摣,子加切。狒,房沸切。猬音謂。批,側倚切。窳音庾。狻音酸。猊,五奚切。(張衡《西京賦》,胡刻本第46頁)

(6)何至自沈溺縲力追紲思列切之辱哉?[②](司馬遷《報任少卿書》,陳八郎本第二一卷第10頁)

類似體例有大徐本《説文》及《廣韻》《大廣益會玉篇》《集韻》《類篇》等。

有學者認爲反切早期不用切,因爲統治者害怕老百姓起來造反,忌諱反字,纔將反字改爲切字[③]。譚世寶(第246頁):"(反言)即反語,而非如今人

① 這兩種《文選音》都是摘字注音,無釋義。
② 絏類上字縲而誤,當從胡刻本作"紲"。
③ 唐作藩《音韻學教程》,北京大學出版社2002,第22頁。

所誤解爲避諱用'反'這個字眼,故把反語'某某反'改爲'某某切'或'某某翻'。"

按:唐玄度《九經字樣·序》:"避以反言,但以紐四聲定其音旨。"唐玄度以紐四聲替代"反言",是因爲反切不易被人掌握,非忌諱"反"字。反切也一直在改良,如武玄之《韻詮》中韻例的第二條"二則正紐以相證",以正紐雙聲替代旁紐雙聲,減少了切上字及助紐字。唐時未見某某切替代某某反的例證,譚説似更爲有理。

顧廣圻等很早就從《文選》注例發現"反"被後人改爲"切",《文選考異》[①]:"凡善音皆云反,今本作切者,後人所改,此則改而未盡者也。餘準此,不悉出。"(胡刻本第 879 頁)

4. 音某某切(反)

通用的反切音注體例是"某某切(反)",但也殘存"音某某切(反)",例如:

（7）爲卞彬謝脩卞忠貞墓啓。蕭子顯《齊書》曰:卞彬,字士蔚,官至綏建太守,卒。《濟陰卞録》曰:壼,字望之,永嘉中除著作郎。蘇峻稱兵,爲尚書令右將軍領右衛。峻至東陵口,六軍敗績,壼乘馬被甲赴賊。二子眕、盱見父去,隨從,俱爲賊所害。贈侍中、開府,諡忠貞公。眕音真忍切。盱,休于切。(任彦昇《爲卞彬謝脩卞忠貞墓啓》,胡刻本第 556 頁)

"眕音真忍切"保存着李注的部分原貌。"反"被改爲"切","音"字大多被後世的刊刻者删去,此爲殘留。

（二）直音

1. 被注字頭下的一個細體小字

僅在正文中的音注中有,而注文中的無。見上例(1)。類似體例有《文選音》(斯 8521)、《文選音》(伯 2833)、唐寫本《説文·木部》殘卷等。

2. 音某

正文和注文中的被注字頭下都有。正文中的見上例(2),注文中的見上例(5)。類似體例有陸德明《經典釋文》、顧師古注《漢書》等。

---

① 胡刻本後附《文選考異》實際撰者可能並非胡克家,有學者考證爲顧廣圻和彭兆蓀(參看穆克宏《顧廣圻與〈文選〉學研究》(《文學遺産》2006 年第 3 期)、李慶《胡刻〈文選考異〉爲顧千里所作考》(《文獻》1984 年第 4 期),今從此説。

（三）聲

1. 平、上、去或入

在正文中的被注字頭下，用一個細體小字標注，注文中無這種音注體例。例如：

（8）不度入不臧。（張衡《東京賦》，胡刻本第 52 頁）

類似體例有《文選音》（斯 8521），如"令去、喪去"（《敦煌吐魯番本文選》第 107 頁）。

2. 平聲、上聲、去聲或入聲

"聲"字不省略。以出現在正文中爲多，注文中爲少。例如：

（9）源流間去聲出。（《文選序》，胡刻本第 2 頁）

（10）鮮以紫鱗。五家曰：鮮，平聲。（左思《蜀都賦》，《唐鈔文選集注彙存》第 1 册第 59 ～ 60 頁）

一般來説，聲韻相同、調不同的多音字采用"聲"的標注方法。度（《廣韻》去、入二讀），標注入聲，以别去聲。可能刊刻編纂者怕與直音混淆，加"聲"字以示區别。此種注音方法稱"四聲標注法"，它爲唐玄度紐四聲法的先驅。但二者都是四聲被發現以後出現的，當不會早於沈約等人的時代。

（四）結論

通過描寫音注體例以及辨析音注術語，可得出以下結論：

某某切爲後人所改。反切最初稱反語、反音、反言、翻、紐等，如《顏氏家訓・書證》"且鄭玄以前，全不解反語"，《經典釋文・叙録》"孫炎始爲反語"，武玄之《韻詮・反音例》"服虔始作反音"，唐玄度《九經字樣》"蓋，公害翻……受，平表紐"等，其中反是通行語。唐以前，切的使用僅有《顏氏家訓・音辭》的《左傳音》切橡爲徒緣"和"河北切攻字爲古琮"兩條孤證。顧炎武《音論》："反切之名，南北朝以上皆謂之反，孫愐《唐韻》則謂之切，蓋當時諱反字。"而《唐韻》殘葉（伯 2018）、《唐韻》殘卷（蔣斧印本）等都稱反，絶無用切例。陳澧《切韻考》："陸氏書既名《切韻》，則必言切不言反。"今檢索《唐五代韻書集存》中的《切韻》殘卷，絶無用切例，全用反字。《切韻》的切之義，陳澧認爲與反同。今考《切韻》以前的韻書名，有周研《聲韻》、周顒《四聲切韻》等，則南北朝人認爲切指切上字。切韻，指切上字和切下字；四聲切韻，應指以四聲爲綱來編排切上字和切下字。文獻可印證上述説法，如《切韻指掌圖・檢例下》："凡切字，以上者爲切，下者爲韻。”沈括《夢溪筆談·藝文二》：“所謂切韻者，上字爲切，下字爲韻。”顏之推“切某爲某某”的體例，《經典釋文》《文選》及唐五代的《切韻》等不見，是不常用體例。唐代的常用體例是某某反，甚至五代本《切韻》、小徐本《説文》也用此體例。因而可得出和《文選考異》相同的結論，即《文選》的某某切爲後人所改。反與切相混，是北宋初以後的事，如《廣韻》、大徐本《説文》以切取代反。北宋初、遼代等仍有采用某某翻的例子，如郭忠恕（宋太宗時任國子監主簿）《佩觿》；某某反，如遼釋行均《龍龕手鏡》（成書於遼聖宗統和十五年）。

　　《文選》音義糅合了傳注的聲訓、音義書的因音辨義和韻書的單純注音，音注體例複雜，各種音注術語應有盡有，反映了漢語音注體例的流變。

三、李善注本音注的概況

　　按被注字所在的層次，李善《文選注》的音注分爲正文中的音注和注文中的音注兩類。雖然善注本署名李善注，但注者並非李善一人，注文中的音注也非李善一人所作，故而有李善的音注和非李善的音注。李善的音注又分兩類，即李善“自作”的音注和李善徵引的音注。非李善的音注也分兩類，即不知來歷的“無主”音注和標記注者的“有主”音注。由於非李善注文都在李善注文的前面，所以“無主”音注即李善注文前的“無主”音注，“有主”音注即李善注文前的“有主”音注。以胡刻本爲例，我們可以從非李善注文中的“有主”音注、非李善注文中的“無主”音注、李善“自作”的音注、李善徵引的音注、正文中的音注五方面來描寫它的概況。

（一）非李善注文中的“有主”音注

　　非李善注文中的“有主”音注有兩類，一類是篇題、撰者下署名“某某注”的注文中的音注；一類是篇題、撰者下未署“某某注”，但注文標記了注者的音注，此類情況，我們以“善曰”爲界，“善曰”前的注文中標記“某某注”者，即將其看作“有主”音注。這些注文都是李善前的舊注，其音注能夠反映李善前的六朝舊音。

　　1.一般來説，只要篇題、撰者下署“某某注”，其後的注文未標注“善曰”，都當作“某某”的音注。例如，卷三三《招魂一首》（篇題）宋玉（撰者）王逸

注（注者）”，該篇的注文，未標記其他注者，應默認作王逸的注文。

（1）稻粱穱麥。稻，稴也。粱，稷也。穱，擇也。擇麥中先熟者。粱，子夷切。穱，側角切。（胡刻本第475頁）

上述注文是王逸的注文，“粱，子夷切”和“穱，側角切”爲王逸注文中的反切。不過，王逸時代尚不具備作反切的條件，可能是六朝經師依義翻出的。

如果注文中注明“善曰”，“善曰”後的音注都當作李善“自作”或徵引的音注。

以卷二“《西京賦一首》（篇題）張平子（撰者）薛綜注（注者）”爲例，如下：

（2）刊層平堂，設切厓崿。刊，削也。善曰：郭璞《山海經注》曰：層，重也。宋衷《太玄經注》曰：堂，高也。切與砌古字通。《説文》曰：崿，厓也。和檢切。（胡刻本第39頁）

“善曰”前是薛綜的注文，後是李善的注文；薛綜僅釋義未注音。“崿，和檢切”可能爲李善徵引的《説文》反切。

2. 有些篇題、撰者下未署“某某注”，但注文用“善曰”標記，注文中的“善曰”是李善的注文和非李善注文的界限。“善曰”前是李善以前的舊注，“善曰”後是李善的注文。這些舊注中的音注如果標注了注者，其音注就是該注者的音注。例如：

（3）爾廼虎路三嵏以爲司馬，圍經百里而爲殿門。晉灼曰：路音落。落，纍也。服虔曰：以竹虎落此山也。應劭曰：外門爲司馬門，殿門在內也。善曰：三嵏，已見上文。（楊雄《羽獵賦》，胡刻本第131頁）

《羽獵賦》的篇題、撰者下未署“某某注”，但“善曰”前有晉灼、服虔、應劭的注文，“路音落”是晉灼的直音。

（二）非李善注文中的“無主”音注

“善曰”前的舊注，有些來源不清，其音注就屬“無主”音注。音注來歷不清，需做相關的考辨，如：

（1）五服崩離，宗周以墜。應劭曰：五服謂甸服、侯服、綏服、要服、荒服也。墜，失也。真魏切。善曰：《論語》子曰：邦分崩離析。宗周已見《西征賦》。（韋孟《諷諫》，胡刻本第275頁）

應劭僅釋“五服”，“墜，失也。真魏切”與“五服”無關，非應劭的反切。《文選考異》：“注‘墜，失也。真魏切’，袁本、茶陵本無此六字。案：此即顔注而

竄入善者。"（胡刻本第 907 頁）顧廣圻認爲是顏注,今檢索顏師古注《漢書》,
墜字注直類反 1 次,"真魏切"疑非顏師古的反切,顧廣圻可能爲臆斷。

（2）宋信子冉之計囚墨翟。文子曰:子罕也。冉音任。善曰:未詳。（鄒陽《獄
中上書自明》,胡刻本第 548 頁）

宋信子冉之計囚墨翟。翰曰:宋用子冉而囚繫墨翟。善曰:文子曰:子罕也。
冉音任,未詳。（鄒陽《於獄中上書自明》,明州本第 600 頁）

從明州本看,"冉音任"雖是"善曰"後的音注,但李善以"未詳"對此獻疑,
胡刻本也未將其當作李善的音注。

（三）正文中的音注

"正文中的音注"名稱多,爭議大,數量也多,約占音注總數的 1/3,置之於
正文中,地位重要,類似於《經典釋文》的首音,需充分描寫其基本情況。正文
中的音注,一般用一至三字注音,其後偶爾還帶有少量的義訓。這些義訓包括
正形、釋義、注協等內容。

1. 正形

（1）鼅胡了切。當爲拍。拍,普格切貙丑于切於蔞於堯草,彈言鳥於森木。
貀歇,毛黑白臆,似熊而小,以舌舐鐵,須史便數十斤,出建寧郡也……善曰:《説文》曰:
拍,附也。（左思《蜀都賦》,胡刻本第 80 頁）

"鼅,胡了切。當爲拍。拍,普格切",除注音外,還用"當爲"改字。
《文選考異》:"注'《説文》曰:拍,拊也',袁本、茶陵本'説'上有'鼅,當
爲拍'四字,'也'下有'鼅,胡了切;拍,普格切;貙,丑于切'十二字。案:此善
注之斷不容割裂者,尤誤甚矣。"（胡刻本第 854 頁）顧廣圻認爲鼅、拍、貙的
反切是李善的注音,不應在正文中。

2. 釋義

（2）豈不以國尚威容,軍馱音伏,馬名趫迅而已。傅玄《乘輿馬賦》曰:用之
軍國,則文武之功顯。又曰:文榮其德,武耀其威。庾中丞《昭君辭》曰:聯雪隱天山,崩
風盪河澳,朔障裂寒笳,冰原嘶代馱。顏、庾同時,未詳所見……（顏延之《赭白馬
賦》,胡刻本第 203 頁）

"馱音伏,馬名",除直音外,也釋義。《文選考異》:"注'冰原嘶代馱',袁本、
茶陵本'馱'下有'以韻言之,蓋馬名也'八字。正文下但有'伏'字,無'音
伏,馬名'四字。案:二本是也。尤刪移甚非。又案:'之'下'蓋'上,仍當有

‘音伏’二字。二本因與正文下五臣音複而節去,亦非,當補正。”(胡刻本第883～884頁)顧廣圻認爲正文中的直音爲五臣音,被尤袤删移。

（3）昔衛叔之御_{音訝,迎也}昆分,昆爲寇而喪予。(顏延之《幽通賦》,胡刻本第209頁)

“御_{音訝,迎也}”,先注音後釋義。《文選考異》:“注‘音訝,迎也’,袁本、茶陵本作‘韋昭曰:御音訝。訝,迎也’,在注末,是也。尤删移,非。”(胡刻本第884頁)顧廣圻認爲“御音訝”是韋昭音注,應置於注尾。

對這幾處“正文中的音注”有義訓的例子,《文選考異》提出質疑,理據是袁本、茶陵本都不在正文中,而在注文内。袁本祖北宋廣都裴氏本,政和元年刻畢,明吴郡袁裴翻雕本,屬六家本系統。茶陵本祖南宋贛州州學刊本,刻於南宋乾道、淳熙間,元初陳氏刻增補本,屬六臣本系統。顧廣圻未見單行五臣本等,校勘所備異本有限,所下斷語不皆爲的論。

3. 注協

主要術語有協韻、叶韻,從實際的功用分析,二者無別,都是用來注協。以下分别説明:

采用叶韻的術語:

（4）況初制於甚泰,服者焉能改裁_{去聲,叶韻}。(張衡《東京賦》,胡刻本第67頁)

采用協韻的術語:

（5）敬慎威儀,示民不偷_{以朱反,協韻}。(《東京賦》,胡刻本第62頁)

（四）李善“自作”的音注

由於采用徵引的訓詁體例,李善“自作”的音注究竟是李善自作或暗引,已不可考,故而我們將自作加引號以示區别。這類音注數量最多,占善注本音注的42.8%。李善“自作”的音注存在於兩類注文中,一是用“善曰”標記的注文,一是默認的李善注文。這裏我們采用標記理論來判斷是否爲李善“自作”,即只要篇名、作者下未標記注者的,就默認爲李善“自作”的。舉兩例説明:

（1）虬龍騰驤以蜿蟺,頷若動而躨跜。_{善曰:杜預《左氏傳注》曰:頷,摇頭也。}_{牛感切。李尤《辟雝賦》曰:万騎躨跜以攫挈。躨跜,動貌。躨音逵。跜音尼。}(王延壽《魯靈光殿賦》,胡刻本第170頁)

李善徵引了李尤《辟廱賦》，文獻未載李尤曾自注《辟廱賦》，音注"躩音邊。跜音尼"未交代來源，應默認爲李善"自作"。

（2）啾咇嘟而將吟兮，行鍖銋以龢囉。啾，衆聲也。咇嘟，聲出貌。行，猶且也。胡庚切。鍖銋，聲不進貌。龢囉，聲迭蕩相雜貌。咇音筆。嘟音櫛。鍖，湯錦切。銋，奴錦切。（王延壽《洞簫賦》，胡刻本第 245 頁）

由於《洞簫賦》篇名、作者下未標記注者，所以其注文是默認的李善注文，"行，胡庚切。咇音筆。嘟音櫛。鍖，湯錦切。銋，奴錦切" 5 條音注應默認爲李善"自作"。

（五）李善徵引的音注

李善注文中的一些音注標注了出處，根據相關傳世文獻的音義訓詁體例，可看作李善徵引的音注。具體如下：

（1）漱飛泉之瀝液兮，咀石菌之流英。善曰：《楚辭》曰：吸飛泉之微液兮，懷琬琰之華英。瀝，流也。菌，芝也。《説文》曰：漱，蕩口也。從水欶聲。所右切。《字林》曰：液，汁也。石菌，石芝也。《蒼頡篇》曰：咀，嘑也。（張衡《思玄賦》，胡刻本第 215 頁）

"漱，所右切"，應爲《説文》某一個注本的舊音[1]。大徐本："漱，盪口也。從水欶聲。所右切。"小徐本："漱，盪口也。從水欶聲。色透反。"小徐采用南唐朱翱的反切，尤侯混切，有時音成分。

（2）懷貞亮之絜清兮，卒與我兮相難。陳嘉辭而云對兮，吐芬芳其若蘭。精交接以來往兮，心凱康以樂歡。神獨亨而未結兮，魂榮榮以無端。含然諾其不分兮，喟揚音而哀歎。頩薄怒以自持兮，曾不可乎犯干。精，神也。結猶未相著，榮榮然無有端次，不知何計。分，當也。言神女之意，雖含諾，猶不當其心。《廣雅》曰：頩，色也。匹零切。《方言》曰：頩，怒色青貌。《切韻》：匹迴切。歛容也。《蒼頡篇》曰：薄，微也。捉顏色而自矜持也。（宋玉《神女賦》，胡刻本第 268 頁）

《神女賦》未標記注者，注文應默認爲李善的。被注字"頩"，李善引《廣雅》《方言》《切韻》來釋義注音。"匹零切"可能出自《廣雅》某一個注本，"匹迴切"出自《切韻》。

---

[1] 《文選》中的《説文》舊音與唐本殘卷、大小徐本相差較遠，可證唐代《説文》版本衆多。具體可參李華斌（第 478 頁）。

四、李善注本正文中音注的來歷

　　“正文中的音注”，黄侃《文選平點》稱“句中、句末之音”或“正文中所夾音”，顧廣圻等《文選考異》稱“正文下載五臣音”，張月雲《宋刊〈文選〉李善單注本考》稱“正文中夾記音釋”、張潔《〈文選〉李善注的直音和反切》稱“正文插注的音切”。今稱“正文中的音注”，是相對“注文中的音注”而言。正文中的音注出自誰手？代表説法有如下幾種：1. 五臣音。《文選考異》：“凡合併六家之本，於正文下載五臣音，於注中載善音，而善音之同於五臣者每被節去。袁、茶陵二本，又各多寡不齊，蓋合併不一，故所節去不一耳。至尤本於正文下五臣音，往往未嘗區別刊正，而注中善音，則節去彌甚，其失善舊，亦彌甚矣。今取二本善音之可考者，悉皆訂正。其二本已節去在前，則未由考之。間有可借正文下五臣音推知崖略者，然既非明文，難以稱説，當俟再詳。全書善音之例，均準此。”顧廣圻等認爲正文下爲五臣音，尤刻本没有區別刊正。現代學者也承襲這種論調，如鄒德文等：“胡刻本《文選》正文下音注共得1653 個，其中反切 936 個、直音 668 個、聲調 49 個。與陳八郎本《文選》相校勘，發現兩者相同音注有 1333 個，其中反切 743 個、直音 544 個、聲調 46 個，相似占總數的 81%，正文下聲調只有 3 個不同，（聲調相同者）占總數的 94%之多。”[①] 2. 大部分是五臣音，少部分是李善音。《文選平點》（第 5 頁）：“凡在句中之音，多是五臣，非真善音，不宜采。其在字旁加點，而上無校語者，皆真善音，有他本可證者也。”

　　尤刻本的來歷也是一個持續爭論幾百年的焦點問題。《四庫全書總目》[②]、《文選考異》、《六臣注文選》出版説明（中華書局 2012 年）、斯波六郎、張月雲等認爲它是從六臣本中割裂出來的。程毅中、白化文、傅剛等否認它從六臣本中摘出。各家分歧較大，原因在於《文選》刻本被多次校改，如秀州本“凡改正舛錯脱剩約二萬餘處”（《五臣本後序》）；尤刻本、陳八郎本的

---

① 鄒德文、董宏鈺《陳八郎本〈昭明文選〉五臣音注與胡刻本李善音注對比分析》，《哈爾濱師範大學社會科學學報》，2014 年第 3 期，第 73 頁。文中統計的胡刻本正文中音注數與我們的統計（1699）略有出入，是統計方法造成的細微差異。

② 永瑢等《四庫全書總目》：“今考其（尤刻本）第二十五卷陸雲《荅兄機》詩注中，有‘向曰’一條、‘濟曰’一條，殆因六臣之本，削去五臣，獨留善注，故刊除不盡，未必真見單行本也。”

校改無文獻記載,但改動也應相當多;胡刻本的校改更多,僅《文選考異》就有十卷二十萬言。後世學者據校改的刻本去推測尤刻本的來歷,定會衆説紛紜。經過謹慎比對奎章閣本、尤刻本、陳八郎本,發現三者中注文的改動大於正文中的音注的改動,也就是説正文中音注較好地保存了原貌,因此可憑此推測尤刻本的來歷。

　　所以,考證正文中音注的來歷實是問題的核心,以下從内證、外證、互證、旁證等方面展開論述。

(一)胡刻本《文選》的内證

　　正文中的音注,單善注本、五臣注本、六家注本、六臣注本都未標記注者,但仍殘留一些痕跡可尋。今胡刻本内有 12 條正文中的音注與正文下注文中的音注全同,列表如下:

被注字	胡刻本頁碼	音注類型	正文中的音注	注文中的音注
瑟	97	直音	瑟秘	《説文》曰:泌,水駃流也。泌與瑟同,音秘。
蟂	185	直音	蟂團	《山海經》曰:蟂魚,其狀如鮒而彘尾,郭璞曰:音團,如扇之團。
鮆	186	直音	鮆毗	《山海經》曰:文鮆之魚,其狀如覆銚,鳥首而翼,魚尾,音如磬之聲,是生珠玉。郭璞曰:音毗。
儵	186	直音	儵條	《山海經》曰:儵蟰,狀如黄蛇,魚翼,出入有光。郭璞曰:音條容。
鵹	187	直音	鵹敖	《山海經》曰:鵹,青黄,其所集者其國亡。郭璞曰:音敖。
瞲	187	反切	瞲呼穴	《聲類》曰:瞲,驚視上也。呼穴切。
磴	187	反切	磴土登	磴,猶益也。土登切。
褕	797	反切	褕以招	鄭玄曰:褖衣,畫翬者也;褕,畫鷂者也。褕與鷂,並以招切。
弢	664	直音	弢韜	杜預《左氏傳注》曰:韜,藏。弢與韜,古字通也。
函	70	直音	函含	楊雄《蜀都賦》曰:蜂函珠而犖裂。函與含同。
蹐	96	直音	蹐舛	司馬彪《莊子注》曰:蹐讀曰舛。舛,乖也。
瑵	59	直音	瑵爪	爪與瑵同。

正文中有 12 條音注與注文中的音注相同,占所有正文中音注的 0.71%。就經濟原則而言,這是不必要的重複。好在此種情況約占全部音注的 0.22%,不影響胡刻本的音注總體情況,可視作體例不嚴的表現,但這些瑕疵給我們暗示——正文中的音注部分源自注文。

(二)六臣六家本的外證

顧廣圻等通過尤刻本和袁本、茶陵本的比較,發現正文中的一部分音注與注文中的音注相同,認爲這是"五臣亂善"的表現之一,從而重點加以辨析,全書 128 處注明"五臣亂善",就是考證的結果。《文選考異》已從兩方面考證出了 174 條正文中的音注的來歷:

1. 正文中有 141 條音注與注文中李善"自作"的音注完全相同。舉一例説明:

(1)鶡匹鶌居秋棲,鶺骨鵖竹交春鳴。《爾雅》曰:鷽斯,鶺鵖。郭璞曰:鶺鵖,匹鳥,腹下白也。又曰:鶌鳩,鶺鵖。郭璞曰:鶺鵖,似山鵲,頭尾青黑色。秋棲、春鳴,謂各得其性也。(張衡《東京賦》,胡刻本第 55 頁)

《文選考異》:"注'謂各得其性也',袁本'也'下有'鶡音匹。鶺音骨。鵖竹交切'十字。茶陵本與此同。案:袁本乃真善音之舊,尤所見與茶陵皆誤。"(胡刻本第 847 頁)

袁本是六家本,五臣注在前,李善注居後。據《文選考異》的案語和袁本句末的位置可確認"鶡音匹鶺音骨鵖竹交切"來源於注文中李善的音注,"鶡音匹,鶺音骨,鵖竹交切"被删,前置在正文中。

2. 正文中有 33 條音注與注文中李善徵引的音注完全相同。舉一例説明:

(2)長輸遠逝,潦流涙力計减域汨爲筆反。《廣雅》曰:輸,寫也。《韓詩外傳》曰:潦,清貌也。《淮南子》曰:水涙破舟。《説文》曰:减,疾流也。王逸《楚辭注》曰:汨,去貌。(張衡《南都賦》,胡刻本第 70 頁)

《文選考異》:"注'疾流也',袁本此下有'音域'二字,是也。茶陵本無,非。"(胡刻本第 851 頁)

"减音域"可能爲李善徵引《説文》的直音,與正文"减域"的音注完全相同。"音域"被删,原因與上同。

總之,約十分之一正文中的音注,《文選考異》已通過比較袁本、茶陵本,考證出了來歷。

（三）敦煌吐魯番《文選》的外證

通過普查敦煌吐魯番本《文選》（見饒宗頤《敦煌吐魯番本文選》）等相關
文獻,發現有以下 4 種寫本可用來考證正文中音注的來歷。

1. 張平子《西京賦》（伯 2528）

相關内容,胡刻本正文中有 11 條音注,其中 2 條音注,永隆本李善注中有
反語可比較。比較如下表:

被注字	潹	陁
胡刻本	馬黨切（第 44 頁）	雉（直音,第 45 頁）
永隆本	莫朗反（李善"自作"音注）	式氏反（李善徵引《方言》音注）

潹,胡刻本與永隆本反切用字不同,但音值相同。陁,永隆本與胡刻本書、
澄混。

2.《文選音》（伯 2833、斯 8521）

伯 2833 與斯 8521 是三十卷系統的《文選音》。注音體例:先列出被注字
頭,然後在其下用雙行小字注音。它無完整的白文和義釋,與六十卷刻本系統
的音注體例不同。

伯 2833 共 1066 條音,現存廿三、廿四、廿五卷。其中,廿三卷殘,有 57
條音;廿四卷完整,有 972 條音,内容包括《賢臣》《充國》《出師》《酒德》《功
臣》《頌曰》《東方》《三圖》《魏志》《蜀志》《吳志》《封禪》《美新》《典引》;
廿五卷殘,有 37 條音,内容包括《晉紀》《稂論》等。胡刻本卷四六至四九的
内容與之對應。

斯 8521 有 22 條音,内容涉及《褚淵碑》,胡刻本卷五八與之對應。

2.1 廿三卷（伯 2833）對應胡刻本卷四六

胡刻本正文中的音注 34 條,34 個被注字頭和伯 2833 的 57 個被注字頭
無一相同。

2.2 廿四卷（伯 2833）對應胡刻本卷四七、四八

（1）《賢臣》-《聖主得賢臣頌》（"-"前爲敦煌吐魯番本篇名,後爲胡刻本
篇名,下同）

胡刻本正文中有"嘔-侯切"（第 659 頁）1 條音注,而伯 2833 作"嘔吁",

二者音注體例不同,音值也不同。

（2）《充國》-《趙充國頌》,《出師》-《出師頌》

胡刻本正文中無音注,注文中也無音注,而伯 2833 有 35 條音注。

（3）《酒德》-《酒德頌》,《功臣》《頌曰》-《漢高祖功臣頌》

胡刻本正文中的音注 2 條,其中"弢𩨿"(第 664 頁)可比較,伯 2833 作"弢吐刀"。

（4）《東方》-《東方朔畫贊》,《三國》-《三國名臣序贊》,《魏志》《蜀志》《吳志》-《三國名臣序贊》

胡刻本正文中無音注,而伯 2833 有 194 條音注。

（5）《封禪》-《封禪文》,《美新》-《劇秦美新》

胡刻本正文中有 3 條音注,其中"譓音惠"(第 677 頁),伯 2833 同;"被弗"(同上頁),伯 2833 作"扵弗";"漉麁"(第 678 頁),伯 2833 無。

（6）《典引》-《典引一首》,（《公孫弘傳贊》）[①]-《公孫弘傳贊》,《晉紀》《棇論》-《晉紀總論》

胡刻本正文中有 6 條音注,僅"賈古"(第 686 頁)與伯 2833 同。

2.3 《褚淵碑》(斯 8521)-《褚淵碑文》

胡刻本正文中有 2 條音注,斯 8521 無一與之相同。

3. 小結

總之,《文選音》1088 條音注與胡刻本正文中的音注完全相同的僅有譓、被、賈 3 條,表明三十卷系統的《文選音》自成一系,與六十卷系統的《文選注》差別較大。

（四）唐鈔集注本的外證

唐鈔集注本(見《唐鈔文選集注彙存》,下或簡稱"唐鈔本")音注總數 5764 條,其中《音決》5468 條,李善音注 152 條,五家音注 122 條,《文選鈔》7 條,陸善經音注 5 條,案語 3 條等。由於唐鈔集注本的音注衆多,且標注了來源,對考證文選正文中音注的來歷極有價值。下面具體分析。

1. 胡刻本《三都賦序》正文中的音注 11 條,與唐鈔集注本比較:

---

① 伯 2833《晉紀》前應爲《公孫弘傳贊》的音注,但無"公孫弘傳贊"等字樣。

刻本	猗於宜	澳於六	嗇失至	厎紙移	當去聲	論去聲	詆丁禮	訐斤謁	氏音旨	摹莫蒲	梧忤
鈔本 音注	於宜	於六	舒皷	支	丁浪	力顙	丁禮	居謁	旨	莫胡	吾
鈔本 來源	《音決》	《音決》	《音決》	李善	李善	《音決》	《音決》	《音決》	《音決》	《音決》	《音決》

胡刻本與唐鈔本中《音決》相同的音注有 4 條，音值相同但音注用字不同的有 3 條。與唐鈔本的李善音注音值相同但音注用字不同的有 2 條。

2. 胡刻本《蜀都賦》正文中的音注 160 條，與唐鈔集注本比較：

（1）與唐鈔本中《音決》音注相同的共 52 條，這些音注的被注字頭是：推、枕、瀑、汩（蕭該音）、汜、崖（協韻）、猩、煽、礫、棱、櫹、柟、咆、鴻、濮、黝、澩、蔓、痟、賑、桿、函、屬（協韻）、荺、蔗、攢、蔣、糅、裛、鶬、鱒、鱧、廉、賄、袨、賈、栜、榔、禺、礫、蹦、籭、摡、蔚、麏、屺、戾、蟻、鼊、獠、睒、儶。

（2）與唐鈔本中《音決》音注的音值相同但音注用字不同的共 80 條，這些音注的被注字頭是：崝、牸、荔、苴、崛、滈、瀆、潰、沛、彪、爍、湯、螭、椅、枒、楔、樅、梗、狄、宕、葅、蛸、蛦、沮、艴、熾、悍、寶、蹲、夥、羮、蕃、莚、料、沬、秔、滄、滂、椁、梘、宅、鱯、蒟、藍、瀛、蓁、蕢、鱣、鮪、鯑、塏、畎、躅、扣、靚、貿、蒟、嚨、耴、張、墰、圩、鈕、鈲、抵、颮、邠、蹴、肿、泊、蔞、楬、滇、酤、搴、炳、矚、絇、摘、圩。

（3）與唐鈔本中李善、五家音注相同的共 9 條，這些音注的被注字頭是：沓（五家）、黿（五家）、楈（李善）、潰（五家）、吭（李善）、閜（五家）、壇（李善）、晶（李善）、鱏（五家）。

（4）與唐鈔本中李善音注的音值相同但音注用字不同的共 2 條，這些音注的被注字頭是：拍、罷。

（5）與唐鈔本音注用字不同且音值不同的共 8 條，這些音注的被注字頭是：蹻、挾、杞、墢、舛、番、鍛、鮋。

（6）唐鈔本無的音注共 9 條，這些音注的被注字頭是：犍、儵、陸、沱、酤、比、貙、肨、膡。

總之，胡刻本與唐鈔集注本中《音決》音注相同的有 52 條，與唐鈔本中的李善音注相同的有 4 條，與唐鈔本中的五家音注相同的有 5 條，共 61 條。

3. 胡刻本《吳都賦》正文中的音注 123 條，與唐鈔集注本比較：

（1）與唐鈔本中《音決》音注相同的共 21 條，這些音注的被注字頭是：

瑪、鸛、鷄、鷗、蠡、慌、曄、茅、柙、櫃、霹、晻、鼯、猓、茸、哆、陬、菰、柢、砢、浪（協韻）。

（2）與唐鈔本中《音決》音注音值相同但音注用字不同的共33條,這些音注的被注字頭是:黿、料、榘、沆、濻、鮪、茸、沴、鶗、造、欻、殷、嶼、馮、藘、枸、麋、狐、蠹、屏、稻、穗、琲、霖、趨、鏤、澕、脁、酉、輅、著、雷、衍。

（3）與唐鈔本中李善（包括李善徵引）、五家音注相同的共5條,這些音注的被注字頭是:飍（五家）、筑（五家）、然（五家）、譎（五家）、閬（李善引《聲類》）。

（4）與唐鈔本中李善、五家音注音值相同但音注用字不同的共3條,這些音注的被注字頭是:藘（李善）、橫（李善）、颮（五家）。

（5）胡刻本、唐鈔本音值不同的音注共2條,這些音注的被注字頭是:蟲、鳳。

（6）唐鈔本無的音注共59條,這些音注的被注字頭是:儷、拓、卿、黿、隆、靈、柚、霖、儋、攝、袀、暘、儌、鉦、弛、羮、嶕、巉、鏃、鈹、鋏、卒、創、峑、蹴、刐、紒、懦、礔、鮦、罩、翼、鶯、馬、鮒、緇、乿、續、料、中、震、娃、韈、耽、坻、湝、闕、概、睚、眦、喑、鳴、蛻、摧、湫、阨、跨、确、謵。

4. 胡刻本《離騷經》正文中的音注9條,與唐鈔集注本比較:

刻本	阰音毗	姱苦瓜	顑呼感	廳音糜	粮音張	軑音大	戲平聲	睨五計	蜷奇員
鈔本 音注	音毗	苦華	呼感	亡皮	（無）	音大	（無）	（無）	（無）
鈔本 來源	《音決》	《音決》	《玉篇》	《音決》	（無）	《音決》	（無）	（無）	（無）

胡刻本與唐鈔集注本《音決》音注相同2條,與唐鈔集注本《音決》引《玉篇》音注相同1條,共3條。

5. 胡刻本《招魂》正文中的音注5條,與唐鈔集注本比較:

刻本	搷田	歠俞	菎昆	幬儔	絙豆	閒閑
鈔本 音注	大先	以朱	音昆	直留	（無）	（無）
鈔本 來源	《音決》	《音決》	《音決》	《音決》	（無）	（無）

胡刻本與唐鈔集注本《音決》音注相同1條。

6. 胡刻本《出師表》正文中的音注2條:諏足俱、褘於宜反。唐鈔本相應位置無注音。

7. 胡刻本《求自試表》正文中的音注 2 條：扈户，唐鈔本《音決》：扈音户；胡刻本：衒玄徧，唐鈔本《音決》：衒音縣。有 1 條相同。

8. 胡刻本《奏彈曹景宗》正文中的音注 3 條，與唐鈔本比較：

胡刻本：橈奴教切，唐鈔本無；胡刻本：蝟音謂，唐鈔本《音決》：蝟音謂；胡刻本：絓胡卦切，唐鈔本《音決》：絓，胡卦反。有 2 條相同。

9. 胡刻本《奏彈劉整》正文中的音注 1 條：襜昌占切，唐鈔本《音決》：襜，昌占反；二者相同。

10. 胡刻本《奏彈王源》正文中的音注 3 條，與唐鈔本比較：

胡刻本：厮音斯，唐鈔本《音決》：廝音斯；胡刻本：賈音古，唐鈔本《音決》：賈音古；胡刻本：宸於紀切，唐鈔本《音決》：宸，於稀反。有 2 條相同（不計厮、廝之别）。

11. 胡刻本《荅臨淄侯牋》正文中的音注 1 條：借即，唐鈔本《音決》：借，子亦反。

12. 胡刻本《與山巨源絶交書》正文中的音注 7 條，與唐鈔集注本比較：

刻本	漫平聲	痺必寐切	蝨瑟	把蒲巴	懼音句	悢力向	趣平
鈔本 音注	（無）	必二	所乙	步也	懼音句	音亮	七俱
鈔本 來源	（無）	《音決》	《音決》	《音決》	《音決》	《音決》	五家

胡刻本與唐鈔本《音決》相同的 1 條。

13. 胡刻本《爲石仲容與孫皓》正文中的音注 2 條：艘蘇勞，唐鈔本《音決》：艘，素刀反；胡刻本：從子容，唐鈔本《音決》：從，子容反。有 1 條相同。

14. 胡刻本《豪士賦序》正文中的音注 7 條：鞅於亮、惡烏、饗土高、賈古、陜互氏、瞪直孕、仆音赴。唐鈔本相應位置無注音。

15. 胡刻本《三月三日曲水詩序》（顔延之）正文中的音注 11 條，與唐鈔本比較：

刻本	拓土洛	選徒合	毳昌鋭	躔直連	隝都鄧	塊古毁	徼音叫	緹徒兮	醳亦	殷隱	禔氏移
鈔本 音注	（無）	徒合	（無）	直連	（無）	古毁	音叫	徒兮	音亦	音隱	（無）
鈔本 來源	（無）	《音決》	（無）	《音決》	（無）	《音決》	《音決》	《音決》	《音決》	五家	（無）

胡刻本與唐鈔本《音決》音注相同 6 條，與五家相同 1 條，共 7 條。

16. 胡刻本《聖主得賢臣頌》正文中的音注 1 條：嘔一侯切,唐鈔本應劭音注:嘔,一侯反;二者相同。

17. 胡刻本《漢高祖功臣頌》正文中的音注 2 條,與唐鈔本比較:

胡刻本:惎忌,唐鈔本《音決》:惎,其器反;胡刻本:弢韜,唐鈔本李善音注:弢與韜古通。有 1 條相同。

18. 胡刻本《晉紀總論》正文中的音注 5 條,與唐鈔本比較:

刻本		邰胎	橐託	詬火候	紝女金	枲胥里
鈔本	音注	他來	他洛	火候	女吟	（無）
	來源	《音決》	《音決》	《音決》	《音決》	（無）

胡刻本與唐鈔本《音決》音注相同的 1 條。

19. 胡刻本《後漢書皇后紀論》正文中的音注 1 條:犴岸,唐鈔本《音決》:犴音岸;二者相同。

20. 胡刻本《四子講德論》正文中的音注 27 條,與唐鈔本《音決》音注相同的有:姆母、嚾讙、碔武、砆夫、枹孚、惡烏、蜉浮、腋亦、衰楚危、穬胡郭、結計、睍閑、祼力果,共 13 條。

21. 胡刻本《馬汧督誄》正文中的音注 21 條,與唐鈔本比較:

刻本		昮的	柿孚廢	梠呂	桷角	闥掘	鐳雷	甒武	偵恥令	穬古猛	劾何戴	謩模
鈔本	音注	的	芳吠	呂	角	掘	力回	武	丑政	古猛	何代	模
	來源	《音決》	《音決》	《音決》	《音決》	五家	《音決》	《音決》	《音決》	《音決》	《音決》	《音決》

刻本		縣玄	賁奔	父甫	甝呼交	鬫呼檻	煽扇	偵恥命	劇靈結	昮的	柿廢
鈔本	音注	玄	奔	甫	許交	許艦	扇	恥令	靈結	的	（無）
	來源	《音決》	《音決》	《音決》	《音決》	《音決》	《音決》	五家	五家	《音決》	（無）

胡刻本與唐鈔本《音決》音注相同 11 條,與唐鈔本五家音注相同 2 條,共 13 條。

22. 胡刻本《陽給事誄》正文中的音注 4 條,與唐鈔本比較:

刻本		劀摩	佻達彫	韡衛	拑巨炎
鈔本	音注	劀與摩音義同	達彫	音衛	巨炎
	來源	李善	李善	《音決》	《音決》

胡刻本與唐鈔本李善音注相同 2 條,與唐鈔本《音決》音注相同 2 條。

23. 胡刻本《陳太丘碑文》正文中的音注 1 條:重直用,唐鈔本《音決》:重,直用反;二者相同。

24. 胡刻本《褚淵碑文》正文中的音注 2 條:悁匡,唐鈔本《音決》:悁音匡;胡刻本:遞音逝,唐鈔本相應位置無注音。有 1 條相同。

以上考查的正文中音注,有 146 條與唐鈔集注本相同篇目下的音注完全相同(音值相同但用字不同的不算在内),占 35.5%。由此,我們考證出了這些音注的來歷,來自唐鈔集注本《音決》的音注有 125 條,還有少部分來自五家音注和李善音注。

(五)奎章閣本、陳八郎本、尤刻本的互證

奎章閣本是秀州州學本的覆刻本。秀州本是元祐九年二月,將"監本《文選》逐段詮次編入李善并五臣注"(《五臣本後序》,奎章閣本第 1462 頁),即合刻天聖七年(1029)國子監單善注本和天聖四年(1026)平昌孟氏五臣注本所得,是目前能見到的最早合注刻本。陳八郎本是現存最早的五臣注全本,南宋紹興三十一年(1161)建陽刊。尤刻本是淳熙八年(1181)尤袤在池陽郡齋所刻,是現存最早的善注刻本。三種版本的正文中都有音注,可以互證。

通過比對發現,尤刻本、陳八郎本、奎章閣本正文中的音注,絶大部分相同,茲舉 1 例,予以説明。

(1)其竹則鐘鍾籠龍箽謹篾銘決,篠蘇了鼜幹菰孤箽追……緣延坻遞阪,澶徒幹漫陸離……阿烏可郇奴可蓊烏孔茸如涌[①],風靡雲披。(《南都賦》,尤刻本第 2 册第 7 頁;胡刻本第 70 頁)

其竹則鐘音鍾籠音龍箽音謹篾銘決,篠蘇了鼜音幹菰音孤箽音追……緣延坻音遞阪,澶徒幹漫陸離……阿烏可郇奴可蓊烏孔茸如涌,風靡雲披。(陳八郎本第二卷第 16 頁)

其竹則鐘鍾籠龍箽謹篾銘決,篠蘇了鼜幹菰孤箽追……緣延坻遞阪,澶徒幹漫陸離……阿烏可郇奴可蓊烏孔茸如涌,風靡雲披。(奎章閣本第 103 頁)

上述 14 條正文中的音注,尤刻本、陳八郎本、奎章閣本完全相同。經過謹慎比對,發現三者中注文中音注的改動大於正文的,也就是説正文中的音注

---

① 尤刻本脱"涌"字。

較好地保存了原貌,因而可憑此推測尤刻本的來歷,它的底本可能是秀州州學本之類的六家本。這一猜想可與版本學家的觀點相印證,如張月雲認爲尤刻本取自贛州本,傅剛認爲贛州本所據之本是秀州本。

(六)《文選》兩部分音系的旁證

李善注本《文選》的音注分正文中、注文中兩部分。注文中的音注也分兩部分:李善注文中的音注(3539 條)、非李善注文中的音注(253 條)。注文中的音注,主體是李善音注,占全部音注的93.3%,非李善注文中的音注,作注人較多,分散於各個時期,對音系分析的價值不大,因而注文中的音注就以李善音注爲代表。

1.《文選》兩部分音注的不同點

正文中和注文中這兩部分音注略有差別,具體表現在:1. 聲母方面:正文中的音注船禪不分,非組獨立;而注文中的音注船禪不混,非組未獨立。聲類方面:正文中的音注心母已不分蘇類、息類,從母已不分昨類、疾類,明母已不分莫類、武類;而注文中的音注這些聲類還未合併。2. 韻母方面:正文中的音注夬怪、泰合隊、咸銜已合併,暮鐸、泰開代、支脂、之開微開、皆佳、怪夬、真欣、寒桓、刪山、先仙已部分合併;而注文中的音注這些還未合併。從這些差別看,注文中的音注存古特徵更明顯一些。

2.《文選》兩部分音注的共同點

正文中的音注、注文中的音注所反映的音系基本相同,甚至二者有些細節驚人相似。如痕韻的字,兩部分音注一個反切也沒有[1],可能是巧合,也可能《文選》音注的音系的確無痕韻,與魂韻成開合同韻。《王三》魂韻下注:呂陽夏侯與痕同。在魂痕分合上,《文選》的分韻與呂靜、夏侯該、陽休之同。總之,兩部分音系的共同點遠多於不同點,可能它們都是讀書音,出現的時代相近,因而反映的語音面貌差別不大。二者的細微差別可能是後世刊刻者或傳鈔者的審音行爲所致,正文中的音注隨文注釋,刊刻者或傳鈔者隨手即改,語音面貌偏"新";而注文中的音注大量徵引六朝舊注,語音面貌偏"古"(詳見李華斌,第491～693頁)。

---

① 李善音注痕韻有兩條直音:"跟音根"(胡刻本第49頁)和"墾與懇音義同"(胡刻本第179頁)。由於被注字和直音字都是舌根音,而舌根音聲母字含有大量的開合混切,所以兩條直音不能作爲開合分韻的證據。

（七）結論

以上從四方面分别考證出胡刻本 335 條音注與各類文獻相同：胡刻本内
12 條，六家六臣刻本 174 條，敦煌吐魯番本 3 條，唐鈔集注本 146 條。還剩
1364 條音，無法考證來源，占 80.3%。

正文中的音注，清代學者等認爲全是五臣所作。然而從唐鈔集注本考證
出來的 146 條音注來説，與五家相同的僅 12 條，占 8.2%。以 8.2% 的比例來
斷定是五臣所作，結論武斷。另外，唐鈔集注本中五家音注 122 條、李善音注
152 條、《音決》音注 5468 條，五家音最少。究竟是唐鈔集注本引的五家音少，
還是五家音原本就少？ 不得而知。但正文中的音注全是五家的立論站不住腳
是毫無疑義的。

由於唐鈔集注本選用《音決》的音注占 94.9%，遠高於李善、五家等，據此
本考證出的正文音注絶大部分就與《音決》相同，而與李善、五家相同的較少。

合刻本上，正文中最早出現音注的時間，據現有文獻可知是元祐九年二月
的秀州本。永隆本、唐鈔集注本和天聖監本等早期善注本的正文中無音注。
正文中的音注，尤刻本、陳八郎本、秀州本絶大多數相同，憑此可推測尤刻本
的底本是秀州本之類的六家本。

至於秀州本正文中的音注從哪裏來？ 由於秀州本是國子監善注本和平昌
孟氏五臣本的合刻本，今監本正文中無音注，平昌孟氏本已亡佚，秀州本“改
正舛錯脱剩約二萬餘處。二家注無詳略，文意稍不同者，皆備録無遺；其間文
意重疊相同者，輒省去留一家”（《五臣本後序》），正文中的音注可能是秀州本
的編纂者先鈔自孟氏本，再用監本、古鈔本、五經、各類韻書等參校，最後把李
善注文中與正文中相同的音注删去，留存一家。

五、五臣音注的現狀、原初的形態和流變

五臣給《文選》注過音是不容置辯的事實。《進集注文選表》：“周知秘旨，
一貫於理，杳測澄懷，目無全文，心無留義，作者爲志，森乎可觀，記其所善，名
曰集注，並具字音，復三十卷。”但五臣音注的現狀、原初的形態和流變狀況是
怎樣的？ 需作相關的考證。

（一）標記的五臣音注現狀及分析

通過普查《文選》的唐鈔集注本、古鈔本和宋刻本，發現標注的五臣音注存在以下三種狀況。

1. 六臣本中的五臣音注 5 條

一般認爲，六家本如奎章閣本、明州本，六臣本如建州本、贛州本的五臣注文中無音注，但經過文獻普查，發現建州本的五臣注文中有 5 條音注，試舉 3 例反切注音：

（1）衆哀集悲之所積也。故其應清風也，纖末奮籥所交，錚士耕鑛侯萌謍呼宏嗃。善曰：《方言》曰：捎，動也。籥與捎同。錚鑛皆大聲也。鑛與鍠同。《字林》曰：謍，小聲也。《埤蒼》曰：嗃，大呼也。翰曰：謂鳥獸之聲也。呼交反。銑曰：纖末，竹上也，謂清風來，則纖末竹之上奮迅而動。錚鑛謍嗃，聲也。籥，頭也。（馬融《長笛賦》，建州本第 326 頁）

衆哀集悲之所積也。故其應清風也，纖末奮籥所交，錚士耕鑛侯萌謍呼宏嗃呼交反。翰曰：謂鳥獸之聲也。銑曰：纖末，竹上也，謂清風來，謂清風來，則纖末竹之上奮迅而動。錚鑛謍嗃，聲也。籥，頭也。善曰：《方言》曰：捎，動也。籥與捎同[1]。錚鑛皆大聲也。鑛與鍠同。《字林》曰：謍，小聲也。《埤蒼》曰：嗃，大呼也。（奎章閣本第 420 頁）

衆哀集悲之所積也。故其應清風也，纖末奮蒱，錚鑛謍嗃。《方言》曰：捎，動也。蒱與捎同，所交切。謍嗃，並謂其仿聲也。錚鑛，聲也。錚，士庚切。《説文》曰：錚，金聲。鑛與鍠同，音宏。《字林》曰：謍，小聲也。呼盲切。《埤蒼》曰：嗃，大呼也。呼交切。（胡刻本第 250 頁）

衆哀集悲之所積也。翰曰：謂鳥獸之聲。故其應清風也，纖末奮籥所交，錚士生鑛侯萌謍呼宏嗃呼交反。銑曰：纖末，竹上也，謂清風來，則纖末竹之上奮迅而動。錚鑛謍嗃，聲。籥，頭也。（陳八郎本第九卷第 14 頁）

"嗃，呼交反"建州本是李周翰的音注，胡刻本是李善徵引《埤蒼》的反切，陳八郎本、奎章閣本則置之正文中。四種版本都爲籥（或蒱）、錚、鑛、謍、嗃五字注音，音注大同小異。另外，建州本的李善注有減少的現象，陳八郎本李周翰注置於前句末。

---

① 捎，建州本、胡刻本"捎"。

（2）何則？知與不知也。故樊於期逃秦之燕,藉荊軻首以奉丹之善本無 之字事。善注同。向曰:於期爲秦將,得罪於秦而逃於燕。荊軻見於期曰:今聞秦購將 軍之首,金千斤,邑萬家。有一言可以解燕國之患,報將軍之仇,何如? 於期曰:爲之奈 何? 軻曰:願得將軍首以獻於秦王,王必喜見臣,臣因左手把其袖,右手揕其胷。於期從 之,遂自剄。藉,借也。丹即燕太子。徐廣曰:揕,丁鴆切。（鄒陽《於獄中上書自明》, 建州本第 728 頁）

何則？知與不知也。故樊於期逃秦之燕,籍荊軻首以奉丹之善本無之字 事。向曰:於期爲秦將,得罪於秦而逃於燕。荊軻見於期曰:今聞秦購將軍之首,金千斤, 邑萬家。今有一言可以解燕國之患,報將軍之仇,何如? 於期曰:爲之奈何? 軻曰:願得 將軍首以獻於秦王,王必喜見臣,臣因左手持其袖,右手揕其胷。於期從之,遂自剄。籍, 借也。丹即燕太子。善曰:《史記》曰:荊軻見樊於期曰:今聞秦購將軍首,金千斤,邑萬家。 今一言可以解燕國之患,報將軍之仇者,何如? 於期曰:爲之奈何? 荊軻曰:得將軍首以 獻秦王,秦王必喜見臣,臣左手把其袖,右手揕其胷。於期遂自剄。徐廣曰:揕,丁鴆切。 （奎章閣本第 941 頁）

何則？知與不知也。故樊於期逃秦之燕,藉荊軻首以奉丹事。善曰:《史 記》曰:荊軻見樊於期曰:今聞秦購將軍首,金千斤,邑萬家。今有言可以解燕國之患,報 將軍之仇首,何如? 於期曰:爲之奈何? 軻曰:願得將軍首以獻秦王,秦王必喜見臣,臣 左手把其袖,右手揕其胷。於期遂自剄。徐廣曰:揕,丁鴆切。（胡刻本第 548 頁）

何則？知與不知也。故樊於期逃秦之燕,藉荊軻首以奉丹之事。向曰: 於期爲秦將,得罪於秦而逃於燕。荊軻見於期曰:今聞秦購將軍之首,金千斤,邑萬家。 今有一言可以解燕國之患,報將軍之仇,何如? 於期曰:爲之奈何? 軻曰:願得將軍首以 獻於秦王,王必喜見臣,臣因左手把其袖,右手揕其胷。於期從之,遂自剄。藉,借也。 丹即燕太子。（陳八郎本第二十卷第 5 頁）

“揕,丁鴆切”建州本是呂向徵引的徐廣的音注,胡刻本、奎章閣本是李善 徵引徐廣的反切,陳八郎本無。由於呂向注文與李善同,二人都可能給揕注丁 鴆切。陳八郎本認爲它是李善注文中的音注,不采用。另外,奎章閣本的李善 注與五臣注重複的地方未刪節。

（3）繁休伯。善曰:《文章志》曰:繁欽,字休伯,潁川人,丞相主簿,病卒。《文章集 序》云:上西征,余守譙,繁欽從。時薛訪車子能喉囀,與笳同音。欽牋還與余,盛歎之。 雖過其實,而其文甚麗。向曰:繁,步何反。餘文同。（繁欽《與魏文帝牋》,建州本

第 749 頁）

　　繁休伯。向曰：《文章志》曰：繁欽，字休伯，潁川人，少以辨知爲丞相主簿。《文章集序》云：上西征，余守譙，繁欽從。還餞與余，其文甚麗。繁，步何反。善曰：《文章志》曰：繁欽，字休伯，潁川人，少以文辯知名，以豫州從事，稍遷至丞相主簿，病卒。《文帝集序》云：上西征，余守譙，繁欽從。時薛訪車子能喉囀，與笳同音。欽餞還與余，盛歎之。雖過其實，而其文甚麗。（奎章閣本第 969 頁）

　　繁休伯。《文章志》曰：繁欽，字休伯，潁川人，少以文辯知名。以豫州從事，稍遷至丞相主簿，病卒。《文帝集序》云：上西征，余守譙，繁欽從。時薛訪車子能喉囀，與笳同音。欽餞還與余，而盛歎之。雖過其實，而其文甚麗。（胡刻本第 564 頁）

　　繁休伯。向曰：《文章志》云：繁欽，字休伯，潁川人，少以文辯知，爲丞相主簿。《文章集序》云：上西征，余守譙，繁欽從。還餞與余，其文甚麗。繁，步何反。（陳八郎本第二十卷第 21 頁）

　　繁休伯。李善曰：《文章志》曰：繁欽，字休伯，潁川人，少以文辯知名。以豫州從事，稍遷至丞相主簿，病卒。《文帝集序》云：上西征，余守譙，繁欽從。時薛訪車子能喉囀，與笳同音。欽還餞與余，盛歎之。雖過其實，而其文甚麗。《音決》：繁，步何反。（《唐鈔文選集注彙存》第 2 册第 450 頁）

　　“繁，步何反”建州本、陳八郎本和奎章閣本是吕向的反切。胡刻本無，大概認爲它是五臣音注，就未采用。結合唐鈔本來看，它可能是吕向徵引《音決》的反切。另外，建州本的李善注有減少的現象，奎章閣本五臣注與李善注重複的地方未删節。

　　上述三條音注中，第三條是五臣音注的可能性最高，因爲四個版本的音注證據相同；第一條的可能性次之，因爲三個版本的音注證據相同；第二條存爭議，僅有一個版本的證據支撑，其他版本不支持它是五臣音注。

　　2. 三條家本中的五臣音注 64 條①

　　三條家本的注文中無音注，音注都在正文中。以下把三條家本中的五臣音注與陳八郎本、奎章閣本、唐鈔集注本、尤刻本相同位置的音注作比較（三條家本及奎章閣本標注頁碼，陳八郎本、唐鈔集注本及尤刻本標注卷 / 册數和頁碼，以“·”分隔），見下表：

---

①　徐華（第 48 頁）認爲五臣音有 63 條。

篇名	三條家本	陳八郎本	奎章閣本	唐鈔集注本	尤刻本
於獄中上書自明	剄古郢反（108）	剄古郢（20·5）	剄古郢（941）		（無）
	駃音決（109）		駃決（942）		
	騠音啼（109）	（無）	騠音啼（942）		
	析先歷反（110）		析昔（942）		
	臏鼻引反（110）	臏鼻引（20·6）	臏鼻引（942）		臏鼻引（10·75）
	摺音臘（110）	摺音拉（20·6）	摺音拉（942）		摺，力合切（10·75）
	雍平聲（111）	雍平（20·6）	雍平（942）		雍，一龍切（10·75）
	於音烏（116）	於烏（20·7）	於烏（944）		
	跖音隻（116）		跖隻（944）		（無）
	蟠音盤（117）	（無）	（無）		
	困丘筠反（117）		困去倫（944）		困，去倫切（10·80）
	砥音厎（121）	砥止（20·8）	砥止（945）	（無）	
上書諫獵	欐梁月反（124）	欐梁月（20·8）	欐梁月（946）		（無）
上書諫吳王	滄楚諒反（129）	滄楚諒（20·9）	滄楚諒（947）		
	操平聲（130）		（無）		
	礌力救反（130）		礌力求（947）		礌力救切（10·80）
	緪古猛反（130）		（無）		（無）
	蒵魚列反（131）	（無）			
	搔先勞反（131）		搔，先牢切（李善引《字林》音，948）		《字林》曰：搔，先牢切（10·89）
	磟力公反（132）		磟，力公切（李善引賈逵音，948）		賈逵《國語注》曰：磟，力公切（10·89）

續表

篇名	三條家本	陳八郎本	奎章閣本	唐鈔集注本	尤刻本
上書重諫吳王	難去聲（133）	（無）	難去（948）	（無）	（無）
	莋音昨（133）	莋音昨（20·10）	莋音昨（948）		莋，在洛切（10·90）
	從子容反（133）	從子容反（20·10）	從子容反（948）		（無）
	訾音背（135）	（無）	（無）		蚋，而銳切（10·91）
	蚋而銳反（135）		蚋而銳（948）		
	腐音輔（135）		腐輔（948）		
	輸去聲（136）	輸去（20·10）	輸去（949）		
	圈奇免反（136）	（無）	圈奇免（949）		
	讓失讓反（138）	讓失讓（20·11）	讓失讓（949）		
	邯音寒（139）		（無）		
	鄲音丹（139）				
奏彈曹景宗	擔丁濫反（141）	（無）	擔丁濫（959）	《音決》：擔，丁濫反（2·373）	（無）
	弛式氏反（141）		弛式氏（959）	《音決》：弛，式氏反（2·373）	
	踵音腫（142）		（無）	《音決》：踵，之重反（2·374）	
	劾胡伐反①（144）	劾胡代反（20·16）	劾胡代反（960）	《音決》：劾，下代反（2·382）	
	裨音牌（144）	（無）	裨牌（960）	《音決》：裨，□支反（2·382）	
	絓胡卦反（144）	絓胡卦（20·16）	絓胡卦（960）	《音決》：絓，胡卦反（2·382）	絓胡卦切（10·120）

---

① 伐，當從陳八郎本、奎章閣本作"代"。

續表

篇名	三條家本	陳八郎本	奎章閣本	唐鈔集注本	尤刻本
奏彈劉整	泛音凡(145)	(無)	泛凡(960)	《音決》:汎音凡(2·385)	泛音凡(10·121)
	毓音育(145)		毓育(960)	五家:毓音育(2·385)	毓音育(10·121)
	稱去聲(146)	稱去(20·16)	稱去(961)	《音決》:稱,尺證反(2·386)	(無)
	迖七旬反(147)			(無)	
	哺蒲護反(147)			五家:哺,蒲護反(2·389)	
奏彈王源	猶音猶(152)	(無)	(無)	《音決》:猶音猶(2·425)	
	媾古候反(153)			《音決》:媾,古候反(2·429)	
荅臨淄侯牋	借子亦反(157)	借即(20·21)	借即(967)	《音決》:借,子亦反(2·440)	借即(10·138)
	鶡音曷(157)		鶡曷(967)	《音決》:鶡,何達反(2·441)	(無)
	刊苦寒反(158)	(無)	(無)	《音決》:刊,苦干反(2·443)	
	拑巨炎反(158)			《音決》:拑,巨炎反(2·443)	
	强上聲(159)	强上(20·21)	彊上(968)	《音決》:强,其兩反(2·445)	
	矇音蒙(160)		矇蒙(968)	(無)	
	瞍音叟(160)	(無)	瞍叟(968)	《音決》:瞍,素后反(2·448)	
	備平祕反(161)		(無)	(無)	

篇名	三條家本	陳八郎本	奎章閣本	唐鈔集注本	尤刻本
與魏文帝牋	嘽張憲反（162）	（無）	（無）	《音決》：轉,丁戀反（2·452）	（無）
	騏都年反（164）		騏都年（969）	李善：騏與顛同。《音決》：騏音顛（2·458）	騏與顛音同（10·142）
	妠奴紺反（164）	妠奴紺（20·22）	妠奴紺（969）	《音決》：妠音納,又南紺反（2·458）	《聲類》：妠,奴紺切（10·142）
	姐咨也反（164）		李善：姐,子也切（969）	《音決》：姐,蕭子也反,曹子頁反（2·458）	姐,子也切（10·142）
荅東阿王牋	櫝音讀（168）	（無）	（無）	《音決》：櫝,大禄反（2·467）	（無）
荅魏太子牋	戴徒結切（173）	戴徒結（20·23）	戴徒結（972）		戴徒結切（10·148）
	慺音婁（173）	慺音婁（20·23）	慺音婁（972）		（無）
在元城與魏太子牋	泜音祗（175）	泜祗（20·24）	泜祗（972）	（無）	泜音脂（10·150）
	蘭良刃反（176）				
	莅力二反（177）	（無）	（無）		（無）
	助七慮反（177）				
	詤俱況反（179）				

　　上表中,陳八郎本的21條音注可與三條家本比較,其中音注用字相同18條（被注字是到、臍、雍、於、橛、滄、筰、從、輸、釀、刎、絓、稱、强、妠、戴、慺、泜）。尤刻本的18條音注（其中正文中的音注5條,李善注文中的音注13條）可與三條家本比較,其中音注用字相同10條（與正文中的音注相同4條,被注字是臍、雷、絓、戴；與李善注文中的音注相同6條,被注字是鼉、莋、蚋、汜、毓、妠）。唐鈔本的23條音注可與三條家本比較,其中音注用字相同10條（與《音

決》相同 8 條,被注字是擔、弛、絓、汎、薔、媾、借、拤;與五家相同 2 條,被注字是毓、哺)。奎章閣本的 44 條音注(其中正文中的音注 42 條,李善注文中的音注 2 條)可與三條家本比較,其中音注用字相同 36 條(與正文中的音注相同 35 條,被注字是到、馱、驂、臏、雍、於、蹢、檞、滄、靁、難、筰、從、蚋、腐、輪、圈、釀、擔、弛、劤、禈、絓、汜、毓、稱、鵑、彊、矇、瞍、駰、蚋、載、慺、泜;與李善注文中的音注相同 1 條,被注字是瞽)。通過音注比較可以得出:唐鈔本的五臣音注與三條家本的音注差別較大,相同位置的注音中僅 2 條音注相同;奎章閣本是目前刻本中保存較多舊鈔五臣注原貌的本子,其正文中的音注與三條家本有 36 條相同,最多;三條家本的音注引用了《音決》的音注,混入了李善等的音注。

　　3.唐鈔集注本中的五臣音注 122 條

　　唐鈔集注本中的五臣音注用"五家"來整體標記,標記的五臣音注有 121 條,它與陳八郎本、奎章閣本和尤刻本的音注比較如下:

篇名	唐鈔集注本	陳八郎本	奎章閣本	尤刻本
三都賦序	詁音古(1·10)	(無)	(無)	(無)
蜀都賦	菴,烏覽反(1·15)	菴烏覽(2·21)	菴烏覽(112)	菴烏覽(2·28)
	灟,胡角反(1·17～18)	灟胡角(2·22)	灟胡角。李善:灟,呼角切(112)	灟胡角(2·29)
	濛音蒙(1·17～18)	(無)	(無)	(無)
	炳音丙(1·22)	炳音丙(2·22)	炳丙(113)	
	灼音酌(1·22)	灼音酌(2·22)	灼酌(113)	灼酌(2·31)
	蛟音交(1·23～24)	(無)	(無)	(無)
	椶,七林反(1·24～25)	椶七林(2·22)	椶七林(113)	椶寢(2·32)
	梗,頻綿反(1·24～25)	梗頻綿(2·22)	梗頻綿(113)	梗頻縣(2·32)
	熊音雄(1·26～27)	(無)	(無)	(無)
	羆音陂(1·26～27)			
	挾,形牒反(1·31)	挾胡蝶(2·23)	挾胡蝶(114)	挾故蝶(2·35)
	麓音鹿(1·32)	(無)	(無)	(無)
	芒音亡(1·33～34)	芒音亡(2·23)		

篇名	唐鈔集注本	陳八郎本	奎章閣本	尤刻本
蜀都賦	藦音眉(1・33〜34)	（無）	（無）	（無）
	蕪音無(1・33〜34)			
	藥,而隨反(1・33〜34)			
	葳音威(1・33〜34)			
	蕤,而椎反(1・33〜34)			
	沫音未(1・35〜36)	沫末(2・23)	沫末。李善:沫,武蓋切(115)①	沫武蓋(2・37)
	枇,頻移反(1・38〜39)	（無）	（無）	（無）
	杷,蒲巴反(1・38〜39)			
	潰,胡對反(1・40〜41)	潰胡對(2・24)	潰胡對(116)	潰胡對(2・39)
	蒟,歸于反(1・41〜42)	蒟俱宇(2・24)	蒟俱宇。李善:蒟,俱雨切(116)	蒟俱宇(2・39)
	茱音殊(1・41〜42)	（無）	（無）	（無）
	萸音俞(1・41〜42)			
	蔆音陵(1・43)			
	蕰,於郡反(1・43)			
	沆,胡浪反(1・45)	沆胡浪(2・24)	沆胡浪(117)	沆胡剛(2・40)
	黿音元(1・45〜46)	（無）	（無）	（無）
	鼈,必滅反(1・45〜46)			
	鱒,祖本反(1・45〜46)	鱒在本(2・24)	鱒在本(117)	鱒在本(2・41)
	閈音汗(1・49〜50)	閈汗(2・25)	閈汗(117)	閈汗(2・42)
	磬,溪徑反(1・50〜51)	（無）	（無）	（無）
	蒟音句(1・53)	蒟句(2・25)	蒟句(118)	蒟句(2・43)
	沓,徒合反(1・54〜55)	沓徒合(2・25)	沓徒合(118)	沓徒合(2・44)

① 沫、末,當從唐鈔本、尤刻本作“沫、末”。陳八郎本同。

續表

<table>
<tr><th>篇名</th><th>唐鈔集注本</th><th>陳八郎本</th><th>奎章閣本</th><th>尤刻本</th></tr>
<tr><td rowspan="16">蜀都賦</td><td>嚻,許驕反(1·54～55)</td><td>嚻許驕(2·25)</td><td>嚻許驕(118)</td><td>嚻許驕(2·44)</td></tr>
<tr><td>埃音哀(1·54～55)</td><td rowspan="6">(無)</td><td rowspan="5">(無)</td><td rowspan="5">(無)</td></tr>
<tr><td>觴音傷(1·59～60)</td></tr>
<tr><td>鮮,平聲(1·59～60)</td></tr>
<tr><td>麋音眉(1·65)</td></tr>
<tr><td>跨,苦化反(1·65)</td></tr>
<tr><td>拍,普陌反(1·66～67)</td><td>李善:拍,普格切(120)</td><td>拍,普格切(2·49)</td></tr>
<tr><td>朅,綺列反(1·68～69)</td><td>朅綺列(2·26)</td><td>朅綺列(120)</td><td>朅綺列(2·49)</td></tr>
<tr><td>鰋音偃(1·69)</td><td>鰋音偃(2·27)</td><td>鰋偃(120)</td><td>鰋偃(2·50)</td></tr>
<tr><td>鱏音尋(1·70)</td><td>鱏音尋(2·27)</td><td>鱏尋(121)</td><td>鱏尋(2·50)</td></tr>
<tr><td>幕音莫(1·71)</td><td>(無)</td><td>(無)</td><td rowspan="4">(無)</td></tr>
<tr><td>駭,行戒反(1·71)</td><td>駭行戒(2·27)</td><td>駭行戒(121)</td></tr>
<tr><td>踊音勇(1·72)</td><td rowspan="2">(無)</td><td rowspan="2">(無)</td></tr>
<tr><td>躍音藥(1·72)</td></tr>
<tr><td>掞,傷豔反(1·74～76)</td><td>掞傷豔(2·27)</td><td>掞傷豔(121)</td><td>掞傷豔(2·52)</td></tr>
<tr><td>鄣,止尚反(1·77)</td><td>(無)</td><td>(無)</td><td rowspan="3">(無)</td></tr>
<tr><td rowspan="8">吴都賦</td><td>瀨音賴(1·105～106)</td><td>瀨音賴(3·3)</td><td>瀨音賴(125)</td></tr>
<tr><td>汩,于筆反(1·108～109)</td><td>汩于筆(3·3)</td><td>汩于筆(125)</td></tr>
<tr><td>葺,七及反(1·114～115)</td><td>葺七入(3·3)</td><td>葺七入(126)</td><td>葺七入(2·63)</td></tr>
<tr><td>鵾音昆(1·115～116)</td><td rowspan="2">(無)</td><td>(無)</td><td rowspan="2">(無)</td></tr>
<tr><td>與,去聲(1·118)</td><td>與去(126)</td></tr>
<tr><td>颻音摇(1·144～145)</td><td>颻音摇(3·5)</td><td>颻摇(129)</td><td>颻摇(2·69)</td></tr>
<tr><td>筑音竹(1·144～145)</td><td>筑音竹(3·5)</td><td>筑竹(129)</td><td>筑竹(2·70)</td></tr>
<tr><td>箊音於(1·150～152)</td><td>箊音於(3·5)</td><td>箊於(130)</td><td>箊於(2·72)</td></tr>
</table>

篇名	唐鈔集注本	陳八郎本	奎章閣本	尤刻本
吳都賦	蔭音陰（1·155～157）	（無）	（無）	（無）
	譎音決（1·164～165）	譎音決（3·6）	譎決（132）	譎決（2·76）
	詭音軌（1·164～165）	詭過委（3·6）	詭鬼（132）	（無）
	慷,胡浪反（1·166～168）	忼苦浪（3·7）	忼苦浪（132	
	暐音偉（1·177～179）	暐音偉（3·7）	暐偉（133）	
	曄,于輒反（1·177～179）	曄于輒反（3·7）	曄于輒反（133）	
	譎音決（1·179～181）	譎音許①（3·8）	譎決（133）	
	比,頻必反（1·185）	比頻必（3·8）	比頻必（134）	
	薨音萌（1·186～187）	薨音萌（3·8）	薨音萌（134）	
	儐,卑胤反（1·190～191）	儐卑胤（3·8）	儐卑胤（134）	
	衍,苦干反（1·193～195）	衍苦干（3·8）	衍苦干（135）	衍,苦旦切（2·82）
	奧,烏告反（1·194～195）	（無）	（無）	（無）
	颿音凡（1·197～198）	颿音帆（3·9）	颿帆（135	颿帆（2·83）
	琲,補對反（1·199～201）	琲補對（3·9）	琲補對（135）	琲步對（2·83）
	摎,力巧反（1·201～203）	摎力巧（3·9）	摎奴巧（135）	《方言》:摎,奴巧切（2·84）
石門新營所住四面高山迴溪石瀨脩竹茂林	濞,普秘反（1·517～518）	濞普秘（15·21）	濞音秘（728）	（無）
和伏武昌登孫權故城	帟音亦（1·572）	（無）	（無）	
代君子有所思	眛協韻音末（1·658～659）	眛音末,叶韻（16·11）	眛末,叶韻②（757）	

---

① 許,當從唐鈔本、奎章閣本作“決”。

② 未,當從唐鈔本、陳八郎本作“末”。

續表

篇名	唐鈔集注本	陳八郎本	奎章閣本	尤刻本
招魂	仿,蒲忙反(2·14～15)	仿蒲忙(17·10)	仿蒲忙(811)	彷,蒲忙切(9·26)
	佇音羊(2·14～15)	(無)	(無)	
	參音三(2·20)			
	砥音旨(2·27～28)	砥旨(17·11)	砥旨(813)	
	挂音卦(2·28)	挂音卦(17·11)	挂音卦(813)	
	組音祖(2·29)	組祖(17·11)	組祖(813)	
	腱,紀言反(2·42)	腱紀言(17·12)	腱紀言(814)	
	兒,徐姊反(2·63～64)	兒徐姊反(17·13)	兒徐姊反(817)	
	楓音風(2·65)	楓音風(17·13)	楓音風(817)	(無)
招隱士	憭音聊(2·73)	憭聊(17·13)	憭聊(818)	
七啓	殳音殊(2·126)	殳殊(17·22)	殳殊(834)	
	弋音異(2·143～144)	弋異(17·23)	弋異(836)	
	嬿音宴(2·147～148)	嬿宴(17·23)	嬿宴(836)	
宣德皇后令	析,先歷反(2·194)	(無)	柝先歷①(866)	
出師表	駑音奴(2·263～264)		(無)	
奏彈曹景宗	涂音途(2·359～360)	涂途(20·15)	涂音途(958)	
奏彈劉整	毓音育(2·384～385)	(無)	毓育(960)	毓音育(10·121)
	哺,蒲護反(2·388～389)		(無)	(無)
奏彈王源	寘,真智反(2·429～430)			
與山巨源絕交書	趣,七俱反(2·500～501)	趣平(22·5)	趣平(1040)	趣平(11·65)

① 柝,當從陳八郎本作"析"。

續表

篇名	唐鈔集注本	陳八郎本	奎章閣本	尤刻本
爲石仲容與孫皓書	秣音末(2·547～548)	秣末(22·7)	秣末(1045)	（無）
檄吳將校部曲文	觳,口角反(2·591～592)	觳口角(22·22)	觳口角(1070)	
	孒,吉熱反(2·603～604)	（無）	（無）	
	濩,胡郭反(2·614～615)	濩胡郭(22·24)	濩胡郭(1073)	孫盛曰:濩音護(11·135)
三月三日曲水詩序（顏延之）	殷音隱(2·769)	殷隱(23·25)	殷隱(1121)	殷隱(12·18)
	賑音軫(2·769)	賑軫(23·25)	賑軫(1121)	
三月三日曲水詩序（王融）	射音亦(2·779)	射亦(23·25)	射亦(1121)	（無）
	墉音容(2·816～817)	（無）	（無）	
	縻音靡(2·822～823)			
	櫼,琰廉反(2·842)	櫼盐(23·28)	櫼鹽(1128)	櫼鹽(12·34)
	薨,以平聲(2·846～847)	薨啼(23·28)	薨啼(1128)	（無）
	斿音由(2·850～851)	斿由(23·29)	斿由(1129)	斿由(12·36)
	渟音亭(2·854)	渟音亭(23·29)	渟音亭(1129)	
聖主得賢臣頌	蛟音交(3·11)	（無）	（無）	（無）
	眄音麵(3·118～119)		眄音麵(1152)	
	謀,去聲,叶韻(3·155)		謀去聲,協韻(1155)	
東方朔畫贊	贍,時艷反(3·204)		（無）	
馬汧督誄	柿,孚每反(3·702)		柿浮廢。李善:《説文》:柿,孚廢切(1366)	柿孚廢(14·74)
	闕音掘(3·703～704)	闕掘(29·4)	闕掘(1366)	闕掘(14·74)
	偵,恥令反(3·729)	偵恥令(29·5)	偵恥令(1369)	偵恥命(14·80)
	剄,靈結反(3·729)	剄靈結(29·5)	剄靈結(1369)	剄靈結(14·80)

續表

篇名	唐鈔集注本	陳八郎本	奎章閣本	尤刻本
陽給事誄	壓,烏甲反(3・769～770)	（無）	（無）	
陳太丘碑文	令,平聲,叶韻（3・798～799）	令平聲,協韻（29・20）	令平聲,協韻（1396）	（無）
褚淵碑文	話,胡化反(3・847～848)	（無）	話胡怪(1404)	

　　上表中,陳八郎本有 71 條音注可與唐鈔本比較,其中音注用字相同的 58 條。奎章閣本 78 條音注可與唐鈔本比較,其中音注用字相同的 62 條(都是正文中的音注);尤刻本 40 條音注(其中正文中的音注 34 條,李善注文中的音注 6 條)可與唐鈔本比較,其中音注用字相同的 23 條(正文中的音注 21 條,李善注文中的音注 2 條)。通過音注比較,可得出陳八郎本和奎章閣本(正文中的音注)比尤刻本(正文中的音注)更接近唐鈔本中五家音注的原貌。

　　總之,通過對現有文獻上的五臣音注現狀比較分析,發現五臣音注的傳承複雜,版本較多,唐鈔本與三條家本差別最大,刻本居中;在刻本系統中,奎章閣本更接近唐鈔本和三條家本,因爲陳八郎本、奎章閣本(正文中的音注)、尤刻本(正文中的音注)與唐鈔本五臣音注相同比率分別爲 47.5%、51.6% 和 17.2%,它們與三條家本音注相同比率分別爲 28.1%、54.7% 和 3.1%。

（二）五臣音注的原初形態

　　五臣注晚出,編纂目的與李善不同,且有意與李善劃清界限,五臣注音遵循的原則是凡李善注音的地方一般不注,或李善不注音的地方他們就注,如繁休伯之 "繁",李善未注音,五臣就注 "步何反"。有時他們認爲李善注音不規範,就另外注音,如 "沫" 李善注 "武蓋切",五家注 "沫音未"。通過考察五臣注音的原則和對諸本音注進行比對、分析,可推測五臣音注的原初形態。

　　最初的五臣音注出現在五臣的注文中,這種注音形態在陳八郎本、六家刻本、六臣刻本中有遺跡,見上文的陳八郎本、奎章閣本、建州本注繁爲 "步何反" 的例子。除了上述直接證據外,也有旁證,今六臣本中有許多 "善注同、餘文同" 等表述,可推測在一些地方,李善注音的地方,五臣也注了音。

　　五臣音注的數量並非如後來刻本那樣,是李善注文中音注的兩倍左右[1]。

---

[1]　見董宏鈺《陳八郎本〈昭明文選〉五臣音注研究》,長春師範學院 2012 年碩士論文,第 31 頁。

二者音注的數量應差不多,因爲《進集注文選表》載五臣注"並具字音,復三十卷",《舊唐書·儒學傳》載"(李善)嘗注解文選,分爲六十卷",李善注的篇幅是五臣注的一倍。從篇幅推測,李善的注音不可能是五臣的一半。《唐鈔文選集注彙存》中,五家的音注有 122 條,李善音注有 152 條,李善比五臣略多,也可來證明這一推測。

(三)五臣音注的流變

五臣音注在傳鈔的過程中發生了位置的變化,由注文中移至正文中。唐鈔集注本不再區分五臣音注是其中哪個人的,而是把它作爲一個整體來處理;三條家本把音和義分開,音提前,置於正文中。把音置於正文中,表明五臣音注更規範,類似《經典釋文》的首音。五臣音注由注文到正文的位置變化,唐代就已發生,因爲隋唐時期的音義或釋文,出現了把規範的音置於句首、又音或三音置於句中的音注範式,如《經典釋文》、玄應音義、慧琳音義等。

中唐以後,五臣注曾有相當長的一段時間非常盛行,出現過不同的傳鈔本,習者愈多,鈔本愈夥。目前可推知的鈔本有唐鈔《文選》集注所選用的五臣底本、三條家本、毋昭裔刊本的底本、平昌孟氏本的底本等。這些鈔本中的五臣音注數量多寡不一,被注字的選用參差不齊,差異較大。從鈔本時期的音注看,五臣音注進入了"戰國"時代。

直至北宋初,利於習文、便於科試的五臣注仍較李善注更受歡迎,它成爲編纂者刻書的首選對象。五代時期,《文選》出現刻本,毋昭裔鏤板於蜀。毋昭裔刻本是五臣注,它早於北宋景德、天聖年間刊行的李善注約七十年。據天聖四年平昌孟氏刊刻五臣注本的沈嚴《五臣本後序》稱,"二川、兩浙先有印本",可見北宋初民間坊刻五臣注本尚有數種。五臣與李善注的合刻本出現以後,五臣注的單刻本漸漸湮没。

一般來説,刻書的編纂者首先選用一個比較完整的底本,然後參校他本,又以史傳、經書、韻書、字書等來訂正訛誤,因而校改過的刻本與底本就出現了一定的差别。由此可推測,五臣注刻本的音注與原初的面貌有很大的不同,它既有底本的音注,也有參校本上的音注,甚至闌入了李善注文中的音注等,因而音注愈來愈多,如正德本比陳八郎本多 395 個音注,與唐鈔本、古寫本上的差别愈來愈大。

五臣、李善注《文選》的合刻本出現在北宋中期,秀州本是現有資料可知的最早合注刻本(一般認爲,最早的六家本是秀州本,其次是廣都本,再次是明州本。秀州本是合刻天聖七年國子監善注本和天聖四年平昌孟氏五臣注本。廣都本刊於北宋末期的崇寧、政和年間。明州本刊刻於南宋紹興二十八年)。合刻本處理音注的一般方法是把五臣音注置於正文中,把李善等音注置於注文中,把重複的音注除掉等,因而合刻本上的五臣音注變動更大。

　　本書通過彙釋各種《文選》版本上的李善、五臣等音義,給研習者提供一個完整數據庫,爲進一步研究提供一個範本。在彙釋李善、五臣音義的過程中,發現《文選》的音注體例複雜,各種音注術語應有盡有;宋刻李善注本上正文中的音注是從六家注本中截取的;陳八郎本等宋刻五臣注本上的音注承襲郭璞等六朝的舊音,也有闌入李善注文中的音注,已非五臣音注的原貌。後世的一些學者認爲陳八郎本上的音注是五臣的音注,以此來進行五臣音的本體研究,我們認爲應在文獻考辨的基礎上,先做分析音注來源的工作,再進行相關研究,否則結論不一定可靠。

凡　例

一、李善音義,彙集自胡刻本;標注的五臣音義,分別彙集自建州本、唐鈔集注本和三條家本。既録入注音,也録入釋義,無釋義但有注音的録入,僅釋義而不注音的不録入。其中注音包括反切、直音、四聲標注等,也包括揭示音同義通的"讀、同、通、古今字"等。相鄰兩條共用同一段釋義文字的,後一條一般不再重複。建州本上的五臣音義僅彙集個人的,整體以"五臣曰"標記的不彙集,這是由於因爲刻本上整體的五臣音義來源較雜,不易斷其真實性。

二、除上述四個版本外,音注的校勘還參考了奎章閣本、陳八郎本、敦煌吐魯番本、明州本、正德本、四庫善注本、四庫六臣本,吸納了《文選考異》的校勘成果。爲避免繁瑣,音系上無疑問的一般不做校勘。

三、《文選》各篇目標題居中黑體,加書名號。部分篇目的標題有層次性,如《公孫弘傳贊》是《公孫弘傳》後接續的一篇《贊》,本書統一作《公孫弘傳贊》,將兩部分統一看作一個整體,不做區分。單碼面在頁眉處提示篇題,題過長者采用簡稱。

四、《文選》正文用宋體大字,《文選》注文用楷體單行小字。脱漏之字用〔 〕補出。胡刻本注文,推測的注者名加 [ ] 括注,無法推測注者,用 [舊注]表示。每條末尾標注頁碼(胡刻本標注具體位置,如"30下右"表示第30頁下欄右邊),唐鈔集注本標注《唐鈔文選集注彙存》册數及頁碼,以"·"分隔,如"1·10"表示第1册第10頁。校釋文字另行,退四進二,宋體小字。

五、被注字頂格鈔録,如該字有誤,則在其後括注正字,并出校。被注字標注漢語拼音,拼音主要據李善注及五臣音注直接推導,部分參考了韻書反切或今讀。

六、音注比較是校釋的重點。一般選擇《廣韻》《集韻》反切爲參照,還參考了顏師古注《漢書》、李賢注《後漢書》、可洪音義、《大廣益會玉篇》、大徐本《説文》、《龍龕手鏡》等材料中的音切。音注比較遵循如下原則：如果《文選》注反切或直音，一般選擇韻書中與之音值相同或最接近的音切來比較，如"曾"《文選》作能切，《廣韻》收録作滕、昨棱二切，選作滕切比較；如果被注字《文選》僅標注聲調，一般列舉韻書中所有聲調，如"王"《文選》注去聲，《廣韻》收録平（雨方）、去（于放）二讀，動詞讀去聲。音注比較有時需用被注字的異體字，對異體的判定，參考了《集韻》《干禄字書》《五經文字》《字鑑》《俗書刊誤》《康熙字典》等。吸收了前輩學者對《廣韻》《集韻》的校勘成果。

　　七、《文選》底本的用字，一般照樣移録，如胡刻本或作"楚辭"，或作"楚詞"，保存胡刻本原貌。少數無區別價值的異形字如説作"説"等，采用規範寫法。避諱字如玄作"玄"等，直接改回。"己、已、巳"等古書常見混用，徑改不出校。

胡刻本音義全編校釋

《文選序》

王 wàng　逮乎伏羲氏之王_{去聲}天下也。（1 下右）
王《廣韻》收録平、去二讀,動詞破讀去聲。

椎 chuí　若夫椎_{直追}輪爲大輅_{音路}之始。（1 下右）
椎《廣韻》直追切。

輅 lù　若夫椎_{直追}輪爲大輅_{音路}之始。（1 下右）
輅、路《廣韻》洛故切。

曾 zēng　積水曾_{作能}微增冰之凜_{力錦}。（1 下右）
曾《廣韻》作滕切,與作能切音同。

凜 lǐn　積水曾_{作能}微增冰之凜_{力錦}。（1 下右）
凜《廣韻》力稔切,與力錦切音同。

踵 zhǒng　蓋踵_{音腫}其事而增華。（1 下右）
踵、腫《廣韻》之隴切。

興 xìng　四曰興_{去聲}。（1 下左）
興《廣韻》收録平、去二讀,平聲默認,去聲標記。

亡 wú　則有憑虛、亡_{音無}是之作。（1 下左）
亡、無《集韻》微夫切。

興 xìng　風雲草木之興_{去聲}。（1 下左）
興《廣韻》收録平、去二讀,平聲默認,去聲標記。

雎 qū　關雎_{七余}麟趾_{音止},正始之道著。（1 下左）
雎《廣韻》七余切。

趾 zhǐ　關雎_{七余}麟趾_{音止},正始之道著。（1 下左）
趾、止《廣韻》諸市切。

濮 bǔ　　桑閒濮音卜上，亡國之音表。（1下左）

　　　　　濮、卜《廣韻》博木切。

降 xiáng　降下江將著河梁之篇。（2上右）

　　　　　降《廣韻》下江切。

別 bié　　四言五言，區以別入聲矣。（2上右）

　　　　　別《廣韻》皮列、方別二切，皆入聲，標記入聲表明作注時該字可能存在另一讀。

鑣 biāo　分鑣彼嬌並驅丘遇。（2上右）

　　　　　鑣《廣韻》甫嬌切，與彼嬌切音同。

驅 qù　　分鑣彼嬌並驅丘遇。（2上右）

　　　　　驅《廣韻》區遇切，與丘遇切音同。

穆 mù　　吉甫有穆音目若之談。（2上右）

　　　　　穆、目《廣韻》莫六切。

箴 zhēn　次則箴音針興於補闕。（2上右）

　　　　　箴、針《廣韻》職深切。

論 lùn　　論去聲則析洗激反理精微。（2上右）

　　　　　論《廣韻》收錄多個讀音，分別歸屬平、去二聲，去聲標記。

析 xī　　論去聲則析洗激反理精微。（2上右）

　　　　　析《廣韻》先擊切，與洗激反音同。

檄 xí　　書誓符檄胡激之品。（2上右）

　　　　　檄《廣韻》胡狄切，與胡激切音同。

引 yìn　　篇辭引以進反序。（2上右）

　　　　　引《廣韻》羊晉切，與以進反音同。

閒 jiàn　源流閒去聲出。（2上右）

　　　　　閒《廣韻》收錄平、去二讀，去聲標記。

匏 páo　　譬陶匏蒲包異器。（2上右）

　　　　　匏《廣韻》薄交切，與蒲包切音同。

監 jiān　余監音緘撫餘閑。（2上左）

　　　　　監《廣韻》古銜切，銜韻；緘《廣韻》古咸切，咸韻。

晷 guǐ　　移晷音軌忘倦。（2上左）

　　　　　晷、軌《廣韻》居洧切。

更 gēng 　時更平聲七代。（2上左）

　　　　　更《廣韻》收録平、去二讀，動詞義平聲。

數 shù 　數去聲逾千祀。（2上左）

　　　　　數《廣韻》收録上、去、入三讀，去聲標記。

縹 piǎo 　則名溢於縹匹沼囊。（2上左）

　　　　　縹《廣韻》敷沼切，與匹沼切音同。

緗 xiāng 　則卷盈乎緗音相帙。（2上左）

　　　　　緗、相《廣韻》息良切。

重 zhòng 　豈可重去聲以芟音衫夷。（2上左）

　　　　　重《廣韻》收録平、上、去三讀，去聲標記。

芟 shān 　豈可重去聲以芟音衫夷。（2上左）

　　　　　衫、芟《廣韻》所銜切。

話 huài 　謀夫之話下快反。（2上左）

　　　　　話《廣韻》下快切。

狙 qū 　所謂坐狙七余丘。（2上左）

　　　　　狙《廣韻》七余切。

食 yì 　食音異其音饑之下齊國。（2下右）

　　　　　食、異《廣韻》羊吏切。

其 jī 　食音異其音饑之下齊國。（2下右）

　　　　　其《廣韻》居之切，之韻；饑《廣韻》居依切，微韻。

概 gài 　概古害見墳籍。（2下右）

　　　　　概、槩異體。槩《廣韻》古代切，代韻；古害切，泰韻。

別 bié 　紀別入聲異同。（2下右）

　　　　　別《廣韻》皮列、方別二切，皆入聲。標記入聲表明該字作注時可能存在另一讀。

論 lùn 　若其讚論去聲之綜作宋緝此立辭采。（2下右）

　　　　　論《廣韻》收録多個讀音，分別歸屬平、去二聲，去聲標記。

綜 zòng 　若其讚論去聲之綜作宋緝此立辭采。（2下右）

　　　　　綜《廣韻》子宋切，與作宋切音同。

緝 qī 　若其讚論去聲之綜作宋緝此立辭采。（2下右）

　　　　　緝《廣韻》七入切，與此立切音同。

比 bì　　序述之錯比避文華。（2 下右）

比《廣韻》毗至切，至韻；避《廣韻》毗義切，寘韻。

彙 wèi　　各以彙于貴聚。（2 下右）

彙《廣韻》于貴切。

《兩都賦序》

抒 shù　　或以抒下情而通諷諭。［李善］抒，食與切。（21 下左）

抒《廣韻》神與切，與食與切音同。

諷 fèng　　或以抒下情而通諷諭。［李善］諷，方鳳切。（21 下左）

諷《廣韻》方鳳切。

揄 yú　　雍容揄揚。［李善］《説文》曰：揄，引也。以珠切。（21 下左～ 22 上右）

揄《廣韻》羊朱切，與以珠切音同。

炳 bǐng　　炳焉與三代同風。［李善］《蒼頡篇》曰：炳，著明也。彼皿切。（22 上右）

炳《廣韻》兵永切，與彼皿切音同。

《西都賦》

輟 zhuì　　輟而弗康。［李善］鄭玄《論語注》曰：輟，止也。張衛切。（22 上左～下右）

輟《廣韻》陟衛切，與張衛切音同。

隩 ào　　則天地之隩區焉。［李善］《説文》曰：隩，四方之土可定居者也。於報切。（22
下左）

隩《廣韻》烏到切，與於報切音同。

睎 xī　　睎秦嶺。［李善］《説文》曰：睎，望也。呼衣切。（23 上右）

睎今本《説文解字》（第 72 頁）香衣切，與呼衣切音同。

睋 é　　睋北阜。［李善］《漢書》曰：睋，視也。五哥切。（23 上右）

睋《廣韻》五何切，與五哥切音同。

度（麖）qiāng　　度宏規而大起。［李善］度與羌古字通。度或爲麖也。（23 上右～左）

《文選考異》（841 下左）：“注‘度與羌古字通。度或爲麖也’，陳云度當作‘麖’，
是也。各本皆誤，下同。”《後漢書》（第 1336 頁）：“圖皇基於億載，度宏規而大起。”
《文選》疑從《後漢書》作“度”，李善已識其誤，用“或爲”改字。羌、麖《集韻》墟羊切，
音同通用。

呀 xiā　　呀周池而成淵。［李善］《字林》曰：呀，大空皃。火家切。（23 上左）

呀《廣韻》許加切，與火家切音同。

街 jiā　　則街衢洞達。［李善］《説文》曰：街，四通也。音佳。（23 上左）
　　　　街、佳《廣韻》古膎切。

隧 suì　　貨別隧分。［李善］薛綜《西京賦注》曰：隧，列肆道也。音遂。（23 上左）
　　　　隧、遂《廣韻》徐醉切。

闐 tián　　闐城溢郭。［李善］填與闐同，徒堅切。（23 上左～下右）
　　　　闐、填《廣韻》徒年切，與徒堅切音同；破假借，本字填。

廛 chán　　旁流百廛。［李善］（鄭玄《禮記注》）又曰：廛，市物邸舍也。除連切。（23
上左～下右）
　　　　廛《廣韻》直連切，與除連切音同。

騖 wù　　騁騖乎其中。［李善］（《説文》）又曰：騖，亂馳也。音務。（23 下右～左）
　　　　騖、務《廣韻》亡遇切。

逴 zhuó　　逴躒諸夏。［李善］逴音卓。（24 上右）
　　　　逴、卓《集韻》竹角切。

躒 luò　　逴躒諸夏。［李善］躒，呂角切。（24 上右）
　　　　躒《集韻》力角切，與呂角切音同。

隈 wēi　　商洛緣其隈。［李善］《説文》曰：隈，水曲也。於回切。（24 上右～左）
　　　　隈《廣韻》烏恢切，與於回切音同。

冠 guàn　　其陰則冠古亂以九嵕子紅。（24 上左）
　　　　冠《廣韻》收録平、去二讀，動詞破讀爲去聲。

嵕 zōng　　其陰則冠古亂以九嵕子紅。（24 上左）
　　　　嵕《廣韻》子紅切。

觀 guàn　　秦漢之所極觀古亂。（24 上左）
　　　　觀《廣韻》古玩切，與古亂切音同。

塍 chéng　　溝塍刻鏤。［李善］《説文》曰：塍，稻田之畦也。音繩。（24 上左～下右）
　　　　塍、繩《廣韻》食陵切。

鋪 pū　　桑麻鋪棻。［李善］《爾雅》曰：鋪，布也。普胡切。（24 上左～下右）
　　　　鋪《廣韻》普胡切。

棻 fēn　　桑麻鋪棻。［李善］棻與紛古字通。（24 上左～下右）
　　　　棻、紛《廣韻》撫文切，音同通用。

潰 huì　　潰渭洞河。［李善］《蒼頡篇》曰：潰，旁決也。胡對切。（24 下右）

潰《廣韻》胡對切。

繚 liǎo　繚以周墻。［李善］繚，力鳥切。（24下右～左）

繚《廣韻》盧鳥切，與力鳥切音同。

蝃 dì　［李善］《爾雅》曰：蝃蝀，虹也。蝃音帝。（25上右）

蝃、帝《廣韻》都計切。

蝀 dǒng　［李善］蝀音董。（25上右）

蝀、董《廣韻》多動切。

虹 hóng　抗應龍之虹梁。［李善］虹音紅。（25上右）

虹、紅《廣韻》户公切。

棼 fén　列棼橑以布翼。［李善］《説文》曰：棼，複屋棟也。扶云切。（25上右）

棼《廣韻》符分切，與扶云切音同。

橑 lào　列棼橑以布翼。［李善］（《説文》）又曰：橑，椽也。梁到切。（25上右）

橑《集韻》郎到切，與梁到切音同。

枎 fóu　荷棟枎而高驤。［李善］《爾雅》曰：棟謂之枎。音浮。（25上右）

枎、浮《廣韻》縛謀切。

瑱 tián　雕玉瑱以居楹。［李善］瑱與磌古字通，並徒年切。（25上右）

瑱《廣韻》他甸切，透母去聲；磌《廣韻》徒年切，定母平聲。

渥 wò　五色之渥彩。［李善］《毛詩》曰：顏如渥丹。鄭玄曰：渥，厚漬也。烏學切。
（25上右）

渥《廣韻》於角切，與烏學切音同。

爓 yàn　光爓音艷朗以景彰。（25上右）

爓、艷《廣韻》以贍切。

堿 cè　於是左堿右平。［李善］摯虞《決疑要注》：堿者，爲陛級也。七則切。（25
上左）

堿《廣韻》七則切。

鐻 jù　［李善］《史記》曰：始皇大收天下兵器，聚之咸陽，銷以爲鐘鐻，鑄金人十二，
重各千斤，置宫中。徐廣曰：鐻音巨。（25上左）

鐻、巨《廣韻》其吕切。

闒 tà　門闒洞開。［李善］闒，他曷切。（25上左）

闒《廣韻》他達切，與他曷切音同。

虡 jù　　列鍾虡於中庭。[李善]《毛詩》曰:設業設虡。毛萇曰:植曰虡,與鐻古字通也。
　（25 上左）

　　　　　虡、鐻《廣韻》其呂切,音同通用。

閾 xú　　仍增崖而衡閾。[李善]孔安國《論語注》:閾,門限也。胡瘟切。（25 上左）
　　　　　閾《廣韻》況逼切,曉母;胡瘟切,匣母。

崔 zuī　　增盤崔嵬。[李善]毛萇《詩傳》曰:崔,高大也。兹瑰切。（25 下右）
　　　　　崔《廣韻》倉回切,清母;兹瑰切,精母。

嵬 wéi　　增盤崔嵬。[李善]王逸《楚辭注》曰:嵬,高也。才迴切。（25 下右）
　　　　　嵬《廣韻》五灰切,疑母;才迴切,從母。建州本(第28頁)、奎章閣本(第30頁)、
　　　明州本(第26頁)嵬下注"五回",是。五回切與五灰切音同。

炤 zhào　　登降炤爛。[李善]《廣雅》曰:炤,明也。音照。（25 下右）
　　　　　炤、照《廣韻》之少切。

爛 làn　　登降炤爛。[李善]爛,亦明也。力旦切。（25 下右）
　　　　　爛《廣韻》郎旰切,與力旦切音同。

茵 yīn　　乘茵步輦。[李善]鄭玄《禮記注》曰:茵,蓐也。於申切。（25 下右）
　　　　　茵《廣韻》於真切,與於申切音同。

裛 yè　　裛以藻繡。[李善]《説文》曰:裛,纏也。於劫切。（25 下左）
　　　　　裛《廣韻》於業切,與於劫切音同。

釭 gāng　　金釭銜璧。[李善]釭,古雙切。（25 下左）
　　　　　釭《廣韻》古雙切。

釦 kòu　　於是玄墀釦砌。[李善]《説文》曰:釦,金飾器。枯後切。（26 上右）
　　　　　釦《廣韻》苦后切,與枯後切音同。

砌 qì　　於是玄墀釦砌。[李善]《廣雅》曰:砌,阰也。且計切。（26 上右）
　　　　　砌《廣韻》七計切,與且計切音同。

碝 ruǎn　　碝碱綵緻。[李善]《説文》曰:碝,石之次玉也。如兗切。（26 上右）
　　　　　碝《廣韻》而兗切,與如兗切音同。

碱 qì　　䃋碱綵緻。[李善]碱,碝類也。音戚。（26 上右）
　　　　　碱、戚《廣韻》倉歷切。

颯 sà　　紅羅颯纚。[李善]薛綜《西京賦注》曰:颯纚,長袖貌也。颯,思合切。（26
　上右）

飃《廣韻》蘇合切，與思合切音同。

纚 shǐ　　紅羅飃纚。［李善］薛綜《西京賦注》曰：飃纚，長袖貌也。纚，山綺切。（26
　　　上右）

纚《廣韻》所綺切，與山綺切音同。

繽 pīn　　綺組繽紛。［李善］王逸曰：繽紛，盛貌也。繽，匹人切。（26上右）

繽《廣韻》匹賓切，與匹人切音同。

迭 dié　　更盛迭貴。［李善］《方言》曰：迭，代也。徒結切。（26上左）

迭《廣韻》徒結切。

娙 xíng　　［李善］娙音刑。（26上左）

娙、刑《廣韻》戶經切。

螫 shì　　盪亡秦之毒螫。［李善］《說文》曰：螫，行毒也。舒亦切。（26上左～下右）

螫《廣韻》施隻切，與舒亦切音同。

贅 zhuì　　［李善］贅，之銳切。（26下左）

贅《廣韻》之芮切，與之銳切音同。

亙 gèng　　北彌明光而亙長樂。［李善］《方言》曰：亙，竟也。亙與絚古字通。（27
　　　上右）

亙、絚《廣韻》古鄧切。

隥 dèng　　凌隥道而超西墉。［李善］薛綜《西京賦注》曰：隥，閣道也。丁鄧切。（27
　　　上右）

隥《廣韻》都鄧切，與丁鄧切音同。

掍 hùn　　掍建章而連外屬。［李善］《方言》曰：掍，同也。音義與混同。胡本切。（27
　　　上右）

掍、混《廣韻》胡本切。

觚 gū　　上觚稜而棲金爵。［李善］應劭曰：觚，八觚，有隅者也。音孤。（27上右）

觚、孤《廣韻》古胡切。

稜 léng　　上觚稜而棲金爵。［李善］稜，落登切。（27上右）

稜《廣韻》魯登切，與落登切音同。

嶕 jiāo　　內則別風之嶕嶢。［李善］《廣雅》曰：嶕嶢，高也。嶕，茲堯切。（27上
　　　右～左）

嶕《集韻》茲消切，宵韻；茲堯切，蕭韻。

駘 dài　經駘盪而出馺娑。［李善］駘音殆。（27 上左）
　　　　駘、殆《廣韻》徒亥切。

馺 sà　經駘盪而出馺娑。［李善］馺,素合切。（27 上左）
　　　　馺《廣韻》蘇合切,與素合切音同。

娑 suǒ　經駘盪而出馺娑。［李善］娑,蘇可切。（27 上左）
　　　　娑《廣韻》蘇可切。

枍 yì　洞枍詣以與天梁。［李善］枍,烏詣切。（27 上左）
　　　　枍《廣韻》於計切,與烏詣切音同。

軼 yì　軼雲雨於太半。［李善］《三蒼》曰:軼,從後出前也。餘質切。（27 上左）
　　　　軼《廣韻》夷質切,與餘質切音同。

楣 méi　虹霓迴帶於棼楣。［李善］《爾雅》曰:楣謂之梁。靡飢切。（27 上左）
　　　　楣《廣韻》武悲切,與靡飢切音同。

儦 piào　雖輕迅與儦狡。［李善］《方言》曰:儦,輕也。芳妙切。（27 上左）
　　　　儦《廣韻》匹妙切,與芳妙切音同。

狡 jiǎo　雖輕迅與儦狡。［李善］鄭玄《禮記注》曰:狡,疾也。古飽切。（27 上左）
　　　　狡《廣韻》古巧切,與古飽切音同。

愕 è　猶愕眙而不能階。［李善］《字書》曰:愕,驚也。五各切。（27 上左）
　　　　愕《廣韻》五各切。

眙 chì　猶愕眙而不能階。［李善］《字林》曰:眙,驚貌。勑吏切。（27 上左～下右）
　　　　眙《廣韻》丑吏切,與勑吏切音同。

幹 hán　攀井幹而未半。［李善］幹音寒。（27 下右）
　　　　幹《集韻》河干切,寒《廣韻》胡安切,音同。

眴 xuàn　目眴轉而意迷。［李善］《蒼頡篇》云:眴,視不明也。侯遍切。（27 下右）
　　　　眴《廣韻》黃練切,與侯遍切音同。

欞 líng　舍欞檻而卻倚。［李善］《說文》:欞,楯閒子也。力丁切。（27 下右）
　　　　欞《廣韻》郎丁切,與力丁切音同。

檻 xiàn　舍欞檻而卻倚。［李善］王逸《楚辭〔注〕》曰:檻,楯也。胡黯切。（27 下右）
　　　　檻《廣韻》胡黤切,檻韻;胡黯切,豏韻。

怳 huǎng　魂怳怳以失度。［李善］王逸《楚辭注》曰:怳,失意也。況往切。（27 下右）
　　　　怳《廣韻》許昉切,與況往切音同。

杳 yǎo　　又杳篠而不見陽。［李善］《廣雅》曰：窈窕，深也。窈與杳同，烏鳥切。（27
　　下右）

　　　　杳、窈《廣韻》烏皎切，與烏鳥切音同。

篠 tiào　　又杳篠而不見陽。［李善］篠，他弔切。（27下右）

　　　　篠《廣韻》他弔切。

排 pái　　排飛闥而上出。［李善］《廣雅》曰：排，推也。簿階切。（27下右）

　　　　排《廣韻》步皆切，與簿階切音同。

濫 làn　　濫瀛洲與方壺。［李善］《說文》曰：濫，泛也。力暫切。（27下左）

　　　　濫《廣韻》盧瞰切，與力暫切音同。

峻 xùn　　巖峻嶇崒。［李善］《說文》曰：峻，峭高也。峻，思俊切。（27下左）

　　　　峻《廣韻》私閏切，與思俊切音同。

嶇 qiú　　巖峻嶇崒。［李善］嶇，高貌也。慈由切。（27下左）

　　　　嶇《廣韻》自秋切，與慈由切音同。

崒 jú　　巖峻嶇崒。［李善］《爾雅》曰：崒者，厜㕒也。慈恤切。（27下左）

　　　　崒《廣韻》昨沒切，沒韻；慈恤切，術韻。

峥 chéng　金石峥嶸。［李善］郭璞《方言注》曰：峥嶸，高峻也。峥，力耕切。（27下左）
　　　　峥《廣韻》士耕切，崇母；力耕切，來母。奎章閣本（第34頁）、明州本（第28頁）、
　　　　建州本（第31頁）峥下注"仕耕"，《後漢書》（1346～1347頁）李賢注："峥音仕
　　　　耕反。"仕耕切與士耕切音同。

嶸 hóng　金石峥嶸。［李善］嶸，胡萌切。（27下左）

　　　　嶸《廣韻》戶萌切，與胡萌切音同。

擢 zhuó　擢雙立之金莖。［李善］《方言》曰：擢，抽也。達卓切。（27下左）

　　　　擢《廣韻》直角切，澄母；達卓切，定母。

堨 ài　　軼埃堨之混濁。［李善］許慎《淮南子注》曰：堨，埃也。堨與壒同，於害切。
　　（27下左）

　　　　堨、壒《集韻》於蓋切，與於害切音同。

顥 hào　　鮮顥氣之清英。［李善］《說文》曰：顥，白貌。胡暠切。（27下左～28上右）

　　　　顥《廣韻》胡老切，與胡暠切音同。

罘 fóu　　罘網連紘。［李善］鄭玄《禮記注》曰：獸罟曰罘。扶流切。（28上左）

　　　　罘《廣韻》縛謀切，與扶流切音同。

紘 hóng 罘網連紘。［李善］紘，罘之網也。胡萌切。（28 上左）
紘《廣韻》户萌切，與胡萌切音同。

絡 luò 籠山絡野。［李善］《方言》曰：絡，繞也。来各切。（28 上左）
絡《廣韻》盧各切，與來各切音同。

酆 fēng 遂繞酆鄗。［李善］杜預《左氏傳注》曰：酆，在始平鄠東。孚宫切。（28 上
左～下右）
酆《廣韻》敷空切，與孚宫切音同。

鄗 hào 遂繞酆鄗。［李善］《説文》曰：鎬，在上林苑中。鎬與鄗同，胡道切。（28
上左～下右）
鄗《廣韻》胡老切，與胡道切音同。

震 zhēn 震震爚爚。［李善］震震爚爚，光明貌也。震，之人切。（28 上左～下右）
震《古今韻會舉要》之人切。

爚 yuè 震震爚爚。［李善］《字指》曰：㸌爚，電光也。弋灼切。（28 上左～下右）
爚《廣韻》以灼切，與弋灼切音同。

蹂 rǒu 蹂躙其十二三。［李善］《字林》曰：蹂，踐也。汝九切。（28 上左～下右）
蹂《廣韻》人九切，與汝九切音同。

躙 lìn 蹂躙其十二三。［李善］《説文》曰：躙，轢也。躙與躪同，力振切。（28 上
左～下右）
躙、躪異體。躙、躪《集韻》良刃切，與力振切音同。

拗 yù 乃拗怒而少息。［李善］拗，猶抑也，於六切。（28 上左～下右）
拗《集韻》乙六切，與於六切音同。

伙 cì 爾乃期門伙飛。［李善］（《漢書》）又曰：伙飛，掌弋射。伙音次。（28 下右）
伙、次《廣韻》七四切。

鑽 zuān 列刃鑽鍭。［李善］《蒼頡篇》曰：攢，聚也。鑽與攢同，作官切。（28 下右）
攢、攢異體。鑽、攢《集韻》祖官切，與作官切音同。

鍭 hóu 列刃鑽鍭。［李善］《爾雅》曰：金鏃翦羽謂之鍭。胡溝切。（28 下右）
鍭《廣韻》户鉤切，與胡溝切音同。

趹 jué 要趹追蹤。［李善］《廣雅》曰：趹，奔也。古穴切。（28 下右）
趹《廣韻》古穴切。

掎 jǐ 機不虚掎。［李善］《説文》曰：掎，偏引也。居蟻切。（28 下右）

　　　　　　掎《廣韻》居綺切，與居蟻切音同。

飆 biāo　　飆飆紛紛。［李善］《說文》曰：飆，古飆字也。俾姚切。（28 下右）

　　　　　　飆《集韻》卑遙切，與俾姚切音同。

繳 zhuó　　繒繳相纏。［李善］《說文》曰：繳，生絲縷也。之若切。（28 下右）

　　　　　　繳《廣韻》之若切。

灑 shǎi　　灑野蔽天。［李善］（《說文》）又曰：灑，所買切。（28 下右）

　　　　　　灑《廣韻》所蟹切，與所買切音同。

狖 yòu　　猨狖失木。［李善］《蒼頡篇》曰：狖似狸。與救切。（28 下右～左）

　　　　　　狖《廣韻》余救切，與與救切音同。

懾 zhé　　豺狼懾竄。［李善］鄭玄《毛詩箋》曰：懾，懼也。章涉切。（28 下左）

　　　　　　懾《廣韻》之涉切，與章涉切音同。

蹶 guì　　狂兕觸蹶。［李善］《廣雅》曰：蹶踶，跳也。蹶，居衛切。（28 下左）

　　　　　　蹶《廣韻》居衛切。

踶 dì　　　［李善］《廣雅》曰：蹶、踶，跳也。踶，徒帝切。（28 下左）

　　　　　　踶《廣韻》特計切，與徒帝切音同。

跳 tiáo　　［李善］跳，達彫切。（28 下左）

　　　　　　跳《廣韻》徒聊切，與達彫切音同。

扼 è　　　扼猛噬。［李善］《說文》曰：捉，搤也。搤與扼古字通，於責切。（28 下左）

　　　　　　扼、搤《集韻》乙革切，與於責切音同。

噬 shì　　扼猛噬。［李善］王弼《周易注》曰：噬，齧也。音誓。（28 下左）

　　　　　　噬、誓《廣韻》時制切。

挫 zuò　　脫角挫脰。［李善］鄭玄《禮記注》曰：挫，折也。祖過切。（28 下左）

　　　　　　挫《廣韻》則臥切，與祖過切音同。

脰 dòu　　脫角挫脰。［李善］何休《公羊傳〔注〕》曰：脰，頸也。徒鏤切。（28 下左）

　　　　　　脰《廣韻》徒候切，與徒鏤切音同。

搏 bó　　　徒搏獨殺。［李善］《爾雅》曰：暴虎，徒搏也。郭璞曰：空手執曰搏。補洛切。
（28 下左）

　　　　　　搏《廣韻》補各切，與補洛切音同。

狻 suān　　［李善］《爾雅》曰：狻猊如虦貓，食虎豹。郭璞曰：即師子也。狻，先九切。（28
下左）

狻《廣韻》素官切,與先丸切音同。

猊 ní 　　[李善]猊,五奚切。(28下左)

猊《廣韻》五稽切,與五奚切音同。

虦 zhàn 　　[李善]虦音棧。(28下左)

虦、虥異體。虥、棧《廣韻》士諫切。

貓 miáo 　　[李善]貓音苗。(28下左)

貓、苗《廣韻》武瀌切。

拖 duò 　　拖熊螭。[李善]《説文》曰:拖,曳也。徒可切。(28下左)

拖《集韻》待可切,與徒可切音同。

螭 chī 　　拖熊螭。[李善]歐陽《尚書説》曰:螭,猛獸也。勑離切。(28下左)

螭《廣韻》丑知切,與勑離切音同。

犛 lí 　　曳犀犛。[李善](郭璞《山海經注》)又曰:犛,黑色,出西南徼外。力之切。(28下左~29上右)

犛《廣韻》里之切,與力之切音同。

嶄 chán 　　蹶嶄巖。[李善]毛萇《詩傳》曰:嶄巖,高峻之貌也。七咸切。(28下左~29上右)

嶄《廣韻》鋤銜切,崇母銜韻;七咸切,清母咸韻。奎章閣本(第36頁)、明州本(第29頁)七作"士",當是。士,崇母。

榭 xiè 　　歷長楊之榭。[李善]《爾雅》曰:闍謂之臺,有木謂之榭。辭夜切。(29上右)

辭、辝異體。榭《廣韻》辝夜切。

炰 páo 　　陳輕騎以行炰。[李善]《毛詩》曰:炰之燔之。毛萇曰:以毛曰炰。薄交切。(29上右)

炰《廣韻》薄交切。

釂 jiào 　　舉烽命釂。[李善]《説文》曰:釂,飲酒盡。子曜切。(29上右)

釂《廣韻》子肖切,與子曜切音同。

隄 dī 　　芳草被隄。[李善]《説文》曰:隄,塘也。都奚切。(29上左)

隄《廣韻》都奚切。

茝 chǎi 　　蘭茝發色。[李善]《爾雅》曰:芹茝,蘪蕪。郭璞曰:香草也。茝,齒改切。(29上左)

茝《廣韻》昌給切,與齒改切音同。

摛 chī　　若摛錦布繡。[李善]《説文》曰：摛，舒也。勑離切。（29 上左）
　　　摛《廣韻》丑知切，與勑離切音同。

鷕 yǎo　　[李善]《爾雅》曰：鷕，頭鵁。郭璞曰：似鳧。鷕，烏絞切。（29 上左）
　　　鷕《廣韻》於絞切，與烏絞切音同。

鴞 xiāo　　黄鵠鴞鸛。[李善]鴞，呼交切。（29 上左）
　　　鴞《集韻》虛交切，與呼交切音同。

鴰 guō　　鶬鴰鴰鶄。[李善]《爾雅》曰：鶬，麋鴰也。鴰音括。（29 上左～下右）
　　　鴰、括《廣韻》古活切。

鴇 bǎo　　鶬鴰鴇鶄。[李善]郭璞《上林賦注》曰：鴇似鴈，無後指。鴇音保。（29 上
　　左～下右）
　　　鴇、保《廣韻》博抱切。

鶃 yì　　鶬鴰鴇鶃。[李善]杜預《左氏傳注》曰：鶃，水鳥也。五激切。（29 上左～
　　下右）
　　　鶃《廣韻》五歷切，與五激切音同。

輚 zhàn　　於是後宮乘輚輅。[李善]《埤蒼》曰：輚，臥車也。士眼切。（29 下右）
　　　輚《廣韻》士限切，與士眼切音同。

澹 dàn　　澹淡浮。[李善]澹淡，蓋隨風之貌也。澹，達濫切。（29 下右）
　　　澹《廣韻》徒濫切，與達濫切音同。

淡 dàn　　澹淡浮。[李善]淡，徒敢切。（29 下右）
　　　淡《廣韻》徒敢切。

櫂 zhào　　櫂女謳。[李善]《方言》曰：楫謂之櫂。直教切。（29 下右）
　　　櫂《廣韻》直教切。

謳 ōu　　櫂女謳。[李善]《説文》曰：謳，齊歌也。於侯切。（29 下右）
　　　謳《廣韻》烏侯切，與於侯切音同。

訇 hōng　　訇屬天。[李善]《聲類》曰：訇，音大也。呼宏切。（29 下右）
　　　訇《集韻》呼宏切。

窺 kuī　　魚窺淵。[李善]《方言》曰：窺，視也。缺規切。（29 下右）
　　　窺《廣韻》去隨切，與缺規切音同。

揄 tóu　　揄文竿。[李善]《説文》曰：揄，引也。音頭。（29 下右）
　　　揄、頭《廣韻》度侯切。

鰈 tà　　[李善]《爾雅》曰:東方有比目魚焉,不比不行,其名謂之鰈。他合切。(29 下左)
　　　　鰈《廣韻》吐盍切,盍韻;他合切,合韻。

㩅 zhuō　　撫鴻㩅。[李善]《爾雅》曰:爵謂之㩅。㩅,㩅也。〔㩅〕,竹劣切。(29 下左)
　　　　㩅《廣韻》陟劣切,與竹劣切音同。

繴 bì　　[李善]郭璞曰:繴音璧。(29 下左)
　　　　繴、璧《廣韻》北激切。

俛 miǎn　　俛仰極樂。[李善]杜預《左氏傳注》曰:俛,俯也。音免。(29 下左)
　　　　俛、免《廣韻》亡辨切。

畎 juǎn　　農服先疇之畎畝。[李善]《尚書》曰:濬畎澮。孔安國曰:廣尺深尺曰畎。
　　古犬切。(30 上右)
　　　　畎《廣韻》姑泫切,與古犬切音同。

《東都賦》

幾 qí　　生人幾亡。[李善]杜預《左氏傳注》曰:幾,近也。渠機切。(30 下右)
　　　　幾《廣韻》渠希切,與渠機切音同。

郛 fū　　郛罔遺室。[李善]杜預《左氏傳注》曰:郛,郭也。芳俱切。(30 下右)
　　　　郛《廣韻》芳無切,與芳俱切音同。

系 xì　　系唐統。[李善]《爾雅》曰:系,繼也。奚計切。(31 上右)
　　　　系《廣韻》胡計切,與奚計切音同。

啿 dàn　　[李善]《漢書》曰:群生啿啿。音湛。(31 上右)
　　　　啿、湛《集韻》徒感切。

毓 yù　　豐圃草以毓獸。[李善]毓與育音義同。(32 上右~左)
　　　　毓、育《廣韻》余六切。

梣 chēn　　鳳蓋棽麗。[李善]《说文》曰:棽,大枝條。棽音林。(32 下右)
　　　　棽《廣韻》丑林切,徹母,又所今切,生母;林《廣韻》力尋切,來母。奎章閣本(第
　　42 頁)、明州本(第 33 頁)、建州本(第 38 頁)棽下注直音"林"。棽讀來母,隋唐時
　　韻書、字書和史書音義不載。棽,《王三》注丑林、所金二反(《唐五代韻書集存》第
　　467~468 頁),《漢書》(第 3438、4122、4168 頁)顏注"音所林反",《後漢書》(第
　　872 頁)李賢注"音丑金反"。棽《廣韻》丑林切下注"又音林",然力尋切下不見。

麗 lí　　鳳蓋棽麗。[李善]麗音離。(32 下右)
　　　　麗、離《廣韻》呂支切。

龢 hé　龢鑾玲瓏。［李善］龢與和音義通。（32 下右）
　　　龢、和《廣韻》户戈切。

玲 líng　龢鑾玲瓏。［李善］《埤蒼》曰：玲瓏，玉聲也。玲，力經切。（32 下右）
　　　玲《廣韻》郎丁切，與力經切音同。

瓏 lóng　龢鑾玲瓏。［李善］瓏，力東切。（32 下右）
　　　瓏《廣韻》盧紅切，與力東切音同。

鋋 chán　戈鋋彗雲。［李善］《説文》曰：鋋，小矛也。音澶。（32 下右）
　　　鋋、澶《廣韻》市連切。

彗 suì　戈鋋彗雲。［李善］（《説文》）又曰：彗，掃竹也。蘇類切。（32 下右）
　　　彗《集韻》雖遂切，與蘇類切音同。

焱 yàn　焱焱炎炎。［李善］《説文》曰：焱，火華也。弋劍切。（32 下右～左）
　　　焱《廣韻》以贍切，豔韻；弋劍切，梵韻。

炎 yán　焱焱炎炎。［李善］《字林》曰：炎，火光。于拈切。（32 下右～左）
　　　炎《廣韻》于廉切，與于拈切音同。

欨 hē　欨野歕山。［李善］《説文》曰：欨，啜也。火合切。（32 下右～左）
　　　欨《廣韻》呼合切，與火合切音同。

歕 pèn　欨野歕山。［李善］歕，吹氣也。敷悶切。（32 下右～左）
　　　歕《廣韻》普悶切，與敷悶切音同。

震 zhēn　丘陵爲之搖震。［李善］震協韻音真。（32 下右～左）
　　　震《廣韻》章刃切，去聲；真《廣韻》職鄰切，平聲。韻腳字爲文山震，平聲韻段，
　　震注平聲協韻。

駢 pián　駢部曲。［李善］駢，猶併也。步田切。（32 下左）
　　　駢《廣韻》部田切，與步田切音同。

隊 duì　列校隊。［李善］杜預《左氏傳注》曰：百人爲一隊。徒對切。（32 下左）
　　　隊《廣韻》徒對切。

鉦 zhēng　［李善］《毛詩》曰：鉦人伐鼓。鉦，之成切。（32 下左）
　　　鉦《廣韻》諸盈切，與之成切音同。

睼 dì　弦不睼禽。［李善］《説文》曰：睼，視也。音遞。（32 下左～33 上右）
　　　睼、題異體。題、遞《廣韻》特計切。

踠 wǎn　馬踠餘足。［李善］踠，屈也。於遠切。（33 上右）

跑《廣韻》於阮切,與於遠切音同。

矙 kàn 矙四裔而抗稜。［李善］《字書》曰:矙,望也。苦暫切。(33上左)

矙《廣韻》苦濫切,與苦暫切音同。

讋 zhé 莫不陸讋水慄。［李善］《説文》曰:讋,失氣也。章涉切。(33上左)

讋《廣韻》之涉切,與章涉切音同。

鏗 kēng 鐘鼓鏗鍧。［李善］鏗,苦耕切。(33下右~左)

鏗《廣韻》口莖切,與苦耕切音同。

鍧 hóng 鐘鼓鏗鍧。［李善］鍧,亦聲也。呼萌切。(33下右~左)

鍧《廣韻》呼宏切,與呼萌切音同。

煜 yù 管絃燁煜。［李善］燁煜,聲之盛。煜,由鞠切。(33下右~左)

煜《廣韻》余六切,與由鞠切音同。

間 jiàn 四夷間奏。［李善］孔安國《尚書傳》曰:間,迭也。古莧切。(33下左)

間《廣韻》收錄平、去二讀,去聲標記。

僸 jìn 僸佅兜離。［李善］僸音禁。(33下左)

僸、禁《廣韻》居蔭切。

佅 mài 僸佅兜離。［李善］佅,莫芥切。(33下左)

佅《廣韻》莫話切,夬韻;莫芥切,怪韻。

兜 dōu 僸佅兜離。［李善］兜,丁侯切。(33下左)

兜《廣韻》當侯切,與丁侯切音同。

莘 shēn 俎豆莘莘。［李善］毛萇《詩傳》曰:莘莘,眾多也。莘,所巾切。(34上左~下右)

莘《廣韻》所臻切,臻韻;所巾切,真韻。

讜 dǎng 讜言弘説。［李善］《字林》曰:讜,美言也。音黨。(34下右)

讜、黨《廣韻》多朗切。

嵕 zōng 秦嶺九嵕則工切。(34下左)

嵕《廣韻》子紅切,與則工切音同。

矍 xué 西都賓矍然失容。［李善］《説文》曰:矍,驚視貌也。許縛切。(35上左)

矍《集韻》悅縛切,與許縛切音同。

慄 dié 慄然意下。［李善］《周書》曰:臨攝以威面氣慄。慄猶恐懼也。徒頰切。(35上右)

憟《廣韻》徒協切，與徒頰切音同。

皤 pó　皤皤國老。［李善］《說文》曰：皤，老人貌也。蒲河切。（35 下右）
　　　　皤《廣韻》薄波切，戈韻；蒲河切，歌韻。

蕃 fán　庶草蕃音繁廡音武。（35 下左）
　　　　蕃、繁《廣韻》附袁切。

廡 wǔ　庶草蕃音繁廡音武。（35 下左）
　　　　廡、武《廣韻》文甫切。

歊 xiāo　吐金景兮歊浮雲。［李善］《說文》曰：歊，氣上出貌。呼朝切。（36 上右）
　　　　歊《廣韻》許嬌切，與呼朝切音同。

《西京賦》

憑 píng　有憑虛公子者。善曰：憑，皮冰切。（36 下左）
　　　　憑《廣韻》扶冰切，蒸韻；皮兵切，庚韻。

夈 chǐ　心夈體忕。善曰：《聲類》曰：夈，侈字也。昌氏切。（36 下左）
　　　　夈、侈《集韻》敞尒切，與昌氏切音同。

偆 chǔn　善曰：偆者，喜樂之貌也。偆，充尹切。（36 下左）
　　　　偆《廣韻》尺尹切，與充尹切音同。

湫 jiū　善曰：秋之言猶湫也。湫者，憂悲之狀也。湫，子由切。（36 下左）
　　　　湫《廣韻》即由切，與子由切音同。

尠 xiǎn　慘則尠於驪。善曰：尠，少也，與鮮通也。（37 上右）
　　　　尠、鮮《廣韻》息淺切，音同通用。

褊 biǎn　勞則褊於惠。善曰：《廣雅》曰：褊，狹也。卑緬切。（37 上右）
　　　　褊《廣韻》方緬切，與卑緬切音同。

覈 hé　何以覈諸。［薛綜］覈，驗也。胡革切。（37 上右）
　　　　覈《廣韻》下革切，與胡革切音同。

贔 bì　巨靈贔屭。善曰：贔，扶祕切。（37 上左～下右）
　　　　贔《廣韻》平祕切，與扶祕切音同。

屭 xì　巨靈贔屭。善曰：屭，許備切。（37 上左～下右）
　　　　屭《廣韻》虛器切，與許備切音同。

蹠 zhí　高掌遠蹠。善曰：蹠，之石切。（37 上左～下右）
　　　　蹠《廣韻》之石切。

矍 jué　善曰：楊雄《河東賦》曰：河靈矍踢，掌華蹈裏。矍，居縛切。（37 上左～下右）
　　　　矍《廣韻》居縛切。

踢 chuò　善曰：踢，丑略切。（37 下右）
　　　　踢《集韻》勑略切，與丑略切音同。

坁 dǐ　右有隴坁之隘。善曰：坁，丁禮切。（37 下右）
　　　　坁《廣韻》都禮切，與丁禮切音同。

閡 ài　隔閡華戎。善曰：《小雅》曰：閡，限也。五代切。（37 下右）
　　　　閡《廣韻》五漑切，與五代切音同。

汧 qiān　岐梁汧雍。善曰：汧音牽。（37 下右）
　　　　汧、牽《廣韻》苦堅切。

崛 yù　隆崛崔崒。善曰：《埤蒼》曰：崛，特起也。魚勿切。（37 下右）
　　　　崛《廣韻》魚勿切。

崔 cuí　隆崛崔崒。善曰：崔，徂回切。（37 下右）
　　　　崔《集韻》昨回切，與徂回切音同。

崒 jú　隆崛崔崒。善曰：崒，情律切。（37 下右）
　　　　崒《廣韻》慈卹切，與情律切音同。

轔 lín　隱轔鬱律。善曰：轔，怜軫切。（37 下右）
　　　　轔《廣韻》力珍切，與怜軫切音同。

嶓 bō　連岡乎嶓冢。善曰：嶓音波。（37 下右）
　　　　嶓、波《廣韻》博禾切。

鄠 hù　抱杜含鄠音户。（37 下右）
　　　　鄠、户《廣韻》侯古切。

欱 hē　欱灃吐鎬。善曰：《説文》曰：欱，歠也。呼合切。（37 下右～左）
　　　　欱《廣韻》呼合切。

歠 chuò　善曰：歠，昌悦切。（37 下右～左）
　　　　歠《廣韻》昌悦切。

踞 jù　據渭踞涇。善曰：踞，却倚也。音據。（37 下左）
　　　　踞、據《廣韻》居御切。

澶 dàn　澶漫靡迤。善曰：澶，徒旦切。（37 下左）
　　　　澶《廣韻》徒案切，與徒旦切音同。

漫 màn　　澶漫靡迤。善曰：漫，莫半切。（37 下左）
　　　　　　漫《廣韻》莫半切。

沍 hù　　　涸陰沍寒。善曰：沍，胡故切。（37 下左）
　　　　　　沍《廣韻》胡誤切，與胡故切音同。

汁 zhī　　五緯相汁。善曰：《方言》曰：汁，叶也。之十切。（38 上右～左）
　　　　　　汁《廣韻》之入切，與之十切音同。

輅 hé　　　婁敬委輅。善曰：應劭曰：輅，謂以木當胸以輓輦也。輅，胡格切。（38 上左）
　　　　　　輅《集韻》轄格切，與胡格切音同。

幹 gàn　　幹非其議。善曰：幹音干。（38 上左）
　　　　　　幹、干《廣韻》古案切。

惎 jì　　　人惎之謀。善曰：惎音忌。（38 上左）
　　　　　　惎、忌《廣韻》渠記切。

滔 tāo　　天命不滔。善曰：《左氏傳》子高曰：天命不滔。滔與謟音義同。（38 上左）
　　　　　　滔、謟《廣韻》土刀切。

袤 mòu　　考廣袤。善曰：《說文》曰：南北曰袤。莫又切。（38 下右）
　　　　　　袤《廣韻》莫候切，候韻；莫又切，宥韻。

洫 xù　　　經城洫。善曰：《周禮》曰：廣八尺、深八尺謂之洫。呼域切。（38 下右）
　　　　　　洫《廣韻》況逼切，與呼域切音同。

郛 fū　　　營郭郛。善曰：《公羊傳》曰：郛者何？域外大郭也。芳俱切。（38 下右）
　　　　　　郛《廣韻》芳無切，與芳俱切音同。

亙 gèng　亙雄虹之長梁。善曰：亙，古鄧切。（38 下右～左）
　　　　　　亙《廣韻》古鄧切。

蔕 dì　　　蔕倒茄於藻井。善曰：《聲類》曰：蔕，果鼻也。蔕音帝。（38 下左）
　　　　　　蔕、帝《廣韻》都計切。

葩 pā　　　披紅葩之狎獵。善曰：《說文》曰：葩，華也。普華切。（38 下左）
　　　　　　葩《廣韻》普巴切，與普華切音同。

碏 xì　　　雕楹玉碏。善曰：《廣雅》曰：碏，碩也。碏與舄古字通。（38 下左）
　　　　　　碏、舄《廣韻》思積切，音同通用。

椑 pí　　　鏤檻文椑。善曰：《聲類》曰：椑，屋連緜也。婢祇切。（38 下左）
　　　　　　椑《廣韻》房脂切，與婢祇切音同。

切 qì　設切厓隒。善曰:切與砌古字通。(39 上右)
切、砌《廣韻》七計切。破假借,本字砌。

隒 yǎn　設切厓隒。善曰:《説文》曰:隒,厓也。和檢切。(39 上右)
隒《廣韻》魚檢切,疑母;和,匣母。各本皆同。檢爲三等韻,匣母不切三等,
疑有誤。

晌 xún　坻崿鱗晌。善曰:《埤蒼》曰:晌音荀。(39 上右)
晌、荀《廣韻》相倫切。

棧 zhàn　棧齴巉嶮。善曰:棧,士眼切。(39 上右)
棧《廣韻》士限切,與士眼切音同。

齴 yǎn　棧齴巉嶮。善曰:齴音眼。(39 上右)
齴《廣韻》魚蹇切,獮韻;眼《廣韻》五限切,産韻。

巉 zhàn　棧齴巉嶮。善曰:巉,助奄切。(39 上右)
巉《廣韻》仕檻切,檻韻;助奄切,琰韻。

嶮 yǎn　棧齴巉嶮。善曰:嶮,魚檢切。(39 上右)
嶮《廣韻》魚檢切。

虡 jù　猛虡趪趪。善曰:《周禮》曰:梓氏寫獸之形,大聲有力者,以爲鐘虡。虡音巨。
(39 上右~左)
虡、巨《廣韻》其吕切。

趪 huáng　猛虡趪趪。善曰:趪音黄。(39 上右~左)
趪、黄《廣韻》胡光切。

叛 pàn　叛赫戲以煇煌。善曰:叛音判。(39 上左)
叛、判《集韻》普半切。

戲 xī　叛赫戲以煇煌。善曰:戲音羲。(39 上左)
戲、戲異體。戲、羲《廣韻》許羈切。

煇 huī　叛赫戲以煇煌。善曰:煇音輝。(39 上左)
煇、輝《廣韻》許歸切。

煌 huáng　叛赫戲以煇煌。善曰:煌音皇。(39 上左)
煌、皇《廣韻》胡光切。

耽 dān　大夏耽耽。[薛綜] 耽耽,深邃之貌也。都南切。(39 下右)
耽《廣韻》丁含切,與都南切音同。

蔏 zhú　善曰:《韓詩》曰:綠蔏如簀。簀,積也。薛君曰:簀,綠蔏盛如積也。蔏音竹。(39
　　下右)

　　　　蔏《集韻》都毒切,端母沃韻;竹《廣韻》張六切,知母屋韻。

閌 kàng　高門有閌。善曰:《毛詩》曰:皋門有伉,與閌同。(39 下右)
　　　　閌、伉《廣韻》苦浪切,音同通用。

迭 dié　　遞宿迭居。善曰:《小雅》曰:迭,更也。徒結切。(39 下右)
　　　　迭《廣韻》徒結切。

徼 jiào　徼道外周。〔薛綜〕徼音叫。(39 下右~左)
　　　　徼、叫《廣韻》古弔切。

鍦 shì　　植鍦懸猷。善曰:《説文》曰:鍦,鈹有鐔也。一曰:鋋似兩刃刀。鍦,山例切。(39
　　下左)

　　　　鍦《廣韻》所例切,與山例切音同。

鈹 pī　　善曰:鈹,芳皮切。(39 下左)
　　　　鈹《廣韻》敷羈切,與芳皮切音同。

猷(瞂)fá　植鍦懸猷。善曰:《方言》曰:盾或謂之瞂。猷音伐。(39 下左)
　　　　《文選李注義疏》(第 298 ~ 299 頁):“‘瞂’各本皆誤作‘猷’,今正。”瞂、伐《廣
　　韻》房越切。

縟 rù　　采飾纖縟。善曰:《説文》曰:縟,繁采飾也。音辱。(39 下左)
　　　　縟、辱《廣韻》而蜀切。

齊 jì　　翡翠火齊。善曰:齊,才計切。(39 下左~ 40 上右)
　　　　齊《廣韻》在詣切,與才計切音同。

厊 shì　　金厊玉階。善曰:《廣雅》曰:厊,砌也。音俟。(40 上右)
　　　　厊《廣韻》鉏里切,崇母;俟《廣韻》牀史切,俟母。

煇 hún　　彤庭煇音渾煇。(40 上右)
　　　　煇、渾《廣韻》戶昆切。

璘 lín　　瓀珉璘彬。善曰:璘,力神切。(40 上右)
　　　　璘《廣韻》力珍切,與力神切音同。

彬 bīn　　瓀珉璘彬。善曰:彬,方珉切。(40 上右)
　　　　彬《廣韻》府巾切,與方珉切音同。

裁 zài　　雖厥裁之不廣。善曰:裁,才再切。(40 上右)

裁《廣韻》昨代切，與才再切音同。

般 bān　命般爾之巧匠。善曰：《淮南子》曰：魯般以木爲鳶而飛之。般音班。（40
　　上右～左）
　　　　　般、班《廣韻》布還切。

覕 mì　覕往昔之遺館。善曰：覕，亡狄切。（40上左）
　　　　　覕《廣韻》莫狄切，與亡狄切音同。

墆 dié　直墆霓以高居。善曰：墆，徒結切。（40下右）
　　　　　墆《廣韻》徒結切。

霓 niè　直墆霓以高居。善曰：霓，五結切。（40下右）
　　　　　霓《廣韻》五結切。

眇 miǎo　通天眇以竦峙。善曰：眇音眇。（40下右）
　　　　　眇、眇《廣韻》亡沼切。

辬 bān　上辬華以交紛。善曰：辬音斑，又音葩。（40下右）
　　　　　辬、斑《廣韻》布還切；葩《廣韻》普巴切。布還切，幫母删韻；普巴切，滂母麻韻。

陗 qiào　下刻陗其若削。善曰：陗，七笑切。（40下右）
　　　　　陗《廣韻》七肖切，與七笑切音同。

鶤 gūn　翔鶤仰而不逮。善曰：《穆天子傳》曰：鶤雞飛八百里。郭璞曰：鶤即鵾雞也。
　　鶤與鶤同，音昆。（40下右）
　　　　　鶤、鯤、昆《廣韻》古渾切。

頫 fǔ　伏櫺檻而頫聽。善曰：頫，古字。音府。（40下右）
　　　　　頫、府《廣韻》方矩切。

厭 yǎn　用厭火祥。善曰：厭，於冉切。（40下左）
　　　　　厭《廣韻》於琰切，與於冉切音同。

造 cào　圜闕竦以造天。善曰：《甘泉賦》曰：直嶢嶢以造天。音操。（40下左）
　　　　　造、操《廣韻》七到切。

鶱（騫）xiān　鳳騫翥於甍標。善曰：《説文》曰：騫，飛貌也。騫，許言切。（40下左）
　　　　　騫《廣韻》去乾切，溪母仙韻；許言切，曉母元韻。四庫六臣本（第1330册第41
　　頁）作“鶱”。鶱《廣韻》虛言切，與許言切音同。

翥 zhù　鳳騫翥於甍標。善曰：翥，之庶切。（40下左）
　　　　　翥《廣韻》章恕切，與之庶切音同。

隮 jī　　累層構而遂隮。[薛綜]隮,升也。子奚切。(41 上右)
　　　　隮《廣韻》祖稽切,與子奚切音同。

雰 fēn　　消雰埃於中宸。善曰:雰音氛。(41 上右)
　　　　雰、氛《廣韻》撫文切。

宸 chén　　消雰埃於中宸。善曰:宸音辰。(41 上右)
　　　　宸、辰《廣韻》植鄰切。

鬐 qí　　瞰宛虹之長鬐。善曰:鬐,渠祇切。(41 上右)
　　　　鬐《廣韻》渠脂切,與渠祇切音同。

怵 chù　　怵悼慄而慫兢。善曰:怵音黜。(41 上左)
　　　　怵、黜《廣韻》丑律切。

慄 lì　　怵悼慄而慫兢。善曰:慄音栗。(41 上左)
　　　　慄、栗《廣韻》力質切。

慫 sǒng　　怵悼慄而慫兢。善曰:《方言》曰:慫,慄也。先拱切。(41 上左)
　　　　慫《廣韻》息拱切,與先拱切音同。

趫 qiāo　　非都盧之輕趫。善曰:《說文》曰:趫,善緣木之士也。綺驕切。(41 上左)
　　　　趫《廣韻》起囂切,與綺驕切音同。

燾 dào　　燾峹桔桀。善曰:燾,徒到切。(41 上左)
　　　　燾《廣韻》徒到切。

峹 ào　　燾峹桔桀。善曰:峹,五告切。(41 上左)
　　　　峹《廣韻》五到切,與五告切音同。

桔 jí　　燾峹桔桀。善曰:桔音吉。(41 上左)
　　　　吉《廣韻》居質切,質韻;桔《廣韻》古屑切,屑韻。

眭 xiē　　眭罛庨豁。善曰:眭,呼圭切。(41 上左)
　　　　眭《廣韻》苦圭切,溪母;呼圭切,曉母。

罛 gū　　眭罛庨豁。善曰:罛,計狐切。(41 上左)
　　　　罛《廣韻》古胡切,與計狐切音同。

庨 xiāo　　眭罛庨豁。善曰:庨,呼交切。(41 上左)
　　　　庨《廣韻》許交切,與呼交切音同。

轪 niè　　飛櫩轪轪。善曰:轪,魚桀切。(41 上左)
　　　　轪《廣韻》魚列切,與魚桀切音同。

扃 jiōng　旗不脱扃。善曰：《左氏傳》曰：楚人恭之脱扃。古熒切。（41 下右）
　　　　扃《廣韻》古螢切，與古熒切音同。

蘄 qí　　結駟方蘄。善曰：蘄，巨衣切。（41 下右）
　　　　蘄《廣韻》渠之切，之韻；巨衣切，微韻。

閈 hàn　閈汗庭詭異。善曰：《蒼頡篇》曰：閈，垣也。胡旦切。（41 下右）
　　　　閈、汗《廣韻》侯旰切，與胡旦切音同。

延 yàn　轉相踰延移賤切。（41 下右）
　　　　延《廣韻》于線切，于母；移賤切，以母。

窱 tiǎo　望宨窱以徑廷。善曰：窱，他弔切。（41 下右）
　　　　窱《廣韻》他弔切。

廷 tìng　望宨窱以徑廷。善曰：廷，他定切。（41 下右）
　　　　廷《集韻》他定切。

返 fǎn　眇不知其所返。善曰：返，方萬切。（41 下右）
　　　　返《廣韻》府遠切，上聲；方萬切，去聲。韻腳字爲萬延返，去聲韻段，返注去聲
　　協韻。

墱 dèng　墱道邐倚以正東。善曰：墱，都亘切。（41 下右～左）
　　　　墱《集韻》丁鄧切，與都亘切音同。

邐 lǐ　　墱道邐倚以正東。善曰：邐，力氏切。（41 下右～左）
　　　　邐《廣韻》力紙切，與力氏切音同。

倚 jǐ　　墱道邐倚以正東。善曰：倚，其綺切。（41 下右～左）
　　　　倚《集韻》巨綺切，與其綺切音同。

弛 shǐ　城尉不弛柝。善曰：弛，詩紙切。（41 下左）
　　　　弛《集韻》賞是切，與詩紙切音同。

柝 tuò　城尉不弛柝。善曰：鄭玄《周禮注》曰：櫎，戒夜者所擊也。柝與櫎同音。（41
　　下左）
　　　　柝、櫎《廣韻》他各切。

潒 dàng　彌望廣潒。善曰：《字林》曰：潒，水潒瀁也。大朗切。（41 下左）
　　　　潒《廣韻》徒朗切，與大朗切音同。

莽 mǎng　滄池漭沆。善曰：漭，莫朗切。（41 下左）
　　　　漭《廣韻》模朗切，與莫朗切音同。

沆 hàng　　滄池沆沆。善曰：沆，胡朗切。（41 下左）
　　　　　　沆《廣韻》胡朗切。

旿 hù　　　赫旿旿以弘敞。善曰：《埤蒼》曰：旿，赤文也。音户。（41 下左）
　　　　　　旿、户《廣韻》侯古切。

壘 lěi　　　上林岑以壘嶵。善曰：壘，魯罪切。（41 下左～42 上右）
　　　　　　壘《廣韻》力軌切，旨韻；魯罪切，賄韻。

嶵 zuì　　　上林岑以壘嶵。善曰：嶵音罪。（41 下左～42 上右）
　　　　　　嶵、辠異體。辠、罪《廣韻》徂賄切。

嶄 chán　　下嶄巖以嵒齬。善曰：嶄，士咸切。（41 下左～42 上右）
　　　　　　嶄《廣韻》鋤銜切，銜韻；士咸切，咸韻。

齬 wú　　　下嶄巖以嵒齬。善曰：齬音吾。（41 下左～42 上右）
　　　　　　齬、吾《廣韻》五乎切。

隝 dǎo　　　長風激於別隝。[薛綜]水中之洲曰隝。音島。（42 上右）
　　　　　　隝、島《集韻》睹老切。

菌 jùn　　　浸石菌於重涯。善曰：菌，求隕切。（42 上右）
　　　　　　菌《廣韻》渠殞切，與求隕切音同。

要 yāo　　　要羨門乎天路。善曰：要，烏堯切。（42 上左）
　　　　　　要《廣韻》於霄切，宵韻；烏堯切，蕭韻。

陊 zhì　　　期不陊陊。善曰：《方言》曰：陊，壞也。陊，式氏切。《説文》曰：陊，落也。直
　　　　氏切。（42 下右）
　　　　　　陊、阤異體。阤《廣韻》施是切，與式氏切音同；陊《集韻》丈尒切，與直氏切音同。

錡 yǐ　　　設在蘭錡。善曰：劉逵《魏都賦注》曰：受他兵曰蘭，受弩曰錡。音蟻。（42
　　　　下右）
　　　　　　錡、蟻《廣韻》魚倚切。

闤 huán　　通闤帶闠。善曰：《蒼頡篇》曰：闤，市門。胡關切。（42 下右）
　　　　　　闤《廣韻》户關切，與胡關切音同。

裨 bī　　　裨販夫婦。[薛綜]裨販，買賤賣貴以自裨益。裨，必彌切。（42 下左）
　　　　　　裨《廣韻》府移切，與必彌切音同。

苦 gǔ　　　鬻良雜苦。善曰：《周禮》曰：辨其苦良而買之。鄭玄曰：苦讀爲盬。（42
　　　　下左）

鹽、苦《集韻》果五切。

燖 xún　善曰：晉灼曰：胃脯，今大官以十日作沸湯，燖羊胃，以末椒薑坋之記，曝使燥者也。燖，在鹽切。（43 上右）

燖《廣韻》徐鹽切，邪母；在鹽切，從母。

坋 bèn　善曰：坋，步寸切。（43 上右）

坋《廣韻》扶問切，問韻；步寸切，慁韻。

趫 qiāo　趫悍虓豴。善曰：《史記》曰：誅獌猜。獌與趫同，欺譙切。（43 上右）

趫《廣韻》起囂切，獌《集韻》丘袄切；起囂、丘袄、欺譙切音同。

悍 hàn　趫悍虓豴。善曰：《説文》曰：悍，勇也。户旦切。（43 上右）

悍《廣韻》侯旰切，與户旦切音同。

虓 xiāo　趫悍虓豴。善曰：《毛詩》曰：闞如虓虎。呼交切。（43 上右）

虓《廣韻》許交切，與呼交切音同。

貙 chū　如虎如貙。善曰：《爾雅》曰：貙獌，似貍。貙，敕珠切。（43 上右）

貙《廣韻》敕俱切，與敕珠切音同。

睚 yà　睚眦薑芥。善曰：睚，五懈切。（43 上右～左）

睚《廣韻》五懈切，去聲；五解切，上聲或去聲。永隆本（《敦煌吐魯番本文選》第 6 頁）解作“懈”。

眦 zì　睚眦薑芥。善曰：眦，在賣切。（43 上右～左）

眦《廣韻》疾智切，寘韻；在賣切，卦韻。永隆本（同上頁）、建州本（第 52 頁）、明州本（第 45 頁）同，奎章閣本（第 60 頁）作“買”。疑爲臨時變讀以構成睚眦疊韻。

薑 chài　睚眦薑芥。善曰：張揖《子虚賦注》曰：蒂介，刺鯁也。薑與蒂同，並丑介切。（43 上右～左）

薑《廣韻》丑犗切，蒂《集韻》丑邁切，夬韻；丑介切，怪韻。

釐 lí　剖析毫釐。善曰：《漢書音義》曰：十毫爲釐。力之切。（43 上左）

釐《廣韻》里之切，與力之切音同。

擘 bò　擘肌分理。善曰：鄭玄《周禮注》曰：擘，破裂也。補革切。（43 上左）

擘《廣韻》博厄切，與補革切音同。

痏 huì　所惡成創痏。善曰：《蒼頡》曰：痏，毆傷也。胡軌切。（43 上左）

痏《廣韻》榮美切，于母；胡軌切，匣母。

賑 zhěn　鄉邑殷賑。善曰：《爾雅》曰：賑，富也。之忍切。（43 上左～下右）

賑《廣韻》章忍切，與之忍切音同。

槅 gé　　商旅聯槅。善曰：《説文》曰：槅，大車枙也。居責切。（43 下右）

槅《廣韻》古核切，與居責切音同。

展 zhǎn　　隱隱展展。〔薛綜〕隱隱展展，重車聲也。丁謹切。（43 下右）

展《廣韻》知演切，知母獮韻；丁謹切，端母隱韻。

盩 zhōu　　右極盩厔。善曰：《漢書》曰：右扶風有盩厔縣。盩，張流切。（43 下右）

盩《廣韻》張流切。

厔 zhì　　右極盩厔。善曰：厔，張栗切。（43 下右）

厔、庢異體。庢《廣韻》陟栗切，與張栗切音同。

駓 bǐ　　群獸駓騃。善曰：薛君《韓詩章句》曰：趨曰駓，行曰騃。駓音鄙。（43 下左）

駓《集韻》補美切，鄙《廣韻》方美切，音同。

騃 sì　　群獸駓騃。善曰：騃音俟。（43 下左）

騃、俟《廣韻》牀史切。

峙 zhì　　聚以京峙。善曰：峙，直里切。（43 下左）

峙《廣韻》直里切。

樅 cōng　　木則樅栝楓柟。善曰：樅，七容切。（43 下左～44 上右）

樅《廣韻》七恭切，與七容切音同。

栝 guā　　木則樅栝楓柟。善曰：栝，古活切。（43 下左～44 上右）

栝《廣韻》古活切。

楓 zōng　　木則樅栝楓柟。善曰：楓，子公切。（44 上右）

楓《廣韻》子紅切，與子公切音同。

柟 nán　　木則樅栝楓柟。善曰：柟音南。（44 上右）

柟、南《廣韻》那含切。

梓 zǐ　　梓棫楩楓。善曰：梓音姊。（44 上右）

梓《廣韻》即里切，止韻；姊《廣韻》將几切，旨韻。

棫 yù　　梓棫楩楓。善曰：棫音域。（44 上右）

棫、域《廣韻》雨逼切。

楩 pián　　梓棫楩楓。善曰：郭璞《上林賦注》曰：楩，杞也，似梓。楩，鼻緜切。（44 上右）

楩《廣韻》房連切，與鼻緜切音同。

楓 fēng 　梓棫楩楓。善曰：楓音風。（44 上右）

楓、風《廣韻》方戎切。

薱 duì 　鬱蓊薆薱。善曰：薱，徒對切。（44 上右）

薱《廣韻》徒對切。

橚 sù 　橚爽櫹槮。善曰：橚音肅。（44 上右）

橚、肅《廣韻》息逐切。

櫹 xiāo 　橚爽櫹槮。善曰：櫹音簫。（44 上右）

櫹、簫《集韻》先彫切。

槮 shēn 　橚爽櫹槮。善曰：槮音森。（44 上右）

槮、森《廣韻》所今切。

葴 zhēn 　草則葴莎菅蒯。善曰：《爾雅》曰：葴，馬藍。郭璞曰：今大葉冬藍。音針。（44 上右）

葴、針《廣韻》職深切。

菅 jiān 　草則葴莎菅蒯。善曰：(《爾雅》)又曰：白華，野菅。郭璞曰：菅，茅屬。古顏切。（44 上右）

菅《廣韻》古顏切。

蒯 kuài 　草則葴莎菅蒯。善曰：《聲類》曰：蒯，草中爲索。苦怪切。（44 上右）

蒯《廣韻》苦怪切。

荔 lì 　薇蕨荔芛。善曰：《說文》曰：荔，草似蒲。音隸。（44 上右）

荔、隸《廣韻》郎計切。

芛 háng 　薇蕨荔芛。善曰：《爾雅》曰：芛，東蠡。郭璞曰：未詳。芛，胡郎切。（44 上右）

芛《廣韻》胡郎切。

莔 méng 　王芻莔臺。善曰：《爾雅》曰：莔，貝母。郭璞曰：似韭，武行切。（44 上右）

莔《廣韻》武庚切，庚韻；武行切，庚韻或唐韻。

蘠 méi 　善曰：(《爾雅》)又曰：蘠，茙葵。郭璞曰：今蜀葵。蘠音眉。（44 上右）

蘠、眉《廣韻》武悲切。

茙 róng 　善曰：茙音戎。（44 上右）

茙、戎《廣韻》如融切。

苯 běn 　苯蕁蓬茸。善曰：苯音本。（44 上左）

苯、本《廣韻》布忖切。

蕁 zǔn　苯蕁蓬茸。善曰：蕁，子本切。（44 上左）
　　　蕁《廣韻》兹損切，與子本切音同。

町 dìng　編町成篁。善曰：町音挺。（44 上左）
　　　町、挺《廣韻》徒鼎切。

泱 ǎng　泱漭馬黨切無疆。善曰：泱，烏朗切。（44 上左）
　　　泱《廣韻》烏朗切。

漭 mǎng　泱漭馬黨切無疆。（44 上左）
　　　漭《廣韻》模朗切，與馬黨切音同。

揭 jié　揭焉中峙。善曰：《説文》曰：揭，高舉也。渠列切。（44 上左）
　　　揭《廣韻》渠列切。

汜 sì　象扶桑與濛汜。善曰：《楚辭》曰：出自陽谷，入于濛汜。汜音似。（44 上左）
　　　汜、似《廣韻》詳里切。

鼉 tuó　其中則有黿鼉巨鼈。善曰：郭璞《山海經》曰：鼉，似蜥蜴。徒多切。（44
　　下右）
　　　鼉《廣韻》徒河切，與徒多切音同。

鱣 zhān　鱣鯉鱮鮦。善曰：郭璞《爾雅注》曰：鱣，似鱘。知連切。（44 下右）
　　　鱣《廣韻》張連切，與知連切音同。

鱮 xù　鱣鯉鱮鮦。善曰：鄭玄《詩箋》曰：鱮似魴。翔與切。（44 下右）
　　　鱮《廣韻》徐呂切，與翔與切音同。

鮦 tóng　鱣鯉鱮鮦。善曰：《爾雅》曰：鱧，鮦也。音童。（44 下右）
　　　鮦、童《廣韻》徒紅切。

鮪 huì　鮪鯢鱨鯊。善曰：毛萇《詩傳》曰：鮪，似鮎。鮪，乎軌切。（44 下右）
　　　鮪《廣韻》榮美切，于母；乎軌切，匣母。

鮎 nián　善曰：鮎，奴謙切。（44 下右）
　　　鮎《廣韻》奴兼切，與奴謙切音同。

鱨 cháng　鮪鯢鱨鯊。善曰：（毛萇《詩傳》）又曰：鱨，揚也。鯊，鮀也。鱨音嘗。（44 下右）
　　　鱨、嘗《廣韻》市羊切。

鷫 sù　鷫鵋鴰鶬。善曰：鷫音肅。（44 下右）
　　　鷫、肅《廣韻》息逐切。

鴐 jiā　鴐鵝鴻鴐。善曰：鴐音加。（44 下右）

　　　　　駕、加《廣韻》古牙切。

鶤 gūn　駕鵞鴻鶤。善曰：鶤音昆。（44下右）

　　　　　鶤、昆《廣韻》古渾切。

軯 pēng　沸卉軯訇。善曰：軯，芳耕切。（44下右）

　　　　　軯《集韻》披庚切，庚韻；芳耕切，耕韻。

訇 hōng　沸卉軯訇。善曰：訇，火宏切。（44下右）

　　　　　訇《廣韻》呼宏切，與火宏切音同。

衍 yǎn　衍地絡。善曰：衍，以善切。（44下左）

　　　　　衍《廣韻》以淺切，與以善切音同。

柞 zhà　柞木翦棘。善曰：賈逵《國語》曰：槎，邪斫也。柞與槎同，仕雅切。（45上右）

　　　　　柞《集韻》仕下切，槎《廣韻》士下切；仕下、士下、仕雅切音同。

罝 jiē　結罝音嗟百里。（45上右）

　　　　　罝、嗟《廣韻》子邪切。

迒 gāng　迒杜蹊塞。善曰：迒，公郎切。（45上右）

　　　　　迒《廣韻》古郎切，與公郎切音同。

麀 yōu　麀鹿麌麌。善曰：麀，於牛切。（45上右）

　　　　　麀《廣韻》於求切，與於牛切音同。

麌 yǔ　麀鹿麌麌。善曰：麌，魚矩切。（45上右）

　　　　　麌《廣韻》虞矩切，與魚矩切音同。

較 jué　倚金較。善曰：《毛詩》曰：猗重較分。音角。《説文》曰：較，車輢上曲鉤也。較，

　　工卓切。（45上右）

　　　　　較、角《廣韻》古岳切，與工卓切音同。

輢 yǐ　善曰：輢，一伎切。（45上右）

　　　　　輢《廣韻》於綺切，與一伎切音同。

儵 shū　遺光儵音叔爚。（45上右）

　　　　　儵、叔《廣韻》式竹切。

爚 yuè　遺光儵音叔爚。〔薛綜〕儵爚，有餘光也。爚音藥。（45上右）

　　　　　爚、藥《廣韻》以灼切。

篍 chòu　屬車之篍。善曰：篍，初遘切。（45上左）

　　　　　篍《廣韻》初救切，宥韻；初遘切，候韻。

獫 liàn　　載獫獢獢。善曰：獫，吕驗切。（45 上左）
　　　　獫《廣韻》力驗切，與吕驗切音同。

獢 xiāo　　載獫獢獢。善曰：獢，許喬切。（45 上左）
　　　　獢《廣韻》許嬌切，與許喬切音同。

般 bān　　奮鬛被般。善曰：《上林賦》曰：被班文。般與班古字通。（45 下右）
　　　　般、班《廣韻》布還切。

迾 liè　　迾卒清候。善曰：鄭玄《禮記注》曰：迾，遮也。迾，旅結切。（45 下左）
　　　　迾《廣韻》良辥切，薛韻；旅結切，屑韻。

緹 tí　　緹衣韎韐。善曰：《字林》曰：緹，帛丹黄色。他迷切。（45 下左）
　　　　緹《集韻》天黎切，與他迷切音同。永隆本（《敦煌吐魯番本文選》第 11 頁）迷
　　　　作“米”。緹《廣韻》他禮切，與他米切音同。

睢 huī　　睢盱拔扈。善曰：《字林》曰：睢，仰目也。睢，火佳切。（45 下左）
　　　　睢《廣韻》許維切，與火佳切音同。

盱 xū　　睢盱拔扈。善曰：盱，張目也。盱，火于切。（45 下左）
　　　　盱《廣韻》況于切，與火于切音同。

拔 bá　　睢盱拔扈。善曰：《毛詩》曰：無然畔援。鄭玄曰：畔換猶拔扈。拔與跋古字通。
　　（45 下左）
　　　　拔、跋《廣韻》蒲撥切，音同通用。

嚻 xiāo　　嚻聲震海浦。善曰：鄭玄《周禮注》曰：嚻，讙也。許朝切。（45 下左）
　　　　嚻、嚻異體。嚻《廣韻》許嬌切，與許朝切音同。

陙 zhì　　吴嶽爲之陙雉堵。（45 下左）
　　　　陙《集韻》丈尒切，紙韻；雉《廣韻》直几切，旨韻。

悷 líng　　百禽悷遽。善曰：悷音陵。（45 下左）
　　　　悷、陵《廣韻》力膺切。

遽 jù　　百禽悷遽。善曰：遽，渠庶切。（45 下左）
　　　　遽《廣韻》其據切，與渠庶切音同。

騤 kuí　　騤瞿奔觸。善曰：騤音逵。（45 下左）
　　　　騤、逵《廣韻》渠追切。

瞿 qú　　騤瞿奔觸。善曰：瞿，巨駒切。（45 下左）
　　　　瞿《廣韻》其俱切，與巨駒切音同。

瀟 sù　飛罕瀟箾。善曰：瀟音肅。（45 下左～ 46 上右）

　　　瀟、肅《廣韻》息逐切。

箾 shuò　飛罕瀟箾。善曰：箾音朔。（45 下左～ 46 上右）

　　　箾、朔《廣韻》所角切。

搤 pò　流鏑搤摲。善曰：搤，普麥切。（45 下左～ 46 上右）

　　　搤《廣韻》普麥切。

摲 pǔ　流鏑搤摲。善曰：摲，芳邈切。（45 下左～ 46 上右）

　　　摲《廣韻》匹角切，與芳邈切音同。

踂 niǎn　當足見踂。善曰：踂，女展切。（46 上右）

　　　踂《廣韻》尼展切，與女展切音同。

轢 lì　值輪被轢音歷。（46 上右）

　　　轢、歷《廣韻》郎擊切。

磧 qì　爛若磧七亦切礫。（46 上右）

　　　磧《廣韻》七迹切，與七亦切音同。

羂 juǎn　但觀罝羅之所羂結。善曰：羂，古犬切。（46 上右）

　　　羂《廣韻》姑泫切，與古犬切音同。

揘 hóng　竿殳之所揘畢。揘畢，謂撞祕也。善曰：揘音橫。（46 上右）

　　　揘《大廣益會玉篇》（第 31 頁）胡盲切；橫《集韻》胡盲切。

畢 bì　竿殳之所揘畢。善曰：畢，于筆切，又音筆。（46 上右）

　　　畢、筆《集韻》逼密切，幫母；于筆切，于母。各本皆同。疑爲臨時變讀以構成
　揘畢雙聲。

蔟 cù　叉蔟之所攙捔。善曰：蔟，楚角切。（46 上右）

　　　蔟《廣韻》千木切，清母；楚角切，初母。疑爲臨時變讀以構成叉蔟雙聲。

攙 chán　叉蔟之所攙捔。善曰：攙，士銜切。（46 上右）

　　　攙《廣韻》士咸切，咸韻；士銜切，銜韻。

捔 zhuó　叉蔟之所攙捔。善曰：捔，助角切。（46 上右）

　　　捔《廣韻》士角切，與助角切音同。

撞 chuáng　徒搏之所撞拊。善曰：撞，直江切。（46 上右）

　　　撞《廣韻》宅江切，與直江切音同。

拊 bié　徒搏之所撞拊。善曰：拊，房結切。（46 上右）

　　　　　　拟《集韻》蒲結切,與房結切音同。

獮 xiǎn　　已獮思衍切其什七八。(46 上右)
　　　　　　獮《廣韻》息淺切,與思衍切音同。

鷮 jiāo　　若夫游鷮高翬。善曰:鷮,舉喬切。(46 上右)
　　　　　　鷮《廣韻》舉喬切。

阬 gāng　　絕阬踰斥。善曰:阬音剛。(46 上右)
　　　　　　阬、剛《集韻》居郎切。

斥 chì　　絕阬踰斥。善曰:斥音尺。(46 上右)
　　　　　　斥、尺《廣韻》昌石切。

毚 chán　　毚兔聯猭。善曰:《毛詩》曰:趯趯毚兔。音讒。(46 上右～左)
　　　　　　毚、讒《廣韻》士咸切。

猭 chuán　　毚兔聯猭。善曰:猭,勑緣切。(46 上右～左)
　　　　　　猭《廣韻》丑緣切,與勑緣切音同。

骹 qiāo　　青骹摯於鞲溝下。善曰:骹,苦交切。(46 上左)
　　　　　　骹《廣韻》口交切,與苦交切音同。

鞲 gōu　　青骹摯於鞲溝下。(46 上左)
　　　　　　鞲、溝《廣韻》古侯切。

緤 xiè　　韓盧噬於緤末。善曰:緤音薛。(46 上左)
　　　　　　緤、薛《廣韻》私列切。

髬 pī　　及其猛毅髬髵。善曰:髬,普悲切。(46 上左)
　　　　　　髬《廣韻》敷悲切,與普悲切音同。

髵 ér　　及其猛毅髬髵。善曰:髵音而。(46 上左)
　　　　　　髵、而《廣韻》如之切。

伉 gāng　　莫之敢伉。善曰:伉,古郎切。(46 上左～下右)
　　　　　　伉《集韻》居郎切,與古郎切音同。

髻 mà　　朱髳髻髽。善曰:髻,莫亞切。(46 下右)
　　　　　　髻《廣韻》莫駕切,與莫亞切音同。

髻(髻)jì　　朱髳髻髽。善曰:髻,作計切。(46 下右)
　　　　　　《文選考異》(845 下左):“髻當作‘髻’。”髻《廣韻》子計切,與作計切音同。

髽 zhuā　　朱髳髻髽。善曰:髽,士瓜切。(46 下右)

　　　　髽《廣韻》莊華切，莊母；士瓜切，崇母。永隆本（《敦煌吐魯番本文選》第 12 頁）

　　士作 "壯"，莊母。

奎 kuǐ　　奎踽盤桓。善曰：奎，欺箠切。（46 下右）

　　　　奎《廣韻》苦圭切，齊韻；欺箠切，紙韻。

踽 qǔ　　奎踽盤桓。善曰：踽，去禹切。（46 下右）

　　　　踽《廣韻》驅雨切，與去禹切音同。

圈 juàn　　圈巨狿。善曰：《說文》曰：圈，畜閑也。其兗切。（46 下右）

　　　　圈《廣韻》渠篆切，與其兗切音同。

狿 yán　　圈巨狿。善曰：狿音延。（46 下右）

　　　　狿、延《廣韻》以然切。

攎 zhā　　攎狒猬。善曰：攎，子加切。（46 下右）

　　　　永隆本（《敦煌吐魯番本文選》第 12 頁）子作 "莊"，是。攎《集韻》莊蛙切，佳韻；

　　莊加切，麻韻。

狒 fèi　　攎狒猬。善曰：狒，房沸切。（46 下右）

　　　　狒《廣韻》扶沸切，與房沸切音同。

猬 wèi　　攎狒猬。善曰：猬音謂。（46 下右）

　　　　猬、謂《集韻》于貴切。

批 zhǐ　　批窳狻。善曰：批，側倚切。（46 下右）

　　　　批《廣韻》側氏切，與側倚切音同。

窳 yǔ　　批窳狻。善曰：窳音庾。（46 下右）

　　　　窳、庾《廣韻》以主切。

狻 suān　　批窳狻。善曰：狻，狻猊也。狻音酸。（46 下右）

　　　　狻、酸《廣韻》素官切。

猊 ní　　善曰：猊，五奚切。（46 下右）

　　　　猊《廣韻》五稽切，與五奚切音同。

揩 kāi　　揩枳落。善曰：《字林》曰：揩，摩也。口階切。（46 下右）

　　　　揩《廣韻》口皆切，與口階切音同。

枳 jǐ　　揩枳落。善曰：《說文》曰：枳，木似橘。居紙切。（46 下右）

　　　　枳《廣韻》居帋切，與居紙切音同。

梗 gěng　　梗林爲之靡拉。善曰：《方言》曰：凡草木刺人爲梗。古杏切。（46 下右～左）

　　　　　　　梗《廣韻》古杏切。

拉 là　　　　梗林爲之靡拉。［薛綜］拉，郎荅切。（46下右～左）
　　　　　　　拉《廣韻》盧合切，與郎荅切音同。

樸 bǔ　　　　樸叢爲之摧殘。善曰：毛萇《詩傳》曰：樸，包木也。補木切。（46下右～左）
　　　　　　　樸《廣韻》博木切，與補木切音同。

巘 yǎn　　　陵重巘。善曰：巘，言免切。（46下左）
　　　　　　　巘《廣韻》魚蹇切，與言免切音同。

駼 tú　　　　獵昆駼。善曰：駼音途。（46下左）
　　　　　　　駼、途《廣韻》同都切。

杪 miǎo　　　杪木末。善曰：杪音眇。（46下左）
　　　　　　　杪、眇《廣韻》亡沼切。

擭 wò　　　　擭獑猢。善曰：擭，於白切。（46下左）
　　　　　　　擭《廣韻》一虢切，與於白切音同。

獑 cán　　　　擭獑猢。善曰：獑，在銜切。（46下左）
　　　　　　　獑《集韻》在銜切。

猢 hú　　　　擭獑猢。善曰：猢音胡。（46下左）
　　　　　　　猢、胡《廣韻》戶吳切。

撇 dié　　　　撇飛鼯。善曰：撇，大結切。（46下左）
　　　　　　　撇《廣韻》徒結切，與大結切音同。

鼯 wú　　　　撇飛鼯。善曰：鼯音吾。（46下左）
　　　　　　　鼯、吾《廣韻》五乎切。

且 jū　　　　其樂只且。善曰：《毛詩》曰：其樂只且。辭也，子余切。（46下左～47
　　上右）
　　　　　　　且《廣韻》子魚切，與子余切音同。

睨 nì　　　　遷延邪睨。善曰：《説文》曰：睨，斜視也。魚計切。（47上右）
　　　　　　　睨《廣韻》五計切，與魚計切音同。

展 zhǎn　　　展車馬。善曰：鄭玄《禮記注》曰：展，整也。張輦切。（47上右）
　　　　　　　展《廣韻》知演切，與張輦切音同。

擺 pī　　　　置互擺牲。善曰：擺，芳皮切。（47上右）
　　　　　　　擺《廣韻》北買切，幫母蟹韻；芳皮切，滂母支韻。奎章閣本（第66頁）、建州本

（第 57 頁）、明州本（第 48 頁）攞下注直音“披”。披《廣韻》敷羈切，與芳皮切音同。

鹵 lǔ　　頒賜獲鹵。善曰：《漢書音義》曰：鹵與虜同。（47 上右）

　　　　鹵、虜《廣韻》郎古切，音同通用。

犒 kào　犒勤賞功。善曰：杜預《左氏傳〔注〕》曰：犒，勞也。犒，苦到切。（47 上右）

　　　　犒《廣韻》苦到切。

釂 jiào　既釂鳴鐘。善曰：《説文》曰：釂，飲酒盡也。焦曜切。（47 上右～左）

　　　　釂《廣韻》子肖切，與焦曜切音同。

夥 huò　炙炰夥。善曰：《史記》曰：楚人謂多爲夥。音禍。（47 上左）

　　　　夥、禍《廣韻》胡果切。

酤 hù　　清酤敱。善曰：《毛詩》曰：既載清酤。音户。（47 上左）

　　　　酤、户《廣韻》侯古切。

敱 zhī　清酤敱。善曰：《廣雅》曰：敱，日多也。音支。（47 上左）

　　　　敱、支《廣韻》章移切。

罷 pí　　士忘罷。善曰：罷音皮。（47 上左）

　　　　罷、皮《廣韻》符羈切。

矰 zēng　簡矰紅。〔薛綜〕繳，射矢，長八寸，其絲名矰。音曾。（47 上左）

　　　　矰、曾《廣韻》作縢切。

且 jū　　蒲且發。善曰：且，子余切。（47 上左）

　　　　且《廣韻》子魚切，與子余切音同。

磻 bō　　磻不特絓。善曰：《説文》曰：磻，似石著繳也。磻音波。（47 上左～下右）

　　　　磻、波《集韻》逋禾切。

絓 guà　磻不特絓。善曰：絓音卦。（47 上左～下右）

　　　　絓、卦《集韻》古賣切。

椸 yì　　齊椸女。善曰：《漢書音義》韋昭曰：椸，楎也。楊至切。（47 下右）

　　　　椸《集韻》以制切，祭韻；楊至切，至韻。

櫂 zhào　縱櫂歌。善曰：《方言》曰：楫或謂之櫂。郭璞曰：今云櫂歌也。直教切。（47

　　下右）

　　　　櫂《廣韻》直教切。

和 huò　發引和。〔薛綜〕和，胡臥切。（47 下右）

　　　　和《廣韻》胡臥切。

纚 shǎi　　纚鰋鮋。善曰：纚，所買切。（47 下左）
　　　　　纚《集韻》所蟹切，與所買切音同。

鮋 chóu　　纚鰋鮋。善曰：鮋，長由切。（47 下左）
　　　　　鮋《廣韻》直由切，與長由切音同。

撦 zhí　　撦紫貝。善曰：撦，之石切。（47 下左）
　　　　　撦《廣韻》之石切。

搤 è　　搤水豹。善曰：搤音厄。（47 下左）
　　　　　搤、厄《廣韻》於革切。

𤛑 zhí　　𤛑潛牛。善曰：𤛑，中立切。（47 下左）
　　　　　𤛑《集韻》陟立切，與中立切音同。

擿 tī　　擿潦瀣。善曰：摘，土狄切。（47 下左）
　　　　　擿、摘異體，《集韻》皆爲他歷切，與土狄切音同。

潦 liǎo　　擿潦瀣。善曰：潦音了。（47 下左）
　　　　　潦、了《集韻》朗鳥切。

瀣 xiè　　擿潦瀣。善曰：瀣音蟹。（47 下左）
　　　　　瀣、蟹《廣韻》胡買切。

罭 yù　　布九罭。善曰：罭與緎古字通。罭音域。（47 下左）
　　　　　罭、緎、域《廣韻》雨逼切。

罜 dú　　設罜麗。善曰：罜音獨。（47 下左）
　　　　　罜、獨《廣韻》徒谷切。

麗 lù　　設罜麗。善曰：麗音鹿。（47 下左）
　　　　　麗、鹿《廣韻》盧谷切。

擨 zhāo　　擨昆鮞，殄水族。[薛綜] 擨、殄，言盡取之。擨，責交切。（47 下左）
　　　　　擨《廣韻》側交切，與責交切音同。

昆 gūn　　擨昆鮞。善曰：鯤音昆。（47 下左）
　　　　　昆、鯤《廣韻》古渾切。

鮞 ér　　擨昆鮞。善曰：鮞音而。（47 下左～ 48 上右）
　　　　　鮞、而《廣韻》如之切。

蜃 shèn　　蜃蛤剝。善曰：蜃音腎。（48 上右）
　　　　　蜃、腎《廣韻》時忍切。

畋 tián　　逞欲畋獥。善曰：孔安國《尚書傳》曰：田，獵也。田與畋同。（48 上右）
　　　　　　畋、田《廣韻》徒年切。

獥 yú　　　逞欲畋獥。善曰：《説文》曰：獥，捕魚也。音魚。（48 上右）
　　　　　　獥、魚《廣韻》語居切。

麙 mí　　　效獲麙麌。善曰：《國語》曰：獸長麙麌。麙音迷。（48 上右）
　　　　　　麙、迷《集韻》緜批切。

麌 ǎo　　　效獲麙麌。善曰：麌，烏老切。（48 上右）
　　　　　　麌《廣韻》烏晧切，與烏老切音同。

摎 jiǎo　　摎蓼浰浪。善曰：摎，古巧切。（48 上右）
　　　　　　摎《集韻》吉巧切，與古巧切音同。

蓼 lǎo　　摎蓼浰浪。善曰：蓼音老。（48 上右）
　　　　　　蓼、老《集韻》魯晧切。

浰 láo　　摎蓼浰浪。善曰：浰音勞。
　　　　　　浰、勞《集韻》郎刀切。

浪 láng　　摎蓼浰浪。善曰：浪音郎也。（48 上右）
　　　　　　浪、郎《廣韻》魯當切。

蚳 chí　　蚳蝝盡取。善曰：蚳，直尸切。（48 上右）
　　　　　　蚳《廣韻》直尼切，與直尸切音同。

蝝 yuán　　蚳蝝盡取。善曰：蝝音緣。（48 上右）
　　　　　　蝝、緣《廣韻》與專切。

取 cǒu　　蚳蝝盡取。善曰：取，蒼苟切。（48 上右）
　　　　　　取《廣韻》蒼苟切。

阤 zhì　　焉知傾阤。［薛綜］阤音雉。（48 上右）
　　　　　　阤、陁異體。陁《廣韻》池爾切，紙韻；雉《廣韻》直几切，旨韻。

被 pì　　　張甲乙而襲翠被。善曰：《左氏傳》曰：楚子翠被。杜預曰：翠羽飾被。披義切。
　（48 上右～左）
　　　　　　被《集韻》披義切。

扛 gāng　　烏獲扛鼎。善曰：《説文》曰：扛，橫開對舉也。扛與舡同，古龍切。（48 上左）
　　　　　　扛、舡《集韻》古雙切，與古龍切音同。

橦 chuáng　都盧尋橦。善曰：橦，直江切。（48 上左）

橦《廣韻》宅江切,與直江切音同。

銛 xiān　　胸突銛鋒。善曰:《漢書音義》曰:銛,利也。息廉切。(48 上左)

銛《廣韻》息廉切。

跳 diāo　　跳丸劍之揮霍。[薛綜]跳,都彫切。(48 上左)

跳《廣韻》徒聊切,定母;都彫切,端母。

襂 shān　　被毛羽之襂襹。善曰:襂,所炎切。(48 下右)

襂《廣韻》史炎切,與所炎切音同。

襹 shī　　被毛羽之襂襹。善曰:襹,史宜切。(48 下右)

襹《廣韻》所宜切,與史宜切音同。

礔 pī　　礔礰激而增響。善曰:礔,敷赤切。(48 下右)

礔《集韻》匹歷切,錫韻;敷赤切,昔韻。

磅 pēng　　磅礚象乎天威。善曰:磅,怖萌切。(48 下右)

磅《廣韻》撫庚切,庚韻;怖萌切,耕韻。

礚 kài　　磅礚象乎天威。善曰:礚,古蓋切。(48 下右)

礚、礘異體。礚《廣韻》苦蓋切,溪母;古蓋切,見母。永隆本(《敦煌吐魯番本文選》第 16 頁)古作"苦"。

延 yàn　　是爲曼延去聲。(48 下右)

延《廣韻》收録平、去二讀,標注去聲構成曼延疊韻。

欻 xū　　欻從背見。[薛綜]欻,許律切。(48 下右～左)

欻《廣韻》許勿切,物韻;許律切,術韻。

挐 ná　　熊虎升而挐攫。善曰:挐攫,相搏持也。挐,奴加切。(48 下左)

挐《廣韻》女加切,與奴加切音同。

攫 jué　　熊虎升而挐攫。善曰:攫,居縛切。(48 下左)

攫《廣韻》居縛切。

踆 qūn　　大雀踆踆。[薛綜]踆踆,大雀容也。七輪切。(48 下左)

踆《廣韻》七倫切,與七輪切音同。

鱗 lín　　垂鼻鱗囷。善曰:鱗音鄰。(48 下左)

鱗、鄰《廣韻》力珍切。

囷 qún　　垂鼻鱗囷。善曰:囷,巨貧切。(48 下左)

囷《廣韻》去倫切,溪母;巨貧切,群母。

蜿 yuān　狀蜿蜿以蝹蝹。善曰：蜿，於袁切。（48下左）
　　　　蜿《廣韻》於袁切。

蝹 yūn　狀蜿蜿以蝹蝹。善曰：蝹，於君切。（48下左）
　　　　蝹《廣韻》於云切，與於君切音同。

颬 xiā　含利颬颬。善曰：颬，呼加切。（48下左）
　　　　颬《廣韻》許加切，與呼加切音同。

蟾 chān　蟾蜍與龜。善曰：蟾，昌詹切。（48下左）
　　　　蟾《廣韻》視占切，禪母；昌詹切，昌母。永隆本（《敦煌吐魯番本文選》第17頁）
　　　“蟾音詹”。蟾、詹《廣韻》職廉切。

蜍 chú　蟾蜍與龜。善曰：蜍，市余切。（48下左）
　　　　蜍《廣韻》署魚切，與市余切音同。

幻 huàn　奇幻儵忽。善曰：幻，下辦切。（48下左）
　　　　幻《廣韻》胡辦切，與下辦切音同。

祝 zhòu　赤刀粵祝音呪。（49上右）
　　　　祝、呪《廣韻》職救切。

侲 zhèn　侲僮程材。善曰：《史記》：徐福曰：海神云，若侲女即得之矣。侲，之刃切。（49
　　上右）
　　　　侲《廣韻》章刃切，與之刃切音同。

投 tòu　突倒投而跟絓。善曰：投，他豆切。（49上右）
　　　　投《集韻》大透切，定母；他豆切，透母。

跟 gēn　突倒投而跟絓。善曰：《説文》曰：跟，足踵也。音根。（49上右）
　　　　跟、根《廣韻》古痕切。

嬿 yàn　從嬿婉。善曰：嬿婉，好貌。嬿，於見切。（49下右）
　　　　嬿《廣韻》於甸切，與於見切音同。

婉 yuàn　從嬿婉。善曰：婉，於萬切。（49下右）
　　　　婉《集韻》烏貫切，換韻；於萬切，願韻。

蠱 gǔ　妖蠱豔夫夏姬。善曰：《左氏傳》子産曰：在《周易》，女惑男謂之蠱。音古。（49
　　下右）
　　　　蠱、古《廣韻》公户切。

暢 chàng　美聲暢於虞氏。善曰：暢，條暢也。勅亮切。（49下右）

暢《廣韻》丑亮切，與勑亮切音同。

嬋 chán　增嬋蜎以此豸_{音雉}。善曰：嬋音蟬。（49 下右）
　　　　嬋、蟬《廣韻》市連切。

蜎 yuān　增嬋蜎以此豸_{音雉}。善曰：蜎，於緣切。（49 下右）
　　　　蜎《廣韻》於緣切。

豸 zhì　增嬋蜎以此豸_{音雉}。（49 下右）
　　　　豸《廣韻》池爾切，紙韻；雉《廣韻》直几切，旨韻。

颯 sà　奮長袖之颯纚。善曰：颯，素合切。（49 下右～左）
　　　　颯、颯異體。颯《廣韻》蘇合切，與素合切音同。

纚 shǐ　奮長袖之颯纚。善曰：纚，所倚切。（49 下右～左）
　　　　纚《廣韻》所綺切，與所倚切音同。

要 yào　要紹修態。善曰：要，於妙切。（49 下左）
　　　　要《廣韻》於笑切，與於妙切音同。

菁 jīng　麗服颺菁。善曰：菁音精。（49 下左）
　　　　菁、精《廣韻》子盈切。

眳 mǐng　眳藐流眄。[薛綜] 眳，亡井切。（49 下左）
　　　　眳《廣韻》亡井切。

鬒 zhěn　衛後興於鬒髮。善曰：《毛詩》云：鬒髮如雲。之忍切。（49 下左）
　　　　鬒《廣韻》章忍切，與之忍切音同。

者 zhǔ　傳聞於未聞之者。善曰：者，之與切。（50 上左）
　　　　者《廣韻》章也切，馬韻；之與切，語韻。

圮 bì　居相圮耿。善曰：圮，平鄙切。（50 下右）
　　　　圮《廣韻》符鄙切，與平鄙切音同。

《東京賦》

憮 wǔ　憮_{亡禹}然有間。（51 上右）
　　　　憮《廣韻》文甫切，與亡禹切音同。

悝 kuī　而悝_{苦灰}繆穆公於宮室。（51 上左）
　　　　悝《廣韻》苦回切，與苦灰切音同。

繆 mù　而悝_{苦灰}繆穆公於宮室。（51 上左）
　　　　繆、穆《廣韻》莫六切。

搏 fù　　嬴氏搏音附翼。（51 下右）

搏、附《集韻》符遇切。

房 páng　　廼構阿房傍。（51 下左）

房、傍《廣韻》步光切。

芟 shān　　若薙氏之芟所銜草。（52 上右）

芟《廣韻》所銜切。

惵 dié　　惵惵徒頰切黔首。（52 上右）

惵《廣韻》徒協切，與徒頰切音同。

跼 jú　　豈徒跼局高天。（52 上右）

跼、局《廣韻》渠玉切。

蹐 jí　　蹐籍厚地而已哉。（52 上右）

蹐、籍《集韻》秦昔切。

軹 zhǐ　　繼子嬰於軹紙塗。（52 上左）

軹、紙《廣韻》諸氏切。

度 duó　　不度入不臧。（52 下右）

度《廣韻》收錄去、入二讀，去聲默認，入聲標記。

重 zhòng　　宣重直用威以撫和戎狄。（52 下左）

重《廣韻》柱用切，與直用切音同。

盍 hé　　盍合亦覽東京之事以自寤乎。（53 上左）

盍《廣韻》胡臘切，盍韻；合《廣韻》侯閤切，合韻。

泝 sù　　泝素洛背河。（53 下左）

泝、素《廣韻》桑故切。

揭 jié　　揭竭以熊耳。（54 上右）

揭、竭《廣韻》其謁切。

鐔 tán　　鐔徒南以大岯。（54 上右）

鐔《廣韻》徒含切，與徒南音同。

能 nái　　能奴來鼈三趾。（54 上右）

能《廣韻》奴來切。

萇 cháng　　萇直良弘魏舒。（54 上左）

萇《廣韻》直良切。

度 duó　　度_{徒洛堂以筵}。（54 下右）

度《廣韻》徒落切，與徒洛切音同。

圮 bì　　故宗緒中圮_痞。（54 下右）

圮、痞《廣韻》符鄙切。

間 jiàn　　巨猾間_{去聲釁許覰}。（54 下右）

間、閒異體。閒《廣韻》收錄平、去二讀，平聲默認，去聲標記。

釁 xìn　　巨猾間_{去聲釁許覰}。（54 下右）

釁《廣韻》許覲切。

參 shēn　　鳳翔參_{所今墟}。（54 下左）

參《廣韻》所今切。

涯 yí　　秋蘭被涯_{音宜}。（55 下右）

涯、宜《廣韻》魚羈切。

蟥 wéi　　淵游鼃蟥_{音惟}。（55 下右）

蟥、蟡異體。蟡《廣韻》悅吹切，支韻；惟《廣韻》以追切，脂韻。

鷝 pǐ　　鷝匹鷗_{居秋樓}。（55 下右）

鷝《集韻》僻吉切，匹《廣韻》譬吉切，音同。

鷗 jū　　鷝匹鷗_{居秋樓}。（55 下右）

鷗、居《廣韻》九魚切。

鶻 gǔ　　鶻骨鵃_{竹交春鳴}。（55 下右）

鶻、骨《廣韻》古忽切。

鵃 zhāo　　鶻骨鵃_{竹交春鳴}。（55 下右）

鵃《廣韻》陟交切，與竹交切音同。

鶋 qū　　鶋七余鳩_{麗离黃}。（55 下右）

鶋《集韻》千余切，與七余切音同。

麗 lí　　鶋七余鳩麗_{离黃}。（55 下右）

麗、离《廣韻》呂支切。

謻 chí　　謻直移門_{曲榭}。（55 下左）

謻《集韻》陳知切，與直移切音同。

盾 shùn　　鉤盾_{垂允所職}。（55 下左）

盾《廣韻》食尹切，船母；垂允切，禪母。

藇 yǔ 於東則洪池清藇語。（55 下左）
藇、語《廣韻》魚巨切。

澹 dàn 淥水澹澹徒敢。（55 下左）
澹《廣韻》徒敢切。

薍 wàn 善曰：菼，薍也。薍，五患切。（55 下左）
薍《廣韻》五患切。

蝸 guā 供蝸古花廲蒲佳與菱芡。（56 上右）
蝸《廣韻》古華切，與古花切音同。

廲 pái 供蝸古花廲蒲佳與菱芡。（56 上右）
廲《廣韻》薄佳切，與蒲佳切音同。

蟠 pán 龍雀蟠盤蜿紆元。（56 上右）
蟠、盤《廣韻》薄官切。

蜿 yuān 龍雀蟠盤蜿紆元。（56 上右）
蜿《廣韻》於袁切，與紆元切音同。

亟 jí 經始勿亟居力。（56 上右）
亟《廣韻》紀力切，與居力切音同。

頒 bān 布教頒班常。（56 上左）
頒、班《廣韻》布還切。

複 fù 複福廟重屋。（56 上左）
複、福《廣韻》方六切。

泱 yāng 惟水泱泱央。（56 上左～下右）
泱、央《廣韻》於良切。

馮 píng 馮皮冰相息亮觀祲浸。（56 下右）
馮《廣韻》扶冰切，與皮冰切音同。

相 xiàng 馮皮冰相息亮觀祲浸。（56 下右）
相《廣韻》息亮切。

祲 jìn 馮皮冰相息亮觀祲浸。（56 下右）
祲、浸《廣韻》子鴆切。

禠 sī 祈禠絲禳災。（56 下右）
禠《廣韻》息移切，支韻；絲《廣韻》息茲切，之韻。

具 jù　具惟帝臣。[薛綜]具之言俱也。（56 下左）

　　具《廣韻》其遇切，群母遇韻；俱《廣韻》舉朱切，見母虞韻。

贄 zhì　獻琛執贄。善曰：《周禮》曰：以六禽作六贄。鄭玄曰：贄之言至也，所執以自

　　致也。（56 下左）

　　贄、至《廣韻》脂利切，示同源。

重 chóng　爾乃九賓重平。（56 下左）

　　重《廣韻》收錄平、上、去三讀，平聲標記。

臚 lú　臚廬人列。（56 下左）

　　臚、廬《廣韻》力居切。

鏞 yóng　鏞庸鼓設。（56 下左）

　　鏞、庸《廣韻》餘封切。

鍛 shài　虎戟交鍛殺。（57 上右）

　　鍛、殺《廣韻》所拜切。

軯 pēng　軯普耕磕苦代隱訇火宏。（57 上右）

　　軯《集韻》披耕切，與普耕切音同。

磕 kài　軯普耕磕苦代隱訇火宏。（57 上右）

　　磕《集韻》丘蓋切，泰韻；苦代切，代韻。

訇 hōng　軯普耕磕苦代隱訇火宏。（57 上右）

　　訇《廣韻》呼宏切，與火宏切音同。

踆 qūn　已事而踆七旬。善曰：踆與竣同也。（58 上右）

　　踆、竣《廣韻》七倫切，與七旬切音同。

省 xǐng　勤屢省昔井。（58 上右）

　　省《廣韻》息井切，與昔井切音同。

珩 héng　珩行統丁敢紘宏綖。（58 下右）

　　珩、行《廣韻》戶庚切。

統 dǎn　珩行統丁敢紘宏綖。（58 下右）

　　統《廣韻》都敢切，與丁敢切音同。

紘 hóng　珩行統丁敢紘宏綖。（58 下右）

　　紘、宏《廣韻》戶萌切。

綦 qí　玉笄綦其會。（58 下右）

綦、其《廣韻》渠之切。

綟 lǜ 藻綟律罄屬。（58 下右）

綟、律《廣韻》呂卹切。

轙 yǐ 龍輈華轙蟻。（58 下左）

轙、蟻《廣韻》魚倚切。

鋄 wàn 金鋄亡犯鏤鍚。（58 下左）

鋄、鋄異體。鋄《廣韻》亡范切，與亡犯切音同。

釳 xì 方釳乞左纛。善曰：《廣雅》曰：釳，許乞切。（58 下左）

釳《廣韻》許訖切，與許乞切音同，曉母；乞《廣韻》去訖切，溪母。

瓖 xiāng 鉤膺玉瓖音襄。（58 下左）

瓖、襄《廣韻》息良切。

鉠 yāng 和鈴鉠鉠於良切。（59 上右）

鉠《廣韻》於良切。

軨 líng 疏轂飛軨零。（59 上右）

軨、零《廣韻》郎丁切。

瑵 zhǎo 葩瑵爪曲莖。（59 上右）［薛綜］爪與瑵同。

瑵、爪《廣韻》側絞切。

樊 fán ［薛綜］《周禮》曰：玉路錫樊纓。鄭玄曰：樊讀如鞶，謂今之馬大帶也。（59 上右）

樊《廣韻》附袁切，元韻；鞶《廣韻》薄官切，桓韻。

瓟 fú 瓟伏弩重旊。（59 上左）

瓟、伏《廣韻》房六切。

綪 qiàn 通帛綪蒨斾。（59 上左）

綪、蒨《廣韻》倉甸切。

轇 jiāo 闟戟轇膠轕葛。（59 上左）

轇、膠《廣韻》古肴切。

轕 gé 闟戟轇膠轕葛。（59 上左）

轕、葛《廣韻》古達切。

珥 èr 珥而利髦被繡。（59 上左）

珥《廣韻》而至切，與而利切音同。

殺 sà　飛流蘇之騒殺桑葛。（59 上左～下右）

　　殺《集韻》桑葛切。

嘁 zá　奏嚴鼓之嘈嘁才達。（59 下右）

　　嘁《廣韻》才割切，與才達音同。

揮 huī　戎士介而揚揮。善曰：《左氏傳》廝人濮曰：揚徽者，公徒也。徽與揮古字通。（59 下右）

　　揮、徽《廣韻》許歸切。

殿 diàn　殿玷未出乎城闕。（59 下右）

　　殿《廣韻》都甸切，霰韻；玷《廣韻》都念切，㮇韻。

畛 zhēn　斾已反乎郊畛諸鄰。（59 下右）

　　畛《廣韻》側鄰切，莊母；諸鄰切，章母。

和 hé　雲和之瑟。善曰：《周禮》曰：孤竹之管，雲龢之瑟。和與龢古字通。（59 下左）

　　和、龢《廣韻》户戈切。

櫾 yóu　颺櫾由燎之炎煬樣。（60 上右）

　　櫾、由《集韻》夷周切。

煬 yáng　颺櫾由燎之炎煬樣。（60 上右）

　　樣、样異體。煬、样《廣韻》與章切。

摧 cuí　五精帥而來摧徂回切。（60 上右）

　　摧《廣韻》昨回切，與徂回切音同。

祧 tiāo　躬追養於廟祧吐堯。（60 上左）

　　祧《廣韻》吐彫切，與吐堯切音同。

辯 biàn　物牲辯徧省。（60 上左）

　　辯、徧《集韻》卑見切。

炰 páo　毛炰炮豚胉博。（60 上左～下右）

　　炰、炮《廣韻》薄交切。

胉 bó　毛炰炮豚胉博。（60 上左～下右）

　　胉、博《集韻》伯各切。

饗 xiāng　來顧來饗平聲。（60 下右）

　　饗《集韻》收録平、上二讀，韻腳字爲衡羹明喤饗，衡羹明喤爲平聲字，饗注平聲以協韻。

剡 yǎn　　介馭間以剡以冉耕。善曰:鄭玄《禮記注》曰:耜,耒之金也。覃與剡同。(60
　　下左)

　　　　　　剡、覃《集韻》以冉切。

推 tuī　　躬三推土回於天田。(60下左)

　　　　　　推《廣韻》他回切,與土回切音同。

場 yì　　兆民勸於疆場亦。(60下左)

　　　　　　場、亦《廣韻》羊益切。

耔 zǐ　　感戀力以耘耔音子。(60下左)

　　　　　　耔、子《廣韻》即里切。

乏 fá　　設三乏。[薛綜]杜子春曰:乏音爲匱乏之乏。(61上左)

厞 fèi　　厞司旌。[薛綜]《爾雅》曰:厞,隱也。音翡。(61上左)

　　　　　　厞、翡《集韻》父沸切。

藞 chái　藞於東階。善曰:藞音柴。(61上左)

　　　　　　藞、柴《集韻》鉏佳切。

杓 piāo　善曰:《漢書》曰:攝提失方。《音義》曰:攝提,隨斗杓所建十二月也。杓,匹遙切。
　　(61下右)

　　　　　　杓《廣韻》撫招切,與匹遙切音同。

騊 zhōu　騊側留虞奏。(61下右)

　　　　　　騊《廣韻》側鳩切,與側留切音同。

觳 gòu　　彫弓斯觳古候。(61下右)

　　　　　　觳《集韻》居候切,與古候切音同。

饕 tāo　　滌饕叨餮他結之貪慾。(61下左)

　　　　　　饕、叨《廣韻》土刀切。

餮 tiè　　滌饕叨餮他結之貪慾。(61下左)

　　　　　　餮《廣韻》他結切。

狵(龐)dòu　日月會於龍狵鬭。(61下左)

　　　　　　《文選考異》(848下右):"袁本、茶陵本狵作'龐'。"奎章閣本(第90頁)、明州

　　本(第63頁)亦作"龐"。狵、鬭《廣韻》都豆切。

偷 yú　　示民不偷以朱反,協韻。(62上右)

偷《廣韻》託侯切，透母侯韻；以朱反，以母虞韻。韻腳字爲偷愉區，愉區爲虞韻，偷變讀虞韻以協韻。明州本（第64頁）："濟曰：偷，踰也。"踰《廣韻》羊朱切，與以朱反音同。偷上古透母侯部，踰上古餘母侯部，音近義通。

濩 hù　　　聲教布濩護。（62上右）

　　　　　　濩、護《廣韻》胡誤切。

佶 jí　　　既佶其㮚且閑。（62上左）

　　　　　　佶《廣韻》巨乙切，與其㮚切音同。

鸛 guàn　　鵝鸛灌魚麗离。（62下右）

　　　　　　鸛、灌《廣韻》古玩切。

麗 lí　　　鵝鸛灌魚麗离。（62下右）

　　　　　　麗、离《廣韻》呂支切。

远 gāng　　軌塵掩远岡。（62下左）

　　　　　　远、岡《廣韻》古郎切。

罘 póu　　　解罘伏侯放麟。（62下左）

　　　　　　罘《廣韻》縛謀切，尤韻；伏侯切，侯韻。

儺 nuó　　　爾乃卒歲大儺奴何。（63上左）

　　　　　　儺《廣韻》諾何切，與奴何切音同。

覡 xí　　　巫覡胡激操苅音例。（63上左）

　　　　　　覡《廣韻》胡狄切，與胡激切音同。

苅 liè　　　巫覡胡激操苅音例。（63上左）

　　　　　　苅、例《集韻》力藥切。

侲 zhèn　　侲震子萬童。（63上左）

　　　　　　侲、震《廣韻》章刃切。

臬 niè　　　所發無臬牛列切。（63上左）

　　　　　　臬《廣韻》五結切，屑韻；牛列切，薛韻。

癉 dǎn　　　剛癉亶必斃。（63上左）

　　　　　　癉、亶《集韻》黨旱切。

捎 shāo　　捎所交切魑魅。（63下右）

　　　　　　捎《廣韻》所交切。

斲 zhuó　　斲側角獢其筆狂。（63下右）

斲《廣韻》側角切。

猰 jú　　斲側角猰其筆狂。（63下右）

《漢書》（第3523頁）顏注"猰音捸聿反"，術韻；其筆切，質韻。

蝛 wēi　　斬蝛紆危蛇移。（63下右）

蝛《廣韻》於爲切，與紆危切音同。

蛇 yí　　斬蝛紆危蛇移。（63下右）

蛇、移《廣韻》弋支切。

泠 líng　　囚耕父於清泠零。（63下右）

泠、零《廣韻》郎丁切。

魃 bá　　溺女魃蒲葛於神潢黄。（63下右）

魃《廣韻》蒲撥切，末韻；蒲葛切，曷韻。

潢 huáng　　溺女魃蒲葛於神潢黄。（63下右）

潢、黄《廣韻》胡光切。

魖 xū　　殘夔魖虛與罔像。（63下右）

魖、虛《廣韻》朽居切。

殪 yì　　殪煙計野仲而殲子廉游光。（63下右）

殪《廣韻》於計切，與煙計切音同。

殲 jiān　　殪煙計野仲而殲子廉游光。（63下右）

殲《廣韻》子廉切。

慴 zhé　　八靈爲之震慴之涉。（63下左）

慴《廣韻》之涉切。

魌 qí　　況魌巨宜蜮域與畢方。（63下左）

魌《廣韻》渠羈切，與巨宜切音同。

蜮 yù　　況魌巨宜蜮域與畢方。善曰：《漢舊儀》曰：魌，鬼也。魌與域古字通。（63下左）

蜮、蛾異體。蛾、域、魌《廣韻》雨逼切。

梗 gěng　　度朔作梗哽。（63下左）

梗、哽《廣韻》古杏切。

操 cāo　　對操七刀索葦。（63下左）

操《廣韻》七刀切。

陬 zōu　　目察區陬子侯。（63 下左）

　　陬《廣韻》子侯切。

燠 yù　　齊急舒於寒燠於六。（64 上右）

　　燠《廣韻》於六切。

稌 tǔ　　觀豐年之多稌他杜。（64 上左）

　　稌《廣韻》他魯切，與他杜切音同。

瞰 kàn　　左瞰勘暘谷。（64 上左）

　　瞰《廣韻》苦濫切，闞韻；勘《廣韻》苦紺切，勘韻。

玄 xuán　　右眅玄圃。善曰：《淮南子》又曰：懸圃在崑崙閶闔之中。玄與懸古字通。（64
上左）

　　玄、懸《廣韻》胡涓切，音同通用。

摹 mú　　規萬世而大摹莫補，叶韻。（64 上左）

　　摹《廣韻》莫胡切，平聲；莫補切，上聲。韻腳字爲古祖戶稌扈圃摹念，除摹念
外都爲上聲，摹注上聲以協韻。

念 yù　　膺多福以安念羊主。（64 下右）

　　念《廣韻》羊洳切，御韻；羊主切，麌韻。變讀上聲以協韻（韻腳字見上）。

圉 yǔ　　圉語林氏之騶鄹虞。（64 下右）

　　圉、語《廣韻》魚巨切。

騶 zhōu　　圉語林氏之騶鄹虞。（64 下右）

　　騶、鄹《廣韻》側鳩切。

擾 róu　　擾澤馬與騰黃。善曰：應劭《漢書注》曰：擾音柔。擾，馴也。（64 下右）

　　擾《廣韻》而沼切，小韻；柔《廣韻》爾由切，尤韻。柔、擾，上古皆日母幽部。

燮 xiè　　北燮素頰丁令。（64 下左）

　　燮《廣韻》蘇協切，與素頰切音同。

浪 láng　　東過樂浪音郎。（64 下左）

　　浪、郎《廣韻》魯當切。

抵 zhǐ　　抵紙璧於谷。（65 上左）

　　抵、紙《廣韻》諸氏切。

蔟 zú　　璹瑁不蔟音族。（65 上左）

　　蔟《廣韻》千木切，清母；族《廣韻》昨木切，從母。

愨 què　咸懷忠而抱愨苦角切。（65 上左）

愨、愨異體。愨《廣韻》苦角切。

褘（褘）yī　侯其褘於離而。（65 上左）

奎章閣本（第 96 頁）、陳八郎本（第二卷第 12 頁）、明州本（第 67 頁）、建州本（第 79 頁）作"褘"。《康熙字典》（第 70 頁）："褘，音衣，美也。褘，音揮，后夫人祭服。" 褘《廣韻》於離切。

蒔 shì　蓋蕡莢爲難蒔神志也。（65 上左）

蒔《廣韻》時吏切，禪母；神志切，船母。

數 shǔ　方將數所主諸朝階。（65 下右）

數《廣韻》所矩切，與所主切音同。

寓 yǔ　德寓天覆赴。善曰：寓與宇同。（65 下右）

寓、宇《廣韻》王矩切。

覆 fù　德寓天覆赴。（65 下右）

覆《廣韻》芳福切，屋韻；赴《廣韻》芳遇切，遇韻。

趢 lù　狹三王之趢禄趚七木。（65 下右）

趢、禄《廣韻》盧谷切。

趚 cù　狹三王之趢禄趚七木。（65 下右）

趚《廣韻》千木切，與七木切音同。

幾 qí　一言幾渠衣於喪國。（65 下左）

幾《廣韻》渠希切，與渠衣切音同。

挈 qiè　且夫挈苦結缾之智。（65 下左）

挈《廣韻》苦結切。

纂 zuǎn　況纂祖管帝業而輕天位。（65 下左～66 上右）

纂《廣韻》作管切，與祖管切音同。

且 jū　見困豫且子余切。（66 上右）

且《廣韻》子魚切，與子余切音同。

騕 yǎo　何惜騕烏皎褭寧少與飛兔。（66 上左）

騕《廣韻》烏皎切。

褭 niǎo　何惜騕烏皎褭寧少與飛兔。（66 上左）

褭《廣韻》奴鳥切，篠韻；寧少切，小韻。

槎 zhà　山無槎仕假枿五葛。（66下右）

　　槎《廣韻》士下切，與仕假切音同。

枿 niè　山無槎仕假枿五葛。（66下右）

　　枿《廣韻》五割切，與五葛切音同。

麋 yǎo　畎不麋鳥夭胎。（66下右）

　　麋《集韻》於兆切，與鳥夭切音同。

廡 wǔ　草木蕃廡武。（66下右）

　　廡、武《廣韻》文甫切。

替 tì　怨皇統之見替音鐵，叶韻。（66下左）

　　替《廣韻》他計切，霽韻；鐵《廣韻》他結切，屑韻。韻腳字爲結節替，結節爲屑韻，
　　替變讀屑韻以協韻。

勠 jiǎo　今公子苟好勠子小民以媮逾樂。（66下左）

　　勠、勦異體。勠《廣韻》子小切。

媮 yú　今公子苟好勠子小民以媮逾樂。（66下左）

　　媮、逾《廣韻》羊朱切。

蘖 niè　尋木起於蘖魚竭栽。善曰：蘖與枿古字同。（67上右）

　　蘖、櫱異體。櫱《廣韻》魚列切，與魚竭切音同。又櫱、枿《廣韻》五割切。

栽 zài　服者焉能改栽去聲，叶韻。（67上右）

　　栽《廣韻》收錄平、去二讀，韻腳字爲怠泰栽，怠《廣韻》徒亥切，全濁上聲；泰，
　　去聲，栽注去聲以協韻。

系 jì　雖系計以隤牆填壍七念。（67上右）

　　系、係異體。係、計《集韻》吉詣切。

壍 qiàn　雖系計以隤牆填壍七念。（67上右）

　　壍《集韻》七豔切，豔韻；七念切，桥韻。

罝 jiē　亂以收罝嗟解罘浮。（67上右）

　　罝、嗟《廣韻》子邪切。

罘 fóu　亂以收罝嗟解罘浮。（67上右）

　　罘、浮《廣韻》縛謀切。

柝 tuò　故函谷擊柝託於東。（67上左）

　　柝、託《廣韻》他各切。

搲 wā　　咸池不齊度於搲烏瓜咬烏交。善曰:《舞賦》曰:吐哇咬則發皓齒,然哇與䵻同,咬亦不正之聲也。(67上左)

　　　　　搲、䵻異體。䵻、哇《集韻》烏瓜切。

咬 yāo　　咸池不齊度於搲烏瓜咬烏交。(67上左)

　　　　　咬《廣韻》於交切,與烏交切音同。

褫 zhì　　奪氣褫雉魄之爲者。(67下右)

　　　　　褫《廣韻》池爾切,紙韻;雉《廣韻》直几切,旨韻。

《南都賦》

於 wū　　於烏顯樂都。(68下右)

　　　　　於、烏《廣韻》哀都切。

揭 jié　　桐柏揭竭其東。(68下左)

　　　　　揭、竭《廣韻》其謁切。

淯 yù　　淯育水盪其胸。(68下左)

　　　　　淯、育《廣韻》余六切。

盪 tàng　　淯育水盪其胸。[李善]盪,他浪切。(68下左)

　　　　　盪《廣韻》他浪切。

湍 luán　　推淮引湍。[李善]《山海經》曰:翼望之山,湍水出焉。郭璞曰:湍,鹿摶切。(68下左)

　　　　　湍《廣韻》他端切,透母;鹿摶切,來母。奎章閣本(第101頁)、建州本(第83頁)、明州本(第71頁)正文湍下注直音"專",注文同胡刻本。湍、專《廣韻》職緣切。

鍇 kǎi　　銅錫鉛鍇苦骇。(69上右)

　　　　　鍇《廣韻》苦骇切。

堊 è　　赭堊惡流黄。(69上右)

　　　　　堊、惡《廣韻》烏各切。

郇 guì　　[李善]《山海經》曰:陸郇之山,其下多堊;若之山,其上多赭。郭璞曰:赭,赤土也;堊似土,白色也。郇音跪。(69上右)

　　　　　郇《廣韻》過委切,見母;跪《廣韻》渠委切,群母。

膴 wò　　青膴烏郭丹粟。[李善]《山海經》曰:景山之西曰驕山,其下多青膴。郭璞曰:膴,勁屬,音瓠。(69上右)

　　　　　膴《廣韻》烏郭切,影母鐸韻;膴、瓠《集韻》胡故切,匣母暮韻。

瑴 jué　　中黄瑴角玉。（69 上右）

瑴、角《廣韻》古岳切。

崆 qiāng　其山則崆口江峵五江礚苦葛碣五葛。（69 上左）

崆《廣韻》苦江切，與口江切音同。

峵 yáng　　其山則崆口江峵五江礚苦葛碣五葛。（69 上左）

峵《廣韻》五江切。

礚 kě　　其山則崆口江峵五江礚苦葛碣五葛。（69 上左）

礚《集韻》丘葛切，與苦葛切音同。

碣 è　　其山則崆口江峵五江礚苦葛碣五葛。（69 上左）

碣《廣韻》苦曷切，溪母；五葛切，疑母。

瑭 dàng　瑭大朗崋莽嶚遼剌力割。（69 上左）

瑭《廣韻》徒朗切，與大朗切音同。

崋 mǎng　瑭大朗崋莽嶚遼剌力割。（69 上左）

崋、莽《廣韻》模朗切。

嶚 liáo　瑭大朗崋莽嶚遼剌力割。（69 上左）

嶚、遼《廣韻》落蕭切。

剌 là　　瑭大朗崋莽嶚遼剌力割。（69 上左）

剌《廣韻》盧達切，與力割切音同。

崱 zhé　崱仕白峉額崒祚迴嵬五迴。（69 上左）

崱《廣韻》鋤陌切，與仕白切音同。

峉 è　　崱仕白峉額崒祚迴嵬五迴。（69 上左）

峉、嶅異體。峉、額《廣韻》五陌切。

崒 zuì　崱仕白峉額崒祚迴嵬五迴。（69 上左）

崒《廣韻》徂賄切，上聲；祚迴切，平聲。疑爲臨時變讀以構成崒嵬疊韻。

嵬 wéi　崱仕白峉額崒祚迴嵬五迴。（69 上左）

嵬《廣韻》五灰切，與五迴切音同。

嶔 xīn　嶔香金巇許宜屹魚乞磷五結。（69 上左）

嶔、嶔異體。嶔《集韻》虛金切，與香金切音同。

巇 xī　　嶔香金巇許宜屹魚乞磷五結。（69 上左）

巇《廣韻》許羈切，與許宜切音同。

屹 yì　　嶻嵸金巇許宜屹魚乞巀五結。（69 上左）

　　　　屹《廣韻》魚迄切，與魚乞切音同。

巀 niè　　嶻嵸金巇許宜屹魚乞巀五結。（69 上左）

　　　　巀《廣韻》五結切。

礜 chén　幽谷礜岑岑吟。（69 上左）

　　　　礜、岑《集韻》鋤簪切。

岑 yín　　幽谷礜岑岑吟。（69 上左）

　　　　岑、吟《集韻》魚音切。

崟 qūn　　或崟丘筠嶙鄰而纙力氏連。（69 上左）

　　　　崟、崐異體。崐《廣韻》去倫切，與丘筠切音同。

嶙 lín　　或崟丘筠嶙鄰而纙力氏連。（69 上左）

　　　　嶙、鄰《廣韻》力珍切。

纙 lǐ　　　或崟丘筠嶙鄰而纙力氏連。（69 上左）

　　　　纙《集韻》輦尒切，與力氏切音同。

鞠 jū　　鞠九六巍巍其隱天。（69 上左）

　　　　鞠《廣韻》居六切，與九六切音同。

霓 niè　　俯而觀乎雲霓五結。（69 上左）

　　　　霓《廣韻》五結切。

陬 zōu　　列仙之陬子侯。（69 下右）

　　　　陬《廣韻》子侯切。

崎 qī　　下蒙籠而崎溪嶇區。（69 下右）

　　　　崎《廣韻》去奇切，支韻；溪《廣韻》苦奚切，齊韻。

嶇 qū　　下蒙籠而崎溪嶇區。（69 下右）

　　　　嶇、區《廣韻》豈俱切。

坻 chí　　坂坻遟巀在結嶭五結而成甐魚勉。（69 下右）

　　　　坻、遟《廣韻》直尼切。

巀 jié　　坂坻遟巀在結嶭五結而成甐魚勉。（69 下右）

　　　　巀、巀異體。巀《廣韻》昨結切，與在結切音同。

嶭 niè　　坂坻遟巀在結嶭五結而成甐魚勉。（69 下右）

　　　　嶭、嶭異體。嶭《廣韻》五結切。

巘 yǎn　　坂坻遷巘在結巇五結而成巘魚勉。（69下右）

巘《廣韻》魚蹇切，與魚勉切音同。

繆 miù　　谿壑錯繆謬而盤紆。（69下右）

繆、謬《廣韻》靡幼切。

菌 jùn　　芝房菌奇殞蠢生其隈。（69下右）

菌《廣韻》渠殞切，與奇殞切音同。

溎 mì　　玉膏溎密溢流其隈。（69下右）

溎、密《廣韻》美畢切。

閬 làng　　閬浪風不能踰。（69下右）

閬、浪《廣韻》來宕切。

檉 chēng　　其木則檉勑貞松楔更點櫻即。（69下右）

檉《廣韻》丑貞切，與勑貞切音同。

楔 jiá　　其木則檉勑貞松楔更點櫻即。（69下右）

楔《廣韻》古點切，與更點切音同。

櫻 jì　　其木則檉勑貞松楔更點櫻即。（69下右）

櫻、即《廣韻》子力切。

槾 wàn　　槾萬柏杻橿疆。（69下右）

槾、萬《集韻》無販切。

橿 jiāng　　槾萬柏杻橿疆。（69下右）

橿、疆《廣韻》居良切。

楓 fēng　　楓枏櫨櫟。［李善］《爾雅》曰：楓，欇。楓音風。（69下右）

楓、風《廣韻》方戎切。

欇 zhé　　［李善］欇，之涉切。（69下右）

欇《集韻》質涉切，與之涉切音同。

枏 jiǎ　　楓枏櫨櫟。［李善］劉逵《吳都賦注》曰：枏，香木。智甲切。（69下右）

奎章閣本（第102頁）、明州本（第71頁）引此句作"枏，香木也。音甲"。胡刻

本音形訛作"智"，再衍"切"字。枏、甲《集韻》古狎切。

櫨 lú　　楓枏櫨櫟。［李善］郭璞《上林賦注》：櫨，柰。櫨，力胡切。（69下右～左）

櫨《廣韻》落胡切，與力胡切音同。

櫟 lì　　楓枏櫨櫟。［李善］櫪與櫟同，來的切。（69下右～左）

櫪、櫟《廣韻》郎擊切，與來的切音同。

楈 xū   楈胥枒邪枡并欄閭。（69下左）

　　楈、胥《廣韻》相居切。

枒 yé   楈胥枒邪枡并欄閭。（69下左）

　　枒、邪《集韻》余遮切。

枡 bīng 楈胥枒邪枡并欄閭。（69下左）

　　枡、并《廣韻》府盈切。

欄 lú   楈胥枒邪枡并欄閭。（69下左）

　　欄、閭《廣韻》力居切。

柍 yǎng 柍於兩柘檍檀。（69下左）

　　柍《廣韻》於兩切。

檍 yì   柍於兩柘檍檀。（69下左）

　　檍、憶《集韻》乙力切。

嬋 chán 垂條嬋蟬媛袁。（69下左）

　　嬋、蟬《廣韻》市連切。

媛 yuán 垂條嬋蟬媛袁。（69下左）

　　媛、袁《廣韻》雨元切。

蓑 suī   敷華藥之蓑蓑素回反。（69下左）

　　蓑《廣韻》素回切。

攢 cuán 攢在官立叢駢。（69下左）

　　攢、儹異體。攢《集韻》祖官切，精母；在官切，從母。

肝 qiān 青冥肝瞑音眠。［李善］《楚辭》曰：遠望兮芊眠。王逸曰：芊眠，遙視闇未明也。
　芊眠與肝瞑音義同。（69下左）

　　肝、芊《集韻》倉先切。

瞑 mián 青冥肝瞑音眠。［李善］芊眠與肝瞑音義同。（69下左）

　　瞑、眠《廣韻》莫賢切。

蓴 zǔn   森蓴蓴祖本而刺天。（69下左）

　　蓴《廣韻》茲損切，與祖本切音同。

㲉 hù   㲉呼㲉玃居縛猱奴刀狌廷戲其巔。（69下左）

　　㲉《廣韻》呼木切，與呼㲉切音同。

玃 jué　　彀呼㸰玃居縛猱奴刀狿廷戲其巔。（69下左）

　　　　　　玃《廣韻》居縛切。

猱 náo　　彀呼㸰玃居縛猱奴刀狿廷戲其巔。（69下左）

　　　　　　猱《廣韻》奴刀切。

狿 tíng　　彀呼㸰玃居縛猱奴刀狿廷戲其巔。（69下左）

　　　　　　狿、廷《廣韻》特丁切。

鸑 yuè　　鸑鷟岳鴻鷃翔其上。（70上右）

　　　　　　鸑、岳《廣韻》五角切。

蠝 lěi　　騰猨飛蠝疊棲其間。[李善]《上林賦》曰：蜼玃飛蠝。張揖曰：蠝，飛鼠也。

　　　　蠝與玃同，並音壘。（70上右）

　　　　　　蠝、玃、壘《集韻》魯水切。

鐘 zhōng　其竹則鐘鍾籠龍箽謹篾銘決。（70上右）

　　　　　　鐘、鍾《廣韻》職容切。

籠 lóng　　其竹則鐘鍾籠龍箽謹篾銘決。（70上右）

　　　　　　籠、龍《廣韻》力鍾切。

箽 jǐn　　其竹則鐘鍾籠龍箽謹篾銘決。（70上右）

　　　　　　箽、謹《集韻》几隱切。

篾 miè　　其竹則鐘鍾籠龍箽謹篾銘決。（70上右）

　　　　　　篾、蔑異體。篾《廣韻》莫結切，與銘決切音同。

篠 xiǎo　　篠蘇了榦幹箛孤箠追。（70上右）

　　　　　　篠《廣韻》先鳥切，與蘇了切音同。

榦 gàn　　篠蘇了榦幹箛孤箠追。（70上右）

　　　　　　榦、幹《集韻》居案切。

箛 gū　　篠蘇了榦幹箛孤箠追。（70上右）

　　　　　　箛、孤《廣韻》古胡切。

箠 zhuī　　篠蘇了榦幹箛孤箠追。（70上右）

　　　　　　箠《廣韻》竹垂切，支韻；追《廣韻》陟佳切，脂韻。

坻 chí　　緣延坻遲阪。（70上右）

　　　　　　坻、遲《廣韻》直尼切。

澶 dàn　　澶徒幹漫陸離。（70上右）

澶《廣韻》徒案切，與徒幹切音同。

阿 ě 　　阿烏可郍奴可翁烏孔茸如涌。（70 上右）

阿《集韻》倚可切，與烏可切音同。

郍 nǎ 　　阿烏可郍奴可翁烏孔茸如涌。（70 上右）

郍、那異體。那《廣韻》奴可切。

翁 wěng 　阿烏可郍奴可翁烏孔茸如涌。（70 上右）

翁《廣韻》烏孔切。

茸 rǒng 　阿烏可郍奴可翁烏孔茸如涌。（70 上右）

茸《集韻》乳勇切，與如涌切音同。

潅 zhì 　　爾其川瀆則潅雉澧藻藥瀶自客。（70 上右）

潅、雉《廣韻》直几切。

藻 yào 　　爾其川瀆則潅雉澧藻藥瀶自客。（70 上右）

藻、藥《廣韻》以灼切。

泚 cǐ 　　[李善]《字書》曰：藻水出泚陽。泚音此。（70 上右）

泚、此《廣韻》雌氏切。

瀶 jìn 　　爾其川瀆則潅雉澧藻藥瀶自客。（70 上右）

瀶《廣韻》慈忍切，全濁上聲；自客切，去聲。

匿 è 　　潛匿於臘洞出。（70 上左）

匿《集韻》乙盍切，與於臘切音同。

滑 gǔ 　　没滑骨瀎蔑潏決。（70 上左）

滑、骨《廣韻》古忽切。

瀎 miè 　　没滑骨瀎蔑潏決。（70 上左）

瀎、瀎異體，蔑、蔑異體。瀎、蔑《廣韻》莫結切。

潏 jué 　　没滑骨瀎蔑潏決。（70 上左）

潏、決《廣韻》古穴切。

濩 hù 　　布濩户漫汗。（70 上左）

濩《廣韻》胡誤切，去聲；户《廣韻》侯古切，全濁上聲。

漭 mǎng 　漭莽沆胡朗洋溢。（70 上左）

漭、莽《廣韻》模朗切。

沆 hàng 　漭莽沆胡朗洋溢。（70 上左）

沆《廣韻》胡朗切。

欱 hē　　摠括趨欱呼荅。（70 上左）
　　　欱《廣韻》呼合切，與呼荅切音同。

湁 zhé　　流湍投湁戢。（70 上左）
　　　湁、戢《廣韻》阻立切。

份 pīn　　份普貧汃八翃普耕軋烏八。（70 上左）
　　　份《廣韻》普巾切，與普貧切音同。

汃 pà　　份普貧汃八翃普耕軋烏八。（70 上左）
　　　汃、八《集韻》普八切。

翃 pēng　　份普貧汃八翃普耕軋烏八。（70 上左）
　　　翃《廣韻》薄萌切，並母；普耕切，滂母。

軋 yà　　份普貧汃八翃普耕軋烏八。（70 上左）
　　　軋《廣韻》烏黠切，與烏八切音同。

漻 liú　　漻流淚力計淢域汩爲筆反。（70 上左）
　　　漻、流《集韻》力求切。

淚 lì　　漻流淚力計淢域汩爲筆反。（70 上左）
　　　淚《集韻》郎計切，與力計切音同。

淢 yù　　漻流淚力計淢域汩爲筆反。（70 上左）
　　　淢、域《廣韻》雨逼切。

汩 yù　　漻流淚力計淢域汩爲筆反。（70 上左）
　　　汩《廣韻》于筆切，與爲筆反音同。

鱏 xín　　鱏尋鱣張連鰅隅鰫。（70 上左）
　　　鱏、尋《廣韻》徐林切。

鱣 zhān　　鱏尋鱣張連鰅隅鰫。（70 上左）
　　　鱣《廣韻》張連切。

鰅 yú　　鱏尋鱣張連鰅隅鰫。（70 上左）
　　　鰅、隅《廣韻》遇俱切。

鰢 wéi　　黿鼉鮫鰢以規反。（70 上左）
　　　鰢《集韻》勻規切，與以規反音同。

蜯 bàng　　巨蜯函含珠。［李善］楊雄《蜀都賦》曰：蜯函珠而擘裂。蜯與蚌同。（70

上左～下右）

蟀、蚌《集韻》部項切,音同通用。

函 hán 巨蟀函含珠。［李善］函與含同。（70 上左～下右）

函、含《廣韻》胡男切。

駮 bó 駮剝瑕委蛇。（70 下右）

駮、剝《廣韻》北角切。

瑕 xiá 駮剝瑕委蛇。［李善］郭璞《爾雅注》曰:蝦大者長一二丈。瑕與蝦古字通。（70 下右）

瑕、蝦《廣韻》胡加切。破假借,本字爲蝦。

貯 zhǔ 貯知旅水淳亭洿汙。（70 下右）

貯《廣韻》丁呂切,與知旅切音同。

淳 tíng 貯知旅水淳亭洿汙。（70 下右）

淳、亭《廣韻》特丁切。

洿 wū 貯知旅水淳亭洿汙。（70 下右）

汙、污異體。洿、污《廣韻》哀都切。

涯 yí 亘望無涯宜。（70 下右）

涯、宜《廣韻》魚羈切。

蘪 biào 其草則蘪平表苧直呂蘋煩莞桓。（70 下右）

蘪《廣韻》平表切。

苧 zhù 其草則蘪平表苧直呂蘋煩莞桓。（70 下右）

苧《廣韻》直呂切。

蘋 fán 其草則蘪平表苧直呂蘋煩莞桓。（70 下右）

蘋、煩《廣韻》附袁切。

莞 huán 其草則蘪平表苧直呂蘋煩莞桓。（70 下右）

莞、桓《廣韻》胡官切。

蔣 jiāng 蔣將蒲孤蒹葭。（70 下右）

蔣、將《廣韻》即良切。

蒲 pú 蔣將蒲孤蒹葭。［李善］《說文》曰:蔣,菰蔣也。（70 下右）

《文選考異》（851 上左）:"注 '菰蔣也',袁本、茶陵本此下有 '蔣,子詳切;菰,

音孤' 七字,是也。案:'菰,音孤' 善自注中字耳,正文 '蒲' 下 '孤' 乃因此竄入,誤

之甚者也。"是。蒲《廣韻》薄胡切，並母；菰、孤《廣韻》古胡切，見母。蒲下小注"孤"字當删。

茆 mǎo　　藻茆卵菱芡渠儼。（70下右）
　　　　　茆、卵《廣韻》莫飽切。

芡 jiàn　　藻茆卵菱芡渠儼。（70下右）
　　　　　芡《廣韻》巨險切，琰韻；渠儼切，儼韻。

鷖 yī　　　其鳥則有鴛鴦鵁鷖烏兮。（70下右）
　　　　　鷖《廣韻》烏奚切，與烏兮切音同。

鴇 bǎo　　鴻鴇保駕加鵝。（70下右）
　　　　　鴇、保《廣韻》博抱切。

駕 jiā　　　鴻鴇保駕加鵝。（70下右）
　　　　　駕、加《廣韻》古牙切。

鵠 qià　　鵠苦札鶃雅札鸊步覓鷈吐雞。（70下右）
　　　　　鵠《廣韻》古黠切，見母；苦札切，溪母。

鶃 yì　　　鵠苦札鶃雅札鸊步覓鷈吐雞。（70下右）
　　　　　鶃《廣韻》五歷切，錫韻；雅札切，點韻。疑爲臨時變讀以構成鵠鶃疊韻。

鸊 bí　　　鵠苦札鶃雅札鸊步覓鷈吐雞。（70下右）
　　　　　鸊《廣韻》扶歷切，與步覓切音同。

鷈 tí　　　鵠苦札鶃雅札鸊步覓鷈吐雞。（70下右）
　　　　　鷈《廣韻》杜奚切，定母；吐雞切，透母。

鷫 sù　　　鷫肅鵊所良鶤昆鸕盧。（70下右）
　　　　　鷫、肅《廣韻》息逐切。

鵊 shuāng　鷫肅鵊所良鶤昆鸕盧。（70下右）
　　　　　鵊《廣韻》色莊切，與所良切音同。

鶤 gūn　　鷫肅鵊所良鶤昆鸕盧。［李善］鶤與鶤同。（70下右～左）
　　　　　鶤、昆、鶤《廣韻》古渾切。

鸕 lú　　　鷫肅鵊所良鶤昆鸕盧。（70下右）
　　　　　鸕、盧《廣韻》落胡切。

鷀 cí　　　［李善］《蒼頡篇》曰：鸕鷀似鶂而黑。鷀音磁。（70下左）
　　　　　磁、礠異體。鷀、礠《廣韻》疾之切。

嚶 yīng　嚶嚶烏耕和鳴。（70 下左）

嚶《廣韻》烏莖切，與烏耕切音同。

澹 dàn　澹徒濫淡徒敢隨波。（70 下左）

澹《廣韻》徒濫切。

淡 dàn　澹徒濫淡徒敢隨波。（70 下左）

淡《廣韻》徒敢切。

竇 dòu　其水則開竇灑所蟹流。〔李善〕鄭玄《周禮注》曰：竇，孔穴也。音豆。（70
下左）

竇、豆《廣韻》徒候切。

灑 shǎi　其水則開竇灑所蟹流。（70 下左）

灑《廣韻》所蟹切。

塍 chéng　隄塍繩相輑丘筠反。（70 下左）

塍、繩《廣韻》食陵切。

輑 qūn　隄塍繩相輑丘筠反。（70 下左）

輑《廣韻》去倫切，與丘筠反音同。

潦 lǎo　而潢潦老獨臻。（70 下左）

潦、老《廣韻》盧晧切。

渫 xiè　決渫薛則暵罕。（70 下左）

渫、薛《廣韻》私列切。

暵 hǎn　決渫薛則暵罕。（70 下左）

暵、罕《廣韻》呼旱切。

溉 gài　爲溉古愛爲陸。（70 下左）

溉《廣韻》古代切，與古愛切音同。

稌 dù　冬稌肚夏稻側角。（70 下左）

稌、肚《集韻》動五切。

稻 zhuō　冬稌肚夏稻側角。（70 下左）

稻《廣韻》側角切。

苧 zhù　其原野則有桑漆麻苧直旅。（70 下左）

苧《廣韻》直呂切，與直旅切音同。

廡 wǔ　百穀蕃廡武。（70 下左）

𪏮、武《廣韻》文甫切。

蓼 liǎo　　則有蓼了蔰側立蘘而羊荷。（70 下左～ 71 上右）

　　　　　蓼、了《廣韻》盧鳥切。

蔰 zhé　　則有蓼了蔰側立蘘而羊荷。（70 下左～ 71 上右）

　　　　　蔰《廣韻》阻立切，與側立切音同。

蘘 ráng　　則有蓼了蔰側立蘘而羊荷。（70 下左～ 71 上右）

　　　　　蘘《集韻》如陽切，與而羊切音同。

萉 pú　　［李善］《說文》曰：蘘荷，萉葅也。萉，普卜切。（71 上右）

　　　　　萉《廣韻》方六切，非母屋韻三等；普卜切，滂母屋韻一等。

葅 jū　　　［李善］葅，子余切。（71 上右）

　　　　　葅《廣韻》七余切，清母；子余切，精母。

藷 zhū　　藷之餘蔗薑蟠煩。（71 上右）

　　　　　藷《廣韻》章魚切，與之餘切音同。

蟠 fán　　藷之餘蔗薑蟠煩。（71 上右）

　　　　　蟠、煩《集韻》符袁切。

菥 xī　　　菥析蓂筧芋瓜。（71 上右）

　　　　　菥、析《廣韻》先擊切。

蓂 mì　　　菥析蓂筧芋瓜。（71 上右）

　　　　　蓂、筧《廣韻》莫狄切。

棷 yǐng　　棷郢棗若留。（71 上右）

　　　　　棷、郢《廣韻》以整切。

檽 ruǎn　　［李善］《說文》曰：檽棗，似楔。如兗切。（71 上右）

　　　　　檽《廣韻》而兗切，與如兗切音同。

薜 bì　　　其香草則有薜萍計荔力計蕙若。（71 上右）

　　　　　薜《廣韻》蒲計切，與萍計切音同。

荔 lì　　　其香草則有薜萍計荔力計蕙若。（71 上右）

　　　　　荔《廣韻》郎計切，與力計切音同。

銚 yáo　　［李善］《爾雅》曰：蒤楚，銚弋也。銚音遙。（71 上右）

　　　　　銚、遙《廣韻》餘昭切。

晻 ǎn　　　晻於感曖愛蓊烏摠蔚。（71 上右）

　　晻《廣韻》烏感切，與於感切音同。

曖 ài　晻於感曖愛翁烏揔蔚。（71 上右）

　　曖、愛《廣韻》烏代切。

翁 wěng　晻於感曖愛翁烏揔蔚。（71 上右）

　　翁《廣韻》烏孔切，與烏揔切音同。

秬 jù　則有華稱重秬渠舉。（71 上右）

　　秬《廣韻》其吕切，與渠舉切音同。

溰 zhì　溰秩履皁香秔公行反。（71 上右）

　　溰《廣韻》直几切，與秩履切音同。

秔 gēng　溰秩履皁香秔公行反。（71 上右）

　　秔《廣韻》古行切，與公行反音同。

稃 fū　[李善] 毛萇《詩傳》曰：秬，黑黍，一稃二米，故曰重也。稃音敷。（71 上左）

　　稃、敷《廣韻》芳無切。

秈 xiān　[李善]《廣雅》曰：秔，秈也。秈音仙。（71 上左）

　　秈、仙《廣韻》相然切。

鷫 zhuó　歸鴈鳴鷫陟滑。（71 上左）

　　鷫《廣韻》丁滑切，與陟滑切音同。

鱻 xiān　黃稻鱻茸連魚。（71 上左）

　　鱻《廣韻》相然切，心母；茸連切，精母或清母。《文選考異》（851 下右）："茶陵
　本有'胥連切'三字。" 茸當作"胥"。胥、胥異體，心母。

芍 zhuó　以爲芍張略藥音略。（71 上左）

　　芍《廣韻》張略切。

藥 lüè　以爲芍張略藥音略。（71 上左）

　　藥《集韻》力灼切，略《廣韻》離灼切，音同。

菁 jīng　秋韭冬菁音精。（71 上左）

　　菁、精《廣韻》子盈切。

菽 shā　蘇菽殺紫薑。（71 上左）

　　菽、殺《廣韻》所八切。

羶 shān　拂徹羶尸然腥。（71 上左）

　　羶《廣韻》式連切，與尸然切音同。

醖 yùn　　酒則九醖_{於問}甘醴。（71 上左）

　　　　　醖《廣韻》於問切。

琢 zhuó　　琢琱狎獵。［李善］《爾雅》曰：理玉曰琢。都角切。（71 下右）

　　　　　琢《廣韻》竹角切，知母；都角切，端母。

琱 diāo　　琢琱狎獵。［李善］《爾雅》曰：玉謂之琱。琱與彫古字通也。（71 下右）

　　　　　琱、彫《廣韻》都聊切，音同通用。

狎 xiá　　琢琱狎獵。［李善］狎獵，飾之皃。胡甲切。（71 下右）

　　　　　狎《廣韻》胡甲切。

獵 zhá　　琢琱狎獵。［李善］獵，士甲切。（71 下右）

　　　　　獵《廣韻》良涉切，來母葉韻；士甲切，崇母狎韻。各本皆同，疑作“擖”。《干祿
　　　　　字書》：“擖、獵，並上通下正。”① 狎獵同“押擖”，連綿字字形不定。擖《集韻》直甲切，
　　　　　澄母。

被 bì　　被服雜錯。［李善］被，皮義切。（71 下右）

　　　　　被《廣韻》平義切，與皮義切音同。

儇 xuān　　儇才齊敏。［李善］《方言》曰：儇，急疾也。呼緣切。（71 下右）

　　　　　儇《廣韻》許緣切，與呼緣切音同。

齊 qí　　儇才齊敏。［李善］齊，在雞切。（71 下右）

　　　　　齊《廣韻》徂奚切，與在雞切音同。

擪 yè　　彈琴擪籥。［李善］《説文》曰：擪，一指按也。擪與擪同。烏牒切。（71 下左）

　　　　　擪、擪異體。擪《廣韻》於葉切，葉韻；烏牒切，帖韻。

籥 yuè　　彈琴擪籥。［李善］鄭玄《周禮注》曰：籥，舞者所吹也，如篴三孔。籥音藥。（71
　　　　下左）

　　　　　籥、藥《廣韻》以灼切。

篴（篴）dí　　彈琴擪籥。［李善］篴音敵。（71 下左）

　　　　　奎章閣本（第 106 頁）、明州本（第 73 頁）、四庫善注本（第 69 頁）、四庫六臣本（第
　　　　1330 册第 89 頁）作“篴”。篴、敵《廣韻》徒歷切。

睇 dì　　微眺流睇。［李善］鄭玄《禮記注》曰：睇，傾視也。徒計切。（72 上右）

　　　　　睇《廣韻》特計切，與徒計切音同。

---

① （唐）顏元孫《干祿字書》，文淵閣《四庫全書》第 224 册，臺灣商務印書館 1986，第 250 頁。

卷 quán　　蛾眉連卷。[李善]連卷,曲貌。卷音權。(72 上右)

　　　　　　卷、權《廣韻》巨員切。

躡 niè　　羅襪躡蹀而容與。[李善]《説文》曰:躡,蹈也。徒頬切。(72 上右)

　　　　　　躡《廣韻》尼輒切,娘母葉韻;徒頬切,定母帖韻。奎章閣本(第 106 頁)、明州

　　　　　本(第 74 頁)、陳八郎本(第二卷第 18 頁)正文躡下注"蘇叶"。躡蹀疑作"躞蹀"。

　　　　　躞《廣韻》蘇協切,與蘇叶切音同。

蹀 dié　　羅襪躡蹀而容與。[李善]許慎《淮南子注》曰:蹀,蹈也。蘇協切。(72 上右)

　　　　　　蹀《廣韻》徒協切,定母;蘇協切,心母。奎章閣本(第 106 頁)、明州本(第 74 頁)、

　　　　　陳八郎本(第二卷第 18 頁)正文蹀下注"徒頬"。徒頬切與徒協切音同。

蹩 bié　　蹩躠蹁躚。[李善]《上林賦》曰:便姍蹩屑。蹩,蒲結切。(72 上右)

　　　　　　蹩、鷩異體。鷩《廣韻》蒲結切。

躠 xiè　　蹩躠蹁躚。[李善]躠,素結切。(72 上右)

　　　　　　躠《廣韻》先結切,與素結切音同。

蹁 pián　　蹩躠蹁躚。[李善]蹁,步先切。(72 上右)

　　　　　　蹁《廣韻》部田切,與步先切音同。

躚 xiān　　蹩躠蹁躚。[李善]躚,素田切。(72 上右)

　　　　　　躚《廣韻》蘇前切,與素田切音同。

更 gēng　　更爲新聲。[李善]更,古衡切。(72 上左)

　　　　　　更《廣韻》古行切,與古衡切音同。

騄 lù　　騄驥齊鑣。[李善]《穆天子傳》:八駿有赤驥、騄耳。音録。(72 上左)

　　　　　　騄、録《廣韻》力玉切。

鑣 biāo　　騄驥齊鑣。[李善]《説文》曰:鑣,馬銜也。彼驕切。(72 上左)

　　　　　　鑣《廣韻》甫嬌切,與彼驕切音同。

析 xī　　鏃析毫芒。[李善]析音錫。(72 上左)

　　　　　　析、錫《廣韻》先擊切。

鶬 cāng　　仰落雙鶬音倉。(72 上左)

　　　　　　鶬、倉《廣韻》七岡切。

汰 tài　　汰太瀺仕減澬仕角兮船容裔。(72 下右)

　　　　　　汰、太《廣韻》他蓋切。

瀺 zhàn　　汰太瀺仕減澬仕角兮船容裔。(72 下右)

瀺《廣韻》士減切,與仕減切音同。

濁 zhuó　汰太瀺仕減濁仕角兮船容裔。（72 下右）

濁《廣韻》士角切,與仕角切音同。

憚 dá　憚丁達爨龍兮怖蛟螭。（72 下右）

憚《集韻》當割切,與丁達切音同。

醢 hǎi　遠世則劉后甘厥龍醢海。（72 下左）

醢、海《廣韻》呼改切。

蕃 fán　終三代而始蕃音繁。（72 下左）

蕃、繁《廣韻》附袁切。

揆 kuí　孰能揆求癸而處旃。（72 下左）

揆《廣韻》求癸切。

睢 huī　方今天地之睢虛惟剌力達。（73 上左）

睢《廣韻》許維切,與虛惟切音同。

剌 là　方今天地之睢虛惟剌力達。（73 上左）

剌《廣韻》盧達切,與力達切音同。

攫 jué　皆能攫九縛戾執猛。（73 下右）

攫《廣韻》居縛切,與九縛切音同。

捷 jiàn　排捷件陷肩古熒。（73 下右）

捷《廣韻》居偃切,見母阮韻;件《廣韻》其輦切,群母獼韻。

肩 jiōng　排捷件陷肩古熒。（73 下右）

肩《廣韻》古螢切,與古熒切音同。

齮 yǐ　[李善]《漢書》曰:沛公圍宛城,南陽守齮降,引兵西,無不下者。齮音蟻。（73

下右）

齮、蟻《廣韻》魚倚切。

庀 pǐ　以庀匹婢王職。（73 下右）

庀《廣韻》匹婢切。

裶 fēi　建太常兮裶裶音霏。（73 下左）

裶、霏《廣韻》芳非切。

騤 kuí　駟飛龍兮騤騤逶。（73 下左）

騤、逶《廣韻》渠追切。

《三都賦序》

猗 yī　　　見緑竹猗猗於宜。（74 上左）

　　　　　猗《廣韻》於離切，與於宜切音同。

澳 yù　　　則知衛地淇澳於六之産。（74 上左）

　　　　　澳《廣韻》於六切。

啻 shì　　　匪啻失至于兹。（74 下右）

　　　　　啻《廣韻》施智切，寘韻；失至切，至韻。

卮 zhī　　　且夫玉卮紙移無當去聲。（74 下右）

　　　　　卮《廣韻》章移切，與紙移切音同。

當 dàng　　且夫玉卮紙移無當去聲。（74 下右）

　　　　　當《廣韻》平、去二讀，平聲默認，去聲標記。

論 lùn　　　而論去聲者莫不詆丁禮訐斤謁其研精。（74 下右）

　　　　　論《廣韻》收録多個讀音，分别歸屬平、去二聲，分析、衡量等義去聲。

詆 dǐ　　　而論去聲者莫不詆丁禮訐斤謁其研精。（74 下右）

　　　　　詆《廣韻》都禮切，與丁禮切音同。

訐 jié　　　而論去聲者莫不詆丁禮訐斤謁其研精。（74 下右）

　　　　　訐《廣韻》居竭切，與斤謁切音同。

氐 dǐ　　　作者大氐音旨舉爲憲章。（74 下右）

　　　　　氐《集韻》典禮切，端母薺韻；旨《廣韻》職雉切，章母旨韻。建州本（第 90 頁）、

　　　明州本（第 76 頁）、奎章閣本（第 111 頁）氐下注“丁禮”。丁禮切與典禮切音同。

摹 mú　　　余既思摹莫蒲二京而賦三都。（74 下右）

　　　　　摹《廣韻》莫胡切，與莫蒲切音同。

梧 wù　　　魁梧忤長者。（74 下左）

　　　　　梧、忤《集韻》五故切。

《蜀都賦》

崤 xiáo　　崤胡交函有帝皇之宅。（75 上右）

　　　　　崤《廣韻》胡茅切，與胡交切音同。

攉 jué　　　請爲左右揚攉古學而陳之。（75 上右）

　　　　　攉《廣韻》古岳切，與古學切音同。

菴 ǎn　　　茂八區而菴烏覽藹焉。（75 上左）

菴《古今韻會舉要》鄔感切，感韻；烏覽切，敢韻。

犍 qián　於前則跨躐犍乾牂臧。（75 上左）

犍、乾《廣韻》渠焉切。

牂 zāng　於前則跨躐犍乾牂臧。（75 上左）

牂、臧《廣韻》則郎切。

枕 zhèn　枕之鵃輢交趾。（75 上左～下右）

枕《廣韻》之任切，與之鴆切音同。

輢 yǐ　枕之鵃輢交趾。善曰：輢，寄也。於蟻切。（75 下右）

輢《廣韻》於義切，去聲；於蟻切，上聲。

蕡 fén　鬱蕡汾蒕於文以翠微。（75 下右）

蕡、汾《廣韻》符分切。

蒕 yūn　鬱蕡汾蒕於文以翠微。（75 下右）

蒕《廣韻》於云切，與於文切音同。

崛 yù　崛魚物巍巍以嶷嶷。（75 下右）

崛《廣韻》魚勿切，與魚物切音同。

滈 xué　滈胡角瀑步角濆扶刎其隈。（75 下右）

滈《集韻》黑角切，曉母；胡角切，匣母。

瀑 bó　滈胡角瀑步角濆扶刎其隈。（75 下右）

瀑《廣韻》蒲木切，屋韻；步角切，覺韻。

濆 fèn　滈胡角瀑步角濆扶刎其隈。（75 下右）

濆《集韻》父吻切，與扶刎切音同。

潰 huì　漏江伏流潰胡內其阿。（75 下右）

潰《廣韻》胡對切，與胡內切音同。

汩 gǔ　汩骨若湯谷之揚濤。（75 下右）

汩、骨《廣韻》古忽切。

沛 pèi　沛普賴若濛汜似之涌波。（75 下右）

沛《廣韻》普蓋切，與普賴切音同。

汜 sì　沛普賴若濛汜似之涌波。（75 下右）

汜、似《廣韻》詳里切。

崖 yí　菌桂臨崖宜。（75 下左）

崖、宜《廣韻》魚羈切。

猩 shēng　猩猩生夜啼。（75 下左）

猩、生《廣韻》所庚切。

熖 yàn　高熖飛煽扇於天垂。善曰:《説文》曰:熖,火焰也。音艷。（75 下左～ 76 上右）

熖、艷《廣韻》以贍切。

煽 shàn　高熖飛煽扇於天垂。（75 下左）

煽、扇《廣韻》式戰切。

礫 lì　金沙銀礫歷。（76 上右）

礫、歷《廣韻》郎擊切。

彪 biāo　符采彪筆尤炳。（76 上右）

彪《廣韻》甫烋切,幽韻;筆尤切,尤韻。

灼 zhuó　暉麗灼酌爍舒藥切。（76 上右）

灼、酌《廣韻》之若切。

爍 shuò　暉麗灼酌爍舒藥切。（76 上右）

爍《廣韻》書藥切,與舒藥切音同。

湯 shāng　流漢湯湯傷。（76 上右～左）

湯、傷《廣韻》式羊切。

螭 chī　或藏蛟螭勑知。（76 上左）

螭《廣韻》丑知切,與勑知切音同。

梫 qǐn　其樹則有木蘭梫寢桂。（76 上左）

梫、寢《廣韻》七稔切。

櫹 xiāo　杞櫹蕭椅於其桐。（76 上左）

櫹、蕭《集韻》先彫切。

椅 yī　杞櫹蕭椅於其桐。（76 上左）

椅《廣韻》於離切,支韻;於其切,之韻。

枒 yé　樱枒邪楔耕八椶七松。（76 上左）

枒、邪《集韻》余遮切。

楔 jiá　樱枒邪楔耕八椶七松。（76 上左）

楔《廣韻》古黠切,與耕八切音同。

枞 cōng　椶枒邪楔耕八椶七松。（76 上左）

　　椶《廣韻》七恭切，與七松切音同。

楩 pián　楩頻縣柟南幽藹於谷底。（76 上左）

　　楩《廣韻》房連切，仙韻；頻縣切，先韻。

柟 nán　楩頻縣柟南幽藹於谷底。（76 上左）

　　柟、南《廣韻》那含切。

咆 páo　熊羆咆步交其陽。（76 下右）

　　咆《廣韻》薄交切，與步交切音同。

鷸 yù　鵬鶚鷸聿其陰。（76 下右）

　　鷸、聿《廣韻》餘律切。

狖 yòu　猨狖弋狩騰希而競捷。（76 下右）

　　狖《廣韻》余救切，與弋狩切音同。

濮 bǔ　百濮音卜所充。（76 下右）

　　濮、卜《廣韻》博木切。

宕 dàng　外負銅梁於宕徒浪渠。（76 下右）

　　宕《廣韻》徒浪切。

葅 zǔ　樊以葅資覿圃。（76 下右）

　　葅《廣韻》則古切，與資覿切音同。

蔶 zhé　善曰：《埤蒼》曰：蔶，蔶也。蔶，側及切。（76 下右～左）

　　蔶《廣韻》阻立切，與側及切音同。

蝴 biē　蝴必滅蛦音啼山棲。（76 下左）

　　蝴、蟞異體。蟞《集韻》必列切，與必滅切音同。

蛦 tí　蝴必滅蛦音啼山棲。（76 下左）

　　蛦、啼《集韻》田黎切。

黿 yuán　黿元黿水處。（76 下左）

　　黿、元《廣韻》愚袁切。《文選考異》（852 下右～左）：“案：黿當作‘元’。因劉注中元黿二字誤爲‘黿’字而改正文者耳。”是。奎章閣本（第 114 頁）黿即作“元”，下無小字注。

沮 jù　潛龍蟠於沮子預澤。善曰：綦母邃《孟子注》曰：澤生草言葅。沮與葅同。（76 下左）

　　　　　　　沮《廣韻》將預切，與子預切音同，精母去聲；菹《廣韻》七余切，清母平聲。

烾 xì　　　　丹沙烾許力熾昌志出其坂。（76 下左）

　　　　　　　烾《廣韻》許極切，與許力切音同。

熾 chì　　　丹沙烾許力熾昌志出其坂。（76 下左）

　　　　　　　熾《廣韻》昌志切。

悍 hàn　　　若乃剛悍汗生其方。（77 上右）

　　　　　　　悍、汗《廣韻》侯旰切。

賨 cóng　　　奮之則賨在宗旅。（77 上右）

　　　　　　　賨《廣韻》藏宗切，與在宗切音同。

蹻 qiāo　　　蹻綺驕容世於樂府。（77 上右）

　　　　　　　蹻《廣韻》去遙切，重紐四等；綺驕切，重紐三等。

挾 jiē　　　於西則右挾故蝶岷山。（77 上右）

　　　　　　　挾《集韻》吉協切，與故蝶切音同。

黝 yǒu　　　林麓黝於糾儵式六。（77 上右）

　　　　　　　黝《廣韻》於糾切。

儵 shū　　　林麓黝於糾儵式六。（77 上右）

　　　　　　　儵《廣韻》式竹切，與式六切音同。

蹲 cún　　　蹲存鴟所伏。（77 上右）

　　　　　　　蹲、存《廣韻》徂尊切。

夥 huò　　　異類衆夥禍。（77 上左）

　　　　　　　夥、禍《廣韻》胡果切。

莫 tí　　　或豐綠莫啼。（77 上左）

　　　　　　　莫、啼《廣韻》杜奚切。

蕃 fán　　　或蕃伐元丹椒。（77 上左）

　　　　　　　蕃《廣韻》附袁切，與伐元切音同。

濩 hù　　　麋蕪布濩護於中阿。（77 上左）

　　　　　　　濩、護《廣韻》胡誤切。

莚 yàn　　　風連莚餘戰蔓萬於蘭皋。（77 上左）

　　　　　　　莚《廣韻》予線切，與餘戰切音同。

蔓 wàn　　　風連莚餘戰蔓萬於蘭皋。（77 上左）

蔓、萬《廣韻》無販切。

料 liáo　　盧跗是料聊。（77 上左）

料、聊《廣韻》落蕭切。

痟 xiāo　　昧蠣瘺痟音消。（77 上左）

痟、消《廣韻》相邀切。

沬 mèi　　演以潛沬武蓋。（77 下右）

沬《廣韻》莫貝切，與武蓋切音同。

稉 gēng　　稉古衡稻莫莫。（77 下右）

稉《廣韻》古行切，與古衡切音同。

瀌 piáo　　灑瀌扶彪池而爲陸六澤。（77 下右）

瀌《廣韻》皮彪切，與扶彪切音同。

陸 lù　　灑瀌扶彪池而爲陸六澤。（77 下右）

陸、六《廣韻》力竹切。

滂 pāng　　雛星畢之滂普郎沲度羅。（77 下右）

滂《廣韻》普郎切。

沲 tuó　　雛星畢之滂普郎沲度羅。（77 下右）

沲《集韻》唐何切，與度羅切音同。

胗 zhěn　　爾乃邑居隱胗之忍。（77 下左）

胗《廣韻》章忍切，與之忍切音同。

檾 yǐng　　橙柿檾郢檉亭。（77 下左）

檾、郢《廣韻》以整切。

檉 tíng　　橙柿檾郢檉亭。（77 下左）

檉、亭《廣韻》特丁切。

榹 sī　　榹心移桃函含列。（77 下左）

榹《廣韻》息移切，與心移切音同。

函 hán　　榹心移桃函含列。（77 下左）

函、含《廣韻》胡男切。

宅 chè　　百果甲宅坼。（77 下左）

宅、坼《集韻》恥格切。

呼 xià　　善曰：呼，火亞切。（77 下左）

呼《集韻》虛訝切，與火亞切音同。

厲 liè　　涼風厲列。（77 下左～ 78 上右）

厲、列《集韻》力糵切。唐鈔本（1·40）："《音決》：厲協韻音列。"

榛 zhēn　　榛側鄰栗鱫呼亞發。善曰：榛與榛同。（78 上右）

榛、榛《廣韻》側詵切，臻韻；側鄰切，真韻。

鱫 xià　　榛側鄰栗鱫呼亞發。（78 上右）

鱫《廣韻》呼訝切，與呼亞切音同。

潰 huì　　蒲陶亂潰胡對。（78 上右）

潰《廣韻》胡對切。

酷 kù　　芬芬酷苦毒烈。（78 上右）

酷《廣韻》苦沃切，與苦毒切音同。

蒟 jǔ　　其園則有蒟俱宇蒻弱茱萸。（78 上右）

蒟《廣韻》俱雨切，與俱宇切音同。

蒻 ruò　　其園則有蒟俱宇蒻弱茱萸。（78 上右）

蒻、弱《廣韻》而灼切。

蔗 zhè　　甘蔗之夜辛薑。（78 上右）

蔗《廣韻》之夜切。

蓲 xū　　陽蓲許于陰敷。（78 上右）

蓲《集韻》匈于切，與許于切音同。

瀛 yíng　　其沃瀛盈則有攢在官蔣將叢蒲。（78 上左）

瀛、盈《廣韻》以成切。

攢 cuán　　其沃瀛盈則有攢在官蔣將叢蒲。（78 上左）

攢、攢異體。攢《集韻》祖官切，精母；在官切，從母。

蔣 jiāng　　其沃瀛盈則有攢在官蔣將叢蒲。（78 上左）

蔣、將《廣韻》即良切。

糅 niù　　糅女又以蘋蘩。（78 上左）

糅《廣韻》女救切，與女又切音同。

柅 nǐ　　總莖柅柅乃禮。（78 上左）

柅《廣韻》女履切，娘母旨韻；乃禮切，泥母薺韻。

襲 yè　　襲於業葉蓁蓁臻。（78 上左）

裛《廣韻》於業切。

蓁 zhēn　裛於業葉蓁蓁臻。（78 上左）

蓁、臻《廣韻》側詵切。

蕡 fén　蕡墳實時味。（78 上左）

蕡、墳《廣韻》符分切。

鵜 tí　鸏鷺鵜徒兮鶘胡。（78 上左）

鵜《廣韻》杜奚切，與徒兮切音同。

鶘 hú　鸏鷺鵜徒兮鶘胡。（78 上左）

鶘、胡《廣韻》户吴切。

吭 háng　哢吭胡剛清渠。（78 上左）

吭《廣韻》胡郎切，與胡剛切音同。

鱣 zhān　鱣陟連鮪于鬼鱒在本魴。（78 下右）

鱣《廣韻》張連切，與陟連切音同。

鮪 wěi　鱣陟連鮪于鬼鱒在本魴。（78 下右）

鮪《廣韻》榮美切，旨韻；于鬼切，尾韻。

鱒 zùn　鱣陟連鮪于鬼鱒在本魴。（78 下右）

鱒《廣韻》才本切，與在本切音同。

鮷 tí　鮷啼鱧禮魦鱨。（78 下右）

鮷、啼《廣韻》杜奚切。

鱧 lǐ　鮷啼鱧禮魦鱨。（78 下右）

鱧、禮《廣韻》盧啓切。

塏 kǎi　營新宮於爽塏愷。（78 下右）

塏、愷《廣韻》苦亥切。

瞰 kǎn　列綺牕而瞰苦檻江。（78 下左）

瞰《廣韻》苦濫切，去聲；苦檻切，上聲。

躅 zhú　外則軌躅直録八達。（78 下左）

躅《廣韻》直録切。

閈 hàn　里閈汗對出。（78 下左）

閈、汗《廣韻》侯旰切。

廡 wǔ　千廡音武萬室。（78 下左）

廡、武《廣韻》文甫切。

壇 tán　壇徒蘭宇顯敞。（78 下左）

　　壇《廣韻》徒干切，與徒蘭切音同。

扣 kǒu　庭扣苦后鍾磬。（79 上右）

　　扣《廣韻》苦后切。

賄 huǐ　賄呼罪貨山積。（79 上右）

　　賄《廣韻》呼罪切。

袨 xuàn　袨縣服靚才姓粧。（79 上右）

　　袨、縣《廣韻》黃練切。

靚 jìng　袨縣服靚才姓粧。（79 上右）

　　靚《廣韻》疾政切，與才姓切音同。

賈 gǔ　賈音古貿莫構㙝直例鬻。（79 上右）

　　賈、古《廣韻》公户切。

貿 mòu　賈音古貿莫構㙝直例鬻。（79 上右）

　　貿《廣韻》莫候切，與莫構切音同。

㙝 zhì　賈音古貿莫構㙝直例鬻。（79 上右）

　　㙝《集韻》直例切。

舛 chuǎn　舛兗錯縱橫。（79 上右）

　　四庫六臣本（第 1330 册第 100 頁）舛下注“仕兗”。唐鈔本（1·52）：“《音決》：

　　舛，昌轉反。”舛《廣韻》昌兗切，昌母，與昌轉反音同；仕兗切，崇母。

桄 guāng　麩有桄光榔郎。（79 上右）

　　桄、光《廣韻》古黃切。

榔 láng　麩有桄光榔郎。（79 上右）

　　榔、郎《廣韻》魯當切。

蒟 jù　蒟句醬流味於番潘禺愚之鄉。（79 上右）

　　蒟、句《廣韻》九遇切。

番 pān　蒟句醬流味於番潘禺愚之鄉。（79 上右）

　　番、潘《廣韻》普官切。

禺 yú　蒟句醬流味於番潘禺愚之鄉。（79 上右）

　　禺、愚《廣韻》遇俱切。

沓 dá　　輿輦雜沓_{徒合}。（79 上左）

　　　沓《廣韻》徒合切。

哤 máng　　則哤莫江聒_{公達}宇宙。（79 上左）

　　　哤《廣韻》莫江切。

聒 guō　　則哤莫江聒_{公達}宇宙。（79 上左）

　　　聒《廣韻》古活切，末韻；公達切，曷韻。

䫨 xiāo　　䫨許驕塵張_{陟亮}天。（79 上左）

　　　䫨《廣韻》許嬌切，與許驕切音同。

張 zhàng　　䫨許驕塵張_{陟亮}天。（79 上左）

　　　張《廣韻》知亮切，與陟亮切音同。

壒 ài　　則埃壒_{烏蓋}曜靈。（79 上左）

　　　壒《廣韻》於蓋切，與烏蓋切音同。

比 bì　　黃潤比_{毗二}筒。（79 上左）

　　　比《廣韻》毗至切，與毗二切音同。

籯 yíng　　籯盈金所過。（79 上左）

　　　籯、盈《廣韻》以成切。

埒 lüè　　卓鄭埒_劣名。（79 下右）

　　　埒、劣《廣韻》力輟切。

鏹 jiǎng　　藏鏹_{九兩}巨萬。（79 下右）

　　　鏹《廣韻》居兩切，與九兩切音同。

鈹 pī　　鈹浦覓撝規兼呈。（79 下右）

　　　鈹《廣韻》普擊切，與浦覓切音同。

撝 guī　　鈹浦覓撝規兼呈。（79 下右）

　　　撝、規《廣韻》居隋切。

抵（抵）zhǐ　　扼腕抵_紙掌。（79 下右）

　　　唐鈔本（1·58）、陳八郎本（第二卷第 26 頁）作“抵”。《文選考異》（853 下左）：

　　　“案：抵當作抵，注同。”抵、紙《廣韻》諸氏切。

飈 liáo　　歌江上之飈_寮屬。（79 下左）

　　　飈、飉異體。飉、寮《廣韻》落蕭切。

郤 qì　　郤_却戟公之倫。（80 上右）

郗《廣韻》綺戟切，與却戟切音同。

蹴 cù　　蹴秋六蹈蒙籠。（80 上左）

蹴《廣韻》七宿切，與秋六切音同。

眒 shèn　　鷹犬倏眒勝胤。（80 上左）

眒《廣韻》試刃切，與勝胤切音同。

罻 wèi　　罻尉羅絡幕。（80 上左）

罻、尉《廣韻》於胃切。

洦 pò　　羽族紛洦匹各。（80 上左）

洦《集韻》匹陌切，陌韻；匹各切，鐸韻。

麖 jīng　　屠麖京麋。（80 上左）

麖、京《廣韻》舉卿切。

屼 wù　　躡五屼兀之塞漇。（80 上左）

屼、兀《廣韻》五忽切。

皛 xiào　　皛胡了切。當為拍。拍，普格切貙丑于㟁於葽於堯草。（80 下右）

皛《廣韻》胡了切，匣母篠韻；又皛、拍《廣韻》普伯切，滂母陌韻，與普格切音同。

貙 chū　　皛胡了切。當為拍。拍，普格切貙丑于㟁於葽於堯草。（80 下右）

貙《廣韻》敕俱切，與丑于切音同。

葽 yāo　　皛胡了切。當為拍。拍，普格切貙丑于㟁於葽於堯草。（80 下右）

葽《廣韻》於堯切。

戾 liè　　戾歷結犀角。（80 下右）

戾《廣韻》練結切，與歷結切音同。

鎩 shā　　鳥鎩所札翮。（80 下右）

鎩《廣韻》所八切，與所札切音同。

朅 qiè　　殆而朅綺列來相與。（80 下右）

朅《廣韻》丘謁切，與綺列切音同。

滇 diān　　第如滇丁田池。（80 下右）

滇《廣韻》都年切，與丁田切音同。

艤 yǐ　　艤音蟻輕舟。（80 下右）

艤、蟻《廣韻》魚倚切。

罨 yǎn　　罨奄翡翠。（80 下左）

罨、奄《廣韻》衣儉切。

鰋 yǎn　　釣鰋偓魶長流。（80下左）

　　　　鰋、偃《廣韻》於幰切。

魶 chóu　　釣鰋偓魶長流。（80下左）

　　　　魶《廣韻》直由切，與長流切音同。

櫂 zhào　　發櫂宅孝謳。（80下左）

　　　　櫂《廣韻》直教切，與宅孝切音同。

鱏 xín　　感鱏尋魚。（80下左）

　　　　鱏、尋《廣韻》徐林切。

獠 liào　　將饗獠力召者。（80下左）

　　　　獠《集韻》力照切，與力召切音同。

酤 hù　　酌清酤户。（80下左）

　　　　酤、户《廣韻》侯古切。

犖 luò　　若乃卓犖呂角奇譎。（81上右）

　　　　犖《廣韻》呂角切。

肸 xī　　景福肸喜筆饗而興作。（81上右）

　　　　肸《廣韻》羲乙切，與喜筆切音同。

炳 bǐng　　近則江漢炳丙靈。（81上右）

　　　　炳、丙《廣韻》兵永切。

皭 jué　　皭在爵若君平。（81上右）

　　　　皭《廣韻》在爵切。

絢 xuàn　　幽思絢呼絹道德。（81上左）

　　　　絢《廣韻》許縣切，霰韻；呼絹切，線韻。

摛 chī　　摛勑離藻掞傷豔天庭。（81上左）

　　　　摛《廣韻》丑知切，與勑離切音同。

掞 shàn　　摛勑離藻掞傷豔天庭。（81上左）

　　　　掞《廣韻》舒贍切，與傷豔切音同。

儁 jùn　　考四海而爲儁俊。（81上左）

　　　　儁、俊《廣韻》子峻切。

塍 chéng　　峻岨塍繩埒劣長城。（81上左）

塍、繩《廣韻》食陵切。

埒 lüè   峻岨塍繩埒劣長城。（81 上左）

埒、劣《廣韻》力輟切。

《吴都賦》

齴 chǎn   東吳王孫齴然而咍。善曰：齴，勅忍切。（82 上右）

齴《集韻》丑展切，獮韻；勅忍切，軫韻。

咍 hāi   東吳王孫齴然而咍。善曰：咍，呼來切。（82 上右）

咍《廣韻》呼來切。

料 liáo   下料聊物土。（82 上右）

料、聊《廣韻》落蕭切。

牒 dié   玉牒石記。善曰：《説文》曰：諜，記也。牒與諜同。（82 上左）

牒、諜《廣韻》徒協切，音同通用。

齪 chuò   齷齪而筭。善曰：齪，楚角切。（82 上左～下右）

齪《廣韻》測角切，與楚角切音同。

魄 pò   旁魄而論都。善曰：礴與魄同。（82 上左～下右）

魄、礴《集韻》匹各切。

儷 lì   安可以儷戾王公而著風烈也。（82 下右）

儷、戾《廣韻》郎計切。

磧 qì   翫其磧礫而不窺玉淵者。善曰：《説文》曰：磧，水渚有石也，且歷切。（82 下左）

磧《廣韻》七迹切，昔韻；且歷切，錫韻。

驪 lí   未知驪龍之所蟠也。善曰：驪音離。（82 下左）

驪、離《廣韻》吕支切。

躧 shǐ   輕脱躧於千乘。善曰：《聲類》曰：躧或爲鞁。《説文》曰：鞁，鞮屬也。亦所解切。（82 下左～83 上右）

躧、鞁《廣韻》所綺切。鞁《廣韻》又音所蟹切，與所解切音同。

觖 jué   則非列國之所觖望也。善曰：《漢書》曰：上欲王盧綰，爲群臣觖望。臣瓚曰：觖謂相觖而怨望也。觖音決。（82 下左～83 上右）

觖、決《廣韻》古穴切。

拓 tuò   拓音託土畫疆。（83 上右）

拓、託《廣韻》他各切。

举 luò　　卓举吕角兼并。(83 上右)
　　　　　举《廣韻》吕角切。

嶷 yì　　則嵬嶷嶢巟。善曰：嶷，魚力切。(83 上左)
　　　　　嶷《廣韻》魚力切。

巟 wù　　則嵬嶷嶢巟。善曰：《字指》曰：巟，禿山也。五骨切。(83 上左)
　　　　　巟、𡹔異體。𡹔《廣韻》五忽切，與五骨切音同。

岪 fú　　嶸冥鬱岪。善曰：《埤蒼》曰：岪鬱，山貌。扶勿切。(83 上左)
　　　　　岪《廣韻》符弗切，與扶勿切音同。

㳿 hóng　　潰㳿泮汗。善曰：㳿，胡東切。(83 上左)
　　　　　㳿《廣韻》戶公切，與胡東切音同。

滇 tiàn　　滇㴐淼漫。善曰：滇，通見切。(83 上左)
　　　　　滇《廣韻》他甸切，與通見切音同。

㴐 miǎo　　滇㴐淼漫。善曰：㴐，莫見切。(83 上左)
　　　　　㴐《廣韻》亡沼切，小韻；莫見切，霰韻。疑爲臨時變讀構成滇㴐疊韻。

瘣 huì　　瘣瘣巍巍。善曰：瘣，胡罪切。(83 上左)
　　　　　瘣《廣韻》口猥切，溪母賄韻；胡罪切，匣母賄韻。《漢書》(第 2554 頁)顏注："瘣
　　　　　又音於虺反。"於虺反，影母尾韻。

巍 lěi　　瘣瘣巍巍。善曰：巍，力罪切。(83 上左)
　　　　　巍《集韻》魯猥切，與力罪切音同。

汗 gàn　　澎澎汗汗。善曰：汗，古旦切。(83 上左)
　　　　　汗《集韻》居案切，與古旦切音同。

洶 xiōng　　濞焉洶呼恭切洶。(83 上左)
　　　　　洶《廣韻》許容切，與呼恭切音同。

礚 kài　　隱焉礚礚。[劉淵林]礚，苦蓋切。(83 上左)
　　　　　礚、礚異體。礚《廣韻》苦蓋切。

漨 péng　　歊霧漨浡。善曰：漨，薄工切。(83 下右)
　　　　　漨《集韻》蒲蒙切，與薄工切音同。

浡 bó　　歊霧漨浡。善曰：浡，蒲昧切。(83 下右)
　　　　　浡《廣韻》蒲没反，没韻；蒲昧反，隊韻。奎章閣本(第 125 頁)、明州本(第 86 頁)、

陳八郎本(第三卷第 3 頁)正文浡下注"蒲没"。

斎 yūn　　泓澄斎漾。善曰:斎漾,迴復之貌。皆水深廣闊也。斎,於旻切。(83 下右)
　　　　　斎《廣韻》於倫切,合口;旻,脣音字。

漾 yuān　　泓澄斎漾。善曰:漾,於權切。(83 下右)
　　　　　漾《廣韻》於權切。

澒 hòng　　澒溶沆户朗瀁余兩。善曰:澒,胡孔切。(83 下右)
　　　　　澒《廣韻》胡孔切。

溶 yǒng　　澒溶沆户朗瀁余兩。善曰:溶,余腫切。(83 下右)
　　　　　溶《廣韻》余隴切,與余腫切音同。

沆 hàng　　澒溶沆户朗瀁余兩。(83 下右)
　　　　　沆《廣韻》胡朗切,與户朗切音同。

瀁 yǎng　　澒溶沆户朗瀁余兩。(83 下右)
　　　　　瀁《廣韻》餘兩切,與余兩切音同。

澶 chán　　澶湉漠而無涯。善曰:澶音纏。(83 下右)
　　　　　澶、纏《集韻》澄延切。

湉 tián　　澶湉漠而無涯。善曰:湉音恬。(83 下右)
　　　　　湉、恬《廣韻》徒兼切。

鮪 wěi　　王鮪偉鯸鮧。(83 下右)
　　　　　鮪《廣韻》榮美切,旨韻;偉《廣韻》于鬼切,尾韻。

鮧 yí　　王鮪偉鯸鮧。善曰:鮧音夷。(83 下右～84 上右)
　　　　　鮧《集韻》盈之切,之韻;夷《廣韻》以脂切,脂韻。

鯔 zī　　鮫鯔琵琶。善曰:鯔音菑。(83 下右～84 上右)
　　　　　鯔、菑《廣韻》側持切。

鮣 yìn　　鮣印龜鱕鰝。(83 下右)
　　　　　鮣、印《廣韻》於刃切。

鱕 fān　　鮣印龜鱕鰝。善曰:鱕,甫袁切。(83 下右～84 上右)
　　　　　鱕《廣韻》甫煩切,與甫袁切音同。

鰝 cuò　　鮣印龜鱕鰝。烏賊擁劍。龜古侯鼊辟鯖鰐。善曰:鰝,甫亦切。(83 下
　　　右～84 上右)
　　　　　鰝《廣韻》倉各切,清母鐸韻;甫亦切,非母昔韻。唐鈔本(1·114):"《音決》:鼊,

必亦反。”甫亦切與必亦反音同。胡刻本“鮺，甫亦切”之“鮺”當作“鼊”。

鯦 gōu　　鯦古侯鼊䮰鯖鰐。（83 下左）

　　　　　鯦《廣韻》古侯切。

鼊 bì　　　鯦古侯鼊䮰鯖鰐。（83 下左）

　　　　　鼊《廣韻》北激切，錫韻；䮰《廣韻》必益切，昔韻。

鰐 è　　　鯦古侯鼊䮰鯖鰐。善曰：鰐，五洛切。（83 下左～ 84 上右）

　　　　　鰐《廣韻》五各切，與五洛切音同。

涵 hán　　涵泳乎其中。善曰：涵音含。（83 下左～ 84 上右）

　　　　　涵、含《廣韻》胡男切。

葺 qì　　　葺七入鱗鏤甲。（84 上右）

　　　　　葺《廣韻》七入切。

泝 sù　　　泝素洄順流。（84 上右）

　　　　　泝、素《廣韻》桑故切。

噞 yǎn　　噞喁沈浮。善曰：《淮南子》曰：水濁則魚噞喁。噞，牛檢切。（84 上右）

　　　　　噞《廣韻》魚檢切，與牛檢切音同。

喁 yóng　　噞喁沈浮。善曰：喁，魚㐫切。（84 上右）

　　　　　㐫、凶異體。喁《廣韻》魚容切，與魚凶切音同。

鸀 zhú　　鳥則鸕鶒鸀䴏瑀玉。（84 上右）

　　　　　鸀、䴏《廣韻》之欲切。

瑀 yù　　　鳥則鸕鶒鸀䴏瑀玉。（84 上右）

　　　　　瑀、玉《廣韻》魚欲切。

鸘 shuāng　鸘霜鵠鷺鴻。（84 上右）

　　　　　鸘、霜《廣韻》色莊切。

鶢 yuán　　鶢爰鶋居避風。（84 上右）

　　　　　鶢、爰《廣韻》雨元切。

鶋 jū　　　鶢爰鶋居避風。（84 上右）

　　　　　鶋、居《廣韻》九魚切。

造 cào　　候鴈造七報江。（84 上右）

　　　　　造《廣韻》七到切，與七報切音同。

鷛 yóng　　鸂鶒鷛鸂。善曰：鷛音庸。（84 上右～左）

鸐、鷛異體。鷛、庸《集韻》餘封切。

鸜 qú 灪鶙鸖鸜。善曰：鸜音渠。（84 上右～左）
鸜、躣異體。躣、渠《廣韻》强魚切。

鶖 qiū 鷫鶴鶖鶬。善曰：鶖音秋。（84 上右～左）
鶖、秋《廣韻》七由切。

鷊 yì 鸛鷗鷊七激鸝。（84 上右）
奎章閣本（第 126 頁）、陳八郎本（第三卷第 3 頁）、明州本（第 86 頁）七作“五”，
是。鷊《廣韻》五歷切，與五激切音同。

聱 yóu 魚鳥聱耴。善曰：聱耴，眾聲也。《埤蒼》云：聱，不聽也。魚幽切。（84 上
左～下右）
聱《廣韻》語蚪切，與魚幽切音同。

耴 yì 魚鳥聱耴。善曰：耴，牛乙切。（84 上左～下右）
耴《廣韻》魚乙切，與牛乙切音同。

蠢 chǔn 萬物蠢昌允生。（84 上左）
蠢《廣韻》尺尹切，與昌允切音同。

甈 xì 芒芒甈甈。善曰：甈甈，不明貌。許既切。（84 上左～下右）
甈《廣韻》許既切。

慌 huǎng 慌呼廣罔奄欻許勿。（84 上左）
慌《廣韻》呼晃切，與呼廣切音同。

欻 xū 慌呼廣罔奄欻許勿。（84 上左）
欻《廣韻》許勿切。

贔 bì 巨鼇贔備屓許器。（84 上左）
贔、備《廣韻》平祕切。

屓 xì 巨鼇贔備屓許器。（84 上左）
屓《廣韻》虛器切，與許器切音同。

抃 biàn 雷抃重淵。善曰：王逸《楚辭注》曰：擊手曰抃。音卞。（84 上左～下右）
抃、卞《廣韻》皮變切。

殷 yǐn 殷上聲動宇宙。（84 上左）
殷《集韻》倚謹切，上聲。

嶼 xù 島嶼序縣邈。（84 下右）

嶼、序《廣韻》徐吕切。

馮 píng　　洲渚馮平隆崇。（84 下右）

　　　　馮《廣韻》扶冰切,蒸韻;平《廣韻》符兵切,庚韻。

隆 lóng　　洲渚馮平隆崇。（84 下右）

　　　　隆《廣韻》力中切,來母;崇《廣韻》鋤弓切,崇母。義同換讀。

嫋 niǎo　　嫋嫋素女。善曰:《埤蒼》曰:嫋嫋,美也。奴鳥切。（84 下左）

　　　　嫋《廣韻》奴鳥切。

覶 luó　　嗟難得而覶縷。善曰:王延壽《王孫賦》曰:嗟難得而覶縷。覶,力戈切。（84
　　下左）

　　　　覶《廣韻》落戈切,與力戈切音同。

坱 ǎng　　爾乃地勢坱圠。善曰:《鵬鳥賦》曰:坱圠無垠。坱,烏朗切。（84 下左～85
　　上右）

　　　　坱《廣韻》烏朗切。

圠 yà　　爾乃地勢坱圠。善曰:圠,烏八切。（84 下左～85 上右）

　　　　圠《廣韻》烏黠切,與烏八切音同。

跃 ǎo　　卉木跃蔓。善曰:《廣雅》曰:跃,長也。烏老切。（84 下左～85 上右）

　　　　跃《廣韻》烏晧切,與烏老切音同。

荂 kuā　　異荂蓲蕍育。善曰:荂,枯瓜切。（84 下左）

　　　　荂《集韻》枯瓜切。

蓲 fū　　異荂蓲蕍育。善曰:《爾雅》曰:蓲,榮也。郭璞曰:蓲猶敷蓲,亦草之貌也。
　　蓲與敷同,無俱切。（84 下左～85 上右）

　　　　蓲、敷《集韻》芳無切,敷母;無俱切,微母。

蕍 yú　　異荂蓲蕍育。善曰:蕍與蒲同,庾俱切。（84 下左～85 上右）

　　　　蕍、育《廣韻》余六切。蒲《廣韻》羊朱切,蕍《集韻》容朱切。羊朱、容朱、庾俱
　　切音同。

曄 yè　　夏曄于蔀冬蒨。（84 下左）

　　　　曄《廣韻》筠輒切,與于輒切音同。

蒳 nà　　草則藿蒳豆蔲。善曰:蒳音納。（85 上右～左）

　　　　蒳、納《廣韻》奴荅切。

蔲 hòu　　草則藿蒳豆蔲。善曰:蔲,火豆切。（85 上右～左）

蔻、蔲異體。蔲《廣韻》呼漏切，與火豆切音同。

蔚 wèi　　薑彙非一。善曰：彙音謂。（85 上右～左）

蔚、謂《廣韻》于貴切。

綸 guān　　綸組紫絳。善曰：綸，古頑切。（85 上右～左）

綸《廣韻》古頑切。

茅 móu　　食葛香茅莫侯。（85 上右）

茅《廣韻》莫交切，肴韻；莫侯切，侯韻。

峍 jié　　衾緣山嶽之峍。善曰：峍音節。（85 上左）

峍、岊異體。岊、節《廣韻》子結切。

蔿 wèi　　鬱兮蔿茂。善曰：蔿，以稅切。（85 上左）

蔿《廣韻》以芮切，與以稅切音同。

甤 ruí　　銜朱甤。善曰：甤，汝誰切。（85 上左）

甤《廣韻》儒佳切，與汝誰切音同。

柙 jiǎ　　木則楓柙甲櫲樟。（85 上左）

柙、甲《集韻》古狎切。

枸 gōu　　枬櫚枸古候桹。（85 上左）

奎章閣本（第 129 頁）、建州本（第 104 頁）、明州本（第 88 頁）候作"侯"，是。枸

《廣韻》古侯切。

桹 láng　　枬櫚枸古候桹。善曰：桹音郎。（85 上左）

桹、郎《廣韻》魯當切。

杬 yuán　　縣杬杶櫨。善曰：杬音元。（85 上左～下右）

杬、元《廣韻》愚袁切。

杶 chūn　　縣杬杶櫨。善曰：杶，勑倫切。（85 上左～下右）

杶《廣韻》丑倫切，與勑倫切音同。

欀 xiāng　　文欀楨橿薑。善曰：欀音襄。（85 上左～下右）

欀、襄《廣韻》息良切。

楨 zhēng　　文欀楨橿薑。善曰：楨音貞。（85 上左～下右）

楨、貞《廣韻》陟盈切。

橿 jiāng　　文欀楨橿薑。（85 上左～下右）

橿、薑《廣韻》居良切。

挐 nú　　攢柯挐莖。善曰：許慎《淮南子注》曰：挐，亂也。女居切。（85 下右～左）
　　　　　挐《廣韻》女余切，與女居切音同。

殗 yè　　重葩殗葉。善曰：殗，重也，葉重疊貌。於劫切。（85 下右～左）
　　　　　殗《廣韻》於業切，與於劫切音同。

插 chè　　插濕鱗接。善曰：插濕，枝柯相重疊貌。插，楚立切。（85 下右～左）
　　　　　插《廣韻》初戟切，與楚立切音同。

濕 zhí　　插濕鱗接。善曰：濕，除立切。（85 下右～左）
　　　　　濕《集韻》失入切，書母；除立切，澄母。

霮 dàn　　宵露霮徒感霴徒外。（85 下右）
　　　　　霮《集韻》徒感切。

霴 duì　　宵露霮徒感霴徒外。（85 下右）
　　　　　霴《廣韻》徒對切，隊韻；徒外切，泰韻。

晻 ǎn　　旭日晻烏感晬。（85 下右）
　　　　　晻《廣韻》烏感切。

晬 bèi　　旭日晻烏感晬。善曰：晬，亦闇也。房妹切。（85 下右～左）
　　　　　晬《集韻》蒲昧切，與房妹切音同。

飂 yáo　　與風飂搖颺樣。（85 下右）
　　　　　飂、飆異體。飆、搖《廣韻》餘昭切。

颺 yàng　　與風飂搖颺樣。（85 下右）
　　　　　颺、樣《集韻》弋亮切。

飀 yǒu　　飀瀏飅飅。善曰：飀瀏，風聲也。飀，於酉切。（85 下左）
　　　　　飀《廣韻》於柳切，與於酉切音同。

瀏 liǔ　　飀瀏飅飅。善曰：瀏，力久切。（85 下左）
　　　　　瀏《廣韻》力久切。

飅 sōu　　飀瀏飅飅。善曰：飅，所求切。（85 下左）
　　　　　飅《廣韻》所鳩切，與所求切音同。

飅 liú　　飀瀏飅飅。善曰：飅音留。（85 下左）
　　　　　飅、留《廣韻》力求切。

筑 zhù　　蓋象琴筑竹并奏。（85 下左）
　　　　　筑、竹《廣韻》張六切。

猭 hún 猭子長嘯。善曰:《山海經》曰:獄法之山有獸,狀如犬,人面,見人則笑,名猭。

　猭,胡奔切。(85下左~ 86上右)

　　猭《廣韻》戶昆切,與胡奔切音同。

狖 yòu 狖鼯吾猓古火然。善曰:狖,余幼切。(85下左~ 86上右)

　　狖《廣韻》余宥切,宥韻;余幼切,幼韻。

鼯 wú 狖鼯吾猓古火然。(85下左)

　　鼯、吾《廣韻》五乎切。

猓 guǒ 狖鼯吾猓古火然。(85下左)

　　猓《廣韻》古火切。

趒 tiào 騰趒飛超。善曰:趒,吐教切。(85下左~ 86上右)

　　趒《集韻》他弔切,嘯韻;吐教切,效韻。

超 tiào 騰趒飛超。善曰:超,士弔切。(85下左~ 86上右)

　　明州本(第88頁)士作"土",是。奎章閣本(第130頁)作"圡",爲土之異體。

　超《集韻》他弔切,與土弔切音同。

麢 qí 其下則有梟羊麢儕狼。善曰:麢,在西切。(86上右~左)

　　麢、儕《廣韻》士皆切,崇母皆韻;麢《廣韻》又音徂奚切,與在西切音同,從母

　齊韻。

貙 chū 獡貐貙敕俱象。(86上右)

　　貙《廣韻》敕俱切。

獡 yà 獡貐貙敕俱象。善曰:獡,扵八切。(86上右~左)

　　獡《廣韻》烏黠切,與扵八切音同。

貐 yǔ 獡貐貙敕俱象。善曰:貐,以主切。(86上右~左)

　　貐、貐異體。貐《廣韻》以主切。

篔 yún 其竹則篔簹篠簳簶。[劉淵林]篔,于君切。(86上左)

　　篔《廣韻》王分切,與于君切音同。

簶 yū 其竹則篔簹篠簳簶。(86上左)

　　簶、於《廣韻》央居切。

柚 yóu 柚由梧有篁。(86上左)

　　柚、由《集韻》夷周切。

篻 piǎo 篻簩有叢。[劉淵林]篻,芳眇切。(86上左)

　　　　　篻《廣韻》敷沼切，與芳眇切音同。

篻 láo　　篻篻有叢。［劉淵林］篻音勞。（86 上左）
　　　　　篻、勞《廣韻》魯刀切。

櫹 shù　　櫹蠚蓄森萃。善曰：櫹，所六切。（86 上左～下右）
　　　　　櫹《集韻》所六切。

蠚 chù　　櫹蠚蓄森萃。善曰：蠚，丑六切。（86 上左～下右）
　　　　　蠚、蓄《廣韻》丑六切。

茸 rǒng　　翁茸而勇蕭瑟。（86 上左）
　　　　　茸《集韻》乳勇切，與而勇切音同。

橄 gǎn　　龍眼橄欖。善曰：橄音敢。（86 下右～左）
　　　　　橄、敢《廣韻》古覽切。

欖 lǎn　　龍眼橄欖。善曰：欖音覽。（86 下右～左）
　　　　　欖、覽《廣韻》盧敢切。

棎 chán　　棎榴禦霜。善曰：棎，市瞻切。（86 下右～左）
　　　　　棎《廣韻》視占切，與市瞻切音同。

比 bì　　結根比景之陰。善曰：《漢書音義》如淳曰：比景，日中於頭上，景在己下，故
　　　名之比景。比，方利切。（86 下右～左）
　　　　　比《廣韻》必至切，與方利切音同。

崴 wāi　　隱賑崴巊。善曰：《埤蒼》曰：崴巊，不平也，又重累貌。崴，烏乖切。（87
　　　上右）
　　　　　崴《廣韻》乙皆切，與烏乖切音同。

巊 huái　　隱賑崴巊。善曰：巊，故乖切。（87 上右）
　　　　　巊《廣韻》戶乖切，匣母；故乖切，見母。唐鈔本（1・162）：“《音決》：巊，戶乖反。”
　　　奎章閣本（第 130 頁）、陳八郎本（第三卷第 6 頁）、明州本（第 89 頁）、建州本（第 106
　　　頁）正文巊下注直音“懷”。巊、懷《廣韻》戶乖切。胡刻本“故”當爲“胡”之訛。

屏 bǐng　　雜插幽屏必井。（87 上右）
　　　　　屏《廣韻》必郢切，與必井切音同。

砳 chè　　砳陟直氏山谷。善曰：砳，勑列切。（87 上右～左）
　　　　　砳《廣韻》丑列切，與勑列切音同。

陟 zhì　　砳陟直氏山谷。（87 上右）

俿《廣韻》池爾切,與直氏切音同。

碕 qí　　碕岸爲之不枯。善曰:許慎《淮南子注》曰:碕,長邊也。巨依切。(87上
　　右~左)
　　　　碕《廣韻》渠希切,與巨依切音同。

陬 zōu　　其荒陬子侯譎決詭。(87上左)
　　　　陬《廣韻》子侯切。

譎 jué　　其荒陬子侯譎決詭。(87上左)
　　　　譎、決《廣韻》古穴切。

畛 zhěn　　其四野則畛畷無數。善曰:鄭玄《毛詩箋》曰:畛,舊田有徑路也。之引切。(87
　　下右)
　　　　畛《廣韻》章忍切,與之引切音同。

畷 zhuì　　其四野則畛畷無數。善曰:《説文》曰:畷,兩陌間道也。知衛切,又陟劣切。
　　(87下右)
　　　　畷《廣韻》陟衛、陟劣二切。

窊 wā　　窊隆異等。善曰:《説文》曰:窊,汙邪,下也。於瓜切。(87下右)
　　　　窊《廣韻》烏瓜切,與於瓜切音同。

稰 zhuō　　稰捉秀菰孤穗詞翠切。(87下右)
　　　　稰、捉《廣韻》側角切。

菰 gū　　稰捉秀菰孤穗詞翠切。(87下右)
　　　　菰、孤《廣韻》古胡切。

穗 suì　　稰捉秀菰孤穗詞翠切。(87下右)
　　　　穗《廣韻》徐醉切,與詞翠切音同。

柢 dì　　霸王之所根柢帝。(87下右)
　　　　柢、帝《廣韻》都計切。

閡 ài　　寒暑隔閡五蓋於邃宇。(87下左)
　　　　閡《廣韻》五溉切,代韻;五蓋切,泰韻。

覛 shǐ　　覛海陵之倉。善曰:《蒼頡篇》曰:覛,索視之貌。師蟻切。(87下左)
　　　　覛《集韻》所綺切,與師蟻切音同。

橫 huàng　　房櫳對橫晃。善曰:然則門牕之廡,通名橫。橫音榥,音義同。(88上右)
　　　　橫、晃、榥《廣韻》胡廣切。

碕 qí　　左稱彎碕。善曰：彎碕，宮東門。碕，巨依切。（88 上右）

　　碕《廣韻》渠希切，與巨依切音同。

硎 kēng　右號臨硎。善曰：臨硎，宮西門。硎，口耕切。（88 上右）

　　硎《廣韻》客庚切，庚韻；口耕切，耕韻。

窫 jié　　彤欒鏤窫。善曰：鄭玄《禮記注》曰：桷謂之窫。音節。（88 上右～左）

　　窫、節《廣韻》子結切。

俠 jiā　　俠棟陽路。善曰：俠棟，棟相俠也。古洽切。（88 上左～下右）

　　俠《集韻》訖洽切，與古洽切音同。

訬 miǎo　輕訬之客。善曰：高誘《淮南子注》曰：訬，輕利急疾也。訬音眇。（88 下右～左）

　　訬、眇《廣韻》亡沼切。

衎 kàn　　於是樂只衎而歡飫無匱。善曰：衎，苦旦切。（88 下左）

　　衎《廣韻》苦旰切，與苦旦切音同。

飫 yù　　於是樂只衎而歡飫無匱。善曰：飫，一據切。（88 下左）

　　飫《廣韻》依倨切，與一據切音同。

坒 bí　　商賈駢坒。善曰：許慎《淮南子注》曰：坒，相連也。扶必切。（88 下左～89 上右）

　　坒《廣韻》毗必切，與扶必切音同。

傯 sǒng　雜沓傯萃。善曰：《埤蒼》曰：傯，走貌。先鞏切。（89 上右）

　　傯《廣韻》息拱切，與先鞏切音同。

颿 fán　　樓船舉颿帆而過肆。（89 上右）

　　颿、帆《廣韻》符咸切。

珂 kē　　致遠流離與珂苦何玬。（89 上右）

　　珂《廣韻》苦何切。

玬 xù　　致遠流離與珂苦何玬。善曰：玬音戌。（89 上右）

　　玬、戌《廣韻》辛聿切。

繰 jié　　繰賄紛紜。［劉淵林］繰，蠻夷貨名也。繰音捷。（89 上右）

　　繰、捷《廣韻》疾葉切。

砢 luǒ　　金鎰磊砢力可。（89 上右）

　　砢《廣韻》來可切，與力可切音同。

琲 bèi　珠琲_{步對}闌干。（89 上右）

琲《廣韻》蒲罪切，全濁上聲；步對切，去聲。

儵 sè　儵矗臬獶。善曰：儵，所立切。（89 上右～左）

儵《廣韻》色立切，與所立切音同。

矗 zhí　儵矗臬獶。善曰：《蒼頡篇》曰：矗，不止也。佇立切。（89 上右～左）

矗《廣韻》直立切，與佇立切音同。

臬 xiǎo　儵矗臬獶。善曰：臬獶，衆相交錯之貌。臬，胡巧切。（89 上右～左）

臬《廣韻》下巧切，與胡巧切音同。

獶 nǎo　儵矗臬獶。善曰：《方言》曰：獶，猱也。奴巧切。（89 上右～左）

獶《廣韻》奴巧切。

諻 hōng　諻譁喤呷。善曰：《方言》曰：諻，吁橫切。（89 上右～左）

諻《廣韻》虎橫切，與吁橫切音同。建州本（第 110 頁）、四庫六臣本（第 1330

册第 117 頁）反切在正文中，作"呼橫"，注文中無音注。呼橫切與虎橫切音同。

呷 xiā　諻譁喤呷。善曰：《說文》曰：呷，吸也。呼甲切。（89 上右～左）

呷《廣韻》呼甲切。

霢 mò　流汗霢_脉霂沐而中逵泥濘。（89 上左）

霢、脉《廣韻》莫獲切。

霂 mù　流汗霢脉霂_沐而中逵泥濘。（89 上左）

霂、沐《廣韻》莫卜切。

濘 nìng　流汗霢脉霂沐而中逵泥濘。善曰：杜預《左氏傳注》曰：濘，泥也。奴定切。

（89 上左）

濘《廣韻》乃定切，與奴定切音同。

射 shì　乘時射利。善曰：射，實亦切。（89 上左）

射《廣韻》食亦切，船母；實，幫母。唐鈔本（1·204）："《音決》：射，時亦反。"時，

禪母。胡刻本實疑作"實"。實，船母。

趬 qiāo　趬起喬材悍壯。（89 上左）

趬《廣韻》起鷍切，與起喬切音同。

鏤 lú　扶揄屬鏤_{力駒}切。（89 上左）

鏤《廣韻》力朱切，與力駒切音同。

滸 hǔ　烏滸_{忽古}狼肬_{呼光}。（90 上右）

滸《廣韻》呼古切，與忽古切音同。

膀 huāng　烏滸忽古狼膀呼光。（90 上右）

　　　　狼膀，《集韻》作“狼膧”。膧《集韻》呼光切。

儋 dān　　儋都含耳黑齒之酋自由。（90 上右）

　　　　儋《廣韻》都甘切，談韻；都含切，覃韻。

酋 qiú　　儋都含耳黑齒之酋自由。（90 上右）

　　　　酋《廣韻》自秋切，與自由切音同。

驫 biāo　　驫馱驫裔。善曰：驫馱驫裔，衆馬走貌。驫，必幽切。（90 上右）

　　　　驫《廣韻》甫烋切，與必幽切音同。

馱（馱）xù　驫馱驫裔。善曰：馱，呼橘切。（90 上右）

　　　　奎章閣本（第 137 頁）、明州本（第 93 頁）、陳八郎本（第三卷第 10 頁）作“馱”。

　　馱、馱，韻書、字書皆未收録。聲符“戌”，候韻；聲符“戌”，術韻；呼橘切，術韻。當
以馱爲是。

驫 xiū　　驫馱驫裔。善曰：驫，香幽切。（90 上右）

　　　　驫《廣韻》香幽切。

裔 yù　　驫馱驫裔。善曰：裔，以出切。（90 上右）

　　　　裔《廣韻》餘律切，與以出切音同。

靸 sǎ　　靸霅警捷。善曰：靸霅，走疾貌。靸，素合切。（90 上右）

　　　　靸《廣韻》蘇合切，與素合切音同。

霅 dá　　靸霅警捷。善曰：霅，徒合切。（90 上右）

　　　　霅《廣韻》丈甲切，澄母狎韻；徒合切，定母合韻。

軺 yáo　　軺翑焦騙驪。（90 上右）

　　　　軺《廣韻》餘昭切，與翑焦切音同。

攝 yè　　攝鳥頰烏號。（90 上右）

　　　　攝《廣韻》奴協切，泥母；烏頰切，影母。各本皆同。《文選》音系影母一般不與
帖韻相拼，此爲孤例。

袀 yún　　六軍袀翊遵服。（90 上左）

　　　　袀《廣韻》居匀切，見母；翊遵切，以母。《漢書》（第 4190～4191 頁）：“時莽
紺袀服。”顏注：“袀，純也。純爲紺服也。袀音均，又弋旬反。”翊遵切與弋旬反音同。

峭 qiào　　峭格周施。〔劉淵林〕峭，七肖切。（90 上左～下右）

峭《廣韻》七肖切。

罿 chōng 罿罻普張。［劉淵林］罿音衝。（90 上左～下右）

罿、衝《廣韻》尺容切。

罻 wèi 罿罻普張。［劉淵林］罻音尉。（90 上左～下右）

罻、尉《廣韻》於胃切。

罼 bì 罼罕瑣結。［劉淵林］罼音畢。（90 下右）

罼、畢《廣韻》卑吉切。

罠 mín 罠蹏連綱。［劉淵林］罠，無貧切。（90 下右）

罠《廣韻》武巾切，與無貧切音同。

陆 qū 陆以九疑。［劉淵林］陆音祛。（90 下右）

陆、祛《廣韻》去魚切。

禦 yǔ 禦以沅湘。［劉淵林］禦音語。（90 下右）

禦、語《廣韻》魚巨切。

縠 gòu 縠騎煒煌。［劉淵林］縠，古候切。（90 下右）

縠《集韻》居候切，與古候切音同。

骿 pián 猿臂骿脅。［劉淵林］骿脅，今駢幹也。骿、駢通。（90 下右）

骿、駢《廣韻》部田切，音同通用。

趭 jiào 狂趭獷猤。善曰：司馬相如《大人賦》曰：騰而狂趭。子召切。（90 下右）

趭《集韻》才笑切，從母；子召切，精母。

獷 gǒng 狂趭獷猤。善曰：《說文》曰：犬獷不可附也。子猛切。（90 下右）

奎章閣本（第 138 頁）、建州本（第 111 頁）、明州本（第 93 頁）子作“古”，當是。

獷《廣韻》古猛切。

猤 guì 狂趭獷猤。善曰：猤，壯勇之貌。其翠切。（90 下右）

猤《廣韻》其季切，與其翠切音同。

瞵 lín 鷹瞵鶚視。善曰：《說文》曰：瞵，目精也。力辰切。（90 下右）

瞵《廣韻》力珍切，與力辰切音同。

趁 cān 趁趲羅羉。善曰：趁趲羅羉，相隨驅逐，眾多貌。趁，七感切。（90 下右）

趁《廣韻》倉含切，平聲；七感切，上聲。疑爲臨時變讀以構成趁趲疊韻。

羅 là 趁趲羅羉。善曰：羅，力苔切。（90 下右）

羅《集韻》落合切，與力苔切音同。

𧿨 dá　趁趲𨂲𧿨。善曰：𧿨，徒合切。（90 下右）

𧿨《集韻》達合切，與徒合切音同。

莽 mǎng　相與騰躍乎莽罠之野。善曰：莽罠，廣大貌。莽，莫浪切。（90 下右）

莽《廣韻》模朗切，上聲；莫浪切，去聲。疑爲臨時變讀以構成莽罠疊韻。

罠 làng　相與騰躍乎莽罠之野。善曰：罠音浪。（90 下右～左）

罠、浪《集韻》郎宕切。

晹 yáng　晹以良切夷勃盧之旅。（90 下左）

晹《廣韻》與章切，與以良切音同。

殳 xì　長殳短兵。［劉淵林］《廣雅》曰：殳，矛也。呼狄切。（90 下左）

殳《廣韻》呼昊切，合口；呼狄切，開口。

儇 xuān　儇許緣佻坌並。（90 下左）

儇《廣韻》許緣切。

佻 tiào　儇許緣佻坌並。［劉淵林］《方言》曰：儇佻，疾也。佻，他弔切。（90 下左）

佻《集韻》他弔切。

坋 bèn　儇許緣佻坌並。［劉淵林］《漢書》曰：相如弔二世曰：坌入曾宮之嵯峨。《音義》曰：坋，並也。步寸切。（90 下左）

坋、坌異體。坌《廣韻》蒲悶切，與步寸切音同。

浪 láng　相與聊浪郎乎昧莫之坰。（90 下左）

浪、郎《廣韻》魯當切。

鉦 zhēng　鉦征鼓疊山。（90 下左）

鉦、征《廣韻》諸盈切。

蓋 là　蓋擸雷硠。善曰：蓋擸雷硠，崩弛之聲。蓋，朗荅切。（90 下左）

蓋《廣韻》盧合切，與朗荅切音同。

擸 liè　蓋擸雷硠。善曰：擸音獵。（90 下左）

擸、獵《廣韻》良涉切。

硠 láng　蓋擸雷硠。善曰：硠音郎。（90 下左）

硠、郎《廣韻》魯當切。

弛（阤）zhì　崩巒弛直氏岑。（90 下左）

弛《集韻》丑豸切，徹母；直氏切，澄母。奎章閣本（第 138 頁）、明州本（第 94 頁）作"阤"，陳八郎本（第三卷第 11 頁）作"阤"，爲阤之異體。阤《廣韻》池爾切，與直氏切音同。

虣 bào　　虣魁軬。善曰:《毛詩》曰:不敢暴虎。毛萇曰:暴虎,空手以搏也。虣與暴同。
（90 下左～ 91 上右 ）

　　　　　虣、虣異體。虣、暴《廣韻》薄報切。

魁 hán　　虣魁軬。善曰:《爾雅》曰:魁,白虎。明甘切。（90 下左～ 91 上右 ）

　　　　　奎章閣本（第 138 頁）、明州本（第 94 頁）、陳八郎本（第三卷第 11 頁）正文魁下

　　　　注 "胡甘",是。魁《廣韻》胡甘切。

軬 shū　　虣魁軬。善曰:軬,黑虎。音叔。（90 下左～ 91 上右 ）

　　　　　軬、叔《廣韻》式竹切。

頴 sǒng　　頴麋麖。[劉淵林] 頴,絆前兩足也。《莊子》曰:連之羈頴。音聳。（91 上右 ）

　　　　　頴、纝異體。纝、聳《集韻》筍勇切。

鶄 jīng　　彈鷩鶄。善曰:鶄音京。（91 上右 ）

　　　　　鶄、京《廣韻》舉卿切。

猱 náo　　射猱狿。[劉淵林] 猱,似猿。奴刀切。（91 上右 ）

　　　　　猱《廣韻》奴刀切。

狿 tíng　　射猱狿。[劉淵林] 狿音亭。（91 上右 ）

　　　　　狿、亭《廣韻》特丁切。

嶛 liáo　　陵絶嶛 寮 嶕 兹遥 。（91 上右 ）

　　　　　嶛、寮《集韻》憐蕭切。

嶕 jiāo　　陵絶嶛 寮 嶕 兹遥 。（91 上右 ）

　　　　　嶕《集韻》兹消切,與兹遥切音同。

巉 chán　　聿越巉 鋤咸 險 。（91 上右 ）

　　　　　巉《廣韻》鋤銜切,銜韻;鋤咸切,咸韻。

跐 chì　　跐蹯竹柏。善曰:《史記》曰:跐萬里。如淳曰:跐,超蹯也。恥曳切。（91
上右 ）

　　　　　跐《廣韻》丑例切,與恥曳切音同。

獜 chēn　　獜㺑杞柟。善曰:《埤蒼》曰:獜㺑,逃也。獜,丑琛切。（91 上右 ）

　　　　　獜《廣韻》丑人切,與丑琛切音同。

㺑 chuán　　獜㺑杞柟。善曰:㺑,恥傳切。（91 上右 ）

　　　　　㺑《廣韻》丑緣切,與恥傳切音同。

豨 xǐ　　封豨㺉。善曰:《方言》曰:南楚人謂豬爲豨。虛豈切。(91上右)
　　　　豨《廣韻》虛豈切。

㺉 hè　　封豨㺉。善曰:㺉,豨聲。呼學切。(91上右)
　　　　㺉、㺉異體。《字彙補》(第503頁):"㺉,呼各切。"呼各切,鐸韻;呼學切,覺韻。

鏃 zú　　剛鏃祖禄潤。(91上右)
　　　　鏃《廣韻》作木切,與祖禄切音同。

鈹 pī　　羽族以觜距爲刀鈹披。(91上右)
　　　　鈹、披《廣韻》敷羈切。

鋏 jié　　毛群以齒角爲矛鋏古業。(91上右)
　　　　鋏《廣韻》古協切,帖韻;古業切,業韻。

著 zhuó　皆體著池著而應卒倉忽。(91上右~左)
　　　　著《廣韻》直略切,與池著切音同。奎章閣本(第139頁)、明州本(第94頁)
　　著下注"池略",當是。

卒 cù　　皆體著池著而應卒倉忽。(91上右~左)
　　　　卒《廣韻》倉没切,與倉忽切音同。

扢 gǔ　　所以挂扢而爲創瘢痏。善曰:《廣雅》曰:扢,摩也。公紇切。(91上左)
　　　　扢《廣韻》古忽切,與公紇切音同。

創 chuāng　所以挂扢而爲創瘢痏。(91上左)
　　　　創、瘡《廣韻》初良切。

痏 wěi　　所以挂扢而爲創瘢痏。善曰:《蒼頡篇》曰:痏,歐傷也。爲軌切。(91上左)
　　　　痏《廣韻》榮美切,與爲軌切音同。

衂 nù　　莫不衂鋭挫芒。善曰:衂,折傷也。女六切。(91上左)
　　　　衂、衄異體。衄《廣韻》女六切。

捭 bǎi　　拉捭摧藏。善曰:捭,兩手擊絶也。布買切。(91上左)
　　　　捭《廣韻》北買切,與布買切音同。

岞 zhé　　雖有石林之岞䂂崿。(91上左)
　　　　岞《廣韻》鋤陌切,陌韻;䂂《廣韻》士革切,麥韻。

趾 cǐ　　將抗足而趾之。善曰:《廣雅》曰:趾,躡也。且爾切。(91上左)
　　　　趾《廣韻》雌氏切,與且爾切音同。

鷐 xùn　　仰攀鷐鸊。善曰:許慎《淮南子注》曰:鷐鸊,鸑雏也。鷐,思俊切。(91上

左～下右）

　　鵋《廣韻》私閏切,與思俊切音同。

鸃 yí　　　仰攀鵋鸃。善曰:鸃音儀。(91 上左～ 下右)

　　鸃、儀《廣韻》魚羈切。

蹴 cù　　　俯蹴七六豻獏。(91 上左)

　　蹴《廣韻》七宿切,與七六切音同。

獏 mò　　　俯蹴七六豻獏。善曰:《爾雅》曰:獏,白豹。音陌。(91 上左～下右)

　　獏、貘異體。獏、陌《廣韻》莫白切。

刉 jǐ　　　刉刉几熊羆之室。(91 上左)

　　刉《廣韻》居綺切,紙韻;几《廣韻》居履切,旨韻。

菎 fèi　　　菎菎笑而被格。善曰:菎,扶沸切。(91 上左～下右)

　　菎、閩異體。閩《廣韻》扶沸切。

骼 gé　　　出象骼。善曰:骼音格。(91 下右)

　　骼、格《廣韻》古伯切。

絋 hóng　　狼跋乎絋橫中。(91 下右)

　　絋《廣韻》戶萌切,耕韻;橫《廣韻》戶盲切,庚韻。

睒 shǎn　　忘其所以睒睗。善曰:《説文》曰:睒,暫視也。式冉切。(91 下右～左)

　　睒《廣韻》失冉切,與式冉切音同。

睗 shì　　　忘其所以睒睗。善曰:睗,疾視也。式亦切。(91 下右～左)

　　睗《廣韻》施隻切,與式亦切音同。

禠 zhì　　　魂禠氣懾之葉而自踼跋者。善曰:禠,奪也。直示切。(91 下右～左)

　　禠《集韻》丈尒切,紙韻;直示切,至韻。

懾 zhé　　　魂禠氣懾之葉而自踼跋者。(91 下右)

　　懾《廣韻》之涉切,與之葉切音同。

踼 táng　　魂禠氣懾之葉而自踼跋者。善曰:《聲類》曰:踼,跌也。徒郎切。(91 下右～左)

　　踼《廣韻》徒郎切。

跋 bó　　　魂禠氣懾之葉而自踼跋者。善曰:《漢書音義》曰:跋,崩也。蒲北切。(91 下右～左)

　　跋《集韻》鼻墨切,與蒲北切音同。

僨 fèn　　形僨景僵者。善曰：《爾雅》曰：僨，僵也。方問切。（91 下右～左）
　　　　　僨《廣韻》方問切。

岬 jiá　　倒岬岫。善曰：許慎《淮南子注》曰：岬，山旁。古押切。（91 下右～左）
　　　　　岬《集韻》古狎切，與古押切音同。

豣 jiān　　巖穴無豣豵。善曰：毛萇《詩傳》曰：獸三歲曰豣。公妍切。（91 下右～左）
　　　　　豣《廣韻》古賢切，與公妍切音同。

豵 zōng　　巖穴無豣豵。善曰：《爾雅》曰：豕生三子曰豵。子公切。（91 下右～左）
　　　　　豵《廣韻》子紅切，與子公切音同。

鷸 xū　　翳薈無鷸鷚。善曰：《説文》曰：鷹，鷸也。音須。（91 下右～左）
　　　　　鷹、須《廣韻》相俞切。

鷚 liù　　翳薈無鷹鷚。善曰：（《説文》）又曰：鷚，鳥大鶵也。力幼切。（91 下右～左）
　　　　　鷚《廣韻》力救切，宥韻；力幼切，幼韻。

嶰 jiǎ　　嶰澗閜。善曰：《爾雅》曰：小山別大山曰嶰。嶰，古買切。（91 下左～ 92
　　上右）
　　　　　嶰《集韻》舉蟹切，與古買切音同。

磻 bō　　弋磻波放。（92 上左）
　　　　　磻、波《集韻》逋禾切。

鮈 gèng　　筌鮈豆鱧。善曰：鮈鱧，鮈也。鮈，古贈切。（92 上左～下右）
　　　　　鮈《廣韻》古鄧切，與古贈切音同。

罩 chào　　罩勑教兩鮥。（92 上左）
　　　　　罩《集韻》陟教切，知母；勑教切，徹母。

鮥 jiè　　罩勑教兩鮥。善曰：鮥音介。（92 上左～下右）
　　　　　鮥、介《廣韻》古拜切。

罺 zhāo　　罺側梢鰝鰕。（92 上左）
　　　　　罺《廣韻》側交切，與側梢切音同。

鰕 xiá　　罺側梢鰝鰕。善曰：《爾雅》曰：鰝，大魚鰕。音遐。（92 上左～下左）
　　　　　鰕、遐《廣韻》胡加切。

鱟 hòu　　乘鱟胡豆黿鼉。善曰：鱟音候。（92 上左）
　　　　　候、候異體。鱟、候《廣韻》胡遘切，與胡豆切音同。

韣 zhí　　韣綮韇儲束。（92 上左）

纝、縶異體。畀、縶《集韻》陟立切。

朧 lóng　畀縶朧僒束。善曰:(《爾雅》)又曰:朧,兼有也。力公切。（92 上左～下左）

朧《廣韻》盧紅切,與力公切音同。

僒 jùn　畀縶朧僒束。善曰:《鵩鳥賦》曰:僒若囚拘。求殞切。（92 上左～下左）

僒《廣韻》渠殞切,與求殞切音同。

徽 huī　徽鯨輩中於群犗。善曰:徽音輝。（92 上左～下左）

徽、輝《廣韻》許歸切。

犗 jiè　徽鯨輩中於群犗。善曰:《說文》曰:犗,騬牛也。犗,古邁切。（92 上左～下左）

犗《廣韻》古喝切,與古邁切音同。

騬 qíng　善曰:騬,以陵切。（92 下左）

騬《集韻》慈陵切,從母;以陵切,以母。各本皆同。以疑作“似”,邪母。

鮒 fù　無異射鮒附於井谷。（92 上左）

鮒、附《廣韻》符遇切。

緡 mín　迎潮水而振緡密巾。（92 下左）

緡《廣韻》武巾切,與密巾切音同。

氲(氙)yì　則莖氲費錦繢會。善曰:氲費,錦文貌。於既切。（93 上右）

奎章閣本(第 142 頁)、明州本(第 96 頁)、陳八郎本(第三卷第 13 頁)、四庫善注本(第 97 頁)作“氙”。氙《廣韻》乙冀切,至韻;於既切,未韻。

繢 huì　則莖氲費錦繢會。（93 上右）

繢《廣韻》胡對切,隊韻;會《廣韻》黃外切,泰韻。

料 liáo　料遼其虓勇。（93 上右）

料、遼《廣韻》落蕭切。

虓 xiāo　料遼其虓勇。善曰:《詩》曰:闞如虓虎。火交切。（93 上右）

虓《廣韻》許交切,與火交切音同。

戾 lì　則鵰悍狼戾。善曰:《戰國策》曰:趙王狼戾無親。戾,力計切。（93 上右）

戾《廣韻》郎計切,與力計切音同。

眛(昧)mò　相與眛潛險。善曰:《說文》曰:眛,目不明也。門撥切。（93 上右）

眛《廣韻》莫佩切,隊韻;門撥切,末韻。各本皆同。疑作“昧”,《廣韻》莫撥切,與門撥切音同。

觜 zuī　　捫觜蠵。善曰：觜，子規切。（93 上右）

　　觜《廣韻》即移切，開口；子規切，合口。

蠵 xiē　　捫觜蠵。善曰：蠵，呼圭切。大龜也。（93 上右）

　　蠵、蟕異體。蟕《廣韻》戶圭切，匣母；呼圭切，曉母。

中 zhòng　川瀆爲之中去聲貧。（93 上右～左）

　　中《廣韻》收録平、去二讀，動詞義破讀去聲。

汔 xī　　汔可休而凱歸。善曰：《詩》曰：汔可小康。鄭玄曰：汔，幾也。虛乞切。（93
　上左）

　　汔《廣韻》許訖切，與虛乞切音同。

震 zhēn　醽鼓震真。（93 下右）

　　震、真《古今韻會舉要》之人切。

娃 yā　　幸乎館娃烏佳之宮。（93 下右）

　　娃《廣韻》於佳切，與烏佳切音同。

靺 mèi　　詠靺莫介任。（93 下右）

　　靺《廣韻》莫拜切，與莫介切音同。

訇 hóng　動鍾鼓之鏗訇橫。（93 下左）

　　訇《廣韻》戶萌切，耕韻；橫《廣韻》戶盲切，庚韻。

坻 dǐ　　有殷坻丁禮頹於前。（93 下左）

　　坻《廣韻》都禮切，與丁禮切音同。

湑 xǔ　　酣湑思與半。（93 下左）

　　湑《廣韻》私呂切，與思與切音同。

信 xìn　　閨闔信其威。［劉淵林］信讀爲申。（94 上右）

　　信、申《集韻》思晉切。

闕 jué　　闕掘溝乎商魯。（94 上右）

　　闕《廣韻》去月切，溪母；掘《廣韻》其月切，群母。

雷 liù　　繞雷李救未足言其固。（94 上左）

　　雷《廣韻》力救切，與李救切音同。

概 gài　　俗有節概蓋之風。（94 上左）

　　概、槩異體。槩《廣韻》古代切，代韻；蓋《廣韻》古太切，泰韻。

睚 yà　　睚五賣眦助賣則挺劍。（94 上左）

睚《廣韻》五懈切，與五賣切音同。

眦 zhài　睚五賣眦助賣則挺劍。（94 上左）

眦《廣韻》士懈切，與助賣切音同。

喑 yìn　喑於禁嗚烏故則彎弓。（94 上左）

喑、㾜《廣韻》於禁切。

嗚 wù　喑於禁嗚烏故則彎弓。（94 上左）

嗚《集韻》烏故切。

衎 kǎn　樂湑衎苦旱其方域。（94 下右）

衎《廣韻》空旱切，與苦旱切音同。

蜕 shuì　赤須蟬蜕稅而附麗。（94 下右）

蜕、稅《廣韻》舒芮切。

搉 jué　商搉角萬俗。（94 下左）

搉、角《廣韻》古岳切。

湫 jiǎo　邦有湫子小阨烏介而踡拳跼。（94 下右）

湫《廣韻》子了切，篠韻；子小切，小韻。

阨 ài　邦有湫子小阨烏介而踡拳跼。（94 下右）

阨《集韻》烏懈切，卦韻；烏介切，怪韻。

踡 quán　邦有湫子小阨烏介而踡拳跼。（94 下右）

踡、拳《廣韻》巨員切。

确 xué　同年而議豐确胡角乎。（95 上右）

确《廣韻》胡覺切，與胡角切音同。

譎 jú　譎君屈詭之殊事。（95 上左）

譎《集韻》渠勿切，群母；君屈切，見母。

《魏都賦》

陬 zōu　蠻陬子侯夷落。（96 上右）

陬《廣韻》子侯切。

倔 jú　假倔渠屈彊巨兩而攘臂。（96 上左）

倔《廣韻》衢物切，與渠屈切音同。

彊 jiàng　假倔渠屈彊巨兩而攘臂。（96 上左）

彊《廣韻》其兩切，與巨兩切音同。

華 kuā　飾華離以矜然。善曰：華，口哇反。（96 上左～下右）

華《集韻》空娲切，與口哇反音同。

踳 chuǎn　謀踳舛駮於王義。善曰：司馬彪《莊子注》曰：踳讀曰舛。舛，乖也。（96 上
左～下右）

踳《廣韻》尺尹切，準韻；舛《廣韻》昌兗切，獮韻。

頩 pīng　《楚辭》曰：王色頩以開顏。善曰：頩，普丁反。（96 下右～左）

頩《廣韻》普丁切。

嶛 liáo　劍閣雖嶛。善曰：《廣雅》曰：嶛，巢高也。力彫反。（96 下左）

嶛《集韻》憐蕭切，與力彫反音同。

塏 kǎi　況河冀之爽塏苦改。（96 下左）

塏《廣韻》苦亥切，與苦改切音同。

湫 jiǎo　與江介之湫子小湄。（96 下左）

湫《廣韻》子了切，篠韻；子小切，小韻。

犖 luò　魏都之卓犖呂角。善曰：《西都賦》曰：卓躒諸夏。卓犖與卓躒音義同。（96
下左～97 上右）

犖《廣韻》呂角切，覺韻；躒《廣韻》盧各切，鐸韻。

贔 bì　姦回內贔備。（97 上右）

贔、備《廣韻》平祕切。

眈 dān　眈耽眈帝宇。善曰：《漢書》客謂陳涉曰：夥，涉之爲王沈沈者。應劭曰：沈沈，
宮室深邃之貌。沈，長含切，與眈音義同。（97 上右～左）

眈、耽《廣韻》丁含切。沈《集韻》長含切，澄母；眈《集韻》徒南切，定母。

煨 wēi　變爲煨燼。善曰：《廣雅》曰：煨，爐也。烏瓌反。（97 上右～左）

煨《廣韻》烏恢切，與烏瓌反音同。

燼 jìn　變爲煨燼。善曰：杜預《左氏傳注》曰：燼，火之餘木也。似進反。（97 上
右～左）

燼《廣韻》徐刃切，與似進反音同。

犨 chóu　亦獨犨昌由麋之與子都。（97 下右）

犨《廣韻》赤周切，與昌由切音同。

培 bòu　培塿之與方壺也。善曰：《左氏傳》曰：太叔曰：培塿無松栢。培，步苟反。（97
下右）

培《廣韻》蒲口切，與步苟反音同。

塿 lǒu　培塿之與方壺也。善曰：塿，路苟反。（97 下右）

塿《廣韻》郎斗切，與路苟反音同。

埏 yán　則八埏延之中。（97 下右）

埏、延《廣韻》以然切。

峡 ǎng　山林幽峡烏朗切。（97 下左）

峡《集韻》倚朗切，與烏朗切音同。

碪 ǎn　恒碣碪磍於青霄。善曰：碪磍，高貌。碪，五感反。（97 下左～98 上右）

碪《集韻》五感切。

浩 gǎo　河汾浩洲而皓溔。善曰：浩，古老切。（97 下左～98 上右）

浩《集韻》古老切。

洲 gàn　河汾浩洲而皓溔。善曰：洲，古旦反。（97 下左～98 上右）

洲《集韻》居案切，與古旦反音同。

皓 gǎo　河汾浩洲而皓溔。善曰：《廣雅》曰：浩溔，大也。皓，故老反。（97 下左～98 上右）

皓《集韻》古老切，與故老反音同。

溔 yǎo　河汾浩洲而皓溔。善曰：溔，餘眇反。（97 下左～98 上右）

溔《廣韻》以沼切，與餘眇反音同。

澳 yù　南瞻淇澳於六。（97 下左）

澳《廣韻》於六切。

滏 fù　北臨漳滏父。（97 下左）

滏、父《廣韻》扶雨切。

毖 bì　温泉毖秘涌而自浪。善曰：《説文》曰：泌，水駃流也。泌與毖同，音秘。（97 下左～98 上右）

毖、秘、泌《廣韻》兵媚切。

畇 yún　原隰畇畇。善曰：《毛詩》曰：畇畇原隰。以純反。（98 上右～左）

畇《廣韻》羊倫切，與以純反音同。

嵬 wěi　或嵬罍力罪而複陸。善曰：嵬罍，不平之貌。嵬，烏罪切。（98 上右～左）

嵬《廣韻》五罪切，疑母；烏罪切，影母。

罍 lěi　或嵬罍力罪而複陸。（98 上右～左）

壘、𡾊異體。𡾊《廣韻》落猥切，與力罪切音同。

䊣 kuāng 或䊣苦光朗而拓落。（98 上左）

䊣《集韻》苦晃切，上聲；苦光切，平聲。

朕 zhèn 是以兆朕振古。善曰：《淮南子》曰：欲與物接而未成朕兆者也。許慎曰：朕，兆也。直軫反。（98 上左）

朕《集韻》丈忍切，與直軫切音同。

柢 dì 萌柢疇昔。善曰：《爾雅》曰：柢，本也。丁計反。（98 上左）

柢《廣韻》都計切，與丁計反音同。

閌 kàng 而高門有閌苦浪。（98 下右）

閌《廣韻》苦浪切。

僎 zhuàn 僎拱木於林衡。善曰：《説文》曰：僎，具也。饌勉反。又曰：僝，取也。子軟切。（98 下右～左）

僎、僝異體。僝《集韻》鶵免、子兖二切，分别與饌勉反、子軟切音同。

筌 quán 闡鉤繩之筌緒。善曰：杜預《左傳注》：銓，次也。與筌同。（98 下左）

筌、銓《廣韻》此緣切，音同通用。

隒 yǎn 比岡隒魚檢而無陂。（98 下左）

隒《廣韻》魚檢切。

髧 dàn 髧徒感若玄雲舒蜺以高垂。（98 下左）

髧《廣韻》徒感切。

埴 chā 埴楚洽壏除立參差。（99 上右）

埴《廣韻》初戢切，緝韻；楚洽切，洽韻。

壏 zhí 埴楚洽壏除立參差。（99 上右）

壏《廣韻》直立切，與除立切音同。

枌 fén 枌音汾橑音老複結。（99 上右）

枌、汾《廣韻》符分切。

橑 lǎo 枌音汾橑音老複結。（99 上右）

橑、老《廣韻》盧晧切。

滮 piáo 時梗概於滮被尤池。（99 上右）

滮《廣韻》皮彪切，幽韻；被尤切，尤韻。

抰 āng 暉鑒抰烏浪振。（99 上右）

抉《集韻》於郎切，與烏浪切音同。

黮 dàn　　榱題黮黱。善曰：《聲類》曰：黮，深黑色也。直感反。（99 上右～左）

　　　　　黮《廣韻》徒感切，與直感反音同。

黱 duì　　榱題黮黱。善曰：黱，亦黑也。徒對反。（99 上右～左）

　　　　　黱《集韻》徒對切。

享 xiǎng　觀享頤賓。善曰：頤養，亦享也，故曰觀享頤賓。許兩切。（99 上左）

　　　　　享《廣韻》許兩切。

鎪 sōu　　木無彫鎪所留。（99 上左）

　　　　　鎪《廣韻》所鳩切，與所留切音同。

綈 tí　　　土無綈題錦。（99 上左）

　　　　　綈、題《廣韻》杜奚切。

甄 jiān　　玄化所甄。善曰：《漢書音義》如淳曰：陶人作瓦器，謂之甄。吉然反。（99

　　　上左～下右）

　　　　　甄《廣韻》居延切，與吉然反音同。

萋 qī　　　奇卉萋萋。善曰：毛萇《詩傳》曰：猗猗、萋萋，茂盛貌也。音此禮切，叶韻。（99

　　　下右）

　　　　　萋《廣韻》七稽切，平聲；此禮切，上聲。韻腳字爲禮濟萋醴，上聲韻段，萋變讀

　　　上聲以協韻。

醳 yì　　　肴醳亦順時。（99 下左）

　　　　　醳、亦《廣韻》羊益切。

綷 zuì　　綷以藻詠。善曰：綷，子對切。（100 上右）

　　　　　綷《廣韻》子對切。

莓 méi　　蘭渚莓莓。善曰：《左氏傳》曰：原田莓莓。杜預曰：若原田之草莓莓然。莓，

　　　莫來反。（100 上右～左）

　　　　　莓《廣韻》莫杯切，灰韻；莫來反，哈韻。

葼 zōng　弱葼係實。［張載］葼，木之細枝者也[①]。楊雄《方言》曰：青、齊、兗、豫之間

　　　謂之葼。故傳曰慈母怒子，折葼而笞之，其惠存焉。子紅切。（100 上左）

　　　　　葼《廣韻》子紅切。

[①]　《魏都賦》未署注者。胡刻本（74 上左）："《三都賦》成，張載爲注《魏都》，劉逵爲注《吳》《蜀》。
　　　自是之後，漸行於俗也。"據此可知《魏都賦》的舊注（在李善注文之前）爲張載所作。

係 jì　弱蔓係實。[張載]係,古計切。(100上左)

係《廣韻》古詣切,與古計切音同。

䂊 qì　有䂊吕梁。善曰:《説文》曰:䂊,察也。千例反。(100上左~下右)

䂊《廣韻》七計切,霽韻;千例反,祭韻。

踶 tí　雲雀踶甍而矯首。[張載]踶音提。(100下右)

踶、提《集韻》田黎切。

徼 jiào　豪徼古弔互經。(100下左)

徼《廣韻》古弔切。

唱 chàng　晷漏肅唱。善曰:《字書》:倡亦唱字也。充向反。(100下左~101上右)

唱、倡《廣韻》尺亮切,與充向反音同。

程 chéng　明宵有程。善曰:程,猶限也。程與呈通。(100下左~101上右)

程、呈《廣韻》直貞切,音同通用。

錡 yǐ　附以蘭錡魚九。(100下左)

奎章閣本(第157頁)、明州本(第105頁)、陳八郎本(第三卷第22頁)、四庫善注本(第107頁)九作"几"。錡《廣韻》魚倚切,紙韻;魚几切,旨韻。

钀 niè　四門钀钀魚竭。(101上右)

钀《廣韻》魚列切,與魚竭切音同。

壒 ài　越埃壒烏害而資始。(101上右)

壒《廣韻》於蓋切,與烏害切音同。

𢘂 xǐ　誰勁捷而無𢘂。善曰:《論語》曰:慎而無禮則葸。𢘂與葸同,思子反。(101上右~左)

𢘂、葸《廣韻》胥里切,與思子反音同。

繚 liǎo　繚了垣開囿。(101上左)

繚、了《廣韻》盧鳥切。

贙 xuàn　兼葭贙。善曰:《説文》曰:贙,分别也。胡犬反。(101上左~下右)

贙、贙異體。贙《廣韻》胡畎切,與胡犬反音同。

雚 huán　雚胡官蒻弱森。(101上左)

萑、雚異體。萑《廣韻》胡官切。

蒻 ruò　雚胡官蒻弱森。(101上左)

蒻、弱《廣韻》而灼切。

浸 qīn　　綠荄泛濤而浸_{七心}潭_{以心}。（101 上左）

　　　浸《廣韻》七林切，與七心切音同。

潭 yǐn　　綠荄泛濤而浸_{七心}潭_{以心}。（101 上左）

　　　潭《廣韻》以荏切，上聲；以心切，平聲。疑爲臨時變讀以構成浸潭疊韻。

咆 páo　　若咆_{步交}渤澥與姑餘。（101 上左）

　　　咆《廣韻》薄交切，與步交切音同。

腜 méi　　腜腜坰野。善曰：《韓詩》曰：周原腜腜。莫來反。（101 下左）

　　　腜《廣韻》莫杯切，灰韻；莫來反，咍韻。

嶝 dèng　　嶝流十二。［張載］今鄴下有十二嶝，天井隄在城西南，分爲十二嶝。丁鄧切。
　　　（101 下左）

　　　嶝《集韻》丁鄧切。

澍 zhù　　水澍梗_{古衡}稑_{徒五}。善曰：《説文》曰：澍，時雨，所以澍生萬物者也。之樹反。
　　　（101 下左～ 102 上右）

　　　澍《廣韻》之戍切，與之樹反音同。

梗 gēng　　水澍梗_{古衡}稑_{徒五}。（101 下左）

　　　梗《廣韻》古行切，與古衡切音同。

稑 dù　　水澍梗_{古衡}稑_{徒五}。（101 下左）

　　　稑《集韻》動五切，與徒五切音同。

蒔 shì　　陸蒔稷黍。善曰：《方言》曰：蒔，更也。郭璞曰：謂更種也。時吏切。（101
　　　下左～ 102 上右）

　　　蒔《廣韻》時吏切。

翳 yì　　桃李蔭翳_{音咽}，叶韻。（101 下左）

　　　翳《廣韻》於計切，霽韻；咽《廣韻》烏結切，屑韻。韻腳字爲列翳悦，入聲韻段，
　　　翳變讀入聲以協韻。

望 wáng　　邑屋相望_{武方}。（101 下左）

　　　望《廣韻》武方切。

衝 chōng　　内則街衝輻輳。善曰：杜預《左氏傳注》曰：衝，交道也。齒容反。（102 上
　　　右～左）

　　　衝《廣韻》尺容切，與齒容反音同。

杠 gāng　　石杠飛梁。［張載］《爾雅》曰：石杠謂之倚。郭璞曰：石橋。音江。（102 上右）

　　　　杠、江《廣韻》古雙切。

浪 láng　　比滄浪平而可濯。（102 上右）

　　　　浪《廣韻》收録平、去二讀，標注平聲構成滄浪疊韻。

櫩 yán　　方步櫩以占而有踰。（102 上右）

　　　　櫩《廣韻》余廉切，與以占切音同。

莘 shēn　　莘莘所巾蒸徒。（102 上右）

　　　　莘《廣韻》所臻切，臻韻；所巾切，真韻。

䠆 xiàng　　蕭蕭階䠆。善曰：《爾雅》曰：兩階間曰䠆。許亮反。（102 上左～下右）

　　　　䠆《廣韻》許亮切。

猥 wěi　　輿騎朝猥。善曰：《廣雅》曰：猥，衆也。烏罪反。（102 下右）

　　　　猥《廣韻》烏賄切，與烏罪反音同。

蹀 dié　　蹀㩮其中。善曰：《聲類》曰：蹀，躡也。徒恊反。（102 下右）

　　　　蹀《廣韻》徒恊切。

㩮 qī　　蹀㩮其中。善曰：《説文》曰：㩮，隑也。丘知反。（102 下右）

　　　　㩮、㩉異體。㩉《廣韻》去奇切，與丘知反音同。

劀 jǐ　　劀居綺劂罔掇。（102 下右）

　　　　劀《廣韻》居綺切。

劂 jué　　劀居綺劂罔掇。善曰：許慎《淮南子注》曰：劀劂，曲刀也。劂，九月反。（102
　　　下右～左）

　　　　劂《廣韻》居月切，與九月反音同。

掇 zhuō　　劀居綺劂罔掇。善曰：鄭玄《論語注》曰：輟，止。〔輟〕掇古字通。（102 下
　　　右～左）

　　　　掇、輟《廣韻》陟劣切，音同通用。

薛（嶭）niè　　抗旗亭之嶤薛五結。（102 下左）

　　　　奎章閣本（第 161 頁）、明州本（第 107 頁）、陳八郎本（第三卷第 24 頁）作“嶭”。

　　　　嶭《廣韻》五結切。

覜 tiào　　侈所覜之博大。善曰：《爾雅》曰：覜，視也。他吊反。（102 下左～ 103
　　　上右）

　　　　覜《廣韻》他弔切，與他吊反音同。

劑 zuī　　質劑子遺平而交易。（103 上右）

劑《廣韻》遵爲切，支韻；子遺切，脂韻。

財 cái 　財以工化。善曰：《廣雅》曰：財，貨也。財與材古字通。（103 上右～左）

財、材《廣韻》昨哉切，音同通用。

賈 gǔ 　不鬻邪而豫賈古。（103 上右）

賈、古《廣韻》公戶切。

醲 nóng 　著馴風之醇醲。善曰：《説文》曰：醲，厚酒也。女龍切。（103 上右～左）

醲《廣韻》女容切，與女龍切音同。

藏 cáng/zàng 　白藏平之藏去。（103 上左）

藏《廣韻》收録平、去二讀，名詞義去聲，動詞義平聲。

賨 cóng 　賨嫁積壔。善曰：《風俗通》曰：槃瓠之後，輸布一匹二丈，是謂賨布。賨，在宗反。（103 上左～下右）

賨《廣韻》藏宗切，與在宗反音同。

嫁 jià 　賨嫁積壔。善曰：嫁音稼。（103 上左～下右）

嫁、稼《廣韻》古訝切。

壔 zhì 　賨嫁積壔。善曰：壔音滯。（103 上左～下右）

壔《廣韻》特計切，定母霽韻；滯《廣韻》直例切，澄母祭韻。

牣 rèn 　琛幣充牣仞。（103 上左）

牣、仞《廣韻》而振切。

廄 jiù 　兾馬填廄救而駔駿。（103 上左）

廄、救《廣韻》居祐切。

駔 zǎng 　兾馬填廄救而駔駿。善曰：《説文》曰：駔，壯馬也。子朗反。（103 上左～下右）

駔《廣韻》子朗切。

珧 yáo 　弓珧以㷴解檠巨景。（103 下右）

珧《廣韻》餘昭切，與以㷴切音同。

檠 jìng 　弓珧以㷴解檠巨景。（103 下右）

檠《廣韻》渠敬切，去聲；巨景切，全濁上聲。

縵 mán 　縵莫韓胡之纓。（103 下右）

縵《集韻》謨官切，桓韻；莫韓切，寒韻。

更 gēng 　妙擬更平嬴。（103 下右）

　　更《廣韻》收録平、去二讀，作姓氏讀平聲。

銛 xiān　　齊被練而銛息廉戈。（103 下左）

　　銛《廣韻》息廉切。

裻 dú　　襲偏裻以讀會列。善曰：衣之偏裻之衣。韋昭注曰：裻在中，左右異，故曰偏
　　裻。音督。（103 下左～ 104 上左）

　　裻、督《廣韻》冬毒切。

讀 huì　　襲偏裻以讀會列。（103 下左）

　　讀《廣韻》胡對切，隊韻；會《廣韻》黃外切，泰韻。

咆 páo　　吞滅咆白交烋虛交。（103 下左）

　　咆《廣韻》薄交切，與白交切音同。

烋 xiū　　吞滅咆白交烋虛交。（103 下左）

　　烋《廣韻》香幽切，幽韻；虛交切，肴韻。咆烋上古同屬幽部，烋變讀肴韻構成
　　疊韻。

褉 jìn　　褉子鵁威八紘。（103 下左）

　　褉《廣韻》子鵁切。

刷 shuā　　刷馬江洲。善曰：刷，猶飲也。所劣切。（103 下左～ 104 上左）

　　刷《廣韻》所劣切。

輷 tián　　振旅輷輷。善曰：《蒼頡篇》曰：輷輷，衆車聲也。呼萌切。今爲輷字，音田。
　　（103 下左～ 104 上左）

　　輷、田《廣韻》徒年切。輷輷，各本皆同，疑作"輷輷"。輷《廣韻》呼宏切，與呼
　　萌切音同。

刓 wán　　朝無刓五官印。（103 下左）

　　刓《廣韻》五丸切，與五官切音同。

柙 xiá　　蕭斧戕柯以柙刃。善曰：柙，胡甲反。（104 上左～下右）

　　柙《廣韻》胡甲切。

憓 huì　　荊南懷憓惠。（104 下右）

　　憓、惠《廣韻》胡桂切。

騩 wěi　　朔北思騩偉。（104 下右）

　　騩、偉《廣韻》于鬼切。

魈 shén　　鑢耳之傑。善曰：《山海經》曰：青要之山，魈武羅司之，穿耳以鑢。魈音神。

（104 下右～左）

　　魋《廣韻》失人切，書母；神《廣韻》食鄰切，船母。

鏈 qú　　鏈耳之傑。善曰：郭璞曰：鏈，金銀之器名。鏈音渠。（104 下右～左）

　　鏈、渠《廣韻》强魚切。

衽 rěn　　歆衽而審魏闕。（104 下右）

　　衽《集韻》忍甚切，與而審切音同。

裔 yì　　載華載裔入聲，協韻。（104 下右）

　　韻腳字爲闕設裔髮昕，上古皆爲月部。裔中古爲去聲，變讀入聲以協韻。

縰 shǐ　　岌岌冠縰所綺。善曰：鄭玄《禮記注》曰：纚，今之幘也。纚與縰同。（104
下右～左）

　　縰、纚《廣韻》所綺切。

酤 hù　　清酤户如濟。（104 下右）

　　酤、户《廣韻》侯古切。

嫗 yù　　愔愔嫗一據讔。善曰：嫗，乙據反。（104 下右～ 105 上右）

　　嫗《廣韻》依倨切，與一據、乙據反音同。

譁 huā　　酣湑無譁呼瓜反。（104 下右）

　　譁《廣韻》呼瓜切。

傮 cáo　　傮響起。善曰：傮與曹古字通。（105 上右）

　　傮《集韻》財勞切，曹《廣韻》昨勞切，音同。

好 hào　　干戚羽旄之飾好去。（105 上右）

　　好《廣韻》收録上、去二讀，上聲默認，去聲標記。

鞮 dī　　鞮鞻所掌之音。善曰：鄭玄《周禮注》曰：鞮鞻，四夷舞者扉也。鞮，都泥反。

（105 上左）

　　鞮《廣韻》都奚切，與都泥反音同。

鞻 jù　　鞮鞻所掌之音。善曰：鞻，俱具反。（105 上左）

　　鞻《集韻》俱遇切，與俱具反音同。

靺 mèi　　靺邁昧任而金禁金之曲。（105 上左）

　　靺《廣韻》莫拜切，怪韻；邁《廣韻》莫話切，夬韻。

任 rén　　靺邁昧任而金禁金之曲。（105 上左）

　　任《廣韻》如林切，與而金切音同。

禁 jīn　　鞣遒昧任而金禁金之曲。（105 上左）

　　　　禁、金《廣韻》居吟切。

槎 zhà　　林不槎枿。善曰：《國語》里革曰：山不槎蘖，澤不伐夭。槎，士雅切。（105
　　下右～左）

　　　　槎《廣韻》士下切，與士雅切音同。

枿 niè　　林不槎枿。善曰：枿，五割切。（105 下右～左）

　　　　枿《廣韻》五割切。

夭 ǎo　　澤不伐夭。善曰：夭，烏老切。（105 下右～左）

　　　　夭《廣韻》烏晧切，與烏老切音同。

斨 qiāng　斧斨以時。善曰：斨，七羊切。（105 下右～左）

　　　　斨《廣韻》七羊切。

罾 zēng　　罾罛以道。善曰：罾，子能切。（105 下右～左）

　　　　罾《廣韻》作滕切，與子能切音同。

亍 chù　　澤馬亍阜。善曰：《説文》曰：亍，步也。丑赤反。（105 下右～左）

　　　　亍《廣韻》丑玉切，燭韻；丑赤反，昔韻。疑作“彳”，《説文解字》（第 42 頁）：“彳，
　　小步也。丑亦切。”丑亦切與丑赤反音同。

擾 rǎo　　九尾而自擾。善曰：應劭《漢書〔注〕》曰：擾音擾。馴也。（105 下右～左）
　　　　同字注音，不符合音注體例，《東京賦》（64 下右）“擾澤馬與騰黃”注“擾音柔”。

蓴 zǔn　　嘉穎離合以蓴蓴。善曰：蓴，茂盛貌。子本切。（105 下右～左）

　　　　蓴《廣韻》兹損切，與子本切音同。

醰 tán　　宅心醰徒南粹。（105 下左）

　　　　醰《集韻》徒南切。

訊 xùn　　銜書來訊叶韻，音悉。（105 下左）

　　　　訊《廣韻》息晉切，震韻；悉《廣韻》息七切，質韻。韻腳字爲訊秩，秩爲質韻，
　　訊變讀質韻以協韻。

巽 xùn　　巽其神器。善曰：《尚書》曰：將遜于位。遜與巽同。（105 下左～ 106 上右）

　　　　巽、遜《廣韻》蘇困切，音同通用。

涓 juān　　涓吉日。善曰：涓，擇也。古玄切。（106 上右）

　　　　涓《廣韻》古玄切。

籀 zhòu　　鱸校篆籀。善曰：籀音胄。（106 上右～左）

籀、胄《廣韻》直祐切。

嚥 yàn　　抗旍則威嚥秋霜。善曰：嚥，猶猛也。魚贍反。（106 上左）
嚥《廣韻》魚窆切，與魚贍反音同。

喆 zhé　　英喆知列雄豪。（106 上左）
喆《廣韻》陟列切，與知列切音同。

謐 mì　　開務有謐。善曰：《爾雅》曰：謐，靜也。音密。（106 上左）
謐《廣韻》彌畢切，重紐四等；密《廣韻》美畢切，重紐三等。

料 liáo　　是故料聊其建國。（106 下左）
料、聊《廣韻》落蕭切。

糲 là　　非疏糲魯葛之士所能精。（106 下左）
糲《廣韻》盧達切，與魯葛切音同。

淀 diàn　　掘鯉之淀。善曰：淀音殿。（106 下左～ 107 上左）
淀、殿《廣韻》堂練切。

舐 shì　　舐狐精衛。善曰：《説文》曰：舐亦䑛字，翼翄也。叔豉切。今音祇。（106
下左～ 107 上左）
舐《廣韻》施智切，與叔豉切音同，書母去聲。祇《集韻》章移切，章母平聲；又
常支切，禪母平聲。今音來歷不明。

躧 shǎi　　邯鄲躧步。善曰：《漢書音義》臣瓚曰：跕爲躧。躧，所解反。（107 上左～
下右）
躧《廣韻》所蟹切，與所解反音同。

跕 dié　　善曰：《漢書音義》臣瓚曰：跕爲躧。跕，都牒反。（107 下右）
跕《廣韻》丁愜切，與都牒反音同。

洹 yuán　　淇洹之筍。善曰：洹或爲園。洹音垣。（107 上左～下右）
洹、園、垣《廣韻》雨元切。

夥 huò　　繁富夥禍夠古侯。（107 下右）
夥、禍《廣韻》胡果切。

夠 gōu　　繁富夥禍夠古侯。（107 下右）
夠《廣韻》古侯切。

系 xì　　本前脩以作系胡計切。（107 下左）
系《廣韻》胡計切。

信 shēn　信其果毅。善曰：鄭玄《禮記注》曰：信讀如屈伸之伸。假借字也。（108
　　上右）

　　　　信、伸《集韻》升人切。

嗛 qiān　嗛嗛同軒。善曰：《周易》曰：謙謙君子，卑以自牧。嗛，古謙字。（108 上
　　左～下右）

　　　　嗛、謙《集韻》苦兼切。

搦 nuò　搦女格秦起趙。（108 上左）

　　　　搦《廣韻》女白切，與女格切音同。

窒 zhì　窒知逸隙之策。（108 下右）

　　　　窒《廣韻》陟栗切，與知逸切音同。

鸜 qú　善曰：《左氏傳》曰：鸜鵒來來。鸜，具瑜反。（108 下左）

　　　　鸜《廣韻》其俱切，與具瑜反音同。

株 zhū　善曰：株音誅。（108 下左）

　　　　株、誅《廣韻》陟輸切。

句 gōu　句吳與黿鼃同穴。善曰：句吳，太伯始所居地，名句吳。句音溝。（108 下左）

　　　　句、溝《廣韻》古侯切。

鼃 huá　句吳與黿鼃同穴。善曰：《説文》曰：鼃，蝦蟆也。胡蝸反。（108 下左）

　　　　鼃《廣韻》戶媧切，與胡蝸反音同。

黿 měng　句吳與黿鼃同穴。善曰：鄭玄《周禮注》曰：黿，蝦蟇屬也。黿，莫耿切。（108
　　下左）

　　　　黿《廣韻》武幸切，與莫耿反音同。

映 ǎng　泉流迸集而映咽。善曰：映咽，流不通也。映，烏朗反。（108 下左～ 109
　　上右）

　　　　映《廣韻》烏朗切。

瀸 jiān　隰壤瀸漏而沮洳。善曰：《公羊傳》曰：瀸者何？漬也。作廉反。（108 下
　　左～ 109 上右）

　　　　瀸《廣韻》子廉切，與作廉反音同。

滲 shèn　善曰：《周易》曰：甕敝漏。然漏猶滲也。滲，所禁反。（109 上右）

　　　　滲《廣韻》所禁切。

留 liù　林藪石留力又而蕪穢。（108 下左）

留《廣韻》力救切,與力又切音同。

熇 xiāo　宅土熇暑。善曰:《埤蒼》曰:熇,熱貌。許妖切。(109 上右)

熇《集韻》虛嬌切,與許妖切音同。

螫 shì　蔡莽螫適剌力割。(109 上右)

螫、適《廣韻》施隻切。

剌 là　蔡莽螫適剌力割。(109 上右)

剌《廣韻》盧達切,與力割切音同。

剓 lì　秦餘徙剓。善曰:《廣雅》曰:剓,餘也。力制反。(109 上右)

剓、刕異體。刕《集韻》力制切。

蕞 zuì　宵貌蕞罪陋。(109 上右)

蕞《廣韻》才外切,泰韻去聲;罪《廣韻》徂賄切,賄韻全濁上聲。

蓬 cuō　稟質蓬脆蔣衛。善曰:蓬,亦脆也。七戈反。(109 上右～左)

蓬《廣韻》七戈切。

脆 zuì　稟質蓬脆蔣衛。(109 上右)

脆《廣韻》此芮切,清母;蔣衛切,精母。

杼 zhù　巷無杼直呂首。(109 上右)

杼《廣韻》直呂切。

魋 chuí　或魋直追髻而左言。(109 上左)

魋《集韻》傳追切,與直追切音同。

鑽 zuàn　或鏤膚而鑽髮。善曰:《漢書》淮南王曰:越,鑽髮文身之人。張揖以爲古翦字也。子踐反。(109 上左)

翦《廣韻》即淺切,與子踐反音同,獮韻;鑽《廣韻》子筭切,換韻。

嬥 tiáo　或明發而嬥歌。善曰:佻或作嬥。音葦苕,一音徒了反。(109 上左)

嬥、佻、苕《廣韻》徒聊切,嬥《廣韻》又音徒了切。

鼆 xiè　風俗以鼆果爲嫭。善曰:楊雄《反騷》曰:何文肆而質鼆?應劭曰:鼆,狹也。下介切。(109 上左)

鼆《廣韻》胡介切,與下介切音同。

惈 guǒ　風俗以鼆果爲嫭。善曰:《方言》曰:惈,勇也。果與惈古字通。(109 上左)

惈、果《廣韻》古火切,音同通用。

嫭 huó　風俗以鼆果爲嫭。善曰:《說文》曰:嫭,靜好也。音畫。(109 上左)

嬒、畫《廣韻》胡麥切。

戕 qiāng　人物以戕害爲藝。善曰:《左氏傳》曰:自内害其君曰殺,自外曰戕。七良反。（109 上左）

戕《廣韻》在良切,從母;七良反,清母。

阸 ài　由重山之束阸烏介。（109 上左）

阸《集韻》烏懈切,卦韻;烏介反,怪韻。

裾 jù　因長川之裾勢。善曰:据勢,依据川之形勢也。据,古據字。九御切。（109 上左～下右）

裾、据《廣韻》九魚切,裾、据、據《集韻》居御切。

闓 yú　距遠闓以闞闓俞。（109 上左）

闓、俞《廣韻》羊朱切。

蛛 zhū　無異蛛蝥之網。善曰:《吕氏春秋》湯祝曰:蛛蝥作罔罟,今之人學之。蛛音株。（109 下右）

蛛、株《廣韻》陟輸切。

蝥 móu　無異蛛蝥之網。蝥,莫侯反。（109 下右）

蝥《廣韻》莫浮切,尤韻;莫侯反,侯韻。

勦 jiǎo　雖信險而勦絶。善曰:《尚書》曰:天用勦絶其命。勦,子小反。（109 下右）

勦、剿異體。勦《廣韻》子小切。

菴 yǎn　比朝華而菴奄藹。（109 下左）

菴《集韻》衣檢切,奄《廣韻》衣儉切,音同。

傱 sǒng　善曰:張以傱,先壠反。今本並爲矎。（109 下左）

傱《集韻》筍勇切,與先壠反音同。

矎 xuè　矎焉相顧。善曰:矎,大視。呼縛反。（109 下左）

矎《廣韻》許縛切,與呼縛反音同。

睼(䁓)tí　睼焉失所。善曰:《説文》曰:睼,失意視。他狄反。（109 下左）

《文選考異》（865 下右）:"案:睼當作'䁓'。"《集韻》䁓:"他歷切。《説文》:失意視也。"他歷切與他狄反音同。

蕊 ruǐ　神蕊形茹。善曰:《字書》曰:蘂,垂也,謂垂下也。蕊與蘂同。而髓切。《説文》曰:蕊,心疑也。亦而髓反。（109 下左）

蘂《廣韻》如累切,與而髓反音同,日母;蕊《廣韻》才捶切,從母。

茹 rú　　神蕊形茹。善曰：《呂氏春秋》曰：以茹魚驅蠅，蠅愈至而不可禁。然茹，臭敗
　　　之義也。如舉反。（109 下左）
　　　　　　茹《廣韻》人渚切，與如舉反音同。

弛 shǐ　　弛氣離坐。善曰：《廣雅》曰：弛，釋也。施紙反。（109 下左）
　　　　　　弛《集韻》賞是切，與施紙反音同。

惮 tiǎn　　惮墨而謝。善曰：惮，勑典反。（109 下左）
　　　　　　惮《廣韻》他典切，與勑典反音同。

濮 bǔ　　怵迫闒濮卜。（109 下左）
　　　　　　濮、卜《廣韻》博木切。

仉 fàn　　過以仉剽之單慧。善曰：仉，敷劍切。（110 上右）
　　　　　　仉《廣韻》孚梵切，與敷劍切音同。

剽 piào　　過以仉剽之單慧。善曰：剽，匹妙反。（110 上右）
　　　　　　剽《廣韻》匹妙切。

重 chóng　　兼重一龍反惈以貤繆。（110 上右）
　　　　　　奎章閣本（第 173 頁）、建州本（第 138 頁）、明州本（第 115 頁）“一”作“直”，是。
　　　　　　重《廣韻》直容切，與直龍反音同。

惈 bī　　兼重一龍反惈以貤繆。善曰：《廣倉》曰：惈，用心并誤也。方奚反。（110
　　　上右）
　　　　　　惈《廣韻》邊兮切，與方奚反音同。

貤 yì　　兼重一龍反惈以貤繆。善曰：《説文》曰：貤，重次第物也。弋豉反。（110
　　　上右）
　　　　　　貤、貤異體。貤《廣韻》以豉切，與弋豉反音同。

偭 miàn　　偭辰光而罔定。善曰：《漢書音義》應劭曰：偭，背也。音面。（110 上右）
　　　　　　偭、面《廣韻》彌箭切。

《甘泉賦》

畤 zhǐ　　上方郊祀甘泉泰畤。善曰：孟康曰：畤音止。神靈之所止也。（111 上左）
　　　　　　畤、止《廣韻》諸市切。

脽 shuí　　汾陰后土。善曰：《漢書》曰：又立后土於汾陰脽上。孟康曰：脽音誰。（111
　　　上左）
　　　　　　脽《廣韻》視佳切，禪母；誰《廣韻》息遺切，心母。《漢書》（第 1222 頁）顏注“脽

音誰"。誰《廣韻》視佳切。

風 fèng　奏《甘泉賦》以風。善曰:《毛詩序》曰:下以風刺上。音諷。(111 下右)
　　　　風、諷《廣韻》方鳳切。

雍 yǒng　雍神休。善曰:雍音擁。(111 下右)
　　　　雍《廣韻》於用切,去聲;擁《廣韻》於隴切,上聲。

羨 xiàn　邺胤錫羨。善曰:羨,弋戰反。(111 下右)
　　　　羨《廣韻》予線切,與弋戰反音同。

抶 chì　捎夔魖而抶獝狂。善曰:《説文》曰:抶,擊也。丑乙切。(111 下左)
　　　　抶《廣韻》丑栗切,與丑乙切音同。

轔 lǐn　振殷轔而軍裝。善曰:轔,粟忍切。(111 下左)
　　　　轔《集韻》里忍切,與粟忍切音同。

柲 bì　善曰:《考工記注》曰:柲,猶柄也。音祕。(111 下左)
　　　　柲、祕《廣韻》兵媚切。

茸 róng　飛蒙茸而走陸梁。善曰:茸,而恭反。(111 下左)
　　　　茸《廣韻》而容切,與而恭反音同。

撙 zǔn　齊總總以撙撙。善曰:撙,子本切。(111 下左～112 上右)
　　　　撙《廣韻》兹損切,與子本切音同。

迅 xùn　猋駭雲迅。善曰:迅音信。(112 上右)
　　　　迅、信《廣韻》息晉切。

攘 ráng　奮以方攘。善曰:攘,人羊切。(112 上右)
　　　　攘《廣韻》汝陽切,與人羊切音同。

柴 cī　柴虒參差。善曰:張揖《上林賦注》曰:柴虒,不齊也。柴,初蟻切。(112
　上右)
　　　　柴《集韻》叉宜切,平聲;初蟻切,上聲。疑爲臨時變讀以構成柴虒疊韻。

虒 zhì　柴虒參差。善曰:虒音豸。(112 上右)
　　　　虒《集韻》丈尒切,豸《廣韻》池爾切,音同。

頡 xié　魚頡而鳥肮。善曰:頡肮,猶頡頏也。頡,胡結切。(112 上右)
　　　　頡《廣韻》胡結切。

肮 háng　魚頡而鳥肮。善曰:肮,胡剛切。(112 上右)
　　　　肮《集韻》寒剛切,與胡剛切音同。

曶 hū　　　翕赫曶霍。善曰：曶霍，疾貌。曶音忽。（112 上右）
　　　　　　曶、忽《廣韻》呼骨切。

霿 méng　　霿集而蒙合兮。善曰：《爾雅》曰：天氣下，地氣不應曰霿。霿與蒙同。（112
　　　上右）
　　　　　　霿、蒙《集韻》謨蓬切。

蠖 yuè　　　蠖略蕤綏。善曰：蠖略蕤綏，龍行之貌也。蠖，於鑊切。（112 上右）
　　　　　　蠖《集韻》鬱縛切，與於鑊切音同。

灕 lí　　　灕虖幓纚。善曰：灕虖幓纚，龍翰下垂之貌也。灕音離。（112 上右）
　　　　　　灕、離《廣韻》呂支切。

幓 shēn　　灕虖幓纚。善曰：幓音森。（112 上右）
　　　　　　幓、森《集韻》疏簪切。

纚 shī　　　灕虖幓纚。善曰：纚，所宜切。（112 上右）
　　　　　　纚《漢書》（第 3525 頁）顏注所宜反。

雪 yā　　　雪然陽開。善曰：雪，於甲切。（112 上右～左）
　　　　　　雪《廣韻》胡甲切，匣母；於甲切，影母。各本皆同。

郅 zhì　　　夫何旗旐郅偈之旖旎也。善曰：郅偈，竿之貌也。郅音質。（112 上左）
　　　　　　郅、質《廣韻》之日切。

偈 jié　　　夫何旗旐郅偈之旖旎也。善曰：偈音桀。（112 上左）
　　　　　　偈、桀《廣韻》渠列切。

旖 yǐ　　　夫何旗旐郅偈之旖旎也。善曰：旖，於綺切。（112 上左）
　　　　　　旖《廣韻》於綺切。

旎 nǐ　　　夫何旗旐郅偈之旖旎也。善曰：旎，女氏切。（112 上左）
　　　　　　旎《廣韻》女氏切。

敦 tún　　　敦萬騎於中營兮。善曰：敦與屯同。（112 上左）
　　　　　　敦、屯《集韻》徒渾切。

駍 pēng　　聲駍隱以陸離兮。善曰：駍，普萌切。（112 上左）
　　　　　　駍《集韻》披耕切，與普萌切音同。

駁 sà　　　輕先疾雷而駁遺風。善曰：《方言》曰：駁，馳也。郭璞曰：駁，疾也。駁，先
　　　合切。（112 上左）
　　　　　　駁《廣韻》蘇合切，與先合切音同。

嵱 yǒng　凌高衍之嵱嵷兮。[舊注]李奇曰:嵱音踊[①]。(112 上左)
　　　　　嵱《集韻》尹竦切,踊《廣韻》余隴切,音同。

嵷 sǒng　凌高衍之嵱嵷兮。[舊注]李奇曰:嵷音竦。(112 上左)
　　　　　嵷、竦《集韻》筍勇切。

豇 gòng　登椽欒而豇天門兮。[舊注]李奇曰:豇音貢。蘇林曰:豇,至也。(112
　　　上左~下右)
　　　　　豇、貢《廣韻》古送切。

兢 qíng　馳閶闔而入凌兢。善曰:兢,鉅陵切。(112 下右)
　　　　　兢《集韻》巨興切,與鉅陵切音同。

臻 zhēn　是時未臻夫甘泉也。善曰:臻與臻同,至也。(112 下右)
　　　　　臻、臻《廣韻》側詵切,音同通用。

廩 lǎn　下陰潛以慘廩兮。善曰:慘廩,寒貌也。廩,來感切。(112 下右)
　　　　　廩《集韻》盧感切,與來感切音同。

慶 qiāng　厥高慶而不可乎彌度。善曰:慶音羌。(112 下右)
　　　　　慶《集韻》墟羊切,羌《廣韻》去羊切,音同通用。

度 duó　厥高慶而不可乎彌度。善曰:度,大各切。(112 下右)
　　　　　度《廣韻》徒落切,與大各切音同。

壇 dàn　平原唐其壇曼兮。善曰:壇,徒旦切。(112 下右)
　　　　　壇《集韻》徒案切,與徒旦切音同。

曼 màn　平原唐其壇曼兮。善曰:曼,莫旦切。(112 下右)
　　　　　曼《集韻》莫半切,換韻;莫旦切,翰韻。

茇 bá　攢并閭與茇菇兮。善曰:茇菇,草名也。茇,步末切。(112 下右)
　　　　　茇《廣韻》蒲撥切,與步末切音同。

菇 guō　攢并閭與茇菇兮。善曰:菇音括。(112 下右)
　　　　　菇、括《廣韻》古活切。

被 bì　紛被麗其亡鄂。善曰:被麗,分散貌也。被,皮義切。(112 下右)
　　　　　被《廣韻》平義切,與皮義切音同。

---

① 《甘泉賦》(111 上左)著者"楊子雲"下注:"善曰:然舊有集注者並篇內具列其姓名,亦稱'臣善'以相別。佗皆類此。"從李善的注文中可知,《甘泉賦》有舊注,在李善注文之前。二者以"善曰"爲界限,無"善曰"的注文也是舊注。

麗 lì　　紛被麗其亡鄂。善曰：麗音隸。（112 下右）

麗、隸《廣韻》郎計切。

駊 pǒ　　崇丘陵之駊騀兮。〔舊注〕蘇林曰：駊騀音叵我。（112 下右～左）

駊、叵《廣韻》普火切。

騀 ě　　崇丘陵之駊騀兮。〔舊注〕蘇林曰：駊騀音叵我。（112 下右～左）

騀、我《廣韻》五可切。

嶔 qiān　深溝嶔巖而爲谷。善曰：嶔岩，深貌也。嶔，口銜切。（112 下左）

嶔《集韻》丘銜切，與口銜切音同。

逛 wǎng　逛逛離宮般以相燭兮。善曰：《説文》曰：逛，古文往字也。（112 下左）

逛、往《集韻》羽兩切。

般 bān　逛逛離宮般以相燭兮。善曰：般，布也，與班同。（112 下左）

般、班《廣韻》布還切。

施 yǐ　　封巒石關施靡乎延屬。善曰：施靡，相連貌也。施，弋尔切。（112 下左）

施《集韻》以豉切，去聲；弋尔切，上聲。

屬 zhǔ　封巒石關施靡乎延屬。善曰：鄭玄《喪服傳注》曰：屬，連也。屬，之欲切。
　　　（112 下左）

屬《廣韻》之欲切。

摧 cuí　　摧嗺而成觀。善曰：摧，子罪切。（112 下左）

摧《廣韻》昨回切，平聲；子罪切，上聲。疑爲臨時變讀以構成摧嗺疊韻。

嗺 zuǐ　　摧嗺而成觀。善曰：嗺，子水切。（112 下左）

嗺《廣韻》遵誄切，與子水切音同。

觀 guàn　摧嗺而成觀。善曰：觀，工喚切。（112 下左）

觀《廣韻》古玩切，與工喚切音同。

撟 jiǎo　仰撟首以高視兮。善曰：王逸《楚辭注》曰：撟，舉也。撟與矯同。（112 下左）

撟、矯《廣韻》居夭切。

冥 miàn　目冥眴而亡見。善曰：冥眴，昏亂之貌。冥，莫見切。（112 下左）

冥《集韻》暗見切，與莫見切音同。

眴 xuàn　目冥眴而亡見。善曰：眴音縣。（112 下左）

眴、縣《廣韻》黃練切。

瀏 liú　　正瀏灠以弘惝兮。善曰：瀏灠，猶言清淨而汎灠也。瀏音劉。（112 下左）

瀏、劉《廣韻》力求切。

惝 chǎng　正瀏灛以弘惝兮。［舊注］服虔曰：惝，大貌也。音敞。（112 下左）
　　　　　惝、敞《集韻》齒兩切。

軨 líng　據軨軒而周流兮。善曰：軨與櫺同。軨音零。（112 下左～113 上右）
　　　　　軨、櫺、零《廣韻》郎丁切。

坱 ǎng　忽坱圠而亡垠。善曰：軮軋，廣大貌也。《服鳥賦》曰：軮軋無垠。坱，烏朗切。
（112 下左～113 上右）
　　　　　坱《廣韻》烏朗切。

圠 yà　忽坱圠而亡垠。善曰：圠，烏黠切。（112 下左～113 上右）
　　　　　圠《廣韻》烏黠切。

璘 lín　璧馬犀之璘瑞。善曰：《埤蒼》曰：璘瑞，文貌也。應劭曰：璘音隣。（113 上右）
　　　　　璘、隣《廣韻》力珍切。

瑞 bīn　璧馬犀之璘瑞。善曰：晉灼曰：瑞音豳。（113 上右）
　　　　　瑞、豳《廣韻》府巾切。

仡 yì　金人仡仡其承鍾虡兮。善曰：孔安國《尚書傳》曰：仡仡，壯勇之貌也。仡，
魚乞切。（113 上右）
　　　　　仡《廣韻》魚迄切，與魚乞切音同。

嵌 hǎn　嵌巖巖其龍鱗。善曰：嵌，火敢切。（113 上右）
　　　　　嵌《集韻》虎覽切，與火敢切音同。

炘 xīn　垂景炎之炘炘。善曰：《廣雅》曰：炘，熱也。音欣。（113 上右）
　　　　　炘、欣《廣韻》許斤切。

崛 jú　洪臺崛其獨出兮。善曰：崛，其勿切。（113 上右）
　　　　　崛《廣韻》衢物切，與其勿切音同。

椒 zhǐ　椒北極之嶟嶟。善曰：椒，竹指切。（113 上右）
　　　　　椒《龍龕手鏡》（第 381 頁）竹几切，與竹指切音同。

嶟 qūn　椒北極之嶟嶟。善曰：嶟，千旬切。（113 上右）
　　　　　嶟《集韻》七倫切，與千旬切音同。

施 shī　列宿酒施於上榮兮。善曰：施，式支切。（113 上右）
　　　　　施《廣韻》式支切。

柍 yǎng　日月纔經於柍桭。善曰：柍，於兩切。（113 上右）

映《廣韻》於兩切。

梣 chén　日月纏經於映梣。善曰：梣音辰。（113 上右）

梣、辰《廣韻》植鄰切。

窔 yào　雷鬱律於巖窔兮。善曰：《釋名》曰：窔，幽也。窔，一吊切。（113 上右～左）

窔《廣韻》烏叫切，與一吊切音同。

蠓 měng　浮蠛蠓而撇天。善曰：孫炎《爾雅〔注〕》曰：蠛蠓，蟲，小於蚊。蠓，莫孔反。

（113 上左）

蠓《廣韻》莫孔切。

撇 piē　浮蠛蠓而撇天。善曰：張揖《三蒼注》曰：撇，拂也。撇，匹列反。（113 上左）

撇、擎異體。擎《廣韻》普蔑切，屑韻；匹列反，薛韻。

熛 biāo　前熛闕而後應門。善曰：熛，必遙切。（113 上左）

熛《廣韻》甫遙切，與必遙切音同。

汨 yù　涌醴汨以生川。〔舊注〕《方言》曰：汨，疾也。于筆切。（113 上左）

汨《廣韻》于筆切。

蜷 quán　蛟龍連蜷於東厓兮。善曰：連蜷，長曲貌也。蜷音拳。（113 上左～下右）

蜷、拳《廣韻》巨員切。

敦 tún　蛟龍連蜷於東厓兮。善曰：敦圉，盛怒貌也。敦，徒昆切。（113 上左～下右）

敦《集韻》徒渾切，與徒昆切音同。

旁 páng　善曰：《漢書》曰：甘泉有高光、旁皇。旁音傍。（113 下右）

旁、傍《廣韻》步光切。

炕 kàng　炕浮柱之飛榱兮。善曰：炕，舉也。炕與抗古字同。（113 下右）

炕、抗《廣韻》苦浪切。

閬 làng　閌閬閬其寥廓兮。善曰：閬音浪。（113 下右）

閬、浪《廣韻》來宕切。

寥 liáo　閌閬閬其寥廓兮。善曰：寥音僚。（113 下右）

寥、僚《廣韻》落蕭切。

衍 yàn　駢交錯而曼衍兮。善曰：曼衍，分布也。衍，弋戰切。（113 下右）

衍《廣韻》予線切，與弋戰切音同。

崣 tuǐ　嶊嶉隗乎其相嬰。善曰：《埤蒼》曰：崣，山長貌。崣，他賄切。（113 下右）

崣《廣韻》吐猥切，與他賄切音同。

嶵 zuì　　峻嶵隗乎其相嬰。善曰：嶵隗，高貌。嶵音皐。（113 下右）
　　　　　嶵、崒異體。崒、皐《廣韻》徂賄切。

隗 wěi　　峻嶵隗乎其相嬰。善曰：隗，五賄切。（113 下右）
　　　　　隗《廣韻》五罪切，與五賄切音同。

棍 hùn　　紛蒙籠以棍成。善曰：棍與混同。（113 下右～左）
　　　　　棍、混《廣韻》胡本切，破假借，本字混。

碭 dàng　　回猋肆其碭駭兮。善曰：碭，徒浪切。（113 下左）
　　　　　碭《廣韻》徒浪切。

掤 pī　　掤桂椒而鬱栘楊。善曰：掤與披同。（113 下左）
　　　　　掤、披《廣韻》敷羈切，破假借，本字披。

栘 yí　　掤桂椒而鬱栘楊。善曰：栘音移。（113 下左）
　　　　　栘、移《廣韻》弋支切。

茀 fú　　香芬茀以穹隆兮。善曰：茀，房物切。（113 下左）
　　　　　茀《集韻》符勿切，與房物切音同。

薄 bó　　擊薄櫨而將榮。善曰：薄，房隔切。（113 下左）
　　　　　薄《集韻》薄革切，與房隔切音同。

櫨 lú　　擊薄櫨而將榮。善曰：櫨，力都切。（113 下左）
　　　　　櫨《廣韻》落胡切，與力都切音同。

薌 xiāng　　薌呹肸以棍批兮。善曰：薌亦香字也。（113 下左）
　　　　　薌、香《廣韻》許良切，音同通用。

呹 yì　　薌呹肸以棍批兮。善曰：呹，疾貌也。呹，余日切。（113 下左）
　　　　　呹《集韻》弋質切，與余日切音同。

肸 xī　　薌呹肸以棍批兮。善曰：《説文》曰：肸，蠁布也。司馬彪《上林賦注》曰：肸，
　　過也。肸，許一切。（113 下左）
　　　　　肸《廣韻》羲乙切，重紐三等；許一切，重紐四等。

棍 hùn　　薌呹肸以棍批兮。善曰：棍，同也。棍，下本切。（113 下左）
　　　　　棍《廣韻》胡本切，與下本切音同。

批 bié　　薌呹肸以棍批兮。善曰：批，擊也。批，薄結切。（113 下左）
　　　　　批《集韻》蒲結切，與薄結切音同。

軯 pēng　　聲軯隱而歷鍾。善曰：軯，普耕切。（113 下左～ 114 上右）

軯《集韻》披耕切，與普耕切音同。

彍 pēng　　帷彍張其拂汩兮。善曰：彍張，風吹帷帳之聲也。彍，普萌切。（114 上右）
　　　　　彍《廣韻》普耕切，與普萌切音同。

張 hóng　　帷彍張其拂汩兮。善曰：張音宏。（114 上右）
　　　　　張、宏《廣韻》戶萌切。

汩 yù　　　帷彍張其拂汩兮。善曰：拂汩，鼓動之貌。汩，于密切。（114 上右）
　　　　　汩《集韻》越筆切，與于密切音同。

暗 ǎn　　　稍暗暗而靚深。善曰：暗暗，深空之貌。暗，烏感切。（114 上右）
　　　　　暗《集韻》鄔感切，與烏感切音同。

靚 jìng　　稍暗暗而靚深。善曰：靚即靜字耳。（114 上右）
　　　　　靚《廣韻》疾政切，去聲；靜《廣韻》疾郢切，全濁上聲。

般 bān　　　般倕棄其剞劂兮。善曰：般，魯般也。般與班同。（114 上右）
　　　　　般、班《廣韻》布還切，音同通用。

倕 chuí　　般倕棄其剞劂兮。善曰：倕音垂。（114 上右）
　　　　　倕、垂《廣韻》是爲切。

諟 dì　　　善曰：《說文》曰：彷彿，相似，視不諟也。諟即諦字，音帝。（114 上右～左）
　　　　　諟、諦、帝《集韻》丁計切。

閒 xián　　珍臺閒館。善曰：閒音閑。（114 上左）
　　　　　閒、閑《集韻》何間切。

蜎 yuān　　蜎蜎蠖濩之中。善曰：蜎音淵。（114 上左）
　　　　　蜎、淵《集韻》縈玄切。

蜎 yuān　　蜎蜎蠖濩之中。善曰：蜎，於緣切。（114 上左）
　　　　　蜎《廣韻》於緣切。

蠖 wò　　　蜎蜎蠖濩之中。善曰：蠖，烏郭切。（114 上左）
　　　　　蠖《廣韻》烏郭切。

濩 huò　　蜎蜎蠖濩之中。善曰：濩，胡郭切。（114 上左）
　　　　　濩《廣韻》胡郭切。

鼜 xī　　　逆鼜三神者。善曰：鼜音熙。（114 上左）
　　　　　鼜《集韻》虛其切，熙《廣韻》許其切，音同。

齊 zhāi　　相與齊乎陽靈之宮。善曰：韓康伯《周易注》曰：洗心曰齊。齊，側皆反。（114

上左）

　　齊《集韻》莊皆切，與側皆切音同。

瑕 xiá　　吸清雲之流瑕兮。善曰：司馬相如《大人賦》曰：呼吸沆瀣餐朝霞。霞與瑕古字通。（114 下右）

　　瑕、霞《廣韻》胡加切，破假借，本字霞。

旓 shāo　　建光燿之長旓兮。善曰：《埤蒼》曰：旓，旌旗斿也。旓，所交切。（114 下右）

　　旓《廣韻》所交切。

阬 kēng　　陳衆車於東阬兮。〔舊注〕如淳曰：東阬，東海也。苦庚切。（114 下右）

　　阬《廣韻》客庚切，與苦庚切音同。

軚 dài　　陳衆車於東阬兮。〔舊注〕晉灼曰：軚，車轄也。韋昭曰：軚，徒計切。善曰：軚音大。（114 下右）

　　軚《廣韻》特計切，與徒計切音同，霽韻。軚、大《廣韻》徒蓋切，泰韻。

還 xuán　　漂龍淵而還九垠兮。善曰：還音旋。（114 下右～左）

　　還、旋《集韻》旬宣切。

漎 sǒng　　風漎漎而扶轄兮。善曰：漎漎，疾皃也。音竦。（114 下左）

　　漎《集韻》徂聰切，從母東韻，竦《廣韻》息拱切，心母腫韻。津州本（第 145 頁）作“從”，《集韻》筍勇切，與息拱切音同。

瀞 tìng　　梁弱水之瀞濙兮。善曰：瀞濙，小水貌也。瀞，吐定切。（114 下左）

　　瀞《集韻》他定切，與吐定切音同。

濙 xióng　　梁弱水之瀞濙兮。善曰：《字林》曰：濙，絕小水也。濙音熒。（114 下左）

　　熒、濙《集韻》玄扃切。

迆 yí　　梁弱水之瀞濙兮。善曰：逶迆，欲平貌也。迆音移。（114 下左）

　　迆、移《廣韻》弋支切。

攬 lǎn　　方攬道德之精剛兮。善曰：《說文》曰：攬，撮持也。音覽。（114 下左）

　　攬、覽《廣韻》盧敢切。

搖 yáo　　皋搖泰壹。善曰：搖與遙同。（115 上右）

　　搖、遙《廣韻》餘昭切，音同通用。

昆 hùn　　樵蒸昆上。善曰：《說文》曰：昆，同也。昆或爲焜。（115 上右）

　　昆、焜《集韻》戶衮切。

熿 huàng　　北熿幽都。善曰：熿與晃音義同。（115 上右）

晃、晄異體。熿、晄《集韻》户廣切。

觓 qiú　　玄瓚觓觓。善曰：觓音求。（115 上右）

觓《廣韻》渠幽切，幽韻；求《廣韻》巨鳩切，尤韻。

觓 liú　　玄瓚觓觓。善曰：觓，力幽切。（115 上右）

觓《廣韻》力求切，尤韻；力幽切，幽韻。

泔 hàn　　秬鬯泔淡。善曰：泔，胡敢切。（115 上右）

泔《集韻》户感切，感韻；胡敢切，敢韻。

淡 dàn　　秬鬯泔淡。善曰：淡，大敢切。（115 上右）

淡《廣韻》徒敢切，與大敢切音同。

熛 biāo　　熛訛碩麟。善曰：《説文》曰：熛，火飛也。熛，必遥切。（115 上左）

熛《廣韻》甫遥切，與必遥切音同。

暗 ǎn　　儐暗藹兮降清壇。善曰：暗藹，衆盛貌也。暗，烏感切。（115 上左）

暗《集韻》鄔感切，與烏感切音同。

偈 qì　　度三巒兮偈棠黎。善曰：韋昭曰：偈，息也。音憩。（115 上左）

偈《廣韻》其憩切，群母；憩《廣韻》去例切，溪母。

礚 kài　　登長平兮雷鼓礚。善曰：《字指》曰：礚，大聲也。口蓋切。（115 上左）

礚、磕異體。礚《廣韻》苦蓋切，與口蓋切音同。

剓 lǐ　　登降剓褫。善曰：剓褫，邪道也。剓，力爾切。（115 下右）

剓《廣韻》力紙切，與力爾切音同。

褫 yǐ　　登降剓褫。善曰：褫，弋爾切。（115 下右）

褫《廣韻》移爾切，與弋爾切音同。

單 chán　　單埢垣兮。善曰：單，大貌。單音蟬。（115 下右）

單、蟬《廣韻》市連切。

埢 quán　　單埢垣兮。善曰：埢垣，圓貌。埢音拳。（115 下右）

埢、拳《集韻》逵員切。

嶒 cēn　　增宫嶒差。善曰：嶒與參同。初林切。（115 下右）

嶒、嵾異體。嵾、參《廣韻》楚簪切，與初林切音同。

駢 pián　　駢嵯峨兮。善曰：駢，步千切。（115 下右）

駢《廣韻》部田切，與步千切音同。

嵯 cuó　　駢嵯峨兮。善曰：嵯，材何切。（115 下右）

嵯《廣韻》昨何切，與材何切音同。

峨 é　　駢嵯峨兮。善曰：峨音俄。（115 下右）

峨、峩異體。峩、俄《廣韻》五何切。

岭 líng　　岭嶒嶙峋。善曰：《埤蒼》曰：岭嶒嶙峋，深無崖之貌。岭音零。（115 下右）

岭、零《廣韻》郎丁切。

嶒 xióng　　岭嶒嶙峋。善曰：嶒音熒。（115 下右）

嶒、熒《集韻》玄扃切。

嶙 lín　　岭嶒嶙峋。善曰：嶙音鄰。（115 下右）

嶙、鄰《廣韻》力珍切。

峋 xún　　岭嶒嶙峋。善曰：峋音旬。（115 下右）

峋《廣韻》相倫切，心母；旬《廣韻》詳遵切，邪母。

縡 zǎi　　上天之縡。善曰：縡，事也。《毛詩》曰：上天之載，無聲無臭。縡與載同。（115
　　下右）

縡、載《廣韻》作亥切。

倈 lái　　倈祇郊禋。善曰：倈，古來字。（115 下右）

倈、來《廣韻》落哀切。

招 zhāo　　徘徊招搖。善曰：招搖，猶彷徨也。招，必遙切。（115 下右～左）

招《廣韻》止遙切，章母；必遙切，幫母。招搖亦指北斗第七星搖光，爲斗杓之一。

杓《廣韻》甫遙切，與必遙切音同。

迉 xī　　靈迉迡兮。善曰：迉迡，即棲遲也。毛萇《詩傳》曰：棲遲，遊息也。迉音棲。（115
　　下右～左）

各本皆同。迉，韻書、字書皆未收録。《漢書》（第 3534 頁）引此句“迉”作“遲”。

遲、棲《集韻》先齊切。

迡 chí　　靈迉迡兮。迡，大夷反。（115 下右～左）

迡、遲異體。遲《廣韻》直尼切，澄母；大夷反，定母。

《藉田賦》

壝 wěi　　封人壝宮。[李善] 壝，謂壇及堳埒也。壝，以委切。（116 上右）

壝《廣韻》以水切，旨韻；以委切，紙韻。

柜 hù　　掌舍設柜。[李善]《周禮》曰：掌舍掌王之會同之舍，設梐枑再重。杜子春
　　讀爲梐柜。梐柜，行馬也。柜音互。（116 上右）

柜、互《廣韻》胡誤切。

黕 dǎn　翠幕黕以雲布。[李善]魏文帝《愁霖賦》曰:玄雲黕其四塞。黕,黑貌也。黕,
　　丁敢切。(116 上右)

　　黕《廣韻》都感切,感韻;丁敢切,敢韻。

緫 cōng　緫軶服于縹軛兮。[李善]緫軶,帝耕之牛也。《說文》曰:緫,帛青色。音葱。
　　(116 上右~左)

　　緫、葱《廣韻》倉紅切。

軛 è　緫軶服于縹軛兮。[李善]鄭玄《周禮注》曰:轅端壓牛領曰軛。於革切。(116
　　上右~左)

　　軛、軶異體。軶《廣韻》於革切。

錚 chēng　衝牙錚鎗。[李善]錚鎗,玉聲也。錚,又耕切。(116 下左)

　　錚《廣韻》楚耕切,與叉耕切音同。

鎗 chēng　衝牙錚鎗。[李善]鎗,又行切。(116 下左)

　　鎗《廣韻》楚庚切,與叉行切音同。

綃 xiāo　綃紈綷縩。[李善]綃,思樵切。(116 下左)

　　綃《廣韻》相邀切,與思樵切音同。

紈 huán　綃紈綷縩。[李善]紈音丸。(116 下左)

　　紈、丸《廣韻》胡官切。

綷 cuì　綃紈綷縩。[李善]綷,七悴切。(116 下左)

　　綷《集韻》七醉切,與七悴切音同。

縩 cài　綃紈綷縩。[李善]縩,七大切。(116 下左)

　　縩《廣韻》七曷切,曷韻;七大切,泰韻。

縞 gǎo　飛青縞於震兌。[李善]毛萇《詩傳》曰:縞,白色也。縞,古老切。(116
　　下左~ 117 上右)

　　縞《廣韻》古老切。

鈒 xī　瓊鈒入黌。[李善]闟與鈒音義同也,鈒音吸。(117 上右)

　　鈒、闟、吸《集韻》迄及切。

晻 ǎn　雲罕晻藹。[李善]《楚辭》曰:揚雲霓之晻藹。晻音烏感切。(117 上右)

　　晻《廣韻》烏感切。

鞞 pí　鼓鞞硠隱以砰磕。[李善]《字林》曰:鞞,小鼓也。鞞與鼙同,步迷切。(117

上右）

鞞、鼙《廣韻》部迷切，與步迷切音同。

硡 hōng　鼓鞞硡隱以砰磕。［李善］硡與訇音義同，火宏切。（117 上右）

硡、訇《集韻》呼宏切，與火宏切音同。

砰 pēng　鼓鞞硡隱以砰磕。［李善］《字書》曰：砰，大聲也。砰，披萌切。（117 上右）

砰《廣韻》普耕切，與披萌切音同。

磕 kài　鼓鞞硡隱以砰磕。［李善］《字指》曰：磕，大聲也。磕，苦蓋切。（117 上右）

磕、磕異體。磕《廣韻》苦蓋切。

塲 shāng　坻塲染屨。［李善］《方言》曰：坻，塲也。蚍蜉犂鼠之塲，謂之坻塲，浮壤之名也。音傷。（117 上左）

塲、傷《集韻》尸羊切。

縻 mí　洪縻在手。［李善］《説文》曰：縻，牛轡也。忙皮反。（117 上左）

縻《廣韻》靡爲切，與忙皮反音同。

墢 bá　［李善］《國語》：虢文公曰：王耕一墢，班三之，庶人終于千畝。韋昭曰：一墢，一耜之墢也。墢，扶發切。（117 上左）

墢《集韻》房越切，與扶發切音同。

衱 jié　［李善］《爾雅》曰：衱謂之裾。郭璞曰：衣後裾也。衱音劫。（117 下右）

衱、劫《廣韻》居怯切。

髫 tiáo　垂髫總髮。［李善］《魏志》：毛玠曰：臣垂髫執簡。《埤蒼》曰：髫，髦也。大聊切。（117 下右）

髫《廣韻》徒聊切，與大聊切音同。

褹 yì　掎裳連褹。［李善］《方言》曰：複襦，江湖之間或謂之篅褹。郭璞《方言注》曰：褹即袂字也。（117 下右）

褹、褹異體。褹《廣韻》魚祭切，疑母；袂《廣韻》彌獘切，明母。

淖 nào　簠簋普淖。［李善］淖，和也。淖，乃孝切。（118 上左）

淖《廣韻》奴教切，與乃孝切音同。

耨 nòu　耨我公田。［李善］鄭玄《周禮注》曰：耨，耘耔也。奴豆切。（118 下左）

耨《廣韻》奴豆切。

齊 zī　我簋斯齊。［李善］毛萇《詩傳》曰：器實曰齊。齊音資。（118 下左）

齊、資《集韻》津私切。

《子虚賦》

妊 chà　子虚過妊烏有先生。［郭璞］張揖曰：妊，諤也。丑亞切。字當作詫。（119
　　　上左）

　　　　妊、詫《集韻》丑亞切。《子虚賦》署"郭璞注"，其注文以"善曰"爲界，之前爲
　　　郭璞注文，之後爲李善注文，無"善曰"的注文也是郭璞所作。

夢 mèng　而僕對以雲夢之事也。善曰：夢，莫諷切。（119上左）
　　　　夢《廣韻》莫鳳切，與莫諷切音同。

轔 lìn　掩兎轔鹿。［郭璞］司馬彪曰：轔，轢也。音吝。（119下右）
　　　　吝、各異體。轔、各《廣韻》良刃切。

擩 ruán　善曰：擩，揾也。擩，而緣切。（119下右）
　　　　擩《集韻》而宣切，與而緣切音同。

揾 wèn　善曰：揾，一頓切。（119下右）
　　　　揾《廣韻》烏困切，與一頓切音同。

岪 fú　其山則盤紆岪鬱。善曰：岪音佛。（119下左）
　　　　岪、岫異體。岫、佛《廣韻》符弗切。

崟 yín　岑崟參差。善曰：崟音吟。（119下左）
　　　　崟、吟《廣韻》魚金切。

罷 pí　罷池陂陀。［郭璞］罷音疲。（119下左）
　　　　罷、疲《廣韻》符羈切。

陂 pó　罷池陂陀。［郭璞］陂音婆。（119下左）
　　　　陂、婆《集韻》蒲波切。

陀 tuó　罷池陂陀。［郭璞］陀音駝。（119下左）
　　　　陀、駝《廣韻》徒河切。

坿 fù　雌黄白坿。［郭璞］蘇林曰：白坿，白石英也。坿音附。（119下左）
　　　　坿、附《廣韻》符遇切。

瑊 jiān　瑊玏玄厲。［郭璞］如淳曰：瑊音緘。（120上右）
　　　　瑊、緘《廣韻》古咸切。

玏 lè　瑊玏玄厲。［郭璞］如淳曰：玏音勒。（120上右）
　　　　玏、勒《廣韻》盧則切。

碝 ruǎn　碝石碔砆。［郭璞］碝，而兖切。（120上右）

硬《廣韻》而究切。

苴 jū　　諸柘巴苴。善曰:苴,子余切。(120上右)
　　　　苴《廣韻》子魚切,與子余切音同。

陁 yǐ　　登降陁靡。善曰:陁,弋爾切。(120上右)
　　　　陁《集韻》演爾切,與弋爾切音同。

衍 yàn　　案衍壇曼。善曰:衍,弋戰切。(120上右)
　　　　衍《廣韻》予線切,與弋戰切音同。

壇 dàn　　案衍壇曼。善曰:壇,徒旦切。(120上右)
　　　　壇《集韻》徒案切,與徒旦切音同。

曼 màn　　案衍壇曼。善曰:曼,莫幹切。(120上右)
　　　　曼《集韻》莫半切,換韻;莫幹切,翰韻。

蒧 zhēn　　其高燥則生蒧菥苞荔。善曰:蒧,之林切。(120上右)
　　　　蒧《廣韻》職深切,與之林切音同。

菥 xī　　其高燥則生蒧菥苞荔。[郭璞]蘇林曰:菥,斯歷切。(120上右)
　　　　菥《廣韻》先擊切,與斯歷切音同。

苞 bāo　　其高燥則生蒧菥苞荔。善曰:苞音包。(120上右)
　　　　苞、包《廣韻》布交切。

荔 lì　　其高燥則生蒧菥苞荔。善曰:荔音隸。(120上右)
　　　　荔、隸《廣韻》郎計切。

麃(薦)biào　　[郭璞]苞,麃也。善曰:麃,皮表切。(120上右～左)
　　　　《文選考異》(867下左～868上右):"案:麃當作'麃'。"《漢書》(第2537頁)
　　　顏注:"麃音皮表反。"

蘋 fán　　薛莎青蘋。善曰:蘋音煩。(120上左)
　　　　蘋、煩《廣韻》附袁切。

埤 bì　　其埤濕則生藏莨蒹葭。善曰:埤音婢。(120上左)
　　　　埤、婢《集韻》部弭切。

莨 láng　　其埤濕則生藏莨蒹葭。善曰:莨音郎。(120上左)
　　　　莨、郎《廣韻》魯當切。

菴 yān　　菴閭軒于。善曰:菴音淹。(120上左)
　　　　菴、淹《廣韻》央炎切。

猶 yóu　善曰：猶音猶。（120 上左）
　　　　蕕、猶《廣韻》以周切。

楩 ruǎn　善曰：《説文》曰：楩棗似柿而小，名曰楩。而兗切。（120 下右）
　　　　楩《廣韻》而兗切。

樗 yǐng　櫨梨樗栗。善曰：蘇林曰：樗音郢都之郢。然諸説雖殊，而木一也。今依蘇音。
（120 下右）
　　　　樗、郢《廣韻》以整切。

射 yè　騰遠射干。善曰：射，弋舍切。（120 下右）
　　　　射《廣韻》羊謝切，與弋舍切音同。

蝹 wàn　蝹蜒貙犴。[郭璞]蝹音萬。（120 下右）
　　　　蝹、萬《廣韻》無販切。

橈 nào　靡魚須之橈旃。善曰：橈，女教切。（120 下右）
　　　　橈《廣韻》奴教切，與女教切音同。

岠 jù　善曰：岠音巨。（120 下左）
　　　　岠、巨《廣韻》其呂切。

孅 xiān　孅阿爲御。[郭璞]孅音纖。（120 下左）
　　　　孅、纖《廣韻》息廉切。

轊 wèi　軼陶駼。[郭璞]軼轊，言車之疾能過野馬及陶駼也。軼不言車，轊不言過，
　　互文也。轊音衛。（120 下左）
　　　　衛、衛異體。轊、衛《集韻》于歲切。

陶 táo　轊陶駼。[郭璞]陶音逃。（120 下左）
　　　　陶、逃《廣韻》徒刀切。

駼 tú　轊陶駼。[郭璞]駼音塗。（120 下左）
　　　　駼、塗《廣韻》同都切。

蟜 xié　[郭璞]《爾雅》曰：蟜，如馬，一角；不角者騏。蟜音攜。（121 上右）
　　　　蟜、蟜異體。蟜、攜《廣韻》戶圭切。

倏 shū　倏眒倩浰。善曰：倏，式六切。（121 上右）
　　　　倏《廣韻》式竹切，與式六切音同。

眒 shèn　倏眒倩浰。善曰：眒，式刃切。（121 上右）
　　　　眒《廣韻》試刃切，與式刃切音同。

倩 qiàn　　倏眴倩浰。善曰：倩，千見切。（121 上右）

　　倩《廣韻》倉甸切，與千見切音同。

浰 liàn　　倏眴倩浰。善曰：浰音練。（121 上右）

　　浰、練《廣韻》郎甸切。

髃 yú　　善曰：《説文》曰：髃，肩前也。五口切，一音五俱切。（121 上右）

　　髃《廣韻》五口、遇俱二切，遇俱切與五俱切音同。

繫 xì　　絶乎心繫。善曰：繫音系。（121 上右）

　　繫、系《廣韻》胡計切。

雨 yù　　獲若雨獸。善曰：言所在衆多，若天之雨獸。雨，于具切。（121 上右）

　　雨《廣韻》王遇切，與于具切音同。

䢦 jí　　微䢦受詘。〔郭璞〕䢦，疲極也。䢦音劇。（121 上右）

　　䢦、㞎異體。㞎、劇《集韻》竭戟切。

詘 qū　　微䢦受詘。善曰：受屈，取其力屈也。詘與屈同，丘勿切。（121 上右）

　　詘、屈《廣韻》區勿切，與丘勿切音同。

緆 xī　　被阿緆。善曰：《列子》曰：鄭、衛之處子，衣阿緆。緆與錫古字通。（121 上右～左）

　　緆、錫《廣韻》先擊切，音同通用。

襞 bì　　襞積褰縐。善曰：襞，必亦切。（121 上左）

　　襞《廣韻》必益切，與必亦切音同。

縐 zhòu　　襞積褰縐。善曰：縐，側救切。（121 上左）

　　縐《廣韻》側救切。

齚 zhé　　善曰：齚，詐白切。（121 上左）

　　齚《廣韻》鋤陌切，崇母；詐白切，莊母。

裶 fēi　　紛紛裶裶。善曰：裶音非。（121 上左）

　　裶《廣韻》芳非切，滂母；非《廣韻》甫微切，幫母。

袘 yì　　揚袘戌削。善曰：袘，弋爾切。（121 上左）

　　袘《集韻》以豉切，寘韻；弋爾切，紙韻。四庫六臣本（第 1330 册第 174 頁）爾作"尔"。胡刻本爾疑作"示"。《漢書》（第 2541 頁）顏注："袘音弋示反。"袘、袘異體。

戌（戌）xū　　揚袘戌削。善曰：戌音郰。（121 上左）

　　建州本（第 154 頁）作"戌"。戌、郰《廣韻》辛聿切。

蜚 fēi　　蜚襳垂髾。善曰:蜚,古飛字也。（121 上左）
　　　　　蜚、飛《集韻》匪微切。

襳 xiān　　蜚襳垂髾。善曰:襳音纖。（121 上左）
　　　　　襳、纖《廣韻》息廉切。

髾 shāo　　蜚襳垂髾。善曰:髾,所交切。（121 上左）
　　　　　髾《廣韻》所交切。

猗 yǐ　　　扶輿猗靡。善曰:猗,於綺切。（121 上左）
　　　　　猗《廣韻》於綺切。

呷 xiā　　翕呷萃蔡。善曰:呷,火甲切。（121 上左）
　　　　　呷《廣韻》呼甲切,與火甲切音同。

萃 cuì　　翕呷萃蔡。善曰:萃音翠。（121 上左）
　　　　　萃、翠《集韻》七醉切。

獠 liào　　於是乃相與獠於蕙圃。善曰:《説文》曰:獠,獵也。力笑切。（121 下右）
　　　　　獠《集韻》力照切,與力笑切音同。

嫛 pán　　嫛姍教窣。善曰:嫛音盤。（121 下右）
　　　　　嫛、盤《廣韻》薄官切。

姍 xiān　　嫛姍教窣。善曰:姍,先安切。（121 下右）
　　　　　姍《廣韻》蘇干切,與先安切音同。

窣 sū　　　嫛姍教窣。善曰:窣,先忽切。（121 下右）
　　　　　窣《廣韻》蘇骨切,與先忽切音同。

栧 yì　　　揚旌栧。善曰:栧音曳。（121 下右）
　　　　　栧、曳《集韻》以制切。

摐 chuāng　摐金鼓。〔郭璞〕韋昭曰:摐,擊也。音窻。（121 下右）
　　　　　摐、窻《集韻》初江切。

榜 bèng　　榜人歌。善曰:榜,方孟切。（121 下右～左）
　　　　　榜《廣韻》北孟切,與方孟切音同。

喝 yè　　　聲流喝。善曰:喝,一介切。（121 下左）
　　　　　喝《廣韻》於犗切,夬韻;一介切,怪韻。

嘶 sī　　　善曰:嘶,蘇奚切。（121 下左）
　　　　　嘶《廣韻》先稽切,與蘇奚切音同。

溢 pèn　善曰：溢，普頓切。（121 下左）
　　溢《廣韻》普悶切，與普頓切音同。

礧 lèi　礧石相擊。善曰：礧，力對切。（121 下左）
　　礧《廣韻》盧對切，與力對切音同。

行 háng　車按行。善曰：行，胡郎切。（121 下左）
　　行《廣韻》胡郎切。

隊 duì　騎就隊。善曰：隊，大内切。（121 下左）
　　隊《廣韻》徒對切，與大内切音同。

纚 shǐ　纚乎淫淫。善曰：纚音屣。（121 下左）
　　纚、屣《廣韻》所綺切。

般 pán　般乎裔裔。善曰：般音盤。（121 下左）
　　般、盤《廣韻》薄官切。

怕 bó　怕乎無爲。善曰：《説文》曰：怕，無爲也。《廣雅》曰：憺、怕，静也。怕與泊同。
　蒲各切。（121 下左）
　　怕、泊《集韻》白各切，與蒲各切音同。

憺 dàn　憺乎自持。善曰：憺與澹同。徒濫切。（121 下左）
　　憺、澹《廣韻》徒濫切。

勺 zhuó　勺藥之和具。善曰：韋昭曰：勺，丁削切。（121 下左～ 122 上右）
　　勺《廣韻》之若切，章母；丁削切，端母。

藥 lüè　勺藥之和具。善曰：韋昭曰：藥，旅酌切。（121 下左～ 122 上右）
　　藥《集韻》力灼切，與旅酌切音同。

臠 luǎn　臠割輪焠。善曰：臠音臠。（122 上右）
　　臠、臠《廣韻》力兗切。

焠 cuì　臠割輪焠。善曰：焠，七内切。（122 上右）
　　焠《廣韻》七内切。

累 lèi　而累於楚矣。善曰：累，力瑞切。（122 上左）
　　累《廣韻》良僞切，與力瑞切音同。

腄 zhuì　善曰：腄，直瑞切。（122 下右）
　　腄《廣韻》馳僞切，與直瑞切音同。

澥 xiè　浮渤澥。［郭璞］應劭曰：渤澥，海别枝也。澥音蟹。（122 下右）

澥、蟹《廣韻》胡買切。

俶 tì　　若乃俶儻瑰瑋。善曰:俶,佗歷切。（122 下右）

　　　　俶《集韻》他歷切,與佗歷切音同。

崒 jú　　萬端鱗崒。善曰:張揖曰:崒與萃同,集也。（122 下右）

　　　　崒《廣韻》昨没切,没韻;萃《廣韻》秦醉切,至韻。

《上林賦》

听 yǐn　亡是公听然而笑。善曰:《説文》曰:听,笑貌也。牛隱切。（123 上右）

　　　　听《廣韻》牛謹切,與牛隱切音同。

甹 biǎn　而適足以甹君自損也。[郭璞]晉灼曰:甹,古貶字也。（123 上左）

　　　　奎章閣本(第 192 頁)、明州本(第 129 頁)、四庫六臣本(第 1330 册第 176 頁)

　　　　作“貶”。甹、导異體。导、貶《廣韻》方斂切。《上林賦》署“郭璞注”,其注文以“善曰”

　　　　爲界,之前爲郭璞注文,之後爲李善注文,無“善曰”的注文也是郭璞所作。

更 gēng　丹水更其南。[郭璞]更,公衡切。（123 上左）

　　　　更《廣韻》古行切,與公衡切音同。

來 lái　　馳騖往來。[郭璞]來,盧代切。（123 下右）

　　　　來《廣韻》落哀切,平聲;盧代切,去聲。韻腳字爲内態來渭,去聲韻段,來注去

　　　　聲以協韻。

且 chǔ　善曰:《楚辭》曰:馳椒丘兮焉且。且,止也。音昌吕切。（123 下右）

　　　　且《集韻》此與切,清母;昌吕切,昌母。各本皆同。

淤 yù　　行乎洲淤之浦。[郭璞]淤,於庶切。（123 下右）

　　　　淤《廣韻》依倨切,與於庶切音同。

泱 ǎng　過乎泱漭之壄。[郭璞]泱,烏朗切。（123 下右）

　　　　泱《廣韻》烏朗切。

汩 yù　　汩乎混流。[郭璞]蘇林曰:楊雄《方言》曰:汩,遥疾也。汩,于筆切。（123

　　下右~左）

　　　　汩《廣韻》于筆切。

隘 ài　　赴隘陜之口。[郭璞]隘,於懈切。（123 下左）

　　　　隘《集韻》烏懈切,與於懈切音同。

陜 xiá　赴隘陜之口。[郭璞]陜音狹。（123 下左）

　　　　陜、狹《廣韻》侯夾切。

堆 duī　　激堆埼。［郭璞］堆，沙堆也。丁回切。（123 下左）
　　　　　堆《廣韻》都回切，與丁回切音同。

埼 qí　　　激堆埼。［郭璞］埼，巨依切。（123 下左）
　　　　　埼《集韻》渠希切，與巨依切音同。

沸 fú　　　沸乎暴怒。［郭璞］沸，水聲也。音拂。（123 下左）
　　　　　沸、拂《集韻》敷勿切。

洶 xiǒng　洶涌彭湃。［郭璞］司馬彪曰：洶涌，跳起也。洶，許勇切。（123 下左）
　　　　　洶《廣韻》許拱切，與許勇切音同。

湃 bài　　洶涌彭湃。［郭璞］彭湃，波相庚也。湃，蒲拜切。（123 下左）
　　　　　湃《集韻》步拜切，與蒲拜切音同。

潷 bì　　　潷弗宓汨。［郭璞］蘇林曰：潷音畢。（123 下左）
　　　　　潷、畢《廣韻》卑吉切。

宓 mì　　　潷弗宓汨。［郭璞］蘇林曰：宓音密。（123 下左）
　　　　　宓、密《廣韻》美畢切。

汨 yù　　　潷弗宓汨。［郭璞］蘇林曰：宓汨，去疾也。汨，于筆切。（123 下左）
　　　　　汨《廣韻》于筆切。

偪 bī　　　偪側泌瀄。［郭璞］司馬彪曰：偪側，相迫也。偪字與逼同。（123 下左）
　　　　　偪、逼《廣韻》彼側切，音同通用。

泌 bì　　　偪側泌瀄。［郭璞］泌瀄音筆櫛。（123 下左）
　　　　　泌、筆《廣韻》鄙密切。

瀄 zhì　　偪側泌瀄。［郭璞］泌瀄音筆櫛。（123 下左）
　　　　　瀄、櫛《廣韻》阻瑟切。

揳 xié　　［郭璞］泌瀄，相揳也。揳，先結切。（123 下左）
　　　　　揳《廣韻》先結切。

潎 piē　　轉騰潎洌。［郭璞］潎洌，相撇也。潎，匹列切。（123 下左）
　　　　　潎《廣韻》芳滅切，與匹列切音同。

洌 liè　　轉騰潎洌。［郭璞］洌音列。（123 下左）
　　　　　洌、列《廣韻》良辥切。

滂 pēng　滂濞沆溉。［郭璞］滂音匹亨切。（123 下左）
　　　　　滂《集韻》披庚切，與匹亨切音同。

潷 pì　　滂潷沆溉。［郭璞］潷，匹祕切。（123 下左）
　　　　潷《廣韻》匹備切，與匹祕切音同。

沆 háng　滂潷沆溉。［郭璞］韋昭曰：沆，胡郎切。（123 下左）
　　　　沆《廣韻》胡郎切。

溉 hài　　滂潷沆溉。［郭璞］溉，胡慨切。（123 下左）
　　　　溉《集韻》戶代切，與胡慨切音同。

橈 nào　　穹隆雲橈。善曰：雲橈，如雲屈橈也。橈，女教切。（123 下左）
　　　　橈《廣韻》奴教切，與女教切音同。

宛 yuǎn　宛潬膠盭。［郭璞］司馬彪曰：宛潬，展轉也。宛音婉。（123 下左）
　　　　宛、婉《廣韻》於阮切。

潬 shàn　宛潬膠盭。［郭璞］潬音善。（123 下左）
　　　　潬、善《集韻》上演切。

盭 lì　　宛潬膠盭。［郭璞］盭，古庚字。（123 下左）
　　　　盭、戾《集韻》郎計切。

浥 yà　　踰波趨浥。［郭璞］趨浥，輸於淵也。浥，於俠切。（123 下左）
　　　　浥《集韻》乙俠切，與於俠切音同。

淈 lì　　淈淈下瀨。［郭璞］淈淈，水聲也。淈音利。（123 下左）
　　　　淈、利《廣韻》力至切。

滯 zhì　　奔揚滯沛。善曰：滯沛，奔揚之貌也。滯，直制切。（123 下左～124 上右）
　　　　滯《廣韻》直例切，與直制切音同。

沛 bèi　　奔揚滯沛。善曰：沛，蒲蓋切。（123 下左～124 上右）
　　　　沛《廣韻》博蓋切，幫母；蒲蓋切，並母。

坻 chí　　臨坻注壑。［郭璞］鄧展曰：坻，水中山也。坻音遲。（124 上右）
　　　　坻、遲《廣韻》直尼切。

霣 yǔn　　瀺灂霣墜。善曰：霣即隕字也。（124 上右）
　　　　霣、隕《廣韻》于敏切。

墜 zhuì　　瀺灂霣墜。善曰：墜，直類切。（124 上右）
　　　　墜《廣韻》直類切。

砰 pēng　　砰磅訇礚。善曰：司馬彪曰：砰磅訇礚，皆水聲也。砰，普冰切。（124 上右）
　　　　砰《集韻》披冰切，與普冰切音同。

磅 pēng　砰磅訇礚。善曰：磅，普萌切。（124 上右）

磅《廣韻》撫庚切，庚韻；普萌切，耕韻。

淈 gǔ　濞濞淈淈。善曰：淈，水出貌。淈音骨。（124 上右）

淈、骨《廣韻》古忽切。

潗 chì　潗澩鼎沸。善曰：周成《雜字》曰：潗澩，水沸貌也。潗，勅立切。（124 上右）

潗《廣韻》丑入切，與勅立切音同。

澩 jí　潗澩鼎沸。善曰：澩，子入切。（124 上右）

澩《廣韻》子入切。

汩 yù　汩㶿漂疾。善曰：汩，于筆切。（124 上右）

汩《廣韻》于筆切。

㶿（淢）xī　汩㶿漂疾。［郭璞］韋昭曰：㶿，許及切。（124 上右）

㶿當作“淢”。明州本（第 130 頁）、陳八郎本（第四卷第 13 頁）、《漢書》（第 2548 頁）作“汩淢漂疾”。淢《集韻》迄及切，與許及切音同。

漂 piāo　汩㶿漂疾。善曰：漂，匹姚切。（124 上右）

漂《廣韻》撫招切，與匹姚切音同。

漻 liáo　寂漻無聲。善曰：《說文》曰：漻，清深也。漻音聊。（124 上右）

漻、聊《廣韻》落蕭切。

灝 hào　然後灝溔潢漾。［郭璞］灝音皓。（124 上右）

皓、晧異體。灝、晧《廣韻》胡老切。

溔 yǎo　然後灝溔潢漾。［郭璞］溔，弋少切。（124 上右）

溔《廣韻》以沼切，與弋少切音同。

潢 huàng　然後灝溔潢漾。［郭璞］潢，胡廣切。（124 上右）

潢《集韻》戶廣切，與胡廣切音同。

漾 yǎng　然後灝溔潢漾。［郭璞］漾，弋丈切。（124 上右）

漾《廣韻》餘亮切，去聲；弋丈切，上聲。

嚯 hè　嚯乎滈滈。［郭璞］嚯，胡角切。（124 上右）

嚯《廣韻》胡覺切，與胡角切音同。

滈 hào　嚯乎滈滈。［郭璞］滈音鎬。（124 上右）

滈、鎬《廣韻》胡老切。

鮌 gèng　鮌鱧漸離。［郭璞］鮌音亘。（124 上左）

亘、鮔《廣韻》古鄧切。

鱴 mèng　　鮔鱴漸離。〔郭璞〕鱴音懵。（124 上左）

懵、懜異體。鱴、懜《廣韻》武亘切。

鰫 yóng　　鰫鰵鰿魠。〔郭璞〕鰫音顒。（124 上左）

鰫、顒《廣韻》魚容切。

鰵 chóng　　鰫鰵鰿魠。〔郭璞〕鰵，嘗容切。（124 上左）

鰵《集韻》常容切，與嘗容切音同。

鰿 qián　　鰫鰵鰿魠。〔郭璞〕鰿音乾。（124 上左）

鰿、乾《廣韻》渠焉切。

魠 tuō　　鰫鰵鰿魠。〔郭璞〕魠音托。（124 上左）

魠、托《集韻》闥各切。

鱓 shàn　　〔郭璞〕鱓音善。（124 上左）

鱓、善《廣韻》常演切。

鱤 gǎn　　〔郭璞〕鱤音感。（124 上左）

鱤、感《廣韻》古禪切。

禺 yóng　　禺禺魼鰨。〔郭璞〕禺禺魚，皮有毛，黃地黑文。禺音顒。（124 上左）

禺、顒《集韻》魚容切。

魼 tà　　禺禺魼鰨。〔郭璞〕魼，比目魚，狀似牛脾，細鱗紫色，兩相合得乃行。魼音榻。
　　（124 上左）

魼、榻《廣韻》吐盍切。

鰨 nà　　禺禺魼鰨。〔郭璞〕鰨，鯢魚也，似鮎，有四足，聲如嬰兒。鰨，奴榻切。（124
　　上左）

鰨《集韻》諾盍切，與奴榻切音同。

捷 qián　　捷鰭掉尾。善曰：捷，巨言切。（124 上左）

捷《廣韻》渠焉切，仙韻；巨言切，元韻。

掉 diào　　捷鰭掉尾。善曰：掉，徒釣切。（124 上左）

掉《廣韻》徒弔切，與徒釣切音同。

的 dì　　的皪江靡。善曰：《說文》曰：玓瓅，明珠光也。玓瓅與的皪音義同。（124 上左）

的、玓《廣韻》都歷切。

皪 lì　　的皪江靡。善曰：玓瓅與的皪音義同。（124 上左）

䃍、瓅《廣韻》郎擊切。

硬 ruǎn　蜀石黃硬。善曰：硬，如兗切。（124 上左）
　　　　　硬《廣韻》而兗切，與如兗切音同。

砢 luǒ　水玉磊砢。善曰：砢，洛可切。（124 上左）
　　　　　砢《廣韻》來可切，與洛可切音同。

磷 lìn　磷磷爛爛。〔郭璞〕磷音吝。（124 上左）
　　　　　磷、吝《廣韻》良刃切。

澔 hào　采色澔汗。〔郭璞〕澔音皓。（124 上左）
　　　　　澔、皓《集韻》下老切。

鶩 mù　煩鶩庸渠。〔郭璞〕煩鶩，鴨屬也。鶩音木。（124 下右）
　　　　　鶩、木《廣韻》莫卜切。

箴 zhēn　箴疵鵁盧。〔郭璞〕箴音鍼。（124 下右）
　　　　　箴、鍼《廣韻》職深切。

疵 zī　箴疵鵁盧。〔郭璞〕疵音資。（124 下右）
　　　　　疵《集韻》將支切，支韻；資《廣韻》即夷切，脂韻。

鷀 cí　「郭璞」盧，麤鷀也。鷀音慈也。（124 下右）
　　　　　鷀、慈《廣韻》疾之切。

汎 féng　汎淫泛濫。〔郭璞〕汎音馮。（124 下右）
　　　　　汎、馮《廣韻》房戎切。

泛 fàn　汎淫泛濫。〔郭璞〕泛，敷劍切。（124 下右）
　　　　　泛《廣韻》孚梵切，與敷劍切音同。

唼 shà　唼喋菁藻。善曰：《通俗文》曰：水鳥食謂之唼，與唼同。所甲切。（124 下右）
　　　　　唼、唼《集韻》色甲切，與所甲切音同。

喋 zhá　唼喋菁藻。善曰：喋，丈甲切。（124 下右）
　　　　　喋《廣韻》丈甲切。

咀 jù　咀嚼菱藕。善曰：咀，才汝切。（124 下右）
　　　　　咀《廣韻》慈呂切，與才汝切音同。

嚼 jué　咀嚼菱藕。善曰：嚼，才削切。（124 下右）
　　　　　嚼《廣韻》在爵切，與才削切音同。

巃 lǒng　巃嵸崔巍。〔郭璞〕巃，力孔切。（124 下右）

　　　　龍《廣韻》力董切，與力孔切音同。

傱 zǒng　　龍傱崔巍。［郭璞］傱音摠。（124 下右）

　　　　傱、摠《集韻》祖動切。

巉 chán　　嶄巖參嵯。［郭璞］嶄，仕銜切。（124 下右）

　　　　嶄、巉異體。巉《廣韻》鋤銜切，與仕銜切音同。

參 cēn　　嶄巖參嵯。［郭璞］參，楚林切。（124 下右）

　　　　參《廣韻》楚簪切，與楚林切音同。

嵯 cī　　嶄巖參嵯。［郭璞］嵯，楚宜切。（124 下右）

　　　　嵯、嵳異體。嵳《廣韻》楚宜切。

巀 jié　　九嵕巀嶭。善曰：巀音截。（124 下右）

　　　　巀、巀異體。巀、截《廣韻》昨結切。

嶭 niè　　九嵕巀嶭。善曰：嶭音齧。（124 下右）

　　　　嶭、齧《廣韻》五結切。

峨 é　　南山峩峩。善曰：峩音娥。（124 下右）

　　　　峩、娥《廣韻》五何切。

摧 cuī　　摧崣崛崎。［郭璞］張揖曰：摧崣，高貌也。摧，作罪切。（124 下左）

　　　　摧《集韻》祖回切，平聲；作罪切，上聲。疑爲臨時變讀以構成摧崣疊韻。

崣 zuǐ　　摧崣崛崎。［郭璞］崣，卒鄙切。（124 下左）

　　　　建州本（第 158 頁）、四庫六臣本（第 1330 册第 180 頁）崣下注 "卒鄙切，五臣音委"，明州本（第 131 頁）崣下注 "音委，善音卒鄙切"，陳八郎本（第四卷第 13 頁）、正德本（第 94 頁）崣下注直音 "委"。《漢書》（第 2554 頁）顏注 "蘇林曰：崣音卒鄙切"，與善注同。崣、委《集韻》鄔毀切，影母紙韻；卒鄙切，精母旨韻。

崛 jú　　摧崣崛崎。［郭璞］崛音掘。（124 下左）

　　　　崛、掘《廣韻》衢物切。

崎 qí　　摧崣崛崎。［郭璞］崎音錡。（124 下左）

　　　　崎《廣韻》去奇切，溪母；錡《廣韻》渠羈切，群母。

谽 hān　　谽呀豁閜。［郭璞］谽，呼含切。（124 下左）

　　　　谽《廣韻》火含切，與呼含切音同。

呀 xiā　　谽呀豁閜。［郭璞］呀，呼加切。（124 下左）

　　　　呀《廣韻》許加切，與呼加切音同。

閉 xiǎ　谿呀谿閉。［郭璞］閉，呵下切。（124 下左）

閉、閜異體。閜《廣韻》許下切，與呵下切音同。

陽 dǎo　皐陵別陽。［郭璞］陽音擣。（124 下左）

陽、擣《集韻》覩老切。

崴 wēi　崴魂嵔廆。［郭璞］崴，於鬼切。（124 下左）

崴《集韻》烏回切，灰韻；於鬼切，尾韻。疑爲臨時變讀以構成崴魂疊韻。

魂 wěi　崴魂嵔廆。［郭璞］魂，魚鬼切。（124 下左）

魂《廣韻》於鬼切，影母；魚鬼切，疑母。

嵔 wěi　崴魂嵔廆。［郭璞］嵔，惡罪切。（124 下左）

嵔《集韻》鄔賄切，與惡罪切音同。

廆 huì　崴魂嵔廆。［郭璞］廆，胡罪切。（124 下左）

廆《廣韻》胡罪切。

虛 qū　丘虛堀礨。［郭璞］虛音袪。（124 下左）

虛、袪《廣韻》去魚切。

堀 kū　丘虛堀礨。［郭璞］堀音窟。（124 下左）

堀、窟《廣韻》苦骨切。

礨 lěi　丘虛堀礨。［郭璞］礨音磊。（124 下左）

礨、礧異體。礧、磊《廣韻》落猥切。

轔 lìn　隱轔鬱嶱。［郭璞］隱轔鬱嶱，堆壟不平貌。轔，洛盡切。（124 下左）

轔《廣韻》良刃切，去聲；洛盡切，切下字《廣韻》有全濁上聲一讀。

嶱 lěi　隱轔鬱嶱。［郭璞］嶱音壘。（124 下左）

嶱、礧異體。礧《廣韻》落猥切，賄韻；壘《廣韻》力軌切，旨韻。

施 shǐ　登降施靡。［郭璞］施，式氏切。（124 下左）

施《集韻》賞是切，與式氏切音同。

陂 pí　陂池貏豸。［郭璞］陂池，旁頹貌也。陂音皮。（124 下左）

陂、皮《集韻》蒲糜切。

貏 bì　陂池貏豸。［郭璞］貏音被。（124 下左）

貏、被《集韻》部靡切。

豸 zhì　陂池貏豸。［郭璞］豸，直爾切。（124 下左）

豸《廣韻》池爾切，與直爾切音同。

沇 wěi　　沇溶淫鬻。［郭璞］沇，以水切。（124 下左）
　　　　　沇《集韻》愈水切，與以水切音同。

溶 yóng　　沇溶淫鬻。［郭璞］溶音容。（124 下左）
　　　　　溶、容《廣韻》餘封切。

淫 yóu　　沇溶淫鬻。［郭璞］淫，以舟切。（124 下左）
　　　　　淫《廣韻》餘針切，侵韻；以舟切，尤韻。各本皆同，疑作“滛”。滛聲符“䍃”，《廣
　　　　韻》以周切，與以舟切音同。

鬻 yù　　沇溶淫鬻。［郭璞］鬻音育。（124 下左）
　　　　　鬻、育《廣韻》余六切。

被 bì　　靡不被築。［郭璞］被，皮義切。（124 下左）
　　　　　被《廣韻》平義切，與皮義切音同。

揭 qiè　　揭車衡蘭。［郭璞］揭，去竭切。（125 上右）
　　　　　揭《集韻》丘謁切，與去竭切音同。

艺 jí　　［郭璞］艺，巨乞切。（125 上右）
　　　　　艺《廣韻》去訖切，溪母；巨乞切，群母。

茇 bá　　［郭璞］槀本，槀茇也。方末切。（125 上右）
　　　　　茇《廣韻》北末切，與方末切音同。

射 yè　　槀本射干。［郭璞］司馬彪曰：射干，香草也。射，弋舍切。（125 上右）
　　　　　射《廣韻》羊謝切，與弋舍切音同。

茈 zǐ　　茈薑襄荷。［郭璞］張揖曰：茈薑，子薑也。茈音紫。（125 上右）
　　　　　茈、紫《廣韻》將此切。

襄 ráng　　茈薑襄荷。［郭璞］襄，人羊切。（125 上右）
　　　　　襄《廣韻》汝陽切，與人羊切音同。

葴 zhēn　　葴持若蓀。［郭璞］如淳曰：葴音鍼。（125 上右）
　　　　　葴、箴、鍼《廣韻》職深切。

持 chéng　　葴持若蓀。［郭璞］韋昭曰：持音懲。（125 上右）
　　　　　持《廣韻》直之切，之韻；懲《廣韻》直陵切，蒸韻。

苧 zhù　　蔣苧青薠。［郭璞］苧音杼。（125 上右）
　　　　　苧、杼《廣韻》直呂切。

濩 hù　　布濩閎澤。善曰：濩音護。（125 上右）

　　　　　　濩、護《廣韻》胡誤切。

延 yàn　　延曼太原。善曰：延，弋戰切。（125 上右）
　　　　　　延《廣韻》予線切，與弋戰切音同。

灑 lǐ　　　灑靡廣衍。善曰：灑，力爾切。（125 上右）
　　　　　　灑《集韻》輦爾切，與力爾切音同。

披 pǐ　　　應風披靡。善曰：披，丕蟻切。（125 上右）
　　　　　　披《廣韻》匹靡切，與丕蟻切音同。

菲 fēi　　郁郁菲菲。〔郭璞〕菲音妃。（125 上右）
　　　　　　菲、妃《廣韻》芳非切。

晻 yǎn　　晻薆咇茀。善曰：《說文》曰：馣馤，香氣奄藹也。馣與晻音義同，晻音奄。（125
　　上右～左）
　　　　　　晻、奄、馣《集韻》衣檢切。

薆 ài　　　晻薆咇茀。善曰：翳與薆音義同。（125 上右～左）
　　　　　　翳《廣韻》於蓋切，泰韻；薆《廣韻》烏代切，代韻。

咇 bì　　　晻薆咇茀。善曰：苾馞、咇茀音義同。咇，步必切。（125 上右～左）
　　　　　　苾、咇《廣韻》毗必切，與步必切音同。

茀 bó　　　晻薆咇茀。善曰：茀音勃。（125 上右～左）
　　　　　　《經典釋文》（第 366 頁）：“茀，崔音勃。”這是暗引崔譔的直音。茀、勃《集韻》
　　薄字切。

縝 chēn　　縝紛軋芴。〔郭璞〕孟康曰：縝紛，衆盛也。縝，丑人切。（125 上左）
　　　　　　縝《廣韻》丑人切。

芴 wù　　　縝紛軋芴。〔郭璞〕軋芴，緻密也。芴音勿。（125 上左）
　　　　　　芴、勿《廣韻》文弗切。

芒 mǎng　　芒芒恍忽。〔郭璞〕芒，莫朗切。（125 上左）
　　　　　　芒《廣韻》莫郎切，平聲；莫朗切，上聲。

犦 yóng　　其獸則犦牛犪羬。〔郭璞〕犦，似牛，領有肉堆也。音容。（125 上左）
　　　　　　犦、容《廣韻》餘封切。

驒 diān　　蚩蚩驒騱。〔郭璞〕驒音顛。（125 下右）
　　　　　　驒、顛《廣韻》都年切。

騱 xí　　　蚩蚩驒騱。〔郭璞〕騱音奚。（125 下右）

騱、奚《廣韻》胡雞切。

駃 jué　駃騠驢贏。［郭璞］駃音玦。（125 下右）

駃、玦《廣韻》古穴切。

騠 tí　駃騠驢贏。［郭璞］騠音提。（125 下右）

騠、提《廣韻》杜奚切。

纚 lǐ　輦道纚屬。［郭璞］司馬彪曰：纚屬，連屬也。張揖曰：纚，力尒切。（125 下右）

纚《集韻》輦尒切，與力尒切音同。

屬 zhǔ　輦道纚屬。［郭璞］張揖曰：屬，之欲切。（125 下右）

屬《廣韻》之欲切。

嵏 zōng　夷嵏築堂。［郭璞］嵏，子公切。（125 下右）

嵏《廣韻》子紅切，與子公切音同。

窔 yào　巖窔洞房。善曰：窔，一弔切。（125 下右）

窔《廣韻》烏叫切，與一弔切音同。

頫 fǔ　頫杳眇而無見。善曰：《聲類》曰：頫，古文俯字。（125 下右）

頫、俯《廣韻》方矩切。

橑 lǎo　仰 𣲖 橑而捫天。善曰：橑音老。（125 下右～左）

橑、老《廣韻》盧晧切。

捫 mén　仰 𣲖 橑而捫天。善曰：捫音門。（125 下右～左）

捫、門《廣韻》莫奔切。

更 gēng　奔星更於閨闥。善曰：更，工衡切。（125 下左）

更《廣韻》古行切，與工衡切音同。

蚴 yǒu　青龍蚴蟉於東葙。善曰：蚴，一糾切。（125 下左）

蚴《廣韻》於糾切，與一糾切音同。

蟉 liú　青龍蚴蟉於東葙。善曰：蟉，力斜切。（125 下左）

蟉《廣韻》力幽切，平聲；力斜切，上聲。疑爲臨時變讀以構成蚴蟉疊韻。

僤 shàn　象輿婉僤於西清。善曰：婉僤，動貌也。僤音善。（125 下左）

僤《集韻》上演切，善《廣韻》常演切，音同。

閒 xián　靈圉燕於閒館。［郭璞］閒讀曰閑。（125 下左）

閒、閑《集韻》何間切，破假借，本字閑。

振 zhèn　盤石振崖。［郭璞］李奇曰：振，整也。振，之刃切。（125 下左）

振《廣韻》章刃切，與之刃切音同。

嶔 qiān　嶔巖倚傾。［郭璞］嶔巖，欹貌也。嶔，口銜切。（125 下左）

　　　　嶔《廣韻》去金切，侵韻；口銜切，銜韻。

倚 yǐ　　嶔巖倚傾。［郭璞］倚，於綺切。（125 下左）

　　　　倚《廣韻》於綺切。

嶻 jié　　嵯峨嶻嶭。善曰：嶻音捷。（125 下左）

　　　　嶻、捷《集韻》疾葉切。

嶭 yè　　嵯峨嶻嶭。善曰：嶭音業。（125 下左）

　　　　嶭、業《廣韻》魚怯切。

玢 fēn　　玢豳文鱗。［郭璞］玢豳，文理貌也。音紛彬。（126 上右）

　　　　玢、紛《集韻》敷文切。

豳 bīn　　玢豳文鱗。［郭璞］玢豳，文理貌也。音紛彬。（126 上右）

　　　　豳、彬《廣韻》府巾切。

犖 luò　　赤瑕駮犖。［郭璞］駮犖，采點也。犖，洛角切。（126 上右）

　　　　犖《廣韻》呂角切，與洛角切音同。

晁 cháo　晁采琬琰。善曰：晁，古朝字。（126 上右）

　　　　晁、朝《廣韻》直遙切。

楱 còu　　黄甘橙楱。［郭璞］楱亦橘之類也。音湊。（126 上右）

　　　　楱、湊《廣韻》倉奏切。

檽 yān　　枇杷檽柿。［郭璞］檽，檽支木也。檽音煙。（126 上右）

　　　　檽、煙《廣韻》烏前切。

朴 bó　　亭奈厚朴。［郭璞］朴，步角切。（126 上右）

　　　　朴《廣韻》匹角切，滂母；步角切，並母。

薁 yù　　隱夫薁棣。［郭璞］薁，於六切。（126 上右）

　　　　薁《廣韻》於六切。

棣 dì　　隱夫薁棣。［郭璞］棣，徒計切。（126 上右）

　　　　棣《廣韻》特計切，與徒計切音同。

逤 dá　　荅逤離支。［郭璞］逤音沓。（126 上右）

　　　　逤、沓《廣韻》徒合切。

離 lì　　荅逤離支。［郭璞］離，力智切。（126 上右）

離《廣韻》力智切。

貤 yì　　貤丘陵。〔郭璞〕司馬彪曰：貤，延也。羊氏切。（126 上左）
　　　　貤、迆異體。迆《廣韻》以豉切，去聲；羊氏切，切下字爲全濁上聲。

扤 wù　　扤紫莖。〔郭璞〕張揖曰：扤，搖也。音兀。（126 上左）
　　　　扤、兀《廣韻》五忽切。

煌 huáng　煌煌扈扈。〔郭璞〕煌音皇。（126 上左）
　　　　煌、皇《廣韻》胡光切。

櫧 zhū　　沙棠櫟櫧。〔郭璞〕櫧音諸。（126 上左）
　　　　櫧、諸《廣韻》章魚切。

柃 líng　　〔郭璞〕柃音零。（126 上左）
　　　　柃、零《廣韻》郎丁切。

採 cǎi　　〔郭璞〕採音采。（126 上左）
　　　　採、采《廣韻》倉宰切。

華 huà　　華楓枰櫨。〔郭璞〕華，胡化切。（126 上左）
　　　　華《廣韻》胡化切。

欂 huò　　善曰：欂音鑊。（126 上左）
　　　　欂、鑊《廣韻》胡郭切。

櫼 chán　　櫼檀木蘭。〔郭璞〕孟康曰：櫼檀，檀別名也。櫼音讒。（126 上左）
　　　　櫼、讒《廣韻》士咸切。

葰 jùn　　實葉葰楙。〔郭璞〕司馬彪曰：葰，大也。葰音峻。（126 上左）
　　　　葰、峻《集韻》祖峻切。

倚 yǐ　　攢立叢倚。〔郭璞〕倚，於綺切。（126 上左）
　　　　倚《廣韻》於綺切。

卷 quán　　連卷欐佹。〔郭璞〕卷，巨專切。（126 上左）
　　　　卷《廣韻》巨員切，與巨專切音同。

欐 lǐ　　連卷欐佹。〔郭璞〕欐，力儞切。（126 上左）
　　　　欐《廣韻》盧啓切，薺韻；力爾切，紙韻。

佹 guǐ　　連卷欐佹。〔郭璞〕佹音詭。（126 上左）
　　　　佹、詭《廣韻》過委切。

崔 zuǐ　　崔錯癹骫。〔郭璞〕崔錯，交雜。崔，子賄切。（126 上左～下右）

崔《廣韻》倉回切,清母平聲;子賄切,精母上聲。

尐 bá　　崔錯尐骫。〔郭璞〕尐骫,蟠庚也。尐,步葛切。（126 上左～下右）

尐《廣韻》蒲撥切,末韻;步葛切,曷韻。

骫 wěi　　崔錯尐骫。〔郭璞〕骫,古委字。（126 上左～下右）

骫、肌異體。肌《廣韻》居夷切,見母脂韻;委《廣韻》於詭切,影母紙韻。各本皆同。《漢書》（第 2559 頁）引此句骫作“骪”。骪《廣韻》於詭切。

坑 kēng　　坑衡閜砢。〔郭璞〕坑,口庚切。（126 下右）

坑《廣韻》客庚切,與口庚切音同。

閜 ě　　坑衡閜砢。〔郭璞〕閜砢,相扶持也。閜,烏可切。（126 下右）

閜《集韻》倚可切,與烏可切音同。

砢 luǒ　　坑衡閜砢。〔郭璞〕砢,來可切。（126 下右）

砢《廣韻》來可切。

纚 shǐ　　落英幡纚。善曰:張揖曰:幡纚,飛揚貌也。纚,山爾切。（126 下右）

纚《廣韻》所綺切,與山爾切音同。

溶 yóng　　紛溶萷蔘。〔郭璞〕溶音容。（126 下右）

溶、容《廣韻》餘封切。

萷 xiāo　　紛溶萷蔘。〔郭璞〕萷音蕭。（126 下右）

萷、蕭《廣韻》蘇彫切。

蔘 sēn　　紛溶萷蔘。〔郭璞〕蔘音森。（126 下右）

蔘、森《廣韻》所今切。

猗 yǐ　　猗狔從風。〔郭璞〕猗,憶靡切。（126 下右）

猗《廣韻》於綺切,與憶靡切音同。

狔 nǐ　　猗狔從風。〔郭璞〕狔,女尒切。（126 下右）

狔《廣韻》女氏切,與女尒切音同。

薊 liú　　薊茘芔歘。〔郭璞〕薊音劉。（126 下右）

薊、劉《集韻》力求切。

茘 lì　　薊茘芔歘。〔郭璞〕茘音利。（126 下右）

茘、利《廣韻》力至切。

芔 huì　　薊茘芔歘。〔郭璞〕芔,古卉字。（126 下右）

芔、卉《廣韻》許貴切。

歙 xī　　薊苞蒳歙。［郭璞］歙音翕。（126 下右）
　　　　　歙、翕《廣韻》許及切。

傂 cī　　傂池茈虒。［郭璞］傂音差。（126 下右）
　　　　　傂、差《集韻》叉宜切。

茈 cǐ　　傂池茈虒。［郭璞］如淳曰：茈音此。（126 下右）
　　　　　茈、此《集韻》淺氏切。

虒 zhì　　傂池茈虒。［郭璞］如淳曰：虒音豸。（126 下右）
　　　　　虒《集韻》丈尒切，豸《廣韻》池爾切，音同

絫 lěi　　雜襲絫輯。善曰：絫，古累字。（126 下右）
　　　　　絫、累《廣韻》力委切。

輯 jí　　雜襲絫輯。善曰：輯與集同。（126 下右）
　　　　　輯、集《廣韻》秦入切，音同通用。

蜼 wèi　　蜼玃飛蠝。［郭璞］蜼音遺。（126 下右）
　　　　　蜼、遺《廣韻》以醉切。

玃 jué　　蜼玃飛蠝。善曰：玃音钁。（126 下右～左）
　　　　　玃、钁《廣韻》居縛切。

蠝 lěi　　蜼玃飛蠝。［郭璞］蠝音誄。（126 下右）
　　　　　蠝、誄《集韻》魯水切。

蛭 zhì　　蛭蜩蠼猱。［郭璞］如淳曰：蛭音質。（126 下左）
　　　　　蛭、質《廣韻》之日切。

猱 náo　　蛭蜩蠼猱。［郭璞］如淳曰：猱，奴刀切。（126 下左）
　　　　　猱《廣韻》奴刀切。

獑 chán　　獑胡縠蜼。［郭璞］獑音讒。（126 下左）
　　　　　獑、讒《廣韻》士咸切。

縠 hù　　獑胡縠蜼。［郭璞］縠，呼谷切。（126 下左）
　　　　　縠《廣韻》呼木切，與呼谷切音同。

蜼 guǐ　　獑胡縠蜼。［郭璞］蜼音詭。（126 下左）
　　　　　蜼、詭《廣韻》過委切。

蟜 jiǎo　　夭蟜枝格。善曰：蟜音矯。（126 下左）
　　　　　蟜、矯《廣韻》居夭切。

隃 yú　　隃絶梁。善曰：隃字與踰同。（126 下左）
　　　　隃、踰《廣韻》羊朱切，破假借，本字踰。

榛 chén　騰殊榛。善曰：榛，仕人切。（126 下左）
　　　　榛《集韻》鋤臻切，臻韻；仕人切，真韻。

枿 niè　　善曰：枿，五曷切。（126 下左）
　　　　枿《廣韻》五割切，與五曷切音同。

掉 tiào　掉希間。〔郭璞〕掉，懸擿也。託釣切。（126 下左）
　　　　掉《廣韻》徒弔切，定母；託釣切，透母。

戲 xī　　善曰：《説文》曰：娭，戲也。許其切。（126 下左）
　　　　戲《廣韻》許羈切，支韻；許其切，之韻。

靁 léi　　車騎靁起。〔郭璞〕靁，古雷字。（127 上左）
　　　　靁、雷《廣韻》魯回切。

殷 yǐn　　殷天動地。〔郭璞〕殷音隱。（127 上左）
　　　　殷、隱《集韻》倚謹切。

貔 pí　　生貔豹。〔郭璞〕貔，執夷，虎屬。音毗。（127 上左）
　　　　貔、毗《廣韻》房脂切。

鶡 hé　　蒙鶡蘇。善曰：鶡音曷。（127 上左）
　　　　鶡、曷《廣韻》胡葛切。

绔 kù　　绔白虎。善曰：绔音袴。（127 上左）
　　　　绔、袴《廣韻》苦故切。

坁 chí　　下磧歷之坁。〔郭璞〕坁，下阪道也。坁音遲。（127 上左）
　　　　坁、遲《廣韻》直尼切。

獬 xiè　　弄獬豸。〔郭璞〕獬音蟹。（127 上左～下右）
　　　　獬、蟹《廣韻》胡買切。

豸 zhài　弄獬豸。〔郭璞〕豸，文介切。（127 上左～下右）
　　　　建州本（第 162 頁）、奎章閣本（第 203 頁）、明州本（第 134 頁）、四庫六臣本（第
　　　1330 册第 184 頁）豸下注“直是反”。胡刻本文當作“丈”，《史記》（第 3035 頁）索
　　　隱：“豸音丈妳反，又音丈介反。”直是反，紙韻；丈介反，怪韻。

蝦 xiá　　格蝦蛤。〔郭璞〕蝦音遐。（127 下右）
　　　　蝦、遐《廣韻》胡加切。

蛤 gé　格蝦蛤。［郭璞］蛤音閤。（127 下右）

蛤、閤《廣韻》古沓切。

鋋 chán　鋋猛氏。善曰：《説文》曰：鋋，小矛也。市延切。（127 下右）

鋋《廣韻》市連切，與市延切音同。

羂 juǎn　羂騕褭。善曰：《聲類》曰：羂，係取也。工犬切。（127 下右）

羂《廣韻》姑泫切，與工犬切音同。

腁 dòu　解腁陷腦。善曰：腁音豆。（127 下右）

腁、豆《廣韻》徒候切。

陷 qiàn　解腁陷腦。善曰：《史記》：陷，苦念切。（127 下右）

陷、陷異體。陷《廣韻》户韽切，匣母陷韻；苦念切，溪母㮇韻。

捷 jié　捷狡兔。［郭璞］捷音接。（127 下右～左）

捷《廣韻》疾葉切，從母；接《廣韻》即葉切，精母。

蕃 fán　彎蕃弱。善曰：《左氏傳》衛子魚曰：分魯公以封父之繁弱。蕃與繁古字通。
（127 下左）

蕃、繁《廣韻》附袁切，音同通用。

梟 jiāo　射游梟。善曰：梟，工聊切。（127 下左）

梟《廣韻》古堯切，與工聊切音同。

遽 jù　櫟蜚遽。善曰：遽音鉅。（127 下左）

遽《廣韻》其據切，去聲；鉅《廣韻》其吕切，全濁上聲。

殪 yì　藝殪仆。善曰：殪音翳。（127 下左）

殪、翳《廣韻》於計切。

仆 fù　藝殪仆。善曰：仆音赴。（127 下左）

仆、赴《廣韻》芳遇切。

遒 qiú　遒孔鸞。［郭璞］遒，才由切。（128 上右）

遒《廣韻》自秋切，與才由切音同。

屩 jué　屩石闕。［郭璞］屩，蹋也。音厥。（128 上右）

屩《廣韻》其月切，群母；厥《廣韻》居月切，見母。

鳷 zhī　過鳷鵲。［郭璞］鳷音支。（128 上右）

鳷、支《廣韻》章移切。

櫂 zhào　濯鷁牛首。善曰：韋昭曰：櫂，今棹也。並直孝切。（128 上右）

櫂、棹《廣韻》直教切,與直孝切音同。

輾 niǎn　善曰:輾,女展切。(128 上左)
　　　　　輾《集韻》尼展切,與女展切音同。

劢 jí　　與其窮極倦劢。[郭璞]劢音劇。(128 上左)
　　　　　劢、趽異體。趽、劇《集韻》竭戟切。

憚 dá　　驚憚讋伏。[郭璞]憚,丁曷切。(128 上左)
　　　　　憚《集韻》當割切,與丁曷切音同。

讋 zhé　驚憚讋伏。[郭璞]讋,之涉切。(128 上左)
　　　　　讋《廣韻》之涉切。

他 tuó　他他籍籍。[郭璞]他,徒河切。(128 上左)
　　　　　他《廣韻》託何切,透母;徒河切,定母。

顛 diān　文成顛歌。[郭璞]顛與滇同也。(128 下右)
　　　　　顛、滇《廣韻》都年切,音同通用。

迭 dié　金鼓迭起。[郭璞]遞,迭也。徒結切。(128 下右)
　　　　　迭《廣韻》徒結切。

闛 tāng　鏗鎗闛鞈。善曰:闛與鏜、鞈與鞳古字通。闛,託郎切。(128 下右)
　　　　　闛、鏜《廣韻》吐郎切,與託郎切音同。闛、鏜音同通用。

鞈 tà　　鏗鎗闛鞈。善曰:闛與鏜、鞈與鞳古字通。鞈音榻。(128 下右)
　　　　　鞈《廣韻》古沓切,見母合韻;鞳、榻《五音集韻》吐盍切[1],盍韻。

衍 yàn　陰淫案衍之音。[郭璞]衍,弋戰切。(128 下左)
　　　　　衍《廣韻》予線切,與弋戰切音同。

鞮 dī　　狄鞮之倡。善曰:郭璞曰:狄鞮,西戎樂名也。鞮,丁奚切。(128 下左)
　　　　　鞮《廣韻》都奚切,與丁奚切音同。

靚 jìng　靚糚刻飾。善曰:靚音淨。(129 上右)
　　　　　靚、淨《廣韻》疾政切。

嬛 xuān　便嬛綽約。善曰:嬛音翾。(129 上右)
　　　　　嬛、翾《廣韻》許緣切。

橈 nào　柔橈嫚嫚。善曰:橈,女教切。(129 上右)

---

① (金)韓道昭《五音集韻》,文淵閣《四庫全書》第238冊,臺灣商務印書館1983,第346頁。

橈《廣韻》奴教切，與女教切音同。

嫚（嬽）yuān　　柔橈嫚嫚。善曰：嫚，於圓切。（129 上右）

《漢書》（第 2571 頁）作“柔橈嬽嬽”。《文選考異》（870 下右）：“案：嫚嫚當作‘嬽嬽’。”是。嬽《廣韻》於權切，與於圓切音同。

嫵 wǔ　　嫵媚孅弱。善曰：嫵音武。（129 上右）

嫵、武《廣韻》文甫切。

孅 xiān　　嫵媚孅弱。善曰：孅即纖字。（129 上右）

孅、纖《廣韻》息廉切。

紲 yì　　曳獨繭之褕紲。善曰：紲音曳。（129 上右）

紲、曳《集韻》以制切。

褕 yú　　曳獨繭之褕紲。善曰：褕音踰。（129 上右）

褕、踰《廣韻》羊朱切。

易 yì　　眇閻易以邮削。善曰：易，弋示切。（129 上右）

易《廣韻》以豉切，寘韻；弋示切，至韻。

便 pián　　便姍嫳屑。善曰：便，步千切。（129 上右）

便《廣韻》房連切，仙韻；步千切，先韻。

姍 xiān　　便姍嫳屑。善曰：姍音先。（129 上右）

姍、先《集韻》蕭前切。

嫳 bié　　便姍嫳屑。善曰：嫳，步結切。（129 上右）

嫳《集韻》蒲結切，與步結切音同。

漚 òu　　芬芳漚鬱。［郭璞］漚，一候切。（129 上右）

漚《廣韻》烏候切，與一候切音同。

皪 lì　　宜笑的皪。善曰：皪音礫。（129 上右）

皪、礫《廣韻》郎擊切。

娟 yuān　　長眉連娟。善曰：娟，一全切。（129 上右）

娟《廣韻》於緣切，與一全切音同。

睇 dì　　微睇緜藐。善曰：睇，大計切。（129 上右）

睇《廣韻》特計切，與大計切音同。

藐 miǎo　　微睇緜藐。善曰：藐音邈。（129 上右）

藐、邈《廣韻》莫角切。

愉 yú　　心愉於側。〔郭璞〕愉音踰。（129 上右）

　　　　　愉、踰《廣韻》羊朱切。

中 zhòng　於是酒中樂酣。〔郭璞〕中，半也。中仲切。（129 上右）

　　　　　中《廣韻》陟仲切，與中仲切音同。

閒 xián　　朕以覽聽餘閒。善曰：閒音閑。（129 上左）

　　　　　閒、閑《集韻》何間切。

爲 wèi　　非所以爲繼嗣創業垂統也。善曰：爲，于僞切。（129 上左）

　　　　　爲《廣韻》于僞切。

胥 xǔ　　　樂樂胥。善曰：胥，先呂切。（129 下左）

　　　　　胥《廣韻》私呂切，與先呂切音同。

㞕 huì　　㞕然興道而遷義。〔郭璞〕㞕，猶勃也。許貴切。（129 下左）

　　　　　㞕《廣韻》許貴切。

錯 cù　　　刑錯而不用。善曰：包咸《論語注》曰：錯，置也。千故切。（129 下左）

　　　　　錯《廣韻》倉故切，與千故切音同。

抏 wàn　　抏士卒之精。〔郭璞〕抏，損也。音翫。（130 上右）

　　　　　抏、翫《集韻》五換切。

繇 yóu　　則仁者不繇也。〔郭璞〕繇，道也。音由。（130 上右）

　　　　　繇、由《廣韻》以周切。

蓆 xí　　　逡巡避蓆。善曰：蓆與席古字通。（130 上右）

　　　　　蓆《集韻》當蓋切，端母泰韻；席《廣韻》祥易切，邪母昔韻。《新集藏經音義隨

　　　　函録》（第 996 頁）蓆：“祥昔切，座蓆也。正作席。”

《羽獵賦》

財 cái　　財足以奉郊廟。善曰：財與纔同。（130 上左）

　　　　　財、纔《廣韻》昨哉切，音同通用。

旁 bàng　　旁南山。善曰：旁，步浪切。（130 下右～左）

　　　　　旁《廣韻》步光切，平聲；步浪切，去聲。按：傍《廣韻》“亦作旁”，收録步光、蒲

　　　　浪二切，蒲浪切與步浪切音同。

濱 bīn　　濱渭而東。善曰：濱與賓同音也。（130 下左）

　　　　　濱、賓《廣韻》必鄰切。

詡 xǔ　　　尚泰奢麗誇詡。善曰：毛萇《詩傳》曰：詡，大也。許羽切。（131 上右）

翃《廣韻》況羽切，與許羽切音同。

嶠 jiǎo　　嶠高舉而大興。善曰：王逸《楚辭注》曰：嶠，舉也。嶠音矯。（131 上左）

嶠《廣韻》渠廟切，群母去聲；矯《廣韻》居夭切，見母上聲。

路 luò　　爾廼虎路三峻以爲司馬。［舊注］晉灼曰：路音落。（131 下左）

路《集韻》歷各切，落《廣韻》盧各切，音同。《羽獵賦》未署注者，“善曰”前爲
舊注，後爲李善注，無“善曰”的注文也是舊注。

鴻 hòng　　鴻濛沆茫。善曰：鴻，胡孔切。（131 下左）

鴻《廣韻》胡孔切。

濛 měng　　鴻濛沆茫。善曰：濛，莫孔切。（131 下左）

濛《廣韻》莫孔切。

沆 hàng　　鴻濛沆茫。善曰：沆，胡朗切。（131 下左）

沆《廣韻》胡朗切。

茫 máng　　鴻濛沆茫。善曰：茫音莽。（131 下左）

茫《廣韻》莫郎切，平聲；莽《廣韻》模朗切，上聲。疑爲臨時變讀以構成沆茫疊韻。

揭 jié　　揭以崇山。善曰：揭音竭也。（131 下左）

揭、竭《廣韻》渠列切。

鏌 mò　　杖鏌邪而羅者以萬計。善曰：《説文》曰：鏌邪，大戟也。鏌音莫。（131
下左）

鏌、莫《廣韻》慕各切。

邪 yé　　杖鏌邪而羅者以萬計。善曰：邪，弋奢切。（131 下左）

邪《廣韻》以遮切，與弋奢切音同。

繯 xuàn　　紅蜺爲繯。善曰：繯，下犬切。（132 上右）

繯《集韻》下兗切，獮韻；下犬切，銑韻。

屬 zhǔ　　屬之乎崑崙之虛。善曰：屬，之欲切。（132 上右）

屬《廣韻》之欲切。

虛 qū　　屬之乎崑崙之虛。善曰：虛音墟。（132 上右）

虛、墟《廣韻》去魚切。

扁 piān　　鮮扁陸離。善曰：扁音篇。（132 上右）

扁、篇《廣韻》芳連切。

佖 bí　　駢衍佖路。善曰：佖，頻一切。（132 上右）

　　佖《廣韻》毗必切，與頻一切音同。

徽 huī　　徽車輕武。[舊注]晉灼曰：徽，疾貌也。音揮。（132 上右）
　　徽、揮《廣韻》許歸切。

鴻 hòng　　鴻絧綟獵。善曰：鴻絧，相連貌也。鴻，胡弄切。（132 上右）
　　鴻《廣韻》胡孔切，全濁上聲；胡弄切，去聲。

絧 dòng　　鴻絧綟獵。善曰：絧，徒弄切。（132 上右）
　　絧《廣韻》徒弄切。

綟 jié　　鴻絧綟獵。善曰：綟獵，相次貌也。綟音捷。（132 上右）
　　綟、捷《集韻》疾葉切。

殷 yǐn　　殷殷軫軫。善曰：殷軫，盛貌也。殷音隱。（132 上右～左）
　　殷、隱《集韻》倚謹切。

旷 hù　　旷分殊事。善曰：旷分，謂羽騎明白分別，各殊其事也。旷音户。（132 上左）
　　旷、户《廣韻》侯古切。

轠 léi　　轠轤不絶。[舊注]如淳曰：轠音雷。（132 上左）
　　轠、雷《廣韻》魯回切。

轤 lú　　轠轤不絶。[舊注]如淳曰：轤音盧。（132 上左）
　　轤、盧《廣韻》落胡切。

晁 cháo　　於是天子乃以陽晁。善曰：陽朝，陽明之朝。晁，古字同也。（132 上左）
　　晁、朝《廣韻》直遥切，音同通用。

並 bàng　　蚩尤並轂。善曰：並，步浪切。（132 上左）
　　並《集韻》蒲浪切，與步浪切音同。

閃 shǎn　　善曰：閃，失染切。（132 下右）
　　閃《廣韻》失冉切，與失染切音同。

傱 sǒng　　萃傱沇溶。善曰：《埤蒼》曰：傱，走貌也。傱，先勇切。（132 下右）
　　傱《廣韻》息拱切，與先勇切音同。

沇 wěi　　萃傱沇溶。善曰：沇溶，盛多之貌也。沇，以永切。（132 下右）
　　奎章閣本（第 211 頁）、建州本（第 169 頁）、明州本（第 139 頁）永作“水”，宜是。
　　　　沇《集韻》愈水切，與以水切音同。

溶 yóng　　萃傱沇溶。善曰：溶音容。（132 下右）
　　溶、容《廣韻》餘封切。

戲 huī　戲八鎮而開關。善曰：戲音麾。（132 下右）

戲、戲異體。戲《廣韻》許羈切，開口；麾《廣韻》許爲切，合口。

嚊 pì　吸嚊瀟率。善曰：《埤蒼》曰：嚊，喘息聲也。嚊，普利切。（132 下右）

嚊《廣韻》匹備切，與普利切音同。

瀟 sù　吸嚊瀟率。善曰：瀟率，吸嚊之貌。瀟音肅。（132 下右）

瀟、肅《廣韻》息逐切。

虓 xiāo　虓虎之陳。〔舊注〕服虔曰：虓音哮。善曰：哮，火交切。（132 下右～左）

虓、哮《廣韻》許交切，與火交切音同。

轕 gé　從橫膠轕。善曰：轕音葛。（132 下左）

轕、葛《集韻》居曷切。

拉 là　猋拉雷厲。〔舊注〕鄧展曰：拉音獵。（132 下左）

拉《廣韻》盧合切，合韻；獵《廣韻》良涉切，葉韻。奎章閣本（第 212 頁）、明州

本（第 140 頁）、建州本（第 169 頁）、四庫六臣本（第 1330 冊第 193 頁）獵作“臘”，

當是。臘《廣韻》盧盍切，盍韻。

驞 pīn　驞駍駖礚。善曰：驞，疋人切。（132 下左）

疋、匹異體。驞《集韻》紕民切，與匹人切音同。

駍 pēng　驞駍駖礚。善曰：駍，普萌切。（132 下左）

駍《集韻》披耕切，與普萌切音同。

駖 líng　驞駍駖礚。善曰：駖，力莖切。（132 下左）

駖《集韻》力耕切，與力莖切音同。

洶 xiǒng　洶洶旭旭。善曰：洶洶旭旭，鼓動之聲也。洶，旭勇切。（132 下左）

洶《廣韻》許拱切，與旭勇切音同。

岋 è　天動地岋。善曰：韋昭曰：岋，動貌也。岋，五合切。（132 下左）

岋《集韻》鄂合切，與五合切音同。

羡 yàn　羡漫半散。善曰：羡，弋戰切。（132 下左）

羡《廣韻》予線切，與弋戰切音同。

鄉 xiàng　殊鄉別趣。善曰：鄉音向。（132 下左）

鄉、向《集韻》許亮切。

耆 shì　騁耆奔欲。善曰：耆音嗜。（132 下左）

耆《集韻》時利切，嗜《廣韻》常利切，音同。

抴 tuō　抴蒼猇。善曰：《廣雅》曰：抴，引也。音他。（132下左）
抴《集韻》湯河切，他《廣韻》託何切，音同。

跋 bá　跋犀犛。善曰：跋，步末切。（132下左）
跋《廣韻》蒲撥切，與步末切音同。

蹶 jué　蹶浮麋。善曰：蹶，居月切。（132下左）
蹶《廣韻》居月切。

斮 zhuó　斮巨狿。［舊注］韋昭曰：斮，斬也。側略切。（132下左）
斮《廣韻》側略切。

距 jù　距連卷。善曰：距，古岠字也。（132下左）
距《廣韻》其呂切，岠《龍龕手鏡》（第75頁）其呂切。

卷 quán　距連卷。善曰：卷音拳。（132下左）
卷、拳《廣韻》巨員切。

踔 chào　踔夭蟜。善曰：《三蒼詁訓》曰：踔，踰也。丑孝切。（132下左）
踔《廣韻》丑教切，與丑孝切音同。

般 bān　屨般首。［舊注］如淳曰：般音班。（133上右）
般、班《廣韻》布還切。

摼 qiān　摼象犀。善曰：摼，古牽字。（133上右）
摼、掔異體。掔、牽《廣韻》苦堅切。

闇 ǎn　登降闇藹。善曰：闇藹，衆盛貌。闇，烏感切。（133上右）
闇《集韻》鄔感切，與烏感切音同。

還 xuán　木仆山還。［舊注］如淳曰：還音旋。言山爲之回旋也。（133上右）
還、旋《廣韻》似宣切。

與 yú　儲與乎大浦。善曰：與音餘。（133上右）
與、餘《廣韻》以諸切。

浦 pǔ　儲與乎大浦。善曰：浦音普。（133上右）
浦、普《廣韻》滂古切。

浪 láng　聊浪乎宇内。善曰：浪音琅。（133上右）
浪、琅《廣韻》魯當切。

輵 yà　皇車幽輵。善曰：幽輵，車聲也。輵，一轄切。（133上左）
輵《集韻》乙轄切，與一轄切音同。

純 zhǔn　皇車幽輵。善曰：《方言》曰：純，文也。純，之允切。（133 上左）
　　　　純《廣韻》之尹切，與之允切音同。

彌 mǐ　望舒彌轡。善曰：彌轡，按行貌也。彌與弭古字通。彌，莫爾切。（133 上左）
　　　　彌《集韻》母婢切，弭《廣韻》綿婢切。母婢、綿婢、莫爾切音同。

蹙 zù　浸淫蹙部。善曰：毛萇《詩傳》曰：蹙，促也。蹙，古字通。子育切。（133 上左）
　　　　蹙、蹴異體。蹴、蹙《廣韻》子六切，與子育切音同。

隊 duì　曲隊堅重。善曰：隊，徒內切。（133 上左）
　　　　隊《廣韻》徒對切，與徒內切音同。

行 háng　各按行伍。善曰：行，胡郎切。（133 上左）
　　　　行《廣韻》胡郎切。

刮 guā　刮野掃地。善曰：刮，古滑切。（133 上左）
　　　　刮《廣韻》古頒切，鎋韻；古滑切，黠韻。

掃 sǎo　刮野掃地。善曰：掃，先早切。（133 上左）
　　　　掃《廣韻》蘇老切，與先早切音同。

羂 juǎn　羂噏鴟。善曰：羂，工犬切。（133 上左）
　　　　羂《廣韻》姑泫切，與工犬切音同。

糩 fèi　善曰：糩，浮謂切。（133 下右）
　　　　糩《廣韻》芳未切，滂母；浮謂切，並母。

噱 jué　遙噱乎絃中。善曰：噱，其略切。（133 下右）
　　　　噱《廣韻》其虐切，與其略切音同。

芒 máng　三軍芒然。善曰：芒，莫郎切。（133 下右）
　　　　芒《廣韻》莫郎切。

窮 qiōng　窮尤闃輿。善曰：如淳曰：窮音穹。（133 下右）
　　　　窮《廣韻》渠弓切，群母；穹《廣韻》去宮切，溪母。

尤 yín　窮尤闃輿。善曰：尤音滛。（133 下右）
　　　　建州本（第 170 頁）、明州本（第 141 頁）、四庫六臣（第 1330 册第 195 頁）滛
　　　　作“淫”，當是。《漢書》（第 3549 ～ 3550 頁）引此句顏注：“尤音淫。”尤、淫《廣韻》
　　　　餘針切。

闃 yù　窮尤闃輿。善曰：闃，於庶切。（133 下右）
　　　　闃《集韻》依據切，與於庶切音同。

與 yù　　窮宄闃與。善曰：與音豫。（133 下右）
　　　　與、豫《廣韻》羊洳切。

亶 dàn　　亶觀夫剽禽之紲隑。〔舊注〕韋昭曰：亶音但。善曰：古但字。（133 下右）
　　　　亶、但《集韻》蕩旱切。

紲 yì　　亶觀夫剽禽之紲隑。善曰：紲與跇同，已見上文。（133 下右）
　　　　紲《廣韻》私列切，薛韻；跇《廣韻》餘制切，祭韻。

槍 qiāng　　徒角槍題注。善曰：槍，七羊切。（133 下左）
　　　　槍《廣韻》七羊切。

蹴 zù　　蹴竦罿怖。善曰：蹴與蹙同。蹴，子育切。（133 下左）
　　　　蹴、蹙異體。蹙《廣韻》子六切，與子育切音同。

脰 dòu　　觸輻關脰。善曰：脰音豆。（133 下左）
　　　　脰、豆《廣韻》徒候切。

中 zhòng　　於是禽殫中衰。善曰：中，竹仲切。（133 下左）
　　　　中《廣韻》陟仲切，與竹仲切音同。

焯 zhuó　　焯爍其陂。善曰：焯，古灼字。（133 下左）
　　　　焯、灼《廣韻》之若切。

爍 shuò　　焯爍其陂。善曰：爍，式藥切。（133 下左）
　　　　爍《廣韻》書藥切，與式藥切音同。

啾 jiū　　啾啾昆鳴。善曰：啾與啾同，子由切。（134 上右）
　　　　啾、啾《集韻》將由切，與子由切音同。

嵌 qiān　　善曰：嵌，口銜切。（134 上右）
　　　　嵌《集韻》丘銜切，與口銜切音同。

獱 bīn　　蹈獱獺。善曰：郭璞《三蒼解詁》曰：獱似狐，青色，居水中，食魚。服虔曰：音賓。（134 上右）
　　　　獱《廣韻》符真切，並母；賓《廣韻》必鄰切，幫母。

抾 qū　　抾靈蠵。〔舊注〕鄭玄曰：抾音袪。（134 上右）
　　　　抾、袪《集韻》丘於切。

椎 chuí　　方椎夜光之流離。善曰：椎，直追切。（134 上左）
　　　　椎《廣韻》直追切。

蠁 xiǎng　　蠁曶如神。善曰：蠁曶，疾也。蠁與響同。（134 上左）

蠁、響《廣韻》許兩切。

曶 hū　　蠁曶如神。善曰:曶與忽同。(134 上左)

　　　　曶、忽《廣韻》呼骨切。

貉 mò　　胡貉之長。善曰:《周禮》曰:職方掌九貉。鄭司農曰:北方曰貉。貉,莫白切。
(134 上左~下右)

　　　　貉《廣韻》莫白切。

儕 chái　儕男女使莫違。善曰:杜預《左氏傳注》曰:儕,等也。儕,士階切。(134 下左)

　　　　儕《廣韻》士皆切,與士階切音同。

虞 yú　　弘仁惠之虞。善曰:虞與娛古字通。(134 下左)

　　　　虞、娛《廣韻》遇俱切,音同通用。

鬯 chàng　於是醇洪鬯之德。善曰:鬯與暢同。(134 下左)

　　　　鬯、暢《廣韻》丑亮切。

《長楊賦》

狖 yòu　　虎豹狖玃。善曰:《廣雅》曰:狖,蜼也。尾長四五尺。狖,弋又切。(135 下
左~ 136 上右)

　　　　狖《廣韻》余救切,與弋又切音同。

玃 jué　　虎豹狖玃。善曰:郭璞《爾雅〔注〕》曰:玃,似獼猴。玃,九縛切。(135 下
左~ 136 上右)

　　　　玃《廣韻》居縛切,與九縛切音同。

阹 qū　　以網爲周阹。[舊注] 李奇曰:阹,遮禽獸圍陣也。阹音祛。(136 上右)
　　　　阹、祛《廣韻》去魚切。《長楊賦》未署注者,"善曰"前爲舊注,後爲李善注,無"善
曰"的注文也是舊注。

椓 zhuó　椓嶻嶭而爲弋。善曰:椓音卓。(136 上左)

　　　　椓、卓《集韻》竹角切。

嶻 jié　　椓嶻嶭而爲弋。善曰:嶻音截。(136 上左)

　　　　嶻、巀異體。巀、截《廣韻》昨結切。

嶭 niè　　椓嶻嶭而爲弋。善曰:嶭音臬。(136 上左)

　　　　嶭、臲《廣韻》五結切。

踤 zú　　帥軍踤阹。[舊注] 踤音崒。《方言》曰:踤,蹴躝也。(136 上左)

　　　　踤、崒《廣韻》慈卹切。

槍 qiāng　木擁槍纍。［舊注］槍,七羊切。（136 上左）
　　　　槍《廣韻》七羊切。

纍 lěi　木擁槍纍。［舊注］纍,力委切。（136 上左）
　　　　纍、絫異體。絫《集韻》魯水切,旨韻;力委切,紙韻。

廑 qín　其廑至矣。善曰:《古今字詁》曰:廑,今勤字也。（136 上左）
　　　　廑、勤《集韻》渠巾切,音同通用,破假借,本字勤。

澹 dàn　澹泊爲德。善曰:澹泊與憺怕同,已見《子虛賦》。（136 下右）
　　　　澹、憺《廣韻》徒濫切。

泊 pò　澹泊爲德。善曰:澹泊與憺怕同,已見《子虛賦》。（136 下右）
　　　　泊、怕《集韻》匹陌切。

窫 yà　窫窳其民。［舊注］窫,烏黠切。（136 下左）
　　　　窫《廣韻》烏黠切。

窳 yǔ　窫窳其民。［舊注］窳音庾。（136 下左）
　　　　窳、庾《廣韻》以主切。

漂 piāo　漂昆侖。善曰:漂,搖蕩之也。匹昭切。（136 下左）
　　　　漂《廣韻》撫招切,與匹昭切音同。

撕 shǎn　所過麾城撕邑。善曰:鄭玄《禮記注》曰:撕之言芟也。《字林》曰:撕,山檻切。
（136 下左）
　　　　撕《集韻》所斬切,赚韻;山檻切,檻韻。

鞮 dī　鞮鍪生蟣蝨。善曰:《説文》曰:鞮鍪,首鎧也。鞮,丁奚切。（137 上右）
　　　　鞮《廣韻》都奚切,與丁奚切音同。

鍪 móu　鞮鍪生蟣蝨。善曰:鍪音牟。（137 上右）
　　　　鍪、牟《廣韻》莫浮切。

蟣 jǐ　鞮鍪生蟣蝨。善曰:《韓子》曰:攻戰無已,甲胄生蟣蝨。蟣,居綺切。（137 上右）
　　　　蟣《廣韻》居狶切,尾韻;居綺切,紙韻。

蝨 shī　鞮鍪生蟣蝨。善曰:蝨,所乙切。（137 上右）
　　　　蝨《廣韻》所櫛切,櫛韻;所乙切,質韻。

詘 qū　廼展人之所詘。善曰:詘,古屈字也。（137 上右）
　　　　詘、屈《廣韻》區勿切。

鞜 dá　革鞜不穿。善曰:服虔曰:鞜,烏也。音沓。（137 上右）

鞈、沓《集韻》達合切。

璣 qí　於是後宮賤瑇瑁而疏珠璣。善曰:璣,小珠也。音祈。(137 上左)

璣《廣韻》居依切,見母;祈《廣韻》渠希切,群母。

衍 yàn　抑止絲竹晏衍之樂。善曰:晏衍,邪聲也。衍,弋戰切。(137 上左)

衍《廣韻》予線切,與弋戰切音同。

幼 yào　憎聞鄭衛幼眇之聲。善曰:幼,一笑切。(137 上左)

幼《集韻》一笑切。

眇 miào　憎聞鄭衛幼眇之聲。善曰:眇音妙。(137 上左)

眇、妙《集韻》弥笑切。

橫 hèng　東夷橫畔。善曰:橫,自縱也。胡孟切。(137 上左)

橫《廣韻》戶孟切,與胡孟切音同。

眠 méng　遐眠爲之不安。[舊注]韋昭曰:眠音萌。(137 上左～下右)

眠、䖑異體。䖑、萌《廣韻》莫耕切。

汾 fēn　汾沄沸渭。善曰:汾沄沸渭,衆盛貌也。汾音紛。(137 下右)

汾《廣韻》符分切,奉母;紛《廣韻》撫文切,敷母。

沄 yún　汾沄沸渭。善曰:沄音雲。(137 下右)

沄、雲《廣韻》王分切。

猋 biāo　猋騰波流。善曰:猋與飆古字通也。(137 下右)

猋、飆《廣韻》甫遥切。

轒 fén　碎轒輼。善曰:轒,扶云切。(137 下右)

轒《集韻》符分切,與扶云切音同。

輼 yūn　碎轒輼。善曰:輼,於云切。(137 下右)

輼《廣韻》於云切。

䯝 suǐ　䯝余吾。[舊注]《通俗文》曰:骨中脂曰䯝。古髓字。(137 下右)

䯝、髓《集韻》選委切。

焮 mì　燒焮蠡。[舊注]張揖曰:焮蠡,山名。焮音覓。(137 下右)

焮、覓《集韻》莫狄切。

蠡 luó　燒焮蠡。[舊注]蠡,來戈切。(137 下右)

蠡《廣韻》落戈切,與來戈切音同。

剺 lí　分剺單于。[舊注]韋昭曰:剺,割也。音如黎。(137 下右～左)

豺、棃《集韻》良脂切。

唌 xiàn　唌鋋瘢耆。善曰：吮，辭兖切。（137下左）

唌、吮異體。吮《廣韻》徂兖切，從母；辭兖切，邪母。

頜 gé　皆稽顙樹頜。［舊注］韋昭曰：頜音蛤。（137下左）

頜、蛤《廣韻》古沓切。

扶 pú　扶服蛾伏。善曰：《說文》曰：匍匐，手行也。扶服與匍匐音義同。（137下左）

扶《集韻》蓬逋切，匍《廣韻》薄胡切，音同。連綿字字形不定。

服 fú　扶服蛾伏。善曰：扶服與匍匐音義同。（137下左）

服、匐《廣韻》房六切。

蛾 yǐ　扶服蛾伏。善曰：蛾伏，如蟻之伏也。蛾，古蟻字。（137下左）

蛾、蟻《廣韻》魚倚切。

樆 bó　羌樆東馳。善曰：樆，蒲北切。（138上右）

樆《廣韻》蒲北切。

蹻 jiǎo　莫不蹻足抗首。［舊注］服虔曰：蹻，舉足也。音矯。（138上右）

蹻、矯《廣韻》居夭切。

澹 dàn　使海內澹然。善曰：《廣雅》曰：澹，安也。徒濫切。（138上右）

澹《廣韻》徒濫切。

竦 sǒng　整輿竦戎。善曰：竦與聳古字通。（138上左）

竦、聳《廣韻》息拱切，音同通用。

柞 zuò　振師五柞。善曰：蓋屋有五柞宮也。柞音作。（138上左）

柞、作《廣韻》則落切。

票 piào　校武票禽。善曰：票禽，輕疾之禽也。匹妙切。（138上左）

票《集韻》毗召切，並母；匹妙切，滂母。

厭 yè　西厭月蹸。善曰：何休《公羊傳注》曰：厭，服也。厭，一涉切。（138下右）

厭《廣韻》於葉切，與一涉切音同。

蹸 kū　西厭月蹸。［舊注］服虔曰：蹸音窟。月所生也。（138下右）

蹸、窟《集韻》苦骨切。

軔 rèn　是以車不安軔。善曰：王逸《楚辭注》曰：軔，支輪木。軔，如振切。（138下右）

軔《廣韻》而振切，與如振切音同。

骫 wěi　骫屬而還。善曰：骫，古委字也。（138下右）

骫、委《廣韻》於詭切。

屬 zhǔ　　骫屬而還。善曰：屬，之欲切。（138下右）

屬《廣韻》之欲切。

櫌 yōu　　使農不輟櫌。〔舊注〕韋昭曰：櫌，所以覆種。音憂。（138下右）

櫌、憂《廣韻》於求切。

鞀 táo　　鳴鞀磬之和。善曰：鄭玄《禮記注》曰：鞀，如鼓而小，有柄，賓至搖之以奏樂。

鞀，徒刀切。（138下左）

鞀《廣韻》徒刀切。

碣 yà　　建碣磍之虡。善曰：碣，一轄切。（138下左）

碣《集韻》乙轄切，與一轄切音同。

磍 xiá　　建碣磍之虡。善曰：磍音轄。（138下左）

磍、轄《集韻》下瞎切。

拮 jiá　　拮隔鳴球。善曰：拮，居黠切。（138下左）

拮《集韻》訖黠切，與居黠切音同。

球 qiú　　拮隔鳴球。善曰：球音求。（138下左）

球、求《廣韻》巨鳩切。

掉 diào　　拮隔鳴球。善曰：貫逵《國語注》曰：掉，搖也。掉，徒釣切。（138下左）

掉《廣韻》徒弔切，與徒釣切音同。

祜 hù　　受神人之福祜。善曰：《爾雅》曰：祜，福也。音怙。（139上右）

祜、怙《廣韻》侯古切。

趎 chū　　善曰：《莊子》南榮趎曰：盲者不能自見。趎音樞。（139上右～左）

趎《廣韻》直誅切，澄母；樞《廣韻》昌朱切，昌母。

矇 méng　　迺今日發矇。善曰：《禮記》曰：昭然若發蒙矣。矇與蒙古字通。（139上左）

矇、蒙《廣韻》莫紅切。

《射雉賦》

奓 chǐ　　奓雄豔之姱姿。〔徐爰〕奓，豐也。奓，赤氏切。（139下右）

奓《集韻》敞尒切，與赤氏切音同。

姱 kuā　　奓雄豔之姱姿。〔徐爰〕姱，好也。姱，苦瓜切。（139下右）

姱《廣韻》苦瓜切。

畿 qí　　畫墳衍而分畿。善曰：孔安國《尚書傳》曰：分其圻界。圻與畿同。（139

下右～左）

　　　畿、圻《廣韻》渠希切,音同通用。

槭 sè　　陳柯槭以改舊。〔徐爰〕槭,彫柯貌也。所膈切。（139 下左）

　　　槭《古今韻會舉要》色責切,與所膈切音同。

泱 yīng　天泱泱以垂雲。〔徐爰〕泱音英。（139 下左）

　　　泱、英《集韻》於驚切。

涓 juān　泉涓涓而吐溜。〔徐爰〕涓涓,清新之色。涓,古玄切。（139 下左）

　　　涓《廣韻》古玄切。

鷕 yǎo　雉鷕鷕而朝雊。〔徐爰〕鷕,以少切。（139 下左）

　　　鷕《廣韻》以沼切,與以少切音同。

揭 jié　晒箱籠以揭驕。〔徐爰〕《楚辭》揭驕字作拮矯。揭,居桀切。（139 下左～140
上右）

　　　揭《廣韻》居列切,與居桀切音同。

睨 nì　　睨驕媒之變態。〔徐爰〕睨音詣。（139 下左～140 上右）

　　　睨、詣《廣韻》五計切。

骹 qiāo　奮勁骹以角槎。〔徐爰〕骹,脛也。骹,苦交切。（140 上右）

　　　骹《廣韻》口交切,與苦交切音同。

槎（搓）cuō　奮勁骹以角槎。〔徐爰〕槎,斫也。槎,千荷切。（140 上右）

　　　槎《廣韻》鉏加切,崇母麻韻;千荷切,清母歌韻。建州本（第 178 頁）、明州本（第
147 頁）、奎章閣本（第 224 頁）、陳八郎本（第五卷第 5 頁）作“搓”,是。搓《廣韻》
七何切,與千荷切音同。

瞵 lín　　瞵悍目以旁睞。〔徐爰〕瞵,視貌。瞵,力新切。（140 上右）

　　　瞵《廣韻》力珍切,與力新切音同。

睞 lài　　瞵悍目以旁睞。〔徐爰〕睞,視也。睞,力代切。（140 上右）

　　　睞《廣韻》洛代切,與力代切音同。

頳 chēng　鸞綺翼而頳撾。〔徐爰〕頳則赤也。頳,勅呈切。（140 上右）

　　　頳《廣韻》丑貞切,與勅呈切音同。

撾 zhuā　鸞綺翼而頳撾。〔徐爰〕撾,肶也。撾,都瓜切。（140 上右）

　　　撾《集韻》張瓜切,知母;都瓜切,端母。

肶 bì　　善曰:肶音陛。（140 上右）

胏、陛《集韻》部禮切。

能 nài　思長鳴以效能。［徐爰］能，怒代切。（140 上右）
能《廣韻》奴代切，與怒代切音同。

擊 pó　爾乃擊場拄翳。［徐爰］擊者，開除之名也。擊，步何切。（140 上右）
擊《廣韻》薄波切，戈韻；步何切，歌韻。

拄 zhǔ　爾乃擊場拄翳。［徐爰］拄，株庾切。（140 上右）
拄《廣韻》知庾切，與株庾切音同。

厭 yè　表厭躡以密緻。［徐爰］厭躡，重而密也。厭，於輒切。（140 上左）
厭《廣韻》於葉切，與於輒切音同。

踉 liàng　已踉蹡而徐來。善曰：踉蹡，欲行也。踉音亮。（140 上左～下右）
踉、亮《廣韻》力讓切。

蹡 qiàng　已踉蹡而徐來。善曰：《廣雅》曰：蹡，走也。蹡，七亮切。（140 上左～下右）
蹡《廣韻》七亮切。

摛 chī　摛朱冠之赩赫。善曰：《廣雅》曰：摛，舒也。摛，勑知切。（140 下右）
摛《廣韻》丑知切，與勑知切音同。

赩 xì　摛朱冠之赩赫。善曰：赩，許力〔切〕。（140 下右）
赩《廣韻》許極切，與許力切音同。

药 yuè　首药綠素。［徐爰］《方言》曰：药，纏也，猶纏裏也。药，烏角切。（140 下右）
药《廣韻》於角切，與烏角切音同。

鞦 qiū　青鞦莎靡。［徐爰］鞦，夾尾間也。鞦音秋。（140 下右）
鞦、秋《廣韻》七由切。

綷 zuì　丹臆蘭綷。善曰：《小雅》曰：雜采曰綷。音最。（140 下右）
綷《廣韻》子對切，隊韻；最《廣韻》祖外切，泰韻。

蹶 guì　或蹶或啄。善曰：蹶，行遽貌。蹶，居衛切。（140 下右）
蹶《廣韻》居衛切。

呝 è　良遊呝喔。［徐爰］呝，於隔切。（140 下右）
呝、呃異體。呃《廣韻》於革切，與於隔切音同。

喔 wò　良遊呝喔。［徐爰］喔，於角切。（140 下右）
喔《廣韻》於角切。

罦 guǎ　屬剛罦以潛擬。善曰：罦，古買切。挂同。（140 下左）

　　　　　　罫《集韻》古買切,上聲;挂《集韻》古賣切,去聲。

憨 hān　　善曰:《字書》曰:憨,愚也。呼甘切。(140 下左)
　　　　　　憨《廣韻》呼談切,與呼甘切音同。

憋 biē　　善曰:《方言》曰:憋,惡也。禪列切。(140 下左)
　　　　　　憋《廣韻》并列切,與禪列切音同。

餮 tiè　　忌上風之餮切。[徐爰]餮切,微動之聲。餮音鐵。(141 上右)
　　　　　　餮、鐵《廣韻》他結切。

懩 yǎng　徒心煩而技懩。[徐爰]有伎藝欲逞曰技懩也。音養。(141 上右)
　　　　　　懩、養《集韻》以兩切。

莑 bèng　翳薈莑茸。[徐爰]莑,蒲動切。(141 上左)
　　　　　　莑《廣韻》蒲蠓切,與蒲動切音同。

茸 rǒng　翳薈莑茸。[徐爰]茸,如隴切。(141 上左)
　　　　　　茸《集韻》乳勇切,與如隴切音同。

挕 shàn　挕降丘以馳敵。[徐爰]挕,疾貌也。挕,尸豔切。(141 上左)
　　　　　　挕《集韻》舒贍切,與尸豔切音同。

挼 ruán　[徐爰]挼,一本或作挼。挼,而專切。(141 上左)
　　　　　　挼《廣韻》而緣切,與而專切音同。

淰 shěn　意淰躍以振踊。善曰:淰,失冉切。(141 上左)
　　　　　　淰《集韻》失冉切。

躍 yuè　　意淰躍以振踊。善曰:躍,失藥切。(141 上左)
　　　　　　躍《廣韻》以灼切,以母;失藥切,書母。疑爲臨時變讀以構成淰躍雙聲。

魘 yǎn　　望魘合而翳薈。[徐爰]魘,烏簟切。(141 下右)
　　　　　　魘《廣韻》於琰切,琰韻;烏簟切,忝韻。

皛 xiǎo　　望魘合而翳皛。善曰:《說文》曰:皛,顯也。皛,胡了切。(141 下右)
　　　　　　皛《廣韻》胡了切。

脥 xié　　雉脥肩而旋踵。善曰:脥,許結切。(141 下右)
　　　　　　脥《集韻》迄業切,業韻;許結切,屑韻。

俶 xīn　　俶余志之精鋭。[徐爰]俶音欣。(141 下右)
　　　　　　俶、欣《集韻》許斤切。

剔 tì　　邪睇旁剔。善曰:《說文》曰:惕,驚也。剔與惕古字通。(141 下右)

剔、惕《廣韻》他歷切,音同通用。

鷺 mò　無見自鷺。[徐爰]鷺音脉,字亦從脉。(141下右)

鷺、脉《集韻》莫獲切。

戾 liè　戾翳旋把。善曰:戾,力結切。(141下右)

戾《廣韻》練結切,與力結切音同。

彳 chì　彳亍中輟。[徐爰]彳亍,止貌也。彳,丑亦切。(141下右)

彳《廣韻》丑亦切。

亍 chù　彳亍中輟。[徐爰]亍,丑錄切。(141下右)

亍《廣韻》丑玉切,與丑錄切音同。

馥 bì　馥焉中鏑。[徐爰]馥,中鏃聲也。馥,被逼切。(141下右)

馥《廣韻》符逼切,與被逼切音同。

剟 liè　前剟重膺。[徐爰]剟,割也。剟,魯跌切。(141下左)

剟《集韻》力結切,與魯跌切音同。

狷 juàn　膽劣心狷。善曰:《説文》曰:狷,急也。古縣切。(141下左)

狷《廣韻》古縣切。

閶 chàn　闚閶蠒葉。[徐爰]閶,丑占切。(141下左)

《龍龕手鏡》(第94頁):"閶,俗丑焰反,正作覘。候也。"丑焰反與丑占切音同。

蠒 juān　闚閶蠒葉。善曰:蠒與稍並同。古玄切。(141下左)

蠒、稍《集韻》圭玄切。

幎 mì　幎歷乍見。善曰:幎音覓。(141下左)

幎、覓《廣韻》莫狄切。

轛 zhì　如轛如軒。善曰:《毛詩》曰:如輊如軒。輊與轛同。轛,竹二切。(141下
左～142上右)

轛、輊《集韻》陟利切,與竹二切音同。

庳 bì　不高不庳。善曰:鄭玄《周禮注》曰:庳,短也。庳與庫古字通。庳,貧美切。(141
下左～142上右)

庳、庫《集韻》部弭切,紙韻;貧美切,旨韻。

咮 zhòu　當咮值腎。[徐爰]《字書》曰:咮,鳥口也。咮,竹秀切。(142上右)

咮《廣韻》陟救切,與竹秀切音同。

縮 sù　裂縮破觜。[徐爰]縮音素。(142上右)

縢、素《廣韻》桑故切。

憾 hàn　　憾妻爲之釋怨。[徐爰]憾,胡闇切。(142 上右)

憾《廣韻》胡紺切,與胡闇切音同。

舉 jù　　此焉君舉。[徐爰]舉音據。(142 上左)

舉、據《集韻》居御切。

《北征賦》

穫 hù　　[李善]《爾雅》曰:周有焦穫。郭璞曰:音護。(142 下左)

穫《集韻》胡故切,護《廣韻》胡誤切,音同。

郇 xún　　息郇邠之邑鄉。[李善]《漢書》:右扶風栒縣有豳鄉。栒與郇同,郇音荀。(142 下左)

栒、郇、荀《集韻》須倫切。

邠 bīn　　息郇邠之邑鄉。[李善]邠與豳同,方旻切。(142 下左)

邠、豳《廣韻》府巾切,與方旻切音同。

樛 jiū　　遠紆回以樛流。[李善]樛流,曲折貌也。樛音虯。(143 上左)

樛、虯《集韻》居虯切。

泥 ní　　渦泥陽而太息兮。[李善]泥,奴雞切。(143 上左)

泥《廣韻》奴低切,與奴雞切音同。

晻 ǎn　　日晻晻其將暮兮。[李善]《説文》曰:晻,不明也。於感切。(143 上左)

晻《廣韻》烏感切,與於感切音同。

漫 màn　　遵長城之漫漫。[李善]漫與曼古字通。(143 下右)

漫、曼《集韻》莫半切。

隧 suì　　登鄣隧而遥望兮。[李善]《説文》曰:隧,塞上亭,守烽火者也。篆文從火,古字通,詞醉切。(143 下右~左)

隧、燧《廣韻》徐醉切,與詞醉切音同。

皚 ái　　涉積雪之皚皚。[李善]《説文》曰:皚皚,霜雪,白之貌也。牛哀切。(144 上右)

皚《廣韻》五來切,與牛哀切音同。

嚌 jiē　　鶡雞鳴以嚌嚌。[李善]嚌嚌,衆聲也。音喈。(144 上右)

嚌《集韻》居諧切,喈《廣韻》古諧切,音同。

悢 liàng　　心愴悢以傷懷。[李善]《廣雅》曰:愴愴、悢悢,悲也。悢,力上切。(144 上右)

悢《廣韻》力讓切，與力上切音同。

曀 yì　　夫何陰曀之不陽兮。［李善］毛萇《詩傳》曰：陰而風曰曀。於計切。（144
　　上左）

曀《廣韻》於計切。

愬 sù　　永伊鬱其誰愬。［李善］《説文》曰：愬，亦訴字。（144 上左）

愬、訴《廣韻》桑故切，音同通用。

《東征賦》

琢 zhuó　　諒不登樔而椓蠡兮。［李善］琢與椓、蠡與蠃古字通。（144 下左）

琢、椓《集韻》竹角切。

蠡 luó　　諒不登樔而椓蠡兮。［李善］琢與椓、蠡與蠃古字通。蠡，力戈切。（144
　　下左）

蠡、蠃《廣韻》落戈切，與力戈切音同。

蟍 lí　　［李善］蟍，力兮切。（144 下左）

蟍《集韻》憐題切，與力兮切音同。

蚌 bàng　　［李善］蚌，蒲講切。（144 下左）

蚌《廣韻》步項切，與蒲講切音同。

鞏 gǒng　　遭鞏縣之多艱。［李善］鞏，居勇切。（145 上右）

鞏《廣韻》居悚切，與居勇切音同。

卷 quán　　歷滎陽而過卷。［李善］卷，丘圓切。（145 上右）

卷《集韻》驅圓切，與丘圓切音同。

嗛 qiān　　思嗛約兮。［李善］《周易》曰：人道惡盈而好謙。嗛與謙音義同，苦兼切。（146
　　上右）

嗛、謙《集韻》苦兼切。

《西征賦》

枵 xiāo　　歲次玄枵許喬。（146 下右）

枵《廣韻》許嬌切，與許喬切音同。

儔 chóu　　儔一姓之或在。［李善］《聲類》曰：儔，亦疇字也。（147 上左）

儔、疇《集韻》陳留切。

辟 pì　　患過辟之未遠。［李善］《爾雅》曰：辟，罪。辟，匹亦切。（147 下右）

辟《廣韻》芳辟切，與匹亦切音同。

儽 lěi　　寮位儽其隆替。〔李善〕《説文》曰：儽，壞敗之貌。洛罪切。（147 下右）

　　　　　儽《廣韻》落猥切，與洛罪切音同。

漼 cuǐ　　名節漼以隤落。〔李善〕漼，亦壞貌。七罪切。（147 下右）

　　　　　漼《廣韻》七罪切。

殼 què　　危素卵之累殼。〔李善〕殼，苦角切。（147 下右～左）

　　　　　殼、㲉異體。㲉《廣韻》苦角切。

塋 yíng　　思纏縣於墳塋。〔李善〕《漢書音義》如淳曰：塋，冢田也。音營。（148 上右）

　　　　　塋、營《廣韻》余傾切。

税 shuì　　税駕西周。〔李善〕李軌曰：税，舍也。失鋭切。（148 上右～左）

　　　　　税《廣韻》舒芮切，與失鋭切音同。

邠 bīn　　化流岐邠。〔李善〕邠與豳同。（148 上左）

　　　　　豳、邠《廣韻》府巾切。

俉 kù　　〔李善〕俉與礜同。（148 上左）

　　　　　俉、礜《集韻》枯沃切。

迥 xiòng　　何相越之遼迥。〔李善〕《爾雅》曰：迥，遠也。今恊韻，爲呼暝切。（148 下右）

　　　　　迥《廣韻》户頂切，匣母迥韻；呼，曉母，暝《集韻》莫定切，徑韻。韻脚字爲競
　　　　定慶命盛迥，去聲韻段，迥變讀去聲以恊韻。

迄 xì　　咨景悼以迄丐。〔李善〕《爾雅》曰：迄，至也。呼乞切。（149 上右）

　　　　　迄《廣韻》許訖切，與呼乞切音同。

丐 gài　　咨景悼以迄丐。〔李善〕丐音蓋。（149 上右）

　　　　　丐、蓋《廣韻》古太切。

瘞 yì　　坎路側而瘞之。〔李善〕《字書》曰：瘞，埋也。猗例切。（149 上左～下右）

　　　　　瘞《廣韻》於罽切，與猗例切音同。

翬 huī　　終奮翼而高翬。〔李善〕《西京賦》曰：遊鶬高翬。翬與翬古字通。（150
　　上右～左）

　　　　　翬、翬《廣韻》許歸切，破假借，本字翬。

噤 jìn　　有噤門而莫啟。〔李善〕《楚辭》曰：噤閉而不言。然噤亦閉也。噤，巨蔭切。
　　（151 下右～左）

　　　　　噤《廣韻》巨禁切，與巨蔭切音同。

橜 jué　　懼銜橜之或變。〔李善〕司馬彪《莊子注》曰：橜，騑馬口中長銜也。橜，巨

月切。（152 上右）

> 㘱《廣韻》其月切，與巨月切音同。

閿 wén　發閿鄉而警策。［李善］閿音聞。（152 上左～下右）

> 閿、聞《廣韻》無分切。

愬 sù　愬黄巷以濟潼。［李善］薛綜《西京賦注》曰：愬，向也。愬與遡古字通。（152 上左）

> 愬、遡《廣韻》桑故切，破假借，本字遡。

砰 pēng　砰揚桴以振塵。［李善］砰，普耕切。（152 下右～左）

> 砰《廣韻》普耕切。

繣 huò　繣瓦解而冰泮。［李善］繣，破聲也。呼麥切。（152 下左）

> 繣《廣韻》呼麥切。

威 xuè　威爲亡國。［李善］《毛詩》曰：赫赫宗周，褒姒威之。毛萇曰：威，呼滅切。（153 下右）

> 威《廣韻》許劣切，合口；滅，脣音字。

渾 hùn　渾雞犬而亂放。［李善］渾，胡本切。（153 下左～154 上右）

> 渾《廣韻》胡本切。

擽 lǐn　擽白刃以萬舞。［李善］擽，挺也。力刃切。（154 上右）

> 擽《廣韻》良刃切，與力刃切音同。

噬 shì　履虎尾而不噬。［李善］《周易》曰：履虎尾，不咥人，亨。鄭玄注本爲噬。噬，齧也。音誓。（154 上右）

> 噬、誓《廣韻》時制切。

蕞 zuì　蕞芮於城隅者。［李善］《字林》曰：蕞，聚貌也。音在外切。（154 下右～左）

> 蕞《廣韻》才外切，與在外切音同。

芮 ruì　蕞芮於城隅者。［李善］《説文》曰：芮，小貌。而鋭切。（154 下右～左）

> 芮《廣韻》而鋭切。

秅 dù　暨乎秅侯之忠孝淳深。［李善］繇是著忠孝節，封爲秅侯。音妬。（155 上左）

> 秅、妬《廣韻》當故切。

較 jiào　較面朝之焕炳。［李善］《廣雅》曰：較，明也。較音校。（156 下右）

> 較、校《廣韻》古孝切。

掩 yǎn　掩細柳而撫劍。［李善］《方言》曰：掩，止也。掩與捝同。（156 下左）

掩、揜《廣韻》衣儉切。

揖 yì　　率軍禮以長揖。［李善］《説文》曰：揖，拜舉手下也。因利切。（156 下
左～ 157 上右）

揖《廣韻》乙冀切，與因利切音同。

緬 miǎn　　冀闕緬其堙盡。［李善］緬，盡貌也。亡衍切。（157 上左）

緬《廣韻》彌兗切，與亡衍切音同。

揕 zhèn　　［李善］揕，丁鴆切。（157 上左）

揕《廣韻》知鴆切，知母；丁鴆切，端母。

狙 qù　　狙潛鉛以脱臏。［李善］《蒼頡篇》曰：狙，伺候也。七豫切。（157 下右）

狙《集韻》七慮切，與七豫切音同。

曤 gè　　［李善］曤音各，一音格字。（157 下右）

曤《廣韻》呵各切，曉母；各、格《廣韻》古落切，見母。

狽 bèi　　亦狼狽而可愍。［李善］荀悦《漢紀論》曰：周勃狼狽失據，塊然囚執。狽音
貝。（157 下右）

狽、貝《廣韻》博蓋切。

穽 jǐng　　儒林填於坑穽。［李善］《廣雅》曰：穽，阬也。才性切。（157 下右～左）

穽《廣韻》疾政切，與才性切音同。

煬 yàng　　詩書煬而爲煙。［李善］郭璞《方言注》曰：今江東呼火熾猛爲煬。余亮切。
（157 下右～左）

煬《廣韻》餘亮切，與余亮切音同。

菆 zhōu　　感市閭之菆井。［李善］《説文》曰：菆，麻蒸也。阻留切。（158 上左～下右）

菆《廣韻》側鳩切，與阻留切音同。

盎 àng　　［李善］《漢書》曰：爰盎，字絲，楚人也。爲楚相，病免家居。梁孝王欲求爲嗣，
盎進説，王以此怨盎，使人刺殺盎安陵郭門外。盎，烏浪切。（158 下左）

盎《廣韻》烏浪切。

錯 cuò　　醲助逆以誅錯。［李善］（《漢書》）又曰：晁錯，潁川人，爲御史大夫。錯，
七故切。今協韻，七各切。（158 下左～ 159 上右）

錯《廣韻》倉故切，與七故切音同，暮韻；又倉各切，與七各切同，鐸韻。韻腳字
爲郭謔博錯惡，入聲韻段，錯注鐸韻以協韻。

沮 jù　　兹沮善而勸惡。［李善］《左氏傳》子鮮曰：賞罰無章，何以沮勸？沮，才與切。

（158 下左～ 159 上右）

　　沮《廣韻》慈呂切，與才與切音同。

呰 zǐ　　呰孝元於渭壖。〔李善〕韋昭曰：呰，病也。疾移切。鄭玄《禮記注》曰：呰，

　　　毀也。子爾切。（159 上右）

　　呰《集韻》才支切，與疾移切音同；又《廣韻》將此切，與子爾切音同。

橫 guāng　　鶩橫橋而旋軨。〔李善〕潘岳《閣中記》曰：秦作渭水橫橋。橫音光。（159

　　下右）

　　横、光《廣韻》古黃切。

傭 yōng　　役鬼傭其猶否。〔李善〕鄭玄《周禮注》曰：傭與庸通。（159 下右）

　　傭、庸《廣韻》餘封切。

汙 wū　　宗桃汙而爲沼。〔李善〕汙與洿古字通，音烏。（159 下右）

　　汙、污異體。污、洿、烏《廣韻》哀都切。

蕃 fán　　青蕃蔚乎翠瀲。〔李善〕《說文》曰：蕃，草茂也。夫袁切。（160 上左）

　　蕃《廣韻》附袁切，與夫袁切音同。

瀲 liǎn　　青蕃蔚乎翠瀲。〔李善〕瀲，波際也。力奄切。（160 上左）

　　瀲、瀲異體。瀲《廣韻》良冉切，與力奄切音同。

罚 dí　　貫鰓罚尾。〔李善〕罚，猶擊也。音的。（160 下左）

　　罚、的《廣韻》都歷切。

黏 nián　　解顙鯉於黏徽。〔李善〕《說文》曰：黏，相著也。女廉切。（160 下左）

　　黏《廣韻》女廉切。

埏 shān　　均之埏埴。〔李善〕《老子》曰：埏埴以爲器。河上公曰：埏，和也。埏，失然切。

（161 上左～下右）

　　埏《廣韻》式連切，與失然切音同。

埴 zhí　　均之埏埴。〔李善〕河上公曰：埴，土也。埴，市力切。（161 上左～下右）

　　埴《廣韻》常職切，與市力切音同。

《登樓賦》

暇 jiǎ　　聊暇古雅日以銷憂。（162 上左）

　　暇《廣韻》胡駕切，匣母去聲；古雅切，見母上聲。

沮 qū　　倚曲沮之長洲。〔李善〕雎與沮同。（162 上左）

　　雎、沮《集韻》千余切。

漾 yàng　　川既漾_{以上而濟深}。（162 上左）

　　　　漾《廣韻》餘亮切，與以上切音同。

冀 jì　　　冀王道之一平兮。［李善］賈逵《國語注》曰：覬，望也。冀與覬同。（163 上右）

　　　　冀、覬《廣韻》几利切。

慘 cǎn　　天慘慘而無色。［李善］《通俗文》曰：暗色曰黲。慘與黲古字通。（163 上右～左）

　　　　慘、黲《廣韻》七感切，破假借，本字黲。

怛 dá　　　意忉怛_{丁達}而惜_{七感切}惻。（163 上左）

　　　　怛《廣韻》當割切，與丁達切音同。

惜 cǎn　　意忉怛_{丁達}而惜_{七感切}惻。（163 上左）

　　　　惜、憯異體。惜《廣韻》七感切。

臆 yì　　　氣交憤於胷臆_{於力切}。（163 上左）

　　　　臆《廣韻》於力切。

《遊天台山賦》

粒 lì　　　絶粒茹芝者。［李善］孔安國《尚書傳》曰：米食曰粒。音立。（163 下左）

　　　　粒、立《廣韻》力入切。

茹 rù　　　絶粒茹芝者。［李善］《廣雅》曰：茹，食也。讓慮切。（163 下左）

　　　　茹《廣韻》人恕切，與讓慮切音同。

臞 qú　　　［李善］《莊子》：老聃謂崔臞曰：其疾也哉。俛仰之間，再撫四海之外也。臞音劬。（163 下左～164 上右）

　　　　臞、劬《廣韻》其俱切。

纓 yīng　　方解纓絡。［李善］《説文》曰：嬰，繞也。纓與嬰通。（164 上右）

　　　　纓、嬰《廣韻》於盈切。

標 biāo　　赤城霞起而建標_{卑遥}。（164 上左～下右）

　　　　標《廣韻》甫遥切，與卑遥切音同。

楢 yóu　　濟楢由溪而直進。［李善］楢字雖殊，並酉留切。（164 下左）

　　　　楢、由《廣韻》以周切，與酉留切音同。

鄞 yín　　　［李善］服虔《漢書注》曰：鄞音銀。（164 下左）

　　　　鄞、銀《廣韻》語巾切。

磴 dèng 跨穹隆之懸磴丁鄧。（164 下左）

　　磴《廣韻》都鄧切，與丁鄧切音同。

莓 méi 踐莓苔之滑石。［李善］莓苔即石橋之苔也。莓音梅。（164 下左）

　　莓、梅《廣韻》莫杯切。

樛 jiū 攬樛居求木之長蘿。（164 下左）

　　樛《廣韻》居虯切，幽韻；居求切，尤韻。

蘲 lěi 援葛蘲力鬼之飛莖。（164 下左）

　　蘲《廣韻》力軌切，旨韻；力鬼切，尾韻。

藉 jiè 藉慈夜萋萋之纖草。（165 上右）

　　藉《廣韻》慈夜切。

亹 wěi 彤雲斐亹亡匪以翼櫩。（165 下右）

　　亹《廣韻》無匪切，與亡匪切音同。

皦 jiǎo 皦公鳥日烱晃於綺疏。（165 下右）

　　皦《集韻》吉了切，與公鳥切音同。

蕡 fān ［李善］《山海經》曰：桂林八樹，在蕡隅東。蕡隅音番禺。（165 下右）

　　蕡、番《集韻》孚袁切。

隅 yú ［李善］蕡隅音番禺。（165 下右）

　　隅、禺《廣韻》遇俱切。

佇 zhù 惠風佇芳於陽林。［李善］佇猶積也。佇與宁同。（165 下右）

　　佇、宁《廣韻》直呂切。

玗 yú ［李善］（《山海經》）又曰：崑崙之墟，北有珠樹、文玉樹、玗琪樹。玗，羽俱切。

（165 下左）

　　玗《廣韻》羽俱切。

璀 cuǐ 琪樹璀璨而垂珠。［李善］璀璨，珠垂貌。璀，七罪切。（165 下右～左）

　　璀《廣韻》七罪切。

俁 yǔ ［李善］俁，牛矩切。（166 上右）

　　俁《廣韻》虞矩切，與牛矩切音同。

《蕪城賦》

瀰 mǐ 瀰弭迆以彌平原。（166 下左）

　　瀰、弭《廣韻》綿婢切。

迆 yǐ　灑弭迆以爾平原。（166 下左）

迆《廣韻》移爾切，與以爾切音同。

漲 zhāng　南馳蒼梧漲張海。（166 下左）

漲、張《廣韻》陟良切。

走 zòu　北走去聲紫塞鴈門。［李善］如淳《漢書注》曰：走音奏。趨也。（166 下左）

走、奏《廣韻》則候切。走《廣韻》收録上、去二讀，上聲默認，去聲標記。

轊 wèi　車挂轊衛。（166 下左）

衛、衞異體。衞、轊《廣韻》于歲切。

撲 bǔ　塵閒撲卜地。（166 下左）

撲、卜《集韻》博木切。

孳 zī　孳兹貨鹽田。［李善］《聲類》曰：孳，蕃也。孳、滋古字通也。（167 上右）

孳、兹、滋《廣韻》子之切。

鏟 chǎn　鏟利銅山。［李善］《蒼頡篇》曰：鏟，削平也。初産切。（167 上右）

鏟《廣韻》初限切，與初産切音同。

爹 chǐ　故能爹秦法。［李善］《聲類》曰：爹，侈字也。（167 上右）

爹、侈《集韻》敞尒切。

佚 yì　佚周令。［李善］軼，過也。佚與軼通。（167 上右）

佚、軼《廣韻》夷質切，音同通用。

幹 hán　井幹寒烽櫓之勤。（167 上右）

幹、寒《集韻》河干切。

崪 jú　崪慈聿若斷岸。（167 上左）

崪、崒異體。崒《廣韻》慈卹切，與慈聿切音同。

蠢 chù　蠢丑六似長雲。（167 上左）

蠢《廣韻》丑六切。

糊 hú　糊頰壃以飛文。［李善］《字書》曰：糊，黏也。户徒切。（167 上左）

糊《廣韻》户吴切，與户徒切音同。

虺 huǐ　壇羅虺吁鬼蜮羽逼。（167 上左）

虺《廣韻》許偉切，與吁鬼切音同。

蜮 yù　壇羅虺吁鬼蜮羽逼。（167 上左）

蜮、蟈異體。蟈《廣韻》雨逼切，與羽逼切音同。

麏 jūn 階鬬麏居筠䶕。［李善］麏與麇音義同。（167 上左）

麏、麇《廣韻》居筠切。

魅 mèi 木魅莫隗山鬼。［李善］《説文》曰：魅，老物精也。莫愧切。（167 上左～下右）

魅《廣韻》明祕切，至韻開口；莫隗切，賄韻合口；莫愧切，至韻合口。

嘷 háo 風嘷雨嘯。［李善］《左氏傳》曰：豺狼所嘷也。胡高切。（167 下右）

嘷《廣韻》胡刀切，與胡高切音同。

吻 wěn 飢鷹厲吻。［李善］鄭玄《周禮注》曰：吻，口邊也。亡粉切。（167 下右）

吻《廣韻》武粉切，與亡粉切音同。

嚇 xià 寒鴟嚇雛。［李善］鄭玄《毛詩箋》曰：口拒人曰嚇。火嫁切。（167 下右）

嚇《廣韻》呼訝切，與火嫁切音同。

虣 bào 伏虣藏虎。［李善］《字書》曰：虣，古文暴字。蒲到切。（167 下右）

虣、暴《廣韻》薄報切，與蒲到切音同。

甝 hán ［李善］虣或爲甝。《爾雅》曰：甝，白虎。甝，户甘切。（167 下右）

甝《廣韻》胡甘切，與户甘切音同。

馗 kuí 崢嶸古馗。［李善］薛君曰：中馗，馗中，九交之道也。仇悲切。（167 下右）

馗《廣韻》渠追切，與仇悲切音同。

蔌 sù 蔌蔌風威。［李善］蔌蔌，風聲勁疾之貌。蔌，素鹿切。（167 下右）

蔌《廣韻》桑谷切，與素鹿切音同。

《魯靈光殿賦》

僖 xī 遂因魯僖基兆而營焉。善曰：《史記》季友奉公子申立，是爲釐公。釐與僖同。（168 上左）

僖、釐《集韻》虚其切，音同通用。

巋 kuǐ 而靈光巋丘軌然獨存。（168 上左）

巋《廣韻》丘軌切。

宿 xiù 上應星宿音秀。（168 上左）

宿、秀《廣韻》息救切。

眙 chì 覩斯而眙丑吏切。（168 下右）

眙《廣韻》丑吏切。

嶵 zuì 則嵯峨嶵罪嵬隗。（169 上右）

嶵、罪《廣韻》徂賄切。

嵬 wěi　　則嵯峨巋罪嵬隗。（169 上右）

　　嵬、隗《廣韻》五罪切。

峞 kuǐ　　峞巍嶵崣。善曰：峞，羌軌切。（169 上右）

　　峞《集韻》苦軌切，與羌軌切音同。

巍 wéi　　峞巍嶵崣。善曰：巍，五軌切。（169 上右）

　　巍《廣韻》語韋切，微韻；五軌切，旨韻。疑爲臨時變讀以構成峞巍疊韻。

嶵 lěi　　峞巍嶵崣。善曰：嶵，盧罪切。（169 上右）

　　嶵、礧異體。礧《廣韻》落猥切，與盧罪切音同。

崣 kuǐ　　峞巍嶵崣。善曰：崣，枯罪切。（169 上右）

　　崣《集韻》苦猥切，與枯罪切音同。

屹 yì　　屹，魚乙山峙以紆鬱。（169 上左）

　　屹《廣韻》魚迄切，迄韻；魚乙切，質韻。

崛 yù　　隆崛，魚勿岉勿乎青雲。（169 上左）

　　崛《廣韻》魚勿切。

岉 wù　　隆崛魚勿岉勿乎青雲。（169 上左）

　　岉、勿《廣韻》文弗切。

坱 yǎng　　鬱坱靹圠烏點以嶒七耕竑宏。（169 上左）

　　坱《廣韻》烏朗切，蕩韻；靹《廣韻》於兩切，養韻。

圠 yà　　鬱坱靹圠烏點以嶒七耕竑宏。（169 上左）

　　圠《廣韻》烏黠切。

嶒 céng　　鬱坱靹圠烏點以嶒七耕竑宏。（169 上左）

　　嶒《廣韻》疾陵切，從母蒸韻；七耕切，清母耕韻。

竑 hóng　　鬱坱靹圠烏點以嶒七耕竑宏。（169 上左）

　　竑、宏《集韻》乎萌切。

崱 zhé　　崱助力繒綾陵而龍鱗。（169 上左）

　　崱《廣韻》士力切，與助力切音同。

綾 líng　　崱助力繒綾陵而龍鱗。（169 上左）

　　綾、陵《廣韻》力膺切。

汩 yù　　汩于箏磒磒五哀以璀璨。（169 上左）

　　汩《集韻》越筆切，與于筆切音同。

磑 ái　泪于筆磑磑五衰以璀璨。（169 上左）

　　　磑《廣韻》五灰切，灰韻；五衰切，哈韻。

燡 yì　赫燡燡亦而爥坤。（169 上左）

　　　燡、亦《廣韻》羊益切。

澔 gǎo　澔澔汗汗。善曰：澔澔汗汗，光明盛貌。澔，古老切。（169 下右）

　　　澔《集韻》古老切。

汗 gàn　澔澔汗汗。善曰：汗，古旦切。（169 下右）

　　　汗《集韻》居案切，與古旦切音同。

暠 gǎo　皓壁暗暠曜以月照。善曰：暠，白也。古老切。（169 下右）

　　　暠、杲異體。杲《廣韻》古老切。

埏 yàn　丹柱歘艶而電埏。善曰：崔駰《七依》曰：丹柱彫牆，埏光盛起。埏，弋戰切。
　　　（169 下右）

　　　埏《集韻》延面切，與弋戰切音同。

濯 huò　濯濩爤亂。善曰：濯音霍。（169 下右）

　　　濯、霍《廣韻》虛郭切。

濩 huò　濯濩爤亂。善曰：濩音穫。（169 下右）

　　　濩、穫《廣韻》胡郭切。

霠 wēng　霠寥窲以岪嶸。善曰：霠，烏宏切。（169 下右）

　　　《古今韻會舉要》（第178頁）引作“宖寥窲以岪嶸”，霠、宖異體。宖《廣韻》烏
　　　宏切。

寥 liáo　霠寥窲以岪嶸。善曰：寥，魚天切。（169 下右）

　　　魚當作“魯”。奎章閣本（第275頁）、建州本（第217頁）、明州本（第178頁）、
　　　陳八郎本（第六卷第8頁）寥下注“立交”。寥《廣韻》落蕭切，蕭韻；魯天切，宵韻；
　　　立交切，肴韻。

窲 cháo　霠寥窲以岪嶸。善曰：窲音巢。（169 下右）

　　　窲、巢《集韻》鉏交切。

爌 kuǎng　鴻爌炾以爛閒。善曰：爌，苦晃切。（169 下右）

　　　爌《廣韻》丘晃切，與苦晃切音同。

炾 huǎng　鴻爌炾以爛閒。善曰：炾，呼廣切。（169 下右）

　　　爌炾，建州本（第217頁）作“爌熀”。熀《新集藏經音義隨函録》（第59册第

856 頁）户廣反,匣母;呼廣切,曉母。

爣 tǎng　鴻爣炠以爣閬。善曰:爣,土黨切。（169 下右）

　　　　爣《廣韻》他朗切,與土黨切音同。

閬 lǎng　鴻爣炠以爣閬。善曰:閬音朗。（169 下右）

　　　　閬《集韻》里黨切,朗《廣韻》盧黨切,音同。

矎 xuān　目矎矎而喪精。善曰:《廣雅》曰:矎,視也。矎,火縣切。（169 下左）

　　　　矎《廣韻》火玄切,與火縣切音同。

瞑 míng　屹鏗瞑以勿罔。善曰:瞑,莫耕切。（170 上右）

　　　　瞑《廣韻》莫經切,青韻;莫耕切,耕韻。

偲 xǐ　　心偲偲而發悸。善曰:蘇林《漢書注》曰:葸葸,懼貌。偲與葸同。（170 上右）

　　　　偲、葸《廣韻》胥里切。

悸 jì　　心偲偲而發悸。善曰:《説文》曰:悸,心動也。渠季切。悸或爲欷。（170 上右）

　　　　悸《廣韻》其季切,與渠季切音同,至韻;欷《廣韻》許既切,未韻。

觜 zī　　上憲觜陬。善曰:觜,子移切。（170 上右）

　　　　觜《廣韻》即移切,與子移切音同。

陬 jū　　上憲觜陬。善曰:陬,子瑜切。（170 上右）

　　　　陬《廣韻》子于切,與子瑜切音同。

倔 jú　　倔佹雲起。善曰:倔,渠物切。（170 上右）

　　　　倔《廣韻》衢物切,與渠物切音同。

佹 guǐ　倔佹雲起。善曰:佹,君委切。（170 上右）

　　　　佹《廣韻》過委切,與君委切音同。

摟 lú　　嶔崟離摟。善曰:摟,力朱切。（170 上右）

　　　　摟《廣韻》力朱切。

柱 zhǔ　浮柱岧嶤以星懸。善曰:《蒼頡篇》曰:柱,枝也。誅僂切。（170 上右～左）

　　　　柱《廣韻》知庾切,與誅僂切音同。

峴 niè　漂嶢峴而枝拄。善曰:嶢嶢,不安之貌。峴,五結切。（170 上右～左）

　　　　峴《集韻》倪結切,與五結切音同。

蘧 qú　　揭蘧蘧而騰湊。善曰:崔駰《七依》曰:夏屋蘧蘧,高也。音渠。（170 上左）

蘧、渠《廣韻》强魚切。

昚 nì　　　芝栭欑羅以戢昚。善曰：戢昚，衆貌。昚，乃立切。（170 上左）

　　　　　昚《集韻》昵立切，與乃立切音同。

樘 chèng　枝樘杈枒而斜據。善曰：《説文》曰：樘，柱也。恥孟切。（170 上左）

　　　　　樘《廣韻》他孟切，與恥孟切音同。

杈 chā　　枝樘杈枒而斜據。善曰：杈枒，參差之貌。杈，楚加切。（170 上左）

　　　　　杈《廣韻》初牙切，與楚加切音同。

枒 yá　　 枝樘杈枒而斜據。善曰：枒音牙。（170 上左）

　　　　　枒、牙《廣韻》五加切。

蟜 jiào　 傍夭蟜以橫出。善曰：夭蟜黝糾，特出之貌。蟜，巨表切。（170 上左）

　　　　　蟜《廣韻》居夭切，見母；巨表切，群母。

黝 yǒu　　互黝糾而搏負。善曰：黝，於糾切。（170 上左）

　　　　　黝《廣韻》於糾切。

㟧 fú　　 下㟧蔚以璀錯。善曰：㟧蔚，特起貌。㟧，扶弗切。（170 上左）

　　　　　㟧、岪異體。岪《廣韻》符弗切，與扶弗切音同。

崎 qǐ　　 上崎嶬而重注。善曰：崎嶬，危嶮貌。崎音綺。（170 上左）

　　　　　崎、綺《集韻》去倚切。

嶬 yǐ　　 上崎嶬而重注。善曰：嶬音蟻。（170 上左）

　　　　　嶬、蟻《集韻》語倚切。

菡 hàn　　菡萏披敷。善曰：菡，胡感切。（170 下右）

　　　　　菡《廣韻》胡感切。

萏 dàn　　菡萏披敷。善曰：萏，徒感切。（170 下右）

　　　　　萏《廣韻》徒感切。

的 dì　　 綠房紫的。善曰：的與芍同音的。（170 下右）

　　　　　的、芍、的《集韻》丁歷切。

窋 zhuá　 窋咤垂珠。善曰：《説文》曰：窋，物在穴中貌。張滑切。（170 下右）

　　　　　窋《集韻》張滑切。

咤 zhà　　窋咤垂珠。善曰：咤亦窋也，竹亞切。（170 下右）

　　　　　咤《廣韻》陟駕切，與竹亞切音同。

㮤 jié　　雲㮤藻梲。善曰：《爾雅》曰：栭謂之節。郭璞曰：節，櫨也。㮤與節同。（170

下右）

　　　　　窯、節《廣韻》子結切。

頷 ǎn　　頷若動而躨跜。善曰：杜預《左氏傳注》曰：頷，搖頭也。牛感切。（170 下左）
　　　　　頷《集韻》五感切，與牛感切音同。

躨 kuí　　頷若動而躨跜。善曰：躨跜，動貌。躨音逵。（170 下左）
　　　　　躨、逵《廣韻》渠追切。

跜 ní　　頷若動而躨跜。善曰：跜音尼。（170 下左）
　　　　　跜、尼《廣韻》女夷切。

蟉 liǎo　　騰虵蟉虬而遶楱。善曰：蟉，力鳥切。（170 下左）
　　　　　蟉《集韻》朗鳥切，與力鳥切音同。

虬 jiǎo　　騰虵蟉虬而遶楱。善曰：虬，巨繞切。（170 下左）
　　　　　虬《集韻》巨小切，與巨繞切音同。

孑 jié　　白鹿孑蜺於欀櫨。善曰：孑蜺，延首之貌。孑，甄熱切。（170 下左）
　　　　　孑《廣韻》居列切，與甄熱切音同。

蜺 niè　　白鹿孑蜺於欀櫨。善曰：蜺，詰結切。（170 下左）
　　　　　蜺《廣韻》五結切，與詰結切音同。

跧 zhuān　狡兔跧伏於柍側。善曰：《説文》曰：跧，蹴也。壯欒切。（170 下左）
　　　　　跧《廣韻》阻頑切，删韻；壯欒切，桓韻。莊組字不切一等，可疑。四庫六臣本
　　　（第 1330 册第 258 頁）、建州本（第 219 頁）、奎章閣本（第 277 頁）、明州本（第 180 頁）
　　　　正文跧下注“側員”，注文作“壯欒切”。側員切，仙韻。欒、欒異體。

柍 fù　　狡兔跧伏於柍側。善曰：柍音父。（170 下左）
　　　　　柍《集韻》符遇切，去聲；父《廣韻》扶雨切，全濁上聲。

舚 tiǎn　　玄熊舚舕以齗齗。善曰：舚舕，吐舌貌。舚，吐玷切。（170 下左）
　　　　　舚、甜異體。甜《集韻》他念切，與吐玷切音同。

舕 tàn　　玄熊舚舕以齗齗。善曰：舕，吐暫切。（170 下左）
　　　　　舕《廣韻》吐濫切，與吐暫切音同。

齗 yín　　玄熊舚舕以齗齗。善曰：《蒼頡篇》曰：齗，齒根也。牛斤切。（170 下左）
　　　　　齗《廣韻》語斤切，與牛斤切音同。

瞪 zhèng　齊首目以瞪眄。善曰：《埤蒼》曰：瞪，直證切。（170 下左）
　　　　　瞪《廣韻》丈證切，與直證切音同。

脈 mò 　徒脈脈而猗猗。善曰：《爾雅》曰：脈，相視也。莫革切。（170 下左）

脈《廣韻》莫獲切，與莫革切音同。

猗 yí 　徒脈脈而猗猗。善曰：《説文》曰：猗，犬怒貌。牛飢切。（170 下左）

猗《廣韻》牛肌切，與牛飢切音同。

跽 jì 　儼雅跽而相對。善曰：《説文》曰：跽，長跪也。奇几切。（171 上右）

跽《廣韻》暨几切，與奇几切音同。

昒 xuè 　仡欺㺍以鵙昒。善曰：《聲類》曰：矎，驚視也。昒與矎同。呼穴切。（171 上右）

昒、矎《集韻》呼決切，與呼穴切音同。

鷗 āo 　鷗顤顟而睽睢。善曰：鷗鷁顟，大首深目之皃。鷗，烏交切。（171 上右）

《中華字海》：鷗同顃[①]。顃《廣韻》於交切，與烏交切音同。

鷁 xiāo 　鷗顤顟而睽睢。善曰：鷁，呼交切。（171 上右）

鷁《廣韻》女交切，泥母；呼交切，曉母。

顟 láo 　鷗顤顟而睽睢。善曰：顟，力交切。（171 上右）

顟《廣韻》力嘲切，與力交切音同。

諟 dì 　善曰：《説文》曰：彷彿、相似，視不諟也。諟與諦同。（171 上右）

諟、諦《集韻》丁計切。

颯 sà 　祥風翕習以颯灑。善曰：颯，素合切。（172 上右）

颯、颯異體。颯《廣韻》蘇合切，與素合切音同。

崒 zhuì 　歸崒穹崇。善曰：崒，助軌切。（172 上左）

崒《廣韻》徂賄切，從母賄韻；助軌切，崇母旨韻。

厖 měng 　紛厖鴻兮。善曰：厖，莫董切。（172 上左）

厖《集韻》母揔切，與莫董切音同。

鴻 hòng 　紛厖鴻兮。善曰：鴻，胡董切。（172 上左）

鴻《廣韻》胡孔切，與胡董切音同。

嶼 zhé 　嶼劦嵫嶅。善曰：嶼，助力切。（172 上左）

嶼《廣韻》士力切，與助力切音同。

劦 lì 　嶼劦嵫嶅。善曰：劦音力。（172 上左）

劦、力《廣韻》林直切。

---

① 冷玉龍、韋一心《中華字海》，中華書局、中國友誼出版社 1994，第 1689 頁。

嵫 zī　　崱屶嵫釐。善曰:嵫音兹。(172 上左)
　　　　嵫、兹《廣韻》子之切。

釐 lí　　崱屶嵫釐。善曰:釐音貍。(172 上左)
　　　　釐、貍《廣韻》里之切。

崰 zī　　岑崟崰嶷。善曰:崰音菑。(172 上左)
　　　　崰、崒異體。崒、菑《集韻》莊持切。

嶷 yí　　岑崟崰嶷。善曰:嶷音疑。(172 上左)
　　　　嶷、疑《廣韻》語其切。

崘 lún　　崘菌踡嶘。善曰:倫音倫。(172 上左)
　　　　崘《廣韻》盧昆切,魂韻;倫《廣韻》力迍切,諄韻。倫音倫當作"崘音倫"。

菌 jùn　　崘菌踡嶘。善曰:菌,巨貧切。(172 上左)
　　　　菌《廣韻》渠殞切,上聲;巨貧切,平聲。疑爲臨時變讀以構成崘菌疊韻。

踡 quán　　崘菌踡嶘。善曰:踡,巨免切。(172 上左)
　　　　踡《廣韻》巨員切,平聲;巨免切,上聲。疑爲臨時變讀以構成踡嶘疊韻。

嶘 chǎn　　崘菌踡嶘。善曰:嶘音産。(172 上左)
　　　　嶘、産《廣韻》所簡切。

歇 xiē　　歇欻幽藹。善曰:歇,許乞切。(172 上左)
　　　　歇《廣韻》許竭切,月韻;許乞切,迄韻。

欻 xū　　歇欻幽藹。善曰:欻,許勿切。(172 上左)
　　　　欻《廣韻》許勿切。

霮 dàn　　雲覆霮霴。善曰:霮,杜咸切。(172 上左)
　　　　霮《集韻》徒感切,感韻;杜咸切,咸韻。奎章閣本(第 280 頁)、建州本(第 221
　　　頁)、明州本(第 181 頁)、正德本(第 139 頁)霮下注"徒感"。胡刻本咸疑作"感"。

霴 duì　　雲覆霮霴。善曰:霴,杜對切。(172 上左)
　　　　霴《廣韻》徒對切。

礧 lěi　　礧碨瓘瑋。善曰:《埤蒼》曰:礧,碨礧也。礧,力罪切。(172 上左)
　　　　礧《廣韻》落猥切,與力罪切音同。

碨 wěi　　礧碨瓘瑋。善曰:碨,於賄切。(172 上左)
　　　　碨《廣韻》烏賄切,與於賄切音同。

硌 luò　　善曰:郭璞《山海經注》曰:礌硌,大石也。音洛。(172 上左)

硌、洛《廣韻》盧各切。

《景福殿賦》

孽 niè　就海孽之賄賂。［李善］以吳僻居海曲而稱亂，故曰海孽。魚列切。（173
　　下右）

　　　　孽《廣韻》魚列切。

汩 yù　羅疏柱之汩王筆越。（173下右）

　　　　汩《集韻》越筆切，與于筆切音同。

坻 chí　蕭坻直夷鄂五各之鏘鏘。（173下右）

　　　　坻《廣韻》直尼切，與直夷切音同。

鄂 è　蕭坻直夷鄂五各之鏘鏘。（173下右）

　　　　鄂《廣韻》五各切。

轙 niè　反宇轙魚桀以高驤。（173下右～左）

　　　　轙《廣韻》魚列切，與魚桀切音同。

玭 pián　垂環玭之琳琅。［李善］《説文》曰：玭，珠也。蒲眠切。（173下左）

　　　　玭《廣韻》部田切，與蒲眠切音同。

鎬 gǎo　則鎬鎬果鑠鑠。［李善］鎬，古皓切。（173下左）

　　　　鎬《廣韻》胡老切，匣母；果《廣韻》古老切，見母，與古皓切音同。

鑠 shuò　則鎬鎬果鑠鑠。［李善］鑠，舒藥切。（173下左）

　　　　鑠《廣韻》書藥切，與舒藥切音同。

曖 ài　其奧秘則翳蔽曖昧。［李善］曖音愛。（173下左）

　　　　曖、愛《廣韻》烏代切。

概 gài　髣髴退概。［李善］概，古愛切。（173下左）

　　　　概、槩異體。槩《廣韻》古代切，與古愛切音同。

纚 lǐ　若幽星之纚連也。［李善］纚，相連之貌。力氏切。（173下左）

　　　　纚《集韻》輦尒切，與力氏切音同。

比 bí　既櫛比明逸而攢集。（173下左）

　　　　比《廣韻》毗必切，並母；明逸切，明母。奎章閣本（第282頁）、建州本（第223

　　頁）、陳八郎本（第六卷第12頁）明作“毗”，當是。

璉 lián　又宏璉以豐敞。［李善］璉與連古字通。（173下左～174上右）

　　　　璉、連《集韻》陵延切，音同通用。

落 luò　　兼苞博落。〔李善〕郭璞《山海經注》曰：絡，繞也。落與絡古字通。（174 上右）
　　　　　落、絡《廣韻》盧各切，音同通用。

較 jué　　此其大較角也。（174 上右）
　　　　　較、角《廣韻》古岳切。

薨 méng　若乃高薨萌崔嵬。（174 上右）
　　　　　薨、萌《廣韻》莫耕切。

黮 dàn　　緜蠻黮徒感霮徒會。〔李善〕黮霮，黑貌。黮，徒感切。（174 上右）
　　　　　黮《廣韻》徒感切。

霮 duì　　緜蠻黮徒感霮徒會。〔李善〕霮，徒對切。（174 上右）
　　　　　霮《廣韻》徒對切，隊韻；徒會切，泰韻。

企 qì　　鳥企山峙。〔李善〕《説文》曰：企，舉踵也。去跂切。（174 上右）
　　　　　企《廣韻》去智切，與去跂切音同。

嶪 yì　　峨峨嶪業嶪。（174 上右）
　　　　　嶪、業《集韻》逆及切。

箴 zhēn　〔李善〕《淮南子》曰：離朱之明，察箴末於百步之外。箴，古針字。（174 上左）
　　　　　箴、針《廣韻》職深切，音同通用。

晣 zhì　　猶眩曜而不能昭晣也。〔李善〕《説文》曰：昭晣，明也。晣，之逝切。（174
　　　上右~左）
　　　　　晣《集韻》征例切，與之逝切音同。

儷 lì　　悍獸乞以儷陳。〔李善〕賈逵《國語注》曰：儷，偶也。儷，力計切。（174 上左）
　　　　　儷《集韻》郎計切，與力計切音同。

訇 pēng　聲訇普安礔其若震音真。（174 上左）
　　　　　訇《廣韻》呼宏切，曉母耕韻；普安切，滂母寒韻。奎章閣本（第 283 頁）、明州
　　　本（第 183 頁）、陳八郎本（第六卷第 12 頁）安作"宏"，普宏切，滂母耕韻。

礔 yǐn　　聲訇普安礔其若震音真。〔李善〕《毛詩傳》曰：礔，雷聲也。於謹切。（174
　　　上左）
　　　　　礔《廣韻》於謹切。

震 zhēn　聲訇普安礔其若震音真。（174 上左）
　　　　　震、真《古今韻會舉要》之人切。

鐐 liáo　鐐質輪囷。〔李善〕《爾雅》曰：白金謂之銀，美者謂之鐐。郭璞曰：音遼。（174

上左）

　　　　僚、遼《廣韻》落蕭切。

輪 lún　　僚質輪菌。〔李善〕《廣雅》曰：質，軀也。輪音倫。（174 上左）

　　　　輪、倫《廣韻》力迍切。

菌 qún　　僚質輪菌。〔李善〕菌，其殞切。（174 上左）

　　　　菌《廣韻》渠殞切，合口上聲；殞，平聲，脣音字。

宸 chén　　槐楓被宸。〔李善〕《説文》曰：宸，屋宇也。音辰。（174 上左～下右）

　　　　宸、辰《廣韻》植鄰切。

桁 héng　　桁梧複疊。〔李善〕桁，梁上所施也。桁與衡同。（174 下右）

　　　　桁、衡《廣韻》户庚切，音同通用。

梧 wù　　桁梧複疊。〔李善〕梧，柱也。音悟。（174 下右）

　　　　梧、悟《集韻》五故切。

崖 yí　　北極幽崖宜。（174 下右）

　　　　崖、宜《廣韻》魚羈切。

趨 zhī　　〔李善〕多當爲趨。《廣雅》曰：趨，多也。紙移切。（174 下右）

　　　　趨《廣韻》七逾切，清母虞韻；紙移切，章母支韻。奎章閣本（第 284 頁）作

　　　“趂”。趂《廣韻》直離切，澄母支韻。

髤 xiū　　於是列髤休彤之繡桷。（174 下右）

　　　　髤、休《廣韻》許尤切。

緼 yūn　　緼於云若神龍之登降。（174 下左）

　　　　緼《廣韻》於云切。

楄 biǎn　　爰有禁楄補沔。〔李善〕扁與楄同。一音必緜切。（174 下左）

　　　　楄《廣韻》房連切，並母；扁《廣韻》芳連切，滂母。補沔切，幫母上聲；必緜切，

　　　幫母平聲。

册 cè　　〔李善〕扁從户册者，署門户也。册，楚責切。（174 下左）

　　　　册《廣韻》楚革切，與楚責切音同。

勒 lè　　勒分翼張。〔李善〕《釋名》曰：勒與肋古字通。（174 下左）

　　　　勒、肋《廣韻》盧則切。

枊 áng　　飛枊鳥踊。〔李善〕枊，吾郎切。（174 下左）

　　　　枊《廣韻》五剛切，與吾郎切音同。

埏 shān　流景外埏。［李善］埏，起貌。式延切。（175 上右）

埏《集韻》尸連切，與式延切音同。

蔤 mì　茄蔤倒植。［李善］蔤音密。（175 上右）

蔤、密《廣韻》美畢切。

繚 liǎo　繚了以藻井。（175 上右）

繚、了《廣韻》盧鳥切。

綷 zuì　編以綷子會琉。（175 上右）

綷《廣韻》子對切，隊韻；子會切，泰韻。

鞢 xiá　紅葩鞢胡甲韘直甲。（175 上右）

鞢《集韻》轄甲切，與胡甲切音同。

韘 zhá　紅葩鞢胡甲韘直甲。（175 上右）

韘《廣韻》丈甲切，與直甲切音同。

婁 lǘ　丹綺離婁力俱反。（175 上右）

婁《廣韻》力朱切，與力俱反音同。

菡 hàn　菡萏赩翕。［李善］蘏與菡同。（175 上右）

菡、菌異體。菌、蘏《集韻》户感切。

窶 jù　窶數矩設。［李善］蘇林《漢書注》曰：窶數，四股鉤。窶，其矩切。（175 上左）

窶《廣韻》其矩切。

數 shǔ　窶數矩設。［李善］數，所柱切。（175 上左）

數《廣韻》所矩切，與所柱切音同。

櫼 jiān　櫼子兼櫨各落以相承。［李善］櫼，即枊也。櫼，子廉切。（175 上左）

櫼、櫼異體。櫼《集韻》將廉切，與子廉切音同，鹽韻；子兼切，添韻。

蟜 jiào　欒栱夭蟜而交結。［李善］夭蟜，欒栱長壯之貌。蟜，其夭切。（175 上左）

蟜《廣韻》居夭切，見母；其夭切，群母。

跋 bá　玉舄承跋。［李善］《禮記》曰：燭不見跋。鄭玄曰：跋，本也。方末切。（175 上左）

跋《廣韻》蒲撥切，並母；方末切，幫母。

枚 méi　雙枚既脩。［李善］雙枚，屋內重檐也。枚，莫回切。（175 上左）

枚《廣韻》莫杯切，與莫回切音同。

梍 pí　梍梠緣邊。［李善］《説文》曰：梍梠，秦名屋縣聯，楚謂之梠也。梍，頻移切。

（175 上左）

梍《廣韻》房脂切，脂韻；頻移切，支韻。

燀 chán 夏無炎燀。［李善］《國語》太子晉曰：水無沉氣，火無炎燀。韋昭曰：燀，炎起貌，昌延切。（175 下右）

燀《廣韻》尺延切，與昌延切音同。

碭 dàng 墉垣碭基。［李善］《説文》曰：碭，文石也。徒浪切。（175 下右）

碭《廣韻》徒浪切。

昭 zhǎo 其光昭昭。［李善］昭，之紹切。（175 下右）

昭《集韻》止少切，與之紹切音同。

繢 huì 命共工使作繢。［李善］鄭玄曰：繢讀曰繪，凡畫者爲繪。胡對切。（175 下左）

繢《廣韻》胡對切，隊韻；繪《廣韻》黄外切，泰韻。

諐 qiān 欲此禮之不諐去乾。（176 上左）

諐《廣韻》去乾切。

槢 xí 槢音習似瓊英。［李善］然凡楔皆謂之槢。辭立切。（176 下右）

槢、習《廣韻》似入切，與辭立切音同。

楔 xiē ［李善］楔，先結切。（176 下右）

楔《廣韻》先結切。

埏 shān ［李善］李聃曰：埏埴爲器曰甄陶，王者亦甄陶其民也。埏，失然切。（177 上右）

埏《廣韻》式連切，與失然切音同。

僻 pì 僻脱承便。［李善］僻，匹赤切。（177 上右～左）

僻《廣韻》芳辟切，與匹赤切音同。

瀼 ráng 清露瀼瀼。［李善］《毛詩》曰：零露瀼瀼。而羊切。（177 上左）

瀼《廣韻》汝陽切，與而羊切音同。

翯 hú 翯翯白鳥。［李善］《毛詩》曰：白鳥翯翯。毛萇曰：翯翯，肥澤也。翯與皜音義同。（177 下右）

翯、翯《廣韻》胡沃切。

鮋 yóu 瀨戲鰋鮋音由。（177 下右）

鮋、由《廣韻》以周切。

讎 chóu 夫何足以比讎。［李善］《爾雅》曰：讎，匹也。視周切。（177 下右）

鱃《廣韻》市流切，與視周切音同。

碣 jié　　於是碣以高昌崇觀。［李善］碣、揭同。（177 下右～左）
　　　　碣、揭《廣韻》其謁切，音同通用。

窳 yǔ　　觀器械之良窳以主。（178 上右）
　　　　窳《廣韻》以主切。

坊 fáng　屯坊列署。［李善］《聲類》曰：坊，別屋也。方與坊古字通。（178 上右）
　　　　坊、方《廣韻》符方切。

比 bì　　綺錯鱗比。［李善］比，比相次也。扶至切。（178 上右）
　　　　比《廣韻》毗至切，與扶至切音同。

臬 niè　作無微而不違於水臬五結切。［李善］槷，古文臬，假借字也。（178 上左）
　　　　槷、槷異體。臬、槷《廣韻》五結切。

斲 zhuó　匠石不知其所斲。［李善］《說文》曰：斲，竹句切。（178 下右）
　　　　斲、斵異體。斲《廣韻》竹角切，今本《說文》同，覺韻；竹句切，遇韻。韻腳字
　　爲趣附注斲，除斲外都爲遇韻，斲變讀遇韻以協韻。

熠 yì　　光明熠以入爚藥。（178 下右）
　　　　熠《廣韻》羊入切，與以入切音同。

爚 yuè　光明熠以入爚藥。（178 下右）
　　　　爚、藥《廣韻》以灼切。

治 chí　無今日之至治直之反。（178 下左）
　　　　治《廣韻》直之切。

孜 zī　　然而聖上猶孜孜靡忒。［李善］《孟子》曰：鷄鳴而起，孳孳爲善者，舜之徒也。
　　孳與孜同。（178 下左）
　　　　孜、孳《廣韻》子之切，音同通用。

《海賦》

媯 guī　昔在帝媯古爲巨唐之代。（179 下右）
　　　　媯《廣韻》居爲切，與古爲切音同。

浡 bó　　天綱浡蒲没潏以出。（179 下左）
　　　　浡《廣韻》蒲没切。

潏 yù　　天綱浡蒲没潏以出。（179 下左）
　　　　潏《廣韻》餘律切，與以出切音同。

瀳 zhài　　爲澗爲瀳側界反。（179 下左）

　　　　瀳《廣韻》側界切。

溚 dá　　長波溚徒荅溏杜我。（179 下左）

　　　　溚《廣韻》徒合切，與徒荅切音同。

溏 duò　　長波溚徒荅溏杜我。（179 下左）

　　　　溏《集韻》待可切，與杜我切音同。

迆 yǐ　　迆羊氏涎延八裔。（179 下左）

　　　　迆《廣韻》移爾切，與羊氏切音同。

涎 yàn　　迆羊氏涎延八裔。（179 下左）

　　　　涎、延《廣韻》予線切。

峉 zhé　　啓龍門之峉嶺。［李善］峉嶺，高貌。峉，助格切。（179 下左）

　　　　峉《廣韻》鋤陌切，與助格切音同。

嶺 è　　啓龍門之峉嶺。［李善］嶺，五格切。（179 下左）

　　　　嶺、峉異體。峉《廣韻》五陌切，與五格切音同。

壅 kěn　　壅陵巒而嶄七咸鑿。［李善］《廣雅》曰：壅，治也。壅與墾音義同。（179 下左）

　　　　壅、墾異體。壅《廣韻》康很切。

嶄 chán　　壅陵巒而嶄七咸鑿。［李善］《廣雅》曰：鑢謂之鑿。仕咸切。鑿與嶄古字通。
　（179 下左）

　　　　奎章閣本（第 293 頁）、明州本（第 189 頁）、陳八郎本（第六卷第 17 頁）"七"
　　作"士"，是。嶄、嶃異體。嶄《集韻》鋤銜切，銜韻；鑿《廣韻》士咸切，與仕咸切音同，
　　咸韻。

渫 xiè　　百川潛渫息列切。（179 下左）

　　　　渫《廣韻》私列切，與息列切音同。

泱 ǎng　　泱思朗漭莫廣澹徒敢汸。（180 上右）

　　　　奎章閣本（第 293 頁）、陳八郎本（第六卷第 17 頁）思作"恩"，是。泱《廣韻》
　　烏郎切，與恩郎切音同。

漭 mǎng　　泱思朗漭莫廣澹徒敢汸。（180 上右）

　　　　漭《廣韻》模朗切，開口；莫廣切，合口。

澹 dàn　　泱思朗漭莫廣澹徒敢汸。（180 上右）

　　　　澹《廣韻》徒敢切。

濘 zhù　　泆思朗潺莫廣澹徒敢濘。〔李善〕澹濘，澄深也。濘音紵。（180 上右）
　　　　　濘、紵《集韻》丈吕切。

掎 jǐ　　　掎居蟻拔五嶽。（180 上右）
　　　　　掎《廣韻》居綺切，與居蟻切音同。

渗 qīn　　瀝滴渗淫七林。〔李善〕渗淫，小水津液也。渗音侵。（180 上右）
　　　　　渗、侵《集韻》千尋切。奎章閣本（第 293 頁）、建州本（第 232 頁）、明州本（第
　　189 頁）、陳八郎本（第六卷第 17 頁）"七林"二字在"渗"之下，七林切與千尋切音同。

薈 wèi　　薈烏外蔚雲霧。（180 上右）
　　　　　薈《廣韻》烏外切。

泱 ǎng　　涓流泱烏黨瀼乃朗。（180 上右）
　　　　　泱《廣韻》烏朗切，與烏黨切音同。

瀼 nǎng　涓流泱烏黨瀼乃朗。（180 上右）
　　　　　瀼《集韻》乃朗切。

渊 yóu　　則乃渊由渫亦瀲力冉灩以冉。（180 上左）
　　　　　渊、由《廣韻》以周切。

渫 yì　　　則乃渊由渫亦瀲力冉灩以冉。（180 上左）
　　　　　渫、濟異體。濟、亦《廣韻》羊益切。

瀲 liǎn　　則乃渊由渫亦瀲力冉灩以冉。（180 上左）
　　　　　瀲《廣韻》良冉切，與力冉切音同。

灩 yàn　　則乃渊由渫亦瀲力冉灩以冉。（180 上左）
　　　　　灩《廣韻》以贍切，去聲；以冉切，上聲。疑爲臨時變讀以構成瀲灩疊韻。

沖 chóng　沖沖瀜沆胡廣瀁余兩。（180 上左）
　　　　　沖《廣韻》敕中切，徹母；沖《廣韻》直弓切，澄母。

沆 huàng　沖沖瀜沆胡廣瀁余兩。（180 上左）
　　　　　沆《廣韻》胡朗切，開口；胡廣切，合口。

瀁 yǎng　　沖沖瀜沆胡廣瀁余兩。（180 上左）
　　　　　瀁《廣韻》餘兩切，與余兩切音同。

渺 miǎo　　渺眇瀰弥淡炭漫。（180 上左）
　　　　　渺、眇《廣韻》亡沼切。

瀰 mí　　　渺眇瀰弥淡炭漫。（180 上左）

瀰、弥《廣韻》武移切。

瀩 tàn　　渺眇瀰弥瀩炭漫。（180 上左）

　　　　瀩、炭《廣韻》他旦切。

嚸 xī　　嘘嚸許急百川。（180 上左）

　　　　嚸《廣韻》許及切，與許急切音同。

舃 xì　　襄陵廣舃。［李善］《史記》曰：斥爲舃，古今字也。（180 上左）

　　　　舃《廣韻》思積切，心母；斥《廣韻》昌石切，昌母。

澆 jiāo　　澆交濿濿浩汗。（180 上左）

　　　　澆、交《廣韻》古肴切。

濿 gé　　澆交濿濿浩汗。（180 上左）

　　　　建州本（第 232 頁）作“濿葛”，是。濿、葛《廣韻》古達切。

摽 biāo　　若乃大明摽彼苗彎於金樞之穴。（180 上左）

　　　　摽《集韻》方鳩切，尤韻；彼苗切，宵韻。

縹 piāo　　縹匹遥沙礐苦角石。（180 上左～下右）

　　　　縹《廣韻》撫招切，與匹遥切音同。

礐 què　　縹匹遥沙礐苦角石。（180 上左～下右）

　　　　礐《廣韻》苦角切。

飇 yù　　蕩飇以出島濱。（180 下右）

　　　　飇、飇異體。飇《廣韻》餘律切，與以出切音同。

磓 duī　　五嶽鼓舞而相磓丁迴反。（180 下右）

　　　　磓《廣韻》都回切，與丁迴反音同。

渭 wèi　　渭謂潰淪而溜丑六漯他荅。（180 下右）

　　　　渭聲符爲“胃”，《廣韻》丘愧切，溪母至韻；謂《廣韻》于貴切，于母未韻。

溜 chù　　渭謂潰淪而溜丑六漯他荅。（180 下右）

　　　　溜《廣韻》丑六切。

漯 tà　　渭謂潰淪而溜丑六漯他荅。（180 下右）

　　　　漯《廣韻》他合切，與他荅切音同。

沏 qiè　　鬱沏切迭而隆頹。（180 下右）

　　　　沏、切《廣韻》千結切。

湢 yū　　盤湢乙于激而成窟。（180 下右）

盈、猛異體。猛《集韻》邑俱切，與乙于切音同。

消 qiào　　消七笑沺土含㴸桀而爲魁。（180 下右）

　　　　　消《集韻》七肖切，與七笑切音同。

沺 tān　　消七笑沺土含㴸桀而爲魁。（180 下右）

　　　　　沺、洇異體。洇《廣韻》他甘切，談韻；土含切，覃韻。

㴸 jié　　消七笑沺土含㴸桀而爲魁。［李善］毛萇《詩傳》曰：傑，特立也。㴸與傑同。
　　（180 下右）

　　　　　㴸、桀、傑《廣韻》渠列切。

泅 shǎn　　泅失冉泊匹帛桕而迆以爾颺余諒。（180 下左）

　　　　　泅《廣韻》失冉切。

泊 pò　　泅失冉泊匹帛桕而迆以爾颺余諒。（180 下左）

　　　　　泊《集韻》匹陌切，與匹帛切音同。

迆 yǐ　　泅失冉泊匹帛桕而迆以爾颺余諒。（180 下左）

　　　　　迆《廣韻》移爾切，與以爾切音同。

颺 yàng　　泅失冉泊匹帛桕而迆以爾颺余諒。（180 下左）

　　　　　颺《廣韻》餘亮切，與余諒切音同。

磊 lěi　　磊洛罪㲱荅匒苦合而相豗呼迴反。（180 下左）

　　　　　磊《廣韻》落猥切，與洛罪切音同。

㲱 dá　　磊洛罪㲱荅匒苦合而相豗呼迴反。（180 下左）

　　　　　㲱、荅《集韻》德合切。

匒 kè　　磊洛罪㲱荅匒苦合而相豗呼迴反。（180 下左）

　　　　　匒《廣韻》口荅切，與苦合切音同。

豗 huī　　磊洛罪㲱荅匒苦合而相豗呼迴反。（180 下左）

　　　　　豗《廣韻》呼恢切，與呼迴反音同。

瀼 shāng　　瀼瀼傷濕濕。（180 下左）

　　　　　瀼《廣韻》汝陽切，日母；傷《廣韻》式羊切，書母。

踧 zù　　葩華踧子六沑女六。（180 下左）

　　　　　踧《廣韻》子六切。

沑 nù　　葩華踧子六沑女六。（180 下左）

　　　　　沑《廣韻》女六切。

溟 dǐng　溟頂濘奴冷潗側立潬女及反。（180 下左）

溟、頂《集韻》都挺切。

濘 nǐng　溟頂濘奴冷潗側立潬女及反。（180 下左）

濘《廣韻》乃挺切，與奴冷切音同。

潗 zhé　溟頂濘奴冷潗側立潬女及反。（180 下左）

潗《廣韻》子入切，精母；側立切，莊母。

潬 nì　溟頂濘奴冷潗側立潬女及反。（180 下左）

潬《廣韻》尼立切，與女及反音同。

霾 mái　若乃霾莫排曀一計潛銷。［李善］《爾雅》曰：風而雨土爲霾，陰而風爲曀。霾音埋。（180 下左）

霾、埋《廣韻》莫皆切，與莫排切音同。

曀 yì　若乃霾莫排曀一計潛銷。（180 下左）

曀《集韻》壹計切，與一計切音同。

呀 xiā　猶尚呀呼加呷。（180 下左）

呀《廣韻》許加切，與呼加切音同。

澎 pēng　澎匹宏潒瀄於勿礷烏埋。（180 下左）

澎《集韻》披庚切，庚韻；匹宏切，耕韻。

瀄 yù　澎匹宏潒瀄於勿礷烏埋。（180 下左）

瀄《廣韻》紆物切，與於勿切音同。

礷 wāi　澎匹宏潒瀄於勿礷烏埋。（180 下左）

礷《集韻》乎乖切，匣母；烏埋切，影母。

磈 wěi　磈烏罪磊山壘。（180 下左）

磈《廣韻》烏賄切，與烏罪反音同。

潭 yǐn　爾其枝岐潭以審瀹藥。（180 下左）

潭《廣韻》以荏切，與以審切音同。

瀹 yuè　爾其枝岐潭以審瀹藥。（180 下左）

瀹、藥《廣韻》以灼切。

沢 zhǐ　［李善］《穆天子傳》曰：飲于枝沢之中。郭璞曰：水岐成沢。沢，小渚也。音止。（180 下左～ 181 上右）

沢、止《廣韻》諸市切。

汜 sì　　渤蕩成汜音似。（180 下左）

　　　　汜、似《廣韻》詳里切。

揭 jié　　揭桀百尺。（181 上右）

　　　　揭、桀《廣韻》渠列切。

綃 shāo　維長綃所交。（181 上右）

　　　　綃《廣韻》所交切。

冏 jiǒng　冏九永然鳥逝。（181 上右）

　　　　冏、囧異體。冏《廣韻》俱永切，與九永切音同。

鷸 yù　　鷸聿如驚梟之失侶。（181 上右）

　　　　鷸、聿《廣韻》餘律切。

掣 chì　　倏如六龍之所掣充制反。（181 上右）

　　　　掣《廣韻》尺制切，與充制反音同。

閃 shǎn　蜩像暫曉而閃式染屍。（181 上左）

　　　　閃《廣韻》失冉切，與式染切音同。

眑 yǎo　眇眑余沼冶夷。（181 上左）

　　　　眑《廣韻》以沼切，與余沼切音同。

橦 chuáng　決帆摧橦直江。（181 上左）

　　　　橦《廣韻》宅江切，與直江切音同。

惡 wù　　戕風起惡去聲。（181 上左）

　　　　惡《廣韻》收錄平、去、入三讀，去聲烏路切下注 “憎惡也”。

靉 ài　　靉靆靅靅雲布。（181 上左）

　　　　靉、愛《廣韻》烏代切。

靅 fèi　　靉靆靅靅雲布。（181 上左）

　　　　靅、費《廣韻》芳未切。

儵 shū　　儵叔昱絕電。（181 上左）

　　　　儵、叔《集韻》式竹切。

嗅 xù　　呵嗅許勿掩鬱。（181 上左～下右）

　　　　嗅《廣韻》許勿切。

矆 jué　　矆睒居縛睒失冉無度。（181 下右）

　　　　矆《廣韻》許縛切，曉母；居縛切，見母。奎章閣本（第 296 頁）作 “嚄”，矆、嚄《集韻》鬱縛切，影母。

睒 shǎn　　曠居縛睒失冉無度。（181下右）

　　　　　睒《廣韻》失冉切。

澇 láo　　飛澇勞相磢楚爽。（181下右）

　　　　　澇、勞《廣韻》魯刀切。

磢 chuǎng　飛澇勞相磢楚爽。［李善］郭璞《方言注》曰：涮，錯也。涮與磢同。（181
　　下右）

　　　　　磢、涮《廣韻》初兩切，與楚爽切音同。

沏 chè　　激勢相沏楚櫛反。［李善］沏，摩也。楚乙切。（181下右）

　　　　　沏《集韻》測乙切，與楚乙切音同，質韻；楚櫛反，櫛韻。

浤 hóng　　浤浤火宏汨汨。［李善］浤音宏。（181下右）

　　　　　浤、宏《廣韻》戶萌切，匣母；火宏切，曉母。

趻 chěn　　趻踔甚踔丑角湛以甚瀹藥。（181下右）

　　　　　趻《集韻》丑甚切，與敕甚切音同。

踔 chuō　　趻踔甚踔丑角湛以甚瀹藥。（181下右）

　　　　　踔《廣韻》敕角切，與丑角切音同。

湛 yǐn　　趻踔甚踔丑角湛以甚瀹藥。（181下右）

　　　　　湛《集韻》以荏切，與以甚切音同。

瀹 yào　　趻踔甚踔丑角湛以甚瀹藥。（181下右）

　　　　　瀹、藥《廣韻》以灼切。

濩 huò　　濩霍渹卉濩鑊渭。（181下右）

　　　　　濩、霍《廣韻》虛郭切。

渹 huì　　濩霍渹卉濩鑊渭。（181下右）

　　　　　渹、卉《廣韻》許貴切。

濩 huò　　濩霍渹卉濩鑊渭。（181下右）

　　　　　濩、鑊《廣韻》胡郭切。

嶅 áo　　或挂胃於岑嶅敖之峯。（181下右）

　　　　　嶅、嶅異體。嶅、敖《廣韻》五勞切。

掣 chì　　或掣充制掣洩余制洩於裸人之國。（181下右）

　　　　　掣《廣韻》尺制切，與充制切音同。

洩 yì　　或掣充制掣洩余制洩於裸人之國。（181 下右）

　　　洩《廣韻》餘制切，與余制切音同。

瀲 liǎn　　則南瀲歛朱崖。（181 下左）

　　　歛、斂異體。陳八郎本（第六卷第 19 頁）、四庫善注本（第 210 頁）歛作“斂”。瀲、

　　斂《集韻》力冉切。

墟 xū　　北灑天墟音虛。（181 下左）

　　　墟、虛《廣韻》去魚切。

濴 yǐng　　經途濴烏冷溟莫泠。（181 下左）

　　　濴《廣韻》烟涬切，與烏冷切音同。

溟 míng　　經途濴烏冷溟莫泠。（181 下左）

　　　溟《廣韻》莫經切，與莫泠切音同。

惡 wū　　惡烏審其名。（182 上右）

　　　惡、烏《廣韻》哀都切。

靄 ǎi　　靄於愷飂虛氣其形。（182 上右）

　　　靄《集韻》倚亥切，與於愷切音同。

飂 xì　　靄於愷飂虛氣其形。（182 上右）

　　　飂《廣韻》許既切，與虛氣切音同。

峌 dié　　峌庭結峴五結孤亭。（182 上右）

　　　峌《集韻》徒結切，與庭結切音同。

峴 niè　　峌庭結峴五結孤亭。（182 上右）

　　　峴《集韻》倪結切，與五結切音同。

垠 yín　　其垠銀則有天琛水怪。（182 上右）

　　　垠、銀《廣韻》語巾切。

芮 ruì　　若乃雲錦散文於沙汭之際。［李善］毛萇《詩傳》曰：芮，崖也。芮與汭通。

　　（182 上左）

　　　芮、汭《廣韻》而銳切，音同通用。

熺 xī　　熺許眉炭重燔煩。（182 上左）

　　　熺、熹異體。熹《廣韻》許其切，之韻；許眉切，脂韻。

燔 fán　　熺許眉炭重燔煩。（182 上左）

　　　燔、煩《廣韻》附袁切。

焖 jiǒng　　吹焖古永九泉。(182 上左)

　　　　　　焖《集韻》俱永切,與古永切音同。

爓 yàn　　　朱爓焰绿煙。[李善]爓與爛同。(182 上左)

　　　　　　爓、焰、爛《集韻》以贍切。

睘 yǎo　　　睘一眇眇蟬蜎一缘反。(182 上左)

　　　　　　睘《集韻》伊鳥切,篠韻;一眇切,小韻。

蜎 yuān　　　睘一眇眇蟬蜎一缘反。(182 上左)

　　　　　　蜎《廣韻》於缘切,與一缘反音同。

噏 xī　　　　噏虚及波則洪漣踧蹜。(182 下右)

　　　　　　噏《廣韻》許及切,與虚及切音同。

踧 zù　　　　噏虚及波則洪漣踧蹜。[李善]踧,子六切。(182 下右)

　　　　　　踧《廣韻》子六切。

蹜 shù　　　噏虚及波則洪漣踧蹜。[李善]蹜蹙,聚貌。蹜,所六切。(182 下右)

　　　　　　蹜《廣韻》所六切。

蹭 cèng　　　或乃蹭七鄧蹬鄧窮波。(182 下右)

　　　　　　蹭《廣韻》千鄧切,與七鄧切音同。

蹬 dèng　　　或乃蹭七鄧蹬鄧窮波。(182 下右)

　　　　　　蹬、鄧《廣韻》徒亘切。

顱 lú　　　　顱盧骨成嶽。(182 下右)

　　　　　　顱、盧《廣韻》落胡切。

坁 chí　　　　若乃巖坁直夷之隑。(182 下右)

　　　　　　坁《廣韻》直尼切,與直夷切音同。

嶔 qīn　　　　沙石之嶔音欽。(182 下右)

　　　　　　嶔、欽《廣韻》去金切。

彀 kòu　　　　毛翼産彀苦候。(182 下右)

　　　　　　彀《廣韻》苦候切。

襹 shī　　　　鷔雛離襹所宜。(182 下右)

　　　　　　襹《廣韻》所宜切。

㴋 shēn　　　鶴子淋㴋所今反。(182 下右)

　　　　　　㴋《集韻》疏簪切,與所今反音同。

洩 yì　洩余世洩淫淫。（182 下左）

　　洩《廣韻》餘制切，與余世切音同。

蹻 qiāo　乘蹻去喬絶往。（182 下左）

　　蹻《廣韻》去遥切，與去喬切音同。

縹 piào　群仙縹匹妙眇。（182 下左）

　　縹《集韻》匹妙切。

涯 yí　餐玉清涯音宜。（182 下左）

　　涯、宜《廣韻》魚羈切。

襂 shēn　被羽翩之襂所今纚所宜反。（182 下左）

　　襂《集韻》疏簪切，與所今切音同。

纚 shī　被羽翩之襂所今纚所宜反。（182 下左）

　　纚《廣韻》所綺切，上聲；所宜反，平聲。疑爲臨時變讀以構成襂纚疊韻。

甄 jiān　甄古然有形於無欲。（183 上右）

　　甄《廣韻》居延切，與古然切音同。

《江賦》

沫 mèi　聿經始於洛沬昧。〔李善〕沫，武蓋切。（183 下右）

　　沫、昧《集韻》莫貝切，與武蓋切音同。

雒 luò　〔李善〕《漢書》：廣漢郡雒縣有漳山，雒水所出，入湔。雒與洛通。（183 下右）

　　雒、洛《廣韻》盧各切，音同通用。

湔 jiān　〔李善〕湔音煎。（183 下右）

　　湔、煎《廣韻》子仙切。

泓 wēng　極泓烏宏量而海運。（183 下右）

　　泓《廣韻》烏宏切。

澧 lǐ　并吞沅澧禮。（183 下右）

　　澧、禮《廣韻》盧啓切。

沮 qū　汲引沮七余漳。〔李善〕沮與雎同。（183 下右~左）

　　沮、雎《廣韻》七余切。

崌 jū　源二分於崌居峽来。（183 下左）

　　崌、居《廣韻》九魚切。

峽 lái　源二分於崌居峽来。（183 下左）

　　　　　崍、來《廣韻》落哀切。

搉 què　　商搉苦角涓古玄澮古外反。（183 下左）

　　　　　搉《廣韻》苦角切。

涓 juān　　商搉苦角涓古玄澮古外反。（183 下左）

　　　　　涓《廣韻》古玄切。

澮 guì　　商搉苦角涓古玄澮古外反。（183 下左）

　　　　　澮《廣韻》古外切。

漰 pēng　　灌三江而漰普萌沛普會反。（184 上右）

　　　　　漰《集韻》披耕切，與普萌切音同。

沛 pèi　　灌三江而漰普萌沛普會反。（184 上右）

　　　　　沛《廣韻》普蓋切，與普會反音同。

滈 hào　　滈胡道汗六州之域。（184 上右）

　　　　　滈《廣韻》胡老切，與胡道反音同。

嵬 wěi　　巫廬嵬魚鬼崫危勿而比嶠。（184 上左）

　　　　　嵬《集韻》魚鬼切。

崫 yù　　巫廬嵬魚鬼崫危勿而比嶠。（184 上左）

　　　　　崫、崛異體。崛《廣韻》魚勿切，與危勿切音同。

嶠 jiào　　巫廬嵬魚鬼崫危勿而比嶠。［李善］《爾雅》曰：山銳而高曰嶠。其廟切，

　　協韻音橋。（184 上左）

　　　　　嶠《廣韻》渠廟切，與其廟切音同，去聲。橋《廣韻》巨嬌切，平聲。韻腳字爲潮

　　　朝濤標嶠陶霄焦，平聲韻段，嶠變讀平聲以協韻。

濆 fén　　濆忿薄相陶。（184 上左）

　　　　　濆、忿《廣韻》符分切。

淙 cóng　　淙悰大壑與沃焦。（184 上左）

　　　　　淙、悰《廣韻》藏宗切。

碬 xiá　　壁立碬駮。［李善］碬駮，如碬之駮也。碬，古霞字。（184 下右）

　　　　　碬、霞《廣韻》胡加切。

嶻 jié　　虎牙嶻桀豎樹以屹魚乙崒慈聿。（184 下右）

　　　　　嶻、桀《廣韻》渠列切。

豎 shù　　虎牙嶻桀豎樹以屹魚乙崒慈聿。（184 下右）

暨、樹《廣韻》臣庾切。

屹 yì　虎牙嶸桀豎樹以屹魚乙崒慈聿。（184下右）

屹《廣韻》魚迄切，迄韻；魚乙切，質韻。

崒 jú　虎牙嶸桀豎樹以屹魚乙崒慈聿。（184下右）

崒《廣韻》慈卹切，與慈聿切音同。

湓 pèn　湓普寸流雷呴呼后而電激。（184下右）

湓《廣韻》普悶切，與普寸切音同。

呴 hǒu　湓普寸流雷呴呼后而電激。（184下右）

呴《廣韻》呼后切。

澓 fú　迅澓扶福增澆。［李善］澓，澓流也。音伏。（184下右）

澓、伏《廣韻》房六切，與扶福切音同。

澆 jiāo　迅澓扶福增澆。［李善］王逸《楚辭注》曰：洄波爲澆。古堯切。（184下右）

澆《廣韻》古堯切。

砯 pīng　砯普冰巖鼓作。（184下右）

砯《廣韻》披冰切，與普冰切音同。

漰 pēng　漰普萌湱呼陌滈胡角灂仕角反。（184下右）

漰《集韻》披耕切，與普萌切音同。

湱 huò　漰普萌湱呼陌滈胡角灂仕角反。（184下右）

湱《廣韻》虎伯切，與呼陌切音同。

滈 xué　漰普萌湱呼陌滈胡角灂仕角反。［李善］《爾雅》曰：夏有水、冬無水曰滈。音學。（184下右）

滈、學《廣韻》胡覺切，與胡角切音同。

灂 zhuó　漰普萌湱呼陌滈胡角灂仕角反。（184下右）

灂《廣韻》士角切，與仕角反音同。

淜 píng　淜蒲冰澃蒲拜瀇火宏潚呼拜。（184下左）

淜《廣韻》扶冰切，與蒲冰切音同。

澃 bài　淜蒲冰澃蒲拜瀇火宏潚呼拜。（184下左）

澃《廣韻》蒲拜切。

瀇 hōng　淜蒲冰澃蒲拜瀇火宏潚呼拜。（184下左）

瀇《集韻》呼宏切，與火宏切音同。

溰 huài　　瀖蒲冰瀯蒲拜灐火宏溰呼拜。（184 下左）
　　　　　溰、澉異體。溰《集韻》呼怪切，與呼拜切音同。

濩 huò　　潰濩穫波呼活潐呼郭反。（184 下左）
　　　　　濩、穫《廣韻》胡郭切。

波（浽）huò　　潰濩穫波呼活潐呼郭反。（184 下左）
　　　　　奎章閣本（第 302 頁）、明州本（第 194 頁）、四庫善注本（第 214 頁）、陳八郎本（第
　　　　　六卷第 21 頁）作“浽”。浽《廣韻》呼括切，與呼活切音同。

潐 huò　　潰濩穫波呼活潐呼郭反。（184 下左）
　　　　　潐《集韻》忽郭切，與呼郭反音同。

潏 xué　　潏胡決湟皇忽烏骨泱烏朗。（184 下左）
　　　　　潏《廣韻》古穴切，見母；胡決切，匣母。

湟 huáng　　潏胡決湟皇忽烏骨泱烏朗。（184 下左）
　　　　　湟、皇《廣韻》胡光切。

忽 wū　　潏胡決湟皇忽烏骨泱烏朗。（184 下左）
　　　　　忽《廣韻》烏沒切，與烏骨切音同。

泱 ǎng　　潏胡決湟皇忽烏骨泱烏朗。（184 下左）
　　　　　泱《廣韻》烏朗切。

滶 shū　　滶叔澗失冉灛舒感瀹始灼反。（184 下左）
　　　　　滶、叔《廣韻》式竹切。

澗 shǎn　　滶叔澗失冉灛舒感瀹始灼反。（184 下左）
　　　　　澗《廣韻》失冉切。

灛 shǎn　　滶叔澗失冉灛舒感瀹始灼反。（184 下左）
　　　　　灛《集韻》賞敢切，敢韻；舒感切，感韻。

瀹 yuè　　滶叔澗失冉灛舒感瀹始灼反。（184 下左）
　　　　　瀹《廣韻》以灼切，以母；始灼反，書母。疑爲臨時變讀以構成灛瀹雙聲。

漩 xuán　　漩旋澴許玄縈於營潆營。（184 下左）
　　　　　漩、旋《集韻》旬宣切。

澴 xuān　　漩旋澴許玄縈於營潆營。（184 下左）
　　　　　澴《集韻》隳緣切，仙韻；許玄切，先韻。

縈 yīng　　漩旋澴許玄縈於營潆營。（184 下左）

縈《集韻》娟營切,與於營切音同。

瀯 yíng　漩旋瀯許玄縈於營瀯營。(184下左)

瀯、營《集韻》維傾切。

渨 wěi　渨紆鬼温誄濆忿瀑步角反。(184下左)

渨《集韻》鄔賄切,賄韻;紆鬼切,尾韻。

温 lěi　渨紆鬼温誄濆忿瀑步角反。(184下左)

温《廣韻》落猥切,賄韻;誄《廣韻》力軌切,旨韻。

濆 fèn　渨紆鬼温誄濆忿瀑步角反。(184下左)

濆《集韻》父吻切,並母上聲;忿《廣韻》匹問切,滂母去聲。

瀑 bó　渨紆鬼温誄濆忿瀑步角反。(184下左)

瀑《廣韻》蒲木切,屋韻;步角反,覺韻。

溭 zhé　溭助側淢域濜助謹湏于窘。(184下左)

溭《廣韻》士力切,與助側切音同。

淢 yù　溭助側淢域濜助謹湏于窘。(184下左)

淢、域《廣韻》雨逼切。

濜 zhèn　溭助側淢域濜助謹湏于窘。(184下左)

濜《廣韻》鉏紖切,軫韻;助謹切,隱韻。

湏 yǔn　溭助側淢域濜助謹湏于窘。(184下左)

湏《集韻》羽敏切,與于窘切音同。

澮 duì　碧沙澮杜罪瀡徒可而往來。(184下左)

澮《廣韻》徒猥切,與杜罪切音同。

瀡 duò　碧沙澮杜罪瀡徒可而往來。(184下左)

瀡《集韻》待可切,與徒可切音同。

硉 lù　巨石硉洛骨矹五骨以前却。(184下左)

硉《廣韻》勒没切,與洛骨切音同。

矹 wù　巨石硉洛骨矹五骨以前却。(184下左)

矹《廣韻》五忽切,與五骨切音同。

演 yìn　潛演胤之所汩淈胡骨。[李善](《説文》)又曰:演,水脉行地中。弋刃切。(184下左)

演《廣韻》以淺切,獮韻;胤《廣韻》羊晉切,震韻。羊晉、弋刃切音同。

淈 hé　潛演𩇨之所汩淈胡骨。（184 下左）

淈《廣韻》下没切，與胡骨切音同。

磢 chuǎng 奔溜之所磢楚爽錯。（184 下左）

磢《廣韻》初兩切，與楚爽切音同。

隒 yǎn　厓隒魚檢爲之泐勒崄魚免。（184 下左）

隒《廣韻》魚檢切。

泐 lè　厓隒魚檢爲之泐勒崄魚免。（184 下左）

泐、勒《廣韻》盧則切。

崄 yǎn　厓隒魚檢爲之泐勒崄魚免。（184 下左）

崄《廣韻》魚蹇切，與魚免切音同。

㵎 jiàn　幽㵎積岨。［李善］《爾雅》曰：山夾水曰澗。㵎與澗同。（184 下左～185 上右）

㵎，韻書、字書皆未收録。㵎、澗異體。澗《廣韻》古晏切。

礐 lè　礐力隔硞客礭盧角礭苦角反。（184 下左）

礐《廣韻》力摘切，與力隔切音同。

硞 kè　礐力隔硞客礭盧角礭苦角反。（184 下左）

硞《集韻》克革切，麥韻；客《廣韻》苦格切，陌韻。

礭 luò　礐力隔硞客礭盧角礭苦角反。（184 下左）

礭《廣韻》吕角切，與盧角切音同。

礭 què　礐力隔硞客礭盧角礭苦角反。（184 下左～185 上右）

礭、确異體。奎章閣本（第 302 頁）、明州本（第 194 頁）、陳八郎本（第六卷第 22 頁）作"确"。确《廣韻》苦角切。

汪 wāng　澄澹汪洸烏宏。［李善］《説文》曰：汪，廣也。烏黄切。（185 上右）

汪《廣韻》烏光切，與烏黄切音同。

洸 wēng　澄澹汪洸烏宏。（185 上右）

洸《廣韻》烏光切，唐韻；烏宏切，耕韻。

瀇 wǎng　瀇烏廣滉胡廣困泫音玄。（185 上右）

瀇《廣韻》烏晃切，與烏廣切音同。

滉 huàng　瀇烏廣滉胡廣困泫音玄。（185 上右）

滉《廣韻》胡廣切。

泫 xuán　　灖烏廣滉胡廣困泫音玄。（185 上右）
　　　　　泫、玄《集韻》胡涓切。

汯 hóng　　泓汯宏洶烏猛濛胡猛。（185 上右）
　　　　　汯、宏《集韻》乎萌切。

洶 wěng　　泓汯宏洶烏猛濛胡猛。（185 上右）
　　　　　洶、淘異體。淘《廣韻》烏猛切。

濛 hòng　　泓汯宏洶烏猛濛胡猛。（185 上右）
　　　　　濛《廣韻》乎謍切，與胡猛切音同。

涒 yūn　　　涒紆筠鄰圓寧潾力銀反。（185 上右）
　　　　　涒《集韻》紆倫切，與紆筠切音同。

圓 wān　　　涒紆筠鄰圓寧潾力銀反。（185 上右）
　　　　　圓、寧《集韻》烏關切。

潾 lín　　　涒紆筠鄰圓寧潾力銀反。（185 上右）
　　　　　潾《廣韻》力珍切，與力銀反音同。

澣 hàn　　　混澣音翰灦呼見渙。（185 上右）
　　　　　澣《廣韻》胡管切，合口全濁上聲；翰《廣韻》侯旰切，開口去聲。

灦 xiàn　　　混澣音翰灦呼見渙。（185 上右）
　　　　　灦《集韻》馨甸切，與呼見切音同。

涓 juān　　　流映揚涓音涓。（185 上右）
　　　　　涓、涓《廣韻》古玄切。

溟 míng　　　溟莫令溚渺洍莫翦。（185 上右）
　　　　　溟《廣韻》莫經切，與莫令切音同。

洍 miǎn　　　溟莫令溚渺洍莫翦。（185 上右）
　　　　　洍《廣韻》彌兗切，與莫翦切音同。

沺 tián　　　汙汙沺田沺。（185 上右）
　　　　　沺、田《廣韻》徒年切。

滃 wěng　　　氣滃烏孔渤蒲没以霧杳。（185 上右）
　　　　　滃《廣韻》烏孔切。

渤 bó　　　氣滃烏孔渤蒲没以霧杳。（185 上右）
　　　　　渤《廣韻》蒲没切。

肧 pēi　類肧普抔渾之未凝。（185 上右）

　　肧《廣韻》芳杯切，與普抔切音同。

浹 jiē　長波浹子叶渫牒。（185 上左）

　　浹《廣韻》子協切，與子叶切音同。

渫 dié　長波浹子叶渫牒。（185 上左）

　　渫、牒《集韻》達協切。

渦 wō　盤渦烏和谷轉。（185 上左）

　　渦《廣韻》烏禾切，與烏和切音同。

硪 è　陽侯破五合硪我以岸起。（185 上左）

　　硪《廣韻》五合切。

硪 ě　陽侯破五合硪我以岸起。（185 上左）

　　硪、我《廣韻》五可切。

浼 yuān　洪瀾浼宛演而雲迴。（185 上左）

　　浼、宛《集韻》於袁切。

泿 yín　泿銀淪淊烏華瀤烏懷。（185 上左）

　　泿、銀《集韻》魚巾切。

淊 wā　泿銀淪淊烏華瀤烏懷。（185 上左）

　　淊《集韻》烏瓜切，與烏華切音同。

瀤 wāi　泿銀淪淊烏華瀤烏懷。（185 上左）

　　瀤《集韻》烏乖切，與烏懷切音同。

浥 yà　乍浥烏甲乍堆。（185 上左）

　　浥《廣韻》烏洽切，洽韻；烏甲切，狎韻。

礉 hǎn　礉呼檻如地裂。（185 上左）

　　礉《廣韻》荒檻切，與呼檻切音同。

繞 rào　觸曲厓以縈繞叫。（185 上左）

　　繞《廣韻》人要切，日母笑韻；叫《廣韻》古弔切，見母嘯韻。建州本（第 239 頁）

　　“繞”下注：“五臣作‘澆，音叫’。”澆《廣韻》古堯切，見母蕭韻。

礧 léi　駭崩浪而相礧。〔李善〕相礧，相擊也。音雷。（185 上左）

　　礧《集韻》盧回切，雷《廣韻》魯回切，音同。

唐 kè　鼓唐苦合窟以漰普萌渤蒲没。（185 上左）

唈《集韻》渴合切，與苦合切音同。

湒 pēng　鼓唈苦合窟以湒普萌渤蒲没。（185 上左）

湒《集韻》披耕切，與普萌切音同。

渤 bó　鼓唈苦合窟以湒普萌渤蒲没。（185 上左）

渤《廣韻》蒲没切。

溢 pèn　乃溢普寸湧而駕限。（185 上左）

溢《廣韻》普悶切，與普寸切音同。

豚 tún　魚則江豚徒昆海狶喜。（185 上左）

豚《廣韻》徒渾切，與徒昆切音同。

狶 xǐ　魚則江豚徒昆海狶喜。（185 上左）

狶、豨異體。豨《廣韻》虛豈切，尾韻；喜《廣韻》虛里切，止韻。

鮪 wěi　叔鮪于軌王鱣音邅。（185 上左）

鮪《廣韻》榮美切，與于軌切音同。

鱣 zhān　叔鮪于軌王鱣音邅。（185 上左）

鱣、邅《廣韻》張連切。

鮥 luò　［李善］《爾雅》曰：鮥，鮛鮪。鮥音洛。（185 上左）

鮥、洛《廣韻》盧各切。

鰭 gǔ　鰭骨鰊練鰧特登鮋直流。［李善］《山海經》曰：鰭魚，其狀如魚而鳥翼，出
入有光，其音如鴛鴦。郭璞曰：音滑。（185 上左～下右）

鰭、骨《集韻》吉忽切，見母没韻；鰭、滑《廣韻》户八切，匣母黠韻。

鰊 liàn　鰭骨鰊練鰧特登鮋直流。（185 上左）

鰊、練《廣韻》郎甸切。

鰧 téng　鰭骨鰊練鰧特登鮋直流。（185 上左）

鰧《集韻》徒登切，與特登切音同。

鰫 guī　［李善］《山海經》曰：鰧，其狀如鰫。居逵切。（185 下右）

鰫《集韻》居逵切。

鮋 chóu　鰭骨鰊練鰧特登鮋直流。（185 上左）

鮋《廣韻》直由切，與直流切音同。

鯪 líng　鯪陵鰩遙鯩鯠音連。（185 上左～下右）

鯪、陵《廣韻》力膺切。

鰩 yáo　　鯪陵鰩遙鯩鱱音連。（185 上左～下右）

鰩、遥《廣韻》餘昭切。

鯩 lún　　鯪陵鰩遙鯩鱱音連。［李善］（《山海經》）又曰：鯩魚，黑文，狀如鮒，食之不睡。

　　郭璞曰：音倫。（185 上左～下右）

鯩、倫《廣韻》力迍切。

鱱 lián　　鯪陵鰩遙鯩鱱音連。（185 上左～下右）

鱱、連《廣韻》力延切。

骼 gé　　　或鹿骼格象鼻。（185 下右）

骼、格《廣韻》古伯切。

鏙 cuǐ　　鱗甲鏙七罪錯。（185 下右）

鏙《集韻》取猥切，與七罪切音同。

噴 fèn　　噴普問浪飛唌似延反。（185 下右）

噴《集韻》方問切，與普問切音同。

唌 xián　　噴普問浪飛唌似延反。（185 下右）

唌《集韻》徐連切，與似延反音同。

哈 hé　　排流呼哈乎合。（185 下右）

哈《集韻》曷閤切，與乎合切音同。

爆 bó　　或爆蒲角采以晃淵。（185 下右）

爆《廣韻》北角切，幫母；蒲角切，並母。

曝 bú　　［李善］《説文》曰：爆，灼也，今以爲曝曬也。曝，步木切。（185 下右）

曝《廣韻》蒲木切，與步木切音同。

嚇 hè　　或嚇呼厄鰓乎巖間。（185 下右）

嚇《廣韻》呼格切，陌韻；呼厄切，麥韻。

鯼 zōng　　鯼祖洪鱭薺順時而往還。（185 下右）

鯼《廣韻》子紅切，與祖洪切音同。

鱭 jì　　鯼祖洪鱭薺順時而往還。（185 下右）

鱭、薺《集韻》在禮切。

蜦 lún　　蜦倫蟺團鬟候蝐媚。（185 下左）

蜦、倫《廣韻》力迍切。

蟺 tuán　　蜦倫蟺團鬟候蝐媚。（185 下左）［李善］《山海經》曰：蟺魚，其狀如鮒而

　　　　　　　麤尾。郭璞曰：音團，如扇之團。

　　　　　　　蟉、團《廣韻》度官切。

鱟 hòu　　　蜦倫蟉團鱟候蝐媚。（185 下左）

　　　　　　　鱟、候《廣韻》胡遘切。

蝐 mèi　　　蜦倫蟉團鱟候蝐媚。（185 下左）

　　　　　　　蝐、媚《廣韻》明祕切。

鱝 fèn　　　鱝扶粉蠡烏郎鼆迷麿音麻。（185 下左）

　　　　　　　鱝《廣韻》房吻切，與扶粉切音同。

蠡 āng　　　鱝扶粉蠡烏郎鼆迷麿音麻。（185 下左）

　　　　　　　蠡《集韻》於郎切，與烏郎切音同。

鼆 mí　　　　鱝扶粉蠡烏郎鼆迷麿音麻。（185 下左）

　　　　　　　鼆、迷《廣韻》莫兮切。

麿 má　　　　鱝扶粉蠡烏郎鼆迷麿音麻。（185 下左）

　　　　　　　麿、麻《廣韻》莫霞切。

珧 yáo　　　王珧姚海月。（185 下左）

　　　　　　　珧、姚《廣韻》餘昭切。

蝬 zōng　　　三蝬子工虾汵江。（185 下左）

　　　　　　　蝬《廣韻》子紅切，與子工切音同。

虾 liú　　　　三蝬子工虾汵江。（185 下左）

　　　　　　　虾、汵《集韻》力求切。

螺 luó　　　　鸚螺力戈蜁旋蝸古花反。（185 下左）

　　　　　　　螺《廣韻》落戈切，與力戈切音同。

蜁 xuán　　　鸚螺力戈蜁旋蝸古花反。（185 下左）

　　　　　　　蜁、旋《廣韻》似宣切。

蝸 guā　　　鸚螺力戈蜁旋蝸古花反。（185 下左～186 上右）

　　　　　　　蝸《廣韻》古華切，與古花反音同。

蛣 qí　　　　璅蛣詰腹蟹。（186 上右）

　　　　　　　蛣、詰《廣韻》去吉切。

蝦 xiá　　　水母目蝦迱。（186 上右）

　　　　　　　蝦、迱《廣韻》胡加切。

蚝 zhà　　［李善］蚝音蜡,二字並除嫁切。（186 上右）

　　蚝《廣韻》除駕切,與除嫁切音同,澄母;蜡《廣韻》鋤駕切,崇母。

蚢 háng　　紫蚢胡岡如渠。（186 上右）

　　蚢《廣韻》胡郎切,與胡岡切音同。

蚶 hān　　洪蚶呼甘專車。（186 上右）

　　蚶《廣韻》呼談切,與呼甘切音同。

砝 jié　　石砝居葉應節而揚葩。［李善］《南越志》曰:石砝,形如龜脚,得春雨則生花,

　　花似草華。砝音劫。（186 上右）

　　砝、劫《廣韻》居怯切,業韻;居葉切,葉韻。

椐 jū　　椐居蠩諸森衰以垂翹。（186 上右）

　　椐、居《廣韻》九魚切。

蠩 zhū　　椐居蠩諸森衰以垂翹。（186 上右）

　　蠩、諸《集韻》專於切。

蠣 lì　　玄蠣力滯磈苦罪礧力罪而碨烏懷砸烏遐反。（186 上右）

　　蠣《廣韻》力制切,與力滯切音同。

磈 kuǐ　　玄蠣力滯磈苦罪礧力罪而碨烏懷砸烏遐反。（186 上右）

　　磈《廣韻》口猥切,與苦罪切音同。

礧 lěi　　玄蠣力滯磈苦罪礧力罪而碨烏懷砸烏遐反。（186 上右）

　　礧《廣韻》落猥切,與力罪切音同。

碨 wāi　　玄蠣力滯磈苦罪礧力罪而碨烏懷砸烏遐反。（186 上右）

　　碨《廣韻》乙皆切,與烏懷切音同。

砸 yā　　玄蠣力滯磈苦罪礧力罪而碨烏懷砸烏遐反。（186 上右）

　　砸《廣韻》於加切,與烏遐反音同。

瀲 liàn　　或泛瀲䑶豔於潮波。（186 上左）

　　瀲《廣韻》力驗切,來母;䑶豔切,邪母。䑶疑爲“䑹”形似而訛。䑹,來母。

混 hùn　　或混淪乎泥沙。［李善］《廣雅》曰:混,轉也。混,乎本切。（186 上左）

　　混《廣韻》胡本切,與乎本切音同。

淪 lǔn　　或混淪乎泥沙。［李善］淪,力本切。（186 上左）

　　淪《集韻》魯本切,與力本切音同。

鶬 cāng　　奇鶬倉九頭。（186 上左）

鶬、倉《廣韻》七岡切。

眸 móu　有龜六眸莫侯反。（186 上左）

　　　眸《廣韻》莫浮切，尤韻；莫侯反，侯韻。

鱉 biē　禎鱉肺扶廢躍而吐璣。［李善］《山海經》曰：珠鱉之魚，其狀如肺而有目，

　　六足，有珠。郭璞曰：鱉音鼈。（186 上左）

　　　鱉、鼈《集韻》必列切。

肺 fèi　鱉肺扶廢躍而吐璣。（186 上左）

　　　肺、肺異體。肺《集韻》芳廢切，敷母；扶廢切，奉母。

魾 pí　文魾魮磬鳴以孕璆。［李善］《山海經》曰：文魾之魚，其狀如覆銚，鳥首而翼，

　　魚尾，音如磬之聲，是生珠玉。郭璞曰：音魮。（186 上左）

　　　魾、魮《廣韻》房脂切。

鯈 tiáo　鯈鰷蟠庸拂翼而掣充制耀。［李善］《山海經》曰：鯈鰷，狀如黃蛇，魚翼，

　　出入有光。郭璞曰：音條容。（186 上左）

　　　鯈、鰷《集韻》田聊切。

蟠 yóng　鯈鰷蟠庸拂翼而掣充制耀。［李善］《山海經》曰：鯈鰷，狀如黃蛇，魚翼，

　　出入有光。郭璞曰：音條容。（186 上左）

　　　蟠、庸、容《廣韻》餘封切。

掣 chì　鯈鰷蟠庸拂翼而掣充制耀。（186 上左）

　　　掣《廣韻》尺制切，與充制切音同。

猴 lì　神猴麗蝹於粉輪力殞以沉遊。（186 上左）

　　　猴、麗《廣韻》郎計切。

蝹 yǔn　神猴麗蝹於粉輪力殞以沉遊。（186 上左）

　　　蝹《集韻》委隕切，隱韻；於粉切，吻韻。

輪 lǔn　神猴麗蝹於粉輪力殞以沉遊。（186 上左）

　　　輪《集韻》纏尹切，準韻；力殞切，軫韻。

驔 bó　驔蒲沒馬騰波以噓蹀牒。［李善］《山海經》曰：驔馬，牛尾白身，一角，其

　　音如虎。郭璞曰：音勃。（186 下右）

　　　驔、勃《廣韻》蒲沒切。

蹀 dié　驔蒲沒馬騰波以噓蹀牒。（186 下右）

　　　蹀、牒《廣韻》徒協切。

咆 páo 水兕雷咆薄交乎陽侯。（186 下右）

咆《廣韻》薄交切。

鬖 shān 緑苔鬖所咸鬖沙乎研上。（186 下右）

鬖《集韻》師咸切，與所咸切音同。

鬖 shā 緑苔鬖所咸鬖沙乎研上。（186 下右）

鬖、沙《廣韻》所加切。

研 yàn 緑苔鬖所咸鬖沙乎研上。［李善］《説文》曰：研，滑石也。研與硯同，五見切。
　　　（186 下右）

研、硯《廣韻》吾甸切，與五見切音同。

帆 fān 石帆平蒙籠以蓋嶼序。（186 下右）

帆《廣韻》收録平、去二讀，名詞義平聲。

嶼 xù 石帆平蒙籠以蓋嶼序。（186 下右）

嶼、序《廣韻》徐吕切。

泳 yòng 葓實時出而漂泳音詠。（186 下右）

泳、詠《廣韻》爲命切。

礦 gǒng 其下則金礦丹礫歷。［李善］《説文》曰：礦，銅鐵璞也。古猛切。（186 下左）

礦《廣韻》古猛切。

礫 lì 其下則金礦丹礫歷。（186 下左）

礫、歷《廣韻》郎擊切。

瓑 lì 瓑麗珋留璿瑰古回。［李善］《説文》曰：瓑，蟲屬。力計切。（186 下左）

瓑、麗《廣韻》郎計切，與力計切音同。

珋 liú 瓑麗珋留璿瑰古回。（186 下左）

珋《廣韻》力久切，上聲；留《廣韻》力求切，平聲。

瑰 guī 瓑麗珋留璿瑰古回。（186 下左）

瑰《廣韻》公回切，與古回切音同。

瑉 mín 水碧潛瑉美巾反。（186 下左）

瑉、珉異體。瑉《集韻》眉貧切，與美巾反音同。

潁 jiǒng 或潁古迥彩輕漣。（186 下左）

潁《廣韻》古迥切。

涓 juān 或涓涓曜崖鄰。（186 下左）

焆、涓《廣韻》古玄切。

鄰 lín　　或焆涓曜崖鄰。［李善］《說文》曰：鄰，水崖間鄰鄰然也。力因切。（186下左）
　　鄰《廣韻》力珍切，與力因切音同。

鷂 yǎo　　鷂於絞鷔敖鷗鴺。［李善］《山海經》曰：鷂，其狀如梟，青身而朱目，赤尾。
　　郭璞曰：音窈窕之窈。（187上右）
　　鷂、窈《廣韻》烏皎切，篠韻；鷂《廣韻》又音於絞切，巧韻。

鷔 áo　　鷂於絞鷔敖鷗鴺。（187上右）［李善］《山海經》曰：鷔，青黃，其所集者其
　　國亡。郭璞曰：音敖。
　　鷔、敖《廣韻》五勞切。

鴺 dì　　鷂於絞鷔敖鷗鴺。［李善］《山海經》曰：鴺，其狀如梟。郭璞曰：音鉗鈇之
　　鈇，徒計切。（187上右）
　　鴺、鴺異體，鈇、鈇異體。鴺、鈇《集韻》大計切，與徒計切音同。

翻 yù　　鼓翅翻許聿翂許月反。［李善］《禮記》曰：鳳以爲畜，故鳥不獝；麟以爲畜，
　　故獸不狨。鄭玄曰：獝狨，飛走之貌。翻與獝同。（187上右）
　　翻、鷸異體。鷸《廣韻》餘律切，以母；許聿切，曉母。疑爲臨時變讀以構成翻
　　翂雙聲。獝《集韻》允律切，與餘律切音同。

翂 xuè　　鼓翅翻許聿翂許月反。（187上右）
　　翂、翂異體。翂《廣韻》許月切。

瀑 bào　　拊拂瀑沫。［李善］《說文》曰：瀑，賣也。蒲到切。（187上右）
　　瀑《廣韻》薄報切，與蒲到切音同。

毻 tuò　　産毻他積羽。［李善］《字書》曰：毲，落毛也。毲與毻同，音唾。（187上右）
　　毻、毲、唾《廣韻》湯臥切，透母過韻；他《集韻》唐佐切，定母箇韻。

碣 jié　　往來勃碣其列反。（187上右）
　　碣《廣韻》渠列切，與其列反音同。

橉 lìn　　橉力刃杞稹之忍薄於潯溰。（187上右）
　　橉《廣韻》良刃切，與力刃切音同。

稹 zhěn　　橉力刃杞稹之忍薄於潯溰。（187上右）
　　稹《廣韻》章忍切，與之忍切音同。

潯 xín　　橉力刃杞稹之忍薄於潯溰。［李善］《淮南子》曰：南遊江潯。許慎注曰：潯，
　　水涯也。音尋。（187上右～左）

潯、尋《廣韻》徐林切。

栎 lì 　栎楝連森嶺而羅峯。[李善]栎楝亦二木名也。栎音隸。（187上右～左）

　　　栎、隸《廣韻》郎計切。

楝 lián 　栎楝連森嶺而羅峯。（187上右～左）

　　　楝、連《廣韻》力延切。

篔 yún 　桃枝篔筠簹當。（187上左）

　　　篔《廣韻》王分切，文韻；筠《廣韻》爲贇切，真韻。

簹 dāng 　桃枝篔筠簹當。（187上左）

　　　簹、當《廣韻》都郎切。

皞 hào 　揚皞杲眲二。（187上左）

　　　皞、杲《集韻》下老切。

眲 èr 　揚皞杲眲二。（187上左）

　　　眲《廣韻》仍吏切，志韻；二《廣韻》而至切，至韻。

茸 róng 　擢紫茸而容反。（187上左）

　　　茸《廣韻》而容切。

隩 yù 　蔭潭隩於六。[李善]《爾雅》曰：隩，隈也。郭璞曰：今江東呼爲浦隩。於到切。

　（187上左）

　　　隩《廣韻》於六、烏到二切，烏到切與於到切音同。

蔚 wèi 　繁蔚尉芳藹。（187上左）

　　　蔚、尉《廣韻》於胃切。

芊 qiàn 　涯灌芊千見萰力見。（187上左）

　　　芊《廣韻》倉甸切，與千見切音同。

萰 liàn 　涯灌芊千見萰力見。（187上左）

　　　萰《廣韻》郎甸切，與力見切音同。

薈 wèi 　潛薈烏外蔥蘢郎公反。（187上左）

　　　薈《廣韻》烏外切。

蘢 lóng 　潛薈烏外蔥蘢郎公反。（187上左）

　　　蘢《廣韻》盧紅切，與郎公反音同。

鯪 líng 　鯪陵鯥六跼日眉跼具側於垠銀踱魚儉。（187上左）

　　　鯪、陵《廣韻》力膺切。

鯥 lù　　鯪陵鯥六跱日眉跼具側於垠銀隒魚儉。（187 上左）

鯥、六《廣韻》力竹切。

跱 kuí　　鯪陵鯥六跱日眉跼具側於垠銀隒魚儉。（187 上左）

奎章閣本（第 306 頁）、明州本（第 197 頁）、陳八郎本（第六卷第 24 頁）曰作"巨"，

是。跱《廣韻》渠追切，與巨眉切音同。

跼 jú　　鯪陵鯥六跱日眉跼具側於垠銀隒魚儉。［李善］《聲類》曰：偏舉一足曰跼

蹏也。渠俱切。（187 上左）

跼《廣韻》渠玉切，燭韻；具側切，職韻。跼《集韻》權俱切，與渠俱切音同。

垠 yín　　鯪陵鯥六跱日眉跼具側於垠銀隒魚儉。（187 上左）

垠、銀《廣韻》語巾切。

隒 yǎn　　鯪陵鯥六跱日眉跼具側於垠銀隒魚儉。（187 上左）

隒《廣韻》魚檢切，與魚儉切音同。

獱 pín　　獱頻獱睒失冉矎呼穴乎廞去聲空。（187 上左）

獱、頻《廣韻》符真切。

睒 shǎn　　獱頻獱睒失冉矎呼穴乎廞去聲空。（187 上左）

睒《廣韻》失冉切。

矎 xuè　　獱頻獱睒失冉矎呼穴乎廞去聲空。（187 上左）［李善］《聲類》曰：矎，驚

視上也。呼穴切。

矎《廣韻》呼決切，與呼穴切音同。

廞 qiān　　獱頻獱睒失冉矎呼穴乎廞去聲空。［李善］廞，岸側空處也。去嚴切。（187

上左～下右）

廞《集韻》丘銜切，與去嚴切音同。

鱬 rú　　［李善］《山海經》曰：釐山，灉灉之水出焉，有獸名曰獺，其狀如鱬，其毛如彘鬣。

鱬，如珠切。（187 下右）

鱬《廣韻》人朱切，與如珠切音同。

蜼 wèi　　迅蜼聿季臨虛以騁巧。（187 下右）

蜼《廣韻》以醉切，與聿季切音同。

玃 jué　　孤玃居縛登危而雍容。（187 下右）

玃《廣韻》居縛切。

牴 hǒu　　夒牴呼口翹踛六於夕陽。［李善］又《爾雅注》曰：今青州呼犢爲牴。牴，

夒牛之子也。牯與犵同,火口切。(187 下右)

　　牯、犵《廣韻》呼后切,與火口、呼口切音同。

踛 lù　　　夒牯呼口翹踛六於夕陽。(187 下右)

　　踛、六《廣韻》力竹切。

漱 shòu　　漱所遘壑生浦。(187 下右)

　　漱《廣韻》所祐切,宥韻;所遘切,候韻。

磴 tēng　　磴土登之以濖煩瀷翼。(187 下右)[李善]磴,猶益也。土登切。

　　磴《集韻》他登切,與土登切音同。

濖 fán　　磴土登之以濖煩瀷翼。[李善]《淮南子》曰:莫鑒於流濖,而鑒於澄水。許

　　慎曰:楚人謂水暴溢爲濖。扶園切。(187 下右)

　　濖、煩《廣韻》附袁切,與扶園切音同。

瀷 chì　　磴土登之以濖煩瀷翼。[李善]《淮南子》曰:潦水,旬月不雨,則涸而枯,澤

　　受瀷而無源者也。許慎曰:瀷,湊漏之流也。瀷,昌即切。(187 下右)

　　瀷、翼《廣韻》與職切,以母;瀷《廣韻》昌力切,與昌即切音同,昌母。

渫 xiè　　渫息刑之以尾閭。(187 下右)

　　建州本(第 242 頁)刑作"列",是。渫《廣韻》私列切,與息列切音同。

蓏 luǒ　　攢布水蓏力果反。(187 下左)

　　蓏《廣韻》郎果切,與力果反音同。

瀵 fèn　　翹莖瀵芳問。[李善]《說文》曰:瀵,水浸也。匹問切。(187 下左)

　　瀵《廣韻》匹問切,與芳問切音同。

萎 wēi　　隨風猗萎於危。(187 下左)

　　萎《廣韻》於爲切,與於危切音同。

潭 tán　　與波潭㳿。[李善]潭㳿,隨波之貌。潭音覃。(187 下左)

　　潭、覃《廣韻》徒含切。

㳿 duò　　與波潭㳿。[李善]㳿,徒我切。(187 下左)

　　㳿《集韻》待可切,與徒我切音同。

炎 yǎn　　景炎羊染霞火。(187 下左)

　　炎《廣韻》于廉切,于母平聲;羊染切,以母上聲。

霞 xiá　　景炎羊染霞火。[李善]𩅿與霞同。(187 下左)

　　霞、𩅿《廣韻》胡加切,音同通用。

洮 yáo　具區洮姚滆翮。（187 下左～188 上右）

洮、姚《廣韻》餘昭切。

滆 hé　具區洮姚滆翮。［李善］《水經注》曰：中江東南，左合滆湖。音核。（187 下左～188 上右）

滆、翮、核《廣韻》下革切。

漅 jiǎo　朱滻丹漅。［李善］丹湖在丹陽，漅湖在居巢。漅，祖了切。（188 上右）

漅《集韻》子了切，與祖了切音同。

沆 hàng　沆胡朗瀁余兩皛胡杳漾余少反。（188 上右）

沆《廣韻》胡朗切。

瀁 yǎng　沆胡朗瀁余兩皛胡杳漾余少反。（188 上右）

瀁《廣韻》餘兩切，與余兩切音同。

皛 xiào　沆胡朗瀁余兩皛胡杳漾余少反。（188 上右）

皛《廣韻》胡了切，與胡杳切音同。

漾 yǎo　沆胡朗瀁余兩皛胡杳漾余少反。（188 上右）

漾《廣韻》以沼切，與余少反音同。

瑱 tiàn　金精玉英瑱他見其裏。［李善］瑱琗，謂文采相雜。瑱，徒見切。（188 上右）

瑱《廣韻》他甸切，與他見切音同，透母；徒見切，定母。

汋 chuò　［李善］《穆天子傳》河伯曰：示汝黄金之膏。郭璞曰：金膏，其精汋也。汋音綽。（188 上右）

汋《廣韻》市若切，禪母；綽《廣韻》昌約切，昌母。

琗 zuì　瑶珠怪石琗其表。［李善］《小雅》曰：雜采曰綷。琗與綷同。琗，字憒切。（188 上右）

琗、綷《集韻》祖對切，精母；字憒切，從母。

虯 qiú　驪虯渠幽摎居由其址止。（188 上右）

虯《廣韻》渠幽切。

摎 jiū　驪虯渠幽摎居由其址止。（188 上右）

摎《集韻》居尤切，與居由切音同。

址 zhǐ　驪虯渠幽摎居由其址止。（188 上右）

址、止《廣韻》諸市切。

嶿 biǎo　梢雲冠其嶿必眇反。［李善］嶿，山巔也。方眇切。（188 上右～左）

嵊《廣韻》方小切，與必眇反、方眇切音同。

睨 nì　　冰夷倚浪以傲睨五計。（188 上左）

睨《廣韻》五計切。

矏 mián　江妃含嚬而矏彌延眇。[李善] 矏眇，遠視貌。《法言》曰：眇絲作炳矏。矏音絲。
（188 上左）

矏、矏異體。矏、絲《廣韻》武延切，與彌延切音同。

搦 nuò　　舟子於是搦女角棹。（188 上左～下右）

搦《廣韻》女角切。

艤 yǐ　　　涉人於是艤魚綺榜補郎反。（188 下右）

艤《廣韻》魚倚切，與魚綺切音同。

榜 bǎng　涉人於是艤魚綺榜補郎反。（188 下右）

榜《廣韻》北朗切，上聲；補郎反，平聲。韻腳字爲翔榜艎檣商浪荒，平聲韻段，
榜變讀平聲以協韻。

檣 qiáng　萬里連檣。[李善]《埤蒼》曰：檣，帆柱也。才羊切。（188 下右）

檣《廣韻》在良切，與才羊切音同。

浪 láng　　投幽浪平。（188 下右）

浪《廣韻》收錄平、去二讀。韻腳字爲翔榜艎檣商浪荒，浪注平聲以協韻。

䚕 lì　　　爾乃䚕雰紛祲子蔭於清旭許玉。[李善]《方言》曰：䚕，視也。音隸。（188
下右）

䚕、䚕異體。䚕、隸《廣韻》郎計切。

雰 fēn　　爾乃䚕雰紛祲子蔭於清旭許玉。[李善]《説文》曰：雰，亦氛字也。（188
下右）

雰、紛、氛《廣韻》撫文切。

祲 jìn　　爾乃䚕雰紛祲子蔭於清旭許玉。（188 下右）

祲《廣韻》子鴆切，與子蔭切音同。

旭 xù　　　爾乃䚕雰紛祲子蔭於清旭許玉。（188 下右）

旭《廣韻》許玉切。

覘 chān　覘勒詹五兩之動靜。[李善] 鄭玄《禮記注》曰：覘，闚視也。勑廉切。（188
下右）

覘《廣韻》丑廉切，與勑詹、勑廉切音同。

綄 huán　　[李善]許慎《淮南子注》曰：綄，候風也，楚人謂之五兩也。綄音桓。（188
　　下右～左）

　　　　　綄、桓《廣韻》胡官切。

飀 wěi　　長風飀于鬼以增扇。[李善]飀，大風貌。音葦。（188下左）

　　　　　飀、颹異體。颹、葦《廣韻》于鬼切。

飅 lì　　　廣莫飅麗而氣整。[李善]郭璞《山海經注》曰：飅飅，急風貌。音戾。（188
　　下左）

　　　　　飅、飅異體。飅、麗、戾《廣韻》郎計切。

颸 wēi　　徐而不颸烏回。[李善]《埤蒼》曰：颸，風遲也。音隈。（188下左）

　　　　　颸、飅異體。飅、隈《廣韻》烏恢切，與烏回切音同。

帆 fān　　鼓帆平迅越。（188下左）

　　　　　帆《廣韻》收錄平、去二讀，名詞義平聲。

𨒅 mò　　𨒅陌漲張截泂音迥。（188下左）

　　　　　𨒅、𨒅異體。𨒅、陌《廣韻》莫白切。

漲 zhāng　𨒅陌漲張截泂音迥。（188下左）

　　　　　漲、張《廣韻》陟良切。

泂 xiòng　𨒅陌漲張截泂音迥。（188下左）

　　　　　泂、迥《廣韻》戶頂切。

溟 mǐng　電往杳溟覓冷反。（188下左）

　　　　　溟《廣韻》莫迥切，與覓冷反音同。

匡 guàng　[李善]王逸《荔枝賦》曰：飛匡上下，電往景還。匡，勤往切。（188下左）

　　　　　匡《廣韻》去王切，溪母平聲；勤往切，群母上聲。

霴 duì　　霴如晨霞孤征。[李善]霴，征貌。徒對切。（188下左）

　　　　　霴《廣韻》徒對切。

企 qǐ　　　渠黃不能企其景。[李善]《毛詩》曰：跂予望之。鄭玄曰：舉足則望見之。
　　企與跂同。（188下左）

　　　　　企、跂《廣韻》丘弭切。

蟲 xiān　　食惟蔬蟲思延切。（189上右）

　　　　　蟲《廣韻》相然切，與思延切音同。

栫 jiàn　　栫寂見澱廷見爲涔。（189上右）

栫《廣韻》在甸切，與寂見切音同。

澱 diàn　栫寂見澱廷見爲渰。〔李善〕劉淵林《吳都賦注》曰：淀，如淵而淺。澱與淀古字通。（189 上右）

澱、淀《廣韻》堂練切，與廷見切音同。

槮 sǎn　〔李善〕《爾雅》曰：槮謂之渰。郭璞曰：今作槮，叢木於水中，魚得寒，入其裏，以薄捕取之也。槮，蘇感切。（189 上右）

槮《廣韻》桑感切，與蘇感切音同。

渰 qián　栫寂見澱廷見爲渰。〔李善〕渰，字廉切。（189 上右）

渰《集韻》慈鹽切，與字廉切音同。

潀 cóng　夾潀在公羅筌。（189 上右）

潀《廣韻》徂紅切，與在公切音同。

灑 shǎi　笱灑連鋒。〔李善〕舊説曰：笱灑，皆釣名也。灑，所蟹切。（189 上右）

灑《廣韻》所蟹切。

罾 zēng　罾子僧罍雷比船。（189 上右）

罾《廣韻》作滕切，與子僧切音同。

罍 léi　罾子僧罍雷比船。（189 上右）

罍、罍異體。罍、雷《廣韻》魯回切。

碕 qí　或揮輪於懸碕奇。（189 上右）

碕、奇《廣韻》渠羈切。

嘔 ōu　傲自足於一嘔。〔李善〕嘔與謳同。（189 上右）

嘔、謳《廣韻》烏侯切，音同通用。

沱 tuó　疏之以沱度河汜似。（189 上右）

沱《集韻》唐何切，與度河切音同。

汜 sì　疏之以沱度河汜似。（189 上右）

汜、似《廣韻》詳里切。

相 xiàng　奇相去得道而宅神。（189 下右）

相《廣韻》收録平、去二讀，名詞義去聲。

儀 yí　〔李善〕《列子》曰：周穆王遠遊，命駕八駿之乘，驊騮、緑耳、赤驥、白儀、渠黄、蹡輪、盗驪、山子。張湛曰：儀，古義字。（189 下左）

儀《廣韻》魚羈切，平聲；義《廣韻》宜寄切，去聲。

《風賦》

綪 qiàn　［李善］（《史記》）又曰：楚有謂項襄王曰：王綪繳蘭臺。徐廣曰：綪，縈也。七
　　見切。（190 下左）
　　　　綪《廣韻》倉甸切，與七見切音同。

句 gōu　枳句來巢。［李善］《説文》曰：句，曲也。古侯切。（191 上右）
　　　　句《廣韻》古侯切。

溯 pīng　飄忽溯滂。［李善］溯滂，風擊物聲。溯，疋冰切。（191 上右）
　　　　溯《集韻》披冰切，與疋冰切音同。

滂 pāng　飄忽溯滂。［李善］滂，普郎切。（191 上右～左）
　　　　滂《廣韻》普郎切。

熛 biāo　激颺熛怒。［李善］熛怒，如漂之聲。《説文》曰：熛，火飛也。俾堯切。（191
　　上右）
　　　　熛《廣韻》甫遥切，宵韻；俾堯切，蕭韻。

耾 hóng　耾耾雷聲。［李善］耾，侯萌切。（191 上左）
　　　　耾《廣韻》户萌切，與侯萌切音同。

眴 xuàn　眴煥粲爛。［李善］眴，呼縣切。（191 上左）
　　　　眴《廣韻》許縣切，與呼縣切音同。

邸 dǐ　邸華葉而振氣。［李善］《説文》曰：邸，觸也。邸與抵古字通。（191 上左）
　　　　邸、抵《廣韻》都禮切，音同通用。

精 jīng　將擊芙蓉之精。［李善］《廣雅》曰：菁，華也。精與菁古字通。（191 上左）
　　　　精、菁《廣韻》子盈切，音同通用。

荑 tí　被荑楊。［李善］《易》曰：枯楊生稊。王弼曰：稊者，楊之秀也。稊與荑同，
　　徒奚切。（191 上左）
　　　　荑、稊《廣韻》杜奚切，與徒奚切音同。

倘 cháng　然後倘佯徉羊中庭。（191 下右）
　　　　倘、徜異體。倘、常《廣韻》市羊切。

佯 yáng　然後倘常佯羊中庭。（191 下右）
　　　　佯、羊《廣韻》與章切。

憯 cǎn　直憯悽惏慄。［李善］《説文》曰：憯，痛也。錯感切。（191 下右）
　　　　憯、憯異體。憯《廣韻》七感切，與錯感切音同。

慄 lì　　直憯悽悷慄。［李善］毛萇《詩傳》曰：慄冽，寒氣也。慄，理吉切。（191下右）

　　　　慄《廣韻》力質切，與理吉切音同。

欷 xì　　清涼增欷。［李善］欷，欣既切。（191下右）

　　　　欷《廣韻》許既切，與欣既切音同。

塕 wěng　塕然起於窮巷之間。［李善］塕然，風起之貌也。一孔切。（191下右）

　　　　塕《廣韻》烏孔切，與一孔切音同。

堀 kū　　堀窟堁塒揚塵。（191下右）

　　　　堀、窟《廣韻》苦骨切。

堁 kè　　堀窟堁塒揚塵。（191下右）

　　　　堁、塒《廣韻》苦臥切。

塺 méi　　［李善］《淮南子》曰：揚堁而弭塵。許慎曰：堁，塵塺也。塺，莫迴切。（191
　　下右）

　　　　塺《廣韻》莫杯切，與莫迴切音同。

溷 hùn　　駭溷濁。［李善］溷，胡困切。（191下左）

　　　　溷《廣韻》胡困切。

腐 fù　　揚腐餘。［李善］腐，扶甫切。（191下左）

　　　　腐《廣韻》扶雨切，與扶甫切音同。

憝 duì　　直憝溷鬱邑。［李善］憝，徒對切。（191下左）

　　　　憝《廣韻》徒對切。

敺 qū　　敺温致濕。［李善］敺，古驅字。（191下左）

　　　　敺、驅《集韻》虧于切，音同通用。

慘 cǎn　　中心慘怛。［李善］慘怛，憂勞也。慘，錯感切。（191下左）

　　　　慘《廣韻》七感切，與錯感切音同。

胗 zhěn　　中脣爲胗軫。（191下左）

　　　　胗、軫《廣韻》章忍切。

蔑 miè　　得目爲蔑。［李善］《呂氏春秋》曰：氣鬱處目則爲蔑、爲盲。高誘曰：蔑，眵也。
　　蔑與瞲古字通，亡結切。（191下左）

　　　　蔑、瞲《集韻》莫結切，與亡結切音同，音同通用。

眵 chī　　［李善］眵，充支切。（191下左）

　　　　眵《廣韻》叱支切，與充支切音同。

齰 zhé　咱齰嗽獲。［李善］齰，齧也。士白切。（191 下左）

　　　　齰《廣韻》鋤陌切，與士白切音同。

嗽 shuò　咱齰嗽獲。［李善］嗽，吮也。山角切。（191 下左）

　　　　嗽《廣韻》所角切，與山角切音同。

獲 huò　咱齰嗽獲。［李善］《聲類》曰：嚄，大喚也。宏麥切。獲與嚄古字通。（191
　　　　下左）

　　　　獲《廣韻》胡麥切，與宏麥切音同，麥韻；嚄《廣韻》胡伯切，陌韻。

卒 cù　死生不卒。［李善］卒，七忽切。（191 下左）

　　　　卒《廣韻》倉没切，與七忽切音同。

《秋興賦》

話 huài　談話不過農夫田父之客。［李善］《説文》曰：話，會合善言也。胡快切。（192
　　　　上左）

　　　　話《廣韻》下快切，與胡快切音同。

慨 xì　慨然而賦。［李善］《字林》曰：慨，壯士不得志也。許既切。（192 上左）

　　　　慨《集韻》許既切。

蒔 shì　覽花蒔之時育兮。［李善］《字林》曰：蒔，更別種。上吏切。（192 下右）

　　　　蒔《廣韻》時吏切，與上吏切音同。

憀 liǎo　憀了慄兮。（192 下右）

　　　　憀《廣韻》落蕭切，平聲；了《廣韻》盧鳥切，上聲。

篓 shà　於是廼屏輕篓所甲。（192 下左）

　　　　篓《廣韻》山洽切，洽韻；所甲切，狎韻。

莞 huán　藉莞蒻若。［李善］鄭玄《毛詩箋》曰：莞，小蒲席也。胡官切。（192 下
　　　　左～193 上右）

　　　　莞《廣韻》胡官切。

蒻 ruò　藉莞蒻若。（192 下左）

　　　　蒻、若《廣韻》而灼切。

袷 jiā　御袷衣。［李善］（《説文》）又曰：袷，衣無絮也。古洽切。（192 下左～193
　　　　上右）

　　　　袷《廣韻》古洽切。

槭 sè　庭樹槭以灑落兮。［李善］槭，枝空之貌。所隔切。（193 上右）

槭《集韻》率擓切,合口;所隔切,開口。

朣 tóng 月朣朧以含光兮。[李善]《埤蒼》曰:朣朧,欲明也。朣,徒東切。(193上右)

朣《集韻》徒東切。

朧 lóng 月朣朧以含光兮。[李善]朧,力東切。(193上右)

朧《廣韻》盧紅切,與力東切音同。

髟 biāo 斑鬢髟以承弁兮。[李善]服虔《通俗文》曰:髮垂而髟。方料切。(193上左)

髟《廣韻》甫遥切,宵韻;方料切,蕭韻。

潎 pì 玩游鯈之潎潎。[李善]潎潎,遊貌也。匹曳切。(194上右)

潎《廣韻》匹蔽切,與匹曳切音同。

《雪賦》

侔 móu 侔色揣稱。[李善]鄭玄《周禮注》曰:侔,等也。莫侯切。(194下右)

侔《廣韻》莫浮切,尤韻;莫侯切,侯韻。

揣 chuǎi 侔色揣稱。[李善]《説文》曰:揣,量也。初委切。(194下右)

揣《廣韻》初委切。

涸 hù 焦溪涸護。(194下左)

涸《廣韻》下各切,鐸韻;護《廣韻》胡誤切,暮韻。

裸 huà 裸胡卦壤垂繒。(195上右)

裸、倮異體。倮《集韻》户瓦切,馬韻;胡卦切,卦韻。

靄 ài 連氛累靄。[李善]《文字集略》曰:靄,雲狀。又曰:靄,亦靄也。一大切。(195上右)

靄、靄異體。靄《廣韻》於蓋切,與一大切音同。

掩 yǎn 掩日韜霞。[李善]毛萇《詩傳》曰:掩,覆也。於儼切。(195上右)

掩《廣韻》衣儉切,琰韻;於儼切,儼韻。

韜 tāo 掩日韜霞。[李善]杜預《左氏傳》曰:韜,藏也。吐刀切。(195上右)

韜《廣韻》土刀切,與吐刀切音同。

霙 yīng [李善]《韓詩》曰:先集惟霰。薛君曰:霰,霙也。音英。(195上右)

霙、英《廣韻》於驚切。

糅 niù 雪粉糅女又而遂多。(195上右)

糅《廣韻》女救切,與女又切音同。

瀌 biāo 瀌瀌弈弈。[李善](《毛詩》)又曰:雨雪瀌瀌。方遥切。(195上右)

瀌《廣韻》甫嬌切，與方遥切音同。

璐 lù　　逴似連璐。〔李善〕許慎《淮南子注》曰：璐，美玉也。音路。（195 上左）

璐、路《廣韻》洛故切。

挺 dìng　林挺瓊樹。〔李善〕《説文》曰：挺，拔也。達鼎切。（195 上左）

挺《廣韻》徒鼎切，與達鼎切音同。

姱 hù　　玉顔掩姱。〔李善〕嫮與姱同，好貌。（195 上左）

嫮《集韻》胡故切，去聲；姱《集韻》後五切，全濁上聲。

懣 měn　懣然心服。〔李善〕《説文》曰：懣，煩也。《蒼頡》曰：悶也。莫本切。（195 下左）

懣《廣韻》模本切，與莫本切音同。

酡 tuó　　朱顔酡兮思自親。〔李善〕《楚辭》曰：美人既醉朱顔酡。王逸曰：酡，著也，

　　面著赤色也。徒何切。（196 上右）

酡《集韻》唐何切，與徒何切音同。

《月賦》

悄 qiǎo　悄焉疚懷。〔李善〕《毛詩》曰：憂心悄悄。悄悄，憂貌。七小切。（196 下右）

悄《廣韻》親小切，與七小切音同。

跪 guì　　仲宣跪而稱曰。〔李善〕《聲類》曰：跪，䟆也。跪，渠委切。（196 下左）

跪《廣韻》渠委切。

䟆 jì　　　〔李善〕䟆，奇几切。（196 下左）

䟆《廣韻》暨几切，與奇几切音同。

懵 mèng　昧道懵學。〔李善〕《説文》曰：懵，目不明也。莫瞪切。（196 下左）

懵《集韻》毋亘切，嶝韻；莫瞪切，送韻。

朒 nǜ　　朒朓警闕。〔李善〕《説文》曰：朒，朔而月見東方，縮朒然。朒，女六切。（197

　　上右）

朒、朒異體。朒《集韻》女六切。

朓 diào　朒朓警闕。〔李善〕朓，晦而月見西方也。朓，大鳥切。（197 上右）

朓《集韻》徒了切，與大鳥切音同。

朏 fěi　　朏魄示沖。〔李善〕朏，月未成光。朏，芳尾切。（197 上右～左）

朏《集韻》妃尾切，與芳尾切音同。

台 tái　　增華台室。〔李善〕《史記》曰：中宫文昌，魁下六星，兩兩相比，名曰三能。能，

　　古台字也。（197 上左）

台、能《集韻》湯來切。

霽 jì　　若夫氣霽地表。［李善］《説文》曰：霽，雨止也。霽，才計切。（197 上左）
　　　　霽《廣韻》子計切，精母；才計切，從母。

練 liàn　於是絃桐練響。［李善］《埤蒼》曰：練，擇也。練與揀音義同。（197 下右）
　　　　練、揀《廣韻》郎甸切。

房 fáng　徘徊房露。［李善］房與防古字通。（197 下左）
　　　　房、防《廣韻》符方切。

《鵬鳥賦》

鴞 yáo　　鵬似鴞。［李善］鴞，于妖切。（198 上左）
　　　　鴞《廣韻》于嬌切，與于妖切音同。

蟺 chán　變化而蟺。［李善］蟺音蟬。（198 下右）
　　　　蟺、蟬《集韻》時連切。

沕 mì　　沕穆無窮兮。［李善］顏師古曰：沕穆，微深也。沕，亡筆切。（198 下右）
　　　　沕《廣韻》美畢切，與亡筆切音同。

旱 hàn　　水激則旱兮。［李善］悍與旱同，並户但切。（199 上右～左）
　　　　旱《廣韻》胡笴切，全濁上聲；悍《廣韻》侯旰切，去聲，與户但切音同。

坱 ǎng　　坱圠無垠。［李善］坱，烏黨切。（199 上左）
　　　　坱《廣韻》烏朗切，與烏黨切音同。

圠 yà　　坱圠無垠。［李善］圠，烏黠切。（199 上左）
　　　　圠《廣韻》烏黠切。

摶 tuán　　何足控摶。［李善］如淳曰：摶音團。或作揣。（199 上左～下右）
　　　　摶、團《廣韻》度官切。

揣 chuǎi　［李善］晉灼曰：許慎云：揣，量也。度商曰揣，言何足度量己之年命長短而惜
　　　　之乎。按：《史記·英布傳》云：果如薛公揣之，陳平云：生揣我何念，皆訓爲量，與晉
　　　　灼説同。音初毀切，又丁果切。（199 下右）
　　　　揣《廣韻》初委、丁果二切，初委切與初毀切音同。

患 huàn　又何足患。［李善］師古曰：患音還。（199 下右）
　　　　患《廣韻》胡慣切，去聲；還《廣韻》户關切，平聲。

怵 shù　　怵迫之徒兮。［李善］孟康曰：怵，爲利所誘怵也。怵音戌。（199 下左）
　　　　怵《廣韻》丑律切，徹母術韻；戌《廣韻》傷遇切，書母遇韻。

趨 qù　　或趨東西。〔李善〕迫,迫貧賤也,東西趨利也。趨音娶。(199下左)

　　　　　趨、娶《集韻》逡遇切。

窘 jùn　　窘若囚拘。〔李善〕窘,囚拘之貌。求殞切。(199下左)

　　　　　窘《廣韻》渠殞切,與求殞切音同。

荒 huǎng　寥廓忽荒怳兮。(199下左)

　　　　　荒、怳《集韻》虎晃切。

蔕 chài　　細故蔕芥。〔李善〕《鶡冠子》曰:細故𥯤蔛,奚足以疑。𥯤蔛與蔕芥古字通。
　　　　　(200上右)

　　　　　蔕、𥯤《集韻》丑邁切。

芥 jiè　　細故蔕芥。〔李善〕𥯤蔛與蔕芥古字通。(200上右)

　　　　　《五經文字》(第265頁):"薊,音計,從角者,訛。"芥《廣韻》古拜切,怪韻;薊、
　　　　　計《廣韻》古詣切,霽韻。

《鸚鵡賦》

鵡 mǒu　　〔李善〕《山海經》曰:黄山有鳥,其狀如鴞,青羽赤喙,人舌能言,名鸚鵡也。
　　　　　鵡一作鴞,莫口切。(200上右)

　　　　　鵡《廣韻》莫厚切,與莫口切音同。

射 yì　　時黄祖太子射亦賓客大會。(200上左)

　　　　　射、亦《廣韻》羊益切。

咬 jiāo　　咬咬好音。〔李善〕《韻略》曰:咬咬,鳥鳴也。音交。(200下右)

　　　　　咬、交《廣韻》古肴切。

崎 qí　　崎嶇重阻。〔李善〕《埤蒼》曰:崎嶇,不平也。崎,去奇切。(200下左)

　　　　　崎《廣韻》去奇切。

嶇 qū　　崎嶇重阻。〔李善〕嶇音驅。(200下左)

　　　　　嶇、驅《廣韻》豈俱切。

忖 cǔn　　忖陋體之腥臊。〔李善〕《毛詩》曰:予忖度之。七本切。(201上右)

　　　　　忖《廣韻》倉本切,與七本切音同。

踟 chí　　闚户牖以踟躕。〔李善〕《韓詩》曰:搔首踟躕。薛君曰:踟躕,躑躅也。踟,
　　　　　腸知切。(201下右)

　　　　　踟《廣韻》直離切,與腸知切音同。

躕 chú　　闚户牖以踟躕。〔李善〕躕,腸誅切。(201下右)

蹢、躑異體。躑《廣韻》直誅切,與腸誅切音同。

《鷦鷯賦》

鷦 jiāo　鷦鷯賦。[李善]《毛詩》曰:肇允彼桃蟲。《詩義疏》曰:桃蟲,今鷦鷯,微小
　　　　黄雀也。鷦音焦。(201 下左)
　　　　鷦、焦《廣韻》即消切。

鷯 liáo　鷦鷯賦。[李善]鷯音遼。(201 下左)
　　　　鷯、遼《廣韻》落蕭切。

蜚 fēi　[李善]《史記》:楚莊王曰:有鳥三年不蜚,蜚乃沖天。蜚與飛同。(202 上右)
　　　　《經典釋文》(第383頁):"蜚大,音飛,又扶貴反。"音同通用。

翾 xuān　育翩翾之陋體。[李善]《説文》曰:翾,小飛也。呼緣切。(202 上左)
　　　　翾《廣韻》許緣切,與呼緣切音同。

鸇 zhān　鷹鸇過猶俄翼。[李善]《爾雅》曰:晨風,鸇也。鸇,之然切。(202 上左)
　　　　鸇《廣韻》諸延切,與之然切音同。

罿 chōng　尚何懼於罿衝罻尉。(202 上左)
　　　　罿、衝《廣韻》尺容切。

罻 wèi　尚何懼於罿衝罻尉。(202 上左)
　　　　罻、尉《廣韻》於胃切。

塊 kuì　塊幽繁於九重。[李善]《淮南子》曰:塊然獨處。苦對切。(202 下左)
　　　　塊《廣韻》苦對切。

鵷 yuán　海鳥鵷袁鶋居。(203 上右)
　　　　鵷、袁《廣韻》雨元切。

鶋 jū　海鳥鵷袁鶋居。(203 上右)
　　　　鶋、居《廣韻》九魚切。

睫 jié　鷦螟巢於蚊睫接。(203 上右)
　　　　睫、接《廣韻》即葉切。

《赭白馬賦》

駄 fú　軍駄音伏,馬名趫迅而已。(203 下左)
　　　　駄、伏《廣韻》房六切。

趫 qiáo　軍駄音伏,馬名趫迅而已。[李善]《毛詩》曰:四牡有蹻。毛萇曰:蹻,壯貌。
　　　　趫與蹻同,並綺嬌切。(203 下左)

趫、蹻《廣韻》巨嬌切,群母;綺嬌切,溪母。

函 hán　知函含夏之充切。（204 下左）

函、含《廣韻》胡男切。

梢 shāo　垂梢植髮。［李善］梢,尾之垂者。梢,所交切。（205 上右）

梢《廣韻》所交切。

膴 wù　兼飾丹膴倚瓠切。（205 上左）

膴《廣韻》烏郭切,鐸韻;倚瓠切,暮韻。

迾 liè　進迫遮迾。［李善］服虔《通俗文》曰:天子出,虎賁伺非常,謂之遮迾。《漢書音義》晉灼曰:迾,古列字。（205 下右）

迾、列《廣韻》良辥切。

絢 xuàn　絢火縣練夐絶。（205 下左）

絢《廣韻》許縣切,與火縣切音同。

沬 huì　膺門沬赭,汗溝走血。［李善］《漢書·天馬歌》曰:霑赤汗,沬流赭。應劭曰:大宛馬汗血霑濡也,流沬如赭也。如淳曰:沬或作頮,音悔。（205 下左）

沬、頮、悔《集韻》呼内切。

騏 qí　秀騏齊亍。［李善］毛萇《詩傳》曰:騏,綦文也。音其。（206 上右）

騏、其《廣韻》渠之切。

騩 guì　［李善］《尸子》曰:馬有秀騏逢騩。騩,京媚切。（206 上右）

騩《廣韻》俱位切,與京媚切音同。

街 jiā　充階街佳兮。（206 下左）

街、佳《廣韻》古膎切。

委 wēi　長委離兮。［李善］《禮記》曰:哲人其萎乎。《家語》爲委。萎與委古字通。（207 上右）

委、萎《廣韻》於爲切。

《舞鶴賦》

唳 lì　唳清響於丹墀。［李善］唳,鶴聲也。力計切。（207 下左）

唳《廣韻》郎計切,與力計切音同。

逗 dòu　奔機逗徒鬭節。（208 上右）

逗《廣韻》徒候切,與徒鬭切音同。

睞 lài　角睞力代分形。（208 上右）

睞《廣韻》洛代切，與力代切音同。

浾 jiàn　　參差浾在見密。（208 上右）

浾《廣韻》在甸切，與在見切音同。

《幽通賦》

圮 bì　　將圮皮義絶而圉階。（208 下左）

圮《廣韻》符鄙切，旨韻；皮義切，真韻。

拾 jié　　匪黨人之敢拾兮。［李善］拾，巨業切。（209 上右）

拾《集韻》極業切，與巨業切音同。

曰 yuè　　眷峻谷曰越勿墜。（209 上右）

曰、越《廣韻》王伐切。

吻 hū　　吻章昭曰：音昧，又音忽昕寤而仰思兮。（209 上右）

吻、忽《廣韻》呼骨切。吻《廣韻》文弗切，物韻；昧《廣韻》莫佩切，隊韻。

御 yà　　昔衛叔之御音訝，迎也昆兮。（209 下右）

御、訝《集韻》魚駕切。

什 shí　　［李善］於是封雍齒爲什方侯。什音十。（209 下左）

什、十《廣韻》是執切。

逌 yóu　　栗取弔于逌所也，音由吉兮。（209 下左）

逌、逌異體。逌、由《集韻》夷周切。

襮 bó　　張脩襮博而内逼。（210 上右）

襮、博《廣韻》補各切。

菲 féi　　安惛惛而不菲肥兮。（210 上左）

菲、肥《集韻》符非切。

行 hàng　　固行行胡朗其必凶兮。（210 上左）

行《集韻》下朗切，與胡朗切音同。

柢 dì　　形氣發於根柢帝兮。（210 上左）

柢、帝《廣韻》都計切。

彙 wèi　　柯葉彙胃而零茂。（210 上左）

彙、胃《廣韻》于貴切。

芊（芈）mǐ　　芊亡氏彊大於南氾。（210 下右）

各本皆同。芊當作“芈”。《康熙字典》（第 71 頁）：“芊，音千，草名；芈，音米，姓也。"芈《廣韻》綿婢切，與亡氏切音同。

漦 chí　震鱗漦仕緇于夏庭兮。（211 上右）

　　　　漦《廣韻》俟甾切，俟母；仕緇切，崇母。

諏 zōu　胥仍物而鬼諏子侯兮。（211 上右）

　　　　諏《集韻》將侯切，與子侯切音同。

劾 hài　妣聆呱而劾何弋石兮。（211 下右）

　　　　劾《廣韻》胡槩切，代韻；何弋切，職韻。建州本（第273頁）弋作"代"，是。

繭 jiǎn　申重繭以存荆。〔李善〕高誘《戰國策注》曰：重繭，累胝也。繭，古典切。（212

　　　　上右～左）

　　　　繭《廣韻》古典切。

胝 zhī　〔李善〕胝，竹遲切。（212 上左）

　　　　胝《廣韻》丁尼切，與竹遲切音同。

諶 chén　實棐諶而相訓。〔李善〕《尚書》曰：天威棐忱。諶與忱古字通也。（212

　　　　上左～下右）

　　　　諶、忱《廣韻》氏任切，音同通用。

《思玄賦》

靚 jìng　潛服膺以永靚兮。善曰：《方言》曰：靖，思也。靖與靚同。（213 下右）

　　　　靚《廣韻》疾政切，去聲；靖《廣韻》疾郢切，全濁上聲。

纗 xié　纗幽蘭之秋華兮。善曰：《説文》曰：纗，網中繩。纗音携。（213 下右）

　　　　纗、携《廣韻》户圭切。

恫 tōng　恫後辰而無及。善曰：恫，痛也。恫，他公切。（214 上右）

　　　　恫《廣韻》他紅切，與他公切音同。

縶 zhí　縶騕褭以服箱。善曰：𦧛，中立切，今賦作縶字。（214 下右）

　　　　𦧛、𩨳異體。𩨳、縶《廣韻》陟立切，與中立切音同。

陂 bì　〔舊注〕蕭該音本作陂，布義切[①]。（214 下右）

　　　　陂《廣韻》彼義切，與布義切音同。

珩 héng　雜伎藝以爲珩。善曰：大戴《禮》曰：下車以珮玉爲度，上有雙衡，下有雙璜。

　　　　珩與衡音義同。（214 下左）

[①]　《思玄賦》爲集注，"善曰"前爲舊注，後爲李善注，無"善曰"的注文也是舊注。摯虞《流別》題云"衡
　　注"，李善懷疑非張衡自注（見胡刻本213下右）。

珩、衡《廣韻》户庚切。

臚 lú　　即岐阯而臚情。善曰：臚，力於切。（215 上右）

臚《集韻》凌如切，與力於切音同。

勔 miǎn　　勔自强而不息兮。［舊注］勔，勉也。勔，亡衍切。（215 上左～下右）

勔《廣韻》彌兗切，與亡衍切音同。

瞥 pì　　遊塵外而瞥天兮。善曰：瞥，匹洩切。（215 下右）

瞥《廣韻》芳滅切，薛韻；匹洩切，祭韻。

婪 lán　　鵰鶚競於貪婪兮。善曰：婪，力含切。（215 下右）

婪《廣韻》盧含切，與力含切音同。

漱 shòu　　漱飛泉之瀝液兮。善曰：《説文》曰：漱，蕩口也，從水欶聲。所右切。（215 下左）

漱《廣韻》所祐切，與所右切音同。

走 zòu　　將往走乎八荒。善曰：走音奏。（215 下左）

走、奏《廣韻》則候切。

圮 bì　　覩有黎之圮墳。善曰：圮，房鄙切。（216 下右）

圮《廣韻》符鄙切，與房鄙切音同。

卬 áng　　越卬州而遊遨。善曰：卬，五郎切。（216 下右）

卬《廣韻》五剛切，與五郎切音同。

惄 nì　　惄鬱悒其難聊。善曰：《爾雅》曰：惄，思也。乃的切。（216 下左）

惄《廣韻》奴歷切，與乃的切音同。

聊 liáo　　惄鬱悒其難聊。善曰：賈逵曰：聊，賴也。協韻爲勞。（216 下左）

聊《廣韻》落蕭切，蕭韻；勞《廣韻》魯刀切，豪韻。韻腳字爲遨陶濤聊，除聊外都爲豪韻，聊變讀豪韻以協韻。

髐 kū　　髐羈旅而無友兮。善曰：髐，苦骨切。（216 下左）

髐《廣韻》苦骨切。

躊 chóu　　摛若華而躊躇。善曰：《廣雅》曰：躊躇，猶豫也。躊，直由切。（216 下左）

躊《廣韻》直由切。

躇 chú　　摛若華而躊躇。善曰：躇，直於切。（216 下左）

躇《廣韻》直魚切，與直於切音同。

台 yí　　云台行乎中野。善曰：台音夷。（217 上右）

台《廣韻》與之切,之韻;夷《廣韻》以脂切,脂韻。

予 yǔ　　攉龍舟以濟予。[舊注]予,合韻,音夷渚切。(217 上右~左)

予《廣韻》以諸切,平聲;又余呂切,與夷渚切音同,上聲。韻腳字爲渚予伫女,

　　　　上聲韻段,予注上聲以協韻。

怬 xì　　怬河林之蓁蓁兮。善曰:怬,許吏切,又虛祕切。(217 上左)

怬《集韻》許異切,與許吏切音同,志韻;虛祕切,至韻。

睼 zhì　　雖司命其不睼。善曰:睼,之曳切。(217 下右)

睼《集韻》征例切,與之曳切音同。

訊 suì　　占水火而妄訊。善曰:訊,息對切。(218 上左)

訊《集韻》雖遂切,至韻;息對切,隊韻。

剚 zhì　　丁厥子而剚刃。善曰:《漢書·蒯通》曰:不敢剚刃公之腹者,畏秦法也。韋

　　　　昭曰:北方人呼插物地中爲剚。側吏切。(218 上左)

剚《廣韻》側吏切。

倖 hèng　　毋縣攣以倖己兮。善曰:倖,胡冷切。(218 下右)

倖《廣韻》胡耿切,耿韻;胡冷切,梗韻。

磑 ái　　行積冰之磑磑兮。善曰:《方言》曰·磑磑,堅也。牛哀切。(219 上右)

磑《集韻》魚開切,與牛哀切音同。

騒 sāo　　拂穹岫之騒騒。善曰:騒騒,風勁貌。王逸曰:騒,愁也。合韻,所流切。(219

上右)

騒《廣韻》蘇遭切,心母豪韻;所流切,生母尤韻。韻腳字爲儔遊流騒糾愁幽,

　　　　除騒外都爲幽尤韻,騒變讀尤韻以協韻。

凌 lìng　　魚矜鱗而并凌兮。善曰:凌,力證切。(219 上右~左)

凌、淩異體。淩《集韻》里孕切,與力證切音同。

屏 bìng　　坐太陰之屏室兮。善曰:《説文》曰:屏,蔽也。屏與屏古字通。(219 上左)

屏《廣韻》防正切,並母去聲;屏《廣韻》必郢切,幫母上聲。

唏 xì　　慨含唏而增愁。善曰:(《説文》)又曰:不泣曰唏。何休曰:欷,悲也。火既切。

(219 上左)

唏、欷《廣韻》許既切,與火既切音同。

仚 qióng　　仚顥頊而宅幽。善曰:仚,去鳳切。(219 上左)

仚《集韻》去仲切,與去鳳切音同。

瀟 sù　迅焱瀟其朕我兮。［舊注］瀟，疾貌。瀟音肅。（219 上左）

　　瀟、肅《廣韻》息逐切。

谽 hān　越谽嗃之洞穴兮。善曰：谽，火含切。（219 上左～下右）

　　谽《廣韻》火含切。

嗃 xiā　越谽嗃之洞穴兮。善曰：嗃，火加切。（219 上左～下右）

　　嗃《集韻》虛加切，與火加切音同。

琳 lín　漂通川之琳琳。善曰：琳音林。（219 上左～下右）

　　琳、林《集韻》犁針切。

廥 yīn　經重廥乎寂漠兮。［舊注］廥，古陰字。（219 下右）

　　廥《大廣益會玉篇》（第 104 頁）於今切，陰《廣韻》於金切，音同。

䲹 pī　善曰：郭璞曰：䲹音丕。（219 下左）

　　䲹、丕《集韻》攀悲切。

鶚 è　善曰：郭璞曰：鶚音愕。（219 下左）

　　鶚、愕《廣韻》五各切。

慭 yìn　戴勝慭其既歡兮。善曰：慭，魚覲切。（219 下左）

　　慭、憖異體。憖《廣韻》魚覲切。

訬 miǎo　舒訬婧之纖腰兮。善曰：訬音眇。（219 下左）

　　訬、眇《廣韻》亡沼切。

婧 jìng　舒訬婧之纖腰兮。善曰：《說文》曰：婧，妍婧也。財性切，一音精。（219 下左）

　　婧《廣韻》疾政切，與財性切音同，從母去聲；婧、精《廣韻》子盈切，精母平聲。

袿 guī　揚雜錯之袿徽。善曰：劉熙《釋名》曰：婦人上服謂之袿，青絳屬之緣。袿，古攜切。（219 下左）

　　攜、擕異體。袿《廣韻》古攜切。

礫 lì　顏的礫以遺光。善曰：《上林賦》曰：宜笑的礫。礫音歷。（219 下左～ 220 上右）

　　礫、歷《廣韻》郎擊切。

琨 gūn　獻環琨與琛縭兮。善曰：琨音昆。（220 上右）

　　琨、昆《廣韻》古渾切。

縭 lí　獻環琨與琛縭兮。善曰：縭音離。（220 上右）

　　縭、離《廣韻》呂支切。

蘤 wěi　善曰：《説文》曰：蘤，古花字。本誤作蘤，音爲詭切，非此之用也。（220 上右）
　　　　蘤《廣韻》韋委切，與爲詭切音同。

蘂 ruǐ　屑瑶蘂以爲糇兮。善曰：蘂，而髓切。（220 上左）
　　　　蘂《廣韻》如累切，與而髓切音同。

斞 jū　斞白水以爲漿。善曰：斞，居于切。（220 上左）
　　　　斞、斞異體。斞《廣韻》舉朱切，與居于切音同。

抨 bēng　抨巫咸作占夢兮。善曰：抨，甫耕切。（220 上左）
　　　　抨《廣韻》普耕切，滂母；甫耕切，幫母。

軯 pēng　豐隆軯其震霆兮。善曰：軯，普耕切。（220 下右）
　　　　軯《集韻》披耕切，與普耕切音同。

黮 dàn　雲師黮以交集兮。善曰：黮，徒感切。（220 下右）
　　　　黮、霮異體。霮《廣韻》徒感切。

嵒 yán　冠嵒嵒其映蓋兮。善曰：嵒，五咸切。（220 下左）
　　　　嵒《集韻》魚咸切，與五咸切音同。

綝 lín　珮綝纚以煇煌。善曰：綝音林。（220 下左）
　　　　綝《廣韻》丑林切，徹母；林《廣韻》力尋切，來母。

纚 lí　珮綝纚以煇煌。善曰：纚音離。（220 下左）
　　　　纚、離《集韻》轔知切。

溶 yǒng　氛旄溶以天旋兮。善曰：溶音勇。（220 下左）
　　　　溶、勇《廣韻》余隴切。

軨 líng　撫軨軹而還睨兮。善曰：軨音零。（220 下左）
　　　　軨、零《廣韻》郎丁切。

軹 zhǐ　撫軨軹而還睨兮。善曰：軹，之氏切。（220 下左）
　　　　軹《廣韻》諸氏切，與之氏切音同。

勺 sháo　心勺藻其若湯。善曰：勺，市灼切。（220 下左）
　　　　勺《廣韻》市若切，與市灼切音同。

涫 huàn　善曰：涫音換。（220 下左）
　　　　涫《廣韻》古玩切，見母；換《廣韻》胡玩切，匣母。

捷 jiàn　左青琱之捷芝兮。善曰：《説文》曰：捷，豎也。捷，巨偃切。（221 上右）
　　　　捷《集韻》巨偃切。

罃 yīng　鳴玉鸞之罃罃。善曰：罃，古嚶字。（221 上右）

　　　　罃、嚶《廣韻》烏莖切。

肜 róng　展洩洩以肜肜。善曰：融與肜古字通。（221 上左）

　　　　肜、融《廣韻》以戎切。

閬 láng　集太微之閬閬。善曰：《字林》曰：閬，高貌。《甘泉賦》曰：閬閬其寥廓。閬音郎。
　　　（221 下右）

　　　　閬、郎《廣韻》魯當切。

拔 bá　　彎威弧之拔剌兮。善曰：拔，方割切。（221 下右）

　　　　拔《廣韻》蒲撥切，並母末韻；方割切，幫母曷韻。

剌 là　　彎威弧之拔剌兮。善曰：剌，力達切。（221 下右）

　　　　剌《廣韻》盧達切，與力達切音同。

娩 fàn　娩以連卷兮。善曰：娩，跳也。娩，匹萬切。（221 下左）

　　　　娩《廣韻》芳万切，與匹萬切音同。

頜 zuì　雜沓叢頜。善曰：頜音悴。（221 下左）

　　　　頜、悴《廣韻》秦醉切。

鋮 yù　　鋮泪飄淚。善曰：鋮，一六切。（221 下左）

　　　　鋮《廣韻》於六切，與一六切音同。

飆 liáo　鋮泪飆淚。善曰：飆，力凋切。（221 下左）

　　　　飆、飂異體。飂《集韻》憐蕭切，與力凋切音同。

淚 lì　　沛以罔象兮。善曰：淚音戾。（221 下左）

　　　　淚、戾《集韻》郎計切。

逿 táng　貌以迭逿。善曰：逿，突也。逿音唐。（221 下左～ 222 上右）

　　　　逿、唐《集韻》徒郎切。

硡 kāng　凌驚雷之硡磕兮。善曰：硡磕，雷聲也。硡音苦郎切。（222 上右）

　　　　硡《集韻》丘岡切，與苦郎切音同。

瀧 máng　踰瀧鴻於宕冥兮。善曰：瀧，莫孔切。（222 上右）

　　　　瀧《廣韻》莫江切，江韻；莫孔切，董韻。疑爲臨時變讀以構成瀧鴻疊韻。

鴻 hòng　踰瀧鴻於宕冥兮。善曰：鴻，胡孔切。（222 上右）

　　　　鴻《廣韻》胡孔切。

宕 dàng　踰瀧鴻於宕冥兮。善曰：宕，徒浪切。（222 上右）

宕《廣韻》徒浪切。

悁 yuān　情悁悁而思歸。善曰:《毛詩》曰:勞心悁悁。烏玄切。(222 上右)

　　悁《廣韻》於緣切,仙韻;烏玄切,先韻。

焱(猋)biāo　乘焱忽兮馳虛無。善曰:焱,必遙切。(222 上右~左)

　　奎章閣本(第 367 頁)、明州本(第 234 頁)、陳八郎本(第八卷第 9 頁)作"猋"。

　　　猋《廣韻》甫遙切,與必遙切音同。

眩 xuán　儵眩昡兮反常閭。善曰:眩音懸。(222 上左)

　　眩、懸《廣韻》胡涓切。

昡 yún　儵眩昡兮反常閭。善曰:昡音云。(222 上左)

　　昡、云《集韻》王分切。

敺 qū　敺儒墨以爲禽。善曰:敺音驅。(222 上左)

　　敺、驅《廣韻》豈俱切。

惄 nǜ　莫吾知而不惄。善曰:《小雅》曰:小愧爲惄。女六切。(222 下右)

　　惄《廣韻》女六切。

《歸田賦》

鵹 lì　[李善]《爾雅》曰:倉庚,黃鵹也。鵹音利。(223 上左)

　　鵹《集韻》良脂切,平聲;利《廣韻》力至切,去聲。

模 mú　陳三皇之軌模。[李善]鄭玄《毛詩箋》曰:模,法也。莫奴切。(223 下右)

　　模《廣韻》莫胡切,與莫奴切音同。

《閑居賦》

黯 yǎn　岳嘗讀《汲黯傳》。[李善]黯,於減切。(224 上左~下右)

　　黯《廣韻》乙減切,與於減切音同。

慨 xì　未嘗不慨然廢書而歎。[李善]《字林》曰:慨,仕不得志。許既切。(224 上左~下右)

　　慨《集韻》許既切。

平 bìng　廷尉平。[李善]《漢書》曰:宣帝初置廷尉左右平,秩皆六百石。平,皮命切。(224 下左)

　　平《集韻》皮命切。

鬻 yù　灌園鬻蔬。[李善]《字書》曰:鬻,賣也。鬻與鬻音義同。(225 上左)

　　鬻、鬻《廣韻》余六切。

酤 gù　　牧羊酤酪。［李善］《廣雅》曰：酤，賣也。古護切。（225 上左）

酤《廣韻》古暮切，與古護切音同。

黝 yǒu　　浮梁黝以徑度。［李善］《説文》曰：黝，微青黑色。於糾切。（225 下左）

黝《廣韻》於糾切。

縓 juàn　　異縓同機。［李善］《字林》曰：縓音卷。（225 下左）

縓、卷《廣韻》居倦切。

礮 pào　　礮石雷駭。［李善］礮石，今之拋石也。皆匹孝切。（225 下左～ 226 上右）

礮、拋《廣韻》匹皃切，與匹孝切音同。

振 zhēn　　服振振以齊玄。［李善］《左氏傳》卜偃曰：童謠云：袀服振振。音真。（226
上左）

振、真《廣韻》職鄰切。

袀 jūn　　［李善］《説文》曰：袀，玄服也。音均。（226 上左）

袀、均《廣韻》居勻切。

隱 yǐn　　隱隱乎。［李善］（《上林賦》）又曰：沈沈隱隱。一作殷殷，音義同。（226 上左）

隱、殷《集韻》倚謹切。

椑 bī　　梁侯烏椑之柿。［李善］《廣志》曰：梁國侯家有烏椑，甚美，世罕得之。椑，
方彌切。（226 下左）

椑《廣韻》府移切，與方彌切音同。

郁 yù　　梅杏郁棣之屬。［李善］張揖《上林賦注》曰：奠，山李也。郁與奠音義同。
（226 下左～ 227 上右）

郁、奠《廣韻》於六切。

菫 jǐn　　菫薺甘旨。［李善］《毛詩》曰：菫茶如飴。毛萇曰：菫，菜也。居隱切。（227
上右）

菫《廣韻》居隱切。

荽 suī　　蓼荽芬芳。［李善］《韻略》曰：荽，香菜也。相惟切，與葰同。（227 上右）

荽、葰《廣韻》息遺切，與相惟切音同。

《長門賦》

嫖 piào　　［李善］《外戚傳》曰：陳皇后者，長公主嫖女也。嫖，匹妙切。（227 下左）

嫖《廣韻》匹妙切。

槁 gǎo　　形枯槁而獨居。［李善］《楚辭》曰：神儵忽而不反兮，形枯槁而獨留。槁，

古老切。（228 上右）

稾《集韻》古老切。

慊 lián　心慊移而不省故兮。［李善］鄭玄《周禮注》曰：慊，絶也。慊字或從火，非。

慊，理兼切。（228 上右）

慊《廣韻》苦簟切，溪母上聲；理兼切，來母平聲。燫《廣韻》勒兼切，與理兼切音同。

愨 què　懷貞愨之懂心。［李善］鄭玄《禮記注》曰：愨，愿也。空角切。（228 上右）

愨、慤異體。愨《廣韻》苦角切，與空角切音同。

殷 yǐn　雷殷殷而響起兮。［李善］《毛詩》曰：殷其雷。殷音隱。（228 上左）

殷、隱《集韻》倚謹切。

闦 yín　芳酷烈之闦闦。［李善］酷烈、闦闦，香氣盛也。闦，魚斤切。（228 上左）

闦《廣韻》語巾切，真韻；魚斤切，欣韻。

噫 ài　心憑噫而不舒兮。［李善］《字林》曰：噫，飽出息也。乙戒切。（228 上左）

噫《廣韻》烏界切，與乙戒切音同。

擠 jì　擠玉户以撼金鋪兮。［李善］《字林》曰：擠，排也。子計切。（228 下右）

擠《廣韻》子計切。

撼 hàn　擠玉户以撼金鋪兮。［李善］《説文》曰：撼，搖也。胡感切。（228 下右）

撼《廣韻》胡感切。

噌 zēng　聲噌吰而似鍾音。［李善］噌吰，聲也。噌音曾。（228 下右）

噌、曾《集韻》咨騰切。

吰 hóng　聲噌吰而似鍾音。［李善］吰音宏。（228 下右）

吰、宏《廣韻》户萌切。

撐 chéng　離樓梧而相撐。［李善］《字林》曰：撐，柱也。直庚切。（228 下右）

撐《集韻》中庚切，知母；直庚切，澄母。

槺 kāng　委參差以槺梁。［李善］《方言》曰：廉，虛也。廉與槺同，音康。（228 下右）

槺、廉、康《集韻》丘岡切。

將 qiāng　象積石之將將。［李善］將，七羊切。（228 下右）

將《集韻》千羊切，與七羊切音同。

幼 yào　聲幼妙而復揚。［李善］幼音要。（228 下左）

幼、要《集韻》一笑切。

卬 áng　意慷慨而自卬。［李善］自卬，激屬也。卬，五郎切。（228 下左）

卬《廣韻》五剛切，與五郎切音同。

跿 shǐ　跿履起而彷徨。［李善］《蒼頡篇》曰：躧，徐行貌。跿與躧音義同。(229 上右)
　　　跿、躧《集韻》所綺切。

摶 tuán　摶芬若以爲枕兮。［李善］《廣雅》曰：摶，著也。段丸切。(229 上右)
　　　各本皆同。段當作"段"。摶《廣韻》度官切，與段丸切音同。

迁 guàng　魂迁迁若有亡。［李善］迁迁，恐懼之貌。狂往切。(229 上右)
　　　迁《廣韻》俱往切，見母；狂往切，群母。

《歎逝賦》

齊 jī　［李善］《禮記》曰：地氣上齊，天氣下降，而百化興焉。鄭玄曰：齊讀曰躋。躋，
　　　升也。(230 下右)
　　　齊《廣韻》徂奚切，從母；躋《廣韻》祖稽切，精母。

挹 yì　恨朝霞之難挹。［李善］挹音揖。(230 下左)
　　　挹、揖《廣韻》伊入切。

斪 jū　［李善］毛萇《詩傳》曰：挹，斪也。斪音俱。(230 下左)
　　　斪、斪異體。斪、俱《廣韻》舉朱切。

企 qǐ　望湯谷以企予。［李善］《毛詩》曰：誰謂宋遠，跂予望之。鄭玄曰：跂足則
　　　可望見之。企與跂同。(230 下左)
　　　企、跂《廣韻》丘弭切，音同通用。

瘁 zuì　戚貌瘁而尠歡。［李善］《蒼頡篇》曰：瘁，憂也。瘁與悴古字通。(231 上左)
　　　瘁、悴《廣韻》秦醉切，音同通用。

半 bàn　或寥廓而僅半半，平聲，協韻。(231 上左)
　　　半《廣韻》博慢切，去聲。韻腳字爲歡端言軒殘半歡瀾難然顏，除半歡外，都爲
　　　平聲，半注平聲以協韻。

迮 zhé　塗薄暮而意迮。［李善］《聲類》曰：迮，迫也。阻格切。(231 下右)
　　　迮《廣韻》側伯切，與阻格切音同。

索 suǒ　友靡靡而愈索。［李善］靡靡，盡貌。索，協韻，所格切。(231 下右)
　　　索《廣韻》山戟切，陌韻三等；所格切，陌韻二等。韻腳字爲迮索百宅客，迮百
　　　宅客爲陌韻字，索《廣韻》收錄鐸、陌、麥韻三讀，注陌韻以協韻。

《懷舊賦》

芘 pí　［李善］臧榮緒《晉書》曰：岳父芘，琅邪內史。芘音毗。(232 上右)

芘、毗《廣韻》房脂切。

壘 léi　　墳壘壘而接壟。[李善]壘,平聲。(232 下右)

壘《集韻》收録多個讀音,分別歸屬平、上、去、入四聲,平聲標記。

荄 jiē　　陳荄被于堂除。[李善]《方言》曰:荄,根也。音皆。(232 下左)

荄、皆《廣韻》古諧切。

泫 xuàn　　涕泫流而霑巾。[李善]《禮記》曰:孔子泫然流涕。泫,胡犬切。(232 下左)

泫《廣韻》胡畎切,與胡犬切音同。

《寡婦賦》

伶 líng　　少伶俜而偏孤兮。[李善]伶俜,單孑貌。伶,力丁切。(233 上左)

伶《廣韻》郎丁切,與力丁切音同。

俜 píng　　少伶俜而偏孤兮。[李善]俜,匹成切。(233 上左)

俜《廣韻》普丁切,青韻;匹成切,清韻。

蓼 lù　　詠蓼莪之餘音。[李善]蓼莪,謂父母俱亡也。蓼音陸。(233 上左)

蓼、陸《廣韻》力竹切。

莪 é　　詠蓼莪之餘音。[李善]莪音俄。(233 上左)

莪、俄《廣韻》五何切。

藟 lěi　　顧葛藟之蔓延兮。[李善]藟,力水切。(233 下右)

藟《廣韻》力軌切,與力水切音同。

樛 jiū　　託微莖於樛木。[李善]樛,居虯切。(233 下右)

樛《廣韻》居虯切,與居虯切音同。

纍 léi　　[李善]纍,猶蔓也。纍,力追切。(233 下右)

纍《廣韻》力追切。

痗 mèi　　徒願言而心痗。[李善]《毛詩》曰:願言思伯,使我心痗。毛萇《傳》曰:痗,

病也。音妹。(233 下左)

痗、妹《廣韻》莫佩切。

幬 chóu　　代羅幬以素帷。[李善]《爾雅》曰:幬謂之帳。幬,丈尤切。(233 下左)

幬《廣韻》直由切,與丈尤切音同。

迸 bèng　　淚横迸而霑衣。[李善]《字書》曰:迸,散走也。波靜切。(234 上右)

迸《廣韻》北静切,與波靜切音同。

瞀 mòu　　思纏綿以瞀亂兮。[李善]《楚辭》曰:中瞀亂兮迷惑。又曰:心悶瞀之屯屯。

王逸曰：瞀，亂也。瞀，莫遘切。（234 上右～左）

瞀《廣韻》莫候切，與莫遘切音同。

輀 ér　龍輀儼其星駕兮。［李善］《説文》曰：轜，喪車也。音而。（234 上左～下右）

輀、轜異體。轜、而《廣韻》如之切。

跼 jú　馬悲鳴而跼顧。［李善］《楚辭》曰：僕夫悲余懷兮，馬踡局而不行。局與跼古字並通，渠足切。（234 下右）

跼、局《廣韻》渠玉切，與渠足切音同。

溓 liǎn　水溓溓以微凝。［李善］（《説文》）又曰：溓溓，薄冰也。力檢切。（234 下右～左）

溓《廣韻》良冉切，與力檢切音同。

炯 jǐng　目炯炯而不寢。［李善］《楚辭》曰：夜炯炯而不寐。炯，公冷切。（234 下左）

炯、烱異體。炯《廣韻》古迥切，合口，公冷切，開口。

儡 lěi　容貌儡以頓頽兮。［李善］《説文》曰：儡，敗也。洛罪切。（234 下左～235 上右）

儡《廣韻》落猥切，與洛罪切音同。

艵 pīng　［李善］丁儀妻《寡婦賦》曰：顧顔貌之艵艵，對左右而掩涕。艵，普楹切。（234 下左～235 上右）

艵《廣韻》普丁切，青韻；普楹切，清韻。

愬 sù　愬空宇兮曠朗。［李善］愬亦訴字。（235 上右～左）

愬、訴《廣韻》桑故切。

《恨賦》

颫 fú　［李善］《爾雅》曰：颫䬙謂之飇。颫音扶。（236 上左）

颫、颫異體。颫、扶《廣韻》防無切。

摇 yáo　摇風忽起。［李善］《爾雅》曰：颫䬙謂之飇。䬙與摇同。（236 上左）

摇、䬙《廣韻》餘昭切，音同通用。

暘 yáng　入脩夜之不暘。［李善］孔安國《尚書傳》曰：暘，明也。音陽。（236 下右）

暘、陽《廣韻》與章切。

《別賦》

躑 zhí　知離夢之躑躅。［李善］《説文》曰：蹢躅，住足也。蹢與躑同，馳戟切。（237 上左）

躑、蹢《廣韻》直炙切，昔韻；馳載切，陌韻。

躅 zhú　　知離夢之躑躅。［李善］躅，馳録切。（237 上左）
　　　　　躅《廣韻》直録切，與馳録切音同。

訣 jué　　瀝泣共訣。［李善］鄭玄《毛詩箋》曰：往矣，決別之辭。訣與決音義同。（237
　　下左）
　　　　　訣、決《廣韻》古穴切。

抆 wěn　　抆血相視。［李善］《廣雅》曰：抆，拭也。抆，武粉切。（237 下左）
　　　　　抆《廣韻》武粉切。

瑶 yáo　　惜瑶草之徒芳。［李善］《山海經》曰：姑瑶之山，帝女死焉，名曰女尸。化
　　爲䔄草，其葉胥成，其花黄，其實如兎絲，服者媚於人。郭璞曰：瑶與䔄並音遥，然䔄與
　　瑶同。（238 上左～下右）
　　　　　瑶、䔄、遥《廣韻》餘昭切。

《文賦》

瞬 shùn　　撫四海於一瞬。［李善］《吕氏春秋》曰：萬世猶一瞬。《説文》曰：開闔目
　　數搖也。尸閏切。（240 下右）
　　　　　瞬《廣韻》舒閏切，與尸閏切音同。

妥 tuǒ　　或妥帖而易施。［李善］妥帖，易施貌。妥，他果切。（240 下右～左）
　　　　　妥《廣韻》他果切。

帖 tiè　　或妥帖而易施。［李善］帖，吐恊切。（240 下右～左）
　　　　　帖《廣韻》他恊切，與吐恊切音同。

岨 zhù　　或岨峿而不安。［李善］岨峿，不安貌。岨，助舉切。（240 下右～左）
　　　　　岨《集韻》狀所切，與助舉切音同。

峿 yǔ　　或岨峿而不安。［李善］峿，魚吕切。（240 下右～左）
　　　　　峿《集韻》偶舉切，與魚吕切音同。

蹢 zhí　　始蹢躅於燥吻。［李善］《廣雅》曰：蹢躅，跢跦也。蹢與躑同。（240 下左）
　　　　　躑、蹢《廣韻》直炙切，音同通用。

吻 wěn　　始蹢躅於燥吻。［李善］《蒼頡篇》曰：吻，脣兩邊也。莫粉切。（240 下左）
　　　　　吻《廣韻》武粉切，與莫粉切音同。

濡 rú　　終流離於濡翰。［李善］毛萇《詩傳》曰：濡，漬也。濡，如娱切。（240 下左）
　　　　　濡《廣韻》人朱切，與如娱切音同。

翰 hàn　終流離於濡翰。［李善］《漢書音義》韋昭曰：翰，筆也。協韻，音寒。（240
　　下左）

　　　　　翰《廣韻》侯旰切，去聲；又胡安切，音同寒，平聲。韻腳字爲彈源難安言端翰
　　　繁顏然，平聲韻段，翰注平聲以協韻。

愜 qiè　愜心者貴當。［李善］愜，猶快也。起頰切。（241 上左）
　　　　　愜《廣韻》苦協切，與起頰切音同。

冗 rǒng　故無取乎冗長。［李善］文穎《漢書注》曰：冗，散也。如勇切。（241 上
　　左～下右）

　　　　　冗、宂異體。宂《廣韻》而隴切，與如勇切音同。

崎 qǐ　固崎錡而難便。［李善］崎錡，不安貌。《楚辭》曰：嶔岑崎錡。崎音綺。（241
　　下左）

　　　　　崎、綺《集韻》去倚切。

錡 yǐ　固崎錡而難便。［李善］錡音蟻。（241 下左）
　　　　　錡、蟻《廣韻》魚倚切。

銓 quán　苟銓衡之所裁。［李善］《蒼頡篇》曰：銓，稱也。曰銓，所以稱物也。七全切。
　　（241 下左）

　　　　　銓《廣韻》此緣切，與七全切音同。

掭 tì　意徘徊而不能掭。［李善］《説文》曰：掭，取也。他狄切。協韻他帝切，或爲褅。
　　（242 上右）

　　　　　掭《集韻》他歷切，與他狄切音同，透母錫韻；他帝切，霽韻。韻腳字爲致係緯掭，
　　　去聲韻段，掭變讀去聲以協韻。褅《廣韻》特計切，定母霽韻。

偉 wěi　吾亦濟夫所偉。［李善］《説文》曰：偉，猶奇也。協韻，禹貴切。（242 上左）
　　　　　偉《廣韻》于鬼切，上聲；禹貴切，去聲。韻腳字爲媚翠偉，去聲韻段，偉變讀去
　　　聲以協韻。

應 yìng　含清唱而靡應。［李善］應，於興切。（242 上左）
　　　　　應《廣韻》於證切，與於興切音同。

瑕 xiá　累良質而爲瑕。［李善］《礼記》曰：玉，瑕不掩瑜。鄭玄曰：瑕，玉之病也。
　　胡加切。（242 下右）

　　　　　瑕《廣韻》胡加切。

么（幺）yāo　猶絃么而徽急。［李善］《説文》曰：么，小也。於遥切。（242 下右）

明州本(第 257 頁)作"玄"。玄《廣韻》於堯切,蕭韻;於遙切,宵韻。

嘖 zá　務嘈嘖而妖冶。[李善]《埤蒼》曰:嘈啐,聲皃。啐與嘖及嗽同,才曷切。（242 下右）

　　嘖、嗽《廣韻》才割切,與才曷切音同。啐、啐異體。啐《集韻》才達切,與才曷切音同。

偶 ǒu　徒悅目而偶俗。[李善]《廣雅》曰:耦,諧也。耦與偶古字通。（242 下右）

　　偶、耦《廣韻》五口切,音同通用。

扁 piān　是蓋輪扁所不得言。[李善]扁言音篇,又扶緬切。（243 上右）

　　扁、篇《廣韻》芳連切,滂母平聲;扁《廣韻》又音符善切,與扶緬切音同,並母上聲。

斲 zhuó　[李善]斲,丁角切。（243 上右）

　　斲《廣韻》竹角切,知母;丁角切,端母。

魄 pò　[李善]魄音普莫切。司馬彪曰:爛食曰魄。（243 上右）

　　魄《集韻》匹各切,與普莫切音同。

欪 chī　或受欪於拙目。[李善]欪,笑也。欪與蚩同。（243 上右）

　　《説文解字注》（第 412 頁）引作"欥","《廣韻》畫欪、嗤爲二字,殊誤。其云'嗤又作欪',不知皆欪之俗耳……李善曰'欪,笑也,與嗤同',今本轉寫乖謬"。段説是。欪、嗤異體。嗤、蚩《集韻》充之切。

橐 tuó　同橐籥之罔窮。[李善]《説文》曰:橐,囊也。音託。（243 上左）

　　橐、託《廣韻》他各切。

籥 yuè　同橐籥之罔窮。[李善]籥,樂器。籥音藥。（243 上左）

　　籥、藥《廣韻》以灼切。

躔 chěn　故躔踔於短垣。[李善]躔,勑甚切。（243 上左）

　　躔《廣韻》丑甚切,與勑甚切音同。

踔 chuō　故躔踔於短垣。[李善]踔,勑角切。（243 上左）

　　踔《廣韻》敕角切。

乙 yà　思乙乙其若抽。[李善]乙,抽也。乙,難出之貌。乙音軋。（243 下左）

　　乙《廣韻》於筆切,質韻;軋《廣韻》烏黠切,黠韻。

《洞簫賦》

𡃧 mǐ　倚巇迤𡃧。[李善]迤𡃧,邪平之貌。𡃧音靡。（244 上左）

嶦、靡《集韻》母被切。

儻 tǎng　彌望儻莽。［李善］儻莽曠盪，寬廣之貌。儻，佗朗切。（244 上左～下右）
儻《廣韻》他朗切，與佗朗切音同。

潬 zàn　［李善］杜預《左氏傳注》曰：揮，潬也。潬音贊。（244 下右）
潬、贊《集韻》則旰切。

澍 zhù　聲礚礚而澍淵。［李善］《説文》曰：注，灌也。澍與注古字通。（244 下右）
澍、注《廣韻》之戍切，音同通用。

液 yì　玉液浸潤而承其根。［李善］《説文》曰：液，津也。夷石切。（244 下右）
液《廣韻》羊益切，與夷石切音同。

蜩 tiáo　秋蜩不食。［李善］《爾雅》曰：蜩，蜋蜩。《方言》曰：楚謂蟬為蜩。蜩，徒凋切。（244 下右～左）
蜩《廣韻》徒聊切，與徒凋切音同。

抱 fù　抱樸而長吟兮。［李善］抱音附。（244 下右～左）
抱《廣韻》薄浩切，晧韻；附《廣韻》符遇切，遇韻。抱上古幽部，附上古侯部，幽、侯旁轉。

搜 sōu　搜索乎其間。［李善］搜索，往來貌。搜，所求切。（244 下右～左）
搜《廣韻》所鳩切，與所求切音同。

索 suǒ　搜索乎其間。［李善］索，所白切。（244 下右～左）
索《廣韻》山戟切，陌韻三等；所白切，陌韻二等。

屏 bìng　處幽隱而奧屏兮。［李善］《説文》曰：屏，蔽也。屏與屏同。（244 下左）
屏《廣韻》防正切，並母去聲；屏《廣韻》必郢切，幫母上聲。

漠 mò　密漠泊以猭獩。［李善］嘆岶，竹密貌。漠與嘆同，浦百切。泊與岶同，亡百切。（244 下左）
漠、嘆《集韻》莫白切，明母；浦百切，滂母。浦百切之"浦"當作"亡"，亡百切，明母。

泊 pò　密漠泊以猭獩。［李善］漠與嘆同，浦百切。泊與岶同，亡百切。（244 下左）
泊、岶《集韻》匹陌切，滂母；亡百切，明母。建州本（第 317 頁）亡百切之"亡"作"浦"，是。浦百切，滂母。

猭（獩）chēn　密漠泊以猭獩。［李善］猭獩，相連延貌。猭，勑陳切。（244 下左）
猭《集韻》蘇谷切，心母屋韻；勑陳切，徹母真韻。建州本（第 317 頁）正文猭下

注:"五臣作'揫'。"揫《集韻》癡鄰切,與勑陳切音同。

猭 chuán　密漠泊以揫猭。[李善]猭,勑員切。(244下左)
猭《廣韻》丑緣切,與勑員切音同。

謚 shì　幸得謚爲洞簫兮。[李善]謚,號也。實二切。(244下左)
謚《廣韻》神至切,與實二切音同。

掍 hùn　掍其會合。[李善]《方言》曰:掍,同也。掍,胡本切。(244下左)
掍《廣韻》胡本切。

灑 shī　鎪鏤離灑。[李善]離灑,鎪鏤之貌。灑,所宜切。(244下左~245上右)
灑《廣韻》所綺切,上聲;所宜切,平聲。

比 bì　膠緻理比。[李善]膠緻理比,言細密也。比,扶至切。(245上右)
比《廣韻》毗至切,與扶至切音同。

挹 yì　挹抐擨㩶。[李善]挹抐擨㩶,言中制也。挹,於泣切。(245上右)
挹《廣韻》伊入切,與於泣切音同。

抐 nì　挹抐擨㩶。[李善]抐,女立切。(245上右)
抐《集韻》昵立切,與女立切音同。

擨 yè　挹抐擨㩶。[李善]擨,於頰切。(245上右)
擨、擪異體。擪《集韻》益涉切,葉韻;於頰切,帖韻。

㩶 niè　挹抐擨㩶。[李善]㩶,奴恊切。(245上右)
㩶、攝異體。攝《集韻》諾叶切,與奴恊切音同。

䣽 nù　憤伊鬱而酷䣽。[李善]《蒼頡篇》曰:䣽,憂貌。奴谷切。(245上右)
䣽《字彙補》(第488頁)乃谷切,與奴谷切音同。

吮 juàn　故吻吮值夫宫商兮。[李善]《説文》曰:吮,嗽也。似兖切。(245上右)
吮《廣韻》徂兖切,從母;似兖切,邪母。

唅 hán　瞋唅啁以紆鬱。[李善]《説文》曰:頷,頤也。唅與頷劉並音含。(245上右)
唅、含《集韻》胡南切,頷《廣韻》胡男切,音同。

啁 hú　瞋唅啁以紆鬱。[李善]《釋名》曰:啁,咽下垂也。啁音胡。(245上右)
啁、胡《集韻》洪孤切。

遻 zhú　馳散涣以遻律。[李善]遻律,出遲貌。遻,張律切。(245上左)
遻《廣韻》竹律切,與張律切音同。

嚐 xí　嚐霵曄踕。[李善]嚐霵曄踕,衆聲疾貌。嚐,胡急切。(245上左)

嘻《集韻》迄及切,曉母;胡急切,匣母。

霅 zhé　嘻霅曄踕。〔李善〕霅或爲驟,同助急切。（245 上左）

霅《廣韻》仕戢切,驟《集韻》仕戢切,與助急切音同。

跳 tiáo　跳然復出。〔李善〕《説文》曰:跳,躍也。跳,徒彫切。（245 上左）

跳《廣韻》徒聊切,與徒彫切音同。

咇 bì　啾咇嘖而將吟兮。〔李善〕咇嘖,聲出貌。咇音筆。（245 上左）

咇、筆《廣韻》鄙密切。

嘖 zhè　啾咇嘖而將吟兮。〔李善〕嘖音櫛。（245 上左）

嘖、櫛《廣韻》阻瑟切。

行 héng　行鍖銋以龢囉。〔李善〕行,猶且也。胡庚切。（245 上左）

行《廣韻》户庚切,與胡庚切音同。

鍖 chěn　行鍖銋以龢囉。〔李善〕鍖銋,聲不進貌。鍖,湯錦切。（245 上左）

鍖《廣韻》丑甚切,徹母;湯錦切,透母。

銋 nǐn　行鍖銋以龢囉。〔李善〕銋,奴錦切。（245 上左）

銋《廣韻》如甚切,日母;奴錦切,娘母。

漂 piào　漂乍棄而爲他。〔李善〕《説文》曰:漂,浮也。芳妙切。（245 上左）

漂《廣韻》匹妙切,與芳妙切音同。

龢 hé　與謳謠乎相龢。〔李善〕龢,古和字。（245 下右）

龢、和《廣韻》户戈切。

含 hàn　并包吐含。〔李善〕含,下闇切。（245 下右）

含《集韻》胡紺切,與下闇切音同。

廲 yì　則清靜厭廲。〔李善〕曹大家《列女傳注》曰:廲,深邃也。音瞖。（245 下右）

廲、瞖《廣韻》於計切。

达 tì　順敍卑达。〔李善〕《字林》曰:达,滑也。达,佗戾切。（245 下右）

达、达異體。达《廣韻》他計切,與佗戾切音同。

輘 léng　則若雷霆輘輷。〔李善〕輘輷,大聲也。輘,力萌切。（245 下右）

輘《集韻》力耕切,與力萌切音同。

輷 hōng　則若雷霆輘輷。〔李善〕輷,呼萌切。（245 下右）

輷《廣韻》呼宏切,與呼萌切音同。

沸 fèi　佚豫以沸㥜。〔李善〕《埤蒼》曰:怫㥜,不安貌。沸或爲潰,扶味切。（245

下右）

　　沸《廣韻》方味切，非母；潰《廣韻》扶沸切，與扶味切音同，奉母。

愄 wèi　　佚豫以沸愄。［李善］愄音謂。（245 下右）

　　愄，謂《廣韻》于貴切。

拔 bá　　或拔摋以奮棄。［李善］拔摋，分散也。拔，扶割切。（245 下右）

　　拔《廣韻》蒲撥切，末韻；扶割切，曷韻。

摋 sà　　或拔摋以奮棄。［李善］何休《公羊傳注》曰：側手擊曰摋。摋，蘇割切。（245
　　下右）

　　摋《廣韻》桑割切，與蘇割切音同。

橫 yòng　　時橫潰以陽遂。［李善］橫潰，旁決貌。橫音于孟切。（245 下左）

　　橫《廣韻》戶孟切，匣母；于孟切，于母。匣于不分。

悁 yuān　　哀悁悁之可懷兮。［李善］《字林》曰：悁，含怒也。於玄切。（245 下左）

　　悁《集韻》縈玄切，與於玄切音同。

醰 tán　　良醰醰而有味。［李善］（《字林》）又曰：醰、甜同，長味也。大含切。（245
　　下左）

　　醰《集韻》徒南切，與大含切音同，覃韻；甜《廣韻》徒兼切，添韻。

虣 bào　　剛毅彊虣反仁恩兮。［李善］《字書》曰：虣，古文暴字也。（245 下左）

　　虣、虣異體。虣、暴《廣韻》薄報切。

嘽 tǎn　　嘽咺逸豫戒其失。［李善］嘽咺逸豫，舒緩自放縱之貌。嘽，吐誕切。（245
　　下左）

　　嘽《集韻》儻旱切，與吐誕切音同。

咺 dàn　　嘽咺逸豫戒其失。［李善］咺音誕。（245 下左）

　　咺、誕《集韻》蕩旱切。

杞 qǐ　　杞梁之妻不能爲其氣。［李善］芑與杞同也。（245 下左～ 246 上右）

　　杞、芑《廣韻》墟里切。

放 fǎng　　［李善］趙岐《孟子章句》曰：放，至也。方往切。（246 上右）

　　放《廣韻》分网切，與方往切音同。

鬻 yù　　桀跖鬻博儡以頓顇。［李善］鬻，夏育也。古字同。（246 上右）

　　鬻、育《廣韻》余六切，音同通用。

懆 cǎo　　懆恀瀾漫。［李善］《埤蒼》曰：嘽嘿，寂靜也。嘽嘿與懆恀音義同。懆，麤老切。

（246 上左）

悷、嘑《廣韻》采老切，與羸老切音同。

悷 lǎo　悷悷瀾漫。［李善］悷，閭草切。（246 上左）

悷、嘍《廣韻》盧晧切，與閭草切音同。

擎 piē　擎涕拔淚。［李善］《説文》曰：擎，拭也。匹結切。（246 上左）

擎《廣韻》普蔑切，與匹結切音同。

拔 wěn　擎涕拔淚。［李善］拔，亦拭也。亡粉切。（246 上左）

拔《廣韻》武粉切，與亡粉切音同。

腲 wěi　阿那腲腇者已。［李善］《埤蒼》曰：腲腇，肥貌。腲，一罪切。（246 上左）

腲《廣韻》烏賄切，與一罪切音同。

腇 něi　阿那腲腇者已。［李善］腇，乃罪切。（246 上左）

腇《集韻》弩罪切，與乃罪切音同。

跂 qí　蚑行喘息。［李善］《説文》曰：蚑，徐行，凡生類之行皆曰跂。跂音奇。（246 上左）

跂《廣韻》巨支切，重紐四等；奇《廣韻》渠羈切，重紐三等。

螻 lóu　螻蟻蝘蜓。［李善］《方言》曰：南楚謂螻蛄爲括螻。力侯切。（246 上左）

螻《廣韻》落侯切，與力侯切音同。

蟻 yǐ　螻蟻蝘蜓。［李善］《爾雅》曰：蚍蜉，大螘。螘與蟻同。（246 上左）

蟻、螘《廣韻》魚倚切。

蝘 yǎn　螻蟻蝘蜓。［李善］蝘，於典切。（246 上左）

蝘《廣韻》於殄切，與於典切音同。

蜓（蜓）diàn　螻蟻蝘蜓。［李善］蜓，徒典切。（246 上左）

明州本（第 262 頁）、陳八郎本（第九卷第 9 頁）作“蜓”。蜓《集韻》徒典切。

喙 huì　垂喙蜿轉。［李善］《説文》曰：喙，口也。許穢切。（246 上左）

喙《廣韻》許穢切。

咮 dòu　［李善］或爲咮，鳥口也。都遘切。（246 上左～下右）

咮《廣韻》陟救切，知母宥韻；都遘切，端母候韻。

瞪 chéng　瞪瞢忘食。［李善］《埤蒼》曰：瞪，直視也。直耕切。（246 上左～下右）

瞪《廣韻》宅耕切，與直耕切音同。

瞢 méng　瞪瞢忘食。［李善］《埤蒼》曰：瞢，視不審諦也。莫耕切。（246 上左～下右）

薨《廣韻》莫中切,東韻;又武登切,登韻。莫耕切,耕韻。疑爲臨時變讀以構

成瞪薨疊韻。

跇 yì　　［李善］曳,亦踰也,或爲跩。鄭德曰:跇,度也。弋制切。（246下右）

跇《廣韻》餘制切,與弋制切音同。

漂 piào　　迅漂巧兮。［李善］漂,疾也。妨妙切。（246下右）

漂《廣韻》匹妙切,與妨妙切音同。

泡 páo　　泡溲汎潎。［李善］《方言》曰:泡,盛也。薄交切。（246下右）

泡《廣韻》薄交切。

溲 sōu　　泡溲汎潎。［李善］溲,所求切。（246下右）

溲《廣韻》所鳩切,與所求切音同。

汎 fá　　泡溲汎潎。［李善］汎,房法切。（246下右）

汎《集韻》扶法切,與房法切音同。

潎 shè　　泡溲汎潎。［李善］《埤蒼》曰:潎,裁有水也。所獵切。（246下右）

潎《集韻》失涉切,與所獵切音同。

哮 xiāo　　哮呷呟唤。［李善］《埤蒼》曰:哮嚇,大怒也。呼交切。（246下右）

哮《廣韻》許交切,與呼交切音同。

躋 jī　　躋躓連絕。［李善］杜預《左氏傳注》曰:躋,升也。將雞切。（246下右）

躋《廣韻》祖稽切,與將雞切音同。

躓 zhì　　躋躓連絕。［李善］《漢書音義》韋昭曰:躓,頓也。竹利切。（246下右）

躓《廣韻》陟利切,與竹利切音同。

淈 hé　　淈殄沌兮。［李善］淈,胡忽切。（246下右）

淈《廣韻》下沒切,與胡忽切音同。

沌 dùn　　淈殄沌兮。［李善］沌,徒損切。（246下右）

沌《廣韻》徒損切。

攪 xiào　　攪搜澩捎。［李善］攪搜澩捎,水聲也。攪,胡卯切。（246下右）

攪《集韻》下巧切,與胡卯切音同。

搜 shǎo　　攪搜澩捎。［李善］搜,所卯切。（246下右）

搜《集韻》山巧切,與所卯切音同。

澩 xué　　攪搜澩捎。［李善］澩,胡角切。（246下右）

澩《集韻》轄覺切,與胡角切音同。

捎 shāo　攬搜澾捎。〔李善〕捎,所學切。(246 下右)
　　捎《廣韻》所交切,肴韻;所學切,覺韻。疑爲臨時變讀以構成澾捎疊韻。

漂 piāo　聯緜漂撇。〔李善〕漂擎,餘響少騰相擊之貌。漂,匹遙切。(246 下左)
　　漂《廣韻》撫招切,與匹遙切音同。

擎 pì　聯緜漂撇。〔李善〕擎,匹曳切。(246 下左)
　　擎《廣韻》普蔑切,屑韻;匹曳切,祭韻。

《舞賦》

熺 xī　燿華屋而熺洞房。〔李善〕《廣雅》曰:熺,熾也。虛疑切。(247 上左)
　　熺、熹異體。熹《廣韻》許其切,與虛疑切音同。

踃 xiāo　簡惰跳踃。〔李善〕《埤蒼》曰:踃,跳也。先聊切。(247 下右)
　　踃《廣韻》蘇彫切,與先聊切音同。

姁 xū　姁婾致態。〔李善〕姁婾,和悦貌。姁,況于切。(247 下右)
　　姁《廣韻》況于切。

婾 yú　姁婾致態。〔李善〕婾,以朱切。(247 下右)
　　婾《廣韻》羊朱切,與以朱切音同。

嫽 liǎo　貌嫽妙以妖蠱兮。〔李善〕毛萇《詩傳》曰:嫽,好貌。理紹切。(247 下右)
　　嫽《廣韻》力小切,與理紹切音同。

骪 wěi　慢末事之骪曲。〔李善〕《蒼頡篇》曰:骪,曲也。於詭切。(247 下左)
　　建州本(第 322 頁)作"委",其下注:"善作'骪'。"骪宜是。骪、委《廣韻》於詭切。

炱 tái　舒恢炱之廣度兮。〔李善〕《楚辭》曰:收恢台之孟夏兮。炱與台古字通。(247 下左~ 248 上右)
　　炱、台《集韻》堂來切,音同通用。

苛 hé　闊細體之苛縟。〔李善〕賈逵《國語注》曰:苛,煩也。賀多切。(247 下左~ 248 上右)
　　苛《廣韻》胡歌切,與賀多切音同。

鶣 piān　鶣翲燕居。〔李善〕鶣翲,輕貌。鶣音篇。(248 上左)
　　鶣、篇《集韻》紕延切。

拉 là　拉揩鵠鷖。〔李善〕拉揩,飛貌。拉音臘。(248 上左)
　　拉《廣韻》盧合切,合韻;臘《廣韻》盧盍切,盍韻。

湯 yáng　在水湯湯。［李善］湯音洋。（248 上左）

　　　　湯、洋《集韻》余章切。

嘳 kuì　　嘳息激昂。［李善］《説文》曰：嘳，太息也。嘳與喟同。（248 上左～下右）

　　　　嘳、喟《廣韻》丘愧切，音同通用。

卬 áng　　［李善］《漢書》王章妻謂章曰：今在困厄，不自激卬。如淳曰：激屬抗揚之意也。

　卬，我郎切。（248 下右）

　　　　卬《廣韻》五剛切，與我郎切音同。

哇 yā　　吐哇咬則發皓齒。［李善］《説文》曰：哇，諂聲也。於佳切。（248 下右）

　　　　哇《廣韻》於佳切。

咬 yāo　　吐哇咬則發皓齒。［李善］《説文》曰：咬，淫聲也。烏交切。（248 下右）

　　　　咬《廣韻》於交切，與烏交切音同。

摘 tì　　摘齊行列。［李善］指摘行列，使之齊整。摘，佗歷切。（248 下右）

　　　　摘《廣韻》他歷切，與佗歷切音同。

儗 nǐ　　經營切儗。［李善］鄭玄《禮記注》曰：儗，猶比也。魚里切。（248 下右）

　　　　儗《廣韻》魚紀切，與魚里切同。

跗 fū　　跗蹋摩跌。［李善］鄭玄《禮記注》曰：跗，足趾也。方于切。（248 下左）

　　　　跗《廣韻》甫無切，與方于切同。

跌 dié　　跗蹋摩跌。［李善］《字書》曰：跌，失躔也。徒結切。（248 下左）

　　　　跌《廣韻》徒結切。

漼 cuǐ　　漼似摧折。［李善］漼，折貌。七罪切。（248 下左）

　　　　漼《廣韻》七罪切。

殟 wū　　縱弛殟歿。［李善］殟歿，舒緩貌。殟，烏骨切。（248 下左）

　　　　殟《廣韻》烏没切，與烏骨切音同。

歿 mò　　縱弛殟歿。［李善］歿音没。（248 下左）

　　　　歿、没《廣韻》莫勃切。

蟡 wēi　　蟡蛇姌嫋。［李善］《説文》曰：委蛇，邪行去也。蟡與逶同，於危切。（248

　下左）

　　　　蟡、逶《廣韻》於爲切，與於危切音同。

蛇 yí　　蟡蛇姌嫋。［李善］蛇音移。（248 下左）

　　　　蛇、移《廣韻》弋支切。

姌 ràn　　蜲蛇姌嫋。〔李善〕姌嫋，長貌。姌，如劍切。（248 下左）
　　　　　姌《廣韻》而琰切，琰韻；如劍切，梵韻。

嫋 ruò　　蜲蛇姌嫋。〔李善〕嫋音弱。（248 下左）
　　　　　嫋、弱《集韻》日灼切。

曶 hū　　雲轉飄曶。〔李善〕毛萇《詩傳》曰：迴風爲飄。曶與忽同，呼沒切。（248 下左）
　　　　　曶、忽《廣韻》呼骨切，與呼沒切音同。

黎 lí　　黎收而拜。〔李善〕《蒼頡篇》曰：邌，徐也。邌與黎同，力奚切。（248 下左）
　　　　　黎、邌《廣韻》郎奚切，與力奚切音同。

瞜 lì　　〔李善〕曹憲曰：瞜瞅而拜。上音戾，下居虯反。（248 下左～249 上右）
　　　　　瞜、戾《集韻》郎計切。

瞅 jiū　　〔李善〕曹憲曰：瞜瞅而拜。上音戾，下居虯反。（248 下左～249 上右）
　　　　　瞅《集韻》居虯切，與居虯反音同。

巃 lǒng　　巃嵸逼迫。〔李善〕巃嵸，聚貌。巃，力董切。（249 上右）
　　　　　巃《廣韻》力董切。

嵸 zǒng　　巃嵸逼迫。〔李善〕嵸音摠。（249 上右）
　　　　　嵸、摠《集韻》祖動切。

忌 jì　　〔李善〕《毛詩》曰：又良御忌，抑磬控忌。毛萇曰：止馬曰控。忌，辭也。音冀。
　（249 上左）
　　　　　忌《廣韻》渠記切，群母志韻；冀《廣韻》几利切，見母至韻。

《長笛賦》

核 hé　　精核數術。〔李善〕《說文》曰：覈，考實事也。核與覈古字通。（249 下左）
　　　　　核、覈《集韻》下革切。

鄔 wǔ　　獨臥鄗平陽鄔中。〔李善〕平陽鄔，聚邑之名也。鄔，烏古切。（249 下左）
　　　　　鄔《廣韻》安古切，與烏古切音同。

聆 líng　　獨聆風於極危。〔李善〕《蒼頡篇》曰：聆，聽也。音零。（250 上右）
　　　　　聆、零《廣韻》郎丁切。

揣 tuán　　冬雪揣封乎其枝。〔李善〕鄭玄《毛詩箋》曰：團，聚貌。揣與團古字通，徒
　歡切。（250 上右）
　　　　　揣、團《集韻》徒官切，與徒歡切音同。

槷 niè　　巓根跱之槷刖兮。〔李善〕槷刖，危貌。槷，吾結切。（250 上右）

陳八郎本(第九卷第 13 頁)作“𡴋”,爲𡴋之異體。𡴋《廣韻》五結切,與吾結切
音同。

刖 wà　　巔根跱之𡴋刖兮。〔李善〕刖,五刮切。(250 上右)
　　　　　刖《廣韻》五刮切。

頵 jùn　　簡積頵砈。〔李善〕《説文》曰:頵,頭落也。五隕切。(250 上右)
　　　　　頵《集韻》巨隕切,群母;五隕切,疑母。疑爲臨時變讀以構成頵砈雙聲。

砈 yù　　簡積頵砈。〔李善〕《字林》曰:砈,齊頭也。牛六切。(250 上右)
　　　　　砈《廣韻》魚菊切,與牛六切音同。

嶁 lú　　兀嶁狋巀。〔李善〕兀嶁狋巀,嶔峻之貌。嶁,力于切。(250 上左)
　　　　　嶁《廣韻》力朱切,與力于切音同。

狋 chí　　兀嶁狋巀。〔李善〕狋,助緇切。(250 上左)
　　　　　狋《集韻》俟甾切,俟母;助緇切,崇母。

巀 yí　　兀嶁狋巀。〔李善〕巀,魚飢切。(250 上左)
　　　　　巀《集韻》魚陵切,蒸韻;魚飢切,脂韻。尤刻本(第 5 册第 44 頁)作“巀”,其餘
　　　　各本皆同胡刻本。疑作“巀”,《廣韻》語其切,之韻。

庨 qiāo　　庨寏巧老。〔李善〕庨寏巧老,深空之貌。庨,苦交切。(250 上左)
　　　　　庨《集韻》丘交切,與苦交切音同。

寏 láo　　庨寏巧老。〔李善〕寏,郎交切。(250 上左)
　　　　　寏《廣韻》力嘲切,與郎交切音同。

港 hòng　　港洞坑谷。〔李善〕港洞,相通也。港,胡貢切。(250 上左)
　　　　　港《廣韻》胡貢切。

嵟 duì　　嶵嶯澮嵟。〔李善〕澮嵟,嶵嶯深平之貌。嵟音兊。(250 上左)
　　　　　嵟、兊《廣韻》杜外切。

窞 dàn　　嶅窞巖覆。〔李善〕《説文》曰:窞,坎中小坎也。徒感切。(250 上左)
　　　　　窞《廣韻》徒感切。

覆 fú　　嶅窞巖覆。〔李善〕《廣雅》曰:覆,窟也。字從穴從復,扶福切。(250 上左)
　　　　　覆《廣韻》房六切,與扶福切音同。

穻 wū　　運裏穻洝。〔李善〕穻洝,卑曲不平也。穻,於孤切。(250 上左)
　　　　　穻《集韻》汪胡切,與於孤切音同。

洝 àn　　運裏穻洝。〔李善〕洝音按。(250 上左)

　　　　浽、按《廣韻》烏旰切。

簫 xiāo　林簫蔓荆。［李善］《説文》曰：篠，小竹也。簫與篠通。（250 上左）
　　　　簫《廣韻》蘇彫切，平聲；篠《廣韻》先鳥切，上聲。

柞 zuò　森樆柞樸。［李善］鄭玄《毛詩箋》曰：柞，櫟也。子落切。（250 上左）
　　　　柞《廣韻》則落切，與子落切音同。

樸 bǔ　森樆柞樸。［李善］樸，包木也。補木切。（250 上左）
　　　　樸《廣韻》蒲木切，並母；補木切，幫母。

涔 chén　淳涔障潰。［李善］薛君《韓詩章句》曰：涔，漁池也。音岑。（250 上左）
　　　　涔、岑《廣韻》鋤針切。

頷 hàn　頷淡滂流。［李善］頷淡，水摇蕩貌。頷，胡感切。（250 上左）
　　　　頷《廣韻》胡感切。

淡 dàn　頷淡滂流。［李善］淡，徒敢切。（250 上左）
　　　　淡《廣韻》徒敢切。

碓 duì　碓投瀺穴。［李善］《説文》曰：碓，舂也。都隊切。（250 上左）
　　　　碓《廣韻》都隊切。

瀺 chán　碓投瀺穴。［李善］瀺穴，瀺注隙穴也。士咸切。（250 上左）
　　　　瀺《集韻》鋤咸切，與士咸切音同。

苹 pēng　争湍苹縈。［李善］苹縈，迴旋之貌。苹，芳耕切。（250 上左）
　　　　苹《集韻》披耕切，與芳耕切音同。

汨 gǔ　汨活澎濞。［李善］汨活，疾貌。汨，古没切。（250 上左）
　　　　汨《廣韻》古忽切，與古没切音同。

活 guō　汨活澎濞。［李善］活，古活切。（250 上左）
　　　　活《廣韻》古活切。

窊 wā　窊隆詭戾。［李善］《説文》曰：窊，邪下也。窊，烏瓜切。（250 上左～下右）
　　　　窊《廣韻》烏瓜切。

碭 táng　犇遯碭突。［李善］碭，徒郎切。（250 下右）
　　　　碭《廣韻》徒郎切。

頷 hàn　寒熊振頷。［李善］《方言》曰：頷，頤也。胡感切。（250 下右）
　　　　頷《廣韻》胡感切。

昏(昏)chī　特麚昏髟。［李善］昏，視。昏，昌夷切。（250 下右）

奎章閣本（第 420 頁）、明州本（第 267 頁）作“昏”。昏《集韻》稱脂切，與昌夷
切音同。

髟 biào　　特膚昏髟。［李善］髟，長髦也。髟，方妙切。（250 下右）
　　　　　髟《集韻》匹妙切，滂母；方妙切，幫母。

壄 yě　　　壄雉晁雊。［李善］壄，古野字。（250 下右）
　　　　　壄、野《集韻》以者切。

晁 cháo　　壄雉晁雊。［李善］晁，古朝字。（250 下右）
　　　　　晁、朝《廣韻》直遙切。

噍 jiū　　噍噍讙譟。［李善］《羽獵賦》曰：噍噍昆鳴。噍，子由切。（250 下右）
　　　　　噍《集韻》將由切，與子由切音同。

藋 shāo　　纖末奮藋。［李善］《方言》曰：捎，動也。藋與捎同，所交切。（250 下左）
　　　　　《古今韻會舉要》（第 141 頁）引作“纖末奮箾”。箾、捎《集韻》師交切，與所
　　交切音同。

錚 chéng　錚鐄瑬嘐。［李善］錚鐄，聲也。錚，士庚切。（250 下左）
　　　　　錚《廣韻》楚耕切，初母耕韻；士庚切，崇母庚韻。

鐄 hóng　　錚鐄瑬嘐。［李善］鐄與鍠同，音宏。（250 下左）
　　　　　鐄、鍠《廣韻》戶盲切，庚韻；宏《廣韻》戶萌切，耕韻。

瑬 hōng　　錚鐄瑬嘐。［李善］《字林》曰：瑬，小聲也。呼盲切。（250 下左）
　　　　　瑬《廣韻》虎橫切，與呼盲切音同。

嘐 xiāo　　錚鐄瑬嘐。［李善］《埤蒼》曰：嘐，大呼也。呼交切。（250 下左）
　　　　　嘐《廣韻》許交切，與呼交切音同。

靁 léi　　靁歕頹息。［李善］靁與雷，古今字也。（251 上右）
　　　　　靁、雷《集韻》盧回切。

掐 qiā　　掐膺擗摽。［李善］《國語》曰：無掐膺。韋昭曰：掐，叩也。苦洽切。（251 上右）
　　　　　掐《廣韻》苦洽切。

蹉 cuō　　蹉纖根。［李善］蹉，七何切，一作搓。（251 上右～左）
　　　　　蹉、搓《廣韻》七何切。

陗 qiào　　膺陗陁。［李善］《淮南子》曰：岸陗者必陁。許慎曰：陗，峻也。七笑切。（251
　　上左）
　　　　　陗《廣韻》七肖切，與七笑切音同。

阤 zhì　　膺阤阤。〔李善〕阤，落也。直紙切。（251 上左）
　　　　　阤《廣韻》池爾切，與直紙切音同。

陘 xíng　　腹陘阻。〔李善〕《爾雅》曰：山絶陘。陘音刑。（251 上左）
　　　　　陘、刑《廣韻》户經切。

挑 tiāo　　挑截本末。〔李善〕鄭玄《毛詩箋》曰：挑，支落之。佗堯切。（251 上左）
　　　　　挑《廣韻》吐彫切，與佗堯切音同。

摹 mú　　規摹矱矩。〔李善〕《説文》曰：摹，規也。莫奴切。（251 上左）
　　　　　摹《廣韻》莫胡切，與莫奴切音同。

矱 yuē　　規摹矱矩。〔李善〕矱亦矆字。王逸《楚辭注》曰：矆，度也。矆，於縛切。（251
　　上左）
　　　　　矱、矆《集韻》鬱縛切，與於縛切音同。

揉 rǒu　　撟揉斤械。〔李善〕鄭玄《周禮注》曰：揉謂以火撟也。如酉切。（251 下右）
　　　　　揉《集韻》忍九切，與如酉切音同。

剸 tuán　　剸掞度擬。〔李善〕《字林》曰：剸，裁也。大丸切。（251 下右）
　　　　　剸《廣韻》度官切，與大丸切音同。

掞 yǎn　　剸掞度擬。〔李善〕《周易》曰：掞木爲矢。掞與剡音義同。（251 下右）
　　　　　掞、剡《集韻》以冉切。

鏓 sǒng　　鏓硐隤墜。〔李善〕《説文》曰：鏓，大鑿中木也。然則以木通其中皆曰鏓也，
　　蘇菫切。（251 下右）
　　　　　鏓《集韻》損動切，與蘇菫切音同。

硐 dòng　　鏓硐隤墜。〔李善〕《廣雅》曰：硐，磨也。音動。（251 下右）
　　　　　硐、動《廣韻》徒揔切。

隤 tuí　　鏓硐隤墜。〔李善〕《説文》曰：隤，墜也。徒雷切。（251 下右）
　　　　　隤《廣韻》杜回切，與徒雷切音同。

閒 xián　　於是遊閒公子。〔李善〕服虔曰：諸公閒遊戲。若依服解，閒當工莧切。韋
　　昭曰：優游閒暇也。按：《史記・貨殖傳》有遊閑公子，飾冠劍，連車騎，此則韋説勝。
　　閒音閑。（251 下右～左）
　　　　　閒《集韻》居莧切，與工莧切音同，見母去聲；閒、閑《集韻》何間切，匣母平聲。

遻 wù　　掌距劫遻。〔李善〕郭璞《穆天子傳注》曰：遻，觸也。五故切。（251 下左）
　　　　　遻《廣韻》五各切，鐸韻；五故切，暮韻。

咋 zhé　啾咋嘈啐。〔李善〕鄭玄《周禮注》曰：咋，咋然，聲大也。仕白切。（251下左）
　　　　咋《廣韻》鋤陌切，與仕白切音同。

嘈 cáo　啾咋嘈啐。〔李善〕《埤蒼》曰：嘈啐，聲貌。嘈音曹。（251下左）
　　　　嘈、曹《廣韻》昨勞切。

啐 cuì　啾咋嘈啐。〔李善〕啐，才喝切。（251下左）
　　　　啐《廣韻》倉夬切，清母；才喝切，從母。疑爲臨時變讀以構成嘈啐雙聲。

怫 fú　震鬱怫以憑怒兮。〔李善〕怫，扶弗切。（251下左）
　　　　怫《廣韻》符弗切，與扶弗切音同。

噴 pèn　氣噴勃以布覆兮。〔李善〕《蒼頡篇》曰：噴，吒也。普寸切。（251下左）
　　　　噴《廣韻》普悶切，與普寸切音同。

憤 fèn　〔李善〕或作憤，防粉切。（251下左～252上右）
　　　　憤《廣韻》房吻切，與防粉切音同。

鍛 duàn　靁叩鍛之岌峇兮。〔李善〕《蒼頡篇》曰：鍛，椎也。都亂切。（252上右）
　　　　鍛《廣韻》丁貫切，與都亂切音同。

岌 qiè　靁叩鍛之岌峇兮。〔李善〕岌，苦恊切。（252上右）
　　　　岌《集韻》詰叶切，與苦恊切音同。

峇 kè　靁叩鍛之岌峇兮。〔李善〕峇，苦合切。（252上右）
　　　　峇《集韻》渴合切，與苦合切音同。

矕 mán　長矕遠引。〔李善〕孟康《漢書注》曰：矕，視也。莫干切。（252上右）
　　　　矕《集韻》謨官切，桓韻；莫干切，寒韻。

屈 jú　充屈鬱律。〔李善〕屈音掘。（252上右）
　　　　屈、掘《集韻》渠勿切。

瞋 chēn　瞋菌碨抰。〔李善〕瞋，尺鄰切。（252上右）
　　　　瞋《廣韻》昌真切，與尺鄰切音同。

菌 qūn　瞋菌碨抰。〔李善〕菌，去倫切。（252上右）
　　　　菌《集韻》區倫切，與去倫切音同。

碨 wēi　瞋菌碨抰。〔李善〕碨，於迴切。（252上右）
　　　　碨《集韻》烏回切，與於迴切音同。

抰 āng　瞋菌碨抰。〔李善〕抰，烏郎切。（252上右）
　　　　抰《集韻》於郎切，與烏郎切音同。

酄 pēng　酄琅磊落。［李善］酄，普耕切。（252 上右）
　　　　酄《廣韻》敷空切，東韻；普耕切，耕韻。

琅 léng　酄琅磊落。［李善］琅，力耕切。（252 上右）
　　　　琅《廣韻》魯當切，唐韻；力耕切，耕韻。

殺 shài　洪殺衰序。［李善］鄭玄《周禮注》曰：殺，減也。所屆切。（252 上右～左）
　　　　殺《廣韻》所拜切，與所屆切音同。

衰 cuī　洪殺衰序。［李善］《左氏傳》魏獻子曰：遲速衰序。杜預曰：衰，差。衰，楚
　　危切。（252 上右～左）
　　　　衰《廣韻》楚危切。

藎 jìn　藎滯抗絕。［李善］《方言》曰：爐，餘也。藎與爐同，在進切。（252 上左）
　　　　藎、爐《廣韻》徐刃切，邪母；在進切，從母。

縼 xuàn　或乃植持縼綟。［李善］《説文》曰：縼，以長繩繫牛也。徐絹切。（252 上左）
　　　　縼《廣韻》辝戀切，與徐絹切音同。

佁 chì　佁儗寬容。［李善］佁儗，寬容之貌。佁，勑吏切。（252 上左）
　　　　佁《廣韻》丑吏切，與勑吏切音同。

儗 nì　佁儗寬容。［李善］儗，五吏切。（252 上左）
　　　　儗《廣韻》魚記切，與五吏切音同。

闋 què　曲終闋盡。［李善］鄭玄《禮記注》曰：闋，終也。苦穴切。（252 下右）
　　　　闋《廣韻》苦穴切。

踾 fú　踾踧攢仄。［李善］《埤蒼》曰：踾，踾地聲也。踾音複。（252 下右）
　　　　踾、複《廣韻》方六切。

踧 zù　踾踧攢仄。［李善］《字林》曰：踧踖不進。踧，子六切。（252 下右）
　　　　踧《廣韻》子六切。

圔 yà　窊圔寁瓬。［李善］窊圔，聲下貌。圔，於洽切。（252 下右）
　　　　圔《廣韻》烏洽切，與於洽切音同。

寁 chǎn　窊圔寁瓬。［李善］寁瓬，聲緩也。寁，恥辇切。（252 下右）
　　　　寁《集韻》丑展切，與恥辇切音同。

瓬 niǎn　窊圔寁瓬。［李善］瓬，女善切。（252 下右）
　　　　瓬《集韻》尼展切，與女善切音同。

蚡 fén　蚡緼繙紆。［李善］蚡緼繙紆，聲相糾紛貌。蚡，扶云切。（252 下右～左）

蚡《廣韻》符分切，與扶云切音同。

緼 yūn　蚡緼繙紆。［李善］緼，於文切。（252下右～左）

緼《集韻》於云切，與於文切音同。

綆 yīn　綆宛蜿蟺。［李善］綆音因。（252下右～左）

綆、因《集韻》伊真切。

蜿 yuǎn　綆宛蜿蟺。［李善］蜿，於阮切。（252下右～左）

蜿《廣韻》於阮切。

蟺 shàn　綆宛蜿蟺。［李善］蟺音善。（252下右～左）

蟺、善《廣韻》常演切。

絞 jiǎo　絞㮰汩湟。［李善］絞，古巧切。（252下左）

絞《廣韻》古巧切。

㮰 gài　絞㮰汩湟。［李善］㮰，古愛切。（252下左）

㮰《廣韻》古代切，與古愛切音同。

汩 yù　絞㮰汩湟。［李善］汩湟，水流貌。汩，于筆切。（252下左）

汩《廣韻》于筆切。

湟 huáng　絞㮰汩湟。［李善］湟音黃。（252下左）

湟、黃《廣韻》胡光切。

挼 néi　挼拏挼臧。［李善］《說文》曰：挼，摧也。奴迴切。（252下左）

挼《集韻》奴回切，與奴迴切音同。

拏 ná　挼拏挼臧。［李善］《蒼頡篇》曰：拏，捽也，引也。奴家切。（252下左）

拏《廣韻》女加切，與奴家切音同。

挼 zuì　挼拏挼臧。［李善］《廣雅》曰：挼，按之也。子潰切。（252下左）

挼《廣韻》子對切，與子潰切音同。

邅 zhān　遞相乘邅。［李善］邅，邅迴也。張連切。（252下左）

邅《廣韻》張連切。

蹍 niǎn　［李善］一云邅當爲蹍。司馬彪《莊子注》曰：蹍，蹈也。女展切。（252下左）

蹍《集韻》尼展切，與女展切音同。

投 dòu　察變於句投。［李善］《說文》曰：逗，止也。投與逗古字通，音豆。（252下左）

投《集韻》大透切，豆、逗《廣韻》徒候切，與大透切音同。

閒 xián　以知長戚之不能閒居焉。［李善］閒音閑。（252下左）

閒、閑《集韻》何間切。

曠 kuǎng　曠瀁敞罔。［李善］曠，若廣切。（253 上右）

奎章閣本（第 424 頁）、四庫六臣本（第 1330 册第 400 頁）若作“苦”，當是。曠《廣韻》苦謗切，去聲；苦廣切，上聲。

劙 lí　劙櫟銚懂。［李善］劙櫟銚懂，皆分別節制之貌。劙音黎。（253 上左）

劙《廣韻》里之切，之韻；黎《廣韻》力脂切，脂韻。

櫟 lì　劙櫟銚懂。［李善］櫟音歷。（253 上左）

櫟、歷《廣韻》郎擊切。

銚 tiāo　劙櫟銚懂。［李善］銚，他堯切。（253 上左）

銚《廣韻》吐彫切，與他堯切音同。

懂 huó　劙櫟銚懂。［李善］懂，胡麥切。（253 上左）

懂《廣韻》呼麥切，曉母；胡麥切，匣母。

箾 xiāo　上擬法於韶箾南籥。［李善］《左氏傳·昭二十九年》：吴公子札來聘，魯人爲奏四代樂。見舞韶箾者，曰：德至哉！杜預曰：舜樂也。箾音簫。（253 上左）

箾、簫《廣韻》蘇彫切。

齊 jì　各得其齊。［李善］齊，分限也。在細切。（253 下右）

齊《廣韻》在詣切，與在細切音同。

聑 diē　瓠巴聑柱。［李善］《説文》曰：聑，安也。丁箧切。（254 上右）

聑《廣韻》丁愜切，與丁箧切音同。

瞠 chēng　留际瞠眙。［李善］《蒼頡篇》曰：瞠，直下視貌。丑庚切。（254 上右）

瞠《集韻》抽庚切，與丑庚切音同。

眙 chì　留际瞠眙。［李善］《字林》曰：眙，驚貌。勑吏切。（254 上右）

眙《廣韻》丑吏切，與勑吏切音同。

噍 jiǎo　噍眇睢維。［李善］噍眇睢維，目開合之貌。噍，子小切。（254 上左）

噍《集韻》子小切。

眇 miǎo　噍眇睢維。［李善］《方言》曰：眇，小也。亡小切。（254 上左）

眇《廣韻》亡沼切，與亡小切音同。

睢 huī　噍眇睢維。［李善］《字林》曰：睢，仰目也。許惟切。（254 上左）

睢《廣韻》許規切，支韻；許惟切，脂韻。

洟 tì　涕洟流漫。［李善］《説文》曰：洟，鼻液也。勑計切。（254 上左）

湁《廣韻》他計切，與勑計切音同。

溉 gài　　溉盥汙濊。［李善］毛萇《詩傳》曰：溉，滌也。古載切。本或爲墍，音義同。
（254 上左）

溉、墍《廣韻》古代切，與古載切音同。

盥 guǎn　　溉盥汙濊。［李善］盥，亦滌也。公緩切。（254 上左）

盥《廣韻》古滿切，與公緩切音同。

滓 zǐ　　澡雪垢滓矣。［李善］《説文》曰：滓，澱也。滓，壯里切。（254 上左）

滓《廣韻》阻史切，與壯里切音同。

澱 diàn　　［李善］澱音殿。（254 上左）

澱、殿《廣韻》堂練切。

塤 xuān　　暴辛爲塤。［李善］郭璞《爾雅注》曰：塤，燒土爲之，大如雞卵。塤，虛袁切。
（254 上左）

塤《廣韻》況袁切，與虛袁切音同。

鑠 shuò　　或鑠金礱石。［李善］鑠與爍同。（254 下右）

鑠、爍《廣韻》書藥切，音同通用。

礱 lóng　　或鑠金礱石。［李善］《國語》張老曰：天子之室，斲其椽而礱之，加密石焉。
韋昭曰：礱，磨也。力東切。（254 下右）

礱《廣韻》盧紅切，與力東切音同。

睆 huàn　　華睆切錯。［李善］睆，胡綰切。（254 下右）

睆《廣韻》户板切，與胡綰切音同。

挻 shān　　丸挻彫琢。［李善］《漢書音義》如淳曰：挻，擊也。舒連切。一作埏。（254
下右）

挻、埏《廣韻》式連切，與舒連切音同。

鑽 zuān　　刻鏤鑽筶。［李善］《説文》曰：鑽，所以穿也。鑽，子丸切。（254 下右）

鑽《廣韻》借官切，與子丸切音同。

筶 zuó　　刻鏤鑽筶。［李善］《國語》：臧文仲曰：中刑用刀鋸，其次用鑽筶。韋昭注爲筶，
而賈逵注爲鑿，然筶與鑿音義同也。（254 下右）

筶、鑿《廣韻》在各切。

黈 tǒu　　猶以二皇聖哲黈益。［李善］黈，猶演也。佗斗切。（254 下左）

黈《廣韻》天口切，與佗斗切音同。

裨 pí　　其可以裨助盛美。［李善］《説文》曰：裨，益也。婢移切。（254 下左）

裨《廣韻》符支切，與婢移切音同。

見 xiàn　　龍鳴水中不見己。［李善］見，胡鍊切。（254 下左）

見《廣韻》胡甸切，與胡鍊切音同。

簻 zhuā　　裁以當簻便易持。［李善］簻，馬策也。竹瓜切。（254 下左）

簻《廣韻》陟瓜切，與竹瓜切音同。

《琴賦》

驤 xiāng　　參辰極而高驤。［李善］孔安國《尚書傳》曰：襄，上也。驤與襄同。（255
上左～下右）

驤、襄《廣韻》息良切。

蕤 ruí　　飛英蕤於昊蒼。［李善］《説文》曰：蕤，草木花貌。汝誰切。（255 下右）

蕤《廣韻》儒佳切，與汝誰切音同。

蜿 yuǎn　　蜿蟺相糾。［李善］蜿蟺，展轉也。蜿，於阮切。（255 下左）

蜿《廣韻》於阮切。

蟺 shàn　　蜿蟺相糾。［李善］蟺音善。（255 下左）

蟺、善《廣韻》常演切。

糾 jiū　　蜿蟺相糾。［李善］糾，繚也。糾，己蚪切。（255 下左）

糾《集韻》居虬切，與己蚪切音同。

繪 huì　　華繪彫琢。［李善］孔安國《尚書傳》曰：繪，會五彩也。胡憒切。（256 下右）

繪《廣韻》黃外切，泰韻；胡憒切，隊韻。

嘹 liáo　　新聲嘹亮。［李善］嘹亮，聲清徹貌。亦與聊字義同。（256 下左）

嘹、聊《廣韻》落蕭切，音同義通。

礧 lěi　　跲踔礧硈。［李善］礧硈，壯大貌。礧與磊同，力罪切。（257 上右）

礧、磊《廣韻》落猥切，與力罪切音同。

昶 chǎng　　固以和昶而足躭矣。［李善］《廣雅》曰：昶，通也。勑兩切。（257 上右）

昶《廣韻》丑兩切，與勑兩切音同。

怫 fèi　　怫愲煩冤。［李善］怫愲煩冤，聲蘊積不安貌。怫，扶味切。（257 上右）

怫《廣韻》扶沸切，與扶味切音同。

愲 wèi　　怫愲煩冤。［李善］愲音渭。（257 上右）

愲、渭《廣韻》于貴切。

摵 bié　觸摵如志。［李善］《説文》曰：批，反手擊也，與摵同。蒲結切。（257 上左）

摵、批《集韻》蒲結切。

昶 chàng　雅昶唐堯。［李善］昶與暢同。（257 上左）

昶、暢《廣韻》丑亮切，音同通用。

傡 sè　紛傡嚃以流漫。［李善］傡嚃，聲多也。傡，不及也。師立切。（257 下右～左）

傡《廣韻》色立切，與師立切音同。

嚃 dá　紛傡嚃以流漫。［李善］《説文》曰：嚃，疾言也。徒合切。（257 下右～左）

嚃《廣韻》徒合切。

毓 yù　盤桓毓養。［李善］毓與育同。（257 下左）

毓、育《廣韻》余六切。

斐 fěi　斐韡奐爛。［李善］斐韡，明貌。斐，敷尾切。（257 下左）

斐《廣韻》敷尾切。

韡 wěi　斐韡奐爛。［李善］韡，于鬼切。（257 下左）

韡《廣韻》于鬼切。

倨 jù　直而不倨。［李善］《左傳》吳公子季札聞歌頌曰：直而不倨，曲而不屈。杜
　　預曰：倨，傲也。居預切。（257 下左）

倨《廣韻》居御切，與居預切音同。

嫭 jù　或怨嫭而躊躇。［李善］嫭，嬌也。子庶切。（257 下左）

嫭《集韻》將豫切，與子庶切音同。

姐 jiě　［李善］嫭，嬌也。或作姐，古字通，假借也。姐，子也切。（257 下左）

姐《廣韻》兹野切，與子也切音同。

參 cǎn　或參譚繁促。［李善］參譚，相隨貌。參，七感切。（258 上右）

參《集韻》七感切。

譚 dàn　或參譚繁促。［李善］譚，徒感切。（258 上右）

譚《廣韻》徒感切。

衍 yàn　案衍陸離。［李善］案衍，不平貌。《上林賦》曰：陰淫案衍之音。衍，弋戰切。
　　（258 上右）

衍《廣韻》予線切，與弋戰切音同。

摟 lóu　或摟摵擽捋。［李善］劉熙《孟子注》曰：摟，牽也。力頭切。（258 上左）

摟《廣韻》落侯切，與力頭切音同。

瞁 qì　明嬆瞁慧。〔李善〕瞁，察也。七祭切。（258 上左）

　　　瞁《廣韻》七計切，霽韻；七祭切，祭韻。

葩 wěi　若衆葩敷榮曜春風。〔李善〕古本葩字爲此莌，郭璞《三蒼》爲古花字。今

　　　讀音于彼切，《字林》音于彼切。（258 上左）

　　　葩《廣韻》普巴切，滂母麻韻；于彼切，于母紙韻。各本皆同。按：花、蘤異體，

　　蘤《廣韻》韋委切，與于彼切音同。葩、蘤或存在義同換讀現象。

懲 chéng　懲躁雪煩。〔李善〕懲，直陵切。（258 下左）

　　　懲《廣韻》直陵切。

庳 bì　間遼故音庳。〔李善〕鄭玄《周禮注》曰：庳，短也。音婢。（259 上右）

　　　庳、婢《廣韻》便俾切。

憯 cǎn　莫不憯懍慘悽。〔李善〕憯，七感切。（259 上左）

　　　憯、憯異體。憯《廣韻》七感切。

慘 cǎn　莫不憯懍慘悽。〔李善〕慘，七敢切。（259 上左）

　　　慘《廣韻》七感切，感韻；七敢切，敢韻。

愀 qiǎo　愀愴傷心。〔李善〕愀，七小切。（259 上左）

　　　愀《廣韻》親小切，與七小切音同。

懊 yù　含哀懊咿。〔李善〕《字林》曰：懊咿，內悲也。懊，於六切。（259 上左）

　　　懊《廣韻》於六切。

咿 yī　含哀懊咿。〔李善〕咿音伊。（259 上左）

　　　咿、伊《廣韻》於脂切。

欨 xū　則欨愉懽釋。〔李善〕《説文》曰：欨，笑貌也。況于切。（259 上左）

　　　欨《廣韻》況于切。

嗢 wò　嗢噱終日。〔李善〕服虔《通俗篇》曰：樂不勝謂之嗢噱。嗢，烏没切。（259

　上左）

　　　嗢《廣韻》烏没切。

噱 jué　嗢噱終日。〔李善〕噱，巨略切。（259 上左）

　　　噱《廣韻》其虐切，與巨略切音同。

《笙賦》

厭 yè　厭焉乃揚。〔李善〕厭，猶捻也。於輒切。亦作擪，謂指擪也。（260 上左）

　　　擪、擪異體。厭、擪《集韻》益涉切，葉韻；於輒切，帖韻。

魁 kuí　　統大魁以爲笙。[李善]魁猶首也,大魁謂匏首揷定所也。苦回切,今古怪切。
　　（260 上左）
　　　　　魁《廣韻》苦回切。《漢書》（第 2867 頁）"今世之處士,魁然無徒"顏注:"魁讀
　　　　　曰塊。"塊《集韻》苦怪切,溪母;古怪切,見母。

咮 zhòu　　明珠在咮。[李善]郭璞《爾雅注》曰:咮,鳥口也。音晝。（260 上左）
　　　　　咮、晝《廣韻》陟救切。

攦 lì　　　駢田獦攦。[李善]獦攦,不齊也。攦音歷。（260 上左）
　　　　　攦、歷《集韻》狼狄切。

鰕 xiá　　鰕鰈參差。[李善]鰕鰈,裝飾重疊貌。鰕音押。（260 上左）
　　　　　奎章閣本（第 437 頁）、明州本（第 278 頁）押作"狎",是。鰕、狎《集韻》轄甲切。

鰈 zhá　　鰕鰈參差。[李善]鰈,助甲切。（260 上左）
　　　　　鰈《集韻》直甲切,澄母;助甲切,崇母。

嗢 wò　　　先嗢噦以理氣。[李善]《說文》曰:嗢,咽也。嗢,於忽切。（260 下右）
　　　　　嗢《廣韻》烏沒切,與於忽切音同。

噦 yuě　　先嗢噦以理氣。[李善]（《說文》）又曰:噦氣,氣悟也。噦,紆月切。（260
　　下右）
　　　　　噦《廣韻》於月切,與紆月切音同。

檄(懻)jī　　憭檄櫂以奔邀。[李善]檄櫂,疾貌。檄音激。（260 下右～左）
　　　　　奎章閣本（第 438 頁）、明州本（第 279 頁）、陳八郎本（第九卷第 24 頁）、四庫
　　六臣本（第 1330 册第 414 頁）作"懻"。懻、激《集韻》吉歷切。

淢 xù　　　愀愴惻淢。[李善]淢與恤同,況逼切。（260 下左）
　　　　　淢、恤《集韻》忽域切,與況逼切音同。

煜 yù　　　虺韡煜熠。[李善]《廣雅》曰:煜,爚也。音育。（260 下左）
　　　　　煜、育《廣韻》余六切。

熠 yì　　　虺韡煜熠。[李善]《說文》曰:熠,盛光也。熠,以入切。（260 下左）
　　　　　熠《廣韻》羊入切,與以入切音同。

霅 sà　　　霅曄炎炎。[李善]霅曄,急疾貌。霅,素合切。（260 下左）
　　　　　霅《廣韻》蘇合切,與素合切音同。

曄 yè　　　霅曄炎炎。[李善]曄,于怯切。（260 下左）
　　　　　曄《廣韻》筠輒切,葉韻;于怯切,業韻。

攝 niè　　攝纖翮以震幽簧。〔李善〕攝，指捻也。奴恊切。（260 下左）

攝、攝異體。攝《集韻》諾叶切，與奴恊切音同。

筩 tóng　　越上筩而通下管。〔李善〕《説文》曰：筩，斷竹也。徒東切。（260 下左）

筩《廣韻》徒紅切，與徒東切音同。

噏 xī　　應吹噏以往來。〔李善〕翕，虛及切。（260 下左）

噏、翕《廣韻》許及切，與虛及切音同。

嘐 liú　　勃慷慨以嘐亮。〔李善〕《聲類》曰：嘐，旦也。音留。（260 下左）

嘐、留《廣韻》力求切。

纂 zuǎn　　歌棗下之纂纂。〔李善〕攢，聚貌。纂與攢古字通。（261 上右）

纂《廣韻》作管切，合口；攢《集韻》子罕切，開口。

穎 duò　　〔李善〕《字林》：瓷白瓶長穎。大禹切。（261 下右）

四庫善注本（第 320 頁）禹作“果”，當是。穎、躲異體。躲《大廣益會玉篇》（第 16 頁）丁果切，端母；大果切，定母。

重 chóng　　天光重乎朝日。〔李善〕重，逐龍切。（261 下右～左）

重《廣韻》直容切，與逐龍切音同。

《嘯賦》

踟 chí　　踟跦步趾。〔李善〕《廣雅》曰：躊躇，跢跦也。跢跦與踟躕古字通。（262 上左）

踟、跢《集韻》陳知切，音同通用。

跦 chú　　踟跦步趾。〔李善〕跢跦與踟躕古字通。（262 上左）

跦《集韻》重株切。躕、躇異體。躕《廣韻》直誅切，與重株切音同。

眇 miǎo　　洌飄眇而清昶。〔李善〕飄眇，聲清長貌。眇，他鳥切。（263 上右）

飄眇，各本皆作“繚眺”。斯 3663（《敦煌吐魯番本文選》第 30 頁）眺下注“他鳥”。奎章閣本（第 442 頁）、明州本（第 281 頁）、陳八郎本（第九卷第 27 頁）眺下注“土了”。眺《集韻》土了切，與他鳥切音同。

幕 mò　　今案：決幕，漫也。《西域傳》曰：難晚國以銀爲錢，文爲騎馬，幕爲人面。如淳曰：幕音漫。韋昭曰：幕，錢背也。然則漫、幕同義。古詩曰：此匈奴中沙漫地也，崔浩謂之河底，故李陵歌曰徑萬里兮度沙漠是也。猶今人呼帳幔亦曰幕，可依字讀，義無爽。（263 上右～左）

幕《廣韻》慕各切，鐸韻；漫《廣韻》莫半切，換韻。

漠 mò　　群鳴號乎沙漠。〔李善〕猶今人呼帳幔亦曰幕。可依字讀，義無爽。今書

　　或作漠,音訓同。(263 上右～左)

　　　　漠、幕《廣韻》慕各切。

佛 fú　　佛鬱衝流。[李善]佛,扶勿切。(263 上左)

　　　　佛《廣韻》符弗切,與扶勿切音同。

悱 fěi　　舒蓄思之悱憤。[李善]《字書》曰:悱,心誦也。芳匪切。(263 下右)

　　　　悱《廣韻》敷尾切,與芳匪切音同。

硼 pēng　硼硠震隱。[李善]硼,芳宏切。(263 下右)

　　　　硼《集韻》披庚切,庚韻開口;芳宏切,耕韻合口。

硠 láng　硼硠震隱。[李善]硠音郎。(263 下右)

　　　　硠、郎《廣韻》魯當切。

唧 láo　　訇磕唧嘈。[李善]唧音勞。(263 下右)

　　　　唧、勞《廣韻》魯刀切。

嘈 cáo　　訇磕唧嘈。[李善]嘈音曹。(263 下右)

　　　　嘈、曹《廣韻》昨勞切。

熙 xī　　發徵則隆冬熙蒸。[李善]《聲類》曰:喜,熙字。(263 下右～左)

　　　　熙、喜《集韻》虛其切。

均 yùn　　音均不恒。[李善]均,古韻字也。晉灼《子虛賦注》曰:文章假借,可以恊韻。
　　均與韻同。(263 下左)

　　　　均、韻《集韻》王問切。

曜 dí　　聲激曜而清厲。[李善]激曜,清疾貌。曜音翟。(263 下左)

　　　　曜、翟《集韻》亭歷切。

《高唐賦》

嶞 duì　　嶞兮若松榯。[李善]嶞,茂貌。徒對切。(265 上右)

　　　　嶞《集韻》徒對切。

榯 shí　　嶞兮若松榯。[李善]榯,直豎貌。音時。(265 上右)

　　　　榯、時《廣韻》市之切。

偈 jié　　偈兮若駕駟馬。[李善]《韓詩》曰:偈,桀俀也,疾驅貌。偈,居竭切。(265
　　上左)

　　　　偈《集韻》居謁切,與居竭切音同。

霽 jì　　風止雨霽。[李善]《爾雅》曰:濟謂之霽。郭璞注曰:今南陽人呼雨止為霽。

音霽。（265 上左）

霽《廣韻》子計切，精母去聲；薺《廣韻》徂禮切，從母上聲。

阺 dī　　臨大阺之稸水。［李善］《説文》曰：秦謂陵阪曰阺。丁兮切。（265 下右）

阺《廣韻》直尼切，澄母脂韻；丁兮切，端母齊韻。

稸 chù　　臨大阺之稸水。［李善］《字林》曰：稸，積也，與畜同。抽六切。（265 下右）

稸、畜《集韻》勑六切，與抽六切音同。

洶 xiǒng　　濞洶洶其無聲兮。［李善］《説文》曰：洶洶，涌也，謂水波騰貌。洶，詡鞏切。

（265 下右）

洶《廣韻》許拱切，與詡鞏切音同。

淡 yǎn　　潰淡淡而並入。［李善］淡，以冉切。安流平滿貌。（265 下右）

淡《廣韻》以冉切。

礐 hōng　　礐震天之礚礚。［李善］礐，聲也。火宏切。（265 下右）

礐《集韻》呼宏切，與火宏切音同。

溶 yóng　　洪波淫淫之溶滴。［李善］溶滴，猶蕩動也。音容裔。（265 下左）

溶、容《廣韻》餘封切。

滴 yì　　洪波淫淫之溶滴。［李善］音容裔。（265 下左）

滴、裔《廣韻》餘制切。

霈 pèi　　雲興聲之霈霈。［李善］霈，浦大切。（265 下左）

霈《廣韻》普蓋切，與浦大切音同。

鷂 yào　　雕鶚鷹鷂。［李善］《説文》曰：鷂，鷙鳥也。與照切。（265 下左）

鷂《廣韻》弋照切，與與照切音同。

竄 cuàn　　飛揚伏竄。［李善］《字林》曰：竄，逃也。七外切，非關協韻。一音七玩切。

（265 下左）

竄《廣韻》七亂切，與七玩切音同，換韻；七外切，泰韻。

暴 bú　　於是水蟲盡暴。［李善］《方言》曰：曬，暴也。蒲卜切。（265 下左）

暴《廣韻》蒲木切，與蒲卜切音同。

蝛 wēi　　蝛蝛蜿蜿。［李善］蝛蝛蜿蜿，龍蛇之貌。蝛，於危切。（265 下左）

蝛《廣韻》於爲切，與於危切音同。

蜿 yuān　　蝛蝛蜿蜿。［李善］蜿，於袁切。（265 下左）

蜿《廣韻》於袁切。

猗 yī　　猗狔豐沛。［李善］猗狔，柔弱下垂貌。猗，於宜切。（266 上右）
　　　　猗《廣韻》於離切，與於宜切音同。

狔 ní　　猗狔豐沛。［李善］狔，於危切。（266 上右）
　　　　狔《集韻》女夷切，娘母脂韻；於危切，影母支韻。疑爲臨時變讀以構成猗狔
　　　雙聲。

裹 guò　　綠葉紫裹。［李善］裹，猶房也。古臥切。（266 上右）
　　　　裹《廣韻》古臥切。

隳 huī　　長吏隳官。［李善］《尚書》曰：股肱惰哉，萬事隳哉。孔安國曰：隳，廢也。
　　　許規切。（266 上左）
　　　　隳《廣韻》許規切。

裖 zhèn　　裖陳磑磑。［李善］裖，已見《上林賦》。音振。（266 上左）
　　　　裖《集韻》之刃切，振《廣韻》章刃切，音同。

陬 zhōu　　陬互橫牾。［李善］《廣雅》曰：陬，角也。側溝切。（266 上左）
　　　　陬《廣韻》側鳩切，尤韻；側溝切，侯韻。

牾 wù　　陬互橫牾。［李善］牾，五故切。（266 上左）
　　　　牾《廣韻》五故切。

千 qiān　　蕭何千千。［李善］千、芉古字通。（266 上左）
　　　　千、芉《廣韻》蒼先切，音同通用。

崝 chéng　　俯視崝嶸。［李善］《廣雅》曰：崝嶸，深直貌。崝，士耕切。（266 上左）
　　　　崝《廣韻》士耕切。

嶸 hóng　　俯視崝嶸。［李善］嶸音宏。（266 上左）
　　　　嶸、宏《廣韻》戶萌切。

窐 qiāo　　窐寥窈冥。［李善］窐寥，空深貌。窐，苦交切。（266 上左）
　　　　窐《廣韻》古攜切，見母齊韻；苦交切，溪母肴韻。各本皆同。《龍龕手鏡》（第
　　　506 頁）："窐，圭、攜二音，甑下孔也。又俗音窰。"窰《集韻》丘交切，與苦交切音同。

寥 láo　　窐寥窈冥。［李善］寥音勞。（266 上左）
　　　　寥《廣韻》落蕭切，蕭韻；勞《廣韻》魯刀切，豪韻。

怊 chāo　　怊悵自失。［李善］《楚辭》曰：怊悵而自悲。怊，恥驕切。（266 下右）
　　　　怊《廣韻》敕宵切，與恥驕切音同。

斷 duàn　　賁育之斷。［李善］斷，丁亂切。（266 下右）

斷《廣韻》丁貫切，與丁亂切音同。

卒 cù　　卒愕異物。［李善］卒，七忽切。（266 下右）

卒《廣韻》倉没切，與七忽切音同。

愕 wù　　卒愕異物。［李善］《爾雅》曰：遻，見也。午故切。愕與遻同。（266 下右）

愕、遻《廣韻》五各切，鐸韻；午故切，暮韻。

縰 shǐ　　縰縰莘莘。［李善］縰縰莘莘，衆多之貌。縰與纚同，所綺切。（266 下右）

縰、纚《廣韻》所綺切。

莘 shēn　　縰縰莘莘。［李善］《詩》曰：魚在在藻，有莘其尾。毛萇曰：莘，衆多也。莘，

所巾切。字或作駪，往來貌，若出於神。（266 下右）

莘、駪《廣韻》所臻切，臻韻；所巾切，真韻。

嶲 xié　　［李善］《爾雅》曰：嶲周。郭璞曰：子嶲鳥出蜀中。或曰：即子規，一名姊歸。

嶲，胡圭切。（266 下左）

嶲、巂異體。巂《廣韻》户圭切，與胡圭切音同。

醮 jiào　　醮諸神。［李善］醮，祭也。子肖切。（267 上右）

醮《廣韻》子肖切。

紬 chōu　　紬大絃而雅聲流。［李善］紬，引也。音抽。（267 上右）

紬、抽《集韻》丑鳩切。

惏 lǐn　　令人惏悷憯悽。［李善］惏，力甚切。（267 上右）

惏《集韻》犁針切，平聲；力甚切，上聲。

悷 lì　　令人惏悷憯悽。［李善］悷，力計切。（267 上右）

悷《廣韻》郎計切，與力計切音同。

苹 píng　　馳苹苹。［李善］《説文》曰：苹苹，草貌。音平。（267 上右～左）

苹、平《廣韻》符兵切。

《神女賦》

瑩 yíng　　温乎如瑩。［李善］瓊瑩，石似玉也。音榮。《説文》曰：瑩，玉色也。爲明切。

（267 下左）

瑩、榮《廣韻》永兵切，合口；明，脣音字。

繢 huì　　則羅紈綺繢盛文章。［李善］《蒼頡篇》曰：繢，似纂，色赤。胡憒切。（267

下左）

繢《廣韻》胡對切，與胡憒切音同。

襛 róng　襛不短。［李善］《説文》曰：襛，衣厚貌。如恭切。（267 下左）

襛《廣韻》而容切，與如恭切音同。

嫷 tuò　嫷被服。［李善］《方言》曰：嫷，美也。他卧切。（267 下左）

嫷《廣韻》湯卧切，與他卧切音同。

侻 tuì　侻薄裝。［李善］《説文》曰：侻，好也。與娧同，他外切。（267 下左）

侻、娧《集韻》吐外切，與他外切音同。

嬙 qiáng　毛嬙鄣袂。［李善］嬙音牆。（268 上右）

嬙、牆《廣韻》在良切。

瞭 liǎo　瞭多美而可觀。［李善］鄭玄《周禮注》曰：瞭，明目也。力小切。（268 上右）

瞭《廣韻》盧鳥切，篠韻；力小切，小韻。

婎 wěi　既婎嫿於幽静兮。［李善］《説文》曰：婎，靖好貌。五累切。（268 上右～左）

婎《廣韻》魚毀切，與五累切音同。

嫿 huó　既婎嫿於幽静兮。［李善］《廣雅》曰：嫿，好也。音畫。（268 上右～左）

嫿、畫《廣韻》胡麥切。

頩 pīng　頩薄怒以自持兮。［李善］《廣雅》曰：頩，色也。匹零切。《方言》曰：頩，怒色青貌。《切韻》：匹迥切。歁容也。（268 下右）

頩《廣韻》普丁切，與匹零切音同；箋注本《切韻》（《唐五代韻書集存》第 98 頁）該字注“疋迥反”，疋、匹異體。

首 shòu　中若相首。［李善］《廣雅》曰：首，向也。舒救切。（268 下右）

首《廣韻》舒救切。

《登徒子好色賦》

攣 luán　其妻蓬頭攣耳。［李善］《爾雅》曰：攣，病也。力專切。（269 上右）

攣《廣韻》吕員切，與力專切音同。

齞 yǎn　齞脣歷齒。［李善］《説文》曰：齞，張口見齒也。牛善切。（269 上右）

齞《廣韻》研峴切，銑韻；牛善切，獼韻。

傴 yǔ　［李善］《廣雅》曰：傴僂，曲貌。傴，央矩切。（269 上右）

傴《廣韻》於武切，與央矩切音同。

僂 lǚ　旁行踽僂。［李善］僂，力主切。（269 上右）

僂《廣韻》力主切。

洧 wěi　從容鄭衛溱洧之間。［李善］《毛詩》曰：溱與洧，方涣涣兮。毛萇曰：溱、洧，

　鄭兩水名。洧，于軌切。（269 上左）

　　　洧《廣韻》榮美切，與于軌切音同。

復 fú　　復稱詩曰。［李善］顏師古注：復音伏。（269 下右）

　　　復、伏《廣韻》房六切。

《洛神賦》

琚 jū　　珥瑤碧之華琚。［李善］毛萇曰：琚，佩玉名。音居。（270 下右～左）

　　　琚、居《廣韻》九魚切。

瑅 dì　　抗瓊瑅以和予兮。［李善］瑅，玉也。徒帝切。（270 下左～ 271 上右）

　　　瑅《集韻》大計切，與徒帝切音同。

婀 ě　　華容婀娜。［李善］婀，烏可切。（271 下右）

　　　婀、妸異體。妸《廣韻》烏可切。

娜 nuǒ　　華容婀娜。［李善］娜，奴可切。（271 下右）

　　　娜《廣韻》奴可切。

《補亡》

洰 yù　　凌波赴洰。［李善］《字林》曰：洰，深水也。于筆切。（272 上左）

　　　洰《廣韻》于筆切。

跗 fū　　白華絳跗。［李善］鄭玄《毛詩箋》曰：跗，鄂足也。跗與跗同。（272 下右）

　　　跗、跗《廣韻》甫無切，音同通用。

亹 wěi　　亹亹忘劬。［李善］毛萇《詩傳》曰：亹亹，勉勉也。亡匪切。（272 下左）

　　　亹《廣韻》無匪切，與亡匪切音同。

點 diǎn　　莫之點辱。［李善］王逸《楚辭注》曰：點，汙也。點與玷古字通。（272 下左）

　　　點、玷《廣韻》多忝切，破假借，本字玷。

黮 dàn　　黮黮重雲。［李善］黮黮，雲色不明貌。徒感切。（272 下左）

　　　黮《廣韻》徒感切。

輯 xí　　輯輯和風。［李善］《毛詩》曰：習習谷風。毛萇曰：習習，和舒之貌。輯與習同。
（272 下左）

　　　輯《廣韻》秦入切，從母；習《廣韻》似入切，邪母。

稠 chóu　　黍發稠華。［李善］《廣雅》曰：稠，概也。直留切。（272 下左～ 273 上右）

　　　稠《廣韻》直由切，與直留切音同。

概 jì　　［李善］概，居致切。（273 上右）

槩《廣韻》几利切,與居致切音同。

參 shēn　　參參其穡。[李善]參參,長貌。參,所今切。(273 上右)

參《廣韻》所今切。

猷 yóu　　王猷允泰。[李善]猷、猷古字通。(273 上左)

猷、猷《廣韻》以周切,音同通用。

《述祖德》

晉 jìn　　弦高犒晉師。[李善]高誘曰:晻,國名也。音晉。今爲晉,字之誤也。(274 上右)

建州本(第 358 頁)晻作"晻"。《康熙字典》(第 499 頁):"晻,《六書索隱》

與鄑同。"晉、鄑《集韻》即刃切。

《諷諫》

繇 yóu　　非繇王室。善曰:繇與由古字通。(275 上右)

繇、由《廣韻》以周切,音同通用。

墜 zhuì　　宗周以墜。善曰:墜,失也。真魏切。(275 上右)

四庫善注本(第 336 頁)真作"直",當是。墜《廣韻》直類切,至韻;直魏切,未韻。

唉 xī　　勤唉厥生。善曰:《方言》曰:唉,歎辭也。許其切。(275 上右)

唉《集韻》虛其切,與許其切音同。

於 wū　　於赫有漢。[舊注]顏師古曰:於讀爲烏①。(275 上右)

於、烏《廣韻》哀都切。

繇 yóu　　犬馬悠悠。[舊注]顏師古曰:繇與悠同,行貌。(275 上左)

繇、悠《廣韻》以周切,音同通用。

瑜 yú　　瑜瑜諂夫。[舊注]如淳曰:瑜瑜,目媚貌。瑜,以朱切。(275 上左)

瑜《集韻》容朱切,與以朱切音同。

諤 è　　諤諤黃髮。[舊注]《史記》曰:不如周舍之諤諤。咢與諤同。(275 上左)

諤、咢《廣韻》五各切,音同通用。

顧 gù　　執憲靡顧。[舊注]言執天子之法,無所顧望。讀如古,協韻。(275 下右)

顧《廣韻》古暮切,去聲;古《廣韻》公户切,上聲。韻腳字爲土顧怙,上聲韻段,

顧變讀上聲以協韻。

---

① 《諷諫》依例當爲集注,"善曰"前爲六朝經師舊注,後爲李善注,無"善曰"的注文也是舊注。但
此篇有一些推測爲舊注之處,標記了"顏師古"或"顏師古曰",當非舊注。可能這些條目也爲李
善注,刊刻者遺漏了"善曰"。

岋 è　岋岋其國。[舊注]顏師古曰:岋岋,危動貌。五荅切。(275 下右)

　　岋《集韻》鄂合切,與五荅切音同。

覽 lǎn　曾不斯覽。[舊注]顏師古:覽,視也。叶韻,音濫。(275 下左)

　　覽《廣韻》盧敢切,上聲;濫《廣韻》盧瞰切,去聲。韻腳字爲覽鑒,鑒爲去聲,

　　覽變讀去聲以協韻。

近 jìn　黃髮不近[舊注]顏師古曰:黃髮不近者,斥遠耆老之人。近音其靳切。(275

　　下左)

　　近《廣韻》巨靳切,與其靳切音同。

《上責躬應詔詩表》

遄 chuán　無禮遄市專死之義。(277 下左)

　　遄《廣韻》市緣切,與市專切音同。

赧 nǎn　五情愧赧奴簡切。(277 下左)

　　赧《集韻》乃版切,潸韻;奴簡切,產韻。

《責躬》

紱 fú　要我朱紱。[李善]《毛詩》曰:朱芾斯皇。芾與紱同。(279 上左)

　　紱《廣韻》分勿切,非母;芾《廣韻》敷勿切,敷母。

《關中》

肄 yì　兵不素肄以實切。(280 下左)

　　肄《廣韻》羊至切,至韻;以實切,實韻。

俘 fū　化爲狄俘芳于切。(281 上左)

　　俘《廣韻》芳無切,與芳于切音同。

旰 gàn　旰古旦食晏寢。(281 下右)

　　旰《廣韻》古案切,與古旦切音同。

皛 xiǎo　虛皛胡皎湳奴感德。(281 下左)

　　皛《廣韻》胡了切,與胡皎切音同。

湳 nǎn　虛皛胡皎湳奴感德。(281 下左)

　　湳《廣韻》奴感切。

《公讌》

愬 sù　但愬杯行遲。[李善]愬與訴同。(283 上右)

　　愬、訴《廣韻》桑故切。

翅 shì　　見眷良不翅升豉。（283 上左）

翅《廣韻》施智切，與升豉切音同。

《樂遊應詔》

偊 yǔ　　[李善]《莊子》：南郭子綦問于女偊曰：子之年長矣，而色若孺子，何也？偊音禹。（288 上右）

偊、禹《集韻》王矩切。

《九日從宋公戲馬臺集送孔令》

腓 féi　　淒淒陽卉腓。[李善]《韓詩》曰：秋日淒淒，百卉俱腓。薛君曰：腓，變也。腓音肥。（288 上左）

腓、肥《廣韻》符非切。

《應詔讌曲水作》

析 xī　　析錫波浮醴。（289 下左）

析、錫《廣韻》先擊切。

拂 fú　　滯瑕難拂。[李善]毛萇《詩傳》曰：拂，去也。拂亦作弗，古字通。（290 上右）

拂《廣韻》敷勿切，敷母；弗《廣韻》分勿切，非母。

《皇太子釋奠會作》

憬 jiǒng　　懷仁憬九永集。（290 下右）

憬《廣韻》俱永切，與九永切音同。

麏 qǔn　　抱智麏丘殞至。（290 下右）

建州本（第 379 頁）麏下注“五臣作麕”。麏、麕《廣韻》居筠切，見母平聲；丘殞切，溪母上聲。疑作“麇”。《群經音辨》：“麇，羣也。丘隕切。《春秋傳》：求諸侯而麇至。又其鄖切。”[①] 丘隕切與丘殞切音同。

台 tái　　台保兼徽。[李善]能與台同。（291 上右）

台、能《集韻》湯來切。

《侍宴樂遊苑送張徐州應詔》

詰 qí　　詰去質旦閶闔開。（291 下右）

詰《廣韻》去吉切，與去質切音同。

荇 xìng　　荇杏亂新魚戲。（291 下左）

---

① （宋）賈昌朝撰，萬獻初點校《群經音辨》，中華書局 2020，第 59 頁。

荇、杏《廣韻》何梗切。

《應詔樂遊苑餞呂僧珍》

闑 niè　［李善］闑，魚列切。（292 上右）

闑《廣韻》魚列切。

《征西官屬送於陟陽候作》

咄 duō　咄丁忽嗟安可保。（293 上右）

咄《廣韻》當没切，與丁忽切音同。

啐 cuì　［李善］《説文》曰：啐，驚也。倉憒切。（293 上右）

啐《廣韻》七内切，與倉憒切音同。

《金谷集作》

淡 dàn　綠池汎淡淡。［李善］《東京賦》曰：渌水澹澹。澹與淡同。（293 下右）

淡、澹《廣韻》徒敢切，音同通用。

沇 yuán　［李善］酈元《水經注》曰：沇街谷水文成蛟龍。沇音沿。（293 下右）

沇、沿《集韻》余專切。

街 yá　［李善］街音牙。（293 下右）

街《廣韻》古膎切，見母佳韻；牙《廣韻》五加切，疑母麻韻。各本皆同。

《王撫軍庾西陽集別作》

闉 yīn　分手東城闉因。（294 上左）

闉、因《集韻》伊真切。

《鄰里相送方山》

纜 lǎn　解纜力暫及流潮。（294 下右）

纜《廣韻》盧瞰切，與力暫切音同。

《詠史》

綆 gěng　涕下如綆古杏縻美悲切。（296 上右）

綆《廣韻》古杏切。

縻 mí　涕下如綆古杏縻美悲切。（296 上右）

縻《廣韻》靡爲切，支韻；美悲切，脂韻。

犖 luò　卓犖觀群書。［李善］孔融《薦禰衡表》曰：英才卓躒。躒與犖同。（296 上左～下右）

犖、躒《集韻》力角切。

峨 é　　峨峨高門内。[李善]峨與峨同,古字通。(297下右)

　　　　峨、峨《廣韻》五何切,音同通用。

薆 ài　　[李善]《方言》曰:翳,薆也。郭璞曰:謂蔽薆也。音愛。(298上右)

　　　　薆、愛《廣韻》烏代切。

咄 duō　咄嗟復彫枯。[李善]《蒼頡篇》曰:咄,啐也。咄,丁忽切。(298下右)

　　　　咄《廣韻》當没切,與丁忽切音同。

啐 cuì　　[李善]《説文》曰:啐,驚也。啐,倉憒切。(298下右)

　　　　啐《廣韻》七内切,與倉憒切音同。

娱 yú　　朝野多歡娱。[李善]王逸《楚辭注》曰:娱,樂也。娱與虞古字通用。(298

　　　下左)

　　　　娱、虞《廣韻》遇俱切。

《覽古》

瑉 hé　　[李善]蔡邕《琴操》曰:楚明光者,楚王大夫也。昭王得瑉氏璧,欲以貢於趙王,

　　　於是遣明光奉璧之趙。瑉,古和字。(299上左)

　　　　各本皆同。瑉氏璧,《淮南子》引作“咼氏之璧”[1]。咼《廣韻》苦緺切,溪母佳韻;

　　　和《廣韻》户戈切,匣母戈韻。

《秋胡》

倭 wēi　[李善]《毛詩》曰:四牡騑騑,周道倭遲。毛萇曰:倭遲,歷遠貌。倭,於危切。

　　　(301下左)

　　　　倭《廣韻》於爲切,與於危切音同。

《五君詠》

迕 wù　　立俗迕流議。[李善]《爾雅》曰:迕,逆犯也。五故切。(303下右)

　　　　迕《廣韻》五故切。

鎩 shì　　鷟翮有時鎩。[李善]《淮南子》曰:飛鳥鎩羽。許慎曰:鎩,殘羽也。鎩,所

　　　例切。(303下左)

　　　　鎩《廣韻》所例切。

眩 xuàn　榮色豈能眩。[李善]賈逵《國語注》曰:眩,惑也。户徧切。(303下左)

　　　　眩《廣韻》黃練切,與户徧切音同。

---

① 劉文典撰,馮逸、喬華點校《淮南鴻烈集解》,中華書局1989,第543頁。

稀 xī　明星晨未稀。〔李善〕《説文》曰:希,踈也。希與稀通。(304 下右～左)
　　　稀、希《廣韻》香衣切,音同通用。

《詠霍將軍北伐》

刁 diāo　刁斗晝夜驚。〔李善〕刁音彫。(305 上右)
　　　刁、彫《廣韻》都聊切。

鐎 yáo　〔李善〕孟康曰:以銅作鐎,受一斗,晝炊飲食,夜擊持行,名曰刁斗,今在滎陽
　　　庫中。鐎音遥。(305 上右)
　　　鐎《廣韻》即消切,精母;遥《廣韻》餘昭切,以母。各本皆同。

讋 zhé　骨都先自讋。〔李善〕讋,之涉切。(305 上左)
　　　讋《廣韻》之涉切。

《百一》

占 zhān　所占於此土。〔李善〕《爾雅》曰:隱,占也。占,之鹽切。(305 下左)
　　　占《廣韻》職廉切,與之鹽切音同。

篋 qiè　筐篋無尺書。〔李善〕《説文》曰:筐篋,笥也。口頰切。(305 下左)
　　　篋《廣韻》苦協切,與口頰切音同。

《遊仙》

掇 duō　陵崗掇丹荑。〔李善〕(毛萇《詩傳》)又曰:掇,拾也。都活切。(306 下右)
　　　掇《廣韻》丁括切,與都活切音同。

拍 pò　右拍洪崖肩。〔李善〕《説文》曰:拍,拊也。普白切。(307 上左)
　　　拍《廣韻》普伯切,與普白切音同。

頷 ǎn　洪崖頷其頤。〔李善〕《廣雅》曰:頷,動也。五感切。(308 上右～左)
　　　頷《集韻》五感切。

《招隱》

躑 zhí　振衣聊躑躅。〔李善〕《説文》曰:躊躅,住足也。躊與躑同。(310 下右)
　　　躑《廣韻》直炙切,昔韻;躊《廣韻》直由切,尤韻。

澆 jiāo　安事澆醇樸。〔李善〕許慎《淮南子注》曰:澆,薄也。灊與澆同。(310 下左)
　　　澆、灊《集韻》堅堯切,音同通用。

税 tuō　税駕從所欲。〔李善〕《方言》曰:舍車曰税。脱與税古字通。(310 下左)
　　　税、脱《集韻》他括切。

《游西池》

沚 zhǐ　　褰裳順蘭沚。［李善］潘岳《河陽詩》曰:歸鴈映蘭湁。沚與湁同。(312
　　上左~下右)

　　　　沚、湁《廣韻》諸市切,音同通用。

赿 chū　　［李善］《莊子》:庚桑楚謂南榮赿曰:全汝形,抱汝生,無使汝思慮營營。赿,
　　處朱切。(312 下右)

　　　　赿《廣韻》直誅切,澄母;處朱切,昌母。

《泛湖歸出樓中翫月》

悟 wù　　悟言不知罷。［李善］《毛詩》曰:彼美淑姬,可與晤言。鄭玄曰:晤,對也。
　　悟與晤同。(312 下左)

　　　　悟、晤《廣韻》五故切。

《從游京口北固應詔》

荑 tí　　　原隰荑綠柳。［李善］稊者,發孚也。荑與稊音義同。(313 上右)

　　　　荑、稊《廣韻》杜奚切。

《晚出西射堂》

嵐 lán　　夕曛嵐氣陰。［李善］《埤蒼》曰:嵐,山風也。嵐,禄含切。(313 上左)
　　　　嵐《廣韻》盧含切,與禄含切音同。

《登池上樓》

薄 bó　　薄霄愧雲浮。［李善］王逸《楚辭注》曰:泊,止也。薄與泊同,古字通。(313
　　下右)

　　　　薄、泊《廣韻》傍各切。

倪 yí　　溟涨無端倪。［李善］《莊子》:孔子曰:反覆終始,不知端倪。《音義》曰:倪
　　音崖。(314 下右)

　　　　倪《廣韻》五稽切,齊韻;崖《廣韻》魚羈切,支韻。

《石壁精舍還湖中作》

稗 bài　　蒲稗相因依。［李善］杜預《左氏傳注》曰:稗,草之似穀者。薄懈切。(315
　　上右)

　　　　稗《廣韻》傍卦切,與薄懈切音同。

《於南山往北山經湖中瞻眺》

灇 cóng　　仰聆大壑灇。［李善］《毛詩》曰:鳧鷖在潀。毛萇曰:潀,水會也。灇與潀同。

（315下右～左）

灛、濼《集韻》祖聰切。

丰 fēng　升長皆丰容。［李善］丰容，悦茂貌。郭璞曰：丰，容也。音蜂。（315下左）

丰、蜂《廣韻》敷容切。

《從斤竹澗越嶺溪行》

隩 ào　逶迤傍隈隩。［李善］《爾雅》曰：隩，隈也。郭璞曰：今江東呼爲浦。隩，於到切，又於六切。（316上右）

隩《廣韻》烏到、於六二切，烏到切與於到切音同。

陘 xíng　苕遞陟陘岲。［李善］《爾雅》曰：山絕曰陘。郭璞曰：連山中斷曰陘。陘，胡庭切。（316上右）

陘《廣韻》户經切，與胡庭切音同。

岲 xiàn　苕遞陟陘岲。［李善］《聲類》曰：岲，山嶺小高也。岲與現同，賢典切。（316上右）

岲《廣韻》胡典切，與賢典切音同，全濁上聲；現《廣韻》胡甸切，去聲。

《應詔觀北湖田收》

樏 léi　［李善］孔安國曰：所載者四，謂水乘舟、陸乘車、泥乘輴、山乘樏。樏，力追切。（316下右）

樏《集韻》倫追切，與力追切音同。

《車駕幸京口侍遊蒜山作》

峽 xiá　入河起陽峽。［李善］王逸《楚辭注》曰：陿，山側。峽與陿通。（317上右～左）

峽、陿《廣韻》侯夾切。

《游東田》

憁 cóng　慼慼苦無憁。［李善］憁，裁宗切。（318下左）

憁《廣韻》藏宗切，與裁宗切音同。

仟 qiān　遠樹曖仟仟。［李善］《廣雅》曰：芊芊，盛也。仟與芊同。（318下左）

仟、芊《廣韻》蒼先切，音同通用。

《古意酬到長史溉登琅邪城》

扜 wū　［李善］又曰：鄯善國本名樓蘭，王治扜泥城。扜音烏。（321上右）

扜、杅異體。杅、烏《廣韻》哀都切。

數 shù　　數奇良可歎。［李善］如淳曰：數爲匈奴所敗。數，所具切。（321 上左）
　　　　　數《廣韻》色句切，與所具切音同。

奇 jī　　　數奇良可歎。［李善］孟康曰：奇，隻不耦也。奇，居宜切。（321 上左～下右）
　　　　　奇《廣韻》居宜切。

《詠懷》

蚩 chī　　嗤嗤今自蚩。［李善］《説文》云：嗤，笑也。嗤與蚩同。（325 上右）
　　　　　嗤、蚩《廣韻》赤之切。

蟨 jué　　［李善］《爾雅》曰：西方有比肩獸焉，與邛邛岠虚比，爲邛邛岠虚齧甘草；即有
　　　　難，邛邛岠虚負而走，其名謂之蟨。郭璞曰：蟨音厥。（325 下右）
　　　　　蟨、厥《廣韻》居月切。

駸 qīn　　青驪逝駸駸。［李善］《毛詩》曰：駕彼駒牡，載驟駸駸。毛萇曰：駸駸，驟貌。
　　　　駸，七林切。（326 上右）
　　　　　駸《廣韻》七林切。

《秋懷》

串 guàn　聊用布親串。［李善］《爾雅》曰：串，習也。古患切。（326 下左）
　　　　　串《廣韻》古患切。

《臨終》

患 huàn　顛沛遇災患平聲。（327 上右）
　　　　　患《廣韻》收録去聲一讀。韻腳字爲蠻盤患關官端寬安寒難歎肝酸殘環瀾，平
　　　　聲韻段，患變讀平聲協韻。

歎 tàn　　慷慨復何歎平聲。（327 上左）
　　　　　歎《集韻》收録平、去二讀。韻腳字見上條，歎注平聲協韻。

萑 huán　［李善］《漢書》：息夫躬《絶命辭》曰：涕泣流兮萑蘭。瓚曰：萑蘭，涕泣闌干。
　　　　萑與汍同。（327 上左）
　　　　　萑、汍《集韻》胡官切，音同通用。

《幽憤》

姐 jù　　　恃愛肆姐。［李善］《説文》曰：姐，嬌也。姐，子豫切。（327 下右）
　　　　　姐《集韻》將豫切，與子豫切音同。

沮 jù　　　神辱志沮。［李善］毛萇《詩傳》曰：沮，壞也。才與切。（328 上左）
　　　　　沮《廣韻》慈呂切，與才與切音同。

《七哀》

遘 gòu 豺虎方遘患。〔李善〕遘與構同，古字通也。（329 上左）

遘、構《廣韻》古候切，破假借，本字構。

虜 lǔ 珍寶見剽虜。〔李善〕《漢書注》曰：虜與鹵同。（329 上左～330 上右）

虜、鹵《廣韻》郎古切，音同通用。

掃 sǎo 蕪穢不復掃。〔李善〕《廣雅》曰：掃，除也。掃，蘇老切。（330 上右）

掃《廣韻》蘇老切。

蜻 jīng 俯聞蜻蜥吟。〔李善〕蔡邕《月令章句》曰：蟋蟀，蟲名，俗謂之蜻蜥。蜻音精。

（330 上左）

蜻、精《廣韻》子盈切。

蜥 liè 俯聞蜻蜥吟。〔李善〕蜥音列。（330 上左）

蜥、列《廣韻》良辥切。

《出郡傳舍哭范僕射》

臺（臺）wò 〔李善〕《淮南子》曰：臺無所鑒，謂之狂生。高誘曰：臺，持也。臺，古握

字也。（333 下左）

臺《廣韻》徒哀切，定母咍韻；握《集韻》烏谷切，影母屋韻。建州本（第 435 頁）、

明州本（第 357 頁）、四庫六臣本（第 1330 冊第 536 頁）同。奎章閣本（第 562 頁）

作“臺”，爲臺之異體，亦有誤。疑作“臺”。《説文解字》（第 293 頁）：“臺，古文握。”

《贈蔡子篤》

舫 fāng 舫舟翩翩。〔李善〕《楚辭》曰：將舫舟而下流。舫與方同。（334 上左）

舫《集韻》分房切，方《廣韻》府良切，音同。

企 qǐ 允企伊佇。〔李善〕鄭玄曰：跂足可以望見之。跂與企同。（334 下右）

企、跂《廣韻》丘弭切，音同通用。

《贈五官中郎將》

鐙 dēng 明鐙熺炎光。〔李善〕《楚辭》曰：蘭膏明燭華鐙錯。鐙與燈音義同。（336

下右）

鐙、燈《集韻》都騰切，破假借，本字燈。

熺 xī 明鐙熺炎光。〔李善〕《廣雅》曰：熺，熾也。熺，大明貌。火其切。（336 下右）

熺、熹異體。熹《廣韻》許其切，與火其切音同。

皚 ái 霜氣何皚皚。〔李善〕劉歆《遂初賦》曰：漂積雪之皚皚。牛哀切。（337 上左）

皚《廣韻》五來切,與牛哀切音同。

鹵 lǔ　　小臣信頑鹵。[李善]《論語》曰:參也魯。孔安國曰:魯,鈍也。魯與鹵同。

（337 上左）

鹵、魯《廣韻》郎古切,破假借,本字魯。

《贈徐幹》

猋 biāo　　流猋激欞軒。[李善]猋與飆同,古字通。（339 上右）

猋、飆《廣韻》甫遥切。

跀 yuè　　[李善]跀音刖。（339 上左）

跀、刖《廣韻》魚厥切。

璵 yú　　亮懷璵璠美。[李善]璵音餘。（339 上左～下右）

璵、餘《廣韻》以諸切。

璠 fán　　亮懷璵璠美。[李善]璠音煩。（339 上左～下右）

璠、煩《廣韻》附袁切。

《又贈丁儀王粲》

槩 gài　　承露槩泰清。[李善]《廣雅》曰:扢,摩也。槩與扢同,古字通。（340 上左）

扢、扢異體。槩、扢《集韻》居代切,音同通用。

《贈白馬王彪》

咄 duō　　咄嗟令心悲。[李善]《説文》曰:咄,吅也。丁兀切。（341 上左）

咄《廣韻》當没切,與丁兀切音同。

嗟 jiè　　咄嗟令心悲。[李善]《聲類》曰:嗟,大呼也。子夜切。（341 上左）

嗟《廣韻》子夜切。

幬 chóu　　何必同衾幬。[李善]鄭玄曰:裯,床帳也。幬與裯古字同。（341 上左）

幬、裯《廣韻》直由切,音同通用。

《贈秀才入軍》

袿 guī　　微風動袿。[李善]《方言》曰:袿謂之裾。音圭。（342 下左）

袿、圭《廣韻》古攜切。

《贈山濤》

躑 zhí　　撫劍起躑躅。[李善]《説文》曰:躑躅,住足也。躑躅與蹢躅同。（343 上左）

躑、蹢《廣韻》直炙切,連綿字字形不定。

躅 zhú　　撫劍起躑躅。[李善]躑躅與蹢躅同。（343 上左）

躑、躅《廣韻》直録切，連綿字字形不定。

《贈馮文羆遷斥丘令》

頍 kuǐ　有頍者弁。［李善］頍，丘蘂切，與跬同音。（345 上右）

頍、跬《廣韻》丘弭切，與丘蘂切音同。

《荅賈長淵》

玩 wàn　國玩凱入。［李善］玩與翫同，古字通。（346 上右）

玩、翫《廣韻》五換切，音同通用。

闌 lán　如玉之闌。［李善］闌，力旦切，協韻力丹切。（346 下左）

闌《廣韻》落干切，與力丹切音同，平聲；又《集韻》郎旰切，與力旦切音同，去聲。

韻腳字爲難歎翰闌，四字皆有平、去二讀，根據詩意（分索則易，携手實難），當爲平
聲韻段。闌注平聲以協韻。

《於承明作與士龍》

婉 yuǎn　婉孌居人思。［李善］《方言》曰：倇，歡也。倇與婉同，古字通。（347 上右）

婉、倇《廣韻》於阮切，音同通用。

《贈尚書郎顧彦先》

拖 duò　玄雲拖朱閣。［李善］《說文》曰：拖，曳也。徒可切。（347 下左）

拖《集韻》待可切，與徒可切音同。

《荅張士然》

悛 quān　［李善］孫盛《晉陽秋》曰：張悛，字士然，少以文章與陸機友善。悛，七全切。
（348 下右）

悛《廣韻》此緣切，與七全切音同。

瞑 mián　薄暮不遑瞑。［李善］《毛詩》曰：不遑假寐。瞑，古眠字。（348 下右）

瞑、眠《集韻》民堅切，音同通用。

躑 zhí　躑躅千畝田。［李善］躑躅與蹢躅同。（348 下右）

躑、蹢《廣韻》直炙切。

躅 zhú　躑躅千畝田。［李善］躑躅與蹢躅同。（348 下右）

躅、躅《廣韻》直録切。

《贈弟士龍》

愵 nì　愵焉傷別促。［李善］《方言》曰：愵，憂也，自關而西、秦晉之間或曰愵。並
奴的切。（349 下右）

怒、惄《廣韻》奴歷切，與奴的切音同。

《爲賈謐作贈陸機》

離 lí   婉婉長離。[李善]《漢書》曰：長麗前掞光耀明。臣瓚曰：長離，靈鳥也。離與麗古字通。（350 上右）

離、麗《廣韻》呂支切，音同通用。

淡 dàn   恬淡自逸。[李善]《説文》曰：淡，安也。徒敢切。（350 下右）

淡《廣韻》徒敢切。

層 céng   必重其層。[李善]郭璞《山海經注》曰：層，重也。慈登切。（350 下左）

層《廣韻》昨棱切，與慈登切音同。

《贈侍御史王元貺》

蠖 yuè   蠖屈固小往。[李善]郭璞《方言注》曰：尺蠖，又呼爲步屈也。於縛切。（352 上左）

蠖《集韻》鬱縛切，與於縛切音同。

《爲顧彦先贈婦》

希 xī   知音世所希。[李善]孔安國《論語注》曰：稀，少也。希與稀通。（354 上左~下右）

希、稀《廣韻》香衣切。

《荅盧諶詩并書》

輈 zhōu   自頃輈張。[李善]輈張，驚懼之貌也。輈與侏古字通，張由切。（355 上左）

輈《廣韻》張流切，與張由切音同，知母尤韻；侏《廣韻》章俱切，章母虞韻。

稱 chèng   故稱指送一篇。[李善]稱，赤證切。（355 下左）

稱《廣韻》昌孕切，與赤證切音同。

輭 nuàn   咨余輭弱。[李善]輭，奴亂切。（356 上左）

輭、奭異體。奭《集韻》奴亂切。

播 bō   禍延凶播。[李善]協韻，補何切。（356 上左）

播《廣韻》補過切，過韻；補何切，歌韻。韻腳字爲加播家河磨，平聲韻段，播變讀平聲以協韻。

竿 gān   夕捋爾竿。[李善]《字林》曰：竿，木梃也。協韻，公旦切。（356 下左）

竿《廣韻》古寒切，平聲；公旦切，去聲。韻腳字爲幹伴罕竿，去聲韻段，竿變讀去聲以協韻。

《贈劉琨并書》

饌 zhuàn　不免饌賓。［李善］《廣雅》曰：饌，進食也。饌與饌同，仕眷切。（358 上右）
　　　　饌、饌《廣韻》士戀切，與仕眷切音同。

與 yù　與去運籌之謀。（358 上左）
　　　　與《廣韻》收錄平、上、去三讀，去聲標記。

靡 mí　靡軀不悔。［李善］《説文》曰：靡，爛也。靡與糜古字通。（358 上左～下右）
　　　　靡、糜《集韻》忙皮切。

台 tái　三台摛朗。［李善］台與能同也。（359 上右）
　　　　能、台《集韻》湯來切。

尤 yóu　眷同尤良。［李善］尤與郵同，古字通。（359 下右～左）
　　　　尤、郵《廣韻》羽求切，音同通用。

標 biāo　施于松標。［李善］《廣雅》曰：標，末也。必遙切。（360 下右）
　　　　標《廣韻》甫遙切，與必遙切音同。

《贈崔温》

飛 fēi　徒煩飛子御。［李善］非與飛古字通。（361 下右）
　　　　飛、非《廣韻》甫微切，音同通用。

《荅魏子悌》

易 yì　處安不異易。［李善］協韻，以赤切。（362 上右）
　　　　易《廣韻》羊益切，與以赤切音同，昔韻；又以豉切，寘韻。韻腳字爲益昔易，益
　　昔爲昔韻，易注昔韻以協韻。

《於安城荅靈運》

跬 kuǐ　跬行安步武。［李善］跬，空藥切。（363 上右）
　　　　跬《廣韻》丘弭切，與空藥切音同。

《西陵遇風獻康樂》

仳 pǐ　哲兄感仳別。［李善］《毛詩》曰：有女仳離，慨其嘆矣。毛萇曰：仳，別也。
　　匹視切。（363 下右）
　　　　仳《廣韻》匹婢切，紙韻；匹視切，旨韻。

浙 zhé　今宿浙江湄。［李善］郭璞《山海經注》曰：今錢塘有浙江。音折。（363 下左）
　　　　浙、折《廣韻》旨熱切。

薄 bó　曲汜薄停旅。［李善］王逸《楚辭注》曰：泊，止也。泊與薄古字通。（363

下左）

薄、泊《廣韻》傍各切，破假借，本字泊。

痗 huì 積憤成疢痗。［李善］痗音悔。（364 上右）

痗、悔《廣韻》荒内切。

萱 xuān 無萱將如何。［李善］萱與諠通。（364 上右）

萱、諠《廣韻》況袁切，音同通用。

《還舊園作見顔范二中書》

閩 mín 閩中安可處。［李善］閩音旻。（364 上左）

閩、旻《廣韻》武巾切。

躓 zhì 事躓兩如直。［李善］《説文》曰：躓，跌也。躓音致。（364 上左～下右）

躓、致《廣韻》陟利切。

《登臨海嶠初發彊中作與從弟惠連見羊何共和之》

悁 yuān 顧望脰未悁。［李善］《説文》曰：痟，疲也。痟與悁通。（365 上右）

悁《廣韻》於緣切，仙韻；痟《廣韻》烏玄切，先韻。

剡 shàn 暝投剡中宿。［李善］剡，植琰切。（365 上左）

剡《廣韻》時染切，與植琰切音同。

姥 mǔ 明登天姥岑。［李善］姥，莫古切。（365 上左）

姥《廣韻》莫補切，與莫古切音同。

《贈王太常》

札 zhá 遥懷具短札。［李善］（《説文》）又曰：札，牒也。阻黠切。（367 下右）

札《廣韻》側八切，與阻黠切音同。

《和謝監靈運》

窘 jùn 窘步懼先迷。［李善］窘，求隕切。（368 下右）

窘《廣韻》渠殞切，與求隕切音同。

睽 kuī 未謂玄素睽。［李善］《周易》曰：睽者，乖也。苦圭切。（368 下右）

睽《廣韻》苦圭切。

詖 bì 徒遭良時詖。［李善］《蒼頡篇》曰：詖，諂佞也。彼寄切。（368 下右～左）

詖《廣韻》彼義切，與彼寄切音同。

足 jù ［李善］鄭玄《禮記注》曰：充，足也。子喻切。（369 上右）

足《廣韻》子句切，與子喻切音同。

《在郡臥病呈沈尚書》

簹 tái　簹笠聚東薔。[李善]《毛詩》曰:彼都人士,簹笠緇撮。毛萇曰:簹,所以御雨。音臺。(370上右)

簹、臺《廣韻》徒哀切。

璕 jīn　[李善]張璠《漢記》曰:南陽太守弘農成璕任功曹岑旺,時人爲之語曰:南陽太守岑公孝,弘農成璕但坐嘯。璕音津。(370上左)

璕《廣韻》即刃切,去聲;津《廣韻》將鄰切,平聲。

旺 zhì　[李善]旺音質。(370上左)

旺、質《廣韻》之日切。

《詶王晉安》

柚 yòu　南中榮橘柚。[李善]《列子》曰:吳越之國有木焉,其名曰櫾,碧樹而冬生。櫾則柚字也。(370下左)

柚、櫾《廣韻》余救切。

《奉荅内兄希叔》

俊 jùn　自古多俊民。[李善]《尚書》曰:畯民用康。畯與俊同。(371下右)

俊、畯《廣韻》子峻切,破假借,本字畯。

《河陽縣作》

綃 xiāo　凱風揚微綃。[李善]《禮記》曰:綃,幕也。鄭玄曰:綃,繒也。音消。(373下右)

綃、消《廣韻》相邀切。

濟 xī　洪流何浩蕩。[李善]浩蕩或爲濟蕩,音西。(373下右)

濟《集韻》前西切,從母;西《集韻》先齊切,心母。

槁 kǎo　頹如槁石火。[李善]《毛詩》曰:子有鍾鼓,弗擊弗考。毛萇曰:考,亦擊也。槁與考古字通。(373下右)

槁、考《廣韻》苦浩切,音同通用。

瞥 piē　瞥若截道颷。[李善]《説文》曰:瞥,見也。瞥,孚説切。(373下右)

瞥《廣韻》芳滅切,與孚説切音同。

沚 zhǐ　[李善]《韓詩》曰:宛在水中沚。薛君曰:大渚曰沚。之以切。(373下左)

沚《廣韻》諸市切,與之以切音同。

訛 é　擾擾俗化訛。[李善]鄭玄《毛詩箋》曰:訛,僞也。五戈切。(374上右)

訛《廣韻》五禾切,與五戈切音同。

裍 shào　　[李善]裍音紹。(374 上右)

裍、紹《廣韻》市沼切。

《吳王郎中時從梁陳作》

伏 fú　　誰謂伏事淺。[李善]服與伏同,古字通。(376 下右)

伏、服《廣韻》房六切,破假借,本字服。

《永初三年七月十六日之郡初發都》

捭 bǎi　　[李善]《説文》曰:捭,兩手擊也。希買切。(377 下左)

捭《廣韻》北買切,幫母;希買切,曉母。各本皆同,希疑作"布",布買切與北買

　　切音同。

會 guā　　[李善]《莊子》曰:支離疏者,頤隱於齊,肩高於頂,會撮指天,五管在上,兩髀

　　爲脅。會音括。(378 上右)

會、括《集韻》古活切。

撮 zuǒ　　[李善]撮,租括切。(378 上右)

撮《廣韻》子括切,與租括切音同。

髀 hì　　[李善]髀,步米切。(378 上右)

髀《廣韻》傍禮切,與步米切音同。

瓝 huó　　徒乖魏王瓝。[李善]司馬彪曰:瓝,布濩。徐仙民:户郭切。(378 上右)

瓝《集韻》黃郭切,與户郭切音同。

枵 xiāo　　[李善]枵然,大貌。枵,許喬切。(378 上右)

枵《廣韻》許嬌切,與許喬切音同。

掊 bǒu　　[李善]掊,謂擊破之也。掊,方部切。(378 上右)

掊《廣韻》方垢切,與方部切音同。

《過始寧墅》

薾 niè　　疲薾憩貞堅。[李善]《莊子》曰:薾然疲而不知所歸。司馬彪曰:薾,極貌也。

　　薾,奴結切。(378 上左)

薾、茶異體。茶《廣韻》奴結切。

《富春渚》

薄 bó　　赤亭無淹薄。[李善]王逸《楚辭注》曰:泊,止也。薄與泊同。(378 下

　　右~左)

薄、泊《廣韻》傍各切,音同通用。

圻 qí　　臨圻阻參錯。〔李善〕《埤蒼》曰:碕,曲岸頭也。碕與圻同。(378下左)

　　　　圻、碕《廣韻》渠希切,破假借,本字碕。

《七里瀨》

屑 xiè　　豈屑末代誚。〔李善〕王逸《楚辭注》曰:屑,顧也。先結切。(379上左)

　　　　屑《廣韻》先結切。

《初去郡》

臞 qú　　戰勝臞者肥。〔李善〕《爾雅注》曰:臞,肉之瘦也。巨俱切。(380上右~左)

　　　　臞《廣韻》其俱切,與巨俱切音同。

停 tíng　　止監流歸停。〔李善〕《蒼頡篇》曰:亭,定也。停與亭同,古字通。(380
　　上右~左)

　　　　停、亭《廣韻》特丁切。

《道路憶山中》

竿 gǎn　　息陰倚密竿。〔李善〕《字林》曰:竿,竹挺也。古寒切。今恊韻,爲古旦切。
　　(381上右)

　　　　竿《集韻》居案切,與古旦切音同,去聲;又居寒切,與古寒切音同,平聲;古旱
　　　　切,上聲。韻腳字爲緩斷款藫誕纂短竿暶散管,當爲上聲韻段,竿注去聲,疑有誤。
　　　　各本皆同。

《始安郡還都與張湘州登巴陵城樓作》

囿 yǒu　　前瞻京臺囿。〔李善〕囿,于有切。(383下左)

　　　　囿《集韻》云九切,與于有切音同。

烱 jiǒng　　烱介在明淑。〔李善〕耿與烱同,古迥切。(383下左)

　　　　烱、炯異體。炯《廣韻》古迥切,迥韻合口;耿《廣韻》古幸切,耿韻開口。

《敬亭山》

窅 yǎo　　歸徑窅如迷。〔李善〕《聲類》曰:窅,遠望也。於鳥切。(384下左)

　　　　窅《廣韻》烏咬切,與於鳥切音同。

《晚登三山還望京邑》

縝 zhěn　　誰能縝不變。〔李善〕《廣雅》曰:縝,黑也。毛萇《詩傳》曰:鬒,黑髮也。
　　縝與鬒同。(385上左~下右)

　　　　縝、鬒《廣韻》章忍切,破假借,本字鬒。

《京路夜發》

鞅 yǎng　　無由稅歸鞅。［李善］《說文》曰：鞅，頸靼也。鞅，於兩切。（385下右～左）
　　　　　　鞅《廣韻》於兩切。

靼 dá　　　［李善］（《說文》）又曰：靼，柔革也。靼，都達切。（385下左）
　　　　　　靼《廣韻》當割切，與都達切音同。

《望荆山》

橈 nào　　悲風橈重林。［李善］《說文》曰：橈，曲木也。奴教切。（385下左）
　　　　　　橈《廣韻》奴教切。

《早發定山》

淺 jiǎn　　出浦水淺淺。［李善］《楚辭》曰：石瀨兮淺淺。王逸曰：淺淺，流疾貌也。
　　　音俴。（386上左）
　　　　　　淺《集韻》子賤切，去聲；俴《廣韻》即淺切，上聲。

《新安江水至清淺深見底貽京邑遊好》

涸 hé　　　清濟涸無津。［李善］賈逵《國語注》曰：涸，竭也。涸，胡落切。（386下右）
　　　　　　涸《廣韻》下各切，與胡落切音同。

《從軍詩》

垤 dié　　　［李善］垤，徒頡切。（387下右）
　　　　　　垤《廣韻》徒結切，與徒頡切音同。

怦 pēng　　夙夜自怦性。［李善］《廣雅》曰：怦，忼慨也。普耕切。（387下右）
　　　　　　怦《廣韻》撫庚切，庚韻；普耕切，耕韻。

《宋郊祀歌》

䟰 kū　　　［李善］《甘泉賦》曰：西壓月䟰，東震日域。服虔曰：音窟。兔窟，月所生也。（388
　　　下左）
　　　　　　䟰、𦜰異體。𦜰、窟《集韻》苦骨切。

竄 chuì　　月竄來賓。［李善］杜子春《周禮注》曰：今南陽人名穿地爲竄。充芮切。（388
　　　下左）
　　　　　　竄《集韻》充芮切。

釐 xī　　　受釐元神。［李善］《漢書》曰：上方受釐，坐宣室。臣瓚曰：釐，謂祭祀餘胙也。
　　　如淳曰：釐音僖。（389上左）
　　　　　　釐《集韻》虛其切，僖《廣韻》許其切，音同。

《長歌行》

焜 hùn　　焜黃華葉衰。［李善］焜黃,色衰貌也。胡本切。（390 上右）
　　　　　焜《廣韻》胡本切。

《短歌行》

掇 zhuō　　何時可掇。［李善］《說文》曰:掇,拾取也。豬劣切。（390 下右）
　　　　　掇《廣韻》陟劣切,與豬劣切音同。

《燕歌行》

慊 qiǎn　　慊慊思歸戀故鄉。［李善］鄭玄《禮記注》曰:慊,恨不滿之貌也。口簟切。
　　（391 上右~左）
　　　　　慊《廣韻》苦簟切,與口簟切音同。

《名都篇》

插 chā　　［李善］《儀禮》曰:司射搢三挾一。鄭玄曰:搢,插也。楚甲切。（392 下左）
　　　　　插《廣韻》楚洽切,洽韻;楚甲切,狎韻。

膊 juǎn　　膾鯉膊胎鰕。［李善］《蒼頡解詁》曰:膊,少汁臘也。子兗切。（393 上右）
　　　　　膊《廣韻》子兗切。

寒 hán　　寒鼈炙熊蹯。［李善］然寒與韓古字通也。（393 上右）
　　　　　寒、韓《廣韻》胡安切,音同通用。

鞠 jú　　連翩擊鞠壤。［李善］郭璞《三蒼解詁》曰:鞠,毛丸,可蹋戲。鞠,巨六切。（393
　　上右）
　　　　　鞠《廣韻》渠竹切,與巨六切音同。

《王明君詞》

閼 yān　　加我閼氏名。［李善］蘇林曰:閼氏音焉支,如漢皇后。（393 下右）
　　　　　閼、焉《廣韻》於乾切。

氏 zhī　　加我閼氏名。［李善］蘇林曰:閼氏音焉支,如漢皇后。（393 下右）
　　　　　氏、支《廣韻》章移切。

《猛虎行》

日 rì　　日歸功未建。［李善］日,而逸切。（394 下右）
　　　　　日《廣韻》人質切,與而逸切音同。

《君子行》

炱 tái　　［李善］高誘曰:炱煤,煙塵也。炱讀作臺。（395 上右）

冘、臺《廣韻》徒哀切。

《齊謳行》

萴 zhé　　［李善］萴，助革切。（397 下左）

　　萴《廣韻》士力切，職韻；助革切，麥韻。

《長安有狹邪行》

鳴 míng　欲鳴當及晨。［李善］《春秋考異記》曰：雞應旦明。明與鳴同，古字通也。（398

　　上右）

　　鳴、明《廣韻》武兵切，音同通用。

《日出東南隅行》

睩 lù　　［李善］《楚辭》曰：娥眉曼睩目騰光。王逸曰：睩，視貌也。睩音錄。（400 上右）

　　睩、錄《集韻》盧谷切。

《東武吟》

鍥 jié　　［李善］《説文》曰：鎌，鍥也。鍥，古頡切。（402 上左）

　　鍥《廣韻》古屑切，與古頡切音同。

《出自薊北門行》

笴 gǎn　　嚴秋筋笴勁。［李善］笴，箭幹也。並公旱切。（402 下左）

　　笴、幹《集韻》古旱切，與公旱切音同。

《東門行》

訣 jué　　將去復還訣。［李善］訣與決同。（403 下右）

　　訣、決《廣韻》古穴切，破假借，本字決。

《苦熱行》

圻 qí　　焦煙起石圻。［李善］《埤蒼》曰：碕，曲岸。碕與圻同。（403 下左）

　　圻、碕《廣韻》渠希切，破假借，本字碕。

莣 wǎng　莣露夜沾衣。［李善］莣，草名，有毒，其上露觸之，肉即潰爛。莣音罔。（404

　　上右）

　　莣、罔《廣韻》文兩切。

嶗 láo　　［李善］《南越志》曰：嶗石縣有銅澗，泉源沸涌，謂之毒水，飛禽走獸經之者殞。

　　嶗音勞。（404 上右）

　　嶗《廣韻》落蕭切，蕭韻；勞《廣韻》魯刀切，豪韻。

瀘 lú　　渡瀘寧具腓。［李善］瀘音盧。（404 上右）

瀘、盧《廣韻》落胡切。

腓 féi　渡瀘寧具腓。〔李善〕腓音肥。（404 上右）

腓、肥《廣韻》符非切。

《白頭吟》

猜 cāi　猜恨坐相仍。〔李善〕《方言》曰：猜，疑也。猜，千才切。（404 下右）

猜《廣韻》倉才切，與千才切音同。

《放歌行》

飆 biāo　素帶曳長飆。〔李善〕飆與猋同，古字通也。（404 下左～405 上右）

飆、飄異體。飄、猋《廣韻》甫遥切。

《挽歌詩》

幌 huāng　龍幌被廣柳。〔李善〕幌與荒同，古字通。（406 上左）

幌、荒《集韻》呼光切，音同通用。

櫬 chèn　歎息重櫬側。〔李善〕杜預《左氏傳》曰：櫬，棺也。楚鎮切。（406 下左）

櫬《廣韻》初覲切，與楚鎮切音同。

藹 ài　傾雲結流藹。〔李善〕《文字集略》曰：靄，雲雨狀也。藹與靄古字同。（407
上左～下右）

藹、靄《廣韻》於蓋切，破假借，本字靄。

《雜歌》

筑 zhù　高漸離擊筑。〔李善〕鄧展《漢書注》曰：筑音竹。（407 下左）

筑、竹《廣韻》張六切。

《扶風歌》

莞 guǎn　〔李善〕《漢書》曰：高都縣莞谷，丹水所出也。莞音管。（408 上右）

莞《廣韻》古丸切，平聲；管《廣韻》古滿切，上聲。

騫 qiān　惟昔李騫期。〔李善〕騫與愆通也。（408 上左）

騫、愆《廣韻》去乾切，破假借，本字愆。

《中山王孺子妾歌》

跀 yuè　〔李善〕跀，古刖字也。（408 下左）

跀、刖《廣韻》魚厥切。

《古詩》

盈 yíng　盈盈樓上女。〔李善〕《廣雅》曰：贏，容也。盈與贏同，古字通。（409 下右）

　　　　盈、贏《廣韻》以成切,音同通用。

轗 kàn　　轗軻長苦辛。[李善]轗與轀同,苦闇切。（410 上右）

　　　　轗《廣韻》苦紺切,與苦闇切音同,去聲;轀《廣韻》苦感切,上聲。

軻 kè　　轗軻長苦辛。[李善]軻,苦賀切。（410 上右）

　　　　軻《廣韻》口箇切,與苦賀切音同。

躑 zhí　　沈吟聊躑躅。[李善]《説文》曰:蹢躅,住足也。躑躅與蹢躅同。（411 下右）

　　　　躑、蹢《廣韻》直炙切。

躅 zhú　　沈吟聊躑躅。[李善]躑躅與蹢躅同。（411 下右）

　　　　躅、躅《廣韻》直録切。

螻 lóu　　螻蛄夕鳴悲。[李善]《廣雅》曰:螻,螻蛄也。螻,力侯切。（412 上右）

　　　　螻《廣韻》落侯切,與力侯切音同。今本《廣雅》作“蛞螻,螻蛄也”。

蛄 gū　　螻蛄夕鳴悲。[李善]蛄,鼓胡切。（412 上右）

　　　　蛄《廣韻》古胡切,與鼓胡切音同。

詹 zhān　　四五詹兔缺。[李善]然詹與占同,古字通。（412 上左）

　　　　詹、占《廣韻》職廉切,音同通用。

著 zhù　　著以長相思。[李善]鄭玄《儀禮注》曰:著,謂充之以絮也。著,張慮切。（412
　　下右）

　　　　著《廣韻》陟慮切,與張慮切音同。

緣 yuàn　　緣以結不解。[李善]鄭玄《禮記注》曰:緣,飾邊也。緣,以絹反。（412 下右）

　　　　緣《廣韻》以絹切。

《與蘇武》

皓 hào　　皓首以爲期。[李善]《聲類》曰:顥,白首貌也。皓與顥古字通。（413 上
　　右～左）

　　　　皓、晧異體。晧、顥《廣韻》胡老切,音同通用。

《雜詩》

衿 jīn　　[李善]《説文》曰:衸,衣衿也。衿音今。（415 上右）

　　　　衿、今《廣韻》居吟切。

《朔風詩》

希 xī　　朱華未希。[李善]希與稀同,古字通也。（415 下左）

　　　　希、稀《廣韻》香衣切,破假借,本字稀。

《雜詩》

飆 biāo　　何意迴飆舉。［李善］《爾雅》曰：扶搖謂之猋。飆與猋同。（416 上左）

　　　　　飆、飈異體。飈、猋《廣韻》甫遥切，音同通用。

縞 gǎo　　綺縞何繽紛。［李善］《小雅》曰：繒之精者曰縞。古老切。（416 下右）

　　　　　縞《廣韻》古老切。

《情詩》

愒 kài　　居歡愒夜促。［李善］《爾雅》曰：愒，貪也。苦蓋切。（418 上右）

　　　　　愒《廣韻》苦蓋切。

《雜詩》

翳 yì　　翳翳結繁雲。［李善］翳與殪古字通。（421 上左）

　　　　　翳、殪《廣韻》於計切，音同通用。

渰 yǎn　　有渰興南岑。［李善］《毛詩》曰：有渰萋萋，興雨祁祁。毛萇曰：渰，雲興貌。

　　渰與弇同，音奄。（422 下右）

　　　　　渰、弇、奄《廣韻》衣儉切。

《時興》

蕊 ruǐ　　蕊蕊芬華落。［李善］《字書》曰：蕊，垂也。如捶切。（424 下左）

　　　　　蕊、蘂異體。蘂《廣韻》如累切，與如捶切音同。

澹 dàn　　澹乎至人心。［李善］王逸《楚辭注》曰：憺，安也。憺與澹同。（425 上右）

　　　　　澹、憺《廣韻》徒敢切。

《七月七日夜詠牛女》

蹀 dié　　蹀足循廣除。［李善］《聲類》曰：蹀，躐也。徒頰切。（426 上右）

　　　　　蹀《廣韻》徒協切，與徒頰切音同。

《擣衣》

螿 jiāng　　烈烈寒螿啼。［李善］許慎《淮南子注》曰：寒螿，蟬屬也。子羊切。（426

　　上左～下右）

　　　　　螿《廣韻》即良切，與子羊切音同。

砧 zhēn　　欄高砧響發。［李善］《文字集略》曰：砧，杵之質也。豬金切。（426 下右）

　　　　　砧《廣韻》知林切，與豬金切音同。

緘 jiān　　幽緘候君開。［李善］（《說文》）又曰：緘，束篋也。古咸切。（426 下右）

緘《廣韻》古咸切。

《齋中讀書》

傀 guī　[李善]《莊子》曰：達生之情者傀。司馬彪曰：傀，大也。傀音瑰。（427下右）
　　　　傀、瑰《廣韻》公回切。

《始出尚書省》

軑 dì　　青精翼紫軑。［李善］《方言》曰：韓楚之間，輪謂之軑。徒計切。（429下
　　右〜左）
　　　　軑《廣韻》特計切，與徒計切音同。

洗 xǐ　　輕生諒昭洗。［李善］《説文》曰：洗，滌也。桑禮切。（429下左）
　　　　洗《廣韻》先禮切，與桑禮切音同。

棨 qǐ　　載筆陪旌棨。［李善］韋昭《漢書注》曰：棨，戟也。音啓。（429下左）
　　　　棨、啓《廣韻》康禮切。

泚 cǐ　　寒流自清泚。［李善］《説文》曰：泚，清也。且禮切。（429下左）
　　　　泚《廣韻》千禮切，與且禮切音同。

虞 yú　　歡虞讌兄弟。［李善］虞與娛通。（430上右）
　　　　虞、娛《廣韻》遇俱切，破假借，本字娛。

《直中書省》

網 wǎng　深沈映朱網。［李善］網與罔同而義異也。（430上左）
　　　　網、罔《廣韻》文兩切。

《郡内登望》

招(怊)chāo　［李善］《楚辭》曰：招怊怳而永懷。招，勑驕切。（430下左）
　　　　唐鈔本(1·566)作“怊”，今本《楚辭》同①。怊《廣韻》敕宵切，與勑驕切音同。

惝 chǎng　惝怳魂屢遷。［李善］惝，况壤切。（430下左）
　　　　惝《集韻》齒兩切，昌母；况壤切，曉母。疑爲臨時變讀以構成惝怳雙聲。

怳 huǎng　惝怳魂屢遷。［李善］怳，况往切。（430下左）
　　　　怳《廣韻》許昉切，與况往切音同。

《和伏武昌登孫權故城》

寓 yǔ　　霸功興寓縣。［李善］《説文》曰：寓，籀文宇字也。（431上左）

---

① （宋）洪興祖撰，白化文等點校《楚辭補注》，中華書局1983，第164頁。

寓、宇《廣韻》王矩切。

塊 guǐ　［李善］塊,居毀切。（431 上左）

　　　塊《廣韻》過委切,與居毀切音同。

龕 kān　西龕收組練。［李善］《尚書序》曰:西伯戡黎。孔安國曰:戡,勝也。龕與

　　　戡音義同。（431 上左）

　　　龕、戡《廣韻》口含切,破假借,本字戡。

《三月三日率爾成篇》

嚶 yīng　流嚶復滿枝。［李善］嚶,於耕切。（434 下左）

　　　嚶《廣韻》烏莖切,與於耕切音同。

堨 jié　［李善］《廣雅》曰:堨,潛堰也。謂潛築土以壅水也。一作堨,音竭。（434 下左）

　　　堨《集韻》其例切,祭韻;竭《廣韻》渠列切,薛韻。

塢 wǔ　［李善］塢,烏古切。（434 下左）

　　　塢《廣韻》安古切,與烏古切音同。

堰 yàn　東出千金堰。［李善］堰,一建切。（434 下左）

　　　堰《廣韻》於建切,與一建切音同。

《擬今日良宴會》

明 míng　［李善］《春秋考異郵》曰:鶴知夜半,雞應旦明。明與鳴同,古字通。（435

　　下右）

　　　明、鳴《廣韻》武兵切,音同通用。

《擬青青陵上柏》

蘋 pín　冉冉高陵蘋。［李善］《字書》曰:蘋,亦蘋字也。（436 上右～左）

　　　蘋、蘋《廣韻》符真切。

《擬魏太子鄴中集詩》

揭 jié　暮坐括揭鳴。［李善］桀與揭音義同。（439 上右）

　　　揭、桀《廣韻》渠列切。

菟 tú　［李善］《左氏傳》:隱公曰:使營菟裘,吾將老焉。菟音塗。（440 上右）

　　　菟、塗《廣韻》同都切。

《効曹子建樂府白馬篇》

西 xī　留宴汾陰西。［李善］西音先,協韻也。（441 上右）

　　　西《廣韻》先稽切,齊韻。韻腳字為言弦西捐泉懸前然,陽聲韻段。西注先韻

以協韻。

影 piāo　影節去函谷。［李善］影與摽字同,孚堯切。(441 上右)

　　影、摽《廣韻》撫招切,宵韻;孚堯切,蕭韻。

《和琅邪王依古詩》

訊 xìn　聊訊興亡言。［李善］訊與信通。(442 上右)

　　訊、信《廣韻》息晉切。

《擬古》

韃 jiān　氊帶佩雙韃。［李善］《方言》曰:所以藏箭謂之服,所以盛弓謂之韃。韃,

　居言切。(442 上左)

　　韃《廣韻》居言切。

鞚 kòng　飛鞚越平陸。［李善］《埤蒼》曰:鞚馬勒鞚。鞚,口送切。(442 上左～下右)

　　鞚《廣韻》苦貢切,與口送切音同。

《効古》

逗 dòu　［李善］遁或作逗,音豆。(444 上右)

　　逗、豆《廣韻》徒候切。

《懷德》

棹 zhào　倚棹汎涇渭。［李善］《方言》曰:楫謂之櫂。棹與櫂同。(445 下左)

　　棹、櫂《廣韻》直教切。

《詠懷》

鷊 yù　鷊斯蒿下飛。［李善］毛萇《詩傳》曰:鷊斯,鵯居。音豫。(446 下右)

　　鷊、豫《廣韻》羊洳切。

《羈宦》

黻 fú　朱黻咸髦士。［李善］黻與芾古字通。(447 下左)

　　黻《廣韻》分勿切,非母;芾《廣韻》敷勿切,敷母。

《苦雨》

礎 chǔ　山雲潤柱礎。［李善］《廣雅》曰:礎,礩也。音楚。(448 上左)

　　礎、楚《廣韻》創舉切。

《雜述》

冏 jiǒng　冏冏秋月明。［李善］《蒼頡篇》曰:冏,大明也。俱永切。(450 上右)

　　冏、冋異體。冏《廣韻》俱永切。

《興矚》

蕚 è　　青松挺秀蕚。〔李善〕鄭玄《詩箋》曰：承花者曰鄂。鄂與蕚同。(451 上右)
　　　　蕚、鄂《廣韻》五各切。

《遊山》

晣 zhé　　石壁映初晣。〔李善〕《説文》曰：昭晣，明也。之逝切。今恊韻，以爲之舌切。
（452 上右）
　　　　晣《集韻》征例切，與之逝切音同，祭韻；又之列切，與之舌切音同，薛韻。韻腳字
　　　　爲缺設絶徹晣沴，入聲韻段，晣注薛韻以恊韻。

嵒 yán　　嵒粤轉奇秀。〔李善〕《説文》曰：嵒，山巖也。五咸切。(452 上右)
　　　　嵒《廣韻》五咸切。

《侍宴》

瑱 tiàn　　巡華過盈瑱。〔李善〕盈瑱，盈尺之玉也。瑱，天見切。(452 下左)
　　　　瑱《廣韻》他甸切，與天見切音同。

《贈別》

筠 yún　　孤筠情所託。〔李善〕韋昭《漢書注》曰：竹皮，筠也。于貧切。(453 上左)
　　　　筠《廣韻》爲贇切，合口；貧，脣音字。

嵞 tū　　今行嵞嵊外。〔李善〕嵞，他乎切。(453 上左)
　　　　嵞《廣韻》他胡切，與他乎切音同。

嵊 shèng　　今行嵞嵊外。〔李善〕嵊，食證切。(453 上左)
　　　　嵊《廣韻》實證切，與食證切音同。

俴 zhàn　　覩子杳未俴。〔李善〕孔安國《尚書》曰：俴，見也。士簡切。(453 上左)
　　　　俴《廣韻》士戀切，線韻；士簡切，産韻。

《養疾》

鍊 liàn　　鍊藥矚虛幌。〔李善〕《説文》曰：鍊，化金也。鍊與練古字通。(453 下右)
　　　　鍊、練《廣韻》郎甸切，音同通用。

《從駕》

沬 mèi　　服義方無沬。〔李善〕沬，亡貝切。(454 上左)
　　　　沬《集韻》莫貝切，與亡貝切音同。

《郊遊》

黻 fú　　雲裝信解黻。〔李善〕《蒼頡篇》曰：紱，綬也。黻與紱通。(454 上左～下右)

黻、紱《廣韻》分勿切,音同通用。

《戎行》

靮 dí　　［李善］《禮記》曰:執羈靮而從。靮音的。（454 下右）

靮、的《廣韻》都歷切。

《離騷經》

阰 pí　　朝搴阰音毗之木蘭兮。（456 上右）

阰、毗《廣韻》房脂切。

姱 kuā　　苟余情其信姱苦瓜以練要兮。（457 上左）

姱《廣韻》苦瓜切。

顑 hǎn　　長顑呼感頷亦何傷。（457 上左）

顑《集韻》虎感切,與呼感切音同。

諑 zhuó　　謠諑謂余以善淫。［王逸］諑音啄。猶譖也。（457 下左）

諑、啄《廣韻》竹角切。

忳 tún　　忳鬱邑余侘傺兮。［王逸］忳,徒昆切。憂貌也。（457 下左～458 上右）

忳《廣韻》徒渾切,與徒昆切音同。

侘 chā　　忳鬱邑余侘傺兮。［王逸］侘,丑加切。猶堂堂立貌也。（457 下左～458 上右）

侘《廣韻》敕加切,與丑加切音同。

傺 chì　　忳鬱邑余侘傺兮。［王逸］傺,丑世切。住也。（457 下左～458 上右）

傺《廣韻》丑例切,與丑世切音同。

婞 xìng　　曰鮌婞直以亡身兮。［王逸］婞音脛。很也。（458 下左）

婞、脛《廣韻》胡頂切。

繣 huò　　忽緯繣其難遷。［王逸］緯繣,乖戾也。呼麥切。（461 上右）

繣《廣韻》呼麥切。

筳 tíng　　索瓊茅以筳篿兮。［王逸］筳,小破竹也。筳音廷。（461 下右～左）

筳、廷《廣韻》特丁切。

篿 zhuān　　索瓊茅以筳篿兮。［王逸］楚人名結草折竹卜曰篿。篿音專。（461 下右～左）

篿、專《廣韻》職緣切。

矱 yuē　　求矩矱之所同。［王逸］矱,於縛切。度也。（462 上左）

䚆《集韻》鬱縛切，與於縛切音同。

䳸 mí　　精瓊䳸音縻以爲粻音張。（463 上左）

　　　　䳸、𪎭異體。𪎭、縻《廣韻》靡爲切。

粻 zhāng　精瓊䳸音縻以爲粻音張。（463 上左）

　　　　粻、張《廣韻》陟良切。

軑 dài　　齊玉軑音大而並馳。（463 下左）

　　　　軑、大《廣韻》徒蓋切。

戲 xī　　陟升皇之赫戲平聲兮。（463 下左）

　　　　戲《廣韻》收録多個讀音，分別歸屬平、去二聲，去聲默認，平聲標記。

睨 nì　　忽臨睨五計夫舊鄉。（463 下左）

　　　　睨《廣韻》五計切。

蜷 quán　蜷奇員局顧而不行。（464 上右）

　　　　蜷《廣韻》巨員切，與奇員切音同。

《九歌》

蜷 quán　靈連蜷巨員反兮既留。（464 下右）

　　　　蜷《廣韻》巨員切。

沛 pèi　　沛普賴吾乘兮桂舟。（465 上右）

　　　　沛《廣韻》普蓋切，與普賴切音同。

陫 fèi　　隱思君兮陫符沸側。（465 下右）

　　　　陫《集韻》父沸切，與符沸切音同。

淺 jiān　石瀨兮淺淺音牋。（465 下右）

　　　　淺、牋《廣韻》則前切。

《漁父》

旰 gǎn　　[王逸] 旰黴黑也。旰，古旱切[①]。（470 上右）

　　　　旰《廣韻》古旱切。

黴 méi　　[王逸] 旰黴黑也。黴，力遲切。（470 上右）

　　　　黴《廣韻》武悲切，明母脂韻；力遲切，來母脂韻。各本皆同。黴，字書、韻書皆

---

① 《漁父》篇名下有"王逸注"三字，依例當爲王逸所作反切。不過，王逸生卒年不詳，南郡宜城人，漢安帝時爲校書郎，順帝時爲侍中，其時大概不具備作反切的條件，此篇的兩條反切也可能是六朝經師依義翻出的。

不載力遏切一讀。按：黴、黧義近可連用，《楚辭·九歌》"顏黴黧以沮敗兮"。黴可能沾染了黧的讀音。黧《廣韻》郎奚切，來母齊韻。

《九辯》

憭 liǎo　　憭慄兮。[王逸]憭音了。（470 下右）
　　　　　憭、了《廣韻》盧鳥切。

洫 xuè　　洫寥兮。[王逸]洫音血。（470 下右）
　　　　　洫、血《廣韻》呼決切。

腷 pì　　[王逸]肝膽破裂，心剖腷也。普逼切。（471 下左）
　　　　　腷《廣韻》芳逼切，與普逼切音同。

《招魂》

沬 mèi　　身服義而未沬。[王逸]沬音昧。（472 下右）
　　　　　沬、昧《集韻》莫貝切。

彷 páng　　彷徉無所倚。[王逸]彷，蒲忙切。（473 上左）
　　　　　彷《廣韻》步光切，與蒲忙切音同。

突 yào　　冬有突夏。[王逸]突，複室也。突，烏弔切。（474 上右）
　　　　　突、窔異體。窔《廣韻》烏叫切，與烏弔切音同。

幬 chóu　　羅幬儔張些。（474 上左）
　　　　　幬、儔《廣韻》直由切。

錠 dìng　　[王逸]錠，都定切。（474 下右）
　　　　　錠《廣韻》丁定切，與都定切音同。

絙 gèng　　絙亘洞房些。（474 下左）
　　　　　絙《廣韻》古恒切，平聲；亘《廣韻》古鄧切，去聲。

閒 xián　　侍君之閒閑些。（474 下左）
　　　　　閒、閑《集韻》何間切。

薢 jiè　　[王逸]芰，菱也。秦人謂之薢茩。薢，古買切。（474 下左～ 475 上右）
　　　　　薢《廣韻》佳買切，與古買切音同。

茩 gǒu　　[王逸]茩，古后切。（474 下左～ 475 上右）
　　　　　茩《廣韻》古厚切，與古后切音同。

粢 zī　　稻粢穱麥。[王逸]粢，稷也。粢，子夷切。（475 上右）
　　　　　粢《廣韻》即夷切，與子夷切音同。

稬 zhuō　稻粱稬麥。[王逸]稬，擇也。稬，側角切。（475 上右）

　　　稬《廣韻》側角切。

膗 sǔn　[王逸]膗，蘇本切。（475 上左）

　　　膗《廣韻》蘇本切。

臑 rú　臑若芳些。[王逸]臑若，熟爛也。臑，仁珠切。（475 上左）

　　　臑《廣韻》人朱切，與仁珠切音同。

膧 juǎn　鵠酸膧鳧。[王逸]膧，小臛也。膧，子兖切。（475 上左）

　　　膧《廣韻》子兖切。

蠵 wéi　露雞臛蠵。[王逸]蠵，大龜也。蠵，以規切。（475 上左）

　　　蠵《廣韻》悦吹切，與以規切音同。

摶 tián　摶田鳴鼓些。（475 下左）

　　　摶、田《廣韻》徒年切。

歈 yú　吴歈俞蔡謳。（475 下左）

　　　歈、俞《廣韻》羊朱切。

結 jì　激楚之結。[王逸]結，頭髻也。結，吉詣切。（476 上右）

　　　結《集韻》吉詣切。

菎 gūn　菎昆蔽象棊。（476 上右）

　　　菎、昆《廣韻》古渾切。

揳 jiá　揳梓瑟些。[王逸]揳，鼓也。揳，古八切。（476 上右～左）

　　　揳《集韻》訖黠切，與古八切音同。

《招隱士》

塕 wěng　[王逸]岑崟嶄嵯，雲塕鬱也。塕，烏孔切。（477 上右）

　　　塕《廣韻》烏孔切。

閜 xiǎ　[王逸]崎嶇閜寪，險阻儡也。閜，呼雅切。（477 上右）

　　　閜《廣韻》許下切，與呼雅切音同。

寪 wěi　[王逸]寪，于軌切。（477 上右）

　　　寪《廣韻》韋委切，紙韻；于軌切，旨韻。

傗 kū　[王逸]傗，苦滑切。（477 上右）

　　　傗，字書、韻書皆未收録。聲符“窟”《廣韻》苦骨切，與苦滑切音同。

狖 yòu　蝯狖群嘯兮。[王逸]狖，余救切。（477 上右）

狖《廣韻》余救切。

齕 hé　　［王逸］齕，下没切。（477 上右）
　　　　齕《廣韻》下没切。

嵺 liáo　　［王逸］嵺音料。（477 上左）
　　　　嵺、料《集韻》憐蕭切。

岤 xuè　　虎豹岤。［王逸］岤音血。（477 上左）
　　　　岤、穴異體。穴《廣韻》胡決切，匣母；血《廣韻》呼決切，曉母。

茇 bá　　林木茇骫。［王逸］茇音跋。（477 上左）
　　　　茇、跋《廣韻》蒲撥切。

靃 suǐ　　蘋草靃髓靡。（477 上左）
　　　　靃、髓《廣韻》息委切。

《七發》

轖 sè　　中若結轖。［李善］《説文》曰：轖，車籍交革也。轖音色也。（478 上左）
　　　　轖、色《廣韻》所力切。

噓 xū　　噓唏煩酲。［李善］王逸《楚辭注》曰：歔欷，啼貌。噓與歔古字通。（478
　　上左）
　　　　噓、歔《廣韻》朽居切。

唏 xì　　噓唏煩酲。［李善］王逸《楚辭注》曰：歔欷，啼貌。唏，許冀切。（478 上左）
　　　　唏《廣韻》許既切，未韻；許冀切，至韻。

膬 chuì　　飲食則温淳甘膬。［李善］《説文》曰：膬，腝易破也。膬，昌芮切。（478
　　下右）
　　　　膬《集韻》充芮切，與昌芮切音同。

腥 chéng　　腥醲肥厚。［李善］腥，肥肉也。池貞切。（478 下右）
　　　　腥《集韻》馳貞切，與池貞切音同。

醲 nóng　　腥醲肥厚。［李善］《説文》曰：醲，厚酒也。女龍切。（478 下右）
　　　　醲《廣韻》女容切，與女龍切音同。

燂 xián　　燂爍熱暑。［李善］《説文》曰：燂，火熱也。詳廉切。（478 下右）
　　　　燂《廣韻》昨鹽切，從母；詳廉切，邪母。

爍 shuò　　燂爍熱暑。［李善］爍亦熱也。舒灼切。（478 下右）
　　　　爍《廣韻》書藥切，與舒灼切音同。

佁 sì　　［李善］《聲類》曰：佁，嗣理切。（478 下左）

佁《集韻》象齒切，與嗣理切音同。

麎 jué　　命曰麎痿之機。［李善］麎，渠月切。（478 下左）

麎《廣韻》其月切，與渠月切音同。

脆 cuì　　甘脆肥膿。［李善］《廣雅》曰：脆，弱也。清歲切。（478 下左）

脆《廣韻》此芮切，與清歲切音同。

窳 yǔ　　手足墮窳。［李善］應劭《漢書注》曰：窳，弱也。餘乳切。（478 下左～ 479
　　上右）

窳《廣韻》以主切，與餘乳切音同。

鴶 kě　　朝則鸝黃鴶鵙鳴焉。［李善］《禮記》曰：仲冬曷旦不鳴。鄭玄曰：曷旦，求
旦鳥也。郭璞《方言注》曰：鳥似雞，冬無毛，晝夜鳴。鴶與曷並音渴。（479 下右）

　　鴶《廣韻》古寒切，見母寒韻；曷《廣韻》胡葛切，匣母曷韻；渴《廣韻》苦曷切，

溪母曷韻。今本《方言》“鴳鵙”條郭璞注：“鳥似雞，五色，冬無毛，亦俖，晝夜鳴。

侃旦兩音。”又該條曰：“自關而西秦龍之間謂之鸝鵙。”鴶鵙，同“鴳鵙”。鴳《廣韻》

胡葛切。

鵙 dàn　　朝則鸝黃鴶鵙鳴焉。［李善］鵙音旦也。（479 下右）

鵙、旦《廣韻》得按切。

珥 èr　　九寡之珥以爲約。［李善］《蒼頡篇》曰：珥，珠在耳也。珥，人志切。（479
　　下右）

珥《廣韻》仍吏切，與人志切音同。

約(玓)dì　　九寡之珥以爲約。［李善］《字書》曰：約，亦玓字也。都狄切。（479 下右）

奎章閣本(第 822 頁)、正德本(第 441 頁)作“玓”。玓、的《集韻》丁歷切，與都

狄切音同。

蘄 jiàn　　麥秀蘄兮雊朝飛。［李善］《埤蒼》曰：蘄，麥芒也。慈歛切。（479 下左）

歛、斂異體。蘄《集韻》疾染切，與慈斂切音同。

槀 gǎo　　向虛壑兮背槀槐。［李善］《說文》曰：棗與槀古字通。（479 下左）

槀、棗《集韻》古老切。

蟜 jiǎo　　蚑蟜螻蟻聞之。［李善］(《說文》)又曰：蟜，蟲也。居兆切。（479 下左）

蟜《廣韻》居夭切，與居兆切音同。

拄 zhǔ　　拄喙而不能前。［李善］拄，陟羽切。（479 下左）

拄《廣韻》知庾切，與陟羽切音同。

冒 mào　冒以山膚。［李善］鄭玄《禮記注》曰：芼，菜也，謂以菜調和之也。冒與芼
　　　　古字通。（479下左～480上右）

　　　　冒、芼《廣韻》莫報切，音同通用。

摶 tuán　摶之不解。［李善］《禮記》曰：無摶飯。徒完切。（480上右）

　　　　摶《廣韻》度官切，與徒完切音同。

啜 chuò　一啜而散。［李善］《説文》曰：啜，嘗也。穿劣切。（480上右）

　　　　啜《廣韻》昌悦切，與穿劣切音同。

臑 ér　　熊蹯之臑。［李善］《方言》曰：臑，熟也。音而。（480上右）

　　　　臑、而《集韻》人之切。

豢 huàn　豢豹之胎。［李善］杜預《左氏傳注》曰：豢，養也。音宦。（480上右）

　　　　豢、宦《廣韻》胡慣切。

歠 chuò　小飰大歠。［李善］《説文》曰：歠，飲也。昌悦切。（480上左）

　　　　歠《廣韻》昌悦切。

黄 huáng　黄池紆曲。［李善］黄當爲湟。（480下左）

　　　　黄、湟《廣韻》胡光切，破假借，本字湟。

淑 jì　　淑漻菁蓼。［李善］淑與寂音義同也。（481上右）

　　　　淑、寂《集韻》前歴切。

菁 chóu　淑漻菁蓼。［李善］《字書》曰：菁，藷草也。丈尤切。（481上右）

　　　　菁《廣韻》直由切，與丈尤切音同。

藷 zhū　　［李善］藷音豬。（481上右）

　　　　藷、蕏異體。蕏、豬《廣韻》陟魚切。

蓼 liǎo　淑漻菁蓼。［李善］毛萇《詩傳》曰：蓼，水草也。力鳥切。（481上右）

　　　　蓼《廣韻》盧鳥切，與力鳥切音同。

苓 lián　蔓草芳苓。［李善］苓，古蓮字也。（481上右）

　　　　苓、蓮《集韻》靈年切。

髾 shāo　雜裾垂髾。［李善］司馬彪《子虚賦注》曰：髾，燕尾也。髾，所交切。（481
　　　上左）

　　　　髾《廣韻》所交切。

窕 diào　目窕心與。［李善］窕當爲挑。（481上左）

窊、挑《廣韻》徒了切,破假借,本字挑。

軨 líng　　駕飛軨之輿。[李善]《尚書大傳》曰:未命爲士,車不得有飛軨。鄭玄曰:
　　如今窓車也。力廷切。(481 下右)
　　　　軨《廣韻》郎丁切,與力廷切音同。

運 yùn　　兵車雷運。[李善]王逸《楚詞注》曰:運,轉也。音旋。(482 上右)
　　　　運《廣韻》王問切,于母問韻;旋《廣韻》辝戀切,邪母線韻。音旋,奎章閣本(第
　　826 頁)、明州本(第 528 頁)、建州本(第 639 頁)、四庫善注本(第 596 頁)作"音旋
　　也",四庫六臣本(第 1330 冊第 799 頁)作"車旋也",今本《楚辭》無此注。

圻 yín　　觀望之有圻。[李善]《説文》曰:圻,地圻堮也。魚斤切。(482 上右)
　　　　圻《廣韻》語斤切,與魚斤切音同。

磑 ái　　白刃磑磑。[李善]《六韜書刀銘》曰:刀刺磑磑。牛哀切。(482 上右)
　　　　磑《廣韻》五灰切,灰韻;牛哀切,咍韻。

汨 gǔ　　所揚汨者。[李善]孔安國《尚書傳》曰:汨,亂也。古没切。(482 下右)
　　　　汨《廣韻》古忽切,與古没切音同。

汔 xì　　所滌汔者。[李善]汔,許乞切。(482 下右)
　　　　汔《廣韻》許訖切,與許乞切音同。

虹 hòng　　虹洞兮蒼天。[李善]虹,胡洞切。(482 下右)
　　　　虹《集韻》胡貢切,與胡洞切音同。

汩 yù　　汩乘流而下降兮。[李善]《方言》曰:汩,疾貌也。爲畢切。(482 下左)
　　　　汩《廣韻》于筆切,與爲畢切音同。

槩 gài　　於是澡槩胷中。[李善]毛萇《詩傳》曰:溉,滌也。槩與溉同。(482 下左)
　　　　槩、溉《廣韻》古代切,破假借,本字溉。

澉 hàn　　澹澉手足。[李善]澉澹,猶洗滌也。澉,湖敢切。(482 下左)
　　　　澉《集韻》胡敢切,與湖敢切音同。

頮 huì　　頮濯髮齒。[李善]《説文》:頮,洗面也。頮,呼潰切。(482 下左)
　　　　頮《廣韻》荒内切,與呼潰切音同。

淟 tiǎn　　輸寫淟濁。[李善]王逸《楚詞注》曰:淟,垢濁也。勑顯切。(482 下左)
　　　　淟《廣韻》他典切,與勑顯切音同。

傴 yǔ　　猶將伸傴起躄。[李善]《廣雅》曰:傴,曲也。郁禹切。(482 下左)
　　　　傴《廣韻》於武切,與郁禹切音同。

躄 bì　　猶將伸傴起躄。[李善]《淮南子》曰：遺躄者屨，然躄，跛不能行也。必亦切。
　　（482 下左）
　　　　躄《廣韻》必益切，與必亦切音同。

汘 qiān　　[李善]《聲類》曰：汘，漂也。口怜切。（483 上右）
　　　　汘《廣韻》苦堅切，與口怜切音同。

帷 wéi　　如素車白馬帷蓋之張。[李善]帷或爲幃，音韋。（483 上右）
　　　　帷《廣韻》洧悲切，脂韻；幃、韋《廣韻》雨非切，微韻。

椐 jū　　椐椐彊彊。[李善]椐，據於切。（483 上左）
　　　　椐《廣韻》九魚切，與據於切音同。

彊 qiáng　　椐椐彊彊。[李善]彊，渠章切。（483 上左）
　　　　彊《廣韻》巨良切，與渠章切音同。

莘 shēn　　莘莘將將。[李善]莘，所巾切。（483 上左）
　　　　莘《廣韻》所臻切，臻韻；所巾切，真韻。

行 háng　　沓雜似軍行。[李善]行，戶剛切，協韻也。（483 上左）
　　　　行《廣韻》胡郎切，唐韻，與戶剛切音同；又戶庚切，庚韻。韻腳字爲彊將行當，
　　行注唐韻以協韻。

律 lǜ　　上擊下律。[李善]律當爲硉。硉，虜骨切。（483 上左）
　　　　律《廣韻》呂卹切，術韻；硉《廣韻》勒没切，没韻，與虜骨切音同。

追 duī　　踰岸出追。[李善]郭璞曰：沙堆也，都迴切。追亦堆字，今爲追，古字假借
　　之也。（483 上左）
　　　　追《廣韻》陟佳切，知母脂韻；堆《廣韻》都回切，端母灰韻，與都迴切音同。堆、
　　追上古端母微部，音同通用。

沌 dùn　　沌沌渾渾。[李善]沌沌渾渾，波相隨之貌也。沌，徒本切。（483 下右～左）
　　　　沌《廣韻》徒損切，與徒本切音同。

渾 hùn　　沌沌渾渾。[李善]渾，胡本切。（483 下右～左）
　　　　渾《廣韻》胡本切。

庉 dùn　　混混庉庉。[李善]庉，徒本切。（483 下左）
　　　　庉《廣韻》徒損切，與徒本切音同。

庢 zhì　　發怒庢沓。[李善]《説文》曰：庢，礙止也。庢，竹栗切。（483 下左）
　　　　庢《廣韻》陟栗切，與竹栗切音同。

沓 dá　　發怒庢沓。［李善］《埤蒼》曰：沓，釜沸出也。徒荅切。（483 下左）

　　　沓《廣韻》徒合切，與徒荅切音同。

沈 yóu　　沈沈湲湲。［李善］沈沈湲湲，魚鼈顛倒之貌也。沈，禹牛切。（483 下

　　左～484 上右）

　　　沈《廣韻》羽求切，與禹牛切音同。

蒲 pú　　蒲伏連延。［李善］蒲伏即匍匐也。（484 上右）

　　　蒲、匍《廣韻》薄胡切，連綿字字形不定。

伏 fú　　蒲伏連延。［李善］蒲伏即匍匐也。（484 上右）

　　　伏、匐《廣韻》房六切，連綿字字形不定。

踣 bó　　直使人踣焉。［李善］郭璞《爾雅〔注〕》曰：踣，覆也。薄北切。（484 上右）

　　　踣《廣韻》蒲北切。

洄 huí　　洄闇悽愴焉。［李善］洄與回同也。（484 上右）

　　　洄、回《廣韻》戶恢切。

籌 chóu　　孟子持籌而筭之。［李善］《漢書》張良曰：臣借前箸以籌之。《音義》曰：

　　以籌度之也。直流切。（484 上左）

　　　籌《廣韻》直由切，與直流切音同。

涊 niǎn　　涊然汗出。［李善］涊，汗貌也。涊，乃顯切。（484 上左）

　　　涊《廣韻》乃殄切，與乃顯切音同。

《七啓》

耗 hào　　耗精神乎虛廓。［李善］《蒼頡篇》曰：耗，消也。耗，呼到切。（484 下左）

　　　耗《廣韻》呼到切。

譆 xī　　譆，有是言乎。［李善］譆與嘻古字通也。譆，欣碁切。（484 下左～485

　　上右）

　　　譆、嘻《廣韻》許其切，與欣碁切音同。

稗 bài　　芳菰精稗。［李善］《說文》曰：稗，禾別也。稗與稗古字通，薄懈切。（485

　　上左）

　　　稗、稗《廣韻》傍卦切，與薄懈切音同。

蓄 xù　　霜蓄露葵。［李善］蓫與蓄音義通也。（485 上左）

　　　蓄、蓫《廣韻》許竹切。

膿 nóng　　肥豢膿肌。［李善］膿，肥皃也。女龍切。（485 上左～下右）

　　　　膿《廣韻》奴冬切,冬韻;女龍切,鍾韻。

斥 chì　　山鸜斥鷃。[李善]斥與尺古字通。(485下右)
　　　　斥、尺《廣韻》昌石切,破假借,本字尺。鷃飛過一尺,謂之斥鷃。

寒 hán　　寒芳苓之巢龜。[李善]寒與韓同。(485下右)
　　　　寒、韓《廣韻》胡安切,音同通用。

鵤 juǎn　　鵤漢南之鳴鶉。[李善]《蒼頡解詁》曰:鵤,少汁臃也。子兗切。(485下右)
　　　　鵤《廣韻》子兗切。

緄 gǔn　　緄佩綢繆。[李善]《説文》曰:緄,織成帶也。古本切。(486上左)
　　　　緄《廣韻》古本切。

繁 pán　　飾玉路之繁纓。[李善](《周禮》)又曰:玉路錫樊纓。鄭玄曰:樊讀如鞶,
　　謂今之馬大帶也。繁與鞶古字通。(486下右)
　　　　樊、繁《廣韻》附袁切,元韻;繁、鞶《廣韻》薄官切,桓韻。

插 chā　　[李善]《儀禮》曰:司射搢三挾一箇。鄭玄曰:搢,插也。楚甲切。(486下右)
　　　　插《廣韻》楚洽切,洽韻;楚甲切,狎韻。

哮 xiāo　　哮闞之獸。[李善]哮與虓同也。(487上右)
　　　　哮、虓《廣韻》許交切。

隱 yìn　　骨不隱拳。[李善]服虔《漢書注》曰:隱,築也。於瑾切。(487上右)
　　　　隱《廣韻》於靳切,焮韻;於瑾切,震韻。

鬩 hài　　於是鬩鍾鳴鼓。[李善]《周禮》曰:鼓皆鬩。鄭玄曰:雷擊鼓曰駭。鬩,古駭字。
　　(487上左)
　　　　鬩、駭《廣韻》侯楷切。

頫 fǔ　　頫眺流星。[李善]頫音俯。(487下右)
　　　　頫、俯《廣韻》方矩切。

蹻 qiáo　　蹻捷若飛。[李善]《廣雅》曰:趫,趫行也。今爲蹻,古字無定也。(488上左)
　　　　蹻、趫《廣韻》巨嬌切。

瀄 zhé　　瀄然鳧没。[李善]瀄,疾貌也。瀄,側立切。(488下右)
　　　　瀄《廣韻》阻立切,與側立切音同。

婧 tuǒ　　形婧服兮揚幽若。[李善]《説文》曰:婧,南楚之外謂好也。婧,湯火切。(488
　　下右)
　　　　婧《集韻》吐火切,與湯火切音同。

《七命》

渾 hùn　溟海渾濩涌其後。［李善］《説文》曰:渾,流聲也。後衮切。(491 上右)

渾《廣韻》胡本切,與後衮切音同。

濩 huò　溟海渾濩涌其後。［李善］(《説文》)又曰:濩,霤下貌也。胡郭切。(491 上右)

濩《廣韻》胡郭切。

嶰 xiè　嶰谷嶗嶆張其前。［李善］嶰音解。(491 上右)

嶰、解《廣韻》胡買切。

嶗 láo　嶰谷嶗嶆張其前。［李善］嶗音牢。(491 上右)

嶗、牢《集韻》郎刀切。

嶆 cáo　嶰谷嶗嶆張其前。［李善］嶆音曹。(491 上右)

嶆、曹《集韻》財勞切。

汀 tīng　何異促鱗之游汀濘。［李善］汀,吐冷切。(491 上左～下右)

汀《廣韻》他丁切,平聲;又他定切,去聲。吐冷切,上聲。疑爲臨時變讀以構成汀濘疊韻。

濘 nǐng　何異促鱗之游汀濘。［李善］《説文》曰:濘,絶小水也。奴冷切。(491 上左～下右)

濘《廣韻》乃挺切,與奴冷切音同。

崥 pí　金岸崥崹。［李善］崥崹,漸平貌也。崥,步迷切。(491 下左)

崥《廣韻》部迷切,與步迷切音同。

崹 tí　金岸崥崹。［李善］崹,徒奚切。(491 下左)

崹《廣韻》杜奚切,與徒奚切音同。

跖 zhí　下無跖實之蹊。［李善］《廣雅》曰:蹠,履也。跖與蹠同。(491 下左)

跖、蹠《廣韻》之石切。

茗 mǐng　茗邈苕嶢。［李善］茗邈,高貌也。茗,莫冷切。(491 下左)

茗《廣韻》莫迥切,與莫冷切音同。

遡 sù　遡九秋之鳴飇。［李善］愬與遡同。(491 下左)

遡、愬《廣韻》桑故切,音同通用。

嘘 xū　六馬嘘天而仰秣。［李善］《説文》曰:嘘,吹嘘。音虚。(492 下右)

嘘、虚《廣韻》朽居切。

枌 fén　枌栱嵯峨。［李善］《説文》曰：棼，複屋棟也。棼與枌古字通。（493 上右）
　　　　枌、棼《廣韻》符分切，音同通用。

蘻 xiāo　仰折神蘻。［李善］《本草經》曰：白芷，一名蘺。許妖切。（493 上左）
　　　　蘻《廣韻》許嬌切，與許妖切音同。

鰓 sāi　潛鰓駭。［李善］蘇林《漢書注》曰：鰓音魚鰓。（493 上左）

髦 máo　建雲髦。［李善］髦與旄古字通。（493 下左）
　　　　髦、旄《廣韻》莫袍切，破假借，本字旄。

纚 luán　爾乃布飛纚。［李善］或云飛羅。盧端切。（493 下左～494 上右）
　　　　纚《廣韻》落官切，與盧端切音同。

罠 mín　張脩罠。［李善］《爾雅》曰：彘罟謂之羉，或作罠。音旻。（494 上右）
　　　　罠避唐太宗諱，本字罠。罠、旻《廣韻》武巾切。

瞛 cóng　怒目電瞛。［李善］瞛，光也。七從切。（494 上左）
　　　　瞛《集韻》七恭切，與七從切音同。

齩 xiào　口齩霜刃。［李善］《説文》曰：齩，齧骨也。胡狡切。（494 上左）
　　　　齩《集韻》下巧切，與胡狡切音同。

撥 hō　足撥飛鋒。［李善］《廣雅》曰：撥，除也。補達切。（494 上左）
　　　　撥《廣韻》北末切，末韻；補達切，曷韻。

瓺（瓾）wù　瓺林蹶石。［李善］瓺，以鼻搖動也。五忽切。（494 上左）
　　　　《文選考異》（936 上左）：“案：瓺當作‘瓾’。”瓾《廣韻》五忽切。

蹶 jué　瓺林蹶石。［李善］郭璞《爾雅注》曰：蹶，動搖之貌也。居月切。（494 上左）
　　　　蹶《廣韻》居月切。

僨 fèn　僨馮豕。［李善］《爾雅》曰：僨，僵也。甫運切。（494 上左）
　　　　僨《廣韻》方問切，與甫運切音同。

捭 bǎi　鋸牙捭。［李善］《説文》曰：捭，兩手擊也。補買切。（494 下右）
　　　　捭《廣韻》北買切，與補買切音同。

鋌 dìng　邪谿之鋌。［李善］許慎《淮南子注》曰：鋌，銅鐵璞也。徒鼎切。（494 下左）
　　　　鋌《廣韻》徒鼎切。

釧 chuàn　［李善］釧，齒掾切。（495 上右）
　　　　釧《廣韻》尺絹切，與齒掾切音同。

瞯 xián　眭瞯黑照。［李善］《説文》曰：瞯，戴目也。音閑。（495 下左）

瞯、閑《廣韻》户閒切。

嶲 xié　　[李善]孫炎《爾雅注》曰:嶲,胡圭切。(496下右)

嶲、巂異體。巂《廣韻》户圭切,與胡圭切音同。

髀 bǐ　　鷰髀猩脣。[李善]《説文》曰:髀,股外也。裨尒切。(496下右)

髀《廣韻》并弭切,與裨尒切音同。

鮐 tái　　萊黄之鮐。[李善]《説文》曰:鮐,海魚也。待来切。(496下右)

鮐《廣韻》土來切,透母;待來切,定母。

酟 tiān　　酟以春梅。[李善]《廣雅》曰:沾,溢也。酟與沾同也,他兼切。(496下左)

酟、沾《集韻》他兼切。

泙 pēng　　[李善]泙,普彭切。(496下左)

泙《集韻》披庚切,與普彭切音同。

樼 còu　　漢皋之樼。[李善]郭璞《上林賦注》曰:樼,亦橘之類也。音湊。(497上右)

樼、湊《廣韻》倉奏切。

殼 què　　剖椰子之殼。[李善]凡物内盛者皆謂之殼。苦角切,協韻,苦豆切。(497上右)

殼、殻異體。殻《廣韻》苦角切,覺韻;苦豆切,候韻。韻腳字爲樼殼奏,除殼外都爲候韻字,殼變讀候韻以協韻。

猷 yóu　　王猷四塞。[李善]《毛詩》曰:王猶允塞。猶與猷同,已見上文。(497下左)

猷、猶《廣韻》以周切,音同通用。

韶 tiáo　　玄韶巷歌。[李善]《埤蒼》曰:髫,髮也。髫與韶古字通也,大聊切。(498上右)

韶、髫《集韻》田聊切,與大聊切音同。

幪 méng　　[李善]幪音蒙也。(498上右)

幪、蒙《廣韻》莫紅切。

韙 wěi　　至聞皇風載韙。[李善]杜預《左氏傳注》曰:韙,是也。于匪切。(499上右)

韙《廣韻》于鬼切,與于匪切音同。

《詔》

蹏 dì　　故馬或奔蹏而致千里。[李善]《聲類》曰:蹏,蹢也。杜計切。(499上右)

蹏《廣韻》特計切,與杜計切音同。

泛 fěng　　夫泛駕之馬。[李善]泛,方奉切。(499上左)

泛《集韻》方勇切,與方奉切音同。

跅 tuò　跅弛之士。[李善]跅音拓,或曰音尺。(499上左)

跅、拓《集韻》闥各切,跅、尺《集韻》昌石切。

《賢良詔》

挹 yā　[李善]挹,於甲切。(499下右)

挹《廣韻》伊入切,緝韻;於甲切,狎韻。

《册魏公九錫文》

箄 bì　箄于白屋。[李善]箄于,今之契丹也。箄音必計切。(501下右)

箄《集韻》必計切。

恧 nǜ　朕甚恧女六切焉。(502上左)

恧《廣韻》女六切。

《宣德皇后令》

嘔 ǒu　[李善]《淮南子》曰:聲華嘔符之樂其性者,仁也。嘔,紆武切。(505上右)

嘔《廣韻》烏后切,厚韻;紆武切,麌韻。疑爲臨時變讀以構成嘔符疊韻。

符 fú　[李善]符音撫。(505上右)

符《廣韻》防無切,奉母平聲;撫《廣韻》芳武切,敷母上聲。疑爲臨時變讀以構成嘔符疊韻。

《永明九年策秀才文》

澆 jiāo　自萌俗澆弛。[李善]澆與澆同。(508下右)

澆、澆《集韻》堅堯切。

《永明十一年策秀才文》

籙 lù　朕秉籙御天。[李善]籙與録同也。(510上右)

籙、録《廣韻》力玉切,音同通用。

汰 dài　頃深汰珪符。[李善]《説文曰》:汰,簡也。汰,達蓋切。(511上左)

汰《廣韻》他蓋切,透母;達蓋切,定母。

療 liào　豈非療飢不期於鼎食。[李善]瘵音義與療同。(511下右～左)

療、瘵《廣韻》力照切。

撢 tān　[李善]撢音探。(512下右)

撢、探《廣韻》他含切。

《天監三年策秀才文》

刓 wán　斲雕刓方。[李善]蘇林《漢書注》曰:刓音角之刓,與刓剸同。(512下左)

《漢書》（第 1865 頁）蘇林注引此句作："刓音刓角之刓，刓與剸同。"刓《廣韻》

五丸切，疑母；剸《廣韻》度官切，定母。

《薦禰衡表》

躒 luò　　英才卓躒。［李善］卓躒，絕異也。躒，力角反。（515 下右）

　　　　　躒《集韻》力角切。

坌 bèn　　溢氣坌涌。［李善］坌，涌貌也。坌，步寸切。（515 下左）

　　　　　坌《廣韻》蒲悶切，與步寸切音同。

騕 yǎo　　飛兔騕褭烏鳥褭。（516 上左）

　　　　　騕《廣韻》烏皎切，與烏鳥切音同。

《出師表》

褘（褘）yī　　侍中侍郎郭攸之費褘於宜反董允等。（516 下左）

　　　　　奎章閣本（第 887 頁）、明州本（第 566 頁）、陳八郎本（第十九卷第 3 頁）、四庫

　　　　　善注本（第 639 頁）、四庫六臣本（第 1331 册第 4 頁）作"褘"，《三國志》（第 919 頁）

　　　　　同。褘《廣韻》於離切，與於宜反音同。

句 qú　　［李善］句，求俱切。（517 上左）

　　　　　句《廣韻》其俱切，與求俱切音同。

町 dìng　　［李善］町，庭冷切。（517 上左）

　　　　　町《廣韻》徒鼎切，與庭冷切音同。

諏 jū　　以咨諏足俱善道。（517 下右）

　　　　　諏《廣韻》子于切，與足俱切音同。

《求自試表》

扈 hù　　故啓滅有扈戶而夏功昭。（518 上左）

　　　　　扈、戶《廣韻》侯古切。

弇 gān　　昔耿弇不俟光武。［李善］弇，古含切。（518 下右）

　　　　　弇《廣韻》古南切，與古含切音同。

衒 xuàn　　夫自衒玄徧自媒者。（520 上左～下右）

　　　　　衒《廣韻》黃練切，合口；徧，脣音字。

《求通親親表》

固 gù　　禁固明時。［李善］錮與固通。（521 上左）

　　　　　固、錮《廣韻》古暮切，破假借，本字錮。

《陳情事表》

僥 jiāo　　庶劉僥倖。〔李善〕僥與徼同，古堯切。（524 下右）

　　　　僥、徼《集韻》堅堯切，與古堯切音同。

《謝平原內史表》

冏 jiǒng　　而橫爲故齊王冏九永所見枉陷。（525 上右）

　　　　冏、囧異體。囧《廣韻》俱永切，與九永切音同。

拖 duò　　懷金拖紫。〔李善〕拖，徒我切。（525 下右）

　　　　拖《集韻》待可切，與徒我切音同。

跼 jú　　跼天蹐地。〔李善〕跼音局。（525 下右）

　　　　跼、局《廣韻》渠玉切。

蹐 jí　　跼天蹐地。〔李善〕蹐，精亦切。（525 下右）

　　　　蹐《廣韻》資昔切，與精亦切音同。

《勸進表》

澆 yào　　〔李善〕澆，五叫切。（528 上右）

　　　　澆《廣韻》五弔切，與五叫切音同。

薐 tí　　則所謂生繁華於枯薐。〔李善〕稊與薐通。（528 下左）

　　　　薐、稊《廣韻》杜奚切，音同通用。

窬 yú　　狡寇窺窬。〔李善〕窬與覦同。（529 上右）

　　　　窬、覦《廣韻》羊朱切，破假借，本字覦。

《爲吳令謝詢求爲諸孫置守冢人表》

甄 zhēn　　濟神器於甄井。〔李善〕甄音真。（531 上右）

　　　　甄、真《廣韻》職鄰切。

《讓中書令表》

膂 lǚ　　而使內處心膂音呂。（532 上左）

　　　　膂、呂《廣韻》力舉切。

《薦譙元彥表》

蠋 shú　　想王蠋音蜀於亡齊之境。（533 上左）

　　　　蠋、蜀《集韻》殊玉切。

説 yuè　　〔李善〕説音悦。（533 下右）

　　　　説、悦《廣韻》弋雪切，破假借，本字悦。

《爲范尚書讓吏部封侯第一表》

屩 juē　蹋屩脚齊楚。（537 上左）

屩、脚《廣韻》居勺切。

《爲蕭揚州薦士表》

絻 miǎn　［李善］絻，古冕字。（539 下左）

絻、冕《廣韻》亡辨切。

纊 kuàng　伏惟陛下道隱旒纊。［李善］絖，古纊字，音義並同。（539 下左）

纊、絖《集韻》苦謗切。

艇 tíng　豈直艇廷鼠有必對之辯。（541 上右）

艇、廷《廣韻》特丁切。

《上書秦始皇》

邛（卬）áng　［李善］邛，五剛切。（544 下左）

建州本（第 723 頁）作“卬”。卬《廣韻》五剛切。

鼉 tuó　樹靈鼉徒河切之鼓。（545 上右）

鼉《集韻》唐何切，與徒河切音同。

駃 jué　駿良駃決騠啼不實外廏。（545 上左）

駃、決《廣韻》古穴切。

騠 tí　駿良駃決騠啼不實外廏。（545 上左）

騠、啼《廣韻》杜奚切。

宛 yuān　則是宛於元切珠之簪。（545 上左）

宛《廣韻》於袁切，與於元切音同。

甕 wèng　夫擊甕叩缻。［李善］《説文》曰：甕，汲瓶也。於貢切。（545 上左）

甕《廣韻》烏貢切，與於貢切音同。

缻 fǒu　夫擊甕叩缻。［李善］《説文》曰：缻，瓦器，秦鼓之以節樂。缻，甫友切。（545 上左）

缻、缶異體。缶《廣韻》方久切，與甫友切音同。

《上書吳王》

從 zōng　張耳陳勝連從子容兵之。（546 上右）

從《集韻》將容切，與子容切音同。

輸 shù　　　轉粟流輸去。（546 上右）

　　　　　　輸《廣韻》收錄平、去二讀，去聲標記。

厎 zhǐ　　　聖王厎節脩德。善曰：厎與砥同。（546 下右～左）

　　　　　　厎、砥《廣韻》職雉切，音同通用。

奸 gān　　　則無國而不可奸。善曰：奸與干同。（546 下左）

　　　　　　奸、干《廣韻》古寒切，音同通用。

鷙 zhì　　　臣聞鷙至鳥累百。（546 下左）

　　　　　　鷙、至《廣韻》脂利切。

袨 xuàn　　　袨縣服叢臺之下者。（546 下左）

　　　　　　袨、縣《廣韻》黃練切。

湛 chén　　　不能止幽王之湛患。［李善］湛，今沈字也。（546 下左～ 547 上右）

　　　　　　湛、沈《廣韻》直深切。《説文解字注》（第 556 頁）：“古書浮沈字多作‘湛’。湛、
　　　　　沈古今字，沉又‘沈’之俗體也。”

《獄中上書自明》

揕 zhèn　　善曰：徐廣曰：揕，丁鴆切。（548 上右）

　　　　　　揕《廣韻》知鴆切，知母；丁鴆切，端母。

臏 bìn　　　昔者司馬喜臏鼻引脚於宋。（548 下右）

　　　　　　臏《廣韻》毗忍切，與鼻引切音同。

摺 là　　　范雎摺脇折齒於魏。善曰：《廣雅》曰：摺，折也。力合切。（548 下右）

　　　　　　摺《廣韻》盧合切，與力合切音同。

雍 yōng　　是以申徒狄蹈雍之河。善曰：雍，一龍切。（548 下右）

　　　　　　雍《廣韻》於容切，與一龍切音同。

狸 lí　　　善曰：《論語讖》曰：徐衍負石，伐子自狸，守分亡身，握石失軀。宋均曰：狸，猶
　　　　　殺也。力之切。（548 下右）

　　　　　　狸《廣韻》里之切，與力之切音同。

冄 rén　　　宋信子冄之計囚墨翟。［舊注］冄音任。（548 下左）

　　　　　　冄《廣韻》汝鹽切，鹽韻；任《廣韻》如林切，侵韻。《獄中上書自明》未署注者，“善
　　　　　曰”前爲舊注，後爲李善注，無“善曰”的注文也是舊注。

哦 fèi　　　善曰：《戰國策》刀鞬謂田單曰：跖之猗或哦堯，非其主也。哦音吠，並同。（549
　　　　　下右）

《新集藏經音義隨函錄》（第60冊第285頁）：“呿音伐。”伐《廣韻》房越切，月韻；

呋《廣韻》符廢切，廢韻。

柢 dì　　蟠木根柢。［舊注］蘇林曰：柢音蔕。（549下左）

柢、蔕《廣韻》都計切。

囷 qūn　　輪囷離奇。善曰：囷，去倫切。（549下左）

囷《廣韻》去倫切。

離 lí　　輪囷離奇。善曰：離，薄萊切。（549下左）

離《廣韻》吕支切，來母支韻；薄萊切，並母之韻。尤刻本（第10冊第80頁）、四

庫善注本（第680頁）同，其餘各本無注音。離讀並母，韻書、字書皆不見，此條疑誤。

奇 yī　　輪囷離奇。善曰：奇音衣。（549下左）

奇《廣韻》渠羈切，群母支韻；衣《廣韻》於希切，影母微韻。

疏 shū　　善曰：疏即古蔬字。（550上左）

疏、蔬《廣韻》所菹切，音同通用。

《上書諫吳王》

走 zòu　　走上天之難。［舊注］顏師古曰：走，趣也[1]。走音奏。（551下右）

走、奏《廣韻》則候切。

霤 liù　　太山之霤力救切穿石。（552上右）

霤《廣韻》力救切。

紒（統）gěng　　殫極之紒斷幹。［舊注］晉灼曰：紒，古綆字。（552上右）

《文選考異》（945上左）：“茶陵本紒作‘統’，注同。袁本所見與此同。案：《漢

書》作‘統’。統是，紒非也。”統、綆《集韻》古杏切。

搔 sāo　　足可搔而絶。善曰：《廣雅》曰：搔，抓也。《字林》曰：搔，先牢切。（552

上右）

搔《廣韻》蘇遭切，與先牢切音同。

抓 zhāo　　善曰：抓，壯交切。（552上右）

抓《廣韻》側交切，與壯交切音同。

礱 lóng　　磨礱砥礪。善曰：賈逵《國語注》曰：礱，磨也。礱，力公切。（552上右）

礱、礱異體。礱《廣韻》盧紅切，與力公切音同。

---

[1]　《上書諫吳王》依例當爲集注，“善曰”前爲六朝經師舊注，後爲李善注，無“善曰”的注文也是舊注。但該條標記爲“顏師古曰”，當非舊注。可能該條也爲李善注，刊刻者遺漏了“善曰”。

《上書重諫吳王》

莋 zuó　　南距羌莋之塞。善曰：《漢書》曰：南夷自儁東北，君長十數，莋都最大。莋，
在洛切。（552 上左）

　　　　莋《廣韻》在各切，與在洛切音同。

蜹 ruì　　譬猶蠅蜹之附群牛。善曰：《說文》曰：秦謂之蜹，楚謂之蚊。蜹，而銳切。（552
下右）

　　　　蜹《集韻》如劣切，薛韻；而銳切，祭韻。

《詣建平王上書》

洮 tāo　　西洎臨洮土刀切狄道。（555 上左）

　　　　洮《廣韻》土刀切。

儹 zuǎn　　[李善] 楊雄《覈靈賦》曰：文王之始起，浸仁漸義，會賢儹智。儹音攢。（555
上左）

　　　　儹《廣韻》作管切，合口；攢《集韻》子罕切，開口。

《奉荅勑示七夕詩啓》

恧 nù　　臨啓慚恧女六切。（556 上右）

　　　　恧《廣韻》女六切。

《爲卞彬謝脩卞忠貞墓啓》

畛 zhěn　　[李善] 畛音真忍切。（556 上右）

　　　　畛《廣韻》章忍切，與真忍切音同。

盱 xū　　[李善] 盱，休于切。（556 上右）

　　　　盱《廣韻》況于切，與休于切音同。

《啓蕭太傅固辭奪禮》

酹 lèi　　且莫酹不親。[李善]《聲類》曰：酹，以酒祭地也。酹，力外切。（557 上右）

　　　　酹《廣韻》郎外切，與力外切音同。

闃 qù　　闃苦覓切若無主。（557 上右）

　　　　闃、閴異體。《俗書刊誤》："閴，俗作'闃'，非。"[1] 四庫六臣本（第 1331 冊第 71 頁）
作 "闚"，亦爲閴之異體。閴《廣韻》苦鵙切，合口；覓，脣音字。

---

① （明）焦竑《俗書刊誤》，文淵閣《四庫全書》第 228 冊，臺灣商務印書館 1986，第 559 頁。

《奏彈曹景宗》

橈 nào　逗橈奴教切有刑。（558 上右）
　　　橈《廣韻》奴教切。

杅 yú　[李善]《漢書》曰：武帝遣因杅將軍公孫敖築塞外受降城。杅音盂。（558 下左）
　　　杅、盂《廣韻》羽俱切。

蝟 wèi　故使蝟音謂結蟻聚。（558 下左）
　　　蝟、謂《廣韻》于貴切。

絓 huà　其軍佐職僚、偏裨將帥、絓胡卦切諸應及咎者。（559 下左）
　　　絓《廣韻》胡卦切。

《奏彈劉整》

氾 fán　氾毓字孤。[李善]氾音凡。（560 上右）
　　　氾、凡《廣韻》符咸切。

毓 yù　氾毓字孤。[李善]毓音育。（560 上右）
　　　毓、育《廣韻》余六切。

襜 chān　而襜昌占切帷交質。（561 下右）
　　　襜《廣韻》處占切，與昌占切音同。

《奏彈王源》

厮 sī　罔計厮音斯庶。（562 上右）
　　　厮、廝異體。廝、斯《廣韻》息移切。

賈 gǔ　以爲賈音古道。（562 上左）
　　　賈、古《廣韻》公户切。

扆 yǐ　陛下所以負扆於紀切興言。[李善]扆與依同。（562 下右）
　　　扆《廣韻》於豈切，尾韻；於紀切，止韻。扆、依《集韻》於希切，微韻，音同通用。

蔑 miè　蔑祖辱親。[李善]《說文》：懱，輕易也。蔑與懱古字同。（563 下右）
　　　蔑、懱《廣韻》莫結切。

《荅臨淄侯牋》

借 jí　借即書於手。（564 上左）
　　　借《廣韻》資昔切，昔韻；即《廣韻》子力切，職韻。

少 shào　悔其少作。[李善]少，失照切。（564 下右）
　　　少《廣韻》失照切。

《與魏文帝牋》

騏 diān　自左騏史妠謇姐名倡。［李善］然騏與巔音同也。（565 上左）

騏、巔《廣韻》都年切。

妠 nàn　自左騏史妠謇姐名倡。［李善］《聲類》曰：妠，奴紺切。（565 上左）

妠《廣韻》奴紺切。

姐 jiě　自左騏史妠謇姐名倡。［李善］《說文》曰：嬭字或作姐，古字假借也。姐，

子也切。（565 上左）

姐《廣韻》茲野切，與子也切音同，上聲；嬭《廣韻》子邪切，平聲。

《荅東阿王牋》

焱 yàn　焱絕煥炳。［李善］《說文》曰：焱，火華也。鹽念切。（565 下左）

焱《廣韻》以贍切，豔韻；鹽念切，桥韻。

《荅魏太子牋》

戴（耋）dié　時邁齒戴徒結切。（566 下左）

《文選考異》（947 下右）：“案：疑此戴當作‘耋’，故注引《左傳》‘耋老’。”耋《廣

韻》徒結切。

《在元城與魏太子牋》

沝 zhī　重以沝水。［李善］沝音脂。（567 上左）

沝、脂《集韻》蒸夷切。

工 gōng　女工吟咏於機杼。［李善］工與紅同。（567 下右）

工、紅《集韻》沽紅切。

《爲鄭沖勸晉王牋》

媵 yìng　有莘氏之媵田證切臣耳。（568 上右）

奎章閣本（第 974 頁）、明州本（第 619 頁）、四庫善注本（第 702 頁）、四庫六臣

本（第 1331 册第 88 頁）田作“由”，是。媵《廣韻》以證切，與由證切音同。

懾 zhé　名懾之涉切三越。［李善］《爾雅》曰：慴，懼也。郭璞曰：即懾字也。（568

下右）

懾、慴《廣韻》之涉切。

《拜中軍記室辭隋王牋》

歍 wū　或以歍唈烏合切。［李善］歍與鳴同。（569 上左）

歍、鳴《廣韻》哀都切。

唈 è　　或以歔唈烏合切。（569 上左）

唈《廣韻》烏荅切，與烏合切音同。

《到大司馬記室牋》

咳 kǎi　　咳苦改切唾爲恩。（570 上左）

咳《廣韻》戶來切，匣母平聲；苦改切，溪母上聲。各本皆同。

挈 qiè　　提挈苦結切之旨。（570 上左）

挈《廣韻》苦結切。

《百辟勸進今上牋》

蘊 yǔn　　近以朝命蘊策。[李善]蘊與縕同。（570 下左）

蘊、縕《廣韻》於粉切，音同通用。

薫 jiǎn　　[李善]《説文》曰：薫，黑皴也。古典切。（571 上左）

薫《集韻》吉典切，與古典切音同。

胝 zhī　　重胝存楚。[李善]胝，竹尼切。（571 上左）

胝《集韻》張尼切，與竹尼切音同。

《荅蘇武書》

韝 gòu　　韋韝古豆切毳川芮切幙。（573 上左～下右）

韝《集韻》居候切，與古豆切音同。

毳 chuì　　韋韝古豆切毳川芮切幙。（573 上左～下右）

毳《廣韻》楚稅切，初母；川芮切，昌母。

刺 qì　　陵不難刺七亦切心以自明。（573 下左）

刺《廣韻》七迹切，與七亦切音同。

刎 wěn　　刎亡粉切頸以見志。（573 下左）

刎《廣韻》武粉切，與亡粉切音同。

秪 zhī　　秪音支令人悲。（573 下左）

秪、支《集韻》章移切。

卒 cù　　前書倉卒七忽。（573 下左）

卒《廣韻》倉没切，與七忽切音同。

搴 jiǎn　　然猶斬將搴居展切旗。（574 上右）

搴《廣韻》九輦切，與居展切音同。

如 rù　　既不相如而去切。（574 上左）

如《廣韻》人恕切，與而去切音同。

創 chuāng　然猶扶乘創初良切痛。（574 上左）

創《廣韻》初良切。

呼 hù　猶復徒首奮呼火故切。（574 上左）

呼《集韻》荒故切，與火故切音同。

沬 mèi　曹沬亡貝切不死三敗之辱。（574 下左）

沬《集韻》莫貝切，與亡貝切音同。

卒 zú　卒子律切復勾踐之讎。（574 下左）

卒《廣韻》子聿切，與子律切音同。

椎 chuí　此陵所以仰天椎直追切心而泣血也。（574 下左～575 上右）

椎《廣韻》直追切。

剄 jǐng　剄身絕域之表。[李善]《音義》：鄭德曰：以刀割頸爲剄。姑鼎切。（575
　上左～下右）

剄《廣韻》古挺切，與姑鼎切音同。

幾 qí　幾巨依切死朔北之野。（575 下右）

幾《廣韻》渠希切，與巨依切音同。

《報任少卿書》

詬 gǒu　詬莫大於宮刑。[舊注]詬音垢[1]。應劭曰：詬，恥也。《説文》：詬或作訽。
　火逅切。（577 上右）

詬、垢《廣韻》古厚切。詬、訽《廣韻》呼漏切，與火逅切音同。

餌 èr　垂餌音二虎口。（578 上右）

餌《廣韻》仍吏切，志韻；二《廣韻》而至切，至韻。

挑 diào　橫挑彊胡。[舊注]挑，荼弔切。（578 上右）

挑《廣韻》徒了切，全濁上聲；荼弔切，去聲。

過 guō　所殺過平聲半當。（578 上右）

過《廣韻》收録平、去二讀，平聲標記。

---

[1]　《報任少卿書》未署注者，"善曰"前爲舊注，後爲李善注，無"善曰"的注文也是舊注。但全篇注
　釋中，僅一段文字有"善曰"。也存在"善曰"未删盡的可能。李善曾著《漢書辯惑》（見《舊唐書》
　第 4946 頁），是《漢書》研究專家，他徵引各家對《報任少卿書》的注解是有可能的，因而這些注
　釋可能是李善徵引的。儘管如此，還是按照全文統一的體例，在集注體中，把無"善曰"的注文統
　一看作舊注，有"善曰"的注文統一看作李善注。

積 jì　　士卒死傷如積子智切。（578 上右）

　　　　積《廣韻》子智切。

沫 huì　　沫血飲泣。［舊注］孟康曰：沫音頮。善曰：頮，古沫字。（578 上右～左）

　　　　沫、頮《集韻》呼內切。

數 shǔ　　後數史柱切日。（578 上左）

　　　　數《廣韻》所矩切，與史柱切音同。

怛 dá　　見主上慘愴怛都割切悼。（578 上左）

　　　　怛《廣韻》當割切，與都割切音同。

暴 bú　　功亦足以暴蒲沃切於天下矣。（578 下右）

　　　　暴《廣韻》蒲木切，屋韻；蒲沃切，沃韻。

睚 yà　　塞睚魚解切眦柴懈切之辭。（578 下右）

　　　　睚《廣韻》五懈切，去聲；魚解切，上聲或去聲。

眦 zhài　　塞睚魚解切眦柴懈切之辭。（578 下右）

　　　　眦《廣韻》士懈切，與柴懈切音同。

佴 èr　　而僕又佴之蠶室。［李善］如淳曰：佴，次也，若人相次也。人志切。今諸

　　　　本作茸字。（578 下左）

　　　　佴《廣韻》仍吏切，與人志切音同。建州本（第768頁）此條“如淳曰”前有“善

　　　　曰”做標記，當爲李善注。

茸 rǒng　　［李善］顏監云：茸，推也。人勇切。（578 下左）

　　　　茸《集韻》乳勇切，與人勇切音同。建州本（第768頁）此條“顏監曰”前有“善

　　　　曰”做標記，當爲李善注。

箠 zhuǐ　　其次關木索被箠楚受辱。［舊注］箠與棰同。（579 上右）

　　　　箠、棰《集韻》主繠切。

鮮 xiān　　定計於鮮平聲也。［舊注］文穎曰：未遇刑自殺爲鮮明也。（579 上左）

　　　　鮮《廣韻》收錄平、上、去三讀，平聲標記。

槍 qiāng　　見獄吏則頭槍七良切地。（579 上左）

　　　　槍《廣韻》七羊切，與七良切音同。

梏 gù　　［舊注］應劭《漢書注》曰：在手曰梏。梏音告。（579 下左）

　　　　梏、告《廣韻》古沃切。

拲 gǒng　　［舊注］應劭《漢書注》曰：兩手同械曰拲。拲音拱。（579 下左）

拲、拱《廣韻》居悚切。

桎 zhì　［舊注］應劭《漢書注》曰：在足曰桎。桎，之栗切。（579下左）

桎《廣韻》之日切，與之栗切音同。

羑 yǒu　［舊注］《地理志》曰：河內湯陰有羑里城，西伯所拘。韋昭曰：羑音酉。（580下左）

羑、酉《廣韻》與久切。

厎 zhǐ　大厎聖賢發憤之所爲于偽切作也。［舊注］《爾雅》曰：厎，致也。郭璞曰：音恉。（581上左）

厎、恉《廣韻》職雉切。

爲 wèi　大厎聖賢發憤之所爲于偽切作也。（581上左）

爲《廣韻》收錄平、去二讀，去聲標記。

汙 wò　以汙烏臥切辱先人。（581下右）

汙《集韻》烏臥切。

剌 là　無乃與僕私心剌力割切謬乎。（581下左）

剌《廣韻》盧達切，與力割切音同。

曼 wàn　曼辭以自飾。［舊註］音萬。（581下左）

曼、萬《廣韻》無販切。

《報孫會宗書》

汙 wò　汙烏臥切辱之處。（582下左）

汙《集韻》烏臥切。

《論盛孝章書》

脛 xìng　珠玉無脛胡定切而自至者。（583下左）

脛《廣韻》胡定切。

解 jiě　向使郭隗倒懸而王不解居蟹切。（584上右）

解《廣韻》佳買切，與居蟹切音同。

首 shòu　莫有北首音狩燕路者矣。（584上右）

首、狩《廣韻》舒救切。

《爲曹洪與魏文帝書》

氂 lí　雖有孫田墨氂力而切猶無所救。（586上右）

氂《廣韻》里之切，與力而切音同。

絀 chù　暨至衆賢奔絀勑律切。（586 上左）

絀《集韻》勑律切。

睢 suī　遊睢息惟切涣者。（586 下左）

睢《廣韻》息遺切，與息惟切音同。

倩 qìng　謂爲倩七靖切人。（587 上右）

倩《廣韻》七政切，去聲；七靖切，切下字全濁上聲。

《爲曹公作書與孫權》

貸 tǎi　無匿張勝貸他改切故之變。（588 下右）

貸《廣韻》他代切，去聲；他改切，上聲。各本皆同。

賁 féi　匪有陰構賁音肥赫之告。（588 下右）

賁、肥《廣韻》符非切。

碩 shí　明棄碩交。［李善］碩與石古字通。（588 下右）

碩、石《廣韻》常隻切，音同通用。

鮪 wěi　光武指河而誓朱鮪榮美切。（589 上左）

鮪《廣韻》榮美切。

潐 jiǎo　貴欲觀湖潐之形。［李善］裴松之《吳志注》曰：潐，祖了切。（589 上左～
下右）

潐《廣韻》子小切，小韻；祖了切，篠韻。

《與鍾大理書》

肪 fāng　白如截肪。［李善］《通俗文》曰：脂在腰曰肪。音方。（592 下右）

肪、方《廣韻》府良切。

《與楊德祖書》

過 guò　僕自以才不過古臥切若人。（593 下右）

過《廣韻》古臥切。

媛 yuàn　乃可以論其淑媛于戀切。（593 下左）

媛《廣韻》王眷切，與于戀切音同。

斷 duàn　乃可以議其斷丁段切割。（593 下左）

奎章閣本（第 1022 頁）段作“段”，是。斷《廣韻》丁貫切，與丁段切音同。

詆 dǐ　而好詆丁禮切訶呼歌切文章。（593 下左）

詆《廣韻》都禮切，與丁禮切音同。

訶 hē　而好詆丁禮切訶呼歌切文章。（593 下左）
　　　訶《廣韻》虎何切，與呼歌切音同。

掎 jǐ　掎居綺切撠之石切利病。（593 下左）
　　　掎《廣韻》居綺切。

撠 zhí　掎居綺切撠之石切利病。（593 下左）
　　　撠《廣韻》之石切。

呰 zǐ　呰紫五霸於稷下。（593 下左）
　　　呰、紫《廣韻》將此切。

茝 chǎi　蘭茝昌待切蓀蕙之芳。（594 上右）
　　　茝《廣韻》昌給切，與昌待切音同。

要 yào　非要一召切之皓首。（594 下右）
　　　要《廣韻》於笑切，與一召切音同。

《與吳季重書》

嚼 jué　過屠門而大嚼慈躍切。（594 下左）
　　　嚼《廣韻》在爵切，與慈躍切音同。

憙 xì　可令憙許記切事小吏諷而誦之。（595 上右）
　　　憙《廣韻》許記切。

《答東阿王書》

渫 xiè　言辭漏渫思列反。（595 下左）
　　　渫《廣韻》私列切，與思列反音同。

諼 xuān　而無馮諼火爰切三窟之効。（596 上右）
　　　諼《廣韻》況袁切，與火爰切音同。

過 guō　昔趙武過平聲鄭。（596 下右）
　　　過《廣韻》收錄平、去二讀，平聲標記。

《與侍郎曹長思書》

闉 yīn　闉闍有匪存之思。［李善］闉音因。（598 上右）
　　　闉、因《集韻》伊真切。

闍 dū　闉闍有匪存之思。［李善］闍音都。（598 上右）
　　　闍、都《廣韻》當孤切。

過 guō　有似周黨之過平聲閔子。（598 上左）

過《廣韻》收録平、去二讀,平聲標記。

《與廣川長岑文瑜書》

蒸 zhèng　處涼臺而有鬱蒸之剩切之煩。(598 下右)

　　蒸《集韻》諸應切,與之剩切音同。

盱 xū　昔夏禹之解陽盱。〔李善〕盱音紆。(598 下左)

　　盱、紆《集韻》匈于切。

鄜(劚)lì　〔李善〕《呂氏春秋》曰:昔殷湯尅夏,而大旱五年,湯乃身禱於桑林,於是
　　翦其髪,鄜其手,自以爲犧,用祈福於上帝,民乃甚悦,雨乃大至。鄜音鄜。(598 下
　　左～ 599 上右)

　　　　建州本(第 797 頁)、奎章閣本(第 1031 頁)、明州本(第 654 頁)、四庫善注本(第
　　741 頁)同。四庫六臣本(第 1331 册第 145 頁)作“劚”,爲“劚”之訛字,劚當是。劚、
　　鄜《集韻》狼狄切。

《與從弟君苗君胄書》

扶 fū　扶寸肴脩。〔李善〕扶音膚。(599 上左)

　　扶、膚《廣韻》甫無切。

菀 yù　吟詠菀音鬱柳之下。(599 上左)

　　菀、鬱《廣韻》紆物切。

且 jū　蒲且子餘切讚善。(599 上左)

　　且《廣韻》子魚切,與子餘切音同。

嬛 yuān　便嬛一緣切稱妙。(599 上左)

　　嬛《廣韻》於緣切,與一緣切音同。

筦 guǎn　〔李善〕筦音管。(599 下左)

　　筦、管《廣韻》古滿切。

菟 tú　〔李善〕菟音塗。(600 上左)

　　菟、塗《廣韻》同都切。

《與山巨源絕交書》

漫 mán　漫平聲之羶腥。(601 上右)

　　漫《集韻》收録多個讀音,分別歸屬平、去二聲,去聲默認,平聲標記。

佟 tóng　〔李善〕佟,徒冬切。(601 下左)

佟《廣韻》徒冬切。

茀 fú　[李善]《毛詩》曰:茀厥豐草。茀,甫物切。(602 上右)
　　　茀《廣韻》敷勿切,敷母;甫物切,非母。

痺 bì　痺必寐切不得搖。(602 上左)
　　　痺《集韻》毗至切,並母;必寐切,幫母。

蝨 sè　性復多蝨瑟。(602 上左)
　　　蝨、瑟《廣韻》所櫛切。

杷 pá　杷蒲巴搔無已。(602 上左)
　　　杷《集韻》蒲巴切。

瞿 jù　雖瞿音句然自責。(602 下右)
　　　瞿、句《廣韻》九遇切。

悢 liàng　顧此悢悢力向。(603 上左)
　　　悢《廣韻》力讓切,與力向切音同。

嬲 niǎo　足下若嬲。[李善]嬲,擿嬈也。音義與嬈同,奴了切。(603 下右)
　　　嬲、嬈《廣韻》奴鳥切,與奴了切音同。

趣 qū　若趣平欲共登于塗。(603 下右~左)
　　　趣《集韻》收錄多個讀音,分別歸屬平、上、去、入四聲。其中平聲逡須切一讀,
　　通"趨"。

《爲石仲容與孫皓書》

荼 tú　生人陷荼炭之艱。[李善]荼與塗字通用。(604 上左)
　　　荼、塗《廣韻》同都切,音同通用。

從 zōng　二邦合從子容。(605 上左)
　　　從《集韻》將容切,與子容切音同。

艘 sāo　樓船萬艘蘇勞。(606 上右)
　　　艘《廣韻》蘇遭切,與蘇勞切音同。

潼 zhòng　[李善]郭璞《穆天子傳注》曰:潼,浮汁也。竹用切。(606 下左)
　　　潼《廣韻》竹用切。

《與陳伯之書》

涉 dié　朱鮪涉丁牒切,與喋同血於友于。(608 下右)
　　　涉、喋《廣韻》丁愜切,與丁牒切音同。

椑 pí　　撫絃登椑婢移切。（609 下右）

　　椑《廣韻》符支切，與婢移切音同。

《重荅劉秣陵沼書》

沬 mèi　　余悲其音徽未沬昩。（610 上左）

　　沬、昩《集韻》莫貝切。

隙 qì　　雖隙駟不留。［李善］郄，古隙字也。（610 下右）

　　隙、郄《集韻》乞逆切，音同通用。

《北山移文》

嗒 tà　　［李善］郭象曰：嗒焉解體，若失其配匹也。嗒，土合切。（613 上左）

　　嗒《廣韻》吐盍切，盍韻；土合切，合韻。

拽 yì　　浪拽翊制上京。（614 上右）

　　拽《集韻》以制切，與翊制切音同。

《喻巴蜀檄》

僰 bó　　西僰之長。［李善］僰，蒲北切。（615 上右）

　　僰《廣韻》蒲北切。

攝 niè　　皆攝弓而馳。［李善］攝，謂張弓注矢而持之。攝，奴頰切。（615 上左）

　　攝《廣韻》奴協切，與奴頰切音同。

胲 gāi　　［李善］《春秋考異郵》曰：枯骸收胲，血膏潤草。胲，古才切。（615 下右）

　　胲《廣韻》古哀切，與古才切音同。

《爲袁紹檄豫州》

狍 páo　　［李善］狍音咆。（616 上右）

　　狍、咆《廣韻》薄交切。

匄 gài　　乞匄攜養。［李善］《說文》曰：匄，乞也。古賴切。（616 上左）

　　匄、匃異體。匃《廣韻》古太切，與古賴切音同。

贅 zhuì　　操贅閹遺醜。［李善］贅，謂假相連屬也。贅，之銳切。（616 下右）

　　贅《廣韻》之芮切，與之銳切音同。

肬 yóu　　［李善］肬音尤。（616 下右）

　　肬、尤《廣韻》羽求切。

佻 tiāo　　至乃愚佻短略。［李善］《字書》曰：佻，輕也。勑聊切。（616 下右～左）

　　佻《廣韻》吐彫切，與勑聊切音同。

摿 huàn　故復援旌摿甲。［李善］《左氏傳》曰：摿甲執兵。杜預曰：摿，貫也。胡慢
　　切。（617 上右）

　　摿《廣韻》胡慣切，與胡慢切音同。

鉗 qián　百寮鉗口。［李善］鉗，其嚴切。（617 下右）

　　鉗《廣韻》巨淹切，鹽韻；其嚴切，嚴韻。

詰 qí　　幕府方詰外姦。［李善］鄭玄《禮記注》曰：詰，謂問其罪也。去質切。（617
　　下左～ 618 上右）

　　詰《廣韻》去吉切，與去質切音同。

撝 huī　揚素撝以啓降路。［李善］《廣雅》曰：徽，幡也。徽與撝古通用。（618 下
　　右～左）

　　撝、徽《廣韻》許歸切，破假借，本字徽。

篡 cuàn　懼其篡逆之萌。［李善］《説文》曰：逆而奪取曰篡。叉患切。（618 下左）

　　篡《廣韻》初患切，與叉患切音同。

《檄吳將校部曲文》

齊 zhāi　要領不足以膏齊斧。［李善］虞喜《志林》曰：齊，側皆切。（619 下右）

　　齊《集韻》莊皆切，與側皆切音同。

紿 dài　　［李善］紿音殆。（620 上右）

　　紿、殆《廣韻》徒亥切。

朴 fóu　巴夷王朴胡。［李善］孫盛曰：朴音浮。（620 下左～ 621 上右）

　　朴《集韻》披尤切，滂母；浮《集韻》房尤切，並母。

滹 hù　　賓邑侯杜滹。［李善］孫盛曰：滹音護。（620 下左～ 621 上右）

　　滹、護《廣韻》胡誤切。

鈍 dùn　兵不鈍鋒。［李善］鈍與頓同。（621 上右）

　　鈍《廣韻》徒困切，定母；頓《廣韻》都困切，端母。

扞 hàn　今者枳棘翦扞。［李善］杜預《左氏傳注》曰：扞，衛也。音捍。（621 上左）

　　扞、捍《廣韻》侯旰切。

湟 huáng　湟中羌僰。［李善］湟音皇。（621 上左）

　　湟、皇《廣韻》胡光切。

樛 liú　薛洪樛尚。［李善］樛音留。（621 下左）

　　樛《廣韻》居虯切，幽韻；留《廣韻》力求切，尤韻。

郃 é　　則張郃高奐舉事立功。［李善］郃，烏合切。（621 下左）

　　　郃《廣韻》侯閤切，匣母；烏合切，影母。

游 yóu　　則將軍蘇游反爲内應。［李善］游與由同。（622 上右）

　　　游、由《廣韻》以周切，音同通用。

鸋 níng　　鸋鴂之鳥巢於葦苕。［李善］《字林》曰：鸋鴂，鴞也。上乃丁切，下古穴切。

（623 上右）

　　　鸋《廣韻》奴丁切，與乃丁切音同。

鴂 jué　　鸋鴂之鳥巢於葦苕。［李善］《字林》曰：鸋鴂，鴞也。上乃丁切，下古穴切。

（623 上右）

　　　鴂《廣韻》古穴切。

苕 tiáo　　鸋鴂之鳥巢於葦苕。［李善］苕與蓨同。（623 上右）

　　　苕《廣韻》徒聊切，定母蕭韻；蓨《集韻》之由切，章母尤韻。

蠚 shì　　［李善］蠚音釋。（623 上左）

　　　蠚、釋《集韻》施隻切。

《難蜀父老》

湛 chén　　湛恩汪濊。［舊注］韋昭曰：湛音沈。（625 上左）

　　　湛、沈《廣韻》直深切。《難蜀父老》未署注者，“善曰”前爲舊注，後爲李善注，

　　　無“善曰”的注文也是舊注。

汪 wāng　　湛恩汪濊。善曰：汪，烏黃切。（625 上左）

　　　汪《廣韻》烏光切，與烏黃切音同。

濊 wèi　　湛恩汪濊。善曰：濊，烏外切。（625 上左）

　　　濊《廣韻》烏外切。

駹 máng　　因朝冉從駹。善曰：駹，蒙江切。（625 上左）

　　　駹《廣韻》莫江切，與蒙江切音同。

筰 zuó　　定筰存邛。善曰：筰音鑿。（625 上左）

　　　筰、鑿《廣韻》在各切。

斯 yì　　略斯榆。［舊注］鄭玄曰：斯音曳。（625 上左）

　　　斯《廣韻》息移切，心母支韻；曳《廣韻》餘制切，以母祭韻。唐鈔本（2·687～

　　688）該句下注：“《音決》：斯，以例反。”以例反與餘制切音同。

粗 zù　　請爲大夫粗陳其略。［舊注］韋昭曰：粗，猶略也。徂古切。（625 下左）

粗《廣韻》徂古切。

溎 pèn　　［舊注］郭璞《三蒼解詁》曰：溎，水聲也。《字林》云：匹寸切。（625 下左）
　　　　　溎《廣韻》普悶切，與匹寸切音同。

灑 shǐ　　灑沈澹災。［舊注］韋昭曰：灑，史紙切。（625 下左）
　　　　　灑《廣韻》所綺切，與史紙切音同。

澹 dàn　　灑沈澹災。［舊注］蘇林曰：澹音淡。《説文》曰：澹，水搖也。徒濫切。（625
　　下左～626 上右）
　　　　　澹、淡《廣韻》徒濫切。

漸 sī　　　［舊注］灑或作漸。《字書》曰：漸，水索也。賜移切。（625 下左～626 上右）
　　　　　漸《集韻》相支切，與賜移切音同。

胝 zhī　　躬胲胝無胈。［舊注］郭璞《三蒼解詁》曰：胝，蹈也。竹施切。（626 上右）
　　　　　胝《廣韻》丁尼切，脂韻；竹施切，支韻。

胈 bá　　躬胲胝無胈。［舊注］韋昭曰：胈，其中小毛也。蒲葛切。（626 上右）
　　　　　胈《廣韻》蒲撥切，末韻；蒲葛切，曷韻。

胼 pián　　［舊注］胼，步千切。（626 上右）
　　　　　胼《廣韻》部田切，與步千切音同。

喔 wò　　豈特委瑣喔嚙。善曰：喔音握。（626 上右）
　　　　　喔、握《廣韻》於角切。

吰 hóng　　必將崇論吰議。［舊注］鄧展子曰：《字詁》云：吰，今宏字。（626 上右）
　　　　　吰、宏《廣韻》戶萌切。

沬 mèi　　故乃關沬若。［舊注］沬音妹。（626 下右）
　　　　　沬《廣韻》莫貝切，泰韻；妹《廣韻》莫佩切，隊韻。

昒 wù　　昒爽闇昧。［舊注］韋昭曰：昒，梅憤切。《字林》音勿。（626 下右）
　　　　　唐鈔本（2·710）該句憤作“憒”。《文選考異》（954 上左～下右）：“案：憤當作
　　‘憒’。各本皆誤。”昒、吻異體。吻、勿《廣韻》文弗切，物韻；梅憤切，隊韻。

褆 zhī　　中外褆福。［舊注］《説文》曰：褆，安也。音支。（626 下左）
　　　　　褆、支《廣韻》章移切。

《荅客難》

胞 bāo　　同胞之徒。［李善］蘇林曰：音胞胎之胞，言親兄弟也。（628 下右）

盂 yú　　安於覆盂。［李善］盂與杅同，音于。（628 下左）

盂、杅、于《廣韻》羽俱切。

筦 guǎn　以筦窺天。［舊注］服虔曰：筦音管[①]。（629下左）

筦、管《廣韻》古滿切。伯2527該條“服虔曰”後有“臣善曰”標記。

筳 tíng　以筳撞鍾。［舊注］文穎曰：筳音庭。（629下左）

筳、庭《廣韻》特丁切。伯2527該條“文穎曰”後有“臣善曰”標記。

鶄 jīng　譬由鶄鶋之襲狗。［舊注］如淳曰：鶄音精。（629下左）

鶄、精《廣韻》子盈切。伯2527該條“如淳曰”後有“臣善曰”標記。

鶋 qú　譬由鶄鶋之襲狗。［舊注］服虔曰：鶋音劬。（629下左）

鶋、劬《廣韻》其俱切。伯2527該條“服虔曰”後有“臣善曰”標記。

靡 mí　至則靡耳。［李善］《説文》曰：靡，爛也。亡皮切。靡與糜古字通也。（629
下左）

靡、糜《集韻》忙皮切，與亡皮切音同。

《解嘲》

坏 pēi　或鑿坏以遁。［李善］坏，普來切。（630下右）

坏《集韻》鋪枚切，灰韻；普來切，咍韻。

頡 xié　是故鄒衍以頡頏而取世資。［李善］蘇林曰：頡音提挈之挈。（630下右）

頡《廣韻》胡結切，挈《集韻》奚結切，音同。

頏 kàng　是故鄒衍以頡頏而取世資。［李善］頏，苦浪切。（630下右）

頏《廣韻》苦浪切。

連 liàn　孟軻雖連去聲蹇。（630下右）

連《集韻》收録多個讀音，分別歸屬平、上、去三聲，去聲標記。

番 fān　前番禺。［李善］蘇林曰：番音潘。（630下左）

番、潘《集韻》孚袁切。

鑕 zhì　制以鑕鈇。［李善］《公羊傳》曰：不忍加以鈇鑕。何休注曰：斬膂之刑也。音質。
（630下左）

鑕、質《廣韻》之日切。

邋 dá　［李善］邋，徒合切。（630下左）

[①] 《荅客難》未署注者，也無“善曰”標記，依例應爲李善注，但伯2527（《敦煌吐魯番本文選》第57頁）此篇注文中有“臣善曰”標記，可知它實爲集注，李善注文前有舊注，大概刊刻者省略了“善曰”。

遝《廣韻》徒合切。

縰 shǐ　　戴縰垂纓。［李善］鄭玄《儀禮注》曰：纚與縰同。縰，所氏切。（630下左～631上右）

縰、纚《廣韻》所綺切，與所氏切音同。

摺 là　　范睢以折摺而危穰侯。［李善］晉灼曰：摺，古拉字也。力荅切。（631上左）

摺、拉《廣韻》盧合切。

噤 qǐn　　蔡澤以噤吟而笑唐舉。［李善］韋昭曰：噤，欺稟切。（631上左）

噤《廣韻》渠飲切，群母；欺稟切，溪母。

吟 yìn　　蔡澤以噤吟而笑唐舉。［李善］韋昭曰：吟，疑甚切。（631上左）

吟《廣韻》宜禁切，與疑甚切音同。

窒 zhì　　窒隙蹈瑕而無所詘也。［李善］窒，竹栗切。（631下右）

窒《廣韻》陟栗切，與竹栗切音同。

行 héng　　行殊者得辟。［李善］行，趨步也。行，胡庚切。（631下右～左）

行《廣韻》戶庚切，與胡庚切音同。

蝘 yǎn　　執蝘蜓而嘲龜龍。［李善］《説文》曰：在壁曰蝘蜓，在草曰蜥蜴。蝘，烏典切。（632上右）

蝘《廣韻》於殄切，與烏典切音同。

蜓 diàn　　執蝘蜓而嘲龜龍。［李善］蜓，徒顯切。（632上右）

蜓《集韻》徒典切，與徒顯切音同。

跗 fù　　不遇俞跗與扁鵲也。［李善］跗音附。（632上右）

跗、附《廣韻》符遇切。

骼 qià　　折脅摺骼。［李善］《埤蒼》曰：骼，骻骨也。口亞切。（632上右）

骼《廣韻》枯駕切，與口亞切音同。

抵（抵）zhǐ　　抵穰侯而代之［李善］《説文》曰：抵，側擊也。音紙。（632上左）

《文選考異》（955上左）：“案：抵當作‘抵’。”抵、紙《廣韻》諸氏切。

頷 qǐn　　頷頤折頞。［李善］韋昭曰：曲上曰頷。欺甚切。（632上左）

《漢書》（第3572頁）引此句頷作“頜”。頷、頜《集韻》丘甚切，與欺甚切音同。

頞 è　　頷頤折頞。［李善］《説文》曰：頞，鼻莖也。於達切。（632上左）

頞《廣韻》烏葛切，與於達切音同。

沫 huì　　涕唾流沫。［李善］《説文》曰：沫，洒面也。呼憒切。（632上左）

沫《集韻》呼内切,與呼憒切音同。

咽 yān　搤其咽而亢其氣。〔李善〕《廣雅》曰:咽,嗌也。一千切。(632 上左)

咽《廣韻》烏前切,與一千切音同。

嗌 yì　〔李善〕嗌音益。(632 上左)

嗌、益《廣韻》伊昔切。

靡 mí　吕刑靡敝。〔李善〕鄧展曰:靡音縻。(632 下右)

靡、縻《集韻》忙皮切。

愓 bī　則愓矣。〔李善〕服虔曰:愓,猶繆也。愓,布迷切。(632 下右)

愓《廣韻》邊兮切,與布迷切音同。

坻(坁)shì　響若坻隤。〔李善〕坻,丁禮切。韋昭:坻音若是理之是。《字書》曰:巴蜀名山堆落曰坻。(632 下右~左)

坻《廣韻》都禮切,與丁禮切音同,端母薺韻。又坻、坁《集韻》掌氏切,章母紙韻;是《廣韻》承紙切,禪母紙韻。《文選考異》(955 上左):"案:坻當作'坁'。應劭本《漢書》作'坁',音丁禮反;韋昭本《漢書》作'坻',音是。善意從韋,故又引《字書》'巴蜀名山堆落曰坻也'。各本正文從應,注中亦一槩盡作'坻',皆誤,當訂正。顔注《漢書》作'阺',云'阺音氏。巴蜀人名山旁堆欲墮落曰阺。應劭以爲天水隴阺,失之矣。阺音丁禮反',所言更顯然易知。"《考異》宜是。

《荅賓戲》

黔 qián　墨突不黔。〔舊注〕《小雅》曰:黔,黑也。巨炎切。(633 上左)

黔《廣韻》巨淹切,與巨炎切音同。《荅賓戲》未署注者,"善曰"前爲舊注,後爲李善注,無"善曰"的注文也是舊注。

湛 chén　湛道德。〔舊注〕湛,古沈字。(633 上左~下右)

湛、沈《廣韻》直深切。

彎 mǎn　彎龍虎之文。〔舊注〕彎,莫版切。(633 下右)

彎《廣韻》武板切,與莫版切音同。

蔕 dì　上無所蔕。〔舊注〕韋昭曰:蔕,都計切。(633 下右)

蔕《廣韻》都計切。

緪 gèng　緪以年歲。〔舊注〕如淳曰:緪音亙竟之亙。《方言》曰:緪,竟也。古鄧切。(633 下右)

緪《廣韻》古鄧切。

賈 gǔ　然而器不賈於當已。［舊注］劉德曰：賈，鬻也。賈音古。（633 下右）
　　　　賈、古《廣韻》公户切。

摛 chī　摛藻如春華。［舊注］韋昭曰：摛，布也。勑施切。（633 下右）
　　　　摛《廣韻》丑知切，與勑施切音同。

逌 yóu　主人逌爾而笑曰。［舊注］項岱曰：逌，寬舒顏色之貌也。讀作攸。（633
　　下左）
　　　　逌《大廣益會玉篇》（第 50 頁）余周切，攸《廣韻》以周切，音同。

窔 yào　守窔奧之燋燭。［舊注］《字林》曰：窔，一弔切。（633 下左）
　　　　窔《廣韻》烏叫切，與一弔切音同。

飇 páo　風飇電激。［舊注］韋昭曰：飇，風之聚猥者也。音庖。（633 下左）
　　　　飇、庖《廣韻》薄交切。

猋 biāo　其餘猋飛景附。［舊注］《説文》：熛，火飛也。猋與熛古字通，並必遥切。（633
　　下左）
　　　　猋、熛《廣韻》甫遥切，與必遥切音同。

雪 yè　雪煜其間者。［舊注］晉灼曰：雪音曄爾之曄。雪煜，光明之貌也。雪，炎輒
　　切。（633 下左～ 634 上右）
　　　　雪《集韻》域及切，緝韻；曄《廣韻》筠輒切，與炎輒切音同，葉韻。

煜 yù　雪煜其間者。［舊注］煜，弋叔切。（633 下左～ 634 上右）
　　　　煜《廣韻》余六切，與弋叔切音同。

搦 nuò　搦朽摩鈍。［舊注］韋昭曰：搦，摩也。女握切。（634 上右）
　　　　搦《廣韻》女角切，與女握切音同。

迂 yū　彼豈樂爲迂闊哉。善曰：《説文》曰：迂，羽夫切。（634 下右）
　　　　迂《廣韻》羽俱切，與羽夫切音同。

埽 sǎo　方今大漢洒埽群穢。善曰：埽即今掃字也。（634 下右）
　　　　埽、掃《廣韻》蘇老切。

龢 hé　稟仰太龢。［舊注］龢，古和字。（634 下左）
　　　　龢、和《廣韻》户戈切，音同通用。

堥 máo　欲從堥敦而度高乎泰山。［舊注］堥音旄。（634 下左）
　　　　堥、旄《廣韻》莫袍切。

敦 dùn　欲從堥敦而度高乎泰山。［舊注］服虔曰：敦音頓。頓丘也。郭璞《爾雅

注》曰：敦，盂也。都回切。（634 下左）

敦、頓《廣韻》都困切，敦《廣韻》都回切。

汍 guǐ　懷汍灠而測深乎重淵。［舊注］服虔曰：汍音軌。（634 下左）

汍、軌《廣韻》居洧切。

灠 lǎn　懷汍灠而測深乎重淵。［舊注］韋昭曰：灠音擥。（634 下左）

灠《廣韻》盧瞰切，去聲；擥《集韻》魯敢切，上聲。

壼 kǔn　究先聖之壼奧。［舊注］應劭曰：《爾雅》曰：宮中巷謂之壼。苦本切。（635
上左）

壼《廣韻》苦本切。

躩 jǐ　超忽荒而躩昊蒼也。［舊注］徐廣《史記注》：躩音戟。躩與據同，謂之足
戟持之，並京逆切。（635 下左）

躩、戟《集韻》訖逆切，與京逆切音同。

《歸去來》

熹 xī　恨晨光之熹微。［李善］《聲類》曰：熹，亦熙字也。（636 下右）

熹、熙《廣韻》許其切，音同通用。

趣 qù　園日涉以成趣。［李善］趣，避聲也。七喻切。（636 下左）

趣、趨《集韻》逡遇切，與七喻切音同。

《三都賦序》

紐 niǔ　將以紐之王教。［李善］《説文》曰：紐，系也。女九切。（641 上左）

紐《廣韻》女久切，與女九切音同。

《思歸引序》

欻 xū　欻許勿復見牽。（642 下右）

欻、歘異體。欻《廣韻》許勿切。

《豪士賦序》

援 yuán　援旗誓衆。［李善］援，于元切。（643 下左～ 644 上右）

援《廣韻》雨元切，與于元切音同。

鞅 yàng　是以君奭鞅鞅於亮。（644 上右）

鞅《集韻》於亮切。

惡 wū　惡烏覩其可。（644 下右）

惡、烏《廣韻》哀都切。

饕 tāo　　又況乎饕土高大名以冒道家之忌。（644 下右）

　　　　饕《廣韻》土刀切，與土高切音同。

賈 gǔ　　以賈古傷心之怨。（644 下右）

　　　　賈、古《廣韻》公户切。

陟 zhì　　衆心日陟亘氏。（644 下左）

　　　　奎章閣本（第 1116 頁）、明州本（第 707 頁）、陳八郎本（第二三卷第 22 頁）亘作
　　　　"直"，是。陟《廣韻》池爾切，與直氏切音同。

瞪 zhèng　而方偃仰瞪直孕眄。（644 下左）

　　　　瞪《廣韻》丈證切，與直孕切音同。

仆 fù　　必於顛仆音赴。（644 下左）

　　　　仆、赴《廣韻》芳遇切。

《三月三日曲水詩序》

拓 tuò　　拓土洛世貽統。（645 下右）

　　　　拓《廣韻》他各切，與土洛切音同。

遝 dá　　五方雜遝徒合。（645 下左）

　　　　遝《廣韻》徒合切。

毳 chuì　　楨幹素毳昌鋭。（646 上左）

　　　　毳《廣韻》楚税切，初母；昌鋭切，昌母。

軼 yì　　踰沙軼漠之貢。［李善］軼，余日切。（646 上左）

　　　　軼《廣韻》夷質切，與余日切音同。

躔 chán　　日躔直連胃維。（646 下右）

　　　　躔《廣韻》直連切。

隥 dèng　　左關巖隥都鄧。（646 下左）

　　　　隥《廣韻》都鄧切。

塊 guǐ　　松石峻塊古毁。（646 下左）

　　　　塊《廣韻》過委切，與古毁切音同。

徼 jiào　　别殿周徼音叫。（646 下左）

　　　　徼、叫《廣韻》古弔切。

緹 tí　　胤緹徒兮騎。（646 下左）

　　　　緹《廣韻》杜奚切，與徒兮切音同。

醳 yì　　觴醳亦泛浮。（647 上右）

醳、亦《廣韻》羊益切。

殷 yǐn　　故以殷隱賑外區。（647 上左）

殷、隱《集韻》倚謹切。

褆 chí　　下褆氏移百福。（647 上左）

褆《廣韻》是支切，與氏移切音同。

宸 chén　　是以得一奉宸。［李善］宸與辰同，已見上文。（647 下右～左）

宸、辰《廣韻》植鄰切，音同通用。

度 duó　　度時洛邑靜鹿丘之歎。（648 上右）

奎章閣本（第 1122 頁）、陳八郎本（第二三卷第 25 頁）時作"待"，當是。度《廣韻》徒落切，與待洛切音同。

薖 kē　　薖軸之疾已消。［李善］薖，苦和切。（649 上左）

薖《廣韻》苦禾切，與苦和切音同。

憬 jiǒng　　荒憬九永清夷。（650 上右）

憬《廣韻》俱永切，與九永切音同。

鬐 zhuā　　鬐側麻首貫胥之長。（650 上右）

鬐《廣韻》莊華切，與側麻切音同。

甌 guǐ　　甌牘相尋。［李善］甌音軌。（650 上左～下右）

甌、軌《廣韻》居洧切。

綏（緌）ruí　　綏而惟旂卷悠悠之旆。（650 下右）

奎章閣本（第 1126 頁）、陳八郎本卷（第二三卷第 27 頁）、明州本（第 713 頁）、四庫善注本（第 805 頁）、四庫六臣本（第 1331 冊第 238 頁）作"緌"。緌《廣韻》儒佳切，與而惟切音同。

豫 yù　　信可以優游暇豫。［李善］譽猶豫，古字通。（651 上右）

豫、譽《廣韻》羊洳切，音同通用。

殷 yǐn　　殷殷上均乎姚澤。（651 上左）

殷《集韻》收錄多個讀音，分別歸屬平、上、去三聲，上聲標記。

輒 zhé　　［李善］輒，知葉切。（651 上左）

輒、輙異體。輙《廣韻》陟葉切，與知葉切音同。

敐 chén　　［李善］敐，仕勤切。（651 上左）

啟《集韻》丞真切,禪母真韻;仕勤切,崇母欣韻。

檐 yán　　虚檐鹽雲構。（651 上左）

檐、鹽《廣韻》余廉切。

斿 yóu　　九斿由齊軌。（651 下左）

斿、由《廣韻》以周切。

瑵 zhǎo　　重英曲瑵側絞之飾。（651 下左）

瑵《廣韻》側絞切。

駔 zǎng　　駔祖朗駿函列。（651 下左～ 652 上右）

駔《廣韻》子朗切,與祖朗切音同。

晬 suì　　晬邃容有穆。（652 上右）

晬、邃《廣韻》雖遂切。

弇 yǎn　　召鳴鳥于弇崦州。（652 上左）

弇、崦《集韻》衣廉切。

《王文憲集序》

沂 yí　　琅邪臨沂魚依人也。（652 下右）

沂《廣韻》魚衣切,與魚依切音同。

諜 dié　　國史家諜待協詳焉。（652 下右）

諜《廣韻》徒協切,與待協切音同。

衷 zhòng　　皆折衷丁仲於公。（653 下右）

衷《廣韻》陟仲切,知母;丁仲切,端母。

台 tái　　時粲位亞台司。〔李善〕台與能同。（654 下右）

能、台《集韻》湯來切。

玠 jiè　　昔毛玠之公清。〔李善〕玠音介。（654 下右～左）

玠、介《廣韻》古拜切。

營 yíng　　自營部分司。〔李善〕營,役瓊切。（655 上右）

營《廣韻》余傾切,與役瓊切音同。

郃 é　　自營部分司。〔李善〕郃,烏合切。（655 上右）

郃《廣韻》侯閣切,匣母;烏合切,影母。

摯 zhì　　荀摯至競爽於晉世。（657 上右）

摯、至《廣韻》脂利切。

《聖主得賢臣頌》

唅 hán　羹藜唅糗者。［李善］服虔曰：唅音含。（658 下左）

　　　　唅《廣韻》火含切，曉母；含《廣韻》胡男切，匣母。

矻 kū　　終日矻矻。［李善］如淳曰：矻矻，健作貌。苦骨切。（659 上右）

　　　　矻《廣韻》苦骨切。

淬 zuì　清水淬其鋒。［李善］郭璞《三蒼解詁》曰：焠，作刀鑒也。焠，子妹切。（659

上右）

　　　　淬《廣韻》七内切，清母；子妹切，精母。

鑒 jiàn　［李善］鑒，工練切。（659 上右）

　　　　鑒《廣韻》古電切，與工練切音同。

剸 zhuān　陸剸犀革。［李善］《漢書音義》曰：剸，章兖切。（659 上左）

　　　　剸《廣韻》旨兖切，與章兖切音同。

篲 suì　忽若篲氾畫塗。［李善］篲音遂。（659 上左）

　　　　篲、遂《集韻》徐醉切。

溷 hùn　延袤百丈而不溷者。［李善］王逸《楚辭注》曰：溷，亂也。胡困切。（659 上左）

　　　　溷《廣韻》胡困切。

靶 bà　　王良執靶。［李善］《音義》或曰：靶音霸。謂轡也。（659 上左）

　　　　靶、霸《廣韻》必駕切。

嘔 ōu　　是以嘔一侯切喻受之。（659 下右）

　　　　嘔《廣韻》烏侯切，與一侯切音同。

悃 kǔn　陳見悃誠。［李善］郭璞《三蒼解詁》曰：悃，誠信也。苦本切。（659 下左）

　　　　悃《廣韻》苦本切。

奧 yù　　去卑辱奧渫而升本朝。［李善］如淳曰：奧音郁。（660 上右）

　　　　奧、郁《集韻》乙六切。

簋 dì　　雖伯牙操簋鐘。［李善］晉灼曰：簋音迭遞之遞。（660 上左）

　　　　簋、遞《集韻》大計切。

《酒德頌》

榼 kē　　動則挈榼提壺。［李善］《説文》曰：榼，酒器也。苦闔切。（662 上右）

　　　　榼《廣韻》苦盍切，與苦闔切音同。

《漢高祖功臣頌》

惎 jì　銷印惎忌廢。（663 下左）

　　惎、忌《廣韻》渠記切。

弢 tāo　弢韜迹匿光。（664 下左）［李善］杜預《左氏傳注》曰：韜，藏。弢與韜，古字通也。

　　弢、韜《廣韻》土刀切。

詒 yí　自詒伊愧。［李善］詒音怡。（665 上左）

　　詒、怡《廣韻》與之切。

泜 zhī　［李善］泜音祇。（665 上左）

　　泜、祇《集韻》蒸夷切。

鋗 xuān　祚由梅鋗。［李善］《音義》曰：鋗，呼玄切。（665 下右）

　　鋗《廣韻》火玄切，與呼玄切音同。

酈 zhí　［李善］《音義》曰：酈，持益切。（665 下右）

　　酈《集韻》直炙切，與持益切音同。

脱 duó　［李善］《音義》：或曰：龍脱，地名也。音奪。（666 上左）

　　脱、奪《廣韻》徒活切。

媪 ǎo　皇媪來歸。［李善］《漢書音義》曰：媪，母別名也。烏老切。（667 下左）

　　媪《廣韻》烏晧切，與烏老切音同。

《東方朔畫贊》

詼 kuī　故詼諧以取容。［李善］《字書》曰：詼，嘲也。口回切。（668 上左）

　　詼《廣韻》苦回切，與口回切音同。

稰 shǔ　［李善］《莊子》曰：支離疏鼓筴播稰，足以食十人。稰音所。（668 下右）

　　稰、所《廣韻》踈舉切。

跆 tái　跆籍貴勢。［李善］蘇林曰：跆音臺。（668 下左）

　　跆、臺《廣韻》徒哀切。

《三國名臣序贊》

雺 méng　孰掃雰雺。［李善］孔安國《尚書傳》曰：雺，陰氣也。武功切。今協韻，音夢。（674 上右）

　　雺《廣韻》莫紅切，與武功切音同，平聲；夢《廣韻》莫鳳切，去聲。韻腳字爲用雺控棟，去聲韻段，雺注去聲以協韻。

《封禪文》

罔 wǎng　罔若淑而不昌。［李善］罔與冈同。（676 上左）
　　　　　冈、网異體。罔、网《廣韻》文兩切，音同通用。

易 yì　　故軌迹夷易，易遵也。［李善］二易，並盈豉切。（676 下右）
　　　　　易《廣韻》以豉切，與盈豉切音同。

湛 chén　湛恩厖鴻。［李善］湛，深也。湛音沈。（676 下右）
　　　　　湛、沈《廣韻》直深切。

厖 máng　湛恩厖鴻。［李善］厖、鴻，皆大也。厖，莫江切。（676 下右）
　　　　　厖《廣韻》莫江切。

汨 mì　　汨潏曼羨。［李善］徐廣曰：汨，没也。亡必切。（676 下左）
　　　　　汨《廣韻》美畢切，與亡必切音同。

魄 bó　　旁魄四塞。［李善］張揖曰：旁魄，布衍也。魄音薄。（676 下左）
　　　　　魄、薄《集韻》白各切。

閶 kǎi　　昆蟲閶澤。［李善］文穎曰：閶、澤，皆樂也。閶音愷。（677 上右）
　　　　　閶、愷《廣韻》苦亥切。

澤 yì　　昆蟲閶澤。［李善］澤音驛。（677 上右）
　　　　　澤、驛《集韻》夷益切。

恧 nǜ　　不亦恧乎。［李善］《小雅》曰：心愧曰恧。女六切。（677 上左）
　　　　　恧《廣韻》女六切。

譓 huì　　義征不譓音惠。（677 上左）
　　　　　譓、惠《廣韻》胡桂切。

錯 cù　　以展寀錯事。［李善］錯，千故切。（677 下左）
　　　　　錯《廣韻》倉故切，與千故切音同。

祓 fú　　祓弗飾厥文。（677 下左）
　　　　　祓《廣韻》敷勿切，敷母；弗《廣韻》分勿切，非母。

蜚 fēi　　蜚英聲。［李善］蜚，古飛字也。（677 下左）
　　　　　蜚《廣韻》府尾切，上聲；飛《廣韻》甫微切，平聲。上古皆幫母微部。

俙 xiē　　於是天子俙然改容。［李善］張揖曰：俙，感動之意也。許皆切。（677 下左）
　　　　　俙《集韻》休皆切，與許皆切音同。

滲 shèn　滋液滲漉鹿。［李善］韋昭曰：滲，疏禁切。（678 上右）

滲《廣韻》所禁切，與疏禁切音同。

漉 lù　　滋液滲漉鹿。（678 上右）

漉、鹿《廣韻》盧谷切。

旼 mín　　旼旼穆穆。［李善］張揖曰：旼音旻。（678 上左）

旼、旻《廣韻》武巾切。

態 tài　　君子之態。［李善］態，他代切。（678 上左）

態《廣韻》他代切。

諄 zhūn　　不必諄諄。［李善］諄，之純切。（678 上左～下右）

諄《廣韻》章倫切，與之純切音同。

《劇秦美新》

眴 xuàn　　臣常有顛眴病。［李善］眴與眩古字通。（679 上右）

眴、眩《廣韻》黃練切。

睢 huī　　睢睢盱盱。［李善］睢，許惟切。（679 上右）

睢《廣韻》許維切，與許惟切音同。

盱 xū　　睢睢盱盱。［李善］盱音吁。（679 上右）

盱、吁《廣韻》況于切。

嘔 xū　　上下相嘔。［李善］煦與嘔同，況俱切。（679 上右）

嘔、煦《集韻》匈于切，與況俱切音同。

爇 rán　　爇除仲尼之篇籍。［李善］爇，古然字。（679 下右）

爇、爨異體。爨、然《廣韻》如延切。

狙 qū　　狙獷而不臻。［李善］《說文》曰：狙，犬暫齧人。且餘切。（679 下右）

狙《廣韻》七余切，與且餘切音同。

獷 gǒng　　狙獷而不臻。［李善］（《說文》）又曰：獷，犬不可親附也。古猛切。（679 下右）

獷《廣韻》古猛切。

孛 bèi　　［李善］孛之爲言猶茀也。步内切。（679 下左）

孛《廣韻》蒲昧切，與步内切音同。

茀 bú　　大茀經賔。［李善］茀，彗星也。茀，步忽切。（679 下左）

茀《廣韻》敷勿切，敷母物韻；步忽切，奉母没韻。

汛 shǎi　　況盡汛掃前聖數千載功業。［李善］洒與汛同，所買切。（680 上右）

汛、洒《廣韻》所賣切，去聲；所買切，上聲。各本皆同。

韇 dú　布濩流衍而不韞韇。［李善］櫝與韇古字通，音讀。（681 上左～下右）

韇、櫝，讀《廣韻》徒谷切。

麟 lín　炳炳麟麟。［李善］麟與燐古字同用。（681 下右）

麟、燐《廣韻》力珍切，破假借，本字燐。

惡 wū　惡可以已乎。［李善］何休《公羊傳注》：惡猶於何也。音烏。（681 下左）

惡、烏《廣韻》哀都切。

喜 xī　庶績咸喜。［李善］喜與古熙字通。（682 上右）

喜、熙《集韻》虛其切

《典引》

綴 zhuì　系不得而綴也。［李善］綴，知銳切。（682 下左）

綴《廣韻》陟衞切，與知銳切音同。

台 sì　有于德不台淵穆之讓。［李善］《漢書音義》韋昭曰：古文台爲嗣。（683 下右）

台、嗣《集韻》祥吏切，音同通用。

撝 huī　靡號師矢敦奮撝之容。［李善］撝與麾音義同。（683 下右）

撝、麾《廣韻》許爲切。

螭 chī　虎螭其師。［李善］《史記》武王曰：勉哉夫子，如虎如羆，如豺如離。徐廣曰：此音義訓並與螭字同。（683 下左）

離、螭《集韻》抽知切。

辨 biàn　惇睦辨章之化洽。［李善］辨與平古字通也。（684 下左）

辨《廣韻》符蹇切，上聲；平《廣韻》房連切，平聲。上古皆並母元部，音同通用。

麰 móu　昔姬有素雉、朱烏、玄秬、黃麰之事耳。［李善］《韓詩外傳》曰：貽我嘉麰。薛君曰：麰，大麥也。音莫侯切。（685 上右）

麰、䴬異體。䴬《廣韻》莫浮切，尤韻；莫侯切，侯韻。

恁 rén　亦宜懃恁旅力。［李善］恁，思也。恁，如深切。（685 上右～左）

恁《廣韻》如林切，與如深切音同。

絣 bēng　將絣萬嗣。［李善］絣，使也。絣與枡古字通也。（685 下左）

絣《廣韻》北萌切，耕韻；枡《廣韻》府盈切，清韻。

《公孫弘傳贊》

賈 gǔ　弘羊擢於賈古豎。（686 上左）

賈、古《廣韻》公戶切。

籉 tāi　　［李善］籉音邰。（686 下右）

籉、邰《集韻》湯來切。

《晉紀總論》

邰 tāi　　即有邰胎家室。（691 上右）

邰、胎《廣韻》土來切。

橐 tuó　　于橐託于囊。（691 上右）

橐、託《廣韻》他各切。

詬 hòu　　而相詬火候反病矣。（693 上右）

詬《廣韻》呼漏切，與火候反音同。

紝 nín　　其婦女莊櫛織紝女金反。（693 上左）

紝、絍異體。紝《集韻》尼心切，與女金反音同。

枲 xǐ　　未嘗知女工絲枲胥里反之業。（693 上左）

枲《廣韻》胥里切。

《後漢書皇后紀論》

釐 lí　　而婦制莫釐。［李善］孔安國《尚書傳》曰：釐，理也。力之切。（695 下左）

釐《廣韻》里之切，與力之切音同。

炟 dá　　［李善］炟，丁達反。（696 上左）

炟《廣韻》當割切，與丁達反音同。

犴 àn　　家縲縲絏於圄犴岸之下。（696 下右）

犴、岸《廣韻》五旰切。

《宦者傳論》

寺 shì　　寺侍人掌女宮之戒。（698 下右~左）

寺、侍《集韻》時吏切。

刁 diāo　　豎刁亂齊。［李善］《史記》曰：豎貂爲豎刁，並音凋。（699 上右）

刁、貂、凋《廣韻》都聊切。

憝 duì　　終除大憝徒對反。（699 下右）

憝《廣韻》徒對切。

苴 jū　　苴子余茅分虎。（700 上左）

苴《廣韻》子魚切，與子余切音同。

牣 rèn　　盈牣刃珍藏。（700 上左）

轫、刃《廣韻》而振切。

嬙 qiáng　嬙媛、侍兒、歌童、舞女之玩。［李善］嬙音墻。（700 上左）

嬙、墻《廣韻》在良切。

《逸民傳論》

蛻 shuì　然而蟬蛻稅嚻埃之中。（701 下右）

蛻、稅《廣韻》舒芮切。

藉 jiè　士之蘊藉慈夜義憤甚矣。（701 下左）

藉《廣韻》慈夜切。

賁 bì　旌帛蒲車之所徵賁彼義。（701 下左）

賁《廣韻》彼義切。

逄 páng　若薛方逄步江萌。（702 上右）

逄《廣韻》薄江切,與步江切音同。

《恩倖傳論》

較 jué　較古學然有辨。（704 下左）

較《廣韻》古岳切,與古學切音同。

奧 ào　九重奧烏到絕。（704 下左）

奧《廣韻》烏到切。

笫 zǐ　搆於床笫側里之曲。（705 上左）

笫《廣韻》阻史切,與側里切音同。

艚 cáo　來悉方艚徂刀。（705 上左）

艚《廣韻》昨勞切,與徂刀切音同。

兩 liàng　至皆兼兩音亮。（705 上左）

兩、亮《廣韻》力讓切。

憚 dá　懵憚丁達宗戚。（705 下右）

憚《集韻》當割切,與丁達切音同。

《史述贊》

粵 yuè　粵于厥蹈秦郊。（705 下左）

粵《廣韻》王伐切,與于厥切音同。

閈 hàn　縮自同閈胡旦。［李善］應劭曰:閈音扞。（706 下右）

閈、扞《廣韻》侯旰切,與胡旦切音同。

《後漢書光武紀贊》

彗 sū　　高旗彗蘇没雲。（706 下左）

　　彗、篲異體。篲《集韻》蘇骨切，與蘇没切音同。

於 wū　　於烏赫有命。（707 上右）

　　於、烏《廣韻》哀都切。

《過秦論》

衡 héng　　外連衡而鬬諸侯。〔李善〕衡音横。（707 下左）

　　衡《廣韻》户庚切，開口；横《廣韻》户盲切，合口。

締 dì　　合從締交。〔李善〕張晏曰：締，連結也。徒帝切。（707 下左～708 上右）

　　締《廣韻》特計切，與徒帝切音同。

最 jù　　齊明、周最、陳軫、召滑、樓緩、翟亭的景、蘇厲、樂毅之徒通其意。
　　〔李善〕《字林》曰：最，才句切。（708 上右～左）

　　　　最、冣異體，勾、句異體。冣《集韻》從遇切，與才句切音同。章太炎《新方言》：
　　　　“《説文》：冣，積也……才句切。最，犯而取也，祖外切。今誤書作‘最’，音亦誤作祖
　　　　外切。唯四川語冣尚作才句切。”①

召 shào　　齊明、周最、陳軫、召滑、樓緩、翟亭的景、蘇厲、樂毅之徒通其意。〔李
　　善〕召音劭。（708 上右～左）

　　召、劭《廣韻》寔照切。

滑 gǔ　　齊明、周最、陳軫、召滑、樓緩、翟亭的景、蘇厲、樂毅之徒通其意。〔李
　　善〕滑音依字。（708 上右～左）

　　滑《廣韻》收録户八、户骨、古忽三切。依字，當讀同骨，即古忽切。

翟 dí　　齊明、周最、陳軫、召滑、樓緩、翟亭的景、蘇厲、樂毅之徒通其意。
　　（708 上右）

　　翟《廣韻》徒歷切，與亭的切音同。

佗 tuó　　吳起、孫臏、帶佗、兒良、王廖、田忌、廉頗、趙奢之倫制其兵。〔李善〕
　　佗，徒何切。（708 上左）

　　佗《廣韻》徒河切，與徒何切音同。

兒 ní　　吳起、孫臏、帶佗、兒良、王廖、田忌、廉頗、趙奢之倫制其兵。〔李善〕

---

① 本社編《章太炎全集》（七），上海人民出版社 1999，第 17 頁。

兒,五分切。（708 上左）

　　兒《廣韻》五稽切,與五分切音同。

廖 liáo　　吳起、孫臏、帶佗、兒良、王廖、田忌、廉頗、趙奢之倫制其兵。［李善］

　　廖,力彫切。（708 上左）

　　廖《廣韻》落蕭切,與力彫切音同。

櫓 lǔ　　流血漂櫓音魯。（708 下右）

　　櫓、魯《廣韻》郎古切。

敲 qiāo　　執敲扑浦木以鞭笞天下。［李善］《説文》曰:敲,擊也。祜交切。（708 下左）

　　敲《廣韻》口交切,溪母;祜交切,匣母。建州本(第 952 頁)祜作“苦”,溪母。

扑 pū　　執敲扑浦木以鞭笞天下。（708 下左）

　　扑《廣韻》普木切,與浦木切音同。

係 jì　　俛首係計頸。（708 下左）

　　係、計《廣韻》古詣切。

鍉 dì　　銷鋒鍉。［李善］鍉音的。（708 下左～709 上右）

　　鍉、的《集韻》丁歷切。

鐻 jù　　［李善］鐻音巨。（709 上右）

　　鐻、巨《廣韻》其吕切。

甿 méng　　甿隸之人。［李善］如淳曰:甿,古氓字。氓人也。（709 上右）

　　甿、氓《廣韻》莫耕切。

躡 dié　　躡足行伍之間。［李善］如淳曰:躡音疊。（709 上左）

　　躡《廣韻》尼輒切,娘母葉韻;疊《廣韻》徒協切,定母帖韻。各本皆同。

俛 miǎn　　俛起阡陌之中。［李善］《音義》曰:俛音免。（709 上左）

　　俛、免《廣韻》亡辨切。

揭 jié　　揭竿爲旗。［李善］《埤蒼》曰:揭,高舉也。巨列切。（709 上左）

　　揭《廣韻》渠列切,與巨列切音同。

贏 yíng　　贏糧而景從。［李善］《方言》曰:贏,擔也。音盈。（709 上左）

　　贏、盈《廣韻》以成切。

櫌 yōu　　鉏櫌棘矜巨巾。［李善］櫌音憂。（709 下右）

　　櫌、憂《廣韻》於求切。

矜 qín　　鉏櫌棘矜巨巾。［李善］張晏曰:矜音槿。（709 下右）

矜、槿《集韻》渠巾切。

槿 qín　　[李善]槿,巨巾切。(709下右)

　　槿《集韻》渠巾切,與巨巾切音同。

銛 xiān　　非銛息鹽於鉤戟長鎩所介也。(709下右)

　　銛《廣韻》息廉切,與息鹽切音同。

鎩 shài　　非銛息鹽於鉤戟長鎩所介也。(709下右)

　　鎩《廣韻》所拜切,與所介切音同。

讁 zhé　　讁戍之衆。[李善]《通俗文》曰:罰罪曰讁。丈厄切。(709下右)

　　讁《廣韻》陟革切,知母;丈厄切,澄母。

絜 xié　　試使山東之國與陳涉度長絜大。[李善]司馬彪曰:絜,帀也。丁結切。

　　(709下右)

　　　　奎章閣本(第1236頁)、明州本(第780頁)、四庫善注本(第822頁)、四庫六臣

　　　　本(第1331冊第344頁)丁作"下",是。絜《廣韻》胡結切,與下結切音同。

招 qiáo　　招八州而朝同列。[李善]蘇林曰:招音翹。(709下右)

　　招、翹《集韻》祁堯切。

《非有先生論》

於 wū　　於戲。[李善]於戲,歎辭也。於音烏。(710上右)

　　於、烏《廣韻》哀都切。

戲 hū　　於戲。[李善]戲音呼。(710上右)

　　戲、呼《廣韻》荒烏切。

悖 bó　　夫談者有悖蒲忽於目。(710上右)

　　悖《廣韻》蒲没切,與蒲忽切音同。

佛 fú　　[李善]《字書》曰:佛,違也。佛,扶勿切。(710上右)

　　佛《廣韻》符弗切,與扶勿切音同。

誹 fèi　　反以爲誹方未謗君之行。(710上左)

　　誹《廣韻》方味切,與方未切音同。

愉 yú　　愉愉逾煦煦况于終無益於主上之治。(710下右)

　　愉、逾《廣韻》羊朱切。

煦 xū　　愉愉逾煦煦况于終無益於主上之治。[李善]煦與嘔同,音吁。(710下右)

　　煦、吁、嘔《集韻》匈于切,與況于切音同。

拂 bì　　上以拂人主之邪。［李善］拂與弼同。（710 下右）

　　　　拂、弼《集韻》薄宓切。

懼（懼）jù　於是吳王懼然易容。［李善］懼，敬貌也。居具切。（710 下左）

　　　　居具切，見母遇韻；懼《廣韻》具籰切，群母藥韻。奎章閣本（第 1238 頁）、正

　　　　德本（第 695 頁）、明州本（第 781 頁）、四庫六臣本（第 1331 册第 346 頁）作“懼”。

　　　　懼《集韻》俱遇切，與居具切音同。

《四子講德論》

蟲 wén　夫蟲蝱終日經營。［李善］蟲，亡云切。（711 下左）

　　　　蟲《集韻》無分切，與亡云切音同。

蝱 méng　夫蟲蝱終日經營。［李善］蝱，莫衡切。（711 下左）

　　　　蝱《廣韻》武庚切，與莫衡切音同。

嬞 mú　　嬞蓍姆母倭傀。（712 上右～左）

　　　　嬞、蓍《廣韻》莫胡切。

姆 mǒu　嬞蓍姆母倭傀。（712 上右～左）

　　　　姆、母《集韻》莫後切。

倭 wēi　嬞蓍姆母倭傀。［李善］倭傀，醜女，未詳所見。倭，於爲切。（712 上右～左）

　　　　倭《廣韻》於爲切。

傀 guī　　嬞蓍姆母倭傀。［李善］傀，古回切。（712 上右～左）

　　　　傀《廣韻》公回切，與古回切音同。

撇 piē　故脣騰撇波而濟水。［李善］《說文》曰：擎，擊也。擎與撇同也，疋設切。（712

上左）

　　　　撇、擎異體。擎《廣韻》普蔑切，屑韻；疋設切，薛韻。

輗 ní　　倚輗五雞而聽之。（712 上左～下右）

　　　　輗《廣韻》五稽切，與五雞切音同。

幝 chǎn　幝闡緩舒繹。（712 下右）

　　　　幝、闡《廣韻》昌善切。

俚 lǐ　　俚力紀人不識。（712 下右）

　　　　俚《廣韻》良士切，與力紀切音同。

碔 wǔ　　故美玉蘊於碔武砆夫。（713 上右）

　　　　碔、武《廣韻》文甫切。

砆 fū　　故美玉蘊於砥武砆夫。（713 上右）

　　　　砆、玞異體。玞、夫《廣韻》甫無切。

怢 tū　　凡人視之怢焉。［李善］《廣蒼》曰：怢，忽忘也。怢，他没切。（713 上右）

　　　　怢《集韻》他骨切，與他没切音同。

鑛 jiǒng　精練藏於鑛朴。［李善］《説文》曰：鑛，銅鐵璞也。礦與鑛同，瓜並切。（713
上右）

　　　　鑛、礦《廣韻》古猛切，梗韻；瓜並切，迥韻。

厖 máng　厖邈江眉耆耈之老。（713 下右）

　　　　厖《廣韻》莫江切，與邈江切音同。

潦 lǎo　　行潦老暴集。（713 下左）

　　　　潦、老《廣韻》盧晧切。

鰼 xí　　［李善］《爾雅》曰：鰼，鰌。鰼，似立切。（713 下左）

　　　　鰼《廣韻》似入切，與似立切音同。

鰌 qiú　　鰌鱓並逃。［李善］鰌，且由切。（713 下左）

　　　　鰌《集韻》雌由切，與且由切音同。

鱓 shàn　鰌鱓並逃。［李善］郭璞《山海經注》曰：鱓，魚，似蛇。時闡切。（713 下左）

　　　　鱓《廣韻》常演切，與時闡切音同。

罭 yù　　九罭域不以爲虚。（713 下左）

　　　　罭、域《廣韻》雨逼切。

綍 fú　　［李善］《禮記》曰：王言如絲，其出如綸；王言如綸，其出如綍。音弗。（714 上右）

　　　　綍、弗《廣韻》分勿切。

沮 jū　　二客雖窒計沮孳與議。（714 上右）

　　　　沮《廣韻》子魚切，與孳與切音同。

枹 fū　　枹孚鼓鏗苦耕鏘七羊。（714 上右）

　　　　枹、孚《集韻》芳無切。

鏗 kēng　枹孚鼓鏗苦耕鏘七羊。（714 上右）

　　　　鏗《廣韻》口莖切，與苦耕切音同。

鏘 qiāng　枹孚鼓鏗苦耕鏘七羊。（714 上右）

　　　　鏘《廣韻》七羊切。

與 yú　　君之德與。［李善］與音余。（714 上左）

與、余《廣韻》以諸切。

惡 wū　　惡烏有甘棠之臣。（714 上左）

惡、烏《廣韻》哀都切。

蜉 fóu　　蜉浮蝣由出以陰。（714 上左）

蜉、浮《廣韻》縛謀切。

蝣 yóu　　蜉浮蝣由出以陰。（714 上左）

蝣、由《廣韻》以周切。

腋 yì　　非一狐之腋亦。（714 上左）

腋、亦《廣韻》羊益切。

衰 cuī　　晉文公有咎犯、趙衰楚危。（714 下右）

衰《廣韻》楚危切。

邲 bí　　［李善］邲，步必切。（714 下左）

邲《廣韻》毗必切，與步必切音同。

閔 mǐn　　困閔於莒。［李善］潣與閔同。（715 上右）

潣、湣異體。閔、潣《集韻》美隕切。

峭 qiào　　宰相刻峭。［李善］峻與峭同。（715 下左）

峭、峻義近，音不同。唐鈔本（3·635）該句下注：“李善曰：《廣雅》曰：峭，急也，謂嚴急也。陗與峭同。”胡刻本峻當據此改作“陗”。峭、陗《集韻》七肖切。

蓯 zhōng　百姓征蓯。［李善］蓯，章容切。（715 下左）

蓯《廣韻》職容切，與章容切音同。

扞 hàn　　播種則扞弦掌拊。［李善］《禮記》曰：左佩決扞。鄭玄曰：扞，拾也，言所以拾弦也。何旦切。（716 下右）

扞《廣韻》侯旰切，與何旦切音同。

拊 fū　　播種則扞弦掌拊。［李善］鄭玄《禮記注》曰：拊，弓把也。音夫。（716 下右）

拊、夫《集韻》風無切。

穫 huò　　穫胡郭刈則顛倒殪伊計仆。（716 下右）

穫《廣韻》胡郭切。

殪 yì　　穫胡郭刈則顛倒殪伊計仆。（716 下右）

殪《廣韻》於計切，與伊計切音同。

撣 chán　　［李善］《宣紀》曰：日逐王先賢撣將人衆來降。鄭氏曰：撣音纏束之纏。（716

下右）

撣、纏《集韻》澄延切。唐鈔本（3·651）鄭氏作"鄭德"。

編 biàn　編蒲典結計沮顏。（716 下右）

編《集韻》婢典切，與蒲典切音同。

結 jì　編蒲典結計沮顏。（716 下右）

結、計《集韻》吉詣切。

瞷 xián　燋齒梟瞷閑。（716 下右～左）

瞷、閑《廣韻》戶閒切。

裸 luǒ　文身裸力果袒徒旦之國。（716 下左）

裸《廣韻》郎果切，與力果切音同。

袒 dàn　文身裸力果袒徒旦之國。（716 下左）

袒《廣韻》徒旱切，全濁上聲；徒旦切，去聲。

鴻 hóng　夫鴻均之世。［李善］鴻與洪古字通。（716 下左）

鴻、洪《廣韻》戶公切，音同通用。

懣 měn　是以刺史感懣莫本舒音而詠至德。（716 下左）

懣《廣韻》模本切，與莫本切音同。

黤 ǎn　鄙人黤淺。［李善］黤，不明也。烏感切。（716 下左）

黤《廣韻》烏感切。

《王命論》

倔 jú　而得倔起在此位者也。善曰：《埤蒼》曰：崛，特起也。崛與倔同。（718 上右）

倔、崛《廣韻》衢物切，破假借，本字崛。

裋 duǎn　善曰：裋，丁管切。（718 上左）

裋《集韻》覩緩切，與丁管切音同。

麼 mǒ　又況么麼不及數子。善曰：《通俗文》曰：不長曰么，細小曰麼。莫可切。（718 下右）

麼《廣韻》亡果切，果韻；莫可切，哿韻或果韻。

榯 jié　榯梲之材不荷棟梁之任。善曰：榯音節。（718 下右）

榯、節《廣韻》子結切。

梲 zhuō　榯梲之材不荷棟梁之任。善曰：梲，之劣切。（718 下右）

梲《廣韻》職悅切，與之劣切音同。

餗 sù　　覆公餗。善曰:《説文》曰:䰞,鼎實也。䰞與餗同,音速。(718下左)
　　　　《文選考異》(967下左):"案:䰞當作'鬻',下同。各本皆譌。"是。餗、鬻、速《廣
　　韻》桑谷切。

妊 rèn　　初劉媼妊高祖。善曰:《説文》曰:妊,孕也。如蔭切。(719下右)
　　　　妊《廣韻》汝鴆切,與如蔭切音同。

賖 shè　　善曰:賖,食夜切。(719下左)
　　　　賖《廣韻》神夜切,與食夜切音同。

厭 yǎn　　秦皇東遊以厭其氣。善曰:《説文》曰:厭,塞也。於冉切。(719下左)
　　　　厭《廣韻》於琰切,與於冉切音同。

厭 yàn　　取舍不厭斯位。[舊注]韋昭曰:厭,合也。善曰:一艷切。(719下左)
　　　　厭《廣韻》於豔切,與一艷切音同。《王命論》未署注者,"善曰"前爲舊注,後
　　爲李善注,無"善曰"的注文也是舊注。

《六代論》

吻 wěn　　逆謀消於脣吻亡粉反。(721下右)
　　　　吻《廣韻》武粉切,與亡粉反音同。

被 nǎn　　至於王被匿簡降爲庶人。(721下左)
　　　　被《集韻》乃版切,潸韻;匿簡切,産韻。

秉 bǐng　　[李善]賈逵《國語注》曰:權秉即柄字也。(723上右)
　　　　秉、柄《集韻》補永切,破假借,本字柄。奎章閣本(第1257頁)、明州本(第794
　　頁)無"權"字。

邸 wú　　　[李善]邸音吾。(724上右)
　　　　邸、吾《廣韻》五乎切。

《博弈論》

賭 dǔ　　至或賭及衣物。[李善]《埤蒼》:賭,賰也。賭,丁古切。(725下右～左)
　　　　賭《廣韻》當古切,與丁古切音同。

賵 guì　　[李善]賵,記被切。(725下左)
　　　　賵《廣韻》詭偽切,合口;被,脣音字。

枰 píng　　然其所志不出一枰之上。[李善]《方言》曰:投博謂之枰。皮兵切。(725
　　下左)
　　　　枰《廣韻》符兵切,與皮兵切音同。

罫 guǎ　所務不過方罫古買之間。（725 下左）

罫《集韻》古買切。

《養生論》

粗 zù　請試粗論之。［李善］《説文》曰：粗，疏也。徂古切。（727 上左）

粗《廣韻》徂古切。

較 jué　較角而論之。（727 上左）

較、角《廣韻》古岳切。

瞑 mián　則達旦不瞑古眠字。（727 下右）

瞑、眠《廣韻》莫賢切，破假借，本字眠。

區 ōu　不知區種可百餘斛。［李善］區音鄔侯切。（728 上右）

區《廣韻》烏侯切，與鄔侯切音同。

薰 xūn　薰辛害目。［李善］薰與葷同。（728 上右～左）

薰、葷《廣韻》許云切，破假借，本字葷。

蝨 shī　蝨山乙處頭而黑。（728 上左）

蝨《廣韻》所櫛切，櫛韻；山乙切，質韻。

癭 yǐng　頸處險而癭於井。（728 上左）

癭《廣韻》於郢切，與於井切音同。

鬻 zhǔ　醴醪鬻其腸胃。［李善］鬻，今之煑字也。（728 下右）

鬻、煑《廣韻》章與切。

畎 juǎn　或益之以畎古犬澮古外。（729 上右）

畎《廣韻》姑泫切，與古犬切音同。

澮 guì　或益之以畎古犬澮古外。（729 上右）

澮《廣韻》古外切。

肬 yóu　［李善］肬音尤。（729 上左）

肬、尤《廣韻》羽求切。

《運命論》

鳴 míng　里社鳴而聖人出。［李善］明與鳴古字通。（730 上左）

鳴、明《廣韻》武兵切。

漦 chí　［李善］漦，仕淄切。（731 上右）

漦《廣韻》俟甾切，俟母；仕淄切，崇母。

寀 shěn　　［李善］寀,式甚切。（733 上右）

　　　　寀《集韻》式荏切,與式甚切音同。

屬 zhǔ　　蓋知伍子胥之屬音燭鏤力俱於吳。（733 下左）

　　　　屬、燭《廣韻》之欲切。

鏤 lú　　蓋知伍子胥之屬音燭鏤力俱於吳。（733 下左）

　　　　鏤《廣韻》力朱切,與力俱切音同。

跋 bá　　蓋笑蕭望之跋蒲末躓竹利於前。（733 下左～734 上右）

　　　　跋《廣韻》蒲撥切,與蒲末切音同。

躓 zhì　　蓋笑蕭望之跋蒲末躓竹利於前。（733 下左～734 上右）

　　　　躓《廣韻》陟利切,與竹利切音同。

汶 wèn　　褰裳而涉汶問陽之丘。（734 上左）

　　　　汶、問《廣韻》亡運切。

椎 chuí　　椎直追紒而守敖庾海陵之倉。（734 下右）

　　　　椎《廣韻》直追切。

魋 chuí　　［李善］《漢書》曰:尉佗魋結。服虔曰:魋音椎。（734 下右）

　　　　魋、椎《集韻》傳追切。

紒 jì　　椎直追紒而守敖庾海陵之倉。［李善］張揖《上林賦注》曰:紒,鬌後垂也。
　　紒即髻字也。（734 下右）

　　　　紒、髻《集韻》吉詣切。

扱 chā　　扱衽而登鍾山藍田之上。［李善］《廣雅》曰:扱,插也。並初洽切。（734
　　下右）

　　　　扱、插《廣韻》楚洽切,與初洽切音同。

璵 yú　　則夜光璵余璠煩之珍可觀矣。（734 下右）

　　　　璵、余《廣韻》以諸切。

璠 fán　　則夜光璵余璠煩之珍可觀矣。（734 下右）

　　　　璠、煩《廣韻》附袁切。

核 hé　　核胡革乎邪正之分。（735 上右）

　　　　核《廣韻》下革切,與胡革切音同。

《辯亡論》

盪 dàng　　威稜則夷羿震盪達朗。（735 下右）

盪《廣韻》徒朗切，與達朗切音同。

祊 bēng 遂掃清宗祊補盲。（735 下右）

奎章閣本（第 1279 頁）、明州本（第 807 頁）、陳八郎本（第二七卷第 10 頁）盲作“盲”，當是。祊《廣韻》甫盲切，與補盲切音同。

哮 xiāo 哮呼交闞之群風驅。（735 下右）

哮《廣韻》許交切，與呼交切音同。

厎 zhǐ 而江外厎旨定。（735 下左）

厎、旨《廣韻》職雉切。

珩 héng 奉使則趙咨沈珩衡。（736 下左～737 上右）

珩、衡《廣韻》户庚切。

禨 jī 以禨祥協德。［李善］吕忱《字林》曰：禨，祆祥也。居衣切。晉灼曰：禨音珠璣之璣。（737 上右）

禨、璣《廣韻》居依切，與居衣切音同。

諝 xǔ 謀無遺諝。［李善］《廣雅》曰：諝，智也。思與切。（737 上左）

諝《廣韻》私吕切，與思與切音同。

塞 sài 浮鄧塞去之舟。（737 上左）

塞《廣韻》收録去、入二讀，入聲默認，去聲標記。

衄 nǜ 勢衄奴六財匱。（737 下左）

《字鑑》：“衄，女六切。俗从办，或从刃，作‘衂、䘐’，皆誤。”[①] 女六切與奴六切音同。

蒐 sōu 蒐三王之樂。［李善］蒐與搜古字通。（738 上右）

蒐、搜《廣韻》所鳩切，音同通用。

鎩 shì 長棘勁鎩。［李善］《説文》曰：鎩，鈹有鐔也，亦曰長刃矛，刀之類也。山列切。（738 上右）

鎩《廣韻》所例切，祭韻，與山列切音同。按：列《集韻》力制切，祭韻。

輶 yóu 輶由軒騁於南荒。（738 上左）

輶、由《廣韻》以周切。

輣 péng 衝輣息於朔野。［李善］《音義》曰：輣，兵車名也。薄萌切。（738 上左）

① （元）李文仲《字鑑》，《叢書集成新編》第 36 册，新文豐出版公司 1986，第 89 頁。

翙《廣韻》薄萌切。

離 lí　丁奉、離斐以武毅稱。［李善］《吳志》曰：奉爲先登，黎斐力戰，有功，拜左

　　將軍。黎與離音相近，是一人，但字不同。（738 下右）

　　　離《廣韻》呂支切，支韻；黎《廣韻》郎奚切，齊韻。

浹 jiē　軍未浹辰。［李善］浹，祖牒切。（739 上右）

　　　浹《廣韻》子協切，與祖牒切音同。

詭 guǐ　古今詭趣。［李善］《説文》曰：詭，變也。詭與恑同。（739 上左）

　　　詭、恑《廣韻》過委切，音同通用。

跼 jú　屏氣跼局蹐脊。（740 上右）

　　　跼、局《廣韻》渠玉切。

蹐 jí　屏氣跼局蹐脊。（740 上右）

　　　蹐、脊《廣韻》資昔切。

猒 yàn　固不猒夫區區者也。［李善］《方言》曰：猒，安也。於豔切。（740 上左）

　　　猒《廣韻》於豔切。

慊 qiǎn　宮室輿服蓋慊口簞如也。（740 上左）

　　　慊《廣韻》苦簟切，與口簞切音同。

粗 zù　百度之缺粗脩。［李善］觕，古粗字。韋昭《漢書注》曰：粗，略也。才古切。

　　（740 下右）

　　　粗《廣韻》徂古切，與才古切音同，姥韻；觕《集韻》慈野切，馬韻。

幾 qí　地方幾萬里。［李善］杜預《左氏傳注》曰：幾音其。近也。（740 下右）

　　　幾《廣韻》渠希切，微韻；其《廣韻》渠之切，之韻。

艦 xiàn　前驅不過百艦胡減切。（740 下左）

　　　艦《廣韻》胡黤切，檻韻；胡減切，豏韻。

踠 yuǎn　反虜踠於遠跡待戮。（741 上左）

　　　踠《廣韻》於阮切，與於遠切音同。

《五等論》

借 jí　任重必於借即力。（742 下左）

　　　借《廣韻》資昔切，昔韻；即《廣韻》子力切，職韻。

財 cái　財其親疎之宜。［李善］裁與財古字通。（742 下左）

　　　財、裁《廣韻》昨哉切，音同通用。

愿 yuàn　　愿法期於必涼。［李善］孔安國《尚書傳》曰：愿，愨也。娛萬切。（743 下
　　　　右～左）

　　　　愿《廣韻》魚怨切，與娛萬切音同。

軌 guǐ　　姦軌充斥。［李善］軌與宄古字通。（745 上左～下右）

　　　　軌、宄《廣韻》居洧切，破假借，本字宄。

衡 héng　　一夫縱衡。［李善］衡，古橫字。（745 下右）

　　　　衡《廣韻》戶庚切，開口；橫《廣韻》戶盲切，合口。

鉦 zhēng　　鉦征鼙震於闓宇。（745 下左）

　　　　鉦、征《廣韻》諸盈切。

《辯命論》

闟 è　　天闟烏葛紛綸。（747 下右）

　　　　闟《廣韻》烏葛切。

譊 náo　　譊譊讙咋。［李善］《蜀志》曰：孟光好《公羊春秋》，而譏呵《左氏》，每與來
　　　　敏爭此二義，常譊譊讙咋。裴松之曰：譊音奴交切。（747 下左）

　　　　譊《廣韻》女交切，與奴交切音同。

讙 xuān　　譊譊讙咋。［李善］裴松之曰：讙音詡袁切。（747 下左）

　　　　讙《廣韻》況袁切，與詡袁切音同。

咋 zhé　　譊譊讙咋。［李善］裴松之曰：咋音祖格切。（747 下左）

　　　　咋《廣韻》鋤陌切，崇母；祖格切，莊母。

躓 zhì　　文公躓其尾。［李善］躓音致。（748 下右）

　　　　躓、致《廣韻》陟利切。

鎩 shā　　鎩殺羽儀於高雲。（749 上右）

　　　　鎩、殺《集韻》山戛切。

瓛 huán　　瓛桓弟瑾津。（749 上左）

　　　　瓛、桓《廣韻》胡官切。

瑾 jīn　　瓛桓弟瑾津。（749 上左）

　　　　瑾、津《廣韻》將鄰切。

璥 jǐng　　［李善］璥，君影切。（749 上左）

　　　　璥《廣韻》居影切，與君影切音同。

哆 chǐ　　哆噷許為顯子六姨烏割。［李善］《說文》曰：哆，張口也。音侈。（750 下右）

哆、侈《廣韻》尺氏切。

嘕 huī　　哆嘕許爲顪子六娿烏割。［李善］《通俗文》曰：嘕，口不正也。去皮切。（750
下右）

嘕《廣韻》許爲切，曉母合口；去，溪母，皮，脣音字。各本正文嘕下皆注"許爲"；

注文中，奎章閣本（第1305頁）、尤刻本（第13冊第171頁）同胡刻本作"去皮切"，

其餘各本皆無注音。

顪 zù　　哆嘕許爲顪子六娿烏割。（750下右）

顪《廣韻》子六切。

娿 è　　哆嘕許爲顪子六娿烏割。（750下右）

娿《廣韻》烏葛切，與烏割切音同。

睢 suī　　睢息惟河鯁其流。（751上左）

睢《廣韻》息遺切，與息惟切音同。

溘 kè　　溘苦合死霜露。（751下右）

溘《廣韻》口荅切，與苦合切音同。

渾 hùn　　是使渾胡本敦徒本檮桃杌兀踵武於雲臺之上。（752上右）

渾《廣韻》胡本切。

敦 dùn　　是使渾胡本敦徒本檮桃杌兀踵武於雲臺之上。（752上右）

敦《集韻》杜本切，與徒本切音同。

檮 táo　　是使渾胡本敦徒本檮桃杌兀踵武於雲臺之上。（752上右）

檮、桃《廣韻》徒刀切。

杌 wù　　是使渾胡本敦徒本檮桃杌兀踵武於雲臺之上。（752上右）

杌、兀《廣韻》五忽切。

橫 hèng　　橫去謂廢興在我。（752上左）

橫《廣韻》收錄多個讀音，分別歸屬平、去二聲，平聲默認，去聲標記。

板 bǎn　　天地板蕩。［李善］《毛詩》曰：上帝板板。毛萇曰：杯晚切。（752下右）

板《廣韻》布綰切，潸韻；杯晚切，阮韻。

汩 gǔ　　而汩骨之以人。（752下左）

汩、骨《廣韻》古忽切。

絓 huà　　才絓中庸。［李善］《廣雅》曰：絓，止也。胡卦切。（752下左）

絓《廣韻》胡卦切。

廷 dìng　斯徑廷定之辭也。（753 下右）

　　　　廷、定《廣韻》徒徑切。

玃 gǒng　延年殘玃。［李善］説文曰：玃，不可附也。古猛切。（753 下左）

　　　　玃《廣韻》古猛切。

《廣絶交論》

茝 chǐ　言鬱郁於蘭茝齒。（755 上右）

　　　　茝、齒《集韻》醜止切。

听 yǐn　主人听魚謹然而笑曰。（755 下右）

　　　　听《廣韻》牛謹切，與魚謹切音同。

較 jué　較角言其略。（756 下右）

　　　　較、角《廣韻》古岳切。

捶 zhuǐ　鑪捶朱靡萬物。（756 下右）

　　　　捶《廣韻》之累切，與朱靡切音同。

湛 chén　誓殉荆卿湛沈七族。（756 下左）

　　　　湛、沈《廣韻》直深切。

頗 qǐn　加以頗羌錦頤蹙頗。（757 上左）

　　　　頗《集韻》丘甚切，與羌錦切音同。

郁 yù　叙温郁則寒谷成暄。［李善］郁與燠古字通也。（757 下右）

　　　　郁、燠《廣韻》於六切，音同通用。

駔 zǎng　附駔子朗驥之旄端。（757 下右）

　　　　駔《廣韻》子朗切。

噽 pǐ　是以伍員濯溉於宰噽浦几。（758 上右）

　　　　噽《廣韻》匹鄙切，與浦几切音同。

慓 piāo　纊微慓飄撇匹滅。（758 下右）

　　　　慓、飄《廣韻》撫招切。

撇 piē　纊微慓飄撇匹滅。（758 下右）

　　　　撇《廣韻》普蔑切，屑韻；匹滅切，薛韻。

蹻 jué　［李善］《東京賦》曰：巨猾閒豐。蹻，其略切。（758 下右）

　　　　蹻《廣韻》其虐切，與其略切音同。

辟 bì　脂韋便辟埤亦導其誠。（758 下左）

辟《廣韻》房益切,與婢亦切音同。

賈 gǔ　　義同賈古鬻。(758 下左)

賈、古《廣韻》公户切。

檟 jiǎ　　故王丹威子以檟楚。[李善]夏與檟,古今字也。(759 上左～下右)

檟《廣韻》古疋切,見母;夏《廣韻》胡雅切,匣母。

轊 wèi　　輨軚擊轊爲歲。(759 下左)

轊《廣韻》于歲切,與爲歲切音同。

剪 jiǎn　　剪拂使其長鳴。[李善]湔拔、剪拂音義同也。(760 上右)

剪《廣韻》即淺切,湔《集韻》子淺切,音同。

拂 fú　　剪拂使其長鳴。[李善]湔拔、剪拂音義同也。(760 上右)

明州本(第 833 頁)作“湔袚”,其餘各本皆同胡刻本。拂、袚《廣韻》敷勿切,非
母物韻;拔《廣韻》房越切,奉母月韻。明州本當是。

巇 xī　　世路險巇許宜。(760 下右)

巇《廣韻》許羈切,與許宜切音同。

雰 fēn　　曒曒然絶其雰濁。[李善]《説文》曰:雰亦氛字。(760 下左)

雰、氛《廣韻》撫文切。

《演連珠》

眂 shì　　而眂視周天壤之際。(762 上左)

眂、視《廣韻》承矢切,《大廣益會玉篇》(第 22 頁)眂:“古文視。”

鵂 xiū　　善曰:鵂音休。(762 下左)

鵂、休《廣韻》許尤切。

蚤 zhǎo　　善曰:蚤音爪。(762 下左)

蚤、爪《集韻》側絞切。

烜 huǐ　　善曰:烜音燬。(764 上右)

烜、燬《廣韻》許委切。

蕡 fén　　善曰:蕡與蒶古字同。(766 下左)

蕡、蒶《廣韻》符分切,音同通用。

軿 píng　　善曰:《法言》曰:震風陵雨,然後知夏屋之軿幪。軿,莫經切。(767 下左)

軿《集韻》旁經切,並母;莫經切,明母。疑爲臨時變讀以構成軿幪雙聲。

幪 méng　　善曰:幪,莫公切。(767 下左)

懞《廣韻》莫紅切，與莫公切音同。

《女史箴》

猶 yóu　王猷有倫。［李善］《毛詩》曰：王猷允塞。猷與猶古字通。（768 下右）
　　　　猷、猶《廣韻》以周切，音同通用。

嫕 yì　婉嫕淑慎。［李善］《漢書》曰：孝平王皇后爲人婉嫕有節操。服虔曰：嫕音
　　翳桑之翳。（768 下右）
　　　　嫕、翳《集韻》壹計切。

褵 lí　施衿結褵。［李善］褵與離古字通也。（768 下右）
　　　　褵、離《廣韻》呂支切，音同通用。

《封燕然山銘》

蠪 lóng　［李善］蠪音龍。（770 上左）
　　　　蠪、龍《廣韻》力鍾切。

碣 jié　封神丘兮建隆碣。［李善］《說文》曰：碣，立石也。碣與碣同。（770 上左）
　　　　碣、碣《集韻》其竭切。

《劍閣銘》

僰 bó　南通邛僰蒲北。（770 下左）
　　　　僰《廣韻》蒲北切。

《石闕銘》

惎 jì　天人啓惎巨吏。（771 下右）
　　　　惎《廣韻》渠記切，與巨吏切音同。

媞 chí　媞是支萬福。（771 下左）
　　　　媞《廣韻》是支切。

圁 yín　［李善］圁音銀。（773 下左）
　　　　圁、銀《廣韻》語巾切。

臬 niè　陳圭置臬魚列。［李善］鄭玄曰：槷，古文臬，假借字也。（774 下左～775 上右）
　　　　臬、槷《廣韻》五結切，屑韻；魚列切，薛韻。

崛 yù　鬱崛魚勿重軒。（775 下右）
　　　　崛、崛異體。崛《大廣益會玉篇》（第 102 頁）魚勿切。

《新刻漏銘》

徼 jiào　徼叫宮戒井。（776 上右）

徽、叫《廣韻》古弔切。

《王仲宣誄》

台 tái　三台樹位。［李善］《春秋漢含孳》曰：三公象五嶽，在天法三能。台、能同。
（778 下左）

　　　　台、能《集韻》湯來切。

郮 ruò　投戈編郮若。（779 上左）

　　　　郮、若《廣韻》而灼切。

《楊荆州誄》

軹 zhǐ　臨軹止作令。（781 上右）

　　　　軹《廣韻》諸氏切，紙韻；止《廣韻》諸市切，止韻。

紱 fú　亦朱其紱。［李善］韍與紱古今字，同。（781 上左）

　　　　紱、韍《廣韻》分勿切，音同通用，非古今字。

莞 guān　既守東莞官。（781 下右）

　　　　莞、官《廣韻》古丸切。

《楊仲武誄》

劭 sháo　儔聲清劭韶。（782 下左）

　　　　劭、韶《集韻》時堯切。

噭 jiào　噭噭叫同生。（783 上右）

　　　　噭、叫《廣韻》古弔切。

《夏侯常侍誄》

泱 yāng　泱央彼樂都。（784 下右）

　　　　泱、央《廣韻》於良切。

《馬汧督誄》

矞 dí　矞的以鐵鑠機關。（786 上右）

　　　　矞、的《廣韻》都歷切。

礌 lèi　既縱礌而又升焉。［李善］杜篤《論都賦》曰：一卒舉礌，千夫沈滯。然礌
　　與礧並同，力對切。（786 上右～左）

　　　　礌、礧《集韻》盧對切，與力對切音同。

柿 fèi　柿孚廢枏呂楠角之松。（786 上左）

　　　　柿《廣韻》芳廢切，與孚廢切音同。

梠 lǔ　　柿孚廢梠呂桷角之松。（786 上左）

　　　梠、呂《廣韻》力舉切。

桷 jué　　柿孚廢梠呂桷角之松。（786 上左）

　　　桷、角《廣韻》古岳切。

闕 jué　　乃闕掘地而攻。（786 上左）

　　　闕、掘《集韻》其月切。

鐳 léi　　寘壺鐳雷瓶甒武以偵恥令之。（786 上左）

　　　鐳、雷《廣韻》魯回切。

甒 wǔ　　寘壺鐳雷瓶甒武以偵恥令之。（786 上左）

　　　甒、武《廣韻》文甫切。

偵 chèng　寘壺鐳雷瓶甒武以偵恥令之。（786 上左）

　　　偵《廣韻》丑鄭切，與恥令切音同。

穬 gǒng　內焚穬古猛火薰之。（786 上左）

　　　穬《廣韻》古猛切。

檟 jiǎ　　以檟楚之辭連之。［李善］夏與檟古今字通。（786 下右）

　　　檟《廣韻》古疋切，見母；夏《廣韻》胡雅切，匣母。

劾 hài　　宜解敦禁劾何戴假授。（786 下右）

　　　劾《廣韻》胡槩切，與何戴切音同。

縣 xuán　　縣玄賁奔父甫御魯莊公。（786 下左～ 787 上右）

　　　縣、玄《廣韻》胡涓切。

賁 bēn　　縣玄賁奔父甫御魯莊公。（786 下左～ 787 上右）

　　　賁、奔《廣韻》博昆切。

父 fǔ　　　縣玄賁奔父甫御魯莊公。（786 下左～ 787 上右）

　　　父、甫《廣韻》方矩切。

婪 lán　　婪婪群狄。［李善］《說文》曰：杜林說：卜者黨相詐驗爲婪。力南切。（787 上左）

　　　婪《廣韻》盧含切，與力南切音同。

虓 xiāo　　齊萬虓呼交闞呼檻。（787 上左）

　　　虓《廣韻》許交切，與呼交切音同。

闞 hǎn　　齊萬虓呼交闞呼檻。（787 上左）

　　　闞《集韻》虎檻切，與呼檻切音同。

煽 shàn　種落煽扇熾。（787 上左）

　　煽、扇《廣韻》式戰切。

偵 chèng　偵恥命以瓶壺。（787 下左）

　　偵《廣韻》丑鄭切，勁韻；恥命切，映韻。

剡 liè　剡靈結以長壍。（787 下左）

　　剡《集韻》力結切，與靈結切音同。

壍 qiàn　剡靈結以長壍。［李善］《説文》曰：壍，坑也。七豔切。（787 下左）

　　壍《廣韻》七豔切。

棓 póu　棓穴以斂。［李善］《廣雅》曰：棓，棰也。蒲溝切。（787 下左）

　　棓《集韻》蒲侯切，與蒲溝切音同。

瞷 xiàn　瞷然馬生。［李善］擱與瞷同，下板切。（787 下左）

　　瞷《廣韻》戶閒切，山韻；擱《集韻》下報切，與下板切音同，潸韻。

䍦 dí　䍦的梁爲礧。（787 下左）

　　䍦、的《廣韻》都歷切。

柿 fèi　柿廢松爲芻。（787 下左）

　　柿《廣韻》芳廢切，敷母；廢《廣韻》方肺切，非母。

䣇 mú　思䣇模彌長。（788 上右）

　　䣇、模《廣韻》莫胡切。

頒 bān　狄隸可頒。［李善］頒與班古字通。（788 下右）

　　頒、班《廣韻》布還切。

《陽給事誄》

劘 mó　劘摩剥司充。（789 上右）

　　劘、劀異體。劘、摩《廣韻》莫婆切。

佻 tiāo　佻達彫身飛鏃。（789 上左）

　　佻《廣韻》吐彫切，與達彫切音同。

轊 wèi　路無歸轊衛。［李善］應劭曰：轊，小棺也。服虔曰：轊與槽古字通。（789 下左）

　　衛、衞異體。轊、衛、槽《廣韻》于歲切。

軼 dié　軼我河縣。［李善］迭與軼古字通。（790 上左）

　　軼、迭《廣韻》徒結切，音同通用。

拑 qián　馬實拑巨炎秡。（790 上左）

拑《廣韻》巨淹切,與巨炎切音同。

《陶徵士誄》

絇 qú　織絇劬緯蕭。(791 下右)

絇、劬《廣韻》其俱切。

痁 shān　疢維痁傷閻疾。(792 下右)

痁《廣韻》失廉切,與傷閻切音同。

《宋孝武宣貴妃誄》

烟 yīn　玄丘烟因熅。(793 下右)

烟、因《廣韻》於真切。

跗 fū　聯跗齊穎。[李善]不當作跗。(794 上左)

跗、不《集韻》風無切。

繇 yáo　涉姑繇而環迴。[李善]郭璞曰:繇音姚。(795 上右)

繇、姚《廣韻》餘昭切。

轀 wēn　晨轀於昆解鳳。(795 上右)

轀《廣韻》烏渾切,與於昆切音同。

《宋文皇帝元皇后哀策文》

行 xìng　大行皇后崩于顯陽殿。[李善]行,下孟切。(796 下左)

行《廣韻》下更切,與下孟切音同。

輁 qióng　龍輁邛纚離綍。(796 下左)

輁、邛《廣韻》渠容切。

纚 lí　龍輁邛纚離綍。(796 下左)

纚、離《集韻》鄰知切。

桯 yíng　[李善]桯,餘征切。(796 下左)

桯《集韻》怡成切,與餘征切音同。

綍 fú　龍輁邛纚離綍。[李善]鄭玄《儀禮注》曰:引棺在輴車曰綍。甫物切。(796 下左～797 上右)

綍《廣韻》分勿切,與甫物切音同。

珩 héng　淪徂音乎珩行珮。(797 上右)

珩、行《廣韻》户庚切。

琚 jū　[李善]毛萇《詩傳》曰:珮有珩璜琚瑀。琚音居。(797 上右)

　　琚、居《廣韻》九魚切。

瑀 yǔ　　［李善］瑀音禹。（797 上右）

　　瑀、禹《廣韻》王矩切。

褕 yáo　痛霅褕以招之重晦。［李善］鄭玄曰：褘衣，畫翬者也；褕，畫鷂者也。褕與鷂，

　　並以招切。（797 上右）

　　褕、鷂《廣韻》餘昭切，與以招切音同。

機 jī　　仰陟天機。［李善］然璣與機同也。（797 下左）

　　機、璣《廣韻》居依切，音同通用。

晣 zhì　司化莫晣之逝切。（798 上右）

　　晣《集韻》征例切，與之逝切音同。

眡 shì　眡視褑告沴零細切。（798 上右）

　　眡、視《廣韻》承矢切。

沴 lì　　眡視褑告沴零細切。（798 上右）

　　沴《廣韻》郎計切，與零細切音同。

殔 yì　　戒涼在殔弋二。（798 上左）

　　殔《集韻》羊至切，與弋二切音同。

夕 xí　　杪秋即夕夕。（798 上左）

　　夕、夕《廣韻》祥易切。

宒 zhūn　［李善］宒，之倫切。（798 上左）

　　宒《廣韻》陟綸切，知母；之倫切，章母。

《齊敬皇后哀策文》

鍐（鋄）wàn　映輿鍐亡犯於松楸。（800 上左）

　　奎章閣本（第 1391 頁）、四庫善注本（第 996 頁）作"鋄"。鍐《廣韻》亡范切，

　　與亡犯切音同。

《郭有道碑文》

郭 guó　　或謂之郭。［李善］高誘《戰國策注》曰：郭，古文虢字也。（800 下左）

　　郭《廣韻》古博切，鐸韻；虢《廣韻》古伯切，陌韻。上古皆鐸部，音同通用。

高 gào　　言觀其高音告。（801 下右）

　　高《廣韻》古勞切，平聲；告《廣韻》古到切，去聲。名詞破讀去聲。

《陳太丘碑文》

緦 sī　　緦麻設位。［李善］《喪服傳》曰：緦麻，十五升布。鄭玄曰：謂之緦者，縷細

　　　　如絲也。音思。（803 上右）

　　　　　　緦、思《廣韻》息茲切。

重 zhòng　重直用部大掾。（803 上右）

　　　　　　重《廣韻》柱用切，與直用切音同。

《褚淵碑文》

台 tái　　台衡之望斯集。［李善］《春秋漢含孳》曰：三公在天法三能。台與能同。（804

　　　　下右）

　　　　　　台、能《集韻》湯來切。

緝 jī　　衣冠未緝。［李善］緝與輯同。（805 上右）

　　　　　　緝、輯《集韻》即入切。

窬 yú　　窺窬神器。［李善］窬與覦同。（806 上右～左）

　　　　　　窬、覦《廣韻》羊朱切，破假借，本字覦。

婣 yīn　　［李善］婣音因。（807 下右）

　　　　　　婣、因《廣韻》於真切。

杼 zhù　　［李善］然野當爲杼，古序字也。（807 下左）

　　　　　　杼《廣韻》神與切，船母；序《廣韻》徐呂切，邪母。

恇 kuāng　群后恇匡動於下。（808 上左）

　　　　　　恇、匡《廣韻》去王切。

璿 xuán　　天鑒璿曜。［李善］琁與璿同。（809 上右）

　　　　　　璿、琁《廣韻》似宣切。

遞 shì　　儀形長遞音逝。（809 下右）

　　　　　　遞、逝《集韻》時制切。

《頭陁寺碑文》

挹 yì　　蓋聞挹朝夕之池者。［李善］挹，於入切。（810 上左）

　　　　　　挹《廣韻》伊入切，與於入切音同。

斠 jū　　［李善］斠，勾愚切。（810 上左）

　　　　　　斠、斠異體。斠《廣韻》舉朱切，與勾愚切音同。

稱 chèng　則稱去聲謂所絕。（810 下左）

　　　　稱《廣韻》收録平、去二讀,去聲標記。

施 yì　　而施去聲洽群有。（811 下右）

　　　　施《廣韻》收録平、去二讀,去聲標記。

覬 jì　　後軍長史江夏内史會稽孔府君諱覬。〔李善〕覬音冀。（813 下左）

　　　　覬、冀《廣韻》几利切。

庀 pǐ　　庀匹婢徒撲日。（814 下左）

　　　　庀《廣韻》匹婢切。

迻 yí　　飛閣逶迻。〔李善〕移與迻音義同。（814 下左）

　　　　迻、移《集韻》余支切。

澆 jiāo　澆風下黷。〔李善〕《淮南子》以濞爲澆,音義同。（815 下右）

　　　　澆、濞《集韻》堅堯切。

黷 dú　　澆風下黷。〔李善〕《字林》曰:黷,垢也。杜木切。（815 下右）

　　　　黷《廣韻》徒谷切,與杜木切音同。

枻 yì　　玄津重枻。〔李善〕《漢書音義》韋昭曰:枻,橄也。音裔。翊泄切,叶韻。（816
　上左）

　　　　枻、裔《廣韻》餘制切,祭韻;翊泄切,薛韻。韻腳字爲滅缺烈枻,除枻外都爲薛
　　韻,枻變讀薛韻以協韻。

膴 wǔ　　膴膴武亭皋。（816 上左）

　　　　膴、武《廣韻》文甫切。

《齊故安陸昭王碑文》

龕 kān　　龕枯耽世拯亂之情。（817 下右）

　　　　龕《廣韻》口含切,與枯耽切音同。

倗 péng　〔李善〕蘇林曰:倗音朋。（819 下左）

　　　　倗、朋《集韻》蒲登切。

獷 jiǒng　强民獷俗。〔李善〕獷,古並切。（821 下右）

　　　　獷《廣韻》古猛切,梗韻;古並切,迥韻。

癯 qú　　癯瘠改貌。〔李善〕《爾雅》曰:臞,瘠也。與癯同,渠俱切。（822 下右）

　　　　癯、臞《廣韻》其俱切,與渠俱切音同。

《劉先生夫人墓誌》

畦 xié　　在巽之畦音攜。（825 上右）

畦、攜《廣韻》户圭切。

《齊竟陵文宣王行狀》

柝 tuò　玉關靖柝。〔李善〕檩與柝同。（827 下左）

檩、槖異體。柝、檩《集韻》闥各切。

能 tái　上穆三能。〔李善〕《漢書》曰：三能色齊，君臣和。蘇林曰：能音台。（828 上右）

台、能《集韻》湯來切。

襲 xí　龜謀襲吉。〔李善〕襲與習通。（829 下右）

襲、習《廣韻》似入切，音同通用。

縩 lì　緑縩麗綏。（829 下右）

縩、麗《廣韻》郎計切。

纛 dào　黄屋左纛導。（829 下右）

纛、導《廣韻》徒到切。

緒 zhǔ　華袞與緼緒張吕同歸。（830 上右）

緒《新集藏經音義隨函録》（第 60 册第 31 頁）知与反，與張吕切音同。

《弔屈原文》

讁 zhé　既以讁去。〔李善〕韋昭曰：讁，譴也。《字林》曰：丈厄切。（831 下左）

讁《廣韻》陟革切，知母；丈厄切，澄母。

汨 mì　自沈汨覓羅。（832 上右）

汨、覓《廣韻》莫狄切。

溷 hùn　世謂隨夷爲溷胡困兮。（832 上左）

溷《廣韻》胡困切。

銛 xiān　鉛刀爲銛。〔李善〕《漢書音義》曰：銛徹，謂利也。息鹽切。（832 上左）

銛《廣韻》息廉切，與息鹽切音同。

斡 wò　斡棄周鼎。〔李善〕如淳曰：斡，轉也。《史記》音烏活切。（832 上左）

斡《廣韻》烏括切，與烏活切音同。

甈 qiè　〔李善〕《爾雅》曰：康瓠謂之甈。甈，丘列切。（832 上左）

甈《集韻》丘傑切，與丘列切音同。

訊 xìn　訊信曰：已矣。（832 上左）

訊、信《廣韻》息晉切。

漂 piāo　鳳漂漂其高逝兮。〔李善〕《史記》音漂，匹遥切。（832 下右）

漂《廣韻》撫招切,與匹遥切音同。

沕 mèi　沕深潛以自珍。［李善］張晏曰:沕,潛藏也。鄧展曰:音昧。(832 下右)

沕、昧《集韻》莫佩切。

偭 miàn　偭蟂獺以隱處兮。［李善］蘇林曰:偭音面。(832 下右)

偭、面《廣韻》彌箭切。

蟂 jiāo　偭蟂獺以隱處兮。［李善］服虔曰:蟂音梟。(832 下右)

蟂、梟《廣韻》古堯切。

蝦 xiá　夫豈從蝦與蛭螾。［李善］蝦音遐。(832 下右)

蝦、遐《廣韻》胡加切。

蛭 zhì　夫豈從蝦與蛭螾。［李善］蛭,之一切。(832 下右)

蛭《廣韻》之日切,與之一切音同。

螾 yǐn　夫豈從蝦與蛭螾。［李善］螾音引。(832 下右)

螾、引《廣韻》余忍切。

般 bān　般紛紛其離此尤兮。［李善］應劭曰:般音班。(832 下右)

般、班《廣韻》布還切。

擊 jī　遥曾擊而去之。［李善］鄭玄曰:擊音攻擊之擊。(832 下左)

鱣 zhān　橫江湖之鱣鯨兮。［李善］鱣或作鱸。《史記》:鱣,張連切。(832 下左)

鱣《廣韻》張連切。

鱘 xín　［李善］《史記》:鱘音尋。(832 下左)

鱘、尋《廣韻》徐林切。

《弔魏武帝文》

蕞 zuì　翳乎蕞祖外爾之土。(833 上左)

蕞《集韻》祖外切。

孌 luǎn　然而婉孌房闥之內。［李善］班固《漢書·哀紀述》曰:婉孌董公。力婉切。
(833 下左)

孌《廣韻》力兗切,獮韻;力婉切,阮韻。

脯 fǔ　朝晡上脯糒之屬。［李善］《漢書·東方朔》曰:乾肉爲脯。方武切。(833 下左)

脯《廣韻》方矩切,與方武切音同。

糒 bì　朝晡上脯糒之屬。［李善］《説文》曰:糒,乾飯也。蒲秘切。(833 下左)

糒《廣韻》平祕切,與蒲秘切音同。

褆 chí　　每因禍以褆福。[李善]《説文》曰：褆，安也。時移切。（835 上右）

　　　　褆《廣韻》是支切，與時移切音同。

噤 jìn　　慮噤閉而無端。[李善]《楚辭》曰：口噤閉而不言。噤，巨蔭切。（835 上
　　右～左）

　　　　噤《廣韻》巨禁切，與巨蔭切音同。

汍 huán　涕垂睫而汍瀾。[李善]崔與汍古今字，同。（835 上左）

　　　　汍、崔《廣韻》胡官切，音同通用。

眝 zhù　　眝美目其何望。[李善]眝與貯同。（835 下左）

　　　　眝《廣韻》直吕切，澄母；貯《廣韻》丁吕切，知母。

《祭古冢文》

棖 chéng　以物棖撥之。[李善]《説文》曰：棖，杖也。宅庚切。（836 上左）

　　　　棖《廣韻》直庚切，與宅庚切音同。

撥 bō　　以物棖撥之。[李善]《廣雅》曰：撥，除也。補達切。（836 上左）

　　　　撥《廣韻》北末切，末韻；補達切，曷韻。

瓣 bàn　　水中有甘蔗節及梅李核瓜瓣。[李善]《説文》曰：瓣，瓜中實也。白莧切。
　　一作辯字，音練。瓣與練字通。（836 上左）

　　　　瓣《廣韻》蒲莧切，與白莧切音同，並母襇韻；辯《廣韻》符蹇切，並母獮韻；練《廣
　　韻》郎甸切，來母霰韻。各本皆同。

畚 běn　　捨畚悽愴。[李善]畚音本。（836 下右）

　　　　畚、本《廣韻》布忖切。

挶 jū　　　[李善]挶，居局切。（836 下右）

　　　　挶《廣韻》居玉切，與居局切音同。

醢 hǎi　　盍或醯醢。[李善]（《爾雅》）又曰：肉謂之醢。郭璞曰：肉醬也。音海。（836
　　下右）

　　　　醢、海《廣韻》呼改切。

醯 xī　　　盍或醯醢。[李善]《説文》曰：醯，酸也。醯，呼蹄切。（836 下右）

　　　　醯《廣韻》呼雞切，與呼蹄切音同。

俑 yǒng　　撫俑增哀。[李善]《埤蒼》曰：俑，木送人葬也。餘腫切。（836 下右～左）

　　　　俑《廣韻》余隴切，與餘腫切音同。

偶 ǒu　　　[李善]俑或爲偶。偶，刻木以像人形。五苟切。（836 下左）

偶《廣韻》五口切,與五苟切音同。

骼 gé　掩骼_格城曲。（836 下左）

骼、格《廣韻》古伯切。

隍 huáng　輪移北隍。［李善］《説文》曰：城池無水曰隍。音皇。（836 下左）

隍、皇《廣韻》胡光切。

犧 xī　歆我犧樽。［李善］《禮記》曰：祀周公於太廟,牲用白牡,尊用犧象也。許宜切。

（837 上右）

犧《廣韻》許羈切,與許宜切音同。

《祭顔光禄文》

楊 yáng　文蔽班楊。［李善］郭璞《三倉解詁》曰：楊音盈。協韻。（837 下左）

楊《廣韻》與章切,陽韻;盈《廣韻》以成切,清韻。韻脚字爲清聲楊,除楊外都

爲清韻,楊變讀清韻以協韻。

標注的五臣音義校釋

建州本中的五臣音義

《吴都賦》

瀾 lán　　彫啄蔓藻，刷盪漪瀾。翰曰：言鳥游自得其性也。瀾音欄。（103）

　　　　瀾、欄《廣韻》落干切，平聲。奎章閣本（第126頁）欄作"爛"；正德本（第56頁）、陳八郎本（第三卷第4頁）正文瀾字下注"音爛"；四庫六臣本無此條音注。瀾、爛《廣韻》郎旰切，去聲。

《羽獵賦》

拉 là　　猋拉雷厲，驖駴駖磕。翰曰：鄧展曰：拉音臘。（169）

　　　　拉《廣韻》盧合切，合韻；臘《廣韻》盧盍切，盍韻。

《長笛賦》

嘐 xiāo　　錚鐄謍嘐。翰曰：謂鳥獸之聲也。呼交反。（326）

　　　　嘐《廣韻》許交切，與呼交反音同。

《於獄中上書自明》

揕 zhèn　　向曰：徐廣：揕，丁鴆切。（728）

　　　　揕《廣韻》知鴆切，知母；丁鴆切，端母。

《與魏文帝牋》

繁 pó　　繁休伯。向曰：繁，步何反。（749）

　　　　繁《廣韻》薄波切，戈韻；步何反，歌韻。

唐鈔集注本中的五臣音義

《三都賦序》

詁 gǔ　　歸諸詁訓焉。五家:詁音古。(1·10)
　　　　詁、古《廣韻》公户切。

《蜀都賦》

葊 ǎn　　茂八區而葊藹焉。五家:葊,烏覽反。(1·15)
　　　　葊《古今韻會舉要》鄔感切,感韻;烏覽反,敢韻。

灂 xué　　龍池灂瀑潰其隈。五家:灂,胡角反。(1·17～18)
　　　　灂《集韻》黑角切,曉母;胡角反,匣母。

濛 méng　李善曰:《楚辭》曰:日出自湯谷,次於濛汜。五家:濛音蒙。(1·17～18)
　　　　蒙、濛《廣韻》莫紅切。

炳 bǐng　符采彪炳。五家:炳音丙。(1·22)
　　　　炳、丙《廣韻》兵永切。

灼 zhuó　暉麗灼爍。五家:灼音酌。(1·22)
　　　　灼、酌《廣韻》之若切。

蛟 jiāo　或藏蛟螭。五家:蛟音交。(1·23～24)
　　　　蛟、交《廣韻》古肴切。

梫 qīn　　其樹則有木蘭梫桂。五家:梫,七林反。(1·24～25)
　　　　梫《集韻》千尋切,與七林反音同。

楩 pián　楩柟幽藹於谷底。五家:楩,頻綿反。(1·24～25)
　　　　楩《廣韻》房連切,與頻綿反音同。

熊 xióng　熊羆咆其陽。五家:熊音雄。(1·26～27)
　　　　熊、雄《廣韻》羽弓切。

羆 bī　　熊羆咆其陽。五家:羆音陂。(1·26～27)
　　　　羆、陂《廣韻》彼爲切。

挾 xié　　於西則右挾岷山。五家:挾,形牒反。(1·31)
　　　　挾《廣韻》胡頰切,與形牒反音同。

麓 lù　　林麓黝儵。五家:麓音鹿。(1·32)

　　麗、鹿《廣韻》盧谷切。

芒 wáng　　碧䔖芒消。五家:芒音亡。(1·33～34)
　　芒、亡《廣韻》武方切。

蘪 mí　　蘪蕪布濩於中阿。五家:蘪音眉。(1·33～34)
　　蘪、眉《廣韻》武悲切。

蕪 wú　　蘪蕪布濩於中阿。五家:蕪音無。(1·33～34)
　　蕪、無《廣韻》武夫切。

蘂 ruǐ　　敷蘂葳蕤。五家:蘂,而隨反。(1·33～34)
　　蘂、蕋異體。蘂《廣韻》如累切,上聲;而隨反,平聲。

葳 wēi　　敷蘂葳蕤。五家:葳音威。(1·33～34)
　　葳、威《廣韻》於非切。

蕤 ruí　　敷蘂葳蕤。五家:蕤,而椎反。(1·33～34)
　　蕤《廣韻》儒佳切,與而椎反音同。

沫 wèi　　演以潛沫。五家:沫音未。(1·35～36)
　　沫、未《廣韻》無沸切。

枇 pí　　其園則林檎枇杷。五家:枇,頻移反。(1·38～39)
　　枇《廣韻》房脂切,脂韻;頻移反,支韻。

杷 pá　　其園則林檎枇杷。五家:杷,蒲巴反。(1·38～39)
　　杷《廣韻》蒲巴切。

潰 huì　　蒲陶亂潰。五家:潰,胡對反。(1·40～41)
　　潰《廣韻》胡對切。

蒟 jǔ　　其園則有蒟蒻茱萸。五家:蒟,歸于反。(1·41～42)
　　蒟《廣韻》俱雨切,上聲;歸于反,平聲。胡刻本(78上右)于作"字",上聲。

茱 shú　　其園則有蒟蒻茱萸。五家:茱音殊。(1·41～42)
　　茱、殊《廣韻》市朱切。

萸 yú　　其園則有蒟蒻茱萸。五家:萸音俞。(1·41～42)
　　萸、俞《廣韻》羊朱切。

菱 líng　　綠菱紅蓮。五家:菱音陵。(1·43)
　　菱、陵《廣韻》力膺切。

蘊 yùn　　雜以蘊藻。五家:蘊,於郡反。(1·43)

蘊《集韻》紆問切，與於郡反音同。

吭 hàng　　哤吭清渠。五家：吭，胡浪反。（1·45）

吭《廣韻》下浪切，與胡浪反音同。

黿 yuán　　其深則有白黿命鼈。五家：黿音元。（1·45～46）

黿、元《廣韻》愚袁切。

鼈 biē　　其深則有白黿命鼈。五家：鼈，必滅反。（1·45～46）

鼈《廣韻》并列切，與必滅反音同。

鱒 zǔn　　鱣鮪鱒魴。五家：鱒，祖本反。（1·45～46）

鱒《廣韻》才本切，從母；祖本反，精母。

閈 hàn　　里閈對出。五家：閈音汗。（1·49～50）

閈、汗《廣韻》侯旰切。

磬 qìng　　庭扣鍾磬。五家：磬，溪徑反。（1·50～51）

磬《廣韻》苦定切，與溪徑反音同。

蒟 jù　　蒟醬流味於番禺之鄉。五家：蒟音句。（1·53）

蒟、句《廣韻》九遇切。

沓 dá　　輿輦雜沓。五家：沓，徒合反。（1·54～55）

沓《廣韻》徒合切。

踊 xiāo　　踊塵張天。五家：踊，許驕反。（1·54～55）

踊《廣韻》許嬌切，與許驕反音同。

埃 āi　　則埃壒曜靈。五家：埃音哀。（1·54～55）

埃、哀《廣韻》烏開切。

醹 shāng　　醹以醇清。五家：醹音傷。（1·59～60）

各本皆作“觴”。醹、觴異體。觴、傷《廣韻》式羊切。

鮮 xiān　　鮮以紫鱗。五家：鮮，平聲。（1·59～60）

鮮《廣韻》收錄平、上、去三讀，平聲標記。

麋 mí　　屠麖麋。五家：麋音眉。（1·65）

麋、眉《廣韻》武悲切。

跨 kuà　　跨彫虎。五家：跨，苦化反。（1·65）

跨《廣韻》苦化切。

拍 pò　　晶貙氓於蔓草。李善曰：晶當為拍。五家：拍，普陌反。（1·66～67）

拍《廣韻》普伯切，與普陌反音同。

朅 qiè　殆而朅來相與。五家：朅，綺列反。（1·68～69）

朅《廣韻》丘謁切，與綺列反音同。

鰋 yǎn　釣鰋鮋。五家：鰋音偃。（1·69）

鰋、偃《廣韻》於幰切。

鱏 xín　感鱏魚。五家：鱏音尋。（1·70）

鱏、尋《廣韻》徐林切。

幕 mò　張帟幕。五家：幕音莫。（1·71）

幕、莫《廣韻》慕各切。

駴 hài　車馬雷駴。五家：駴，行戒反。（1·71）

駴《廣韻》侯楷切，全濁上聲；行戒反，去聲。

踊 yǒng　觀聽之所踊躍也。五家：踊音勇。（1·72）

踊、勇《廣韻》余隴切。

躍 yuè　觀聽之所踊躍也。五家：躍音藥。（1·72）

躍、藥《廣韻》以灼切。

掞 shàn　摛藻掞天庭。五家：掞，傷豔反。（1·74～76）

掞《廣韻》舒贍切，與傷豔反音同。

鄣 zhàng　因山爲鄣。五家：鄣，止尚反。（1·77）

鄣、障異體。障《廣韻》之亮切，與止尚反音同。

《吳都賦》

瀨 lài　混濤并瀨。五家：瀨音賴。（1·105～106）

瀨、賴《廣韻》落蓋切。

汩 yù　潮波汩起。五家：汩，于筆反。（1·108～109）

汩《廣韻》于筆切。

葺 qì　葺鱗鏤甲。五家：葺，七及反。（1·114～115）

葺《廣韻》七入切，與七及反音同。

鵾 gūn　鵾雞鸕䴔。五家：鵾音昆。（1·115～116）

鵾、昆《廣韻》古渾切。

與 yù　容與自翫。五家：與，去聲。（1·118）

與《廣韻》收錄平、上、去三讀，去聲標記。

飖 yáo　　與風飖飖。五家：飖音搖。（1·144～145）

飖、飆異體。飆、搖《廣韻》餘昭切。

筑 zhù　　盖象琴筑并奏。五家：筑音竹。（1·144～145）

筑、竹《廣韻》張六切。

箊 yū　　其竹則篔當林箊。五家：箊音紆。（1·150～152）

各本正文箊皆作"箊"，是。箊、紆《廣韻》央居切。

蔭 yīn　　椰葉無蔭。五家：蔭音陰。（1·155～157）

蔭、陰《集韻》於金切。

譎 jué　　其荒陬譎詭。五家：譎音决。（1·164～165）

譎、决《廣韻》古穴切。

詭 guǐ　　其荒陬譎詭。五家：詭音軌。（1·164～165）

詭《廣韻》過委切，紙韻；軌《廣韻》居洧切，旨韻。

慷 hàng　　淵客慷慨而泣珠。五家：慷，胡浪反。（1·166～168）

慷《集韻》下朗切，全濁上聲；胡浪反，去聲。

曄 yè　　飾赤烏之韠曄。五家：曄，于輒反。（1·178～179）

曄《集韻》域輒切，與于輒反音同。

暐 wěi　　五家：暐音偉。（1·177～179）

暐、偉《廣韻》于鬼切。

譎 jué　　閶闔譎詭。五家：譎音决。（1·179～181）

譎、决《廣韻》古穴切。

比 bí　　屯營櫛比。五家：比，頻必反。（1·185）

比《廣韻》毗必切，與頻必反音同。

薨 méng　　飛薨舛互。五家：薨音萌。（1·186～187）

薨、萌《廣韻》莫耕切。

儐 bìn　　儐從弈弈。五家：儐，卑胤反。（1·190～191）

儐《廣韻》必刃切，與卑胤反音同。

衎 kàn　　於是樂只衎而歡飫無匱。五家：衎，苦干反。（1·193～195）

衎《廣韻》苦旰切，與苦干反音同。

奧 ào　　都輦殷而四奧來暨。五家：奧，烏告反。（1·194～195）

奧《廣韻》烏到切，與烏告反音同。

颿 fán　樓船舉颿而過肆。五家：颿音凡。（1・197～198）

颿、凡《廣韻》符咸切。

琲 bèi　珠琲闌干。五家：琲，補對反。（1・199～201）

琲《廣韻》蒲罪切，並母上聲；補對反，幫母去聲。

猱 nǎo　儸譶澩猱。五家：猱，力巧反。（1・201～203）

猱《廣韻》奴巧切，泥母；力巧反，來母。奎章閣本（第135頁）、胡刻本（89上左）力作“奴”。

《石門新營所住四面高山迴溪石瀨脩竹茂林》

濞 pì　五家：濞，普秘反。（1・517～518）

濞《廣韻》匹備切，與普秘反音同。

《和伏武昌登孫權故城》

帟 yì　帷帟盡謀選。五家：帟音亦。（1・572）

帟、亦《廣韻》羊益切。

《代君子有所思》

昧 mèi　服理辨昭昧。五家：昧協韻音末。（1・658～659）

昧《廣韻》莫佩切，隊韻；末《廣韻》莫撥切，末韻。韻腳字爲闕髮月渤越發歇骨没昧，月、没、末合韻。

《招魂》

彷 páng　彷徉無所倚。五家：彷，蒲忙反。（2・14～15）

胡刻本（473上左）、尤刻本（第9册第26頁）、四庫善注本（第586頁）注文彷作“彷”，當是。《新集藏經音義隨函録》（第60册第412頁）彷：“音傍，正作‘彷’。”彷《廣韻》步光切，與蒲忙反音同。

徉 yáng　彷徉無所倚。五家：徉音羊。（2・14～15）

徉、佯異體。徉、佯、羊《廣韻》與章切。

參 sān　參目虎首。五家：參音三。（2・20）

參、三《廣韻》蘇甘切。

砥 zhǐ　砥室翠翹。五家：砥音旨。（2・27～28）

砥、旨《廣韻》職雉切。

挂 guà　挂曲瓊些。五家：挂音卦。（2・28）

挂、卦《廣韻》古賣切。

組 zǔ　纂組綺縞。五家：組音祖。（2·29）

組、祖《廣韻》則古切。

腱 jiān　肥牛之腱。五家：腱，紀言反。（2·42）

腱《廣韻》居言切，與紀言反音同。

兕 sì　君王親發兮憚青兕。五家：兕，徐姊反。（2·63～64）

兕《廣韻》徐姊切。

楓 fēng　湛湛江水兮上有楓。五家：楓音風。（2·65）

楓、風《廣韻》方戎切。

《招隱士》

憭 liáo　憭兮慄。五家：憭音聊。（2·73）

憭、聊《廣韻》落蕭切。

《七啓》

殳 shú　戈殳晧旰。五家：殳音殊。（2·126）

殳、殊《廣韻》市朱切。

弋 yì　輕繳弋飛。五家：弋音異。（2·143～144）

弋《廣韻》與職切，職韻；異《廣韻》羊吏切，志韻。

宴 yàn　宴婉絕兮我心愁。五家：嬿音宴。（2·147～148）

嬿、宴《廣韻》於甸切。

《宣德皇后令》

析 xī　辯折天口。《音決》：折，之舌反。五家：析，先歷反。今案：五家折爲析。（2·194）

析《廣韻》先擊切，與先歷反音同。折《廣韻》旨熱切，與之舌反音同。

《出師表》

駑 nú　庶竭駑鈍。五家：駑音奴。（2·263～264）

駑、奴《廣韻》乃都切。

《奏彈曹景宗》

涂 tú　涂中罕千金之費。五家：涂音途。（2·359～360）

涂、途《廣韻》同都切。

《奏彈劉整》

毓 yù　氾毓字孤。五家：毓音育。（2·384～385）

毓、育《廣韻》余六切。

哺 bù　　整便責范米六升哺食。五家：哺，蒲護反。（2・388～389）
　　　　哺《廣韻》薄故切，與蒲護反音同。各本升皆作"斗"。

《奏彈王源》

寘 zhì　　宜寘以明科。五家：寘，真智反。（2・429～430）
　　　　寘《廣韻》支義切，與真智反音同。

《與山巨源絕交書》

趣 qū　　若趣欲共登王塗。五家：趣，七俱反。（2・500～501）
　　　　趣《集韻》逡須切，與七俱反音同。

《爲石仲容與孫皓書》

秣 mò　　虎步秣陵。五家：秣音末。（2・547～548）
　　　　秣、末《廣韻》莫撥切。

《檄吳將校部曲文》

殼 què　　譬猶殼卵。五家：殼，口角反。（2・591～592）
　　　　殼《集韻》克角切，與口角反音同。

孑 jié　　罔有孑遺。五家：孑，吉熱反。（2・603～604）
　　　　孑《廣韻》居列切，與吉熱反音同。

濩 huó　　巴夷王朴胡寶邑侯杜濩。五家：濩，胡郭反。（2・614～615）
　　　　濩《廣韻》胡郭切。

《三月三日曲水詩序》

慇 yǐn　　故以慇賑外區。五家：慇音隱。（2・769）
　　　　慇、隱《集韻》倚謹切。

賑 zhěn　　故以慇賑外區。五家：賑音軫。（2・769）
　　　　賑、軫《集韻》止忍切。

射 yì　　悵望姑射之阿。五家：射音亦。（2・779）
　　　　射、亦《廣韻》羊益切。

墉 yóng　　射集隼於高墉。五家：墉音容。（2・816～817）
　　　　墉、容《廣韻》餘封切。

縻 mí　　請受纓縻。五家：縻音靡。（2・822～823）
　　　　縻、靡《集韻》忙皮切。

檐 yán　虛檐雲構。五家：檐，琰廉反。（2·842）

　　檐《廣韻》余廉切，與琰廉反音同。

黓 yí　雜夭采於柔黓。五家：黓，以平聲。（2·846～847）

　　黓《廣韻》以脂切，脂韻；以《廣韻》羊己切，止韻。

斿 yóu　九斿齊軌。五家：斿音由。（2·850～851）

　　斿、由《廣韻》以周切。

淳 tíng　岳鎮淵淳。五家：淳音亭。（2·854）

　　淳、亭《廣韻》特丁切。

《聖主得賢臣頌》

蛟 jiāo　水斷蛟龍。五家：蛟音交。（3·11）

　　蛟、交《廣韻》古肴切。

《漢高祖功臣頌》

眄 miàn　眈眈其眄。五家：眄音麵。（3·118～119）

　　眄、麵《廣韻》莫甸切。

謀 móu　平城有謀。五家：謀，去聲，叶韻。（3·155）

　　謀《廣韻》莫浮切，平聲。韻腳字爲裕附樹謀，去聲韻段，謀變讀去聲以協韻。

《東方朔畫贊》

贍 shàn　贍智宏材。五家：贍，時艷反。（3·204）

　　贍《廣韻》時豔切。

《馬汧督誄》

柿 pèi　柿栯桷之松。五家：柿，孚每反。（3·702）

　　柿《廣韻》芳廢切，廢韻；孚每反，賄韻或隊韻。

闕 jué　乃闕地而攻。五家：闕音掘。（3·703～704）

　　闕、掘《集韻》其月切。

偵 chèng　偵以瓶壺。五家：偵，恥令反。（3·729）

　　偵《廣韻》丑鄭切，與恥令反音同。

劂 liè　劂以長塹。五家：劂，靈結反。（3·729）

　　劂《集韻》力結切，與靈結反音同。

《陽給事誄》

壓 yā　斯敵敵厭難。五家：壓，烏甲反。（3·769～770）

奎章閣本（第1373頁）、明州本（第866頁）、正德本（第775頁）、陳八郎本（第二九卷第8頁）正文厭作"壓"。厭、壓異體。壓《廣韻》烏甲切。衍一敵字，各本皆不誤。

《陳太丘碑文》

令 líng　守終又令。五家：令，平聲，叶韻。（3·798～799）

令《廣韻》收錄多個讀音，分別歸屬平、去二聲。韻腳字爲生程令聲銘，庚清青合韻，平聲韻段，令注平聲以協韻。

《褚淵碑文》

話 huà　著之話言。五家：話，胡化反。（3·847～848）

話《集韻》胡化切。

三條家本中的五臣音義

《於獄中上書自明》

剄 jǐng　臨城自剄古郢反以却齊而存魏。（108）

剄《廣韻》古挺切，迥韻；古郢反，靜韻。

駃 jué　食以駃音決騠音啼。（109）

駃、決《廣韻》古穴切。

騠 tí　食以駃音決騠音啼。（109）

騠、啼《廣韻》杜奚切。

析 xī　兩主二臣剖心析先歷反肝相信。（109～110）

析《廣韻》先擊切，與先歷反音同。

臏 bìn　昔者司馬喜臏鼻引反脚於宋。（110）

臏《廣韻》毗忍切，與鼻引反音同。

摺 là　范雎摺音臘脅折齒於魏。（110）

摺《廣韻》盧合切，合韻；臘《廣韻》盧盍切，盍韻。

雍 yōng　是以申徒狄蹈雍平聲之河。（111）

雍《廣韻》收錄平、去二讀，平聲標記。

於 wū　於音烏陵子仲辭三公爲人灌園。（116）

於、烏《廣韻》哀都切。

跖 zhí　而跖音隻之客可使刺由。（116）

跖、隻《廣韻》之石切。

蟠 pán　　蟠音盤木根柢。（117）

蟠、盤《廣韻》薄官切。

囷 qūn　　輪囷丘筠反離奇。（117）

囷《廣韻》去倫切，與丘筠反音同。

砥 dǐ　　砥音底厲名號者，不以利傷行。（121）

砥、底《集韻》典禮切。

《上書諫獵》

橛 jué　　猶時有銜橛渠月反之變。（124）

橛《廣韻》其月切，與渠月反音同。

《上書諫吳王》

滄 chuàng　欲湯之滄楚諒反。（129）

滄《集韻》楚亮切，與楚諒反音同。

操 cāo　　未知操平聲弓持矢也。（130）

操《廣韻》收錄平、上、去三讀，平聲標記。

霤 liù　　太山之霤力救反穿石。（130）

霤《廣韻》力救切。

綆 gěng　　彈極之綆古猛反斷幹。（130）

綆《廣韻》古杏切，開口；古猛反，合口。

蘖 niè　　始生而蘖魚列反。（131）

各本皆作“蘗”，蘗當爲蘖之俗寫。蘖《集韻》魚列切。

搔 sāo　　足可搔先勞反而絕。（131）

搔《廣韻》蘇遭切，與先勞反音同。

礱 lóng　　磨礱力公反砥礪。（132）

礱《廣韻》盧紅切，與力公反音同。

《上書重諫吳王》

難 nàn　　昔秦西舉胡戎之難去聲。（133）

難《廣韻》收錄平、去二讀，災患義破讀去聲。

莋 zuó　　南距羌莋音昨之塞。（133）

莋、昨《廣韻》在各切。

從 zōng　東當六國之從子容反。（133）

從《集韻》將容切，與子容反音同。

訾 zī　夫舉吳兵以訾音訾於漢。（135）

訾、訾《集韻》將支切。

蚋 ruì　譬猶蠅蚋而銳反之附群牛。（135）

蚋《集韻》儒稅切，與而銳反音同。

腐 fù　腐音輔肉之齒利劍。（135）

腐、輔《廣韻》扶雨切。

輸 shù　方輸去聲錯出。（136）

輸《廣韻》收錄平、去二讀，去聲標記。

圈 juàn　圈奇免反守禽獸。（136）

圈《廣韻》渠篆切，合口；免，脣音字。

饟 shàng　魯東海絕吳之饟失讓反道。（138）

饟《廣韻》式亮切，與失讓反音同。

邯 hán　趙囚邯音寒鄲音丹。（139）

邯、寒《廣韻》胡安切。

鄲 dān　趙囚邯音寒鄲音丹。（139）

鄲、丹《廣韻》都寒切。

《奏彈曹景宗》

擔 dàn　負擔丁濫反裁弛式氏反。（141）

擔《廣韻》都濫切，與丁濫反音同。

弛 shǐ　負擔丁濫反裁弛式氏反。（141）

弛《集韻》賞是切，與式氏反音同。

踵 zhǒng　自頂至踵音腫。（142）

踵、腫《廣韻》之隴切。

劾 hài　臣謹以劾胡伐反。（144）

奎章閣本（第960頁）、建州本（第742頁）伐作"代"，是。劾、劾異體。劾《廣韻》

胡槩切，與胡代反音同。

裨 pí　其軍佐職僚、偏裨音脾將帥、絓胡卦反諸應及咎者。（144）

裨、脾《廣韻》符支切。

絓 huà　其軍佐職僚、偏裨音脾將帥、絓_{胡卦反}諸應及咎者。（144）

絓《廣韻》胡卦切。

《奏彈劉整》

氾 fán　氾_{音凡}毓_{音育}字孤。（145）

氾、凡《廣韻》符咸切。

毓 yù　氾_{音凡}毓_{音育}字孤。（145）

毓、育《廣韻》余六切。

稱 chèng　斯爲稱_{去聲}首。（146）

稱《廣韻》收錄多個讀音，分別歸屬平、去二聲，去聲標記。

逡 qūn　又奪寅息逡_{七旬反}婢綠草。（146～147）

逡《廣韻》七倫切，與七旬反音同。

哺 bù　整便責范米六斗哺_{蒲護反}食。（147）

哺《廣韻》薄故切，與蒲護反音同。

《奏彈王源》

蕕 yóu　薰蕕_{音猶}不雜。（152）

蕕、猶《廣韻》以周切。

媾 gòu　方媾_{古候反}之黨。（153）

媾《廣韻》古候切。

《答臨淄侯牋》

借 jí　借_{子亦反}書於手。（157）

借《廣韻》資昔切，與子亦反音同。

鶡 hé　是以對鶡_{音曷}而辭。（157）

鶡、曷《廣韻》胡葛切。

刊 kān　教使刊_{苦寒反}定。（158）

刊《廣韻》苦寒切。

拑 qián　然而弟子拑_{巨炎反}口。（158）

拑《廣韻》巨淹切，與巨炎反音同。

強 qiǎng　強_{上聲}著一書。（159）

強《集韻》收錄多個讀音，分別歸屬平、上二聲，表“勉”義讀上聲。

矇 méng　竊備矇_{音蒙}瞍_{音叟}誦詠而已。（160）

　　矇、蒙《廣韻》莫紅切。

瞍 sǒu　　竊備矇音蒙瞍音叟誦詠而已。（160）

　　瞍、叟《集韻》蘇后切。

備 bì　　不能宣備平祕反。（161）

　　備《廣韻》平祕切。

《與魏文帝牋》

囀 zhuàn　　能喉囀張憲反引聲。（162）

　　囀《廣韻》知戀切，線韻；張憲反，願韻。

顛 diān　　自左顛都年反史妠奴紺反謇姐咨也反名倡。（164）

　　顛《廣韻》都年切。

妠 nàn　　自左顛都年反史妠奴紺反謇姐咨也反名倡。（164）

　　妠《廣韻》奴紺切。

姐 jiě　　自左顛都年反史妠奴紺反謇姐咨也反名倡。（164）

　　姐《廣韻》茲野切，與咨也反音同。

《荅東阿王牋》

櫝 dú　　謹韞櫝音讀玩耽。（168）

　　櫝、讀《廣韻》徒谷切。

《荅魏太子牋》

戴（耋）dié　　時邁齒戴徒結切。（173）

　　建州本（第751頁）、明州本（第618頁）、奎章閣本（第972頁）、四庫六臣本（第1331冊第86頁）、正德本（第528頁）作“截”，尤刻本（第10冊第148頁）、胡刻本（566下左）、四庫善注本（第701頁）同三條家本。各本皆誤。《文選考異》（947下右）：“案：疑此戴當作‘耋’，故注引《左傳》‘耋老’。”是。耋《廣韻》徒結切。

慺 lóu　　不勝慺慺音婁。（173）

　　慺、婁《廣韻》落侯切。

《在元城與魏太子牋》

泜 zhī　　重以泜音祗水。（175）

　　泜、祗《集韻》蒸夷切。

藺 lìn　　想廉藺良刃反之風。（176）

　　藺《廣韻》良刃切。

莅 lì　　　無以莅力二反之。（177）

　　　　　莅《廣韻》力至切，與力二反音同。

助 zhù　　往者嚴助七慮反釋承明之歡。（177）

　　　　　助《廣韻》牀據切，崇母；七慮反，清母。各本此處皆無音注。七疑作“士”。

誑 guàng　誑俱況反燿世俗哉。（179）

　　　　　誑《廣韻》居況切，與俱況反音同。

主要參考文獻

一、《文選》文本類（按類別排列）

（梁）蕭統編，（唐）李善注　《文選》，中華書局 1977（胡刻本）

（梁）蕭統編，（唐）李善注　《宋尤袤刻本文選》，國家圖書館出版社 2017（尤刻本）

（梁）蕭統編，（唐）李善注　《文選》，文淵閣《四庫全書》第 1329 册，臺灣商務印書館 1986（四庫善注本）

（梁）蕭統編，（唐）李善、吕延濟、劉良、張銑、吕向、李周翰注　《六臣注文選》，中華書局 2012（建州本）

（梁）蕭統編，（唐）李善、五臣注　《文選》，文淵閣《四庫全書》第 1330、1331 册，臺灣商務印書館 1986（四庫六臣本）

（梁）蕭統編，（唐）五臣、李善注　《文選》，韓國正文社影印宋元祐九年秀州州學本 1983（奎章閣本）

（梁）蕭統編，（唐）吕延濟、劉良、張銑、吕向、李周翰、李善注　《日本足利學校藏宋刊明州本六臣注文選》，人民文學出版社影印宋紹興二十八年刻本 2008（明州本）

（梁）蕭統編，（唐）五臣注　《文選》，《天理圖書館善本叢書漢籍之部》第二卷，東京八木書店 1980（三條家本）

（梁）蕭統編，（唐）吕延濟等五臣注　《文選》，臺灣圖書館景印宋紹興辛巳建刊本 1981（陳八郎本）

（梁）蕭統選編，（唐）吕延濟等注　《日本東京大學東洋文化研究所藏朝鮮活字本六臣注文選》，鳳凰出版社 2018（正德本）

饒宗頤　《敦煌吐魯番本文選》，中華書局 2000（敦煌吐魯番本）

周勛初　《唐鈔文選集注彙存》，上海古籍出版社 2000（唐鈔集注本）

二、其他類

（東漢）班固撰，（唐）顏師古注　《漢書》，中華書局 1964

（宋）陳彭年　《宋本廣韻》，中國書店 1982

（晉）陳壽撰，（南朝宋）裴松之注　《三國志》，中華書局 1964

（宋）丁度等　《宋刻集韻》，中華書局 1989

（清）段玉裁　《説文解字注》，江蘇廣陵古籍刻印社 1997

（宋）范曄撰，（唐）李賢等注　《後漢書》，中華書局 1965

范志新　《文選版本論稿》，江西人民出版社 2003

傅　剛　《〈文選〉版本研究》，北京大學出版社 2000

（日）岡村繁著，陸曉光譯　《文選之研究》，上海古籍出版社 2002

高步瀛著，曹道衡、沈玉成點校　《文選李注義疏》，中華書局 1985

（梁）顧野王　《大廣益會玉篇》，中華書局 1987

————　《原本玉篇殘卷》，中華書局 1985

（清）何焯　《義門讀書記》，中華書局 1987

（清）胡紹煐撰，蔣立甫校點　《文選箋證》，黃山書社 2007

（元）黃公紹、熊忠　《古今韻會舉要》，中華書局 2000

黃侃著，黃延祖重輯　《文選平點》，中華書局 2006

李華斌　《〈昭明文選〉音注研究》，巴蜀書社 2013

（唐）李匡文　《資暇集》，《蘇氏演義（外三種）》，中華書局 2012

（後晉）劉昫等　《舊唐書》，中華書局 1975

（唐）陸德明　《經典釋文》，中華書局 1983

駱鴻凱　《文選學》，中華書局 1989

（宋）歐陽修、宋祁　《新唐書》，中華書局 1975

屈守元　《文選導讀》，巴蜀書社 1993

（後晉）釋可洪　《新集藏經音義隨函錄》，《中華大藏經》第 59、60 冊，中華書
　　局 1993

（日）斯波六郎編，李慶譯　《文選索引》，上海古籍出版社 1997

（漢）司馬遷撰，（南朝宋）裴駰集解，（唐）司馬貞索隱，（唐）張守節正義　《史記》，
　　中華書局 1959

（日）澀江全善、森立之　《經籍訪古志》卷七，北京圖書館出版社 2003

孫玉文　《漢語變調構詞研究》,商務印書館 2007

譚世寶　《悉曇學與漢字音學新論》,中華書局 2009

(唐)唐玄度　《九經字樣》,文淵閣《四庫全書》第 224 册,臺灣商務印書館
　　1986

汪習波　《隋唐文選學研究》,世紀出版集團、上海古籍出版社 2005

王立群　《〈文選〉版本注釋綜合研究》,大象出版社 2014

(宋)王溥　《唐會要》,中華書局 1955

王書才　《〈昭明文選〉研究發展史》,學習出版社 2008

(唐)魏徵、令狐德棻　《隋書》,中華書局 1973

(清)吴任臣　《字彙補》,《中華漢語工具書書庫》第 6 册,安徽教育出版社
　　2002

(遼)釋行均　《龍龕手鏡》,中華書局 1985

徐　華　《日三條家藏鈔本〈五臣注文選〉卷第二十考辨》,《文獻》2014 年第
　　4 期

(漢)許慎撰,(宋)徐鉉等校定　《説文解字》,中華書局 1963

俞紹初、許逸民　《中外學者文選學論集》,中華書局 1998

———　《中外學者文選學論著索引》,中華書局 1998

(清)余蕭克輯著,沈德潛定　《文選音義》,乾隆二十三年靜勝堂藏板

張　潔　《〈文選〉李善注的直音和反切》,《語言研究》1998 年增刊

(唐)張參　《五經文字》,文淵閣《四庫全書》第 224 册,臺灣商務印書館 1986

(清)張玉書等　《康熙字典》,中州古籍出版社 2006

趙昌智、顧農　《李善文選學研究》,廣陵書社 2009

趙　蕾　《朝鮮正德四年本五臣注〈文選〉研究》,河南大學博士論文 2013

中國文選學研究會、鄭州大學古籍所　《文選學新論》,中州古籍出版社 1997

周祖謨　《唐五代韻書集存》,中華書局 1983

———　《問學集》,中華書局 1966

音序索引

guò
過 339
裹 280
H
hāi
咍 83
hǎi
醢 70
388
hài
劾 240
380
峐 402
溉 143
駭 394
駴 322
hān
蚶 219
谽 147
243
憨 174
hán
邯 402
函 63
76
238
唅 355
嗝 256
涵 86
寒 303
322
幹 9
184
䫲 99
185
hǎn
嵌 126
暵 65
顑 312
䜭 215
闞 380
hàn
扞 344
367
旱 235
含 257
泔 131
悍 27
75
菡 189
196
閈 25
78
361
393
澉 319
撼 248
翰 253
頷 265
澣 214
憾 176
顄 265
háng
行 140
165
320
芫 29
吭 78
沆 143
蚢 219
晍 122
hàng
行 239
吭 393
沆 26
61
85
161
226
慷 395
háo
嗥 185
hào
好 115
耗 321
皓 306
鄗 11
滈 144
209
皜 223
澔 146
顥 10
灝 144
hē
欱 16
19
62
訶 340
hé
苛 261
和 48
哈 217
盇 43
核 263
371
涸 302
漞 213
260
瑚 288
輅 20
滆 226
齕 316
覈 18
鶡 156
403
龢 16
257
350
hè
㢨 100
翯 144
嚇 217
héng
行 257
348
珩 46
240
372
382
桁 195
衡 362
374
hèng
倖 242
横 169
375
hōng
訇 31
46
硡 134
輷 257
諻 95
謍 14
266
巆 279
瀭 210
hóng
呟 248
346
峵 186
泫 214
虹 6
玹 104
230
浤 205
紘 11
46
紭 101
揘 33
洪 84
環 129
嶸 10
280
鋐 17
鴻 368
鐄 266
hòng
虹 319
港 264
澒 85
澋 214
鴻 161
162
191
245
hóu
鍭 11
hǒu
呴 210
垢 224
hòu
詬 360
蔻 88
黌 102
218
hū
昒 239
曶 123
167
263
戲 364
hú
喖 256
猢 36
鶘 197
糊 184
鶘 78
hǔ
滸 95

橛	401	頵	264	犒	37	**kù**		磈	219
㯕	178	**K**		**kē**		俈	178	蘬	185
噱	165	**kāi**		珂	94	绮	156	**kuì**	
	275	揩	35	薖	353	酷	77	塊	237
蠤	292	**kǎi**		榼	355	**kuā**		嘳	262
矐	204	咳	335	**kě**		荂	88	**kǔn**	
钁	104	塏	78	鴚	317	姱	171	悃	355
	380		106	礚	56		312	壼	351
	399	鍇	55	**kè**		華	106	**L**	
魘	157	闓	357	唘	215	**kuà**		**là**	
	317	**kài**		匌	202	跨	393	拉	36
蹶	164	愒	307	岢	268	**kuài**			163
	324	礚	40	堁	231	劊	29		261
蹻	376		46	軻	306	**kuāng**			390
譎	93		84	硞	213	恇	384	刺	56
	395		131	溘	375	䡩	108		70
矍	19		134	**kěn**		**kuǎng**			119
嚼	146	**kān**		墾	199	曠	271		245
	340	刊	403	**kēng**		爌	187		338
爝	82	龕	309	阬	130	**kuàng**		菈	98
攫	40		385	坑	154	纊	329	菈	97
	70	**kǎn**		硎	94	**kuī**		摺	330
玃	60	衎	105	鏗	17	悝	42		348
	155	瞰	78		366	詤	356		400
	167	**kàn**		**kòng**		睽	298	糯	117
	224	衎	94	鞚	310	窺	14	**lái**	
jūn			395	**kǒu**		**kuí**		來	141
袀	247	瞰	17	扣	79	馗	185	崍	208
麇	185		52	**kòu**		揆	70	徠	132
jùn		轗	306	釦	7	魁	276	**lài**	
俊	299	**kāng**		瞉	207	蹞	224	睞	172
菌	26	砊	245	**kū**		騤	32		238
	58	槺	248	矻	355		70	瀨	394
	192	**kàng**		堀	148	躩	190	**lán**	
莙	153	炕	127		231	**kuǐ**		婪	241
窘	236	閌	22	骷	302	奎	35		380
	298		108	蛞	170	嵬	186	嵐	290
僬	82	頏	347	儠	315	巋	186	闌	295
儁	103	**kǎo**		顝	241	頯	295	瀾	390
		槁	299			跬	297		

嶚 316	蜊 293	126	**lǒng**	婁 264
廖 363	厲 77	244	巃 146	樓 59
澪 144	攦 98	319	263	鏤 95
憀 273	**lín**	綾 186	**lóu**	371
寥 127	琳 243	駖 163	摟 274	臚 241
187	鄰 222	鯪 216	慺 404	臚 46
嶜 56	淋 244	223	螻 259	**lǔ**
嶙 99	嶙 57	欞 9	306	梠 380
106	132	**lìng**	**lǒu**	僂 282
憭 397	潾 214	凌 242	塿 107	膂 328
鐐 194	璘 22	**liú**	**lú**	**lǜ**
飂 245	瞵 97	珋 221	瀘 304	律 320
飇 80	126	蚵 218	櫨 58	絟 47
鷚 237	172	澟 62	128	**luán**
liǎo	鱗 19	憀 277	轤 162	湍 55
蓼 66	40	樛 344	顱 207	挛 282
318	麟 359	蟉 151	鸕 64	羉 324
潦 38	**lǐn**	薊 154	**lǔ**	**luǎn**
憭 232	惏 281	艛 131	卤 37	脟 140
憭 314	撛 179	瀏 125	294	孌 387
嫽 261	凜 1	飀 90	虜 293	**lüè**
瞭 282	轔 122	**liǔ**	櫓 363	埒 80
蟟 190	**lìn**	瀏 90	**lù**	83
缭 6	橉 222	**liù**	陸 76	略 67
110	磷 146	留 118	硉 212	140
196	藺 404	雷 104	輅 1	**lún**
liào	轔 135	331	睩 304	崙 192
獠 82	148	401	蓼 250	輪 217
139	躏 11	鷚 102	漉 358	輪 195
療 326	**líng**	**lóng**	趢 53	鯩 217
liè	令 400	隆 88	踛 225	**lǔn**
戾 81	伶 250	龍 223	麗 38	淪 219
175	岭 132	378	璐 234	輪 220
茢 50	泠 51	瓏 16	騄 69	**lùn**
迾 32	玲 16	朧 233	麓 391	論 2
238	柃 153	礲 331	鱸 224	3
冽 142	聆 263	礱 272	籙 326	71
劽 175	菱 392	401	**lú**	**luó**
381	悷 32	儱 103	婁 196	螺 218
399	輮 47	籠 60	摟 188	覼 88

恧	246	**pán**		**pèn**		鈹	80	**piān**	
	326	般	140	溢	140	髭	34	扁	161
	332	媻	139		210	鴄	243		254
	357	繁	322		216	擺	36	鶣	261
朒	234	蟠	45		346	礔	40	**pián**	
nuàn			401	噴	268	**pí**		玭	193
軟	296	**pàn**		歕	16	阰	312	便	159
nuó		叛	21	**pēng**		芘	249	胼	346
儺	50	**pāng**		莘	265	陂	148	楩	28
nuǒ		滂	76	泙	325	枇	392		74
娜	283		230	匉	194	陴	343		391
nuò		**páng**		怦	302	岯	323	骈	97
搙	118	彷	314	砰	134	裨	273	駢	16
	227		396		143		402		131
	350	房	43		179	槻	20	蹁	69
O		逢	361	弸	129		196	**piāo**	
ōu		旁	127	軯	46	罷	37	杓	49
區	370	**páo**			244		135	影	201
嘔	229	咆	74	絣	31	魾	220		310
	355		111	滂	142	鞞	133		376
謳	14		114	澎	209	貔	156	漂	144
ǒu			221		210	**pǐ**			168
偶	254	狍	343		216	庀	70		261
	388	泡	260	駍	123		385		386
慪	326	炰	13		128	仳	297	**piáo**	
òu			48		163	披	150	瓢	76
漚	159	匏	2	輣	62	嚭	376		108
P		颮	350	磅	40	鴄	44	**piǎo**	
pā		**pào**			144	**pì**		篻	91
葩	20	礮	247	澎	203	被	39	縹	3
pá		**pēi**		硼	278	堛	314	**piào**	
把	342	坏	347	鄸	269	辟	177	票	170
杷	392	肧	215	**péng**		澼	233	剽	121
pà		**pèi**		傰	385	僻	197	僄	9
汃	62	沛	72	漨	84	擘	261	漂	257
pái			209	輣	372	譬	241		260
排	10	柿	399	**pī**		嚊	163	嫖	247
簰	45	霈	279	披	128	濞	143	縹	208
pān				鈹	22		396	**piē**	
番	79				100			撇	127

	255	詰 286	仟 291	337
	魄 83	344	汧 19	慶 4
漱 142	254	綦 46	320	124
擎 259	擂 33	齊 68	肝 59	鏘 366
瞥 299	**póu**	幾 171	嗛 118	**qiáng**
pīn	罘 50	璣 169	177	彊 320
砏 62	棓 381	騏 238	挈 164	嬙 282
繽 8	**pū**	蘄 25	廥 224	361
驞 163	扑 363	礜 24	嶔 125	檣 227
pín	鋪 5	麛 91	152	**qiǎng**
獱 224	**pú**	**qǐ**	166	强 403
蘋 309	扶 170	企 228	謇 197	**qiàng**
pīng	菖 66	249	騫 305	蹡 173
砯 210	蒲 63	293	**qián**	**qiāo**
湏 230	321	杞 258	拑 381	庨 264
羘 251	**pǔ**	崎 189	403	窒 280
頩 106	浦 164	253	涔 229	敲 363
282	撲 33	棨 308	捷 145	骹 34
píng	**Q**	**qì**	犍 72	172
苹 281	**qī**	切 21	鉗 344	趬 24
枰 369	敧 112	企 194	黔 349	27
帡 377	妻 109	刺 335	鰜 145	95
偋 250	崎 57	砌 7	**qiǎn**	蹺 75
馮 45	緝 3	郪 80	慊 303	208
88	**qí**	偈 131	373	**qiáo**
洴 210	圻 301	葺 86	**qiàn**	招 364
憑 18	304	394	芡 223	趬 237
pó	埼 142	隙 343	倩 138	蹻 322
陂 135	跂 259	磧 33	陷 157	**qiǎo**
擊 173	崎 147	83	綪 47	悄 234
繁 390	236	碱 7	230	愀 275
皤 18	蛞 218	暚 110	壥 54	**qiào**
pǒ	幾 15	275	381	陗 23
駊 125	53	**qiā**	**qiāng**	266
pò	336	掐 266	戕 120	峭 96
拍 289	373	**qià**	斨 116	367
393	碕 93	髂 348	跫 56	潲 202
泊 81	94	鵸 64	將 248	**qiè**
168	229	**qiān**	槍 166	岌 268
202	魖 51	千 280	168	沏 201

遻	267	戲	156	歆	231	**xià**		瞸	381

遻 267
愕 281
嗚 105
觓 324
膝 238
鶩 5

X

xī
西 309
汔 104
迡 132
希 296
　 306
析 2
　 69
　 286
　 397
　 400
肦 82
　 128
唉 284
菥 66
　 136
鈒 133
喜 359
睎 4
稀 289
澘 144
熙 278
僖 185
緆 138
戲 21
噷 201
　 207
　 277
熹 351
歙 155
熺 206
　 261
　 293

戲 156
　 313
濟 299
釐 129
　 302
醯 388
譆 321
巇 56
　 377
犧 389

xí
歺 383
覡 50
席 160
榴 197
輯 283
檄 2
嚊 256
騱 150
鰼 366
襲 386

xǐ
洒 308
枲 360
狶 100
　 216
葸 110
　 188

xì
迄 178
汔 319
系 15
　 117
恓 242
殺 98
唏 242
　 316
屓 18
　 87
釳 47

歆 231
舄 201
慨 232
　 246
赦 75
　 173
憙 340
黓 87
碯 20
繫 138
纇 206

xiā
呀 4
　 147
　 203
呷 95
　 139
颬 41
嗋 243

xiá
狎 68
柙 114
峽 291
陜 141
瑕 63
　 130
　 253
鞊 196
磍 171
蝦 156
　 218
　 387
椵 209
鰕 276
霞 225
鰕 102

xiǎ
閄 148
閔 315

呼 76
嚇 185
罅 77

xiān
籼 67
姍 139
　 159
銛 40
　 114
　 364
　 386
鮮 337
　 393
孅 137
　 159
騫 23
躚 69
襳 139
鱻 67
　 228

xián
唌 217
閒 129
　 151
　 160
　 267
　 270
　 314
燂 316
瞯 324
　 368

xiǎn
尠 18
獮 34

xiàn
見 273
峴 291
晛 170
羨 122

瞸 381
檻 9
艦 373
灦 214

xiāng
薌 128
緗 3
饗 48
瓖 47
欀 89
驤 273

xiáng
降 2

xiǎng
享 109
蠁 166

xiàng
相 45
　 229
鄉 163
闣 112

xiāo
枵 177
　 300
哮 260
　 322
　 372
虓 27
　 103
　 163
　 380
庨 24
痟 76
嗃 266
　 390
綃 133
　 299
踃 261
歊 18
熇 119

峋 132
眴 21
燖 27
xùn
迅 122
峻 10
訊 116
巽 116
鵕 100
Y
yā
哇 262
娃 104
挹 326
碣 219
雪 123
壓 399
yá
枒 189
衙 287
yà
乙 254
圠 88
126
186
235
軋 62
浥 143
215
御 239
猰 91
睚 27
104
337
圔 269
碣 171
窫 168
輵 164
yān
咽 349
菴 136
橪 152
閼 303
yán
炎 16
埏 107
狿 35
嵒 244
311
檐 354
399
櫚 112
yǎn
炎 225
衍 31
弇 354
剡 49
掩 179
掞 267
菴 120
淡 279
揜 233
嵃 213
渰 307
隒 21
108
213
224
晻 150
罨 81
厭 23
369
蝘 259
348
噞 86
嶮 21
齞 282
甗 58
鰋 82
394
黯 246
巘 36
齴 21
黶 174
yàn
延 25
40
150
莚 75
研 221
衍 127
136
158
169
274
涎 199
烻 187
宴 397
堰 309
猒 373
焱 16
334
羨 163
厭 369
噞 117
嬿 41
爓 6
73
爁 207
灩 200
yāng
泱 45
379
鉠 47
yáng
佯 230
崵 56
徉 396
湯 262
楊 389
暘 98
251
煬 48
yǎng
坱 186
59
126
鞅 302
漾 144
瀁 85
200
226
懩 174
yàng
煬 180
鞅 351
漾 182
颺 90
202
yāo
幺 253
要 26
咬 55
262
葽 81
yáo
洮 226
珧 113
218
軺 96
摇 130
251
瑶 252
銚 66
褕 383
鴹 235
繇 382
颻 90
395
鐎 289
鰩 217
yǎo
杳 10
窅 301
溔 107
144
226
騕 207
暚 204
麇 54
鳹 14
222
騕 53
327
鷕 172
yào
幼 169
248
要 42
340
窔 314
窔 127
151
350
澆 328
鷂 279
瀹 61
205
yé
邪 161
枒 59
73
yě
壄 266
yè
射 137
149
殗 90
暍 139
裛 7

筆畫索引

404	【一】	挺 234	荔 29	刺 56
泡 260	刷 114	埏 107	66	70
泫 214	迟 132	181	136	119
250	屈 268	197	梻 54	245
泞 200	弢 25	挺 272	116	338
沇 314	121	拾 239	156	部 369
泌 142	402	挑 267	385	要 26
泳 221	戣	336	枰 369	42
泥 176	戕 120	309	相 45	340
沸 142	斯 116	352	229	庬 357
257	巹 45	垠 206	柙 58	366
泓 208	降 2	224	89	研 221
治 198	陊 92	茭 29	114	砆 366
怵 24	352	茸 61	柆 177	砌 7
235	函 63	92	300	砏 62
怛 182	76	122	柚 91	硫 245
337	238	174	299	奎 35
悦 9	姐 274	223	枳 35	夎 18
308	292	337	柍 59	171
恓 242	334	荂 88	126	184
恔 366	404	苅 50	柟 28	虺 184
怕 140	姆 263	萸 75	74	剐 119
怫 268	姁 261	230	柞 31	迣 32
273	姍 139	290	170	238
278	159	328	265	愻 107
怊 280	姆 365	399	树 190	到 336
308	姧 313	茈 149	柝 25	400
宦 74	糾 273	155	54	【丨】
245	九畫	7	386	告 181
穼 383	【一】	茵 392	柃 153	340
宛 143	籽 49	茱 75	柢 93	省 46
329	珂 94	莛 314	108	246
宓 142	玲 16	莒 286	239	眏 396
戾 81	珋 221	荇 323	331	昧 103
103	挂 396	茗 236	枸 89	399
175	持 149	荒 250	炮 366	眇 169
房 43	拮 171	菱 161	柱 188	271
235	垤 302	茫 136	柲 122	277
祋 134	批 35	莨 121	枊 77	眈 106
祊 372	拽 343	茹 182	軏 374	哇 262